Elizabeth Musser

Der Flug des Schwans

Aus dem amerikanischen Englisch
von Friedemann Lux

johannis

Bibliografische Information der Deutschen Bibliothek
Die Deutsche Bibliothek verzeichnet diese Publikation in der Deutschen Nationalbibliografie; detaillierte bibliografische Daten sind im Internet über http://dnb.ddb.de abrufbar.

TELOS-Paperback 72 429
2. Auflage 2003

Titel der amerikanischen Originalausgabe: THE SWAN HOUSE

Umschlaggestaltung: Friedbert Baumann
Umschlagbild: Bildagentur Dr. G. Wagner
Gesamtherstellung:
St.-Johannis-Druckerei, Lahr/Schwarzwald
Printed in Germany 15476/2003
www.johannis-verlag.de

Danke!

Diese Geschichte ist meinem wunderbaren Vater, Jere Wickliffe Goldsmith IV, gewidmet, dessen große Liebe Atlanta ist und der in seinem Leben viele der Organisationen und Projekte unterstützt hat, die diese Stadt groß gemacht haben.

Dein großes, erfinderisches Herz ist mir in meinem ganzen Leben Beispiel und Vorbild gewesen. Du bist nicht nur ein toller, liebender Vater gewesen, sondern auch ein Freund und Vertrauter, und mit die wertvollsten Augenblicke in meinem Leben habe ich während unserer vielen gemeinsamen Spaziergänge erlebt, wenn wir über die Freuden und Enttäuschungen des Lebens gesprochen haben. Wir sind an vielen Orten dieser Erde spazieren gegangen, aber mein Lieblingsspaziergang – das ist, wenn ich wieder einmal nach Hause komme und wir einfach ums Viereck laufen, in dem Viertel von Atlanta, das man Buckhead nennt.

Ich liebe dich.

PROLOG

Atlanta, Georgia
Frühjahr 2000

Heute ist Abbie nach Grant Park gezogen, und ich habe ihr natürlich geholfen. Wer hätte das gedacht, dass meine sechsundzwanzigjährige Tochter und ihr Computergenie von Mann einmal in das Grant Park-Viertel von Atlanta in Georgia ziehen würden?

Ihr kleines Haus ist gelb mit weißen Verzierungen, und in der Haustür ist ein ovales Fenster aus geätztem Glas. Der Vorgarten ist hübsch – Rasen und ein paar Stiefmütterchen. Abbie und Bill haben hundert Pläne, was sie mit dem Haus machen werden. Sie haben schon ein hübsches Sümmchen ausgegeben für den neuen Anstrich und die Renovierung der Holzfußböden. Und jetzt ziehen sie also ein.

Ich lächle und staune pflichtschuldig, als sie mir die Räume zeigt, aber Abbie durchschaut mich voll. Schließlich ist sie meine Tochter, und sie kennt die Geschichten, oder jedenfalls einige. Ich bin jetzt vierundfünfzig, dabei, mich in den Computer einzuarbeiten, und froh, dass es E-Mail gibt. Bill und Abbie haben mir zu Weihnachten einen Scanner geschenkt, um das neue Jahrtausend mit Bildern einzuläuten, aber das Ding beherrsche ich noch nicht ganz.

Abbie tritt zu mir und legt die Arme um mich. Sie war immer schon mein zärtlichstes Kind. »Kannst du das glauben, Mutti? Jetzt wohnen wir in dem Haus, wo alles angefangen hat für dich!«

Ich atme tief ein, so wie sie es mir in der Therapie beigebracht haben, damit ich nicht losweinen muss. Aber je tiefer ich atme und je mehr ich die Tränen zurückhalten will, umso weniger klappt es. Abbie hat mich lange nicht mehr weinen gesehen.

Wir sind beide verschwitzt. Mein Haar ist unter einem Tuch gebändigt, und meine Jeans haben jede Menge gelbe und weiße Farbflecken, zusätzlich zu den anderen Farben, die wer weiß wie lange schon darauf sind. Abbie küsst mich auf die Wange.

»Setz dich, Mutti, ich mach dir einen Tee.« Sie weiß, dass ich ihren Kaffee nicht vertrage, auch nicht den Cappuccino aus der neumodischen Maschine, die Bill ihr zum Geburtstag geschenkt hat.

Ich setze mich also auf das von alten farbverfleckten Betttüchern eingehüllte Sofa, während Abbie sich in der Küche zu schaffen macht, und fange an zu weinen. Aber ich will doch nicht weinen, denn dann kann ich womöglich nicht mehr aufhören. Ich stehe also wieder auf und rufe in meiner fröhlichsten Stimme: »Abbie, ich geh nur eben mal zur Kirche, ich bin gleich wieder da!«

»Mach das, Mutti!«, ruft sie zurück.

Und so laufe ich die Grant Street entlang und bewundere all die frisch renovierten Häuser und staune, wie jung und yuppiemäßig das Viertel wird. Und ich muss daran denken, mit jenem Stich in der Brust, wie 1962 Carl Matthews und ich immer diese Straße entlanggingen, vorbei an einem Haus, das jetzt in einem komischen Weinrot gestrichen ist und das damals schlicht weiß war, und die Farbe blätterte ab und in dem Viertel wohnten Schwarze und Weiße und Mexikaner – lauter arme Leute, bitterarm.

Da ist sie, die Ziegelkirche mit dem spärlichen Rasen davor, und ich lächle, wie immer, wenn ich die Buntglasfenster von außen sehe. Was haben sie alles gesehen, diese Fenster ... Und ich denke an Miss Abigail und Carl Matthews und Ella Mae und Spaghetti für die Armen und was ich damals alles gelernt habe. Ja, damals ...

Ich gehe in die Kirche hinein, die samstagmorgens geöffnet ist, weil sich im Keller eine Teenagergruppe trifft. Aber ich gehe nicht zu den Teenagern, sondern in den Kirchenraum mit dem schönen Buntglas und gehe nach vorne zu dem Altar. Es ist keine große Kirche; wenn sie gerammelt voll ist, gehen gerade dreihundert Leute hinein. Heute ist sie leer. Ich knie mich vor dem Altar hin und fange an zu weinen, und die Uhr geht fast vierzig Jahre zurück, als ich als Teenagerin auch so vor dem Altar kniete. Und dann denke ich an einen anderen Augenblick in dieser Kirche, und fast höre ich das Singen und sehe die Frauen, wie sie sich die Augen wischen, als sie das Bild betrachten.

In den letzten sechs Monaten hat Abbie mich wohl hundert Mal gebeten, die Geschichte aufzuschreiben oder ihr wenigstens neu zu erzählen, sodass sie sie selber niederschreiben kann. Sie ist schwanger, und auf einmal ist ihr die Familiengeschichte sehr wichtig. Ich habe natürlich nichts geschrieben, ich schreibe nicht mehr. Aber Abbie hat Recht: Die Geschichte ist es wert, der Nachwelt überliefert zu werden, aus hundert guten Gründen.

Ich weine und bete wohl gleichzeitig. Mein Beten ist oft so – nämlich dann, wenn ich das Bild vor mir sehe. Seit dem Frühling 1963 hängt dieses Gemälde dort in der Altarnische, und jedes Mal, wenn ich es sehe und an das andere denke, das im Untergeschoss hängt, kommen sie wie ein Strom zurück, all die Erinnerungen.

Und während ich mir so die Tränen abwische und das Fenster und das Ölgemälde anschaue, beschließe ich also, zurückzugehen und Abbie die ganze Geschichte zu diktieren, und wenn es einen Monat dauert, oder zwei oder drei. Ich werde nächste Woche, wenn Bill zu der Tagung fort ist, bei ihr in dem Haus wohnen, wie sie mich gebeten hat, und dann werden wir unseren Tee und Cappuccino trinken, und sie wird den Kassettenrekorder bedienen und die Kassetten wechseln, und ich werde erzählen, und sie kann es dann später am Computer zusammenschreiben …

Und so bin ich drei Tage später wieder hier und sitze gemütlich auf Abbies schwarzem Ledersofa, dem die gelben und schwarzen Flecken gnädig erspart geblieben sind. Bill ist fort, und Abbie sitzt mit ihrem runden Bauch in dem großen Schaukelstuhl, den Bill und sie günstig auf dem Flohmarkt erstanden haben, und auf dem Fußboden ist der Rekorder.

»Ich versuche, es so zu erzählen, wie ich es damals erlebt habe, Abbie. So, als ob ich wieder sechzehn wäre.«

»Prima, Mutti.« Bei Abbie ist immer alles prima.

»Wenn ich mal weine, ist das nicht schlimm, nicht?«

»Kein Problem, Mutti.«

»Bevor ich zu Grant Park komme, muss ich erst mal mit dem Rätsel anfangen. Also: Erst das Rätsel und dann das Flugzeugunglück und Mama und dann Ella Mae und die Kirche …«

Abbie rollt die Augen und lächelt, halb herablassend, halb ermutigend. »Fang einfach an, Mutti.« Dann scheint sie zu begreifen, dass das, was sie da von ihrer Mutter verlangt – fast vierzig Jahre zurückzugehen zu einem sehr schmerzlichen Ereignis –, gar nicht so einfach ist, und sie schält sich aus dem Schaukelstuhl heraus, tritt zu mir, umarmt mich fest und küsst mich auf die Wange und flüstert: »Das ist mir echt wichtig. Ohne deine Geschichte gäbe es mich ja gar nicht.«

Ich schließe meine Augen und versuche, mich in den Körper eines Schulmädchens zurückzuversetzen. So viel ist gleich geblieben wie damals, und so viel ist völlig anders geworden, aber wenn ich an Rachel denke, dann kann ich anfangen. Und ich nehme einen Schluck von meinem Tee und beginne. …

Atlanta, Georgia
1. Juni 1962

Eine Draufgängerin war ich nicht, aber die Abenteuer sprangen mir wie eine verspielte junge Katze hinterher, jederzeit bereit, zuzuschlagen, wenn ich stehen blieb, um meine nächsten Schritte zu planen. Mein berühmtestes Abenteuer begann ganz harmlos. Ich war im zehnten Schuljahr, im Wellington-Mädchengymnasium, saß in Mrs. Wilsons Lateinstunde und war wieder einmal fasziniert davon, wie alles in dieser Sprache wie ein perfektes Puzzle zusammenpasste. Mehrere der Mädchen gähnten, andere rutschten auf ihren Stühlen hin und her. Es war der letzte Tag des Schuljahres; am Montag würden die Prüfungen beginnen.

»Sum levis, et mecum levis est mea cura, Cupido«, antwortete ich begeistert, als die Lehrerin uns aufforderte, eine Zeile aus einem Gedicht von Ovid zu zitieren. Kaum waren die Worte aus meinem Mund, als ein kleiner zusammengefalteter Zettel auf meinen Tisch wanderte. Ich schob ihn rasch unter mein Heft und versuchte mich zu konzentrieren, während Mrs. Wilson sich von der Tafel umdrehte und mir die nächste Frage stellte. Ich stotterte meine Antwort; was, wenn sie den Zettel gesehen hatte? Und vielleicht hatte sie ihn tatsächlich gesehen, denn die letzten paar Minuten der Stunde löcherte sie

mich, bis ich meinte, gleich müsste mein Heft Feuer fangen von dem mysteriösen Papier.

Als es klingelte, sprangen die anderen siebzehn Mädchen zur Tür; keine Chance, herauszufinden, von wem der Zettel kam. Ich las ihn, während ich den Flur entlang zu unserer Englischstunde ging, und was jetzt kommt, ich habe es nicht erfunden. Ehrenwort. Auf dem Zettel standen in schwarzer Tinte die drei Worte, die damals, im Jahre 1962, der Traum jeder Wellington-Schülerin im vorletzten Schuljahr waren: *Sprach der Rabe.*

Als ich diese drei Worte las, bekam ich eine Gänsehaut, obwohl es an jenem Juni-Nachmittag so heiß wie in einer Bratpfanne war. Fast ging ich nicht in die Englischstunde, weil ich auf einmal Angst hatte, mir in die Hose zu machen mit dem Zettel in der Hand. Aber ich war nicht eine, die Schulstunden schwänzte, und so ging ich tapfer in Mrs. Alexanders Klasse, setzte mich, schlang meine Beine zweimal umeinander (nur Mädchen mit echt langen Beinen können das) und hielt den Zettel in meiner einen Hand versteckt, bis er so weich war wie die Cornflakes in meiner Müslischüssel.

Es machte die Sache nicht einfacher, dass wir vor kurzem Edgar Allen Poe durchgenommen und erst gestern den Film *Das verräterische Herz* (nach Poes Kurzgeschichte mit dem gleichen Titel) gesehen hatten. Fast spürte ich, wie das Herz, das in dem Film unter dem Fußboden des Hauses geschlagen hatte, unter dem Fußboden des Klassenzimmers schlug.

Sie hatten mich zum Raben gewählt.

Aus der Rückschau muss ich fast lachen bei dem Gedanken, dass ausgerechnet mir diese mysteriöseste der Wellington'schen Ehren widerfuhr. Das Raben-Ritual ging auf die Frühzeit der Schule zurück, als im Jahre 1927 eine aufmüpfige Schülerin der vorletzten Klasse die Abschiedsrednerin der Abschlussklasse, die bei der Entlassungsfeier sprechen durfte, zu einem geistigen Kräftemessen herausgefordert und gewonnen hatte. Der Wettstreit hatte etwas mit Poes Gedicht »Der Rabe« zu tun gehabt, und seitdem wurde am Ende jedes Schuljahres ein »Rabe« gewählt. Der »Rabe« war immer eine Schülerin am Ende der zehnten Klasse, eine, die von den Oberstufenschülerinnen für »genügend originell und kühn« befunden wurde, um die Aufgabe dieses Jahres zu lösen.

Mit meiner flachen Brust, dem glatten braunen Haar und der Zahnspange war ich so hausbacken, wie ein Mädchen in diesem Alter nur sein kann, aber ich hatte eine rege Fantasie. Manchmal begann ich, wenn wir dasaßen und auf Mrs. Alexander warteten, das Gedicht aufzusagen, das wir in dieser Woche hatten auswendig lernen müssen, aber mit geändertem Text, zum großen Vergnügen der anderen Mädchen. Die Worte kamen mir so leicht wie die Abzählreime, die wir gesungen hatten, wenn wir in der Grundschule im Pausenhof Seilhüpfen spielten, dass Mr. Tennyson und Mr. Keats und ein Dutzend andere Dichtergrößen sich in ihren Gräbern umdrehten und ihre Herzen so laut und zornig hämmerten wie das in Mr. Poes Geschichte.

Vor ein paar Wochen erst hatte ich mich an James Whitcomb Rileys »Annie, das Waisenkind« versucht und eine Ballade auf die liebe Mrs. Alexander daraus gemacht. Die erste Strophe des Gedichtes lautete:

Gut, dass es uns're Annie gibt!
Sie deckt den Tisch und spült Geschirr
und scheucht die Katze von der Tür
und macht das Feuer und packt und putzt,
weil sie ja von was leben muss.

Ich machte daraus:

Gut, dass es Mrs. Alexander gibt!
Wir wissen wenig, sie ganz viel,
und brave Mädchen sind ihr Ziel.
Sie piesackt uns mit harter Nuss,
weil sie ja von was leben muss.

Ich war gerade fertig und alles kicherte hysterisch, als – Schrecken aller Schrecken! – Mrs. Alexander hereinkam. Ich bin sicher, dass diese Geschichte – und noch ein paar andere – die Runde in der Schule gemacht hatte und dass das der Grund war, warum sie mich zum Raben gewählt hatten. Die Tradition besagte, dass die Aufgabe – das so genannte »Rätsel« – des Raben um Mitternacht am letzten Schultag, bevor die Prüfungen begannen, enthüllt wurde. Die erste Aufgabe des Raben bestand darin, den Zettel zu finden, auf dem das »Rätsel« stand und der irgendwo auf dem Schulgelände versteckt war. Ich schaute auf meine Armbanduhr. Zwei Uhr nachmittags, also noch zehn lange Stunden, die aber mit meiner Fantasie wie im Flug vergingen.

Exakt um Mitternacht kletterten meine beste Freundin, Rachel Abrams, und ich über das große eiserne Tor, das Wellington vom Rest der Welt trennte. Rachel war schon sicher unten gelandet, als ich noch in meiner Baumwollbluse und der dreiviertellangen Hose oben auf dem Tor hockte, die Hände klamm, und flüsterte: »Wie komm' ich da runter?«

Die immer praktische Rachel lachte und sagte: »Na, mit Springen natürlich!«

Ich sprang also. Das Tor war an die drei Meter hoch, und ich verdrehte mir den einen Fuß beim Landen. Ich war sicher, dass er gebrochen war, aber Rachel packte meine Hand und riss mich hoch. »Komm, du zerstreute Professorin! Wir haben nur eine Stunde, bevor sie kommen. Was bist du aber auch steif!« Das gehörte auch dazu: Der Rabe hatte exakt eine Stunde, um den Zettel mit der Aufgabe zu finden, danach kamen – so hieß es jedenfalls – die Mädchen aus der kommenden Abschlussklasse und kassierten den Zettel wieder ein.

Mein Fuß tat höllisch weh, und ich sah Rachel finster an, als sie sich umdrehte, aber ich folgte ihr gehorsam und humpelte den asphaltierten Weg entlang, der zwischen blühenden Magnolien zu dem Schatten des großen Ziegelgebäudes vor uns lief.

»Nicht so schnell, Rach«, flüsterte ich.

»Psst! Beeil dich!«, kam ihre Antwort.

Irgendwo hinter den hohen Büschen bei dem Hausmeisterhaus rechts von dem Hauptgebäude bellte ein Hund. »Soll Rachel doch den Raben machen«, murmelte ich. Sie war ganz Feuer und Flamme. »Woher weißt du, wo der Tipp ist?«, rief ich.

»Sag bloß, du hast dir nicht den Lageplan auf der Rückseite von deinem Zettel angeguckt!« Rachel hielt den halb zerknüllten Zettel, den ich in der Lateinstunde zugeschoben bekommen hatte, in der Hand. Sie blieb abrupt stehen, holte eine Taschenlampe hervor und hielt sie an den Zettel, und tatsächlich: Auf seiner Rückseite war ein grober Plan des Schulgeländes.

»Guck, hier ist es.« Sie zeigte auf ein großes X. »Dieses Jahr sind sie voll langweilig, Swannee. Wieder die alte Statue, wie vor fünf Jahren.«

»Woher weißt du denn das?«

»Jacobs hat mir's erzählt. In dem Jahr hat ihre Schwester ihr geholfen, die Aufgabe zu finden. Sie steckte im Mund des großen Mr. Augustus Parks.«

Wir rannten jetzt fast – ich mit großer Mühe – und hatten das Verwaltungsgebäude erreicht, in dem die Büros, die Aula sowie die Räume für den Kunst- und Schauspielunterricht lagen. Bei Tageslicht sah das Gebäude mit seinen roten Ziegeln und dicken weißen Säulen richtig würdevoll aus, jetzt fand ich es gespenstisch – oder machten es nur Mr. Poe und meine allzu rege Fantasie, dass die kannelierten Säulen wie kampfbereite Geister aussahen? Hinter dem Verwaltungsgebäude kam eine große Terrasse mit tadellos gepflegten Blumenbeeten, in deren Mitte die Bronzestaue des Gründers der Schule, Mr. Augustus Parks Emerson Wellington, emporragte. Wir nannten ihn abgekürzt APE, was auf Englisch – ein reiner Zufall natürlich – »Affe« heißt.

»Da ist der Ape-Man«, kicherte Rachel. »Guck du in seinen Mund, ich nehme mir die Hände vor.«

Der »Ape« war das Werk eines der besten Bildhauer von Atlanta, und jeder, der Mr. Wellington gekannt hatte – er war längst verstorben – sagte, dass die Statue ihm voll ähnlich sah. Ihr offen stehender Mund, in den eine ganze Hand hineinging oder jedenfalls drei Finger, bereitete den Wellington-Schülerinnen nicht enden wollendes Vergnügen. Auch ich steckte jetzt meine Hand hinein. Fehlanzeige.

»Nichts?«, fragte Rachel, die gerade den Sockel mit ihrer Taschenlampe inspiziert hatte und sich wieder aufrichtete.

»Nichts.« Ich unterdrückte ein Kichern.

»Ist irgendwas?«

»Deine Strümpfe sind schwarz vor Dreck!«

Rachel streckte mir die Zunge heraus und fuhr unbeirrt mit ihrer Inspektion des Denkmals fort.

»Warum sollen die wieder die Statue nehmen, bloß weil sie sie vor fünf Jahren schon mal genommen haben?«, fragte ich. »Vielleicht ist das bloß ein Trick.«

Rachel ignorierte mich und suchte hektisch weiter. »Beeil dich, Swan, wir haben nur noch fünfundvierzig Minuten! Willst du der erste Simpel in zwanzig Jahren sein, der die Aufgabe noch nicht mal gefunden hat?«

Das wollte ich nun wirklich nicht, und ich war dankbar, dass Rachel bei mir war – aber was tun? Ich setzte mich neben den alten Ape und versuchte zu denken. Rachels Mund stand nicht still. »Sei doch mal still, Rach, ich muss mich konzentrieren.«

Ich stützte meine Stirn in meine Hände und die Ellbogen auf die Knie und schloss die Augen. Rechts hinter mir bellte immer noch der Hund. Irgendwo kreischten die Reifen eines Autos. Dann sah ich nach oben. Direkt vor mir war der Wald, und von dem dünnen Ast einer Kiefer hing etwas Weißes herunter.

»He, Rach, guck, da!« Ich zeigte auf den Baum.

Rachel sprang auf, ging zu dem Ast, riss den Zettel ab und las:

> Lieblich tönt ein guter Tipp:
> In dem Wald hinter dem Ape
> ein Ort, wo oft man lang verweilt.
> Geh auf die Knie, ’s ist nicht viel Zeit.

Mit Hilfe der Taschenlampe lasen wir den Zettel mehrere Male. Dann rief ich aus: »Ich weiß, wo das ist! Bei dem Musikpavillon!«

»Der Musikpavillon?«, fragte sie ungläubig. Dann pfiff sie leise. »Mensch, Swannee, ich glaub’, du hast Recht!«

Wir liefen in den Wald, auf dem wohl bekannten Weg, den wir fast jeden Tag nahmen. Wir hielten vor dem mit weißen Holzschindeln verkleideten Gebäude an. Ich versuchte die Tür. Sie war natürlich verschlossen.

»Swannee, nicht die Tür – auf dem Zettel steht ›auf die Knie‹!«

Ich kniete mich hin und schob meinen einen Arm unter den Pavillon, dessen Fußbodenbalken auf vielleicht einen Fuß hohen Fundamentblöcken aus Schlackensteinen ruhten, zwischen denen Spinnweben, feuchte Blätter und wer weiß was sonst noch hing. Ich tastete umher. »Gib mir die Lampe, Rachel.«

Und da war es. Ein ramponierter alter Flötenkasten, der gewöhnlich offen auf dem vordersten Tisch stand, wenn wir den Pavillon betraten, und in den jeder, der zu spät zur Orchesterprobe kam, einen Penny legen musste. Ich packte ihn, zog ihn unter einem Laubhaufen hervor und richtete mich wieder auf. »Bitte sehr«, verkündete ich. »Ich wette, es ist hier drin.«

Rachel runzelte die Stirn.

»Kapierst du nicht, Rach? ›Lieblich tönt ein guter Tipp.‹ Die Aufgabe muss hier in dem Flötenkasten liegen.« Ich fackelte nicht lange und öffnete ihn.

Auf dem blauen Samtboden lag ein zusammengefaltetes Stück Papier mit einem großen »R« (wie »Rabe«) darauf. Mein Mund wurde trocken. Ich leckte meine Lippen, faltete den Zettel feierlich auseinander und las den mit Schreibmaschine geschriebenen Text:

> Du, Mary Swan Middleton, Wellington-Rabe für das Schuljahr 1962/63, bist dazu auserwählt, vor Ende des jährlichen Karnevalsfestes am Freitag, den 8. Februar 1963, drei verloren gegangene Kunstwerke aufzuspüren. Diese Gemälde wurden von einem anonymen Gönner dem Kunstmuseum von Atlanta geschenkt und sollten am 29. April des vergangenen Jahres, 1961, geliefert werden. Doch sie kamen nie an. Es gab Diebstahlsgerüchte, doch der Schenker hat nie einen Diebstahl angezeigt. Der Schenker ließ nie mehr von sich hören, und niemand weiß, wer diese mysteriöse Person ist. Finde die Gemälde und werde so einer der wenigen erfolgreichen Raben in der Geschichte von Wellington.

Darunter standen die Namen der drei Gemälde und ihrer Maler. Es überraschte mich kein bisschen, dass einer der Maler Mama war.

Frühlingsstrauß – Henry Becker, 1958
Ruhendes Kind – Sheila Middleton, 1952
Freut euch des Lebens – Leslie Leschamps, 1956

Mein Hirn raste. Rachel riss mir den Zettel aus der Hand. Die Geschichte von den drei Gemälden, die das Kunstmuseum für eine Ausstellung im Sommer 1961 bekommen hatte und die in der Nacht vor Eröffnung der Ausstellung spurlos verschwunden waren, war unter den Kunstfreunden von Atlanta, nicht zuletzt auch in meiner Familie, wohl bekannt. Die Person des Schenkers war nach wie vor ein Rätsel. Meine Eltern hatten versucht, dem Museum zu helfen, ihn aufzuspüren – ohne Erfolg.

Ich mochte sie sofort, meine Aufgabe. Der Rabe hatte den ganzen Sommer, Herbst und Winter des kommenden Schuljahres, um seine Aufgabe zu lösen. Aber jedes Mädchen in Wellington wusste auch, dass die Identität des Raben ein Geheimnis bleiben musste. Wenn er sich an irgendeinem Punkt der neun Monate verriet, wurde die Aufgabe null und nichtig. Doch zum Glück durfte der Rabe sich zwei Personen als Helfer aussuchen. Ich fand, dass mir eine Helferin genügte; Rachel hatte, jedenfalls meiner bescheidenen Meinung nach, mehr im Hirn als der ganze Rest meiner Klasse zusammen.

Selbstverständlich würden die Wellington-Mädchen die besagten neun Monate damit verbringen, herauszufinden, wer wohl der Rabe des Jahres war. Es kam vor, dass eine richtig riet, aber da der Rabe sich ja nicht verraten durfte, war das Ritual von einer Aura des Mysteriösen umgeben, bis zu dem Abend des Karnevalsfestes, wenn der Name des Raben – und ob er seine Aufgabe erfolgreich gelöst hatte oder nicht – feierlich verkündet wurde. Und selbstverständlich mussten auch die Schülerinnen der Abschlussklasse, die den Raben ausgewählt hatten, ihren Mund halten.

Alles in allem war es das beste der Rituale an unserer Schule, und es ging in ihm mitnichten nur darum, der Stolz seiner Klasse zu werden, sondern auch um ein Stück Mildtätigkeit, denn mehrere der Firmen in Atlanta stellten Spendengelder für von der Klasse des Raben auszuwählende karitative Organisationen zur Verfügung – wenn der Rabe seine Aufgabe löste. Auch vermögende Einzelpersonen beteiligten sich; im vergangen Jahr hatte mein Vater einen größeren Posten Aktien in den Spendentopf getan.

Das Wellington-Mädchengymnasium war eine christliche Privatschule für Mädchen, die mit der sechsten Klasse begann und bis zum Ende der High School führte. Sie galt als eine der besten Schulen im Südosten, und viele vermögende Bürger von Atlanta unterstützten sie. Ein Mädchen, das Wellington packte, ging anschließend fast immer aufs College, und die Besten konnten sich eine der Top-Universitäten Amerikas aussuchen.

Nur ein Mal in den vergangenen zehn Jahren hatte eine Unterstufenschülerin die Rabenaufgabe bestanden. Rebecca Dewberry war 1956 zum Raben erwählt worden. Sie war eine typische Streberin, mit langweiligen Kleidern und einer grässlichen Brille. Aber, so hieß es, als sie das Geheimnis gelöst hatte, verwandelte sie sich einszweidrei in die Schulheldin. Fortan trug sie an Kleidern und Brillen nur noch das Feinste. Sie bewarb sich erfolgreich um das Morehouse-Stipendium an der UNC, zog es aber vor, nach Radcliffe zu gehen, und wurde Rechtsanwältin – zu einer Zeit, wo dies für eine Frau noch höchst ungewöhnlich war.

Ich wusste nicht mehr, wie ihr »Rätsel« gelautet hatte, aber ich hatte gehört, dass ihre Großmutter, die in den 1920er Jahren eine der Gründerinnen von Wellington gewesen war, sowie die Schauspiellehrerin ihre Helfer gewesen waren. Rebecca hatte sich ihre beiden treuen Helfer offensichtlich weise ausgesucht und ihrer Klasse alle Ehre gemacht.

Aber ich war keine Rebecca Dewberry. Ich schrieb keine Einser – höchstens Zweien. Ich hatte einfach nicht genügend Zeit zum Lernen; ich ging lieber in den Wald, um zu zeichnen, oder erfand dumme Gedichte oder ritt mein Pferd. Aber immerhin hatte ich Rachel Abrams zur Freundin. Seit unserem ersten Jahr in Wellington waren wir praktisch unzertrennlich. Rachel hatte einen Kopf für Bücher. Ihr Vater war ein brillanter Physiker am Georgia Institute of Technology. Wo ich zu wenig Selbstvertrauen hatte, hatte Rachel genügend für die ganze Schule. Und wo ich melodramatisch war, war Rachel stockpraktisch und direkt, eine, die sagte, was sie dachte. Und schön war sie auch, ein richtiger Herzensbrecher. Langes, dickes blondes Haar und kristallklare blaugraue Augen. Sie war mit elf Jahren in die Pubertät gekommen, ich erst vor drei Monaten, mit sechzehn. Aber wir waren die dicksten Freundinnen.

Ich weiß nicht genau, warum sie sich ausgerechnet mich als Freundin ausgesucht hatte, außer dass wir beide im Schulorchester Flöte spielten – sie viel besser als ich. Wir waren auch beide Pferdeliebhaber und besaßen unsere eigenen Stuten, die wir in dem Stall hinter Rachels Haus hielten. So ziemlich jeden Nachmittag waren wir zusammen und ritten oder übten Flöte oder säuberten den Pferdestall oder was auch immer.

Und Rachel brachte mich zum Nachdenken. Sie kam dauernd mit komischen Fragen über den Sinn des Lebens. Aber in dieser Nacht, als ich die Aufgabe des Raben sicher in meinen Händen hielt, schonte sie meine grauen Zellen und begnügte sich mit einem fröhlichen Schwatz, als wir – ich hinkend, sie hüpfend – zurück zum Schultor gingen.

»Klare Sache, Swannee. Super. Machst du mit der linken Hand.«

Ich war da nicht so sicher. Mein Knöchel pochte schmerzlich, meine Hände waren von Erde und Blättern verdreckt. Aber ich war begeistert. Sie hatten mich zum Raben gewählt, und ich hatte das Rätsel gefunden!

Wenn dieses »Rabenrätsel« alles gewesen wäre, würde es sich nicht lohnen, diese Geschichte zu erzählen. Aber aus dem Rückblick sehe ich, wie mitten in diesem harmlosen Schulritual Gottes Hand nach mir griff, um den Gang meines Lebens und des Lebens so ziemlich aller Menschen, die mir besonders lieb waren, auf Jahre hinaus zu ändern. Ich kriege eine Gänsehaut bei dem Gedanken, aber wie ich es sehe, ist die Geschichte meiner Familie, ja der ganzen großen Stadt Atlanta, für immer mit einem harmlosen Schulmädchenulk verquickt.

KAPITEL 1

Flughafen Orly, Paris
3. Juni 1962

Die neun Monate vom 1. Juni 1962 bis Ende Februar des folgenden Jahres, ich habe sie später das »Jahr des Todes« genannt. Ich glaube, es war das schlimmste Jahr meines Lebens oder jedenfalls das schmerzlichste. Aber im Rückblick muss ich sagen, dass es auch ein Jahr der Entdeckung, des Neuen, ja letztlich der Hoffnung war. Es hatte seine hellen Seiten, dieses Jahr: Ich erlebte in ihm meine erste Liebe, lernte es, einen Menschen wirklich wahrzunehmen, und verließ zum ersten Mal mein Schneckenhaus. Vor allem aber war es das Jahr, in welchem ich die Wahrheit entdeckte, und die Wahrheit macht immer frei. Vielleicht sollte ich es doch nicht das Jahr des Todes nennen, sondern das Jahr der Freiheit.

Ich will versuchen, dieses Jahr zu schildern, aus meinen eigenen Erinnerungen und aus dem, was andere mir erzählt haben.

John Jason Middleton, mein vierzigjähriger Vater, winkte fröhlich seiner Frau und meiner Mutter, Sheila, zu, als sie zusammen mit den anderen Passagieren zu dem großen Flugzeug ging. Dann, einem plötzlichen Impuls folgend, rannte er durch die Glastüren und umarmte sie noch einmal ganz fest, küsste sie auf den Mund und drückte seine Hand auf ihr seidenweiches Haar. Sie lachte. Ihre jadegrünen Augen glitzerten, ihr breiter, wunderbarer Mund war hellrosa geschminkt. »Bis Morgen, Schatz!«

Er schaute zu, wie seine Frau und viele ihrer Freunde die Boeing 707 von Paris nach Atlanta bestiegen. Die dreiwöchige Tour mit über hundert anderen aus Atlanta, sie war perfekt gewesen. Ein Dutzend Szenen blitzten durch seinen Kopf. Tanzen mit Sheila. Sheila auf den Champs-Elysées. Sheila, schwer bepackt mit Päckchen aus den Galéries Lafayette. Sheila, wie sie ergriffen weinend vor einem Rembrandt stand … einem da Vinci … einem Raphael.

Ah, Sheila … Mit ihren 38 Jahren galt sie bereits als eine der führenden Künstlerinnen von Atlanta, und jetzt hatte sie in

Paris Kontakte geknüpft, die ihr eine eigene Ausstellung in dieser Stadt im kommenden Frühjahr so gut wie garantierten. Er kniff die Augen zusammen, um noch einen Blick auf seine Frau zu erhaschen, wie sie in dem großen Vogel verschwand, der bald darauf zur Startbahn rollte.

Vorgestern Abend hatten er und Mama sich darauf geeinigt, mit verschiedenen Maschinen nach Hause zu fliegen. Papa, vorsichtig wie immer, hatte es für sicherer befunden, wenn sie nicht in demselben Flugzeug saßen – wegen mir und meinem Bruder Jimmy. Die anderen aus der Reisegruppe hatten darüber gelacht, aber er muss wohl eine Vorahnung gehabt haben. Und am Freitag hatte es noch ein paar gute Geschäftskontakte gegeben, sodass er einen guten Grund hatte, einen Tag länger zu bleiben.

»Kein Problem, Jason, das ist eine gute Idee!« Mama hatte die Worte in ihrem getragenen Südakzent gesungen. Dann hatte sie den Mund verzogen. »Aber jetzt muss ich stundenlang alleine ohne dich in dem Ding fliegen! Wie langweilig!«

Er hatte schallend gelacht und sie in die Wange gezwickt. »Ja, todlangweilig, bestimmt! Nichts als Kaffeeklatsch mit Rosalind Williams und Anne Berry und Elizabeth Bull!«

»Aber *du*, mein Allerliebster?« Sie hatte ihre Stimme spitzbübisch traurig gemacht. »Ich denke an *dich.*«

Er hatte wieder gelacht. Sie wussten beide gut, wie er sich darauf freute, ein paar Stunden für sich zu haben, um liegen gebliebene Arbeit zu erledigen, bevor er zurück nach Atlanta kam.

Der Jet raste die Startbahn entlang, hell blitzend unter dem Mittagshimmel von Paris. Papa spürte das bekannte Loch in der Magengrube, als die Maschine schneller wurde, dann die Erleichterung, als ihre Nase nach oben ging, bereit, den Himmel zu zerschneiden.

Er wollte sich gerade umdrehen, um zu gehen, als er sah, dass der Silbervogel nicht hochkam, sondern weiter über die Bahn raste, einen weißen Qualmteppich hinter sich ziehend. Dann, in einem Augenblick, der eine Ewigkeit zu dauern schien, kippte er nach links, als ob er stolperte, und der Rauch wurde schwarz. Ein Schrei kam aus Papas Kehle, als er sah, wie die Nase des Flugzeugs sich in die Startbahn rammte. Eine laute Explosion, dann kamen die Flammen, orangerot und blau.

Zusammen mit einem Dutzend anderer verstörter Augenzeugen rannte er zu der Glastür, stolperte und erreichte das Rollfeld. Ein Mann in Air France-Uniform stoppte ihn. »Da können Sie nicht hin!«

»Meine Frau ist in dem Flugzeug!«, schrie Papa.

»Entschuldigen Sie«, sagte der Air France-Mann. »Mein Bruder auch.«

Papa stand fassungslos da. Er sah die Flammen, stellte sich ihre tödliche Hitze vor. Von irgendwo aus der Ferne kamen Sirenen. Dazu der Klang seiner eigenen verzweifelten Stimme: »Sheila, Sheila ...«

Atlanta, Georgia
3. Juni 1962

So, wie man es mir später erzählt hat, saß Ella Mae am Morgen des 3. Juni in der Kirche und fächelte sich wie immer Luft zu. Auf ihrem drahtigen schwarzen Haar, in das sich die ersten grauen Strähnen mischten, saß ihr großer Strohhut. Sie war eine große Frau, kräftig, robust und fröhlich. Wenn sie lächelte und ihre weißen Zähne in ihrem Ebenholzgesicht entblößte, war das ein wunderbarer Kontrast. Dunkel und Hell, die sich zu einem der schönsten Gesichter vereinigten, die meine jungen Augen kannten. Ella Mae war damals, 1962, die Hausangestellte unserer Familie. Wir wohnten in einer großen Villa im Nordwesten von Atlanta; wo Ella Mae wohnte, wenn sie nicht bei uns war, das wusste ich nicht. Sie gehörte geradeso zur Familie wie meine Eltern und mein 13 Jahre alter Bruder Jimmy. Ich liebte Ella Mae, und obwohl der Wind der Rassenprobleme durch unser Land fuhr und ihre Haut schwarz und meine weiß war, hatte ich in meinen 16 Jahren nie den Unterschied zwischen uns verspürt.

Erst die Ereignisse der nächsten neun Monate sollten mich aus meinem Kokon herausholen. Aber ich greife vor.

Um 9 Uhr morgens, am 3. Juni also, waren die Bänke der Mount Carmel Church in Südost-Atlanta voll. Die Gemeinde sang laut und begeistert, dass die schwarzen Leiber hin und her wogten. Ein junger Solosänger trat aus dem Chor nach vorne, um die letzte Strophe von »Oh, Happy Day« vorzujubeln. Die Kirche war ein schlichtes Gebäude aus roten Ziegeln und weißen Holzbrettern, die einen neuen Anstrich brauchten, und die grauen Kissen auf den Bänken waren abgewetzt. Aber es gab zehn herrliche Buntglasfenster, das Klavier war gestimmt, und der Chor – wie konnte er singen! Die ganze Gemeinde war so mit Singen und Preisen beschäftigt, dass niemand es merkte, dass Pastor James heute Verspätung hatte. Als er endlich auf die Kanzel trat und alle sein Gesicht sahen, hörte das Singen abrupt auf.

»Meine Brüder und Schwestern in Je-, in Jesus«, begann er, über seine eigenen Worte stolpernd, was ihm, wie Ella Mae uns versicherte, sonst nie passierte. Seine Augen schimmerten, als ob er versuchte, Tränen zurückzuhalten. »Unsere Zuversicht ist in dem Herrn.« Die üblichen »Amen!« kamen nicht, die Gemeinde wartete in Hochspannung.

»Ich habe gerade gehört, dass in Paris ein Flugzeug verunglückt ist, heute Morgen. Eine Chartermaschine, in der Menschen hier aus Atlanta saßen.« Ein Aufkeuchen ging durch die Gemeinde. »In der Maschine saßen viele der ersten Bürger unserer Stadt. Mir fehlen die Worte, um meinen Schmerz …«

Den Rest von Pastor James' Rede und seine Predigt hörte Ella Mae nicht mehr. Mit einem lauten »Herr Jesus!« sprang sie auf. »Ich muss zu Mary Swan und Jimmy!«, rief sie, aber mehr zu sich selber, und rannte aus der Kirche.

Konsternierte Gesichter sahen ihr hinterher. Aber sie reimten sich bald die Wahrheit zusammen. Klar, dass Ella Mae als Erstes an uns dachte, ihre »Kinder«, die allein waren in dem großen Haus und noch nicht wussten, welche Bombe gerade in ihr Leben gefallen war.

Als ich an diesem Morgen die Treppe herunterkam, war das Haus ungewöhnlich still. Mein jüngerer Bruder, Jimmy, schlief noch, und ich war mit meinem neuen »Raben«-Abenteuer und meinem schmerzenden Knöchel beschäftigt. Es war Sonntag, und Oma und Opa Middleton, Papas Eltern, die während der Reise von Mama und Papa unser Haus hüteten, waren schon zur Kirche gegangen. Wenn unsere Eltern da gewesen wären, wären wir mit in den Gottesdienst gegangen, aber Oma hatte am Abend gesagt, dass wir ausschlafen dürften, und wir hatten nichts dagegen gehabt. Am Nachmittag wollten sie mit uns zum Flughafen fahren, um Mama und Papa abzuholen. Ich konnte es kaum erwarten. Drei lange Wochen waren sie fort gewesen; was mochten sie alles erlebt haben?

Ella Mae, die seit meiner Geburt als Haushälterin und Kindermädchen für uns arbeitete, war wochentags immer da. Das Summen ihres Staubsaugers und der Duft ihrer Brathähnchen, der einem das Wasser im Mund zusammenlaufen ließ, waren mir wohl vertraut. Manchmal schlich ich mich, wenn ich von der Schule nach Hause kam, in die Küche und stibitzte einen Hähnchenschenkel, verspeiste ihn und warf den Knochen in den Abfall, bevor Ella Mae etwas merkte. Sie hatte mich natürlich längst durchschaut und briet immer ein paar Extrahähnchenschenkel für Jimmy und mich.

Heute roch es nicht nach Hähnchen, und der Staubsauger war nicht zu hören. Heute war Sonntag, der 3. Juni, und Mama und Papa saßen in ihrem Flugzeug von Paris nach Atlanta. Ich schaute kurz auf die große Standuhr im Flur, während ich die lange Marmorwendeltreppe hinunterstieg. 9.32 Uhr. Nur noch sechs Stunden.

Meine Mutter war eine im Süden der USA bekannte Malerin, die oft zu Kunstausstellungen fuhr, in alle möglichen Städte, deren Namen ich noch nie gehört hatte. Ich war auf dem breiten Schoß von Ella Mae groß geworden, hatte den Duft ihrer weichen schwarzen Haut eingesogen, während sie mir aus *Onkel Remus* vorlas oder ihre Lieder über Jesus sang. Sie war mir wie eine zweite Mutter.

Inzwischen trug Ella Mae ihr Haar kurz, aber ich weiß noch, wie ich es als kleines Mädchen streichelte und das zwirnige Gefühl genoss und wie ich es um meine Finger wickeln und zu kleinen Zöpfen flechten durfte. Ella Mae benutzte kein Make-up. Ihre Augen waren nicht sehr groß, außer wenn sie die Brauen hob, weil sie wütend war, sodass man das Weiße sah. Ihre Nase war gerade und breit, was ich gut so fand, denn meine war so klein und stupsig. Ich wollte ständig ihr Gesicht zeichnen. Es war das wirklichste Gesicht, das ich je gesehen hatte.

Wir nannten Ella Mae »kräftig« oder »rund«, aber Mama, die gerne hin und wieder einen Ausdruck ihrer französischen Mutter anbrachte, sagte immer: »Sie ist nicht dick, sie ist nur ein bisschen *enveloppée.«* Ich übersetzte das frech mit »gut gepolstert«; aber auf Französisch klang es viel feiner.

Als ich an diesem Junimorgen in das Wohnzimmer trat, saß Ella Mae vor dem Radio, lauschte durch das Knistern und Rauschen auf die Stimme eines Ansagers und schaukelte hin und her, hin und her, während sie stöhnte: »Herr Jesus, erbarm dich über uns, erbarm dich.«

Sie muss mich wohl nicht gehört haben, denn sie stieß plötzlich einen Schrei aus und japste: »Gott, Kind, was hast du mich erschreckt!« Und dann sah sie mich an, und ihr schönes rundes Gesicht war tränennass.

Ich hatte Ella Mae noch nie weinen gesehen. Es war nicht denkbar, dass sie weinte. Sie war doch dazu da, um *meine* Tränen zu trocknen und mir zuzuhören und über meine Streiche zu lachen. Als ich ihr nasses Gesicht sah, zog sich etwas in mir zusammen und ein kalter Schauer fuhr mir über den Rücken.

»Ella Mae, was ist los? Warum bist du heute hier? Warum bist du nicht in deiner Kirche?«

»Kind, mein Kind, o, mein Kind.« Sie schüttelte den Kopf und zog mich mit ihren starken Armen an ihren breiten Busen, als sei ich wieder ein kleines Mädchen. »Wir haben keine guten Nachrichten heute, nein, nichts Gutes.«

»Wie meinst du das, Ella Mae?« Ich merkte: Wenn es etwas war, das Ella Mae weinen machte, müsste ich vielleicht auch gleich weinen. Egal – wenn sie es mir nur schnell verriet. Was es auch war, ich musste es hinter mich bringen, bevor Mama und Papa vom Flughafen nach Hause kamen. Geschlagene drei Wochen hatten sie zusammen mit hundert der Kunstmäzene der Stadt die berühmten Museen Europas besucht, und ich wollte, dass zu Hause alles in Ordnung war, wenn sie wiederkamen.

»Es hat ein Unglück gegeben, Kind. Ein furchtbares Unglück. In Paris. Heute Morgen ist ein Flugzeug abgestürzt, beim Start.«

Ich erstarrte und kniff die Augen zu abweisenden Schlitzen

zusammen, als wollte ich Ella Mae verbieten, Dinge zu sagen, die zu schrecklich waren, um wahr zu sein. »Was für ein Flugzeug?«, murmelte ich.

Bevor sie antworten konnte, ging die Türklingel, dass wir beide zusammenfuhren. Ich rannte in den Flur und riss mit hämmerndem Herzen die Haustür auf. Draußen stand unsere Nachbarin, Mamas beste Freundin, Trixie Hamilton. Trixie war Ende 30, zierlich, blond und lustig. Aber jetzt war ihr Gesicht aschfahl.

»Mary Swan«, flüsterte sie und zog mich an sich. »Oh, Mary Swan. Ich bin sofort gekommen, als ich das gehört hab. Ich war auf dem Weg zur Kirche. Ich wollte hier sein, bevor du aufstehst.« Ella Maes Augen begegneten denen Trixies, und sie schüttelte langsam den Kopf. Trixie, wie auf ein geheimes Signal, führte mich durch den großen Flur in die Küche, die in kräftigen Rot-, Gelb- und Blautönen gestrichen war – Mamas künstlerische Hand, wie wir das nannten. Neben der Küche war das Frühstückszimmer mit dem großen runden Eichentisch, um den wir uns zu unseren normalen Mahlzeiten versammelten. Wir setzten uns, und Trixie nahm meine Hände.

»Es hat einen Unfall gegeben. Einen tragischen Unfall. Das Flugzeug …« Sie räusperte sich und nahm einen neuen Anlauf. »Das Flugzeug, mit dem deine Eltern heute Morgen von Paris zurückfliegen wollten, ist abgestürzt. Es heißt, dass es keine Überlebenden gibt.«

Wenn ich sechs Jahre alt gewesen wäre, ich hätte mich in Trixies Arme oder an Ella Maes Brust fallen lassen und stundenlang geweint und geschluchzt. Aber ich war 16 – jenes unbeholfen-stolze Alter, in welchem einem die allernächsten Menschen manchmal halb fremd vorkommen. Ich saß steif wie ein Brett da, und Trixie saß neben mir, die Arme lose um mich gelegt, als habe sie Angst, dass ich zerbrechen würde, wenn sie mich drückte.

Es war Ella Mae, die, leise weinend, ein Glas Orangensaft für mich und Trixie richtete, und dann nahm sie, wie so oft schon, meine Hände und begann leise und andächtig zu singen: »Nobody knows the trouble I've seen. Nobody knows but Jesus.«

Meine Tränen kamen, als sie an die Stelle mit Jesus kam. Ich weinte und weinte, und der furchtbarste Schmerz, den ich je erlebt hatte, zerriss mir den Leib. Es war kein körperlicher Schmerz; er kam so tief aus meiner Seele, dass er sich wie ein Tod anfühlte. Wir saßen lange so da – ich weinte, Trixie biss sich auf die Lippe und Ella Mae summte ihre Lieder.

Wir gingen zurück in das Wohnzimmer, setzten uns wie drei Statuen vor das Radio und hörten zu, wie die salbungsvolle Stimme eines Mannes, der ein Beruhigungsmittel anpries, aufhörte und die sachliche Stimme des Nachrichtensprechers kam, der im unbeteiligtsten Ton der Welt das furchtbare Unglück meldete. Dann wieder Werbung, während wir wie auf Kohlen saßen und warteten und warteten. Auf die Namensliste im Radio. Auf den Telefonanruf, der unsere schlimmsten Befürchtungen bestätigen würde. Darauf, dass die Zeit wieder zu ticken begann, zum Zeichen, dass es eine Zukunft gab. Dieser Morgen – der Morgen ohne Brathähnchenduft und ohne das Summen des Staubsaugers – war ein Tag, an dem ich an der Schwelle zum Frau-Sein wieder ein schmächtiges kleines Mädchen wurde, das nichts sehnlicher wollte, als sich auf den Schoß seines Kindermädchens zu legen und in den Schlaf gewiegt zu werden.

Es war Trixie, die ihren Mut zusammennahm und das Air France-Büro in der Forsyth Street anrief. Die Nummer war so lange besetzt, dass wir es schließlich aufgaben und einfach dasaßen. Trixie rauchte eine Zigarette nach der anderen. Es muss gegen halb elf gewesen sein, als das Schrillen des Telefons uns aus unser Erstarrung herausriss. Keine von uns traute sich, den Hörer abzunehmen. Schließlich nahm Ella Mae ihn und sagte mit einer Stimme, die nicht halb so kräftig klang wie sonst: »Hier bei Middleton.«

Einen Augenblick hörte sie erstaunt zu, dann wurde ihr Gesicht perplex und ihre Stimme laut. »Hallo? Hallo? *Wer* ist da? Was sagen Sie da? Soll das ein Witz sein, Mister? Wollen Sie uns noch mehr wehtun?«

Dann hielt sie inne, und ihr Kopf ging noch tiefer zu dem Telefon hinunter, als versuche sie, durch die Leitung zu sehen, wer der Anrufer war. Und dann rief sie aus: »Gott sei gelobt,

Sie sind's wirklich, Mr. Middleton!« Ich sprang auf und riss ihr den Hörer aus der Hand.

»Papa! Papa! Bist du das? Bist du das wirklich? Ella Mae hat in der Kirche was von einem Flugzeugunglück gehört, und wir dachten, es war eures ...«

Aber Papas Stimme war tränenerstickt, als er durch das Rauschen der Leitung sagte: »Mary Swan, Schätzchen, Mama war in dem Flugzeug. Mama – Mama ist bei dem Unglück umgekommen.«

»Nein!«, schrie ich. Gerade war ein Hoffnungsfunke in das Grauen gekommen, und jetzt kam es mit voller Wucht zurück. Ich ließ den Hörer fallen und sank zu Boden. Gerade kam Jimmy in den Raum, sein Gesicht ein Fragezeichen. Trixie nahm das Telefon und Ella Mae Jimmy, und irgendwie – wie, weiß ich nicht – überstanden wir diese Stunde. Ich erinnere mich nur noch an den Klang von Papas Stimme und wie sie brach, als er mir sagte, dass Mama nicht mehr war. Papa Tausende von Meilen von uns entfernt allein mit seiner Trauer, und wir wie gelähmt von dem Schock. In meiner Brust war ein Schmerz wie von tausend Messern und der hämmernde Wunsch, zurückzurennen in der Zeit – zurück in die Tage, in denen das Leben so gewesen war wie immer.

Ich fiel zurück auf das Sofa, am Ende meiner Tränen und Kraft. Kurz danach kamen Oma und Opa. Sie waren im Gottesdienst gewesen, als die Nachricht kam. Als sie zur Tür hereinkamen, sah ich, dass sie geweint hatten; ich hatte sie noch nie weinen gesehen. Oma versuchte, es nicht zu zeigen, als sie ihre dünnen Arme um mich schlang. Sie war noch kleiner als Trixie, ihr Haar war schneeweiß und sie trug ein helles lavendelfarbenes Kostüm, das fast die Farbe ihrer Augen hatte. Sonst kam sie mir immer wie eine richtige Dame und voller Leben vor; jetzt sah sie fast hinfällig aus.

Opa war ein großer Mann und ehemaliger Football-Spieler. Bei Besuchen wirkte er eher schüchtern, aber alle sagten, dass er im Geschäftsleben ein Genie war, das die furchteinflößendsten Leute souverän zu nehmen wusste. An diesem Morgen sah er weder schüchtern noch hart aus; er war ein gebrochener Mann.

Das Einzige, was ich herausbrachte, war: »Papa lebt!« Sie sahen mich traurig an.

»Armes Kind«, flüsterte Oma. Sie drückte mich an sich, dass ich ihr Parfüm roch.

»Das stimmt, Frank und Jennie«, sagte Trixi. »John Jason hat gerade angerufen.« Sie biss sich auf die Lippe und blinzelte ein paar Tränen zurück. »Er und Sheila hatten verschiedene Flüge gebucht.« Sie räusperte sich. »Er war im Flughafen, als … das passierte.«

»Großer Gott«, flüsterte Opa. Oma gab einen Laut von sich, der wie eine Mischung aus unglaublicher Erleichterung und unermesslicher Traurigkeit klang.

Bald wollte der Strom der Besucher, die uns ihr Beileid aussprechen wollten, nicht mehr abreißen. Ella Mae, Trixie, Oma und Opa nahmen sie höflich in Empfang und sorgten dafür, dass bis auf ein paar keiner zu uns kam. Jimmy und ich saßen in seinem Zimmer im Obergeschoss neben dem Radio, aber wir hörten fast jedes Wort, das unten gesprochen wurde, mit. Die Gespräche verliefen alle gleich: die Tränen der Besucher, Trixies Stimme, wie sie ihnen erklärte, dass Papa noch lebte; darauf Erleichterung und dann erneuter Schmerz, wenn sie erfuhren, dass Mama tatsächlich umgekommen war. Ich wollte nur wissen, wann Papa endlich nach Hause kommen würde, aber darauf musste ich noch warten.

Gegen Mittag kam Trixie mit einem Tablett Sandwiches zu uns. Ihre Augen waren rot, und sie berichtete uns schniefend: »Die Straße sieht wie ein Parkplatz aus, links und rechts ist eine Riesenschlange. Und ein paar Frauen haben gesagt, dass das in der ganzen Stadt so ist, überall dort, wo jemand gewohnt hat, der in dem Flugzeug war.«

Jimmy und ich sahen zum Fenster hinaus und trauten unseren Augen nicht. Die Straße sah wie ein Parkplatz vor einer großen Kirche aus, und die Leute kamen im Sonntagsstaat zu unserer Haustür. Aber sie trugen keine Bibeln bei sich, sondern Schüsseln und Plätzchendosen. Ich drückte mein Gesicht gegen die kühle Fensterscheibe. Ich fühlte mich schwindlig und fiebrig.

Um zwei Uhr kam Ella Mae herauf und flüsterte: »Kinder,

euer Pastor und seine Frau sind da. Ihr kommt wohl besser runter.«

»Ich kann nicht«, schniefte Jimmy. »Ich will niemand sehen. Swan, geh du, bitte.«

Und ich ging. Wir waren episkopalisch, und Oma und Opa, Papa und Mama gingen zur Philips-Kathedrale, die an unserer Straße lag. Die vor kurzem umgebaute Kirche war ein imposantes Gebäude, das aus Tennessee-Quarzit gebaut war, einem schönen gelblichen Stein. Sie stand auf einer kleinen Anhöhe, die sich wie ein Kap in die Peachtree Road hineinschob, direkt in der Rechtskurve, sodass jeder, der vorbeifuhr, sie sah. Jimmy und ich gingen gewöhnlich in den Sonntagsgottesdienst, allerdings waren wir in den letzten drei Wochen, als unsere Eltern nicht da gewesen waren, nachlässig geworden.

Langsam – weil mir halb schwindlig war und mein Knöchel noch wehtat stieg ich die Treppe hinunter. Dekan Hardman hielt mir seine Hand hin. »Gott segne dich, Mary Swan. Was für ein furchtbares Unglück.«

Seine Frau umarmte mich fest. »Das mit deiner Mutter tut uns so Leid.« Das Mitleid in ihrer Stimme war echt. Trixie hatte mir schon gesagt, dass fast zwanzig Personen aus unserer Gemeinde bei dem Absturz ums Leben gekommen waren. Wie viele Familien mochten Dekan Hardman und seine Frau schon besucht haben? Das Herz tat mir weh für sie.

Aber ich brachte nichts über die Lippen als nur: »Danke, dass Sie gekommen sind.« Wir setzten uns in den Salon mit der hohen Decke und den Gesimsen, den Ölgemälden und Perserteppichen, die Hardmans und Trixie und meine Großeltern und ich. Ella Mae blieb stehen, bis der Pastor sie bat, sich doch auch zu setzen. Ich sah auf meine Hände hinunter, die ich in meinem Schoß hin- und herdrehte, dann und wann wischte ich mir über die Nase. Wir müssen wohl eine Viertelstunde so gesessen haben, in völligem Schweigen, und irgendwie schien das genau das Richtige zu sein.

Dann räusperte sich Dekan Hardman umständlich und sagte: »Am Dienstagmorgen gibt es in St. Philip einen Gedenkgottesdienst für alle Opfer.« Er erhob sich, um mir wieder die Hand zu schütteln, und einen Augenblick dachte ich, er würde wie ein Kind losweinen. Seine Augen waren ganz verschleiert, und Mrs. Hardman wischte sich die ihren mit einem weißen Spitzentaschentuch. Ich fing wieder an zu weinen, und sie umarmte mich fest und ich ließ sie.

Ich glaube, als die Zeitungsleute anriefen und Informationen über Mama haben wollten, war es Oma, die ihre Fragen beantwortete. Ich war inzwischen wieder oben bei Jimmy, der apathisch auf seinem Bett lag.

Der nächste Anruf war wieder von Papa. Oma nahm das Gespräch entgegen. Sie brach in Tränen aus, als sie seine Stimme hörte, und sagte immer wieder: »Oh, Johnny, Gott sei Dank. Johnny, das tut mir ja so Leid.«

Wir drängten uns alle um das Telefon, und ich hörte mit, wie er Oma sagte: »Ich komme nach Hause so schnell ich kann. Kannst du und Vater so lange die Stellung halten?«

»Natürlich, Johnny, wir kümmern uns um die Kinder.«

Aber da packte Jimmy den Hörer. »Bitte komm nach Hause, Papa«, weinte er. »Das ist alles so furchtbar, bitte komm!«

Ich weiß nicht, wie viele Male an diesem Nachmittag Jimmy und ich noch die Wendeltreppe hinauf- und hinunterstiegen, aber wir taten es zusammen, und irgendwie war es ein bittersüßes Gefühl für mich, wenn ich meinen dünnen Arm um seine noch dünnere Schulter legte und so recht die große Schwester war.

Das Telegramm kam um halb vier nachmittags. Es war von der Air France, und ich schätze, jeder, der mit einem der Absturzopfer verwandt war, bekam eines. Ich nahm es Ella Mae aus der Hand und las es mit zusammengekniffenen Augen. Ich hatte noch nie zuvor ein Telegramm bekommen. *In dieser tragischen Stunde möchte ich Sie im Namen der Air France unserer aufrichtigen Anteilnahme versichern. Sollten Sie Hilfe brauchen, stehe ich Ihnen in jeder erdenklichen Weise zur Verfügung.* Das Telegramm war unterschrieben *Henri Lesieur, Air France-Generaldirektor für Nordamerika.*

Ich reichte Ella Mae das Telegramm zurück und sagte: »Die wissen doch, dass sie uns überhaupt nicht helfen können.« Jimmy schniefte und nickte schweigend.

Am Spätnachmittag ging Trixie in die Stadt, um das »Extrablatt« des *Atlanta Journal* zu kaufen – die erste Sonderausgabe der Zeitung anlässlich eines die Stadt betreffenden Ereignisses, seit dreizehn Jahre zuvor Margaret Mitchell bei einem Verkehrsunfall ums Leben gekommen war. Trixie war über drei Stunden fort, sodass wir schon Angst bekamen, dass auch ihr etwas zugestoßen war. Als sie endlich zurückkam, weinte sie wieder.

»Alle Straßen, die zum *Atlanta Journal Constitution Building* in der Forsyth Street führen, sind verstopft«, berichtete sie. »Es ist unglaublich. Einfach unglaublich.« Ihre zitternden Hände hielten fünf Exemplare der Sonderausgabe, und Oma, Opa, Ella Mae, Jimmy und ich nahmen jeder eine. Ich setzte mich auf den Fußboden, dort im Flur, und starrte das Bild auf der ersten Seite an. Im Vordergrund zeigte es mehrere Feuerwehrleute mit ihren Schutzhelmen, und hinter ihnen war das Heck des Flugzeugs zu sehen, das wie ein zerbrochener Stock zum Himmel hochzeigte. Die Bildunterschrift lautete: »Alles, was von der Maschine übrig blieb, war dieses verbrannte Stück des Hecks.«

»O Gott«, murmelte Jimmy.

Rechts auf der Titelseite war eine lange, lange Liste der Opfer aus Atlanta, fett gedruckt in alphabetischer Reihenfolge. Ich fühlte mich, als ob ich gleich in Ohnmacht fallen würde. Es waren so viele Namen, dass die Liste auf der nächsten Seite weiterging: Männer und ihre Ehefrauen, ein paar Kinder; und fast jeden der Namen kannte ich.

Ich sah Mamas Namen als Erste und schluchzte auf. Da stand er, hinter Mrs. William Merritt aus der Peachtree Battle Avenue und vor Mrs. Lawton Miller aus dem Argonne Drive: Mrs. John Jason Middleton, Andrews Drive. Ihr Name so schwarz auf weiß, es war wie eine endgültige Bestätigung. Nein, dass sie mit dem Leben davongekommen war – jetzt war es nicht mehr möglich, besonders nachdem ich das Foto von dem Flugzeugwrack betrachtet hatte.

In einem der Artikel hieß es, dass Bürgermeister Ivan Allen noch am Spätnachmittag nach Paris fliegen würde. »Es sind so viele Opfer aus Atlanta dabei, da sollten wir präsent sein«, hatte er gesagt. Und stellvertretend für die ganze Stadt hatte er hinzugefügt: »Dies ist das größte Unglück, das je über Atlanta hereingebrochen ist.« Und Mr. Carmichael, ein enger Freund von Papa und Vorsitzender des Kunstvereins von Atlanta, hatte kommentiert: »Das ist, als ob eine Atombombe auf unsere Stadt gefallen wäre. Die Basis unseres Kunstvereins ist ausgelöscht. Dies waren die Menschen, die echt gearbeitet haben, die Leute, auf die wir bauen konnten.«

Mama und Papa waren sehr aktiv gewesen im Kunstverein Atlanta. Wie oft hatte ich als Kind erst Mamas Bein und dann Ella Mae umklammert, wenn meine Eltern in ihren besten Kleidern zu irgendeiner Kunstveranstaltung oder Spendenaktion fortfuhren. Jetzt würde Mama nie mehr ihre eng anliegenden langen Satinkleider tragen, für die sie so bekannt gewesen war.

Ich konnte nicht mehr weiterlesen. Ich ließ die Zeitung auf dem Fußboden liegen, rannte nach oben und in mein Badezimmer und erbrach mich. Dann fiel ich auf mein Bett. Ich lag noch so dort, wie ich gefallen war, in denselben Kleidern und derselben Haltung, als ich spät am nächsten Morgen wieder aufwachte.

KAPITEL 2

Die ersten beiden Tage waren ein einziger Strom von Besuchern, von Radio- und Fernsehmeldungen und Zeitungsartikeln. Alles und jeder redete über das Flugzeugunglück. Es war, als ob Atlanta eine belagerte Stadt im Mittelalter wäre, vom Rest der Welt abgeschnitten, so sehr kreisten alle unsere Gedanken um dieses Eine. Der schlimmste Artikel für mich war einer in der *Atlanta Constitution,* der sich über meine Familie ausließ. »Zwei junge Teenager wären jetzt Vollwaisen, wenn ihre Eltern nicht beschlossen hätten, getrennt von Paris zurückzufliegen ...« In dem Artikel schien Papa geradezu ein Held zu sein, weil er nicht mit Mama geflogen war, sondern an uns gedacht hatte. Die Gefühle, die dieser Artikel mir gab, kann ich nicht beschreiben. War das richtig, was die Reporter da machten – diese sentimentale Masche, die das Herz des Lesers zu Tränen rühren wollte, wo doch alle Herzen schon fast gebrochen waren? Wenn Papa wirklich ein Held war, hätte man das doch feiern müssen, und stattdessen war dies die schlimmste Zeit in meinem ganzen Leben.

Am Montag saßen Jimmy und ich die meiste Zeit zu Hause herum, in unseren dunkelsten Kleidern, da wir ja jetzt trauerten, und warteten auf Papa. Trixie und Ella Mae waren den ganzen Tag da und halfen Oma und Opa. Sie sprachen mit den Kondolenzbesuchern, die zu Hunderten kamen und Blumen, Plätzchen, Kuchen und alle möglichen guten Sachen mitbrachten. Aber wir hatten keinen Appetit. Es kam uns gotteslästerlich vor, etwas zu essen, das so gut schmeckte, wenn Mama gerade bei lebendigem Leib in diesem Flugzeug verbrannt war.

Den ganzen Tag lang schauten wir durch unser Fenster nach draußen, wo die Autos geparkt standen, und Jimmy lehnte sich hinaus und berichtete mir, wer da alles die Einfahrt heraufkam. Jimmy war dreizehn, im schwierigsten Alter, wie ich fand. Ich liebte ihn, aber ich war dankbar, dass wir in verschiedene Schulen gingen, sodass er mich nicht vor meinen Freundinnen blamieren konnte. Er hatte Mamas blondes Haar und fein geschnittenes Gesicht und Papas dunkelbraune Augen, sodass er alles in allem nicht schlecht aussah, was ich aber niemals zugegeben hätte, weil er mich praktisch zum Wahnsinn brachte. Er sammelte Steine und Baseballkarten und fertigte kleine Kunstwerke aus den Kronkorken von Limonadeflaschen, sodass Mama ihn manchmal Jimmy Picasso genannt hatte.

Aber dass wir jetzt hier zusammen waren, nur wir beide, in der dunkelsten Stunde unseres Lebens, brachte uns irgendwie einander näher. Papa rief zweimal an, um unsere Stimmen zu hören, und berichtete, dass die französischen Behörden ihn als Zeugen brauchten. Er wird wohl auch unserem Bürgermeister, den er gut kannte, einiges geholfen haben.

Wir hatten keine Lust, all die Besucher zu sehen, sondern blieben oben in unseren Zimmern. Wenn die Türklingel ging, sauste Jimmy über die Hintertreppe hinunter in die Küche und lugte durch die Tür, um zu sehen, wer die Besucher waren, während ich zu der großen Wendeltreppe schlich und von dort nach unten in den Flur schaute. Dann sausten wir zurück, und wer zuerst mit der richtigen Auskunft wieder im Zimmer war, hatte gewonnen. Den ganzen Tag ging dieses Spiel, als ob wir nicht Teenager, sondern wieder Vorschulkinder wären. Es war unsere Überlebensstrategie in diesen ersten Tagen, und die Begeisterung, mit der mein Bruder mitspielte, ließ ihn mir noch mehr ans Herz wachsen.

Wir hatten gerade wieder zu Mittag gegessen, will sagen: appetitlos in Ella Maes Mahl herumgestochert, als Papy und Mamie McKenzie, Mamas Eltern, ankamen. Sie wohnten auf einer großen Baumwollplantage in Süd-Georgia und waren beide Ende 60. Papy sah man seine Herkunft aus Südschottland sofort an, und er konnte den Akzent seines Vaters perfekt nachmachen, obwohl er jetzt schon 45 Jahre in Georgia lebte. Er war ein Riese von einem Mann, mit rötlichem Lockenhaar und durchdringenden grünen Augen. Mich nannte er gerne Lassie. Zu Weihnachten zog er immer den Familien-Kilt an und brachte seinen Dudelsack mit, und dann spielte er uns die wehmütigen Melodien vor und tanzte mit Mamie.

Mamie war 100 Prozent französisch und sprach Englisch mit einem Akzent, der eine gewisse fremde Schönheit hatte.

Papy hatte sie als Soldat im Ersten Weltkrieg kennen gelernt und sich prompt in sie verliebt, was ich mir gut vorstellen konnte, denn den alten Fotos nach zu urteilen, war Mamie eine tolle Frau gewesen. Sie hatte ganz dunkles, vielleicht schwarzes Haar gehabt und leuchtend braune Augen mit dicken Wimpern, und sie war so schlank wie ein Besenstiel – nun ja, nicht überall. In Schottland scheint ihre Romanze mit Papy ein großer Skandal gewesen zu sein, weil Mamie aus »anderen Kreisen« kam. Aber Papy hatte sie in den Hafen der Ehe gelotst, und kurz darauf hatte er sich, zum weiteren Entsetzen der Familie, eine Baumwollplantage in Süd-Georgia gekauft und war mit Mamie über den Ozean gezogen. Seine Familie hatte, wie er gerne sagte, ihr Glück mit schottischer Wolle gemacht, und jetzt wollte er es mit Baumwolle versuchen. Es schien geklappt zu haben, denn Papy war wahrlich nicht arm.

Ich glaube, Mamie hatte sich nie richtig an das Leben im amerikanischen Süden gewöhnt. Ständig klagte sie über den schlechten Käse und den minderwertigen Wein, und sie bestand darauf, dass Jimmy und ich sie *Mamie* nannten, was französisch für »Oma« war. Großvater machte mit, und so nannten wir ihn *Papy*.

Mamie war mir nicht geheuer. Wenn sie sich aufregte – sie nannte das *énervée* –, schrie sie uns an; einmal schlug sie mich sogar ins Gesicht. Als ich darauf weinend zu Mama rannte, beruhigte die mich und erklärte, dass das halt in Mamies Familie in Frankreich so üblich gewesen war. Sie war eine übernervöse, exzentrische Frau, und einmal hörte ich, wie Papa sich bei seinen Eltern beklagte, dass sie nur hinter Papys Geld her war. Nun ja, sie flog zwei- oder dreimal im Jahr nach Frankreich, und manchmal machte sie monatelange halbe Weltreisen, ohne Papy. Ich hoffte immer, dass sie mich einmal mitnehmen würde, doch das geschah nicht. Aber sie brachte Jimmy und mir tolle Andenken mit.

War Papys Heirat mit Mamie eine Art Skandal gewesen, so beschrieben alte Zeitungsartikel die Ehe zwischen Mama und Papa als großen gesellschaftlichen Erfolg, als die Vereinigung der Vermögen der Middletons und der McKenzies. Und während beide Großelternpaare, jedes auf seine Art, uns mit

Liebe überhäuften, standen sie miteinander fast auf Kriegsfuß. Und Mamie traute Papa nicht über den Weg.

Ich beobachtete es also genau, als Oma Mamie an der Tür in Empfang nahm. Mamies Gesicht war hart und zerfurcht, ihre knallrote Schminke so dick aufgetragen, dass sie auf ihre vorderen Zähne abgefärbt hatte. »Ian, Evelyne«, sagte Oma. Sie küsste Papy sachte auf die Wange. »Das tut uns so Leid.« Dann packte sie Mamies dünne Schultern und küsste sie leicht auf beide Wangen, wie die Franzosen das machen. Das schien Mamies Herz zu rühren, denn der harte Ausdruck auf ihrem Gesicht verflog und wich der Trauer.

Papy legte seine mächtigen Arme um Jimmy und mich und drückte uns wortlos, aber die Art, wie seine Brust sich hob und senkte und seine tiefen Seufzer dabei verrieten mir, dass er weinte. Alle die starken Menschen in meinem Leben, sie waren auf einmal zerbrochen.

Trixie, die große Organisatorin, hatte an alles gedacht, sogar an das Gästebuch, in das die Kondolenzbesucher sich einzutragen hatten. Am Montagnachmittag blätterte ich gerade darin, als es wieder an der Tür klingelte. Bevor ich wegrennen konnte, kam sie schon herein – meine beste Freundin, Rachel, mit einem riesigen Blumenstrauß. Sie gab den Strauß Trixie, und dann nahm sie mich in die Arme und weinte, und ich weinte mit, und sie strich mir über mein langes Haar und sagte immer wieder: »Swan, das tut mir so Leid, so Leid.«

Rachel war die geborene Krisenmanagerin. Sie ging mit mir nach oben, und wir setzten uns in mein Zimmer und sie redete über alles und nichts und wie es aussah in unserem Viertel von Atlanta und wie die Autos meilenweit geparkt standen vor den Trauerhäusern. Sie berichtete alles ganz sachlich, was mir neue Tränen ersparte, und ich hatte auch keine mehr übrig.

»Die Zeitungen sind voll davon, mit Bildern von deinem Vater und dem Bürgermeister und von dem Wrack.« Sie schaute mich kurz an und fuhr fort: »Es heißt, dass sie jetzt zu Spenden für das Kunstmuseum aufrufen. Die ersten großen Spenden sind schon gekommen, zum Gedenken an die – Opfer.« Sie sah mich wieder an. »Ist es gut, Swan? Soll ich lieber aufhören?«

Ich zuckte die Achseln. Ein paar Augenblicke Schweigen, dann sagte ich: »Rach, kannst du bitte JP auflegen?«

»Im Ernst?«

»Ja.«

Ein paar Minuten später füllten die Flöten- und Harfenklänge mein Zimmer. Händel, Sonate in b-moll, Opus 1, Nr. 9. Jean-Pierre Rampal, der brillante, weltweit bekannte französische Flötist, spielte das Largo, und sein Vibrato war so stark und doch so weich, dass es mir Schauer über den Rücken jagte. Ich schloss die Augen und sah hohe schneebedeckte Berggipfel und wie die Sonne durch die Wolken brach. Mir war, als ob »JP«, wie Rachel und ich ihn nannten, ein Trauerlied für meine Mutter spielte, liebevoll-langsam und zart, und ich stellte mir vor, wie vor der majestätischen Bergkulisse ein kleines Mädchen einen Wiesenblumenstrauß auf ein frisches Grab legte.

»Das ist, als ob er mit mir trauert«, flüsterte ich, und Rachel nickte. Die Musik nahm uns mit in ein himmlisches Land – wie, das verstanden wir noch als Erwachsene nicht, aber damals spürte ich zum ersten Mal so richtig, was ich tief drinnen schon lange wusste: dass etwas gleichzeitig voller Schönheit und voller Schmerz sein konnte.

»Das wird schon wieder, Swan«, sagte Rachel auf ihre praktische Art, als wir aufstanden und wieder nach unten gingen. »Wenn du so lachen und weinen kannst, dann schaffst du das.«

Sie war schon halb zur Tür hinaus, als Trixie kam. »Swan, warum gehst du nicht mal mit Rachel zu dem Stall? Dann siehst du mal andere Tapeten.«

Ich zuckte die Achseln, schon auf dem Weg in die Küche, wo die Zeitung lag.

»Das tut dir bestimmt gut«, sagte Trixie.

Es waren ganze fünf Minuten Fußweg von unserem Haus zu Rachels. Ich ging den Weg fast jeden Tag, meist mit fröhlichem Schritt, denn hinter Rachels Haus war ein Stall, und in dem Stall stand meine Fuchsstute, Bonnie. Der Stall hatte fünf Boxen, und hinter ihm lag eine große Reitbahn und hektarweise Wald mit Reitwegen. Die meisten Häuser in diesem Viertel von Atlanta standen auf riesigen Grundstücken. Manche, wie unseres, hatten einen Swimmingpool im Garten. Rachels Haus hatte einen Stall.

Aber an diesem Tag schleppte ich mich förmlich zu dem Stall. Bonnie begrüßte mich mit einem leisen Wiehern, ihr Kopf über der halbhohen Tür ihrer Box, die kleinen Ohren nach vorne gespitzt. Ich setzte mich ihr gegenüber auf den Haufen mit der frischen Streu. Es roch nach Pferden und Heu und Dung und Leder, aber die Begeisterung und schönen Erinnerungen, die diese Gerüche sonst in mir weckten, sie wollten nicht kommen an diesem Nachmittag.

»Ich glaub', ich geh' wieder«, sagte ich Rachel nach ganzen fünf Minuten. »Entschuldige, Bonnie«, flüsterte ich und streichelte über die weichen Nüstern des Pferdes. »Mir ist heute nicht nach Reiten.«

Wir gingen schweigend zurück zu Rachels Haus. Ihre Mutter, Mrs. Abrams, begegnete uns im Garten. Sie war eine attraktive Frau, um einiges kleiner als Rachel, mit schulterlangem blondem Haar und einem ovalen Gesicht. Heute sah sie richtig etepetete aus in ihrem rosafarbenen Kleid, aber ich wusste, dass sie anpacken konnte. Mrs. Abrams war gerade so eine Pferdenärrin wie Rachel und ich, und meist war sie zusammen mit uns im Stall. Sie trug dann abgewetzte Jeans, einen schmuddeligen Pullover, Gummistiefel und ein Tuch über ihrem Haar. Wir drei teilten uns die Aufgabe, die fünf Pferde zu füttern, ihre Boxen zu säubern und »den Stall zu pflegen«, wie Mrs. Abrams das nannte und was jede Menge Schweiß und Arbeit bedeutete, besonders an den Hundstagen im Sommer.

»Mary Swan, Mädchen.« Sie tätschelte meine Schulter. Mrs. Abrams war gewöhnlich nicht für Zärtlichkeiten. »Das tut uns ja allen so Leid.« Sie hatte uns am Morgen einen Kuchen geschickt. Ihre Augen sahen rot und verschwommen aus; sie musste wohl an diesem Nachmittag schon ein paar Besuche bei Freundinnen gemacht haben, die ebenfalls Angehörige bei dem Unglück verloren hatten. Über uns Mädchen hatten auch unsere Eltern sich kennen gelernt und waren, wenn nicht dicke Freunde, so doch gute Bekannte geworden. Man traf sich im Konzert, und Dr. Abrams, ein hoch angesehener Professor, war einer von Papas Kunden.

Mrs. Abrams sah mir gerade in die Augen, wie sie das immer tat. »Mary Swan, du weißt ja, dass du bei uns und im Stall jederzeit willkommen bist. Aber nach dem, was da geschehen ist …« Sie räusperte sich. »Nach dem, was da passiert ist, bist du natürlich von den Pflichten im Stall befreit. Lass dir Zeit – so viel, wie du brauchst.« Ich glaube, sie hatte Mühe, ihre Tränen zurückzuhalten.

»Danke«, murmelte ich.

Rachel legte ihren Arm um meine Schultern und begleitete mich zur Straße. »Du hast sicher gehört, dass sie die Prüfungen im Wellington verschoben haben?«

Ich nickte.

»Die Trauerfeier in der Schule ist am Donnerstag. Ich hol' dich ab, Swan, okay?«

Ich nickte wieder.

Dann ging ich, einen Fuß vor den anderen zwingend, die breite, geschwungene Straße zurück. Als ich die Autos sah, die vor unserem Haus geparkt standen, bog ich nach links in den Wald ein, auf den altbekannten Pfad, der von unserem Haus wegführte.

Ein paar Minuten später hatte ich die Bäume hinter mir und sah sehnsüchtig zu dem Park hinüber, der sich vor mir öffnete und mit seinen Rasenflächen, Bäumen und Blumenbeeten zu *Swan House* führte, einer in ganz Atlanta bekannten Villa im italienischen Stil, die schon seit langem mein Herz erobert hatte. *Swan House* (»Schwanenhaus«) hieß sie, weil ihre Besitzerin, Mrs. Inman, überall im Haus das Schwanenmotiv verwendete. Bereits im Tor der Wagenauffahrt begrüßte den Besucher der erste Schwan. Er war aus Blei und schwamm in einem Glasmosaik, das Schilfrohrkolben darstellte, und die mondsichelartige Umrahmung betonte die elegante Schönheit des geschwungenen Halses.

Dass Mama dieses Haus so liebte, war der eine Grund, warum sie mich Mary Swan nannte. Der andere war, dass Swan der Nachname eines entfernten Verwandten von Papa gewesen war. Und da Mama und Papa mit den Inmans befreundet waren, war ich schon einige Male in dem Haus gewesen. Bei meinem ersten Besuch, als kleines Mädchen, hatte ich, während die Erwachsenen in der Bibliothek waren und Bridge spielten und Brandy tranken, stundenlang alle Schwäne in dem Haus gesucht. Zuerst hatten Mama und Papa nicht gewollt, dass ich so durch die Zimmer wanderte, aber Mrs. Inman hatte schmunzelnd gesagt: »Lasst sie nur, das ist schon in Ordnung. Mary Swan sucht halt sich selber in meinem Haus.« Ich hatte diese Worte nie vergessen.

»*Swan House* ist mein Zufluchtsort, wenn ich müde vom Malen bin«, sagte Mama immer. Ich wusste noch gut, wie ich bei ihr gewesen war und gespielt hatte, wenn sie am Ende des großen Gartens vor ihrer Staffelei stand und die Villa malte. Sie hat es nie erfahren, dass ich, als ich größer wurde, mich oft allein in den Wald stahl, um dieses architektonische Meisterwerk zu bestaunen. Seine Schönheit, sein Name, seine Schätze inspirierten mich und gaben mir Hoffnung, dass eines Tages vielleicht auch ich so gelassen-anmutig und atemberaubend schön sein würde. Doch, eines Tages würde ich dort mich selber finden …

Und jetzt, wo mein Leben in Trümmern lag, war mir der Anblick dieses eleganten Anwesens, so unverändert und vertraut, wie eine haltende Hand. Hätte ich Papier und Bleistift dabei gehabt, ich hätte es gezeichnet wie so oft schon; so begnügte ich mich damit, mich an den Rand des parkartigen Gartens hinzusetzen und dem Singen der Vögel und Grillen zu lauschen; vielleicht war ein Echo von Rampals Flöte dabei. Hier, an diesem Lieblingsplatz, konnte ich ungestört weinen.

Ich weiß nicht, wie lange ich dort gesessen hatte, als ich wieder aufstand und durch den Wald zurück zu unserem Haus ging, das wie alle Häuser in unserem Viertel von Atlanta war: groß und schön und von einem riesigen Garten mit gepflegten Rasenflächen und Blumenrabatten umgeben. Es stand ein gutes Stück von der Straße entfernt auf einem sanft ansteigenden Hang, und vorne schlängelte sich ein kleiner Bach durch das Gras, der weiter nach *Swan House* floss. Als wir kleiner waren, hatten Jimmy und ich aus Zweigen kleine Brücken über den Bach gebaut und den Fröschen zugeschaut, die sich an dem steinigen Ufer sonnten.

Zur Straße hin war der Garten von Walnussbäumen, Eichen, Magnolien, Hartriegeln und Kiefern gesäumt. Die Einfahrt schlängelte sich links zum Haus hoch, hinter dem sie sich zu einem großen Wendeplatz weitete. Zur Rechten des Wendeplatzes befand sich ein kleineres Gästehaus und eine Doppelgarage, und gleich links hinter dem Platz führte eine weite Rasenfläche zu dem Swimmingpool. In ihrer Mitte ragte ein gewaltiger Walnussbaum zum Himmel hoch, und die anderen Bäume bildeten einen hohen grünen Zaun um das ganze Grundstück, sodass man sich gerade so fühlte wie im Schoß von Mutter Natur.

Innen hatte unser Haus seinen Anteil an echten Antiquitäten, Gemälden, Teppichen, alten Kronleuchtern und dergleichen mehr. Mir gefiel die mohnblumenrote, sonnenblumengelbe und beerenblaue Küche am besten, in der Mama etliche von Jimmys und meinen kindlichen Kunstversuchen in großen Goldrahmen aufgehängt hatte, an der Wand, die ins Frühstückszimmer führte. Und ich mochte das Wohnzimmer, in dem ich mich auf das große Sofa legen und fernsehen und mein Colaglas auf einen der Couchtische stellen konnte, ohne dass Ella Mae kam und sagte: »Pass auf, dass du nicht Miz Sheilas schönen Teppich schmutzig machst, Mary Swan.«

Es war die Art Haus, in dem man sich verlaufen konnte, und als wir kleiner waren, spielten wir mit Leidenschaft Verstecken mit unseren Freunden. Meine Spezialität war, mich die große Wendeltreppe hinabzuschleichen und dann an Salon und Esszimmer vorbeizuwischen und die Hintertreppe hochzusausen, wenn jemand mir auf den Fersen war. Und in den Fluren gab es jede Menge Türen, die in Schränke führten, in denen ein kleines Kind sich verstecken konnte.

Mamas und Papas Schlafzimmer lag im Erdgeschoss. Im ersten Stock gab es vier weitere Zimmer. Eines für Jimmy, mit eigenem Bad; das Nebenzimmer war zum Jungenspielzimmer umfunktioniert worden. Dann ein Gästezimmer. Und das vierte Zimmer, mit dem besten Licht und den großen Fenstern, die auf den Wald hinter dem Haus gingen, war Mamas Studio – ihr Atelier, wie sie es nannte.

Das Dach war mein Reich. Als ich zwölf wurde, hatte Papa verkündet, dass er es für mich umbauen lassen würde – ein ganzes Stockwerk nur für mich. Er wollte, dass ich genügend Abstand von meinem kleinen Bruder und seinen Freunden bekam, der immer auf Action und Kämpfen aus war und nie die Zeit zu haben schien, sich mit einem guten Buch aufs Bett zu legen.

Aber an diesem Tag machte mir rein nichts Freude an unserem Haus. Kaum trat ich durch die Hintertür, als ich schon die Stimmen der nächsten Kondolenzbesucher hörte. Mir war, als ob mir jemand einen Stein um den Hals hängte, und ich schlich ins Frühstückszimmer, schloss die Tür zur Diele, ließ mich auf einen Stuhl sinken und nahm die Zeitung vom Tisch hoch. Ich starrte die Schlagzeile der Abendausgabe an: »Allen in Paris, um Opfer zu identifizieren.«

Ich war nicht in der Stimmung, noch mehr makabre Details zu lesen, aber mein Wunsch, alles, wirklich alles über das Unglück zu erfahren, war übermächtig, und so las ich: »Paris, 4. Juni. – Am Montag kam Atlantas Bürgermeister Ivan Allen am Schauplatz des Flugzeugunglücks an, das 130 Menschen in den Tod riss, darunter 106 Bürger aus Atlanta, von denen viele mit Allen befreundet gewesen waren.« Zum Beispiel Mama. Im vergangenen Jahr hatten wir zweimal ein Dinner mit dem Bürgermeister gehabt. Und jetzt ging über die halbe Titelseite das schreckliche Bild, wie er die verkohlten Überreste des Air France-Jets berührte.

»Dies war meine Generation … meine Freunde«, hatte Allen laut Seite 3 der Montagsausgabe gesagt. »Unser tiefstes Mitgefühl gilt den Hunderten von Verwandten und Tausenden von Freunden der Absturzopfer. Atlanta braucht diese Menschen. Uns fehlen die Worte, unser Beileid mit diesen Familien angemessen auszudrücken.« Und jetzt war der Bürgermeister also in Paris, als persönlicher Vertreter unserer Stadt. Ich stellte mir vor, wie er und Papa von einem Leichenschauhaus zum anderen gingen und die Opfer zu identifizieren versuchten.

Eine andere Überschrift stellte poetisch fest: »Stadt der Leiden hat keine Tränen mehr.« Ja, das stimmte – die Tränen hatten aufgehört, nur dieses unheimliche leere Gefühl war noch da. Es war eine erstickende Trauer, und ich schätze, wir alle liefen in den ersten 48 Stunden wie Schlafwandler durch die Gegend. Alle Fahnen wehten auf Halbmast, und William B. Hartsfield, der hoch geachtete Altbürgermeister von Atlanta, nannte den Absturz »das größte Unglück für unsere Stadt seit dem Bürgerkrieg«. Präsident Kennedy und seine Frau hatten dem Kunstverein Atlanta ein Beileidstelegramm geschickt, in dem stand: *»Mrs. Kennedy und ich haben mit tiefer Betroffenheit von dem Flugzeugunglück in Frankreich erfahren, das Ihrer Stadt und unserem Land eine solch tiefe Wunde gerissen hat. Wir möchten die Familien der Opfer unseres aufrichtigsten Beileids versichern.«* Auch unsere Senatoren Talmadge und Russell hatten Worte des Beileids geschrieben, wie wohl so ziemlich alle hohen Tiere im ganzen Land.

Ich zwang mich, diesen ganzen ersten Artikel durchzulesen. Ich stellte mir dabei Papa vor, wie er hinter dem startenden Flugzeug herwinkte und dann sah, wie es in Flammen aufging. Ich sah es in allen furchtbaren Einzelheiten vor mir; noch wenn ich die Augen schloss, ließ mich das Bild nicht los. Die Worte in der Zeitung brannten sich in meine Seele, als ich weiterlas:

Bei dem Unglück fanden 121 Passagiere (sämtlich Amerikaner), acht Besatzungsmitglieder und der Air France-Repräsentant für Atlanta den Tod. Viele der Opfer waren Mitglieder des Kunstvereins Atlanta, die auf dem Rückflug von einer dreiwöchigen Studienfahrt durch die Kunstgalerien und Kulturzentren Europas waren. Die große Frage ist, wie es zu dem Unglück kam. Eine der beiden jungen Stewardessen, die als Einzige das Inferno überlebten, sagte am Montag: »Es ging alles so schnell, dass ich erst gar nicht merkte, was passiert war.«

Augenzeugen berichten, dass der Flugkapitän, ein erfahrener Pilot der Air France, offenbar noch versuchte, den Start abzubrechen, als er Probleme mit den Triebwerken bemerkte, doch der vierstrahlige, 6 Millionen Dollar teure Jet war bereits zu schnell. Er hob ein paar Fuß ab, dann knallte er zurück auf den Boden und raste 300 Meter weiter, auf das Dorf Villeneuve le Roi am Rande des Flughafens zu. Die lichterloh brennende Maschine durchbrach den Zaun am Ende der Startbahn und schoss über einen mit Bäumen bestandenen Hang, bevor sie vor den ersten Häusern des Dorfes zum Stehen kam.

Zum Zeitpunkt des Starts, kurz vor 13 Uhr Ortszeit, herrschte in Paris bestes Sommerwetter mit ausgezeichneter Sicht, und alles schien normal zu sein, als die Maschine nach Atlanta zum Start rollte. Die Bandaufzeichnung der letzten Worte des Piloten mit dem Tower von Orly wurde von der Polizei beschlagnahmt. Ein Sprecher gab an, dass der Pilot routinemäßig um die Starterlaubnis gebeten und diese vom Tower erhalten hatte.

Der große Air France-Jet war gechartert worden, um die Passagiere aus Georgia nach ihrer »unbekümmerten und unvergesslichen« Kunstreise durch Europa zurück nach Hause zu fliegen.

Ich hörte einen Moment auf mit Lesen, weil in meinen Augen alles schwamm. Auf dem Tisch lag ein ganzes Päckchen Papiertaschentücher, von denen ich wohl schon die Hälfte verbraucht hatte, um die erste Seite der Zeitung fertig zu lesen. Unten auf der Seite verkündete ein anderer Artikel: »Gedenkmuseum für die Toten von Paris? – Das trauernde Atlanta beginnt darüber nachzudenken, wie es der Opfer der Tragödie von Paris würdig gedenken kann. Die Frage stand auf der Tagesordnung einer Sondersitzung des Vorstands des Kunstvereins am heutigen Montagnachmittag.«

Jimmy war in die Küche gekommen, um eine Banane zu essen. »Guck hier, Jimmy!«, rief ich aus.

Er fuhr zusammen und sagte: »Mensch, Mary Swan, was schreist du so? Ich bin doch da!«

»Entschuldige«, erwiderte ich verlegen. »Aber hast du das hier gesehen? Hast du gelesen, was hier steht? Sie wollen im Kunstmuseum was für die Leute tun, für die Leute in dem … für Mama.«

»Ich will das nicht hören, Swan! Ich mag keine Zeitung mehr lesen, ich mag nicht mehr!«

Er weinte. Ich tat so, als merkte ich es nicht, aber ich stand trotzdem auf, trat zu ihm, umarmte ihn großschwesterlich und sagte: »Das wird schon, Jimmy, bestimmt.« Ich glaubte meine Worte selber nicht.

Jimmy schmiss die Bananenschale in den Abfalleimer und ging. Ich hatte nicht die Kraft, ihm noch mehr zu sagen. Eine Minute später sah ich, wie er draußen in dem Carport stand und mit seinem Hund balgte, einem rostbraunen Spaniel namens Muffin. Irgendwie fand ich es richtig, dass Jimmy sich von seinem Hund trösten ließ.

Ich starrte wieder auf den Artikel. Papa liebte das Kunstmuseum fast genauso, wie Mama das getan hatte, und Jimmy und ich kannten es wie unsere Westentasche. Was immer in dem Museum anlag, die Middletons standen bereit, zu helfen. Und dann erinnerte ich mich – ich war ja der »Rabe«. Eine tragische Wendung des Schicksals hatte das Rabenrätsel noch wichtiger gemacht. Ich *musste* dem Museum helfen, und ein Weg dazu war, dass ich half, Mamas verschollenes Gemälde zu finden.

Ich blätterte um und sah den nächsten Artikel, und wieder kamen die Tränen. »13 Künstler unter den 130 Absturzopfern. – 13 Künstler, darunter mindestens drei echte Meister ihres Fachs von wachsendem Renommee, sind bei dem Absturz bei Paris ums Leben gekommen …« Der Artikel listete alle Namen auf, darunter auch Mama, die er als eine weit über Atlanta hinaus im ganzen Südosten der USA bekannte Malerin beschrieb. Er endete mit dem Satz: »Diese Menschen trugen ihre Kunstbegeisterung in die Gesellschaft hinein und machten das Leben – ihr eigenes wie das der anderen – reicher.«

Auf Seite 22 des *Atlanta Journal* stand ein kurzer Leitartikel, der, wie ich fand, unsere Gefühle gut zusammenfasste. Ich las ihn wieder und wieder:

Es gibt Katastrophen, die sind so groß, dass der menschliche Geist sie nicht auf einmal fassen kann. Wie der tragische Sonntag in Paris, der das Leben so vieler Menschen aus Atlanta und Georgia forderte, Familien auseinander riss, Kinder zu Waisen machte. Es wird Jahre dauern, bis die Schneide des Schmerzes stumpf geworden sein wird.

Auch diejenigen unter uns, die den Opfern nicht durch Fa-

milien- und Freundschaftsbande verbunden waren, werden den Verlust spüren, denn dies waren die Menschen, die etwas bewirkten – die Menschen, auf die man zählen konnte, wenn es etwas Großes und Würdiges zu stützen galt. Wo es ein Projekt zum Wohle unserer Stadt gab, waren sie dabei. Ihre besondere Sorge galt dem Kunstverein, der Oper, dem Sinfonieorchester, der Rhetorik-Schule, kurz: allem, was das Leben in Atlanta tiefer und reicher machte. Das Journal spricht den Verwandten und Freunden sein tiefstes und herzlichstes Mitgefühl aus.

An diesem Abend entdeckte ich auch die Nachrufe. Ich hatte dergleichen noch nie gelesen, wusste gar nicht, dass es diese Seite gab, aber ich lernte viel Neues in diesem Sommer 1962, und etwas vom Unscheinbarsten und gleichzeitig Schmerzlichsten dabei waren diese Nachrufe. Noch heute kommt der Schmerz von damals wieder in mir hoch, wenn ich die Todesanzeigen in irgendeiner Zeitung lese.

Jeder Name war wie ein Schlag in meine Magengrube. Seite um Seite beschrieben die Nachrufe die Lebensgeschichte der Absturzopfer, komplett mit Bildern, und fast jeden der Namen kannte ich. Einige ihrer Töchter waren Schülerinnen oder Ehemalige des Wellington-Mädchengymnasiums. Eine meiner Klassenkameradinnen, Lanie Bradshaw, war über Nacht Vollwaise geworden; ich hatte wenigstens noch Papa.

Und mittendrin zwischen den Namen und Lebensgeschichten der Verstorbenen, waren vier Anzeigen, die so läppisch-banal waren, dass ich Zweifel an dem guten Geschmack der Zeitung bekam. Eine Anzeige pries eine Kaffeemarke an, eine zweite ein Mittel gegen Termiten, die dritte Schuhe als Geschenk zum Vatertag. Aber der Knüller war die Whisky-Anzeige. »*Was das Leben lebenswert macht*«, lautete der Text. »Freundschaft und Whisky: je älter, umso besser.« Was das Leben lebenswert macht … Warum druckten die das auf einer Seite ab, die voller Tod war? Wie konnten sie nur? Es stand direkt neben Mamas Namen. Mama war tot, und nichts war besser. Nichts.

Auf der zweiten Seite des *Journal* stand in dicken Lettern die Überschrift: »Neger an Decatur High School abgewiesen.«

An jedem anderen Tag wäre mir dieser Artikel aufgefallen, war ich doch so eisern – und naiv – für die Bürgerrechte. Aber ich sah ihn erst Monate später, als ich meinen Mut zusammennahm, erneut durch die Zeitung zu blättern, in der die Meldung stand, die mein Leben verändert hatte. Und als ich dann endlich auch diese Überschrift las, merkte ich, dass das *Atlanta Journal* ja auf zwei kurzen Seiten alles zusammengefasst hatte, was für den Rest meiner Teenagerjahre wichtig war: ein Flugzeugunglück, ein Gedenkmuseum und ein Junge mit dunkler Haut, der nicht auf eine weiße High School durfte.

KAPITEL 3

Es war spät am Dienstagnachmittag, als Ella Mae von unten rief: »Swannee! Jimmy! Euer Papa ist da!« Ich sauste die Treppe hinunter und in die Arme meines Vaters, Jimmy dicht hinterher, ungeduldig wartend, dass er auch an die Reihe kam. Seit Sonntag waren er und ich mal kleine Kinder, mal Teenager gewesen, hin- und hergeworfen von unseren Gefühlen, aber als wir unseren Vater sahen, wussten wir – oder jedenfalls ich – es ganz genau: Ich war ein kleines Mädchen. Papas Mädchen.

Papa umarmte uns wie wild, erst mich, dann Jimmy, immer wieder, und die ganze Zeit sagte er so etwas wie: »Gott sei Dank, dass ihr beide gesund seid, Gott sei Dank!«

»O Papa«, schluchzte ich. »Das ist alles so schrecklich.«

Er war da, aber ohne Mama. Ohne seine Sheila. Wir gingen, alle drei Arm in Arm, in Papas Arbeitszimmer.

Ich war schockiert, wie sehr mein Vater sich verändert hatte. Seit ich ihn vor einem Monat das letzte Mal gesehen hatte, schien er zwanzig Jahre älter geworden zu sein. Seine Wangen waren bleich und eingefallen, unter den braunen Augen waren tiefe Ringe. Er sah aus, als trüge er die Trauer einer halben Million Menschen auf seinen Schultern.

Ich drückte ihn umso fester. Seine Bartstoppeln waren kratzig. Als Kind hatte ich seinen Zweitagebart »Pfeffer« getauft, und irgendwie tröstete mich das pfeffrige Gefühl, als er mich umarmte. Wir setzten uns alle drei auf das Ledersofa, ich an seine eine Schulter gelehnt, Jimmy an die andere. Was Jimmy dachte, weiß ich nicht, aber ich stellte mir vor, wie Mama jetzt oben in ihrem Atelier war und gerade ein Stillleben malte. Jeden Augenblick würde sie ins Zimmer kommen, Pinsel in der Hand, einen roten Klecks auf meine Nase setzen und in ihrem weichen Südstaatenakzent kichern: »Meine hübsche Swannee!« Worauf wir alle loslachen würden, wie so oft schon.

Papas Stimme riss mich zurück in die Wirklichkeit. »Eurer Mama hat die Reise ja so Spaß gemacht! Es war kein Tag, an dem sie nicht sagte: ›Wünschst du dir nicht auch, dass Swannee dieses Bild sehen könnte? Es würde ihr bestimmt gefallen!‹ Oder: ›Jimmy könnte stundenlang hier verbringen, vor Napoleons Grab‹.« Er lachte leise bei der Erinnerung. Es klang schön. Dann seufzte er und fuhr fort: »Sie war so glücklich.«

Er sah uns fest an, seine Augen feucht glänzend. Aber ich sah nicht so sehr die Tränen, sondern die Liebe in ihnen, als er das sagte: dass Mama glücklich gewesen war dort in Frankreich.

Als Malerin war Mama wild und sensibel gewesen, so zerbrechlich wie ein trockener Zweig, fremd und tief zugleich. Und wie hatte ich sie geliebt! Papa war so etwas wie ihr Schutzengel, aber ich habe wohl nie recht begriffen, wie schwer es für ihn war, all das Brüten und Weinen zu ertragen, das Mamas »Gabe«, wie er sie nannte, begleitete. Jimmy und ich wussten natürlich um diese Phasen bei Mama, aber wir hatten nie auch nur versucht, sie zu verstehen; so war Mama halt. Es gab Tage, an denen sie nicht aus dem Bett kam, und andere Tage, an denen sie sich in ihrem Studio einschloss und wie besessen malte. Papa konnte nichts erschüttern, und Ella Mae war ein wahrer Fels; da war es ganz in Ordnung, wenn Mama ein dünner Zweig oder ein Rosenblatt war. So war das eben bei uns. Und wenn Mama ihre hellen Phasen hatte, waren wir die glücklichsten Kinder in ganz Atlanta.

Papa war Börsenmakler. Er kam aus einer »alt eingesessenen Familie«, wie man das nannte, was bedeutete, dass seine Familie schon lange in Atlanta wohnte und ziemlich reich war. Großvater war ein großer Geschäftsmann, der 1929 die nahende Wirtschaftskrise geahnt und darauf all sein Geld in »sichere Anlagen« gesteckt hatte, wie Papa das nannte. Als dann der »Schwarze Freitag« kam, traf er die Middletons kaum. Papa und seine fünf Geschwister waren in einem reichen Haus aufgewachsen, ständig Großvaters Rat in den Ohren: »Junge, investiere weise und schaffe dir viele Beziehungen; es schadet nicht, wenn man viele Leute kennt.«

Opa hatte es wahrlich nicht geschadet. Er war mit den Candlers befreundet, denen Coca-Cola gehörte, und hatte als einer der Ersten in Cola-Aktien investiert. Ständig hatte Papa sie vor Augen gehabt, die Kunst der richtigen Geldanlage, bis sie ihm in Fleisch und Blut übergegangen war. Als Börsenmakler hatte er das Geld, das er und Mama in ihren Familien geerbt hatten, gut verwaltet und sich einen Namen in seinem Beruf gemacht. Er war hoch angesehen in Buckhead, dem Viertel in Nordwest-Atlanta, wo wir wohnten, mit seinen großen alten Villen und noch größeren Gärten. Ich ritt gerne durch das Viertel und bewunderte die Häuser, vor allem im Frühjahr, wenn die Hartriegel und Azaleen blühten. Die meisten der Absturzopfer hatten in Buckhead gewohnt.

»Hat sie die Skizzen fertig gekriegt, die sie machen wollte?«, fragte ich, zufrieden, für eine Weile in die Vergangenheit zu entkommen.

»Ja. Sie hat sehr viel gezeichnet.«

»Aber jetzt sind sie alle verbrannt, nicht?«, unterbrach Jimmy ihn.

Da kam jenes verschmitzte Lächeln auf Papas Gesicht. »Nein, Jimmy, sie sind nicht verbrannt, ich habe sie alle dabei. Mama hatte ihre Zeichensachen in einem ihrer Koffer, aber der Skizzenblock war zu groß, und da habe ich ihn unten in meinen Koffer gelegt, wo er gut geschützt war.«

»Hol ihn, Papa, hol ihn!«, riefen wir im Duett.

Er holte den Block, und wir saßen in seinem Arbeitszimmer und schauten und träumten und hörten zu, wie Papa seine Sheila durch die Seiten ihres Skizzenblocks beschrieb.

»An unserem ersten Tag in Paris wollte sie unbedingt an der Seine zeichnen. Sie sagte, das Licht sei perfekt, und sie konnte in der Ferne sogar den Eiffelturm sehen. Seht ihr, wie sie das hingekriegt hat? Und als Nächstes hat sie natürlich Notre Dame skizziert.« Er blätterte um, und die berühmte Kathedrale erschien.

»Guckt euch die Wasserspeier unter dem Dach an, was für Fratzen die haben«, sagte ich, über das Blatt gebeugt. Dann prustete ich los. »Jimmy, guck! Auf einen hat sie dein Gesicht gemalt!« Mama war für ihren Humor bekannt.

»Stimmt nicht!«, sagte Jimmy. Dann schaute er genauer hin und zuckte die Achseln. »Was soll's?« Aber ich merkte, dass er begeistert war. Und dann war er an der Reihe mit Losprusten. »Guck dir das mal an, du Tugendlammschwester, du bist die Jungfrau Maria!« Es stimmte. »Das ist echt Spitze! Du bist die Jungfrau Maria!«

»Das hab' ich ja noch gar nicht gesehen«, kicherte Papa. Doch nur zu bald mussten wir wieder schlucken und uns mit dem Ärmel über die Augen wischen.

Er blätterte wieder um, und wir sahen ein kleines Mädchen, das eine Taube fütterte, während im Hintergrund die Warteschlange vor den Türen des Louvre stand. Papa nickte, als erinnere er sich an etwas, und sagte: »Das war so eigenartig, wie dieses kleine Mädchen die Taube fütterte, völlig unbekümmert vor all den Menschen. Und eure Mama zog kurzerhand ihre Schuhe aus und setzte sich auf den Rasen der Tuilerien und fing an, das Kind zu zeichnen, genauso unbekümmert. Manchmal war Sheila wirklich wie ein Kind …«

Jimmy warf mir seinen Blick zu, und ich hob meine Augenbrauen, um ihm zu zeigen, dass er ruhig sein sollte, während Papa erzählte. Und Papa nahm uns weiter mit, nach Rom und Florenz und Madrid und Wien und Amsterdam und London und Edinburgh, und jedes Blatt des Blocks war gefüllt mit Skizzen dieser großen Städte.

Und dann vergrub er auf einmal sein Gesicht in den Händen und seufzte, tief und schmerzlich, und ich schloss den Block und sagte: »Entschuldige, Papa, wir können auch aufhören.«

»Behalte du Mamas Block, Swannee«, sagte er. »Das ist in ihrem Sinn.« Seine stoppelige Wange wischte über meine Stirn.

Ich trug den Block in mein Zimmer hinauf, und legte ihn neben meinen eigenen Skizzenblock, den Mama mir geschenkt hatte und den ich fast täglich benutzte. Ihr Block war einer meiner größten Schätze, und jetzt, wo ihre Inspirationen von ihrer Europa-Reise sicher auf seinen Seiten festgehalten waren, nahm ich mir erneut vor, was ich schon als kleines Kind gedacht hatte: dass auch ich einmal eine Malerin werden würde.

Aber wochenlang zeichnete ich rein nichts. Die Juni-Tage waren heiß und lang, und ich rutschte in eine Art Betäubung hinein, die geradeso stickig war. Sonst hatte ich immer eine Million Ideen gleichzeitig in meinem Kopf, doch jetzt kam – nichts. Ich hatte keine Kraft, keine Interessen, keinen Appetit.

»Du wirst zu dünn, Mary Swan, wenn du so wenig isst«, schimpfte Ella Mae.

Ich zuckte die Achseln.

Ich reagierte nicht auf Rachel Abrams' Einladungen. Mein Pferd blieb in seinem Stall. Mein Zeichenblock blieb geschlossen. Die Lethargie schien mich aufzusaugen; stundenlang saß ich nur an meinem Fenster und sah in den Garten hinab. Ich wusste selber nicht, was mit mir war. Tagelang weinte ich fast nur, ich konnte nichts essen, mein Schlaf war kurz und unruhig.

Und ich kam einfach nicht weg von den Zeitungsartikeln und den Reportern und der ungeheuren Trauer der Stadt.

Eines Nachmittags kam meine Englischlehrerin, Mrs. Alexander, vorbei. Im Wellington war sie immer streng und steif und proper, eine ernste Dame Mitte vierzig. Aber jetzt, als sie in unserem Flur stand, nahm sie mich auf einmal in die Arme. »Mary Swan, das tut mir so Leid.«

Ich verspürte einen schuldbewussten Stich dort an ihrer Brust. Wie oft hatte ich mich in der Schule über sie lustig gemacht, indem ich genau an der richtigen Stelle ihren Namen in irgendein berühmtes Gedicht eingeschoben hatte?

»Möchten Sie sich nicht setzen?«, fragte ich. »Kann ich Ihnen eine Limonade bringen?«

»Nein, nein, ich bleibe nicht lange.« Sie folgte mir ins Wohnzimmer, und wir setzten uns einander gegenüber auf die kleinen Sofas. »Mary Swan, du weißt ja, dass ich die Betreuerin der Schülerinnen im letzten Schuljahr bin und dass ich unter anderem für das Rabenrätsel zuständig bin. Du bist ja zum Raben dieses Jahres ernannt worden, und sie hätten keine Bessere aussuchen können. Aber ich weiß auch, dass man nach dem, was jetzt geschehen ist, dir diese Rabenprobe nicht mehr zumuten kann, und die Abschlussklassenschülerinnen und ich möchten dich gerne davon entbinden.«

»Entbinden?«, fragte ich, plötzlich wach.

»Ja. Es gibt dazu mehrere Möglichkeiten. Wenn du der Rabe bleiben möchtest, werden sich die Mädchen eine andere Aufgabe ausdenken. Aber wenn du nach … nach dem Unglück die ganze Sache lieber ganz vergessen möchtest, können sie auch einen anderen Raben wählen. Wir möchten das, was für dich das Beste ist.«

An das Rabenrätsel hatte ich gar nicht mehr gedacht. »Nein, nein«, sagte ich. »Das ist nicht nötig, Mrs. Alexander. Ändern Sie nichts.« Ich wusste selber nicht, wie mir geschah, aber mit mehr Energie, als ich seit zehn Tagen gehabt hatte, fuhr ich fort: »Ich will der Rabe bleiben, und ich will das Rätsel lösen.« Ich bekaute einen Fingernagel. »Ich meine, ich *muss* es lösen. Das ist wichtig für mich – und für meine Mutter auch.«

Mrs. Alexander sah mich fest an. »Bist du ganz sicher, Mary Swan? Willst du dir wirklich diesen Druck zumuten, diese ständige Erinnerung?«

»Ja. Ich weiß nicht, warum, Mrs. Alexander, aber irgendwie wird das Rabenrätsel mir helfen – doch, bestimmt, hoffentlich.«

Sie schien nicht überzeugt. »Also gut, aber wenn du es dir doch noch anders überlegst oder einfach mit jemandem darüber reden willst – ich bin für dich da.«

»Danke. Vielen Dank.« Meine Augen wurden feucht, und sie umarmte mich wieder und sagte mir auf Wiedersehen. Als ich in der offenen Haustür stand und ihr hinterhersah, wie sie die lange Auffahrt hinunterging, dachte ich: *Das war deine Chance, deine Ruhe zu kriegen. Warum hast du ihr Angebot nicht angenommen?* Und die einzige Antwort, die mir kam, war die, die ich gerade Mrs. Alexander gegeben hatte: Ich *musste* die Aufgabe lösen. Auch wenn ich momentan keinen Schimmer hatte, wie ich das anfangen sollte. Und kein Gramm Kraft.

Ungefähr zwei Wochen nach dem Absturz kam unser *LIFE*-Magazin. Auf der Titelseite war das tolle Bild von Natalie Wood, die ein bisschen mein Idol war. Sie sah fantastisch aus mit ihrem schwarzen, windzerzausten Haar, ihren dunklen Augen und dem breiten Lächeln, das ihre makellos weißen Zähne enthüllte. Manchmal bildete ich mir ein, ein klein wenig so wie sie auszusehen, obwohl die Chancen dazu gleich Null waren; sie war so aufregend weiblich, ich so hausbacken und flachbrüstig.

Aber dann sah ich die Überschrift rechts oben: »ATLAN-

TA: Eine Stadt im Leid und das künstlerische Erbe der Opfer«. Ich blätterte das Magazin durch, bis ich den Artikel fand. Er enthielt Fotos der Gemälde, die verschiedene der Absturzopfer dem Kunstmuseum gestiftet hatten, und dann kam ein Bild, das Trauernde zeigte, wie sie während des Trauergottesdienstes vor der überfüllten Cathedral of Christ the King knieten, in der sie keinen Platz mehr gefunden hatten. Ein anderes Foto zeigte eine Gruppe von Frauen, alles Mitglieder der Atlanta Junior League, wie sie mit gebeugten Köpfen im Ballsaal des Piedmont Driving Club standen und der dreizehn Mitglieder gedachten, die bei dem Unglück mit umgekommen waren; eines von ihnen war Mama gewesen.

Dann Fotos der Bilder in den Wohnungen einiger der Künstler und ein Artikel über ihr Leben und Werk. Ein Foto zeigte einen Wachmann vor dem Portal des Kunstmusems, das zum Zeichen der Trauer geschlossen war; vor der Tür lagen mehrere Blumenkränze. Und ein anderes Foto zeigte Mama, wie sie in ihrem Atelier stand und ein Selbstporträt malte. Ich erinnerte mich gut, wie die Reporter in unser Haus gekommen waren, um dem Publikum Mamas Arbeit näher zu bringen.

Ich las jedes Wort, das *LIFE* über den Absturz schrieb, und als ein paar Wochen später *Newsweek* kam, las ich auch dieses Magazin. War es eine Art masochistisches Vergnügen, das mich dazu trieb? Ich glaube, nicht. Es war einfach ich, Mary Swan Middleton, die versuchte, einen Sinn zu finden, wo keiner war.

Die ganze Stadt schien tagelang Trauer zu tragen nach dem Unglück. Sie hatte über hundert ihrer prominentesten Bürger verloren, Menschen, die ihr Leben in die Kultur Atlantas gesteckt hatten. Die Kirchen waren voll an diesem Sonntagmorgen des 3. Juni, als die Nachricht von der furchtbaren Katastrophe kam. Unter den Opfern war auch der Präsident des Atlanta Arts Center, zusammen mit seiner Frau.

»Wohl kaum eine amerikanische Stadt hat je auf einen Schlag einen so großen Teil ihrer Elite verloren«, sagte Eugene Patterson, der Herausgeber der Atlanta Constitution. Die meisten der Opfer kamen aus jenen alteingesessenen, bodenständigen Familien, die der Motor des finanziellen und kultu-

rellen Wachstums dieser Stadt im Süden Amerikas sind. Sie waren die Mittelbeschaffer, die Projektmäzene, die führenden Männer und Frauen der Stadt, die offen für die friedliche Rassenintegration eintraten und so die Vorreiter waren für Atlantas überlegten Umgang mit diesem so schwierigen Problem.

Sechs der Toten waren Vorstandsmitglieder des Kunstvereins Atlanta gewesen, dreißig Mitglieder im Piedmont Driving Club, einundzwanzig im Capital City Club, dreizehn in der Junior League (darunter zwei ehemalige Vorsitzende). Jack Spalding, Herausgeber des Atlanta Journal, kommentierte: »Sie alle waren auf die eine oder andere Art für unsere Stadt aktiv gewesen ...«

»Sie waren die Art Menschen, auf die die Stadt kaum verzichten kann, die Leute, die Atlanta zu dem gemacht haben, was es ist«, erklärte Ex-Bürgermeister Hartsfield. »Dies ist die größte Katastrophe seit dem Bürgerkrieg.«

Im Laufe der Woche kamen Kondolenzbotschaften von Präsident Kennedy, de Gaulle, dem Papst und vielen anderen. Die Häuser im Stadtteil Buckhead waren mit Trauerkränzen geschmückt, Nachbarn brachten Lebensmittel, und Freunde und Verwandte kamen, um die Kleider und Habseligkeiten von etlichen der einunddreißig Kinder zu holen, die durch das Unglück zu Vollwaisen geworden waren.

Am Flughafen Orly in Paris inspizierte ein erschütterter Bürgermeister Allen das Wrack und die halb verbrannten Fremdenführer, Brieftaschen, Reiseschecks, Souvenirraschenbecher, Speisekarten, verrußten Operngläser und Kameras und antiken Silbergegenstände. Als er eine der halb verkohlten Reisebroschüren in die Hand nahm (»Diese Reise wird unvergesslich werden«), zerbröckelte sie ihm zwischen den Fingern.

Nach einem Besuch im Leichenschauhaus sagte der grauhaarige Bürgermeister müde: »Die meisten dieser Menschen habe ich von Kind auf gekannt, aber ich konnte keinen einzigen identifizieren.« Es blieb den Experten überlassen, die Identifizierung vorzunehmen, und Allen kehrte nach Atlanta zurück, um die Trauernden zu trösten.

Am Freitag beschloss der Vorstand des Kunstvereins, 1,5 Millionen Dollar aus Spenden zum Bau einer neuen Kunst-

akademie zum Gedenken an die Opfer aufzubringen. Sie fanden, dass dies sinnvoller sei als viele Lobesreden. Dr. Reginald Poland, der Direktor des Kunstmuseums, brachte es auf den Punkt, als er sagte: »Jegliches Wort wäre unzulänglich.«

So endete der Artikel in der Newsweek, und so war es richtig. Es gab keine Worte, um die Trauer der Einzelnen und der Stadt angemessen auszudrücken. Ich war froh, dass der Rest Amerikas von unserer Katastrophe erfuhr, und gleichzeitig wollte ich nicht, dass er zu viel erfuhr. Konnte jemand, der nicht selber durch diese Katastrophe gegangen war, sie überhaupt verstehen? Und ich wollte nicht, dass sie trivialisiert würde.

Wenn ich Mamas Talent gehabt hätte, hätte ich etwas gemalt, um meine Gefühle auszudrücken. Aber jedes Mal, wenn ich meinen Skizzenblock zur Hand nahm, brachte ich nur ein Gewirr aus scheußlichen schwarzen Strichen zustande. Und Tag um Tag sank ich tiefer in meine Schwermut hinein, aß nicht, weinte, schlief, saß auf meinem Bett und starrte leer zum Fenster hinaus.

Als Papa aus Paris zurückkam, wurde er wie ein Held begrüßt. Er war es ja gewesen, der in den ersten Stunden die ganze Last der Trauer gleichsam stellvertretend für alle getragen hatte. Die Menschen wiederholten es immer wieder, flüsterten es mit glänzenden Augen: »Kannst du dir das vorstellen, was John Jason Middleton jetzt durchmachen muss? Er ist dabei gewesen, als das Ding explodierte – und seine Frau da drinnen ...«

Papa sah aus, als ob er betäubt wäre. Ich schätze, dass er viel mit anderen Männern zusammen war, die auch ihre Frau bei dem Unglück verloren hatten. Manchmal kam er unvermittelt in mein Zimmer und umarmte mich stumm, dass sein unrasiertes Gesicht meine Wange kitzelte.

Papa war sonst immer gut rasiert. Er war der gepflegteste Geschäftsmann, den ich kannte. Er war groß und sehr schlank, mit jener Art Haar, das um die Schläfen herum grau wird und seinem Träger jenes gewisse edle Etwas gibt. Der Rest seines Haars war kohlschwarz, und ich fand, dass er faszinierend aussah. Nein, nicht auf die Herzensbrecher-Art, aber souverän und ehrbar. Stark war er und selbstsicher, ohne dabei herrisch zu wirken. Und fleißig. Zu fleißig für meinen Geschmack; ich fand immer, dass ich nicht genug von ihm bekam. Wie ich mich danach sehnte, dass er sich einmal einen ganzen Nachmittag nur für mich nehmen würde. Aber das geschah nie.

Mama war spontan und impulsiv gewesen. Wenn wir von der Schule nach Hause kamen und sie mitten in einem Gemälde war, konnte es passieren, dass sie den Pinsel hinlegte, Jimmy und mich an sich drückte und sagte: »Darf ich euch heute mal verwöhnen?« Wir wussten nie vorher, mit was sie uns diesmal überraschen würde. Einmal lud sie uns auf eine Cola ein, und das Ergebnis war eine Führung durch die Coca-Cola-Fabrik in der Stadt, mit Mr. Woodruff, dem Genie hinter dem Cola-Imperium, persönlich. Ein anderes Mal bekamen wir ein Eis – während wir auf einem Lippizaner-Schimmel aus einem Zirkus saßen, der gerade in Atlanta war. Ich weiß bis heute nicht, wie Mama diese Dinge organisierte, habe sie auch nie gefragt. Ich freute mich einfach, wenn sie so richtig glücklich war.

Aber jetzt, wo Mama tot war und Papa so furchtbar aussah und ich schier jede Lebenslust verloren hatte, fragte ich mich manchmal, ob Papa das wohl schaffen würde, alleine für uns zu sorgen. Brauchten wir Ella Mae nicht öfter als die vier Mal pro Woche?

»Warum ziehst du nicht einfach zu uns und wohnst hier?«, fragte ich sie eines Tages in meiner naiven Unschuld. »Wir haben doch so viel Platz.«

»Nein, Kind, das geht nicht. Ich habe ja noch Roy, und manchmal braucht meine Tochter Hilfe mit dem Enkelkind.«

Ich hatte nie einen Gedanken darauf verschwendet, dass Ella Mae außer uns noch eine Familie haben könnte. Ich wusste, dass sie verheiratet war, weil ihr Mann, Roy, gelegentlich Gartenarbeiten für Papa erledigte. Aber nicht ein Mal hatte ich sie von ihren Kindern reden gehört, nie ein Bild von ihnen gesehen. Und nie darüber nachgedacht, wie komisch es war, dass ich das nicht wusste.

Mama muss wohl Bescheid gewusst haben über Ella Maes

Familie. Sie hatte mir oft erzählt, wie sie neun Monate mit mir schwanger war und mich dann fast auf dem Bürgersteig bekommen hätte. Damals hatte sie beschlossen, ein Kindermädchen einzustellen. Sie hatte also eine Anzeige in die Zeitung gesetzt. Als Ella Mae kam, um sich vorzustellen, hatte Mama erst kein Wort von dem, was sie sagte, verstanden; selbst ihren Vornamen hatte Ella Mae fünf Mal wiederholen müssen.

»Bring doch einfach deine Familie mit hierher, Ella Mae«, sagte ich, wild entschlossen, dass meine Welt sich nicht verändern sollte.

»Kind, du glaubst doch nicht, dass ich meine schwarzen Verwandten hierher bringen und mit Weißen in einem Haus wohnen kann, im reichsten Viertel von Atlanta? Du weißt nicht, was du da sagst.«

Es ärgerte mich, dass Ella Mae mich so abblitzen ließ, und ich ging schmollend die beiden Treppen zu meinem großen Zimmer hoch, dessen Dachfenster die Nachmittagssonne hereinließ. Ich wusste nicht, was ich mit mir anfangen sollte. Ich war noch nie geduldig gewesen; wenn ich eine Idee hatte, wollte ich sie sofort in die Tat umsetzen. Und jetzt hatte ich eine Idee, zum ersten Mal seit Wochen: Ella Mae sollte zu uns ziehen.

Ich starrte zu dem Mansardenfenster hinaus, zu dem großen Walnussbaum mit der Schaukel. Fast konnte ich Mama sehen, wie sie mit ihrer Staffelei und Palette im Garten saß und mich malte, wie ich die Schaukel immer höher und höher fliegen ließ mit meinen fröhlichen vier Jahren, dass mein Haar in einem hellbraunen Strudel nach hinten strömte.

Mama war immer dann am glücklichsten gewesen, wenn sie einen Pinsel in der Hand hielt. Sie konnte verdrossen und heftig sein, aber der Malpinsel ließ ihren Mund fast immer lachen und ihre Augen fröhlich-konzentriert werden.

Warum musstest du in diesen Flammen sterben, Mama? Ich rieb mir ärgerlich über das Gesicht, um die salzigen Tränen wegzubekommen. Es nützte nichts, sie kamen gleich wieder.

Vielleicht eine Stunde später ging ich mit langsamen, entschlossenen Schritten die Treppe hinunter. Als ich das Erdgeschoss erreichte, sah ich es – das Porträt im Flur, das ich mehr liebte als alles andere, das mir je gehört hatte oder gehören würde.

Mama malte viele Kinder-Porträts. Oft war sie, wenn ich von der Schule nach Hause kam oder von meinem Mittagsschlaf aufwachte, in ihrem Atelier und legte letzte Hand an ein Porträt irgendeines hübsch angezogenen Kindes. Die kleinen Mädchen trugen fast immer ein rosa Taftkleid und eine große rosa Schleife in ihrem langen Seidenhaar, hielten eine Blume oder ein Kätzchen oder ein kleines Buch in der Hand und sahen richtig brav aus.

Als ich also viereinhalb Jahre war und Mama fand, dass es Zeit wurde, mich zu malen, kaufte sie mir ein hübsches Taftkleid, das rosa und vorne mit kleinen Kätzchen und Stiefmütterchen bestickt war, und eine breite rosa Schleife für mein Haar. Das Kleid lag auf dem zweiten Bett in meinem Zimmer, das ich nicht benutzte. Tagelang lag es dort, bis ich es anprobieren musste. Es fühlte sich kratzig an, aber Mama lachte, ein Leuchten in den Augen.

Als der Tag kam, an dem sie die Skizze und die Fotos machen wollte, schlich ich die Treppe hinauf in mein Zimmer, voller Antipathie gegen das rosa Kleid. Als ich halb oben war, nahm Mama mich beim Arm und zog mich zu sich. »Mary Swan«, flüsterte sie in jenem melodischen Ton, der anzeigte, dass sie sich wohl fühlte. »Ich mag das rosa Kleid eigentlich nicht. Magst du es?« Ich sah sie zögernd an, dann schüttelte ich energisch meinen Kopf.

»Also, wenn du es auch nicht magst, dann geh doch einfach rauf und such dir deine Lieblingskleider für das Bild heraus.«

Es war gerade wie der Geschmack der ersten Erdbeere im Frühling, genauso wild und süß. Mama wusste natürlich schon, was ich wählen würde. Ich rannte auf mein Zimmer, zog die untere Schublade meiner weißen Korbkommode auf – die Schublade, die für meine Spielkleider reserviert war – und zog eine Jungen-Jeanslatzhose heraus. Sie war alt, so groß, dass ich zweimal hineinpasste, verschlissen und von Flicken übersät, und die Beine waren abgeschnitten und bis über meine Knie hochgerollt. Darunter zog ich ein hellblaues T-Shirt an, das genauso abgetragen war. Keine Schuhe. Ich drehte mich zu dem Taftkleid und der Schleife auf dem Bett um und lachte ein wonniges Kleinmädchen-Lachen. Mama wollte mich in meinen Lieblingskleidern malen!

Sie war ein Genie der Ausdruckskraft. Selbst den bravsten Mädchen, die mit im Schoß gefalteten Händen dasaßen, entlockte sie ein Stück ihrer Persönlichkeit – in der Art, wie ihre Augen leuchteten oder im Spiel ihrer Lippen. Und bei mir also, dem Kind, das sie am besten kannte, gönnte sie sich den Luxus – *la gourmandise,* wie sie es nannte –, mich so zu malen, wie ich war. Auf der Schaukel sitzend, die nackten Füße hoch nach vorne gestreckt, mein Mund fröhlich offen, das zerzauste Haar nach hinten fliegend. Der Blick meiner Augen, er war perfekt, voll wilder Zufriedenheit. Selbst der Walnussbaum, an dem die Schaukel hing, schien zu lächeln.

Es war die Art Gemälde, die den Betrachter unwillkürlich schmunzeln ließ, ein Bild, bei dem man Lust bekam, die Arme auszustrecken, durch den Wind zu rennen und in einen frisch zusammengerechten Laubhaufen zu springen, ein Bild, in dem der Geist der Kindheit tönte und sang. Mama war stolz auf dieses Gemälde.

Selbst Papa lachte um ein Haar laut los, als er es zum ersten Mal sah. Seine Brauen kräuselten sich lustig. Er sah mich an, dann das Bild, dann wieder mich. »Na, Schatz, da hast du ja unsere kleine Swan in ihrem blühenden Leben aufs Bild gekriegt!« Und er hob mich auf seine Arme und wirbelte mit mir herum, und wir lachten alle zusammen.

Es war die schönste meiner Kindheitserinnerungen. Die sonnigen Gartenschaukeltage, während Mama fröhlich summend malte. Mich malen war die beste Therapie, erklärte sie mir. Sie fühlte sich dann, als habe sie einen Schmetterling im Bauch, der hin- und herflatterte und heraus wollte. Sie konnte es nicht erwarten, das Bild fertig zu sehen.

Und jedes Mal, wenn ich es als Teenager betrachtete, spürte ich dieselbe Wärme und die gleiche Wahrheit. Die übersprudelnde Freude, dass Mama mich gekannt und die wilde, freie Seite ihres Mädchens verstanden hatte. Natürlich hatte sie mich verstanden; sie hatte doch die gleiche Hartnäckigkeit, dieselbe Abenteuerlust, dieselbe Entschlossenheit, das Leben in vollen Zügen zu trinken.

Eines späten Junitages weinte ich so heftig, dass mein Gesicht ganz rot und fleckig und meine Augen verschwollen waren. Als Papa in mein Zimmer wollte, ließ ich ihn nicht herein. Er muss wohl Angst gehabt haben, dass ich mir etwas antun würde, denn nach einer Weile hörte er auf, an meine Tür zu klopfen, und es wurde still. Dann, etwas später, kamen wieder seine Schritte auf der Treppe, begleitet von denen einer Frau mit Stöckelschuhen. Ich wusste sofort, dass es Trixie war.

Ich hörte, wie Papa flüsterte: »Sie will nicht rauskommen. Sie weint sich schier die Augen aus, ich weiß mir keinen Rat mehr. Tu was, Trixie, bitte!« Ich hörte die Angst in Papas Stimme und hörte auf zu schluchzen. Dann kam Trixies hoher, schleppender Südstaatenakzent durch die Tür. »Swannee-Mädchen, unten beim Swimming-Pool wartet ein schönes großes Glas Limonade. Wie wär's, wenn du dich in den Liegestuhl setzt und was trinkst und die Füße ins Wasser baumeln lässt? Wenn du willst, mach' ich dir die Fingernägel schön. Ich weiß nicht, wie sie gerade aussehen, aber meine sind ganz scheußlich. Ich hab' Lucy versprochen, ihre zu lackieren, da kannst du gerne dazukommen. Und ich habe deinem Papa gesagt, dass er ruhig in seine Besprechung gehen kann und dass du bei uns isst.«

Zu hören, wie sie so ganz natürlich über diese allertrivialsten Dinge redete, gab mir eine merkwürdige Erleichterung. Auch wenn Mama nicht mehr war, es gab Sachen, die sich nicht geändert hatten. Trixie war nach wie vor meine wunderbare Nachbarin mit der Säuselstimme und einem Kopf voll verrückter Ideen und einer zehnjährigen Tochter namens Lucy.

»Ich warte draußen auf dich, Swannee, bis gleich!«, rief sie.

Ich konnte es nicht sehen, aber ich mache jede Wette, dass Trixie den Rauch ihrer Zigarette hinausblies und Papa zuzwinkerte, bevor sie ihn aus dem Haus hinauskomplimentierte, wie wohl schon hundert Mal. Ich hörte das Klick-Klack ihrer Absätze auf der Treppe, dahinter Papas schwereren Schritt, und dann war alles still.

Ich blieb noch ein paar Minuten auf dem Bett liegen. Ich weinte nicht mehr. Ich muss wohl eingenickt sein, denn ich schreckte auf, als ich das Plätschern von Wasser und Lucys Lachen hörte. Ich ging an mein Fenster und lugte hinaus. Den Swimming-Pool konnte ich von hier aus nicht sehen, aber ich stellte mir vor, wie Trixie dort saß, so wie früher mit Mama, einen hellrosa Strohhut auf ihren blonden Locken, die schön gebräunten Beine auf der Liege ausgestreckt, und irgendetwas Exotisches schlürfte. Ich sprang von meinem Bett, lief ins Bad, wusch mir hastig das Gesicht und rannte die Treppe hinunter, zwei Stufen auf einmal nehmend. Die Juni-Luft draußen war heiß und klebrig. Ich registrierte es mit Erleichterung. Es war dieselbe Hitze wie sonst. Auch der Geißblattduft war der gleiche. Und die Walnussbäume und Eichen mit ihren reglosen Blättern. Und Trixie. Wunderbare Trixie. Sie lächelte mich unter ihrem Strohhut an und bedeutete mir, auf dem Liegestuhl neben ihr Platz zu nehmen. Die schmächtige Lucy mit ihrem blondbraunen Haar plantschte im Wasser. Vielleicht gab es doch ein Leben nach Mamas Tod …

Trixie war zierlich und blond und lieb. Wer ihren Namen hörte und ihr helles Lachen, hielt sie wohl instinktiv für eine von der Luftikus-Sorte. Aber sie hatte ihr Päckchen zu tragen gehabt im Leben. Ihr Mann hatte sich vor zehn Jahren, als sie mit Lucy schwanger war, scheiden lassen. Mama hatte sie wie eine Schwester geliebt, und ich liebte sie auch. Wohl hundert Mal hatte Trixie mich vor dem sicheren Langeweiletod gerettet, während Mama malte. Sie kam an unsere Tür, stets perfekt gepflegt, kein Härchen schief, einen breiten Strohhut auf dem Kopf, eine flotte Brille auf der Nase und über dem einen Arm einen Picknickkorb. »Komm mit, Swannee, deine Mama braucht mal 'ne Pause.«

Erst als Mama tot war, erkannte ich, wie sehr Trixie sie geliebt hatte. Und uns! Wie sie sozusagen Mamas Schutzengel war, wenn Papa nicht da sein konnte. Sie und Ella Mae und Papa waren das Sicherheitsnetz der Liebe, das Mama vor dem Kollaps bewahrte. Und ich hatte es nie gemerkt. Das war ihr Geschenk an mich, als ich aufwuchs. Eine Liebe, die keine Worte machte.

KAPITEL 4

Es waren mehrere Dinge, die mich in den letzten Juni- und ersten Julitagen aus meinem schwarzen Loch herausholten. Trixies Zuwendung und Rachels ständige Anrufe, dass wir uns nun aber endlich an unser Rabenrätsel machen mussten, waren zwei davon. Aber vor allem war Ella Mae wild entschlossen, ihre alte Mary Swan wiederzuhaben.

»Schätzchen, wem bringt das was, wenn du nur rumsitzt und Trübsal bläst?«, sagte sie eines Tages, als sie sah, wie ich auf meinem Bett lag und lustlos in einer Illustrierten blätterte. »Weißt du, was dir gut tun würde?«

»Keine Ahnung«, murmelte ich. »Sag mir's.«

»Du musst mal was für andere Menschen tun, Mary Swan. Und ich weiß auch schon, was.«

Ich schaute von der Illustrierten hoch, wenig überzeugt.

»Komm am Samstagmorgen mit mir in die Stadt, nach Grant Park, zum Helfen.«

Ich war nie im Leben in dem Viertel gewesen, das sie Grant Park nannten, aber ich wusste, wo es war – in den Slums der Innenstadt. »Was meinst du mit ›Helfen‹, Ella Mae?«

»Du kommst mit und hilfst Leuten, die echt in Not sind und ein warmes Essen brauchen und jemand, der ihnen zuhört. So mein' ich das.«

»Was für Leute?«

»Jede Menge Schwarze. Aber auch ein paar Weiße, Swannee. Das kann man nicht erklären, das musst du selber sehen.«

Sie legte mir nicht die Daumenschrauben an, aber irgendwie brachte Ella Mae es fertig, dass ich mit ihr nach Grant Park ging, einem Viertel in der einst berühmten Altstadt von Atlanta, die jetzt dabei war zu verfallen. Wer weiß war und es sich leisten konnte, zog von dort weg.

Ich musste all meinen Mut zusammennehmen, um Papa zu sagen, wohin wir gingen, doch er sagte nur: »Wenn Ella Mae dich unter ihre Fittiche nimmt, ist das schon in Ordnung.« Er schien alles gut zu finden, was seine Swannee mal andere Tapeten sehen ließ.

Der Samstagmorgen kam. Als Ella Mae mit dem Bus zu uns kam, gegen halb elf, schlief ich noch. Sie fuhr den alten blauen Cadillac aus unserer Doppelgarage. Papa hatte ihr vor Jahren beigebracht, wie man ihn fuhr, und sie benutzte ihn, um Jimmy und mich zu diversen Unternehmungen zu fahren. Sie war eine der ganz wenigen Hausangestellten damals, die Auto fahren konnten, und sie war mächtig stolz darauf, und noch stolzer auf ihren »Käddiläck«, wie sie das Auto nannte.

Sie hupte einmal kräftig, und das brachte mich aus dem Bett. Fünf Minuten später rannte ich aus der Haustür, ein Stück Toastbrot halb in meinem Mund. Ich sprang in das Auto, noch kauend, und begrüßte Ella Mae mit einem matten Lächeln. Wir kurbelten die Fenster ganz hinunter, und ich ließ den warmen Wind über mein Gesicht blasen.

Mit Ella Mae am Steuer fahren war ein Abenteuer. Wie sie vor Ampeln auf die Bremse stieg und das schwere Gefährt um die Ecken jagte … Heute war keine Ausnahme; Grant Park konnte nicht halb so gefährlich sein wie die Fahrt dorthin, fand ich.

Vor einer Kirche aus roten Ziegeln hielt Ella Mae an.

»Von einer Kirche hast du aber nichts gesagt«, protestierte ich.

»Und du hast nicht gefragt.«

Und so verbrachte ich einen guten Teil des Samstagmorgens und -nachmittags zusammen mit Ella Mae in einem großen Raum im Untergeschoss der Mount Carmel Church. Die Farbe blätterte von den Wänden ab, außer bei dem Seiteneingang, wo ein Wandgemälde war, und auf der linken Seite des Raumes waren lauter lange Tische und Klappstühle aus Metall aufgestellt.

»Das ist unser Gemeindesaal, wo wir unsere Mahlzeiten und solche Dinge haben«, erklärte Ella Mae. Dann führte sie mich nebenan in die Küche, wo sie mich einer weißen Frau namens Miss Abigail vorstellte, die sie einen »Engel in des Teufels Küche« nannte. Miss Abigail war Mitte der 50er-Jahre aus Detroit, wo sie sechzehn Jahre in den Slums gearbeitet hatte, nach Atlanta gezogen.

Miss Abigail sah älter aus als Papa und jünger als Ella Mae;

ich schätzte sie auf ungefähr fünfzig. Ihr Haar war kräftig und schwarz mit hier und da einer grauen Strähne, und sie hatte es zu einem Pferdeschwanz zusammengebunden, was mir bei einer Frau ihren Alters komisch vorkam. Aber was mir am meisten an ihr auffiel, waren ihre Augen. Bis heute kann ich nicht sagen, was für eine Farbe sie hatten, obwohl ich glaube, dass es ein ganz normales Braun war. Aber wie diese Augen leuchteten! Nicht nur an diesem Samstag, sondern fast jedes Mal, wenn ich Miss Abigail sah. Sie leuchteten, als ob sie gerade erfahren hätte, dass sie sechs Richtige im Lotto getippt hatte.

Sie war eher schmächtig und um einige Zentimeter kürzer als meine 1,65 Meter, aber Ella Mae sagte, dass sie zäh sei. Sie hatte ihr Leben auf den Straßen verbracht, im Dienst an den Armen und Obdachlosen, eine der ersten weißen Frauen, die so etwas in Atlanta machten.

Miss Abigail stand über eine große Aluminiumspüle gebeugt und wusch Salat. Sie drehte sich um, um mich zu begrüßen. Sie wischte ihre rauen Hände an ihrer verschlissenen grünen Schürze ab und hielt mir ihre Rechte hin. »Ganz vielen Dank, dass du uns heute helfen willst, Mary Swan.« In ihrer Stimme war keine Spur von dem Südstaatenakzent, der in Atlanta üblich war. Ich lächelte dünn und zuckte die Achseln.

Sie schien es nicht zu bemerken. »In Grant Park wohnen über 450 Familien, und die meisten sind bettelarm. Viele der Kinder haben ihren Vater nie zu Gesicht bekommen und werden von der Großmutter erzogen. Vor etwa eineinhalb Jahren haben wir angefangen, einmal die Woche jedem, der will, eine kostenlose Spaghettimahlzeit anzubieten. Freiwillige aus weißen und schwarzen Kirchen wechseln sich mit dem Kochen und Servieren ab. Ella Mae ist eine unserer Treuesten.« Sie sagte es ganz sachlich. »Du kannst helfen, die Soße zu servieren.« Sie zeigte auf den Saal neben der Küche, wo auf zwei langen Tischen, die die Helfer von den hungrigen Gästen trennten, dampfende Töpfe mit Spaghettisoße und große Schüsseln mit Nudeln standen.

Die Spaghetti waren zu lange gekocht und klebten zusammen, die Teller hatten Sprünge, die Töpfe und Schüsseln Macken und Flecken. Ella Mae sagte, dass in der vergangenen

Woche sämtliche Bestecke gestohlen worden waren, und so mussten sie und Miss Abigail in letzter Minute hinaus zu den Nachbarn gehen, um sich ein paar Gabeln und Löffel zusammenzubetteln. Da stand ich nun, in der linken Hand unsicher einen Schöpflöffel haltend, und wartete darauf, dass sie wiederkämen. Die Menschen in der Warteschlange waren überwiegend traurig dreinsehende Männer in dünnen Hemden und ausgebeulten verdreckten Hosen, korpulente Frauen mit dünnen Haaren oder Teenagermädchen mit ein oder zwei Kindern im Schlepptau. Man sah weiße, schwarze und mexikanische Gesichter.

Neben mir stand ein Junge, der 18 oder 19 sein mochte. Er sah kräftig aus und war groß – mindestens 1,80 Meter – und so schwarz wie ein Pik-Ass, wie Opa immer sagte.

Er sah mich an und sagte: »Hallo. Ich bin Carl.«

»Hey. Ich heiße Mary Swan.« Meine Stimme klang etwas gepresst, und mein Gesicht wird wohl dunkelrot geworden sein.

»Schön, dich hier zu sehen, Mary Swan.« Sein Lächeln war breit und weiß.

»Danke.« Ich versuchte ein Lächeln, dann räusperte ich mich. »Bist du oft hier, Carl?«

»Meistens. Ich helfe Miss Abigail.«

»Und warum willst du ihr helfen?«

Er lächelte wieder. »Weil sie mir geholfen hat, wieder in die Schule zu kommen. Sie hat mir einen Nachmittagsjob besorgt, damit ich etwas Geld für meine Leute verdienen kann und trotzdem zur Schule gehen kann. Die Frau ist echt super.«

So also lernte ich Carl Matthews kennen.

Ich wusste nicht, was ich weiter sagen sollte, was, wie meine Freundinnen oft sagten, seltener war als ein Schneemann im August. Ich wusste nicht mehr, ob ich in Atlanta war oder in Afrika oder Haiti. Ich war in dieser Stadt aufgewachsen, aber dieses Viertel war mir ferner gewesen als Australien.

»Hast du noch andere Geschwister?«, brachte ich schließlich hervor.

»Ja, drei. Ich wohne bei meinen beiden jüngeren Brüdern, meiner kleinen Schwester und meiner Tante.«

»Und deine Eltern?«
»Meine Mutter ist tot. Sie starb, als ich zwölf war.«
Das gab meinem Herzen einen Stich. »War sie krank?«
»Nein, erschossen. Saftiger Streit mit ihrem Freund – na, du weißt schon.«
Ich hatte keinen blassen Schimmer, aber es klang makaber. »Und dein Vater?«
Carls Lächeln war zynisch. »Den hab' ich nie gekannt. Könnt' ihn nicht von Adam unterscheiden.« Er kicherte, aber ich hatte den Verdacht, dass Bitterkeit hinter diesen dunklen Augen lag.
Mir wurde immer unbehaglicher zumute. »Meine Mutter ist auch tot.«
Er zuckte die Achseln; er schien überhaupt nicht neugierig zu sein. Vielleicht war es in diesem Viertel von Atlanta das Normalste der Welt, dass man eine Waise war – dass man seinen Vater nicht kannte und dass die Mutter bei einem heftigen Streit erschossen wurde und vier Kinder sich selber überlassen waren.
Aber nachdem er auf mehrere Teller Spaghettisoße gegeben und den Männern ein »Der Herr segne dich« zugemurmelt hatte, fragte er: »Und wie ist sie gestorben?«
»Bei dem Flugzeugunglück im Juni. Hast du davon gehört?«
»Doch, das hab' ich, Mary Swan.« Fast klang er beleidigt. »Hab' die Zeitungen gelesen. Gibt wohl keine Menschenseele in Atlanta, die nicht geweint hat damals. Ich kannte niemand in dem Flugzeug, aber es hat mir das Herz zerrissen. Viel Elend in Atlanta.« Dann sah er mich an, und in seinen Augen stand Freundlichkeit und Schmerz. »Das tut mir Leid, Mary Swan, echt.« Und ich spürte, wie ein Rieseln auf meinem Rücken, dass er das ernst meinte.
Aber ich wollte jetzt nicht über das Unglück reden. Ich war doch hier, um meine Probleme zu vergessen und mich mit denen der anderen zu beschäftigen. Ich lenkte das Gespräch zu Carls Familie zurück. »Dann hat also deine Tante für euch gesorgt, als deine Mutter tot war?«
»Nein. Die hätte das nicht gekonnt damals. Es war Miss Abi-

gail. Wir hatten Glück, dass sie gerade damals nach Atlanta kam. Sie nahm uns auf und gab uns zu essen, schickte uns zur Schule und liebte uns, als ob sie geradeso schwarz wäre wie wir.«

»Aber jetzt wohnt ihr doch bei eurer Tante?«

»Ja. Hat was gedauert, bis alles im Lot war, aber jetzt geht's.«

»Und du gehst also zur Schule und anschließend arbeiten?« Ich kannte keinen einzigen Teenager in Buckhead, der einen Job nach der Schule hatte.

»Ja. Zwei Jahre konnte ich nicht zur Schule, weil ich ja arbeiten musste, um die Rechnungen zu bezahlen und so. Naja, und dann besorgte Miss Abigail mir diesen Nachmittagsjob, damit ich wieder zur Schule konnte. Sie sagt, wenn ich will, kann ich auch ein Studium packen. Und ob ich will!«

Ich war froh, dass uns gerade in diesem Augenblick die Spaghetti ausgingen, sodass Carl dachte, dass ich Nachschub holen wollte, als ich in die Küche ging. Aber ich ging, weil ich plötzlich weinen musste – für diesen netten jungen Mann, der mir seine tragische Lebensgeschichte erzählte, als ob sie das Normalste von der Welt war. Und – der Gedanke traf mich wie ein Blitz – in seiner Welt, in der Innenstadt von Atlanta, war sie das vielleicht sogar.

Am nächsten Samstagmorgen war ich fertig angezogen und fast schon ungeduldig, als Ella Mae kam. Papa sagte kein Wort; er sah mich einfach an, mit diesem halb traurigen, halb erleichterten Blick in seinen dunkelbraunen Augen. Er muss wohl alles, was mich in diesem stickigen Juli aus dem Haus brachte, als ein kleines Wunder betrachtet haben.

Und Ella Mae hatte Recht. Irgendwie half es mir, für ein paar Stunden aus Buckhead und seiner Trauer herauszukommen und in Grant Park eine andere Art Elend kennen zu lernen. Aber ich glaube, vor allem ging ich mit, weil ich tief drinnen den rebellischen Wunsch hatte, Carl Matthews zum Freund zu haben. Ich hatte nie schwarze Freunde in meinem Alter gehabt. Im Wellington waren Neger nicht erlaubt. Nur ein Schulbezirk in ganz Atlanta hatte die Rassentrennung aufgehoben, und es war nicht meiner.

Nach dem Essen bugsierte Carl Miss Abigail zur Küche

hinaus. »Du musst jetzt mit den Leuten reden, geh nur. Ich mach' den Abwasch.« Wie fürsorglich er Miss Abigail behandelte. Und ich merkte gleich noch etwas: Er wusste, wie man abwusch. Die Aussicht, gleich seine Hände und Ellbogen in das Spülwasser zu stecken, schien ihn kein bisschen zu schrecken. »Willst du helfen?«, fragte er, wieder mit seinem breiten, weißen Lächeln.

»Klar«, erwiderte ich achselzuckend.

»Willst du spülen oder abtrocknen?« Er rollte schon seine Ärmel hoch. »Mir ist's gleich.«

Ich war wie gelähmt. Ich hatte keine Ahnung, was ich machen sollte; ich hatte in meinem ganzen Leben noch nie einen Teller gespült. Aber ich würde mir keine Blöße geben! »Spülen«, sagte ich.

Er hatte die Töpfe, Schüsseln, Teller, Gläser und Bestecke alle auf der einen Seite der Spüle aufgebaut und einen Stöpsel in das Becken getan. Jetzt drehte er den Heißwasserhahn auf und spritzte etwas Spülmittel in das Becken. Das Wasser wurde schaumig. Ich schaute den Geschirrberg neben mir an und packte den größten Topf, der halb verkrustet von der roten Soße war. Ich tauchte ihn in das seifige Wasser – und schrie um ein Haar auf. Mensch, war das Wasser heiß! Ich nahm einen matschigen Spülschwamm und begann, den Topf zu schrubben. Das Wasser wurde zusehends roter, und ich spürte, wie der Schweiß meine Augenbrauen und Oberlippe zu kitzeln begann. Der Topf wollte nicht sauber werden.

Es dauerte einen Augenblick, bis ich merkte, dass Carl mich anstarrte, sein vertrautes Lächeln auf dem Gesicht. Dann kratzte er sich wie ratlos am Kopf. »Die Methode hab' ich noch nie gesehen. Wir fangen immer mit den Gläsern und Bestecken an und tun die Töpfe zuletzt ins Wasser – richtig zum Einweichen, verstehst du?«

Meine Wangen brannten, und ich verfluchte innerlich diesen jungen Mann, der den Nerv hatte, mir zu sagen, wie man richtig Geschirr spülte. Mein Gehirn suchte fieberhaft nach einer schlagfertigen Antwort, aber bevor ich ein Wort herausbrachte, nahm er das Spültuch und sagte: »Hier, ich zeig' dir's, wie man's macht, Mary Swan. Hast wohl nicht viel Gelegenheit zum Abwaschen gehabt, wenn Ella Mae immer da war.«

Es klang nicht hochnäsig oder bitter, es war eine einfache Feststellung. Aber ich wäre trotzdem am liebsten im Erdboden versunken, als er so höflich lächelnd das rote Wasser abließ und noch einmal von vorne anfing. Mit niedergeschlagenen Augen nahm ich ein Handtuch und begann, die Gläser zu trocknen, die er in den dunkelgrünen Geschirrständer stellte.

Irgendwo zwischen den Bestecken und dem letzten Topf bekam ich meine Demütigung unter die Füße. Als der Abwasch fertig war, gingen wir in den Saal, wo Miss Abigail und Ella Mae sich gerade mit einer kränklich aussehenden weißhaarigen Frau unterhielten.

»Lass sie«, flüsterte Carl mir zu. »Sie reden und beten immer mit den Leuten. Soll ich dir mal zeigen, wo ich wohne?«

Ich zuckte die Achseln und ging zu Ella Mae; ich musste ihr doch wenigstens sagen, was ich vorhatte. Sie kniff die Augen zusammen und sagte: »Das ist aber ein ganz schöner Weg bis zu eurem Haus, Carl.«

»Wir passen schon auf, Ella Mae«, sagte Carl ruhig.

Miss Abigail nickte Ella Mae zu und lächelte Carl an. Ella Mae zuckte die Achseln und sagte: »Bleibt halt nicht zu lange.«

»Ja, Ma'am«, sagte Carl. Dann, zu mir: »Da lernst du mal meine Geschwister kennen.«

Es war schwülheiß, als wir die Straße entlanggingen. Carl zeigte auf ein großes altes Haus im viktorianischen Stil, dessen Garten von Müll übersät war; mehrere Fensterscheiben fehlten. »Da drin wohnen zwölf Familien.«

»In *einem* Haus?«

»Ja. Weiße Familien. Das ist ein Mietshaus; solche gibt's hier viele.«

Viele der Häuser waren zweistöckig und mussten früher einmal altehrwürdige Villen gewesen sein. Jetzt waren sie fast alle baufällig. »Dann wohnen in diesem Viertel Schwarze und Weiße?«

»Ja. Früher wohnten lauter reiche Weiße hier. Dann bekamen die es mit der Angst und haben die Fliege gemacht, und die armen Weißen kamen, und inzwischen gibt's Weiße und Schwarze und Mexikaner hier. Halten sich meistens für sich, außer wenn's in der Kirche kostenlos was zu futtern gibt!« Er kicherte kurz. »Wo ich wohne, in Cabbagetown, wohnen nur Schwarze.«

»Cabbage« war Kohl. »Heißt das wirklich so?«

Er lächelte. »Jawohl. Hier sind wir in Grant Park, und dann kommt Cabbagetown. Und ein bisschen weiter ist Mechanicsville und Buttermilk-Bottom und Summerhill und Reynoldstown. Lauter schwarze Viertel.«

»Lustige Namen. Aber schön, mein Viertel heißt Buckhead.«

»Von Buckhead hab' ich gehört. Kenn' 'ne Menge Frauen, die dort arbeiten.«

»Weißt du, wo der Name herkommt?«

»Null Ahnung.«

»Also, es heißt, dass irgendwann vor über hundert Jahren ein Mann namens Henry Irby da, wo heute die Paces Ferry Road und die Peachtree Road sind, einen großen Hirsch schoss.« Die Peachtree Road war eine breite Straße, die von Norden nach Süden durch ganz Atlanta lief. »Er brachte den Kopf des Hirsches an einer Stange vor seiner Kneipe an, und da tauften die Leute die Kneipe ›Buck's Head‹ – ›Hirschkopf‹.«

Carl grinste. »Verstehe.«

»Und weiß du, woher der Name ›Peachtree‹ kommt?«

»Na, sicher von 'nem Pfirsichbaum. Muss 'ne Menge Pfirsichbäume gegeben haben dort, die halbe Stadt heißt ja so.«

»Könnte sein, ja. Aber der Name kann auch von ›pitch‹ kommen, von dem Wort für das Harz in den Kiefern.«

»Dann meinst du also, es sollte eigentlich ›Pitchtree‹ heißen?« Er kniff neckend die Augen zusammen.

»Ja, vielleicht. Zur Zeit der Indianer gab's nicht viele Pfirsichbäume hier. Aber eins ist sicher: Hier wohnten früher Indianer, die Muskogee und Cherokee, und dort, wo der Chattahoochee River und der Peachtree Creek zusammenfließen, gab es ein Dorf, das Standing Peach Tree hieß.«

Carl hob seine Brauen. »Lernst du so was in eurer Schule?«
»Nein, das hab' ich in einem Buch gelesen.«
»Auch recht.« Er hielt an und sagte: »Dort drüben arbeite ich nach der Schule.« Er zeigte auf eine Tankstelle. Ein Schild verkündete: »Abe's Volltankstelle«.
»Ich weiß nicht, wo *der* Name herkommt, aber er klingt eigentlich ganz logisch.« Er grinste über beide Ohren.
Ich streckte ihm fast die Zunge heraus, aber ich wusste inzwischen, dass seine Neckereien völlig harmlos waren.
»Und da hinten ist der Waschsalon, wo ich mich am Wochenende mit meinen Freunden treff'.«
Wir waren jetzt mindestens eine Viertelstunde unterwegs, und ich fragte mich allmählich, ob es richtig war, dass ich mit ihm gekommen war. »Sind wir bald da?«
»Es ist nicht mehr weit, Mary Swan. Da drüben ist der Friedhof – Oakland. 'ne Sehenswürdigkeit.«
Der Oakland-Friedhof! Auf der anderen Straßenseite, ein Stück entfernt, erhob sich ein großes rotes Ziegeltor, mit drei Torbögen, die durch schmiedeeiserne Tore verschlossen wurden. Über dem Mittelbogen stand das Wort *Oakland.*
Ich nickte zu dem Friedhof hin und sagte: »Da werden sie meine Mutter begraben.«
»Meinst du das ernst?«
»Na, klar.«
»Dann ist sie noch nicht begraben?«
»Nein. Papa und all die anderen Hinterbliebenen mussten den reinsten Papierkrieg führen, um die Leichen von Frankreich nach hier überführt zu kriegen. Die meisten Beerdigungen sind erst jetzt. Mama ist nächsten Samstag dran.« Ich hatte plötzlich einen Kloß im Hals.
Er ging mit mir zum Friedhofseingang, und ich schaute durch das Tor. Ich sah einen breiten, mit Ziegeln gepflasterten Weg, der rechts und links von Grabmälern gesäumt wurde, über die hohe Eichen und Magnolien ihre Zweige breiteten. »Warst du schon mal hier drinnen, Carl?«
»Klar. Oft. Echt groß, das Ding, wie ein richtiger Park. Bisschen runtergekommen vielleicht, aber hier liegen 'ne Menge hohe Tiere begraben.« Eine Sekunde lang sah er betroffen aus,

dann drehte er sich um und schlenderte weiter die Straße entlang.

Ich schaute seinen langen Schritten zu und fragte mich, ob er einfach gerne auf Friedhöfen war oder ob er hinging, wenn Bekannte von ihm beerdigt wurden. Mein Mund war trocken, mir war halb schwindlig und ich hätte mich am liebsten auf den Bordstein gesetzt, um auszuruhen, aber Carl war schon zu weit. Mein Herz tat mir weh für meine tote Mutter, aber noch mehr für diesen Jungen, der Vollwaise war, in eine heruntergekommene Kirche ging, abends arbeiten musste und der zwei Jahre nicht zur Schule gegangen war, damit seine Geschwister zu essen hatten. Ich musste rennen, um ihn einzuholen, ganz verschwitzt und außer Atem von der dicken Hitze.

»Es muss echt hart sein, ein Neger zu sein«, sagte ich leise und bereute es gleich wieder.

Er sah mich an, runzelte die Stirn und zuckte die Achseln. »Ich bin's gewöhnt.«

Wir gingen stumm weiter. Die Häuser in dieser Straße waren schmal und mit Holzschindeln in verschiedenen Farben verkleidet; an den meisten blätterte die Farbe ab. Viele hatten zur Straße hin eine kleine Veranda, auf der man hier und da Männer und Frauen sah, die auf Schaukelstühlen saßen, sich Luft zufächelten und mich anstarrten, als ob ich vom Mars käme. Und ich starrte zurück und dachte: *Das sind also die Armen.*

Es waren nicht so sehr die ungepflegten Häuser oder die löchrigen Rasen oder der Müll. Es waren die Menschen. Die Kinder so verdreckt, als ob sie seit Wochen keine Badewanne gesehen hätten. Männer, die zahnlos lächelten, dickliche Frauen in Kleidern, die aus der Rumpelkammer zu stammen schienen. Ich konnte es selber nicht richtig definieren, aber es machte mich furchtbar traurig.

»Hier wohn' ich.« Carl hielt vor einem weißen Holzhaus an. Der Vorgarten sah gepflegt aus, auf der Veranda standen Topfblumen. Das Haus stach von den Nachbarhäusern, die zum Teil Autowracks im Garten hatten, angenehm ab.

Kaum öffnete Carl die Haustür, kamen seine Geschwister heraus, um ihn zu begrüßen.

»Carl ist da!«, rief der eine der Jungen. »Er hat 'ne Freundin mitgebracht! Ein weißes Mädchen!«

Die beiden Jungen musterten mich einen Augenblick mit feierlicher Miene. Das Mädchen, das nicht älter als sieben oder acht sein mochte, stellte sich neben Carl und lächelte schüchtern zu mir hoch.

»Mary Swan, darf ich dir meine beiden Brüder vorstellen? Mike und James. Und meine Schwester, Pudding.«

Mike, der Ältere, trat vor und hielt mir seine Hand hin. »Schön, dich kennen zu lernen.« Er wölbte seine Brust vor und presste meine Hand, dass ich einen Schritt zurück machte und »Aua!« sagte.

»Mike, pass auf!«, wies Carl ihn zurecht, mit einer Stimme, die ganz anders war als die, mit der er zu mir redete. Dann sagte er: »Entschuldige, Mary Swan. Er ist ein bisschen sehr von sich eingenommen für seine zwölf Jahre, aber sonst ist er in Ordnung.«

»Schön, dich kennen zu lernen, Mike«, sagte ich. »Du hast echt 'nen guten Griff.«

Sein Bruder kam zu mir, um mir die Hand zu schütteln. »Ich bin James, und ich bin zehn.«

Ich sah ihn vorsichtig an, ein halbes Lächeln auf meinen Lippen. »Schön, dich kennen zu lernen. Aber sei bitte vorsichtig mit meiner Hand.«

Er lächelte breit, nahm meine Hand und riss sie mehrere Male wie einen Pumpenschwengel auf und ab. Ich zog sie weg, schüttelte sie und tat so, als ob sie mir wehtat. Die Jungen sahen mich schweigend an. Dann zwinkerte ich ihnen zu, und sie lachten los.

Das kleine Mädchen sah ängstlich zu mir hoch. »Ich bin Pudding, und ich hab' noch nie jemand gesehen, der Mary Swan heißt!«

Ich beugte mich zu ihr und zuckte die Schultern. »Ich weiß. Das ist so ein Familienname.«

Sie sahen mich groß an, und James sagte: »Du meinst, bei euch heißen viele Swan?«

Ich lachte. »Nein, so hab' ich das jetzt nicht gemeint.«

Carl sagte: »Warum bringen wir Mary Swan nicht in die Küche und machen ihr einen Eistee?«

Pudding nahm meine Hand und sagte: »Komm mit in unser Wohnzimmer.« Wir gingen in das Haus. Das »Wohnzimmer« schien mir eher ein Schlafzimmer zu sein.

Auf einem Tisch in der einen Ecke lag ein Haufen alter Zeitungen und Illustrierten, der Fußboden hatte einen schmutzigen Teppich, auf dem ein noch schmutzigerer Hund lag, und auf einem ungemachten Bett saß eine dünne Frau mit schlaffen Augen, die jede meiner Bewegungen kritisch verfolgten.

»'n Tag, Ma'am«, sagte sie mit gerunzelter Stirne.

»Guten Tag«, erwiderte ich, meine trockenen Lippen leckend.

»Das ist meine Tante Neta«, klärte Pudding mich auf, während sie mich durch den Raum und weiter in die Küche führte. Mike öffnete den Kühlschrank, und James grinste mich breit an und wies auf einen Stuhl. Ich setzte mich und versuchte wacker, nicht zu sehr auf die Fliegen zu starren, die um ein paar verkrustete Teller neben der Spüle schwärmten. Ich hörte, wie Carl seiner Tante irgendetwas zuflüsterte.

Mike stellte ein Glas mit Eistee auf den Tisch, und Pudding quengelte: »Ich will auch einen, Michael. Mach' mir auch einen!« Dann stellte sie sich hinter mich und zwirbelte mein Haar um ihre Finger.

James sah sie streng an und sagte: »Lass das, Pudding, das ist unhöflich!«

»Nein, das ist schon gut, das macht nichts«, sagte ich und zwinkerte Pudding zu. »Meinst du, du kannst mir irgendwann mal einen Zopf flechten?«

Pudding rümpfte unsicher ihre Nase, dann kicherte sie. »Ich kann's mal versuchen. Das fühlt sich so lustig an, dein Haar, Mary Swan. So gerade und dünn.« Sie kicherte wieder.

Ich nahm sie auf meinen Schoß und fing an, sie zu kitzeln, so wie früher bei Lucy, Trixies Tochter, als sie kleiner war. Pudding quietschte vor Vergnügen, dass Carl hereinkam, um zu sehen, was los war. Als er Pudding auf meinem Schoß sah, nickte er mir zu.

Ich blieb wohl eine Stunde in Carls Haus und hörte den Kindern zu, wie sie von ihrem Hund und ihren Freunden und ihrer Schule erzählten. Buckhead und Mama und der Oakland-Friedhof, sie waren auf einmal weit weg. Als Carl sagte, dass wir zurück zur Kirche gehen mussten, damit Ella Mae sich keine Sorgen machte, hatte ich keine Lust, aufzubrechen. Ich hatte so ein warmes, kribbeliges Gefühl im Bauch, wie an dem Tag, als ich das Rabenrätsel bekam, nur dass es sich noch viel besser anfühlte. Ich hatte eine neue Welt entdeckt.

KAPITEL 5

Wir begruben Mama am 14. Juli. Papa hatte diesen Tag gewählt, weil Mama halb französisch war und Frankreich liebte und dies der französische Nationalfeiertag war. Die Trauergottesdienste für die Absturzopfer zogen sich über den ganzen Sommer hin, und ich ging wohl zu fünfzehn, zusammen mit Papa und Trixie und so ziemlich allen anderen, die in Buckhead wohnten. Bei Mamas Gottesdienst in St. Philip sah ich sie wieder, die gleichen traurigen Leute in schwarzen Anzügen und Kostümen, die sich die Augen mit ihren Taschentüchern betupften, während sie leise weinten.

Papas Familie hatte mehrere Gräber auf dem Oakland-Friedhof. Der Friedhof war eine historische bedeutende Stätte; er war 1850 als erster Friedhof von Atlanta angelegt worden. Die ersten 25 Bürgermeister der Stadt lagen hier begraben, dazu der große Golfspieler Bobby Jones, Margaret Mitchell (die Autorin von *Vom Winde verweht*), zahlreiche Soldaten der amerikanischen Südstaaten-Konföderation und ein Großteil der führenden Familien Atlantas – weiße, schwarze und jüdische. Aber, wie mir Carl schon gezeigt hatte, der Friedhof lag in dem Teil von Atlanta, der sich rasch zum Problemviertel entwickelte. Als wir zum Friedhof fuhren, musste ich daran denken, wie ich am letzten Samstag durch das Gitter des Tors geschaut hatte, und für einen kurzen Augenblick vergaß ich, dass dies Mamas Beerdigung war, und dachte an den Nachmittag bei Carl und seinen Verwandten zurück. Ich genoss diese Abschweifung, denn ich fühlte mich, als ob ich ersticken müsste. Über einen Monat hatten wir getrauert und geweint, und jetzt ging es also wieder los. Würde Atlanta nie aufhören, seine Toten zu beweinen?

Ein paar von meinen Freunden waren da und einige von Jimmys. Nach der Zeremonie am Grab unterhielt Jimmy sich mit seinem Freund Andy Bartholomew. Andys älterer Bruder, Robbie, war in meinem Alter, und ich hatte ihn schon mehrere Male getroffen. Jetzt kam er zu mir. Er erinnerte mich an eine Mischung aus einem Footballspieler und einem Pfadfinder, und er war auch beides. Er war so groß wie Papa, gut 1,80

Meter, und hatte rotbraunes, kurz geschnittenes Haar, ein sonnengebräuntes Gesicht und goldwarme Augen. Er sah athletisch-elegant aus, aber wenn er lächelte, war sein Gesicht ein Meer von Grübchen und er war wieder ein richtiger Junge. Ich fand ihn nett und freundlich. Wie ein Pfadfinder eben.

Er räusperte sich. »Ich wollte dir nur noch mal sagen, wie Leid mir das tut, Mary Swan«, sagte er. Er zwang die Spur eines Lächelns hervor, und ein Grübchen erschien. »Wenn wir irgendwas für euch tun können – wir sind da.«

»Danke, Robbie.« Ich kam mir plötzlich unbehaglich vor in meinem neuen schwarzen Leinenkostüm, das standesgemäß bei J. P. Allen gekauft worden war. Ich kaute an meiner Lippe. »Es war echt nett, dass Andy Jimmy so oft eingeladen hat. Es ist nicht einfach, allein in unserem großen Haus zu sein.«

»Jimmy ist jederzeit willkommen bei Andy.« Er nahm kurz meine Hand. »Das tut mir so Leid, Mary Swan.« Er drehte sich um, um zu gehen, dann fügte er noch hinzu: »Wenn du je was brauchst, einen Hamburger oder so was, am Sonntagabend treffen ein paar von uns sich immer im *Varsity*.« Er lächelte noch einmal kurz und sah mir in die Augen.

Ich merkte, wie meine Wangen rot wurden. »Danke. Danke, Robbie. Ich – ich überleg mir's.«

Kaum war Robbie fort, kam Rachel Abrams zu mir und stieß mich in die Seite. »Soso, unterhältst du dich mit Robbie Bartholomew?«

»Rachel! Hast du denn gar keinen Anstand an Mamas Beerdigung?«

Rachel drückte mich kurz und nahm meine Schulter. »Ich hab' deine Mutter gern gehabt, und dich hab' ich auch gern. Und du weißt so gut wie ich auch, dass das Leben weitergehen muss. Du kannst zu Hause sitzen und schimmlig werden, oder du kannst rausgehen und das Leben entdecken.« Ihre großen blaugrauen Augen blitzten auf, und sie flüsterte spitzbübisch: »Und wer bist du überhaupt, dass du mir mit Anstand kommst?«

Meine gerunzelte Stirne glättete sich, und ich erklärte: »Er hat mir angeboten, mich ins *Varsity* einzuladen, ich meine, er hat gesagt, wenn ich will, kann ich kommen.« Ich kicherte fast.

Rachel schaute sich um und zog mich zur Seite, ihre Augen Feuer und Flamme. »Erzähl mir alles!«

Ich fuhr mir über meine heiße Stirn. »Nicht hier, Rach. Ich muss erst all diesen Leuten die Hand schütteln. Aber komm doch heute Abend zu mir, dann erzähl' ich dir's. Und auch noch was anderes.«

»Was anderes?«

»Über jemand, den ich kennen gelernt habe«, sagte ich ausweichend.

»Sag' mir's jetzt!«

»Heute Abend!«

Sie hätte es mir aus der Nase gezogen, wenn ich nicht aus dem Augenwinkel heraus Helen Goodman gesehen hätte. Die Frau, die als eine von der koketten Sorte bekannt war, war gerade in ein Gespräch mit Papa vertieft. Etwas in mir sträubte sich, und ich flüsterte: »Ich muss jetzt gehen, Rachel. Bis heute Abend dann.«

Es fing an zu tröpfeln, in der Ferne donnerte es. Die Trauergesellschaft blieb stehen, wo sie war, und fuhr fort, sich in gedämpftem Ton zu unterhalten. Irgendwie war es passend, dass Mama im Regen in ihr Grab kam. Gestorben war sie an einem hellen Sonnentag, aber dass es jetzt regnete – ich fand es gerade richtig.

Als ich später an diesem Nachmittag Papa suchte, war er in seinem Arbeitszimmer. Sein Schreibtisch war von säuberlichen Papierstapeln bedeckt, seinen Kopf hatte er in die Hände gestützt. Ich klopfte leise an die offen stehende Tür. »Darf ich reinkommen, Papa?«

Er sah auf, lächelte mich matt an und nickte. »Sicher, Swannee. Was gibt's?«

»Geht es dir gut, Papa?«

»Es war ein harter Tag.«

»Ja, das stimmt.«

Er bedeutete mir, zu ihm zu kommen, und rutschte mit seinem großen Ledersessel ein Stück vom Schreibtisch fort, sodass ich mich auf die eine Lehne setzen konnte.

»Was machst du gerade?«

»Ich gehe ein paar Papiere für das Museum durch. Und für

meine Kunden. Es gibt einen Haufen juristische Probleme nach dem Unglück, Swannee. Es geht um viel Geld.«

»Und du hast das unter dir?«

Er zuckte die Achseln. »Ja, eine ganze Reihe der Nachlässe. Ist ja gut, wenn ich was zu tun hab'.«

»Und baut ihr wirklich diese Kunstakademie zum Gedenken an die Opfer? Ist schon viel Geld reingekommen?«

»Doch, ziemlich, aber das ist ein bisschen kompliziert.«

»Wenn du willst, kannst du es mir sagen.«

»Das ist genau das, was deine Mama immer sagte. ›JJ, mach nicht so ein sorgenvolles Gesicht, sag mir's einfach.‹ Aber« – er lächelte traurig-versonnen – »Mama konnte nie sehr lange über geschäftliche Dinge reden. Bald kam dieser Film auf ihre Augen, und dann wusste ich, dass sie wieder weit weg war und an irgendein Gemälde dachte, Gott hab' sie selig.«

»Ich hör' dir zu, Papa. Ehrenwort.«

Papa lehnte sich auf seinem Sessel zurück und streckte seine langen Beine unter dem Schreibtisch aus. »Viele Menschen halten Atlanta für so eine kleine Provinzstadt im Süden, ein bisschen unterentwickelt und so. Aber viele Bürger Atlantas – und sehr viele von denen, die bei dem Unglück umgekommen sind – haben das anders gesehen. Sie wollten – wir wollen –, dass Atlanta ein kulturelles Zentrum des Südens Amerikas wird. Der Weg dahin ist noch weit. Du weißt ja, wie unsere Konzerthalle aussieht.«

Ich nickte. Das Sinfonieorchester Atlanta spielte im Municipal Auditorium, einem unansehnlichen Gebäude, das Anfang des 20. Jahrhunderts erbaut worden war und jetzt nur noch, wie Mama immer gesagt hatte, für Boxkämpfe und Zirkusveranstaltungen taugte.

Papa fuhr fort: »Wenn wir mit solchen Städten wie New York und Washington mithalten wollen, brauchen wir ein Kunstzentrum von echtem Niveau, das darstellende Künste, Bühnenkunst und Kunsterziehung in einer einzigen Institution zusammenfasst.«

»Du meinst, *ein* Gebäude für die Sinfonie und das Theater?«

»Exakt. Und das gleichzeitig ein Kunstmuseum und eine Kunstakademie ist.« Er kaute an einem Bleistift. »Wir haben uns schon seit einiger Zeit bemüht, eine große Spendenaktion in Gang zu setzen, um das Projekt voranzubekommen. Dann kam der Absturz, und auf einmal strömten die Spenden an den Kunstverein nur so. Jetzt müssen wir entscheiden, was wir mit diesem Geld machen wollen, und die einhellige Meinung ist, dass wir damit eine neue Kunstakademie aufbauen sollten.« Er legte seine Hand auf meine Schulter. »Weißt du, was die Leute sagen, Mary Swan?«

Ich schüttelte den Kopf.

»Sie sagen, dass die Kultur in Atlanta wieder auferstehen wird aus der Asche des Flugzeugunglücks, so wie die ganze Stadt aus der Asche des Bürgerkriegs auferstand.«

»Wie der Phönix, nicht?« Ich wusste natürlich, dass das Symbol der Stadt der schöne mythologische Vogel war, der angeblich 500 Jahre lang in der arabischen Wüste lebte, sich dann selber verbrannte und darauf aus seiner eigenen Asche erstand, um verjüngt die nächsten 500 Jahre zu leben.

Papa nickte. »Ja, der Phönix.«

»Haben viele der Absturzopfer in ihrem Testament Geld für das Museum hinterlassen?«

»Da arbeite ich gerade dran. Sieh dir das hier an.« Er griff in einen der Stapel auf dem Schreibtisch und zog eine Aktenmappe heraus, auf der *Weinstein* stand. »Mr. und Mrs. Weinstein – kennst du sie noch? Sie starben beide in dem Flugzeug. Zwei Tage vor dem Unglück saßen Mr. Weinstein und ich in dem berühmten Café *Les Deux Magots* auf dem linken Seine-Ufer in Paris und sprachen über die mögliche Spendenaktion für das neue Kunstzentrum. Er sagte mir, dass er sich mit einem Betrag beteiligen wollte und dass er mir Genaueres zeigen würde, wenn wir wieder zu Hause seien. Aber er kam nie nach Hause. Und jetzt habe ich seinen Nachlass unter mir und muss beweisen, dass das Geld für das Museum gedacht war.«

»Du kommst nicht weg von dem Absturz, Papa, nicht wahr?«

»Nein. Und das wird noch lange, lange so bleiben.« Er drehte sich zu dem großen Fenster hin, das auf den Carport hinausging. »Sie organisieren gerade eine Gedächtnisausstellung im Museum, für die Künstler, die bei dem Unglück umgekommen sind. Zwei von Mamas Gemälden werden auch dabei sein.«

»Echt? Und wann öffnet die Ausstellung?«

»Ziemlich bald, Spatz.«

»Und hast du Mamas Bilder schon ausgesucht?«

»Ja, obwohl es nicht einfach war. Es kamen ja so viel mehr in Frage, als ich gedacht hatte.«

»Wie meinst du das, Papa?« Wir wussten beide, dass Mama nie als übermäßig produktiv gegolten hatte. »Hast du noch mehr Gemälde von ihr gefunden?«

Er hatte diesen abwesenden Ausdruck in seinen Augen. »Was? Mehr Gemälde? Nein, nein, natürlich nicht, Mary Swan. Wo sollten die herkommen?« Aber der Ton, in dem er das sagte – es war komisch.

»Und welche hast du also ausgewählt?«

»Ich hab' gedacht, eins von *Swan House* muss dabei sein. Unbedingt. Und dann ... Hättest du was dagegen, wenn ich dem Museum das Bild mit dir auf der Baumschaukel ausleihen würde?«

»Das Bild? Meinst du das ernst, Papa?«

»Nur wenn du nichts dagegen hast, natürlich.« Er las meine Gedanken falsch und begann, einen Rückzieher zu machen. »Sicher, du müsstest dir das vom Herzen reißen, auch wenn es nur für ein, zwei Monate ist. Und der Flur würde richtig leer aussehen. Vielleicht ist die Idee doch nicht so gut.«

»Nein, Papa, ich hätte nichts dagegen, gar nicht! Es wäre ...« Ich spürte einen Kloß in meiner Kehle. »Es wäre eine Ehre für mich.«

»Also gut, dann sind wir uns also einig.« Er legte seine Hand auf meinen Rücken. »Ich habe einen Sonderfonds eingerichtet für Spenden, die speziell zum Gedenken an deine Mutter eingehen. Was meinst du: Was hätte sie gewollt, was mit dem Geld geschehen soll?«

»Etwas für die Kunst«, antwortete ich wie aus der Pistole geschossen.

»Ja, das denke ich auch. Ich nenne es den Sheila McKenzie Middleton Gedächtnis-Fonds, und ich habe festgelegt, dass er zur Finanzierung von Stipendien für mittellose Künstler dienen soll, damit sie die Ausbildung bekommen, die sie brauchen.« Je länger Papa sprach, umso mehr begann seine Stimme zu zittern.

»Das klingt gut, Papa. Echt gut.«

»Ja. Ich hab' gedacht, das ist genau das Richtige.«

Ich küsste ihn auf die Wange. Ich wünschte mir, dass sie nicht so eingefallen und kratzig wäre. Und dass Papa hoch aufgerichtet an seinem Schreibtisch sitzen und laut ins Telefon sprechen und dann seinen großen Ledersessel mit den Messingknöpfen zurückschieben und an den Schrank gehen und seinen Golfschläger herausholen würde. Das hatte er immer in seinem Büro gemacht. Golf gespielt. Aber seit dem Unglück hatte ich den Golfschläger nicht mehr in seiner Hand gesehen, und ich fragte mich, ob er ihn je wieder anrühren würde.

Es war sieben Uhr abends an jenem Tag, als Rachel klingelte. Sie hatte bereits ihren Führerschein, und ihre Eltern gaben ihr abends das Auto, wenn sie nicht zu weit fuhr. Sie brauchte ganze zwei Minuten von ihrem Haus im Tudor-Stil an der Ecke des Andrews Drive zur Cherokee-Straße bis zu uns. Sie kam schnurstracks durch den Flur in das Frühstückszimmer marschiert, wo sie sich an dem großen runden Eichentisch auf einen Stuhl fallen ließ.

»Erzähl mir alles«, sagte sie. Sie hatte den Kopf auf die Hände gelegt, dass ihr dickes blondes Haar auf den Tisch fiel.

»Möchtest du ein Eis?«, fragte ich beiläufig.

»Swan, keine Ausweichmanöver! Raus mit der Sprache!«

»Möchtest du ein Eis?«, wiederholte ich. »Ich brauch' dringend eins. Wir haben gerade Schokoladeneis gekauft.« Ich öffnete den Gefrierschrank und holte die Packung heraus.

Sie rollte ihre Augen. »Also gut. Aber jetzt: Was gibt's?«

Ich holte zwei Schüsseln aus dem hellgelben Schrank, auf dessen Türen Mama verschiedene Früchte gemalt hatte. Diese Tür war die Kirschentür.

»Ich hab' jemand Interessantes kennen gelernt.« Ich füllte die Schüsseln hoch mit Schokoladeneiskugeln.

»Interessanter als Robbie Bartholomew?«

»Sagen wir: ganz anders.« Ich reichte ihr ihre Schüssel und setzte mich.

»Soso. Und wo hast du ihn kennen gelernt?«

»In einer Kirche.«

»Du kannst mir ruhig die Wahrheit sagen, Swan.«

»Das ist die Wahrheit. Ich hab' ihn in der Kirche kennen gelernt. Er ist neunzehn und ... und vielleicht triffst du ihn bald selber mal.«

»Unmöglich. Du weißt doch, ich bin jüdisch, ich geh' nicht zur Kirche.«

»Nicht in der Kirche. Aber vielleicht auf dem Oakland-Friedhof. Da geht er oft hin.«

Sie rollte wieder die Augen und schob sich eine halbe Eiskugel in den Mund. »Jetzt bist du ganz durchgeknallt.«

»Er wohnt nur eine Straße vom Friedhof.«

Ich machte eine gekonnte Pause.

Rachel legte ihren Löffel hin, kniff die Augen zusammen und sagte: »Du hast ihn in einer Kirche getroffen, und er wohnt beim Oakland-Friedhof. Warte mal – ist der etwa schwarz?«

»Stimmt genau. Er heißt Carl.«

Rachel beugte sich quer über den ganzen Tisch zu mir und packte meine Hand. »Das ist kein Thema für die Küche. Komm!« Sie zog mich von meinem Stuhl hoch. Wir ließen unsere noch halb vollen Eisschüsseln stehen und sausten durch den Flur und die Treppe hoch in mein Zimmer, wo wir lachend und keuchend auf mein Bett fielen.

Für einen Augenblick war jeder Gedanke an Mama weg. Ich genoss meine Geschichte. Rachel war genauso rebellisch wie ich, und dies hier war mindestens genauso gut wie das letzte Gedicht, das ich in Mrs. Alexanders Stunde umgeschrieben hatte. Ich erzählte ihr von der Mount Carmel Church und Miss Abigail und wie ich zusammen mit Carl Spaghetti serviert und anschließend nicht gewusst hatte, wie man Geschirr spült. Wir kicherten, bis wir nicht mehr konnten. Dann erzählte ich ihr von meinem Besuch in Carls Haus und von seinen Geschwistern und wie seine Mutter zu Tode gekommen war und alles sonst, an was ich mich erinnern konnte. Mit Vergnügen sah ich, wie Rachels Augen immer größer wurden.

Schließlich fragte sie: »Magst du ihn, Swannee? Erzählst du mir das deswegen?«

»Doch, ich mag ihn. Wir werden bestimmt gute Freunde.«

»Freunde? Wie meinst du das?«

»Wart's halt ab.«

Wir redeten bis halb in die Nacht hinein. Wir lagen auf meinem Bett, die Fenster waren weit offen und ein leichter Wind spielte mit den Gardinen. Nicht ein Mal dachte ich darüber nach, wie ich das meinte, dass Carl und ich gute Freunde werden würden. Aber es sollte nicht lange dauern, bis ich es herausfand.

Den nächsten Samstag konnte ich kaum erwarten. Die Aussicht darauf, Carl zu sehen und vielleicht auch Pudding und Mike und James und Mamas Grab zu besuchen, ließ mein Herz schneller schlagen. Die ganze Woche dachte ich an nichts anderes. Ich brannte darauf, Carl Rachel vorzustellen. Und dann hatte ich eine verrückte Idee: Ich würde Carl bitten, mein zweiter Helfer bei dem Rabenrätsel zu werden.

Schon vor Wochen war mir klar geworden, dass ich weder Papa noch Ella Mae bitten konnte, mir zu helfen. Papa hätte es nie und nimmer gebilligt, dass ich in der Vergangenheit herumgrub, und Ella Maes Augen wurden jedes Mal, wenn ich Mama erwähnte, nass. Es wäre die Überraschung ihres Lebens für Papa und Ella Mae, wenn sie zu dem Karnevalsfest gingen und entdeckten, dass ich der Rabe war und dass ich das Rätsel gelöst hatte. Es war vielleicht etwas dreist von mir, so zu denken, aber es gab mir den Mut, den ich brauchte, um meinen Alltag zu bewältigen, und dieser Mut wurde immer wichtiger mit jedem Tag, den das neue Schuljahr näher kam. Das Rabenrätsel war mein großes Geheimnis, und ich würde dieses Rätsel lösen und Mamas verschollenes Bild zurück ins Museum bringen, und wenn ich tot umfallen würde dabei.

Als ich also am nächsten Samstag wieder in der Carmel-Kirche war und neben Carl stand, kam ich zur Sache. Ich erzählte ihm von der Raben-Tradition im Wellington-Gymnasium und dass ich diesmal der Rabe war und wie ich zusammen mit Rachel bei meiner Mitternachtsexpedition die Aufgabe gefunden hatte.

Er hörte mir höflich zu, dann verzog er das Gesicht. »Klingt mir ziemlich albern, Mary Swan.«

»Aber es könnte wichtig sein. Für die Schule und für das Museum.«

»Wenn du meinst, Mary Swan.« Er schlug nach einer Fliege, die über der Spaghettisoße kreiste.

»Hast du noch nie was von den Gemälden gehört, die auf einmal verschwanden, kurz bevor sie dem Kunstmuseum von Atlanta geschenkt werden sollten?«

»Nicht die Bohne. Bin noch nie in 'nem Kunstmuseum gewesen. Nie davon gehört.«

»Es würde dir bestimmt gefallen, Carl. Zwei von Mamas Bildern sollen demnächst dort ausgestellt werden. Und eigentlich noch ein drittes, aber das ist verschwunden. Darum geht es ja bei dem Rätsel.«

»Zwei von den Bildern deiner Mutter sind da, sagst du?«

»Ja – demnächst.«

Er stieß einen leisen Pfiff aus und lächelte. »Und dürfen da auch Schwarze rein?«

»Natürlich!«, sagte ich empört, aber eigentlich wusste ich es gar nicht. Ich konnte mich nicht daran erinnern, je einen Schwarzen in dem Museum gesehen zu haben, außer wenn Ella Mae Mama und mich dorthin begleitet hatte.

»Also gut, Mary Swan Middleton. Ich geh' mit dir in dieses Museum, und ich helfe dir bei diesem komischen Rätsel, wenn du das unbedingt willst.« Er schob seine Unterlippe vor, schüttelte den Kopf, goss etwas Soße auf den nächsten Teller und sagte: »Da hört echt alles auf.«

»Aber du musst mir schwören, dass du keiner Menschenseele was davon sagst, Carl.«

»Wem sollte ich was von 'nem großen schwarzen Vogel sagen, Mary Swan?« Seine Augen glitzerten.

»Das weiß ich nicht. Aber du darfst jedenfalls Miss Abigail nichts sagen und auf gar keinen Fall Ella Mae. Und auch sonst niemand, sonst werd' ich disqualifiziert. Schwörst du mir das?«

»Man soll nicht schwören, Mary Swan.«

Ich wollte protestieren, aber er lachte und beruhigte mich. »Ich sag's niemand. Keiner Menschenseele.«

Als wir fertig waren mit Servieren, wischte ich meine Hände an meiner Schürze ab. Diesmal war ich auf das Geschirrspülen mit Carl gut vorbereitet. Ich begann mit den Gläsern und war richtig stolz, als ich den letzten Topf sauber schrubbte und das Spülwasser nur einmal hatte wechseln müssen. Als ich die Schürze abnahm, sah ich Ella Mae in dem Saal stehen und rief ihr zu: »Ich geh' eben zum Oakland-Friedhof!«

Ella Mae legte stirnrunzelnd die Hände in ihre breiten Hüften und schüttelte den Kopf. »Nein, Swannee, da gehst du mir nicht alleine hin. Das ist zu gefährlich.«

Miss Abigail kam in die Küche. Sie rieb sich über ihre schweißnasse Stirn, an der ein paar weiße Haarsträhnen klebten, und schüttelte lächelnd den Kopf. »Der Herr hat wieder für uns gesorgt. Genau die richtige Menge, sein Name sei gepriesen. Es ist nur ein Löffel Soße und ein halber Topf Nudeln übrig, und das Brot und die Plätzchen und der Eistee sind gerade eben ausgegangen. Es sind alle satt geworden.« Sie hielt uns zum Beweis die halb volle Schöpfkelle mit der Soße hin.

Sie redete gerne über »Gottes Fürsorge«, wie sie das nannte – wie Gott uns immer genau das gab, was wir brauchten –, und ihre Begeisterung war schier ansteckend. Sie ging zu Ella Mae in den Saal, und bald saßen die beiden Frauen auf den Klappstühlen und sprachen mit anderen Frauen – den Frauen, die »echt in Not« waren, wie Ella Mae das genannt hatte.

»Ich geh mit dir zum Friedhof, Mary Swan.« Carl trocknete seine großen Hände an einem feuchten Geschirrhandtuch ab und wischte sich anschließend über sein schweißglänzendes Gesicht.

»Macht dir das nichts?«

»Natürlich nicht. Komm.«

Ich ging zu Ella Mae und gab ihr Bescheid. Sie runzelte die Stirn und bat mich, vorsichtig zu sein. Carl hing das Handtuch über die Lehne eines der Klappstühle, und ich folgte ihm durch die Kellertür der Kirche nach draußen. Ich musste die Augen zusammenkneifen gegen die grelle Sonne. Wir sprachen nicht viel auf dem Weg, der gute zehn Minuten dauerte. Aber als wir an das geöffnete Tor kamen, sagte Carl: »Dieser Friedhof ist in verschiedene Bereiche aufgeteilt, für die

Weißen, die Schwarzen, die Juden und die Soldaten der Konföderation. Und da hinten« – er zeigte mit seinem langen Finger – »ist das Töpferfeld, wie sie es nennen.«

»Töpferfeld?«

»Da sind die namenlosen Gräber.«

»Oh.«

Ich war erst vor einer Woche auf dem Friedhof gewesen, aber mein Orientierungssinn war nicht besonders gut. Ich schielte nach vorne und suchte nach einem Grab mit viel frischen Blumen. Die Wege auf dem Friedhof bildeten ein Muster aus ineinander greifenden Kreisen, in denen man leicht die Orientierung verlor. Der Hauptweg war mit roten Ziegelsteinen gepflastert. Im Laufe der Jahre hatte der Boden sich gesenkt, sodass das Pflaster zerbrochen und uneben war; hier und da spross grünes Unkraut hoch. Einmal stolperte ich, während ich Mamas Grab suchte. Endlich fand ich es.

Ich kniete mich so auf das Gras, dass meine Knie die frische Erde berührten. Sie war warm und feucht von den Regentagen. Ich langte in die Tasche meiner Jeans, zog ein kleines Päckchen mit Erde heraus und streute sie auf das Grab. Mama hatte ihn geliebt, den roten Georgia-Lehm. Wenn sie bei uns im Garten malen wollte, hatte sie manchmal vorher ein Stückchen Erde an ihre Nase gehalten und daran gerochen. Der Lehm brachte sie in die richtige Stimmung zum Malen, behauptete sie.

»Ich weiß, dass du nicht hier bist, Mama«, flüsterte ich. »Aber ich hab' gedacht, ich bring' dir was von der Erde zu Hause mit.« Die Tränen kamen.

Carl stand etwas abseits, als ob er seinen Platz kennen würde, und der war nicht bei mir. Dann sah ich, wie er den Hang hinunter zu einem anderen Teil des Friedhofs ging. Ich weinte eine Weile, und dann kniete ich mich wieder neben dem frischen Grab hin und sog das schwere Aroma der Blumen ein. Die Hitze hatte sie alle welk gemacht. Ich zog ein Gänseblümchen aus einem der Sträuße und legte es auf die nackte Graberde. »Ich vermisse dich so, Mama«, flüsterte ich. Dann stand ich auf und wischte die Erde von meinen Jeans.

Ich ging zu Carl. »Danke, dass du mitgegangen bist«, sagte ich.

»Das ist okay.«

Wir wollten gerade aus dem Friedhof heraus, als drei weiße Jungen auf uns zukamen. Sie mochten 17 oder 18 sein, und ihre Kleider sahen aus, als seien sie gerade unter einem Autowrack hervorgekrochen. Einer von ihnen starrte uns an, mit einem hässlichen Grinsen, das mir im Magen mulmig werden ließ. Er war dünn und noch größer als Carl und hatte einen blonden Bürstenhaarschnitt.

»Mensch, was haben wir denn hier?«, sagte er, seine Wangen knallrot. »Ein weißes Mädchen mit 'nem Negeraffen!«

Carl berührte meinen Arm, und wir gingen schneller. Aber die drei folgten uns.

»He, Boy! Bleib stehen, wenn ich mit dir rede! Was machst du da mit 'ner weißen Puppe? Hast du was Krummes vor?«

Ich wirbelte herum, Herz hämmernd, und zischte: »Das geht dich nichts an. Lass uns in Ruhe!«

Dann sah ich aus meinem Augenwinkel heraus zu Carl hin und sah die nackte Angst in seinen Augen.

»Du bist 'ne heiße Nummer, wie, Missy?« Die Worte kamen von dem zweiten der Jungen; er hatte einen rotbraunen Bürstenschnitt und ein schwammiges Gesicht. Sein T-Shirt war schweißnass, seine Jeans fielen fast von seinem dicken Bauch. »Hast keine Angst vor 'nem Schwein, wie? Vielleicht bist du selber eins, eh?«

Meine Augen fingen Feuer. »Ich bin kein Schwein! Selber Schwein! Hau ab!«

Das Grinsen auf dem Gesicht des ersten Jungen verschwand, und er packte meinen Arm und drückte ihn, als wollte er ihn zerquetschen. Er war dünn wie ein Bindfaden, aber seine Finger waren wie eine Schraubzwinge. Ich versuchte mich loszureißen.

Dann sah ich, dass die beiden anderen um Carl herumtanzten wie zwei hungrige Wölfe. Carl sah zu mir hin, und seine großen Augen signalisierten mir, ruhig zu sein.

»Der Niggerjunge weiß, wann er Angst zu haben hat«, sagte der Dünne. Er zeigte auf die beiden anderen, den Dicken und seinen Komplizen, der kleiner war als die beiden anderen, aber drahtig-muskulös; er hatte blondes Lockenhaar und grüne, böse Augen. Sie hatten Carl gepackt wie Wölfe ihre Beute. Wenn ich nicht da gewesen wäre, er hätte sie bestimmt beide abschütteln und davonlaufen können. Aber er wollte mich nicht im Stich lassen.

Sie fingen an, ihn ins Gesicht und den Magen zu schlagen, während der Dünne mir die Arme auf den Rücken drehte. »Aufhören!«, schrie ich. »Aufhören!«

»Hier ist keiner, der dich hören kann, Püppchen«, flüsterte er, meine wachsende Angst sichtlich genießend.

Ich ruckte meinen Kopf nach unten und biss ihn mit aller Kraft in den Arm. Er fluchte und schlug mich ins Gesicht. Ich taumelte zur Seite und fiel auf das Pflaster, Kopf zuerst.

»Hey, Richie, pass auf!«, rief der Drahtige. »Mach kein' Scheiß mit 'nem weißen Mädchen!«

»Die hat mich gebissen! Aber ich hab' 'ne Idee: Schlagt den Nigger k. o., und dann machen wir ein Spielchen mit der Puppe und lassen sie hier liegen und sagen der Polente, dass der Neger sie überfallen hat. Dann hängen sie ihn glatt auf!«

Carl stöhnte unter den Schlägen, und ich wurde starr vor Schreck. Mein Kopf pochte, meine Wange brannte. Der Dünne zerrte mich hinter ein Auto. Ich trat und schrie und biss. Er schlug mich wieder, fluchend, dass ich auf das Pflaster stürzte. Ich hatte plötzlich eine Idee: Was, wenn ich so tat, als ob ich bewusstlos wäre? Ich probierte es aus.

»Du Trottel!«, schrie der Drahtige. »Los, weg hier! Sag den Polypen, dass er es war, aber jetzt erst mal weg!«

Ich lag ganz still da und zwang mich, nicht zu schluchzen oder wie eine Wahnsinnige zu schreien, obwohl ich alle Lust dazu hatte. Carl lag vielleicht zehn Meter entfernt von mir auf dem Pflaster. Ich wusste nicht, ob er bewusstlos oder tot war.

Aber als die drei Angreifer weg waren, zog er sich auf die Knie und kroch, heftig keuchend, zu mir. »Los, Mary Swan«, krächzte er. »Wir müssen hier weg!«

Sein Gesicht war blutig und geschwollen und er hielt sich die Seite, aber es gelang ihm, mir auf die Beine zu helfen. Wir humpelten aus dem Friedhof hinaus und die Straße entlang, in

Richtung auf die Mount Carmel Church, beide am ganzen Leib zitternd. »Wolltest du uns umbringen, Mary Swan?«, keuchte Carl. »Weißt du nicht, dass man sich mit den Typen nicht anlegen darf?«

»Sie wollten dich schlagen, und ich hatte Angst.« Ich sah zu ihm hoch. Ich merkte, wie mein Auge zuzuschwellen begann.

Er kicherte müde. »Wenn du so was machst, wenn du Angst hast, möchte ich nicht dabei sein, wenn du wirklich bösartig wirst!«

»Weißt du, was die vorhatten?«

»Ja. Und ich mach' jede Wette, dass die jetzt bei der Polizei sind und ihre Märchen erzählen.«

Ich weiß nicht, was größer war – meine Angst oder meine Wut –, aber schließlich sagte ich: »Das tut mir Leid, Carl. Das ist alles meine Schuld, weil ich unbedingt zu Mamas Grab wollte. Ich wusste nicht, dass das so schlimm ist hier. Ist dir so was schon mal passiert?«

»Das passiert laufend hier.«

»Du meinst, du bist das gewöhnt?«

Er nickte.

»Aber die hätten dich totschlagen können!«

»Hier werden immer wieder Leute totgeschlagen, Mary Swan. Weil sie sich wegen einem Mädchen streiten oder beim Stehlen erwischt werden oder einfach wie vorhin – weil jemand uns hasst, weil unsere Haut schwarz ist. Du lernst es hier, ein paar Schläge einzustecken, Mary Swan. Wenn du dich wehrst, kommen die Typen wieder, mit Messern und Kanonen und ihren ganzen Kumpeln.«

Wir hatten inzwischen die Kirche erreicht und waren in die Waschräume geschlüpft. Es war niemand mehr da außer Ella Mae und Miss Abigail. Als sie uns sahen, kamen sie sofort herbeigerannt. »Was, um alles in der Welt ...«

»Ein paar Proleten haben uns am Friedhof gesehen. Wollten mir was, aber Mary Swan wollte sie nicht lassen. Hat lieber selber den Kopf hingehalten.« Carl versuchte ein Lächeln.

»Kinder, Kinder«, sagte Ella Mae immer wieder, während Miss Abigail den Erste-Hilfe-Kasten holte und anfing, uns zu verarzten. »Ich hab' dir doch gesagt, du sollst da nicht hin, Mary Swan. Das ist gefährlich. Richtig gefährlich.«

Ich sagte nichts, aber ich sah zu Carl hin und dachte darüber nach, dass er wegrennen und mich mit den Schlägern hätte allein lassen können. Aber das hatte er nicht gemacht. Jetzt wollte ich erst recht seine Freundin sein.

Als ich an diesem Abend ins Bett ging, dachte ich zum vielleicht ersten Mal seit langem nicht an mich selbst. Ich sah es wieder vor mir, das schwammige weiße Gesicht und Carls schwarzes mit der Angst darin, und ich musste denken, wie schön es in meinem Bett war und wie gut, dass Papa nicht da gewesen war, als ich zurückkam, und nicht mein Gesicht gesehen hatte. Wenn ich wollte, konnte ich die Augen zumachen und das, was an diesem Nachmittag geschehen war, vergessen. Wenn ich wollte, brauchte ich nie mehr zur Mount Carmel-Kirche gehen.

Aber vor allem dachte ich darüber nach, dass für Carl und Mike und James und Pudding und wahrscheinlich alle Menschen, die in diesem Viertel wohnten, der Hass und die Gewalt voll zum Alltag gehörten. Irgendwie schafften sie es, zu überleben in diesem Hexenkessel. Es war das erste Mal, dass ich eine andere Welt als die meine sah – eine dunkle Welt, die mich schaudern ließ. Noch nie hatte ich eine solche Grausamkeit gesehen wie an diesem Nachmittag. Doch, es wäre das Einfachste, einfach nie mehr in dieses Viertel zu gehen, mich nie mehr diesem Teil des Lebens auszusetzen.

Aber ich war keine von der Sorte, die den einfachsten Weg wählen und am liebsten ihre Ruhe haben. Im Gegenteil: Ich war, wie schon erwähnt, geradezu eine Spezialistin darin, in Abenteuer hineinzustolpern. Und so stellte ich mir vor, als ich einschlief und an Carl und Ella Mae und Miss Abigail und die drei Schläger dachte, wie ich der Rabe wäre. Nicht nur der Rabe im Wellington-Mädchengymnasium, sondern ein großer schwarzer Vogel, der auf einem Grabstein im Oakland-Friedhof saß und die guten Menschen vor den Bösen warnte, die an der nächsten Ecke lauerten.

KAPITEL 6

An dem Morgen nachdem Carl und ich unseren Zusammenstoß hatten, wachte ich so auf, wie man wahrscheinlich aufwacht, wenn man einen Liter Whisky getrunken hat. Mein Kopf pochte, und als ich in den Spiegel schaute, stieß ich fast einen Schrei aus. Die ganze rechte Seite meines Gesichts war aufgedunsen, als ob ich Jimmys Baseball in meiner Backe hatte, und die Haut war eine Mischung aus Grau und Rotblau. Mein rechtes Auge war zugeschwollen. Ich kroch zurück ins Bett.

Fünfzehn Minuten später klopfte Papa an meine Tür. »Mary Swan! Die Kirche fängt bald an.«

Ich stöhnte auf. Ich hatte ganz vergessen, dass es ja Sonntag war.

»Mary Swan«, wiederholte er. Er öffnete die Tür einen Spalt.

Ich zog die Decke über meinen Kopf und murmelte: »Papa, mir ist gar nicht gut.«

»Was ist, Swannee?«

Ich merkte, wie er zu meinem Bett kam, und sagte schnell: »Ach, nichts weiter, Papa. Nur meine Tage, das wird wieder.«

Papa war es immer peinlich, über Frauensachen zu reden. Er ging sofort wieder und sagte: »Dann bleib heute besser zu Hause, Swannee, Jimmy und ich gehen alleine. Macht es dir auch nichts, wenn du allein zu Haus bist?«

Mein »Nein!« kam etwas zu schnell, aber er schien es nicht zu merken.

Ich wartete vielleicht eine halbe Stunde, bis ich unten das Auto hörte, dann stand ich auf, zog mich an und ging nach unten. In der Küche schluckte ich ein Glas Orangensaft und zwei Aspirin. Zehn Minuten später, Skizzenblock und Kohlestifte in der Hand, lief ich durch den Wald links vom Haus.

Es gab mehrere gut ausgetretene Pfade, die zu *Swan House* führten, Pfade, die ich schon als kleines Mädchen mit Mama gegangen war. Dies war »mein« Wald – ein langer, wohliger Gedankenstrich zwischen dem Leben zu Hause und dem Leben in einem Traum. Manchmal sah ich ein Eichhörnchen oder Kaninchen vorbeihuschen. Einmal hatte ich einen kleinen Rotfuchs gesehen, ein anderes Mal ein Reh. Die Bäume waren mir wie liebe Freunde, so gut kannte ich sie. Die dickrindigen Kiefern, die wie Pfeile in den Himmel schossen, und die majestätischen Laubbäume, die Walnussbäume und Eichen und breitblättrigen Magnolien, die Hartriegel und Färberbäume. Ihr Laubdach war wie ein schützender Schirm über mir – grün im Sommer, bunt im Herbst.

Heute war alles grün. Ich setzte mich auf meinen Lieblingsbaumstumpf und betrachtete das hellgrüne Moos zu meinen Füßen. Ich lauschte auf das Kreischen eines Eichelhähers und den zarten Ruf des Ziegenmelkers. Irgendwo war ein Specht am Werk, und nicht weit entfernt murmelte ein kleiner Bach. *Der Wald ist friedvoll, dunkel, tief, doch ich muss mein Versprechen halten, bevor an Schlaf ich denken kann.* Ich sagte mir innerlich die Zeilen aus einem meiner Lieblingsgedichte von Robert Frost vor. Friedvoll, ja. Nur dieser Wald, *mein* Wald, hatte Licht an diesem Tag, Licht, das durch die Blätter sickerte, Licht, das ich fast berühren konnte, wie es auf einem Sonnenstrahl glitzerte. Ein paar Minuten saß ich so da, dann stand ich wieder auf und folgte dem Pfad zu dem grünen Prachtrasen von *Swan House.*

Wie gesagt, *Swan House* war ein schönes altes Herrenhaus. Es war 1928 für die Inmans erbaut worden, von einem hochberühmten Architekten namens Philip Trammel Shutze. Mama kannte die Geschichte gut. Sie hatte mir erzählt, dass Mr. Shutze mehrere Jahre in Italien Architektur studiert und irgendeinen Preis gewonnen hatte. Als er dann zurück in die USA kam, war sein Schaffen von diesen Jahren in Italien geprägt. Mama liebte italienische Architektur, und so erklärte sie mir immer wieder ein neues Detail von ihrem Lieblingshaus. Ich hörte förmlich ihre weiche Stimme, wie sie sagte: »Bei *Swan House* haben verschiedene elegante italienische Villen und palladianische Landhäuser Pate gestanden. Siehst du, wie klar und symmetrisch es ist? Es verkörpert eine Rückkehr zum Klassizismus, weg von dem mehr schnörkeligen viktorianischen Stil.« Damals hatte mich das nie besonders interessiert, aber jetzt, wo Mama nicht mehr war, wünschte ich mir, besser zugehört zu haben.

Besonders gut gefiel mir die Fassade von *Swan House*. Wenn ich es vom Andrews Drive aus betrachtete, nahm es mir schier den Atem. Als Erstes, unten am Hang, sah man zwei kleeblattförmige Springbrunnen und eine niedrige, von Efeu bedeckte Stützmauer, die waagrecht über das Grundstück lief. Darauf folgte, allmählich ansteigend, ein breiter terrassierter Rasen, der nach zweihundert Metern das Haus erreichte. Und dann kam das Haus selber. Mama hatte mir erklärt, dass es aus Zementsteinen gebaut war, die mit Stuck verkleidet waren, damit sie wie der glatte, graue Stein des 18. Jahrhunderts aussahen. Das Haus war dreistöckig und hatte sechs hohe Fenster im Erdgeschoss, acht im ersten Stock und ein rundes Fenster in der Mitte des Dachgeschosses. Auf beiden Seiten des runden Fensters waren Gesimse, die jedes eine Statue trugen, und schräg hinter den Statuen waren die beiden Kamine.

Aber das Allerbeste waren die Kaskaden, die zu der hufeisenförmigen Freitreppe vor dem Haus führten. Richtige Wasserfälle! Fünf Etagen runder Steinbecken, beginnend mit dem kleinsten ganz oben und dann immer größer, sodass der Wasserfall mit jeder Etage breiter wurde.

Als Kind hatte ich gerne in diesem Wald gesessen, die Stechmücken weggescheucht und über die Geheimnisse des Hauses meditiert. Ich war ja gewissermaßen seine Namenskusine. Mary Swan. Ein schöner Name, voller Symbolik, wie Mama sich ausdrückte – was ich später so verstand, dass selbst ich, das hässliche Entlein, eines Tages verwandelt werden würde. Sie erklärte mir immer, dass mein Name – wie mein Porträt – all die verborgenen Feinheiten meines Wesens verkörperte und dass zu diesem Wesen, wie beim Schwan, Schönheit und Anmut gehörten. »Mary Swan sucht sich selber in meinem Haus«, hatte Mrs. Inman gesagt. Vielleicht würde ich mich eines Tages dort finden.

Als ich zwölf Jahre war, kaufte Mama mir einen Skizzenblock, der gerade so aussah wie ihrer. Sie schenkte mir auch ein paar schöne Zeichenstifte und wünschte mir »viel Freude« damit. Als sie tot war, tat es mir Leid, dass ich ihr nie gesagt hatte, wie viel Freude mir das Zeichnen machte. Stundenlang konnte ich sitzen und die Kaskaden und das prächtige Haus zeichnen. Die Inmans störte es nicht, und eine der Hausangestellten hatte mir vor ein paar Jahren einmal gesagt: »Du bist geradeso wie deine Mama«, was mich richtig stolz gemacht hatte.

Ich ging über den großen Rasen zu dem Buchsgarten, der rechts des Hauses lag. Mr. Shutze hatte ihn als römischen Garten konzipiert; Atlanta liegt auf dem gleichen Breitengrad wie Rom. Vor einer riesigen, mit Ziergeländern versehenen Veranda standen zwei Mimosenbäume, deren kräuselige rosa Blüten im Sommer einen süßen Duft aufsteigen ließen. Neben den Mimosen wuchsen die Gardeniensträucher, die jetzt in voller Blüte standen; der sinnliche Duft ihrer wächsernweißen Blüten war fast mit den Händen zu greifen. Ich blieb stehen, schloss meine Augen und sog die Düfte ein. In der Mitte zweier Grasinseln wuchsen, umgeben von Graslilien, weiße Glyzinien, die ihren eigenen Duft hatten. Die Stützmauern quollen über von den hellrosa und dunkelroten Blüten der Myrte. Und über den ganzen Garten verteilt sah man natürlich die exakt beschnittenen Buchsbaumkugeln.

Ich setzte mich auf die Steinbank am Ende des Gartens und schaute zurück zu der Veranda und dem Haus. Mir war wildromantisch zumute, denn rechts und links von mir erhoben sich die beiden Steinsäulen, die wie die Ruinen eines griechischen Tempels gestaltet waren. Hinter mir hockte, mit weit gebreiteten Flügeln, ein steinerner Adler, und von den Säulen hing Schlacke herunter, um dem Garten etwas von dem Flair Pompejis zu geben. Entlang der Gartenmauern standen große Steinurnen, aus deren Rand ebenfalls Schlacke quoll. Im Frühling und Sommer wuchs unter den Myrten eine richtige kleine Hecke aus Springkraut, auf die im Herbst die zarten Gesichter der Stiefmütterchen folgten. Auch vor der Stirnseite des Hauses paradierten Buchsbaumbüsche, und zu beiden Seiten der Kaskaden standen große Tontöpfe mit Oleander und anderen Blütenpflanzen.

Ich versuchte immer, die verschiedenen Ecken des Gartens auf meinem Skizzenblock einzufangen. Sehr gut waren diese Skizzen nie, aber ich ließ sie trotzdem in dem Block. Mama hatte ihre Skizzen oft ungeduldig in den Papierkorb geworfen, und so wollte ich es nicht machen, selbst wenn nie jemand anderes meine Zeichnungen sehen würde. Für mich waren sie Schöpfungen meines Geistes, und ich hoffte sehnsüchtig, dass sie zeigten, dass ich ein Fünkchen von Mamas Talent geerbt hatte. Jetzt, wo sie tot war, wusste ich, dass ich sie für immer aufbewahren würde.

Und so begann ich an diesem Morgen, dort auf der Steinbank, zum ersten Mal seit Monaten zu zeichnen. Ich führte nicht, wie so viele meiner Altersgenossinnen damals, ein Tagebuch; für mich war es einfacher, zu zeichnen, was ich fühlte. Dann und wann hob ein Windhauch eine Ecke meines Blattes an; ich war dankbar für die Erfrischung, die er brachte. Ich zeichnete die Seitenveranda mit den blühenden Mimosenbäumen und den überquellenden Gardenien. Ich muss wohl zwei Stunden so gezeichnet haben, ohne die Zeit zu spüren, und während ich zeichnete, dachte ich an Carl und die Schläger und die Angst, die ich gehabt hatte, und wie das alles hier, in diesem Garten, nur noch ein böser Albtraum war: Ich war warm und glücklich, und diese schrecklichen Dinge, sie waren nicht wahr. Und ich schloss meine Augen und vergaß die Slums von Atlanta und dachte an meine Abenteuer in *Swan House* zurück.

Ich erinnerte mich, wie ich als kleines Mädchen in dem großen offenen Eingangsflur gestanden hatte, den sie »Rotunda« nannten, und mich zu den schwarzen und weißen Fliesen auf dem glatten, kühlen Fußboden hinabgebückt hatte. »Das ist italienischer Marmor, Swannee«, hatte Mama geflötet. »Und schau dir die Treppe an mit der Balustrade aus Bronze und den Stufen aus Walnussholz! Die sieht aus, als ob sie schwebt!«

Aber das hatte mich, ein kleines Mädchen, natürlich nicht beeindruckt. Stattdessen hatte ich fröhlich gerufen: »Da ist ein Schwan!« und auf einen Schatten an der Wand gezeigt.

»Stimmt, Swannee, das hast du gut gesehen!«, hatte Mama mich beglückwünscht. »Das ist der Schatten von dem Kronleuchter da oben. Ich glaube, Mrs. Inman hat ihn so aufhängen lassen, dass er zu bestimmten Tageszeiten, wenn die Sonne in einem ganz bestimmten Winkel auf ihn fällt, einen

Schatten auf die Wand wirft, der wie ein Schwanenhals aussieht.«

Ich nickte fröhlich und stürmte los, um die anderen Schwäne zu suchen. Links von der Rotunda war die Bibliothek. Um in sie zu kommen, musste man durch einen tiefen Türbogen gehen, der eine Kassettendecke hatte, wie Mama das nannte, das heißt alle möglichen Schnitzereien trug. Ich reckte meinen Hals zu den Schnitzereien hoch, aber einen Schwan sah ich nicht. Dafür war auf einem Schreibtisch in der Bibliothek ein Holzkästchen, dessen Deckel einen Knauf in Form eines Schwans trug. Ich hob ihn hoch; das Metall fühlte sich schön glatt an. Aber Mama bedeutete mir mit hochgezogenen Augenbrauen, den Deckel wieder hinzulegen.

Ich ließ sie also mit den anderen Erwachsenen in der Bibliothek und ging in das nächste Zimmer. Mrs. Inman nannte es das Morgenzimmer – warum, habe ich nie herausgekriegt. Es sah eher so aus wie das große Wohnzimmer bei uns zu Hause. Ich setzte mich vor den eleganten Steinway-Flügel und klimperte auf ein paar Tasten herum. Dann sah ich den Kamin mit seinem honigfarbenen Marmor aus Siena, und siehe da, zu beiden Seiten das Kamins, in den Kapitellen der kannelierten Säulen, war ein Schwan.

Nach ein paar Minuten schlich ich die Treppe hoch und in Mrs. Inmans Gemächer. Im Badezimmer fand ich die meisten Schwäne; ein berühmter italienischer Künstler, der Menaboni hieß, hatte sie auf die Decke gemalt. Zwölf Schwäne waren es, und was für schöne! Dazu hatte er jede Menge Sterne gemalt, und die Olympische Fackel. Und oben an den Pilastern zwischen Mrs. Inmans hohen Spiegelschranktüren fand ich vier Bronzeschwäne.

Wieder unten, im Esszimmer, entdeckte ich hinter einem langen, für zwölf Personen gedeckten Tisch zwei Schwanen-Konsoltischchen, wie Mama sie nannte. Mama fand, dass sie vielleicht der Grund für das Schwanenmotiv im ganzen Haus waren. Sie sahen sehr teuer aus. »Die sind aus dem 18. Jahrhundert, von dem berühmten englischen Holzschnitzer Thomas Johnson«, flüsterte Mama, während ich andächtig die vergoldeten Prachtwerke betrachtete, unter denen mich je zwei anmutige Schwäne ansahen. Besonders mochte ich die Tapete in dem Esszimmer. Sie war in England handbemalt, aber im chinesischen Stil, mit lauter Vögeln; einige paarten sich gerade.

Ich schüttelte mich in die Gegenwart zurück und schaute von meinem Block hoch. Die Sonne stand hoch, und die rechte Seite meines Gesichts pochte. Ich musste nach Hause, bevor Papa und Jimmy von der Kirche zurückkamen! Den Nachmittag würde ich wohl am besten im Bett verbringen, wo keiner mein Gesicht sehen konnte.

Ich rannte durch den Wald zurück nach Hause. Erst als ich wieder auf meinem Zimmer war, betrachtete ich meine Zeichnung. Die Gardenienblüten sahen so weich und glatt aus, als ob man sie anfassen könnte, und die kleinen Mimosenblüten hatten etwas Unbekümmert-fröhliches an sich. Aber am schönsten fand ich, wie dieser Morgen vor *Swan House* mir einen neuen Hoffnungsstrahl ins Herz gegeben hatte. Meine Liebe zum Zeichnen war also nicht mit Mama gestorben, wie ich so abergläubisch-dramatisch befürchtet hatte. Ich bekam immer dieses kribbelige Gefühl im Kopf und auf meinem Rücken, wenn ich etwas zeichnete, das mir gefiel, und heute hatte es wieder gekribbelt.

Ich war ganz in diese Gedanken vertieft, als ich draußen das Auto hörte. Ich schaute durch mein Mansardenfenster und sah, wie Papas jadegrüner Jaguar die Auffahrt herauffuhr. Ich sprang in mein Bett und bedeckte mein Gesicht mit einem feuchten Waschlappen.

Ein paar Minuten, und Papa klopfte an die Tür. »Swannee! Bist du wach?«

»So gerade, Papa«, murmelte ich.

»Möchtest du was zu Mittag essen?«

»Nein, ich hab' keinen Appetit.«

»Brauchst du irgendwas?«

»Nein, Papa, danke, es geht schon.«

Wieder geschafft. Aber als ich in das Bad neben meinem Zimmer ging und in den Spiegel schaute, stöhnte ich auf. Mein Gesicht war immer noch ganz rot und blau, und mein linkes Auge war fast zugeschwollen. Wie lange würde ich dieses Versteckspiel durchhalten?

Etwa eine halbe Stunde später schaute ich aus meinem großen Fenster hinaus und sah, wie unten Jimmy mit Muffin spielte. Papa war nicht zu sehen.

»Hey, Jimmy, komm rauf, schnell!«

Er muss mein Gesicht gesehen haben, denn er rannte wie ein Verrückter in das Haus und die Treppe hinauf, entschieden zu laut. Er riss die Tür auf und starrte mich an. Sein Gesicht wurde blass. »Mann«, flüsterte er, »bin ich froh, dass ich kein Mädchen bin! Ist das das, was du jeden Monat kriegst?«

Erst verstand ich nicht, was er meinte, dann lachte ich los. »Natürlich nicht, du Idiot! Das hab' ich nur erfunden, weil ich nicht will, dass Papa mich so sieht.«

Mein Bruder sah mordserleichtert aus. Wie naiv konnte ein Dreizehnjähriger sein?

»Und was ist jetzt wirklich mit dir los?«

»Ich bin gestern Abend voll gegen die Tür gestolpert«, log ich.

»So? Dann sag das Papa doch einfach.«

»Nein, das kann ich nicht. Der darf das nicht sehen. Kannst du mir bitte ein Sandwich machen und raufbringen? Ich sterbe vor Hunger.«

»Ich dachte, Papa hat gesagt, du willst heute nichts essen?«

»Halt den Mund und hol' mir was.«

Er funkelte mich an, murmelte etwas von seiner blöden großen Schwester und warum ich mir nicht selber etwas zu essen geholt hatte, während sie in der Kirche waren, und ging. Ich rannte hinter ihm her und packte seinen Arm. »Bitte sag Papa nichts, versprichst du mir das?«

Er rollte seine Augen. »Gut, vielleicht. Was krieg' ich dafür?«

Ich bereute allmählich, dass ich ihn gerufen hatte. »Vergiss es. Geh und sei leise.«

Er zuckte mit einem komischen Lächeln die Achseln und begann, die Treppe hinunterzugehen.

»Ach, sag doch, was du willst!«, zischte ich hinter ihm her.

Ich ging zurück in mein Zimmer und wählte Rachels Nummer. Ich schaute auf meine Armbanduhr. Fast eins; sicher war sie fertig mit dem Mittagessen. Sie nahm beim dritten Läuten ab.

»Komm schnell zu mir!«, bettelte ich. »Ich hab' Riesenprobleme, und ich brauche Hilfe!«

»Du hast immer Probleme«, sagte sie.

»Ich weiß, aber das hier ist was Ernstes.«

»Na schön, ich komme gleich.« Sie klang nicht begeistert.

»Nimm die Hintertür.«

Ich wartete dort, als sie kam. Rachel inspizierte mein Gesicht und lachte. »Echt toll, Swan. Was hast du diesmal gemacht?«

»Psst.« Ich legte einen Finger auf meine Lippen, während wir auf Zehenspitzen die Treppe hochgingen. »Das ist nicht lustig! Papa darf das nicht wissen.«

»Warum?«

»Darum!« Und ich erzählte ihr die ganze Geschichte, von Carl und dem Friedhof und den drei weißen Burschen.

»Mary Swan, diesmal hast du's echt geschafft! Das braucht Tage, bis dein Gesicht wieder heil ist. Du musst deinem Vater was sagen! Ich wette, das waren Klanners, die Typen.«

»Klanners?«

»Jetzt sei nicht so naiv! Der Ku-Klux-Klan, was denn sonst?«

»Carl hat gesagt, das waren so Schlägertypen.«

»Also ich sag', das waren die Söhne von KKK-Mitgliedern. Die hassen alles, was schwarz ist. Oder jüdisch wie ich. Und jeden, der mit Schwarzen und Juden umgeht.«

»Na, toll«, murmelte ich.

»Und was willst du jetzt machen?«

»Woher soll ich das wissen? Deshalb hab' ich doch dich gerufen. Du musst mir helfen, was auszudenken!«

Sie stand von meinem Bett auf und begann, durch das Zimmer zu marschieren. Sie trug eine grüne Bluse, die das Blaugrau ihrer Augen betonte. Ihr dickes, weizenfarbenes Haar fiel so auf ihre Bluse, dass man Lust hatte, es zu streicheln. Mensch, war Rachel hübsch.

»Du musst ihm das beichten«, sagte sie. »Da ist nichts zu machen.«

»Aber das geht doch nicht! Dann verbietet er mir glatt, noch mal mit Ella Mae irgendwo hinzugehen!«

Rachel drehte sich zu mir um, nahm meine Hände und sah mich mit ihrem verschmitztesten Blick an. »Du musst ihm beichten, Swan, aber du brauchst ihm nicht die Wahrheit zu beichten.«

»Äh?«

»Jetzt komm, Miss Fantasievoll. Erfinde einfach was. Irgendwas.«

»Das hab' ich schon versucht. Ich hab' Jimmy gesagt, dass ich gegen die Tür geknallt bin.«

»Prima. Du bist gegen die Tür geknallt. Und jetzt schreib eins von deinen Gedichten, dass dein Vater lächeln muss, und dann ist die Sache erledigt.« Sie faltete ihre Arme auf ihrer Brust.

Ich umarmte sie stürmisch. »Du bist ein Genie. Natürlich, das ist es!«

Ich schrieb mein Gedicht, und dann ging ich, Rachel im Schlepptau, die Treppe hinunter und in Papas Büro, wo er über seinen Schreibtisch gebeugt saß.

»Swannee!« Papa stand auf, um zu mir zu kommen. Mitten in seinem langen Schritt hielt er inne, seine fröhliche Miene wurde konsterniert, und er machte den Mund auf.

Ich hob meine Hand und begann mein Gedicht vorzulesen:

Lieber Papa, sei nicht bange,
ich mach' es auch nicht zu lange.
Brauchst nicht weinen oder schreien,
wenn ich dich jetzt tu einweihen.
Mein blaues Auge dir verkündet:

Es hatten sich gegen mich verbündet
von meinem Zimmer die böse Tür
und mein mangelndes Gleichgewichtsgespür.
Erst hat es mächtig wehgetan,
doch jetzt fängt's schon zu heilen an.
Verzeih, dass ich erst hab' versteckt,
was ich da hatte ausgeheckt.
Und sei nicht böse deiner Swan,
sondern ruf gleich die Trixie an,
damit sie mich – sie kann's so gut –

verbinden und verarzten tut.
Seit gestern weiß ich für und für:
Kämpfe nie mit einer Tür!

Ich trug das Gedicht mit so viel Gefühl und Dramatik vor, dass, als ich fertig war, Papas Gesicht, der erst ärgerlich-besorgt ausgesehen hatte, in helles Lachen ausbrach. Er umarmte mich und klopfte Rachel auf den Rücken.

»Mit der Tür gekämpft – was du aber auch bringst! Warum hast du mir das nicht gleich gesagt?«

»Entschuldige bitte, Papa, aber das war mir so peinlich. Ich weiß ja, das war dumm von mir.«

»Swannee, du bist mir eine.« Er inspizierte die Prellung. »Du hast Recht, das ist ein Fall für Trixie.«

Als wir eine halbe Stunde später von Trixie zurückkamen, fielen Rachel und ich uns triumphierend in die Arme und beschlossen, dass wir jetzt ein kühles Bad brauchten. Rachel hatte einen Zweitbadeanzug in unserem Badehaus deponiert; wir zogen uns also gleich um. Mit einem gewissen Neid registrierte ich, wie gut sie ihren Badeanzug ausfüllte.

»Siehst du, Swannee? Das war doch gar nicht schwer!«

»Nein, aber dass ich meinen Vater angelogen hab', das stinkt mir ein bisschen.«

»Ich weiß, aber manchmal geht es halt nicht anders!«

Sie war sichtlich zufrieden, wie glatt alles gegangen war. Sie packte meine Hand, drehte mich herum und erklärte: »Du bist zu dünn, Mädchen, du musst mehr essen!«

»Die letzte Zeit hab' ich nicht viel Hunger gehabt.«

»Klar.«

Ich sah auf meine flache Brust hinunter und auf die leeren Falten, die mein Badeanzug dort warf. »Ich bin halt ein hoffnungsloser Fall«, seufzte ich.

Wir hatten dieses Gespräch wohl schon hundert Mal gehabt, und wieder beruhigte Rachel mich: »Geduld, Geduld, liebe Swannee, die wachsen schon noch!«

Dann wurde ihr Gesicht ernst, und sie wechselte das Thema. »Swannee, musst du wirklich mit Carl gehen? Ich meine, ich mag Action und so, aber das ist echt gefährlich.«

»Ich weiß, Rach. Aber er hat mich gerettet.« Ich wurde wieder melodramatisch. »Er hätte weglaufen können! Und überhaupt, ich mag ihn.«

Rachel machte einen Kopfsprung in das Wasser. Als sie wieder hochkam, die langen Wimpern nass glänzend, sagte sie nichts weiter über Carl. »Schau her, Swannee, wir müssen uns endlich an das Rabenrätsel machen. Jetzt ist es Ende Juli, und wir haben noch nichts unternommen.«

Ich mochte die Art, wie sie immer »wir« sagte.

Sie machte einen Buckel und kam auf mich zu, wie eine Katze, während sie Edgar Allen Poes Gedicht »Der Rabe« zu rezitieren begann:

Einst, um eine Mittnacht graulich,
da ich trübe sann und traulich,
müde über manchem alten Folio
lang vergess'ner Lehr' –
da der Schlaf schon kam gekrochen,
scholl auf einmal leis ein Pochen,
gleichwie wenn ein Fingerknochen pochte,
von der Türe her.
»'s ist Besuch wohl«, murr't ich,
»was da pocht so knöchern zu mir her –
das allein, nichts weiter mehr ...«

»O Rach!«, rief ich aus, ihren Vortrag unterbrechend. »Das hab' ich dir ja noch gar nicht gezeigt! Ich *habe* ja was gemacht für die Raben-Aufgabe.« Ich rannte in das Haus und hinauf auf mein Zimmer und zog einen Spiralblock unter meinem Bett hervor.

»Hör zu!«, befahl ich atemlos, als ich wieder an dem Becken war. Auch ich fiel unter den Zauber des Raben und begann zu lesen:

Einst, um eine Mittnacht graulich,
da ich trübe sann und traulich
müde über manchen alten Schulbuchs
lang vergess'ner Lehr –
da der Schlaf schon kam gekrochen,

scholl auf einmal leis ein Pochen,
wie von Lehrerinnenknochen,
von meinem Schädel her.
»Mrs. Alexander«, dacht' ich,
»straft mich wieder mal zu sehr –
das allein, nichts weiter mehr.«
Ach, ich kann's genau bestimmen:
Im Dezember nicht, dem grimmen,
nein, im Juni kam eine der schlimmen
höher'n Damen her,
mir was in die Finger steckte,
das ein Hirn sich bös ausheckte.
Wie dies Briefchen prompt aufweckte
meine Geister wie ein Hieb,
mich hineinkatapultierte
in den Wellington'schen Krieg,
auf dass ich der Sieger blieb.

Ich strahlte, als ich fertig war, doch Rachel streckte mir die Zunge heraus und fing an, mich um das Becken herumzujagen, während sie rief: »Dummes Mädchen! Ich werde ein Buch schreiben: *Von Mary Swan verhackstückte Gedichte!* Verhackstückt! Hörst du mich?«

Ich quietschte, als sie mich einholte. Dann warf ich den Spiralblock auf eine Badeliege und tauchte in das Wasser. Als ich wieder hochkam, stand sie wartend über das Becken gebeugt. Ich zog mich halb hoch, legte meine Ellbogen auf den warmen Zementrand und schaute Rachel zu. Sie hob ihre Arme wie die gefalteten Flügel eines Vogels, sog ihre Wangen ein, runzelte die Stirn und begann, das ganze lange Gedicht von Poe in einem Affentempo aufzusagen. Sie schoss nach links und rechts, drehte und wendete sich wie ein Vogel, die Augen begeistert leuchtend, bis sie zu der letzten Strophe kam und stehen blieb. Zu mir hinabgebeugt, flüsterte sie spöttisch und leise:

Und der Rabe rührt' sich nimmer, sitzt noch immer, *sitzt noch immer*
auf der bleichen Pallas-Büste überm Türsims wie

vorher;
und in seinen Augenhöhlen eines Dämons Träume schwelen,
und das Licht wirft seinen scheelen Schatten auf den Estrich schwer;
und es hebt sich aus dem Schatten auf dem Estrich dumpf und schwer
meine Seele – nimmermehr.

Ich klatschte begeistert in die Hände und rief »Bravo!« und »Zugabe!«, während Rachel, ihre Augen zu würdevoll-herablassenden Schlitzen verengend, sich vor mir verneigte.

Und dann redeten wir wieder über das Rätsel und dumme Gedichte und Jungen. Aber ich zeigte Rachel nicht meine Skizze von diesem Morgen, und ich sagte ihr nicht, dass Carl von dem Rabenrätsel wusste – und schon gar nicht, dass er zugesagt hatte, bald einmal mit mir in das Kunstmuseum zu gehen.

KAPITEL 7

Der Sommer ging weiter, und auf den Juli folgte der drückend-schwüle August. Marilyn Monroe starb an einer Überdosis Schlaftabletten. Ich war kein großer Fan von Marilyn Monroe – nicht so wie bei Natalie Wood –, aber sie war natürlich eine Berühmtheit, und ihr Selbstmord half mir nicht gerade, aus meinen Depressionen herauszukommen.

Robbie Bartholomew rief mich nicht an, und Papa war in seinem Arbeitszimmer und nahm höflich Essensspenden von diversen allein stehenden Damen entgegen, die ein Auge auf ihn zu haben schienen.

Etwa zweimal pro Woche kam Rachel, um bei mir zu übernachten. Manchmal suchten wir – Rachel unter den Decken meines zweiten Bettes zusammengerollt – noch bis spät in die Nacht nach Geistesblitzen für das Rabenrätsel. Wir kamen nicht viel weiter, außer dass ich ihr schließlich doch verriet, dass Carl mein zweiter Helfer war, und sie bat, mit ihm und mir ins Kunstmuseum zu gehen, um alle erhältlichen Informationen über das Verschwinden der drei Gemälde zu sammeln. Aber wir konnten kein Datum festlegen, da ich Carl seit der Konfrontation mit den drei weißen Schlägertypen nicht mehr gesehen hatte.

Ella Mae wischte und putzte und staubsaugte weiter, briet ihre Hähnchen und beobachtete mich verstohlen. Aber zur Mount Carmel Church nahm sie mich nicht mehr mit.

»Zu gefährlich«, sagte sie wohl hundert Mal und sah mich missbilligend an. Seit mein Vater bemerkt hatte, dass ich wohl ein Problem mit einer Tür gehabt hatte, war sie wütend auf mich. »Das ist nicht recht, dass du Mr. Middleton anlügst, Mary Swan.«

Und wenn sie sich richtig aufregte, sagte sie: »Ich hätte Lust, es ihm selber zu sagen. Kind, Kind, du bringst mich noch ins Grab, Mary Swan. Ins Grab.«

Ich wusste natürlich, dass sie sich eher die Zunge abbeißen würde, als Papa etwas zu verraten. Sie schimpfte nur und fuhr dann mürrisch fort mit ihrer Arbeit, fleißig schwitzend in ihrer grauweißen Uniform, die mindestens zwei Größen zu klein für sie war.

Eines Tages ging ich zu ihr und sagte: »Das tut mir alles so Leid, Ella Mae. Bitte, bitte nimm mich am Samstag wieder mit. Ich bleib' auch in der Kirche, das versprech' ich dir! Mein Gesicht ist verheilt, und wenn du nicht willst, mach' ich keinen Schritt nach draußen. Ehrenwort.«

»Hmm!«, machte sie. Sie muss wohl den ganzen Tag darüber nachgedacht haben, als sie, ihre wohl bekannten Negro-Spirituals summend, von einem Zimmer ins andere watschelte. Als sie am Nachmittag wieder ging, nahm sie mich beiseite und sagte: »Also gut, Mary Swan, du kannst am Samstag wieder mitkommen. Aber bleib in der Kirche bei Miss Abigail. Hast du mich verstanden?«

»O Ella Mae, danke, danke!« Ich schlang meine dünnen sommersprossigen Arme um ihre dicke Taille und drückte sie so fest, dass sie sagte: »Mary Swan! Drück mich nicht tot!« Sie runzelte ihre schwarzen Augenbrauen, als sei sie ärgerlich, aber ich sah das Lächeln, das um ihre Lippen spielte.

Drei lange Wochen waren vergangen seit meinem letzten Besuch in der Carmel-Kirche, seit drei weiße Jungen mich in die Welt des Hasses und der Grausamkeit eingeführt hatten und seit ich das letzte Mal Carl Matthews getroffen hatte. Mein Herz schlug wie eine Trommel, als Ella Mae und ich den großen Raum in dem Untergeschoss betraten. Der Geruch von Spaghettisoße und Knoblauchbrot empfing mich, und ich fühlte mich – ja, wie? Gut. Glücklich. So, als ob ein Teil von mir gerade durch die Tür eines Hauses gegangen war und überrascht entdeckte, dass dies ja mein Zuhause war.

Als ich Carl sah, wusste ich nicht, was ich sagen sollte. Ich hatte Lust, ihm um den Hals zu fallen und ihm laut zu danken, dass er mich vor den drei Burschen gerettet hatte. Und mich zu entschuldigen, dass ich so lange nicht mehr da gewesen war.

»Schön, dass du wieder da bist, Mary Swan.« Diese weißen Zähne! Er musterte mein Gesicht und lächelte. »Siehst so gut wie neu aus.«

Ich schluckte heftig und nickte und wusste nicht mehr, was ich ihm alles hatte sagen wollen. Wir servierten schweigend unsere Spaghetti.

Als wir das Geschirr spülten, kam Miss Abigail zu uns. »Ich glaub', heute soll ich mich an Sie halten?«, sagte ich. Sie nickte. »Kann ich was für Sie tun?«

»Ich melde mich schon, Mary Swan«, antwortete sie und eilte davon, um ein junges schwarzes Mädchen mit einem Baby zu begrüßen.

Während Carl und ich fertig abwuschen und die Küche und den Saal fegten, erzählte er mir, was es bei Mike, James und Pudding Neues gab. Schließlich nahm ich meinen Mut zusammen und fragte ihn: »Würdest du nächste Woche mit mir ins Museum gehen? Wenn wir hier fertig sind, meine ich?«

Er legte seinen Kopf auf die Seite und zuckte die Achseln. »Gerne, Mary Swan, warum nicht? Ich würd' schon mal gern die Bilder deiner Mutter sehen.« Er zwinkerte mir zu. »Und es ist ja Zeit, dass wir uns mal um den Raben kümmern, nicht?«

Meine Wangen brannten. Ich nickte und schaute in den Saal hinaus, um zu sehen, ob Miss Abigail mich schon brauchen konnte. Sie war in ein Gespräch mit einem schwarzen Teenagermädchen vertieft, das die dünnsten Arme hatte, die ich je gesehen hatte. Es hielt ein Baby im Arm. Ein ganz kleines Baby.

Nach einer Weile begann das Kind so laut zu schreien, dass die beiden ihre eigenen Gedanken nicht mehr hören konnten. Ich wartete weiter, ein wenig ungeduldig. Hatte Miss Abigail mich vergessen? Aber das hatte sie nicht.

»Mary Swan«, rief sie. Ich stand immer noch mit meinem Besen da und starrte das dünne Mädchen und ihr Baby an.

»Könntest du bitte mal die kleine Jessie nehmen, damit Cassandra und ich weiterreden können?« Wenn Miss Abigail etwas wollte, sagte sie es nett, aber fest. Ich wagte es nicht, Nein zu sagen.

Aber was, um alles in der Welt, sollte ich mit einem schreienden Baby anfangen? Ich war nicht die Art Mädchen, das beim Anblick eines Babys in Ekstase gerät. Babys machten mich nervös; ich glaube, ich hatte noch nie im Leben eines in den Armen gehalten.

Als ich mich zu dem Kind bückte, muss Miss Abigail wohl

meinen Blick bemerkt haben, denn sie nahm das Kind selber aus Cassandras Armen und legte es vorsichtig in meine. »Leg sie einfach an deine Schulter, Mary Swan. Aber sei vorsichtig mit ihrem Kopf, den musst du stützen.«

Ich lächelte schwach. Ich spürte, wie das Blut in meinem Kopf pochte. Die kleine Jessie schrie zornig.

»Wenn du mit ihr rumläufst, wird sie ruhig«, sagte die sichtlich erleichterte Cassandra. Sie sah nicht älter als vierzehn oder fünfzehn aus.

Da stand ich nun mit diesem winzigen schwarzen Baby in den Armen und wusste nicht, wie ich mich benehmen sollte. Dann erinnerte ich mich, wie Ella Mae einmal den Rücken eines Babys getätschelt hatte, und versuchte das. Kein Erfolg – Jessie schrie noch lauter.

Ich ging nach draußen, damit Miss Abigail und Cassandra weiterreden konnten. Direkt neben der Kirche war eine Wiese mit gelbem Gras und Unkraut. Ich ging dorthin. Ich hatte keine Lust, mit dem Kind die Straße entlangzugehen und mich von hundert Nachbarn anstarren zu lassen – ein weißes Mädchen, das ein schwarzes Baby im Arm hielt, das sich nicht beruhigen lassen wollte.

Und dann kam Carl. Ich dachte, er wäre schon nach Hause gegangen. Er hatte wieder dieses Lächeln, und ich dachte: *Wenn der ein Wort sagt, wie man richtig ein Baby hält, explodier' ich.*

»Na, Jessie?« Er beugte sich zu der Kleinen hinunter, die Stimme leise-behutsam. »Heut sind wir aber wütend, wie?«

Ich hielt sie unsicher auf meinen Armen, wie ein unerwünschtes Paket. Carl nahm sie in die seinen, als habe er sein ganzes Leben nichts anderes getan. Und dann sah er dem Baby in die Augen und gurrte und wiegte es sanft hin und her, und es hörte auf mit Schreien und schaute ihn an.

Erst jetzt sah ich Jessie richtig an. Sie hatte runde schwarze Augen und ganz glatte schwarze Haut und winzige schwarze Locken auf dem Kopf, und wenn sie lächelte, schien ihr ganzer kleiner Körper mitzulächeln.

»Wie hast du das geschafft?«

»Was?«

»Dass sie nicht mehr schreit und stattdessen lächelt?«

Carl zuckte lachend die Achseln und sagte: »Mary Swan, ich hab' mich um Babys kümmern müssen, seit meine Mutter gestorben ist. Ich hab' geholfen, Mike und James und Pudding großzuziehen und die Kinder meiner Tante und so ziemlich alle Kids hier. Miss Abigail bringt ständig neue Babys hierher, die ein bisschen Liebe brauchen.«

Ich schluckte heftig. Ich spürte, wie der Stolz sich in mir regte. Und die Beschämung darüber, dass ich nicht wusste, wie man mit einem Baby umging. Aber Carl schien es nicht zu bemerken. Er fuhr fort, mit Jessie zu reden und ihren Rücken zu klopfen und mit ihr durch das sterbende Gras zu gehen.

Schließlich kam Miss Abigail mit Cassandra heraus. Beide lächelten ganz merkwürdig. Ihre Gesichter sahen glücklich, aber nass aus, so, als ob sie gerade geweint hatten.

»Danke, Mary Swan. Und Carl.« Miss Abigail nahm Cassandras Hand. »Darf ich euch unsere neue Schwester vorstellen?«

Carl grinste über das ganze Gesicht und sagte: »Echt? Mensch, das ist ja super, Cassandra. Echt super.«

Ich schaute stirnrunzelnd von Carl zu Miss Abigail und zu Cassandra. »Neue Schwester« – was sollte das heißen? Hatte Miss Abigail Cassandra adoptiert? Aber Carl schien voll zu verstehen, was sie meinte.

Miss Abigail nahm die kleine Jessie in ihre Arme und drückte sie an sich. »Deine Mama hat heute eine große Entscheidung getroffen«, flüsterte sie. »Die größte in ihrem ganzen Leben. Du bist ein gesegnetes Kind.«

Dann gab sie Cassandra ihr Baby zurück, umarmte sie beide und sagte: »Geh jetzt nach Hause, Kind. Ich komm' dann später mit Windeln und Essen und dem Kühlschrank.«

»Danke, Miss Abigail. Danke für alles. Und danke, Mary Swan und Carl.« Cassandras Stimme zitterte. Sie ging. Ich fragte mich, wie dieses Mädchen, das jünger aussah als ich, für dieses kleine Kind sorgen wollte, und einmal mehr kam mir die Innenstadt Atlantas wie ein fremdes Land vor.

»Ich geh' jetzt wohl besser«, sagte Carl zu Miss Abigail. »Hab' viel zu tun für Montag.« Er nickte mir zu, und ich spürte ein komisches Flattern im Bauch, als ob ich nicht wollte, dass er ging.

Ich räusperte mich und sagte: »Bis nächste Woche dann.« Und er ging, während ich vergeblich versuchte, nicht rot zu werden.

Miss Abigail schien es nicht zu bemerken. Sie sagte einfach ganz nett: »Wiedersehn, Carl.« Dann sah sie mich an. »Würdest du gerne auf ein Glas Eistee zu mir kommen, Mary Swan?«

»Doch, gerne«, sagte ich. »Danke.« Ein Glas Eistee – das klang mir in diesem Augenblick gerade so erfrischend wie ein Sprung in unseren Swimming-Pool.

Miss Abigails alter Ford-Kombi stand auf der anderen Straßenseite geparkt. Die Rücksitzbank war mit Kleidersäcken voll gestopft. Die Luft in dem Wagen war zum Schneiden dick, und der Kunststoff der Sitze fühlte sich glühend heiß an. Ich kurbelte das Fenster hinunter und steckte meinen Kopf in den Fahrtwind. Wir fuhren an endlosen Häuserreihen vorbei. Viele der winzigen Gärten waren von Autoteilen, Kinderspielzeug oder Bierdosen übersät. Die Männer und Frauen, die auf den Veranden saßen, winkten Miss Abigail zu.

Sie erzählte mir aus ihrem Leben. Ihr Vater hatte in der Autoindustrie eine Menge Geld gemacht, und sie hatte in Detroit in »einem sehr gutbürgerlichen Viertel« gewohnt, wie sie sich ausdrückte. Dann, vor vielen Jahren, hatte sie all das verlassen, um erst in den Slums von Detroit und jetzt hier in Atlanta zu arbeiten. Ich wünschte ihr von Herzen, in einer weißen Luxusvilla mit Parkettfußböden, einem großen Mimosenbaum über dem Eingang und einer langen, elegant geschwungenen Holztreppe zum Obergeschoss wohnen zu können, komplett mit Schränken voller Familienporzellan und Ahnengalerie an den Wänden. Miss Abigail verdiente eine solche Residenz, als Rückzugsort nach ihren langen Tagen in den Slums.

Ich wusste, dass das natürlich wieder nur so ein romantischer Traum meiner großen Fantasie war. Und doch war es ein Schock, als ich ihr Haus dann sah. Es war klein und mit einer blassblauen Farbe gestrichen, die überall abblätterte. Die Veranda war mit Kisten und Schachteln und braunen Papiertüten voll gestopft. Es sah fast so heruntergekommen aus wie die übrigen Häuser in Grant Park. Sie parkte den Ford neben dem Bürgersteig, schaltete den Motor ab und sagte: »Willkommen bei mir zu Hause.«

Keine Villa, kein schnuckeliges Nest. Eine Bruchbude in den Slums, vielleicht eine Meile von der Kirche. Einen Augenblick wusste ich nicht, ob ich Mitleid mit Miss Abigail haben oder ihren Opfermut bewundern sollte. Dann entschied ich mich für das Einzige, das nach dem, was ich in den vergangenen sechs Wochen beobachtet hatte, passte: dass es das Natürlichste von der Welt war, dass diese Frau unter den Menschen wohnte, unter denen sie arbeitete und die sie liebte.

Auf der einen Seite der Eingangsveranda drängten sich drei zerschlissene alte Vinylstühle und vielleicht zehn braune Papiertüten, die mit Spielzeugen, Puzzlen und Kleidern gefüllt zu sein schienen. Auf der anderen Seite der Veranda sah ich eine Schaukel aus Holz, auf der eine große braunweiße Katze schlief. Hinter der Schaukel lag ein alter Kühlschrank.

Miss Abigail drückte die Haustür auf. Das Fliegengitter war an einem Ende lose und verrostet, und die Tür kreischte beim Öffnen. »Carl kommt nächste Woche und repariert die Tür«, sagte sie wie beiläufig.

In dem Wohnzimmer waren ein durchgesessenes Sofa mit einem verschossenen Blumenbezug, zwei alte Sessel und ein Couchtisch. Dazu an der einen Wand ein großer Schreibtisch, der von hohen Papierstapeln bedeckt war. Miss Abigail musste wohl gemerkt haben, wie ich ihn anstarrte, denn sie lachte trocken auf und sagte: »Ich bräuchte mal 'ne Sekretärin, die mir mit dem ganzen Papierkram hilft.«

Wir gingen in den hinteren Teil des Hauses, wo die große, luftige Küche war. »Hier wären wir«, sagte Miss Abigail aufgeräumt. »Setz dich, Mary Swan.« Der Tisch war rechteckig und größer als der Eichentisch in unserem Frühstückszimmer. »Ein Tisch ist mein wichtigstes Möbelstück. Solange ich einen Tisch hab', kann ich den Kindern ihre Mahlzeiten geben. Der Herr wusste, dass ich eine große Küche und einen großen

Tisch brauchen würde für meine Arbeit, und er hat sie mir gegeben!«

Sie holte zwei hohe Gläser und stellte sie auf den Tisch. Sie schien ihre Gastgeberrolle zu genießen. Dann holte sie eine Eiswürfelschale aus dem Kühlschrank und gab ein paar Eiswürfel in die Gläser, die sie dann aus einem Glaskrug füllte, der ebenfalls im Kühlschrank stand.

»Danke«, murmelte ich.

Die Kühlschranktür hatte mehrere Rostflecken, doch zum größten Teil war sie von aufgeklebten Bildern bedeckt. Bilder, die lächelnde Kinder, junge Mädchen und ein paar ältere Ehepaare zeigten. Auf einem waren Carl und seine Geschwister zu sehen.

Der Eistee schmeckte nach Zitrone und Himbeere. Ich schloss die Augen und genoss den Tee und das Gefühl der Eiswürfel an meinen Lippen.

»Nicht wahr, das schmeckt?«, sagte Miss Abigail.

War es das Pochen in meinem Kopf oder der Stress von der kleinen Jessie oder der Schock beim Anblick von Miss Abigails Haus? Wahrscheinlich alles drei, aber ich fragte jedenfalls: »Wie bringen Sie das fertig, hier zu wohnen, Miss Abigail, in diesem Stadtteil?«

»Dies ist mein Heim, Mary Swan.«

»Aber warum? Warum haben Sie das gemacht? Sie wohnten doch so schön.«

»Gott hat mich hierhin gerufen. Er will, dass ich unter den Menschen wohne, mit denen ich arbeite.«

»Oh.«

Sie begann unvermittelt zu beten. »Herr Jesus, wir danken dir für dieses neue Leben. Dass Cassandra sich für dich entschieden hat. Behüte du sie. Gib ihr Mut, das zu tun, was sie muss. Lass sie auf dich vertrauen. Amen.«

Ich hatte nicht sofort meine Augen geschlossen, weil ich nicht merkte, dass sie betete. Ich war noch nie einem Menschen begegnet, der einfach so, bei einem Glas Eistee, zu beten begann. Aber ihre Hände waren gefaltet und ihre Augen geschlossen. Als sie »Amen« sagte, machte ich ein Auge auf, um zu sehen, wie ich mich jetzt verhalten sollte. Sie hatte ihre Hände wieder geöffnet und sah mich lächelnd an.

»Weißt du, was heute bei Cassandra geschehen ist?«

»Keine Ahnung.«

»Sie hat beschlossen, Christus nachzufolgen.«

»Oh. Sie meinen, ein Christ zu werden?«

»Ja.«

»Aber war sie das nicht schon? Ist sie nicht zur Kirche gegangen?«

»Zur Kirche gehen macht einen nicht zu einem Christen, Mary Swan.«

Das sah ich anders, aber ich sagte nichts.

»Wenn man Gott in sein Leben hineinlässt, wird es anders. Sein Heiliger Geist nimmt in uns Wohnung und tut Dinge, die wir aus eigener Kraft niemals tun könnten.«

Ich verstand nicht, was Miss Abigail meinte, und mir wurde immer unbehaglicher zumute. Ich lenkte das Gespräch zu meinem ersten Thema zurück.

»Und warum wohnen Sie also hier?«

»Das habe ich dir gerade gesagt. Gott hat mich hierhin gerufen.«

»Gerufen? Wozu?«

»Um diesen Menschen hier zu helfen und sie zu lieben.«

Ich lächelte. »Ich wusste, dass Sie das sagen würden.«

»Es ist die Wahrheit, Mary Swan.«

»Aber wird dadurch wirklich etwas anders hier, Miss Abigail? Wird das Leben der Menschen besser? Es muss doch furchtbar sein, hier zu leben und zu sehen, wie schlecht es denen geht.«

»Ich arbeite nicht deswegen hier, weil das einfach oder bequem ist oder Spaß macht, sondern weil es gut ist. Kann sein, dass das Äußere sich nicht groß verändert, und jawohl, es gibt viel Not hier. Aber bei einigen dieser Menschen ändert sich das Herz. Sie haben Hoffnung. Carl hat Hoffnung.« Ihr Gesicht wurde weicher, als sie seinen Namen aussprach, so, als sei sie seine Mutter.

»Als ich vielleicht neun Jahre alt war, merkte ich, dass Gott mich in die Mission rief. Es wurde mein Herzenswunsch, hinaus in die weite Welt zu gehen und den Menschen zu sagen, dass sie Christus brauchen – seine Vergebung und seine Liebe. Aber als ich alt genug war, um mich bei einer Missionsgesellschaft zu bewerben, wurde ich abgelehnt. Schlechte Augen, schwaches Herz. Ich war ganz fertig; ich wusste doch, dass Gott mich gerufen hatte.«

»Wie wussten Sie das?«, unterbrach ich sie. »Und wie meinen Sie das mit dem Rufen? Hat er richtig laut zu Ihnen gesprochen?«

»Nein.« Sie lächelte. »Aber ich wusste genau, dass es Gott war. Das war so eine Sehnsucht in meinem Herzen, die er als seinen Ruf bestätigte, als ich in der Bibel las. Das ist schwer zu verstehen, wenn man noch nie die Bibel gelesen hat, aber manchmal packt einen ein Vers, den man gerade liest, und geht einem ins Herz, und man merkt: Da bin ich gemeint!

Einer dieser Verse stand für mich im Buch Jakobus im Neuen Testament, am Ende des 1. Kapitels. Da steht: ›Ein reiner und unbefleckter Gottesdienst vor Gott, dem Vater, ist der: Die Waisen und Witwen in ihrer Trübsal besuchen und sich selbst von der Welt unbefleckt halten.‹ Dieser Vers und viele andere, die von Gottes Liebe reden, beeindruckten mich schon als junges Mädchen tief. Als ich älter wurde, betete ich viel über meine Herzenssehnsucht, und ich redete mit Menschen, denen ich vertraute. Menschen, die eine Antenne für Gottes Geist hatten. Und immer wieder zeigte Gott mir, dass ich Missionarin werden sollte.«

Ich hörte fasziniert zu. Wie konnte diese Frau so sicher sein, dass es Gott war, der sie rief? Aber ich sagte kein Wort.

»Dann kam dieser Brief, in dem es hieß, dass ich mit meiner Gesundheit nicht nach Übersee konnte, aber dass ich eine Heimatmissionarin werden konnte. Und dann bekam ich mein Missionsgebiet: die Innenstadt von Detroit. Mary Swan, wenn du denkst, dass Grant Park schlimm ist, solltest du mal nach Detroit gehen – die reinste Hölle. Ich konnte es nicht glauben, dass sie mich dahin schicken wollten. Ich war doch aus Detroit, und unter den Armen dort arbeiten – es war so unexotisch wie nur irgendwas. Aber Gott war dabei, mein Herz zu prüfen; er wollte wissen, ob ich wirklich ihn wollte oder nur ein romantisches Abenteuer.«

Bei dem letzten Satz wurde ich ganz Ohr.

»Ich musste dem Herrn also meine Sünde bekennen und ...«

»Ihre Sünde?« Ich war entsetzt. »Seit wann ist es denn eine Sünde, wenn einer Missionar werden will?«

Sie kicherte. »Nein, das war nicht die Sünde. Meine Sünde war, dass ich meinen Willen durchsetzen wollte und so tat, als ob er Gottes Wille war.«

»Ach so.« Ich nickte, aber ich hatte keinen Schimmer, was sie meinte.

»Nun, ich nahm schließlich den Job in Detroit an. Und da merkte ich auf einmal, was für einen Humor Gott hat. Er setzte mich nämlich mitten zwischen Menschen aus zwölf Nationalitäten. Jetzt war ich also doch in der äußeren Mission gelandet!«

Mein Kopf pochte wieder. Ich kam schon lange nicht mehr mit, aber ich musste sie einfach stellen, meine Fragen. »Aber warum tun Sie das alles, und wie schaffen Sie das?«

»Mary Swan, jeden Morgen, beim Aufwachen, frage ich Jesus: ›Herr, was soll ich heute für dich tun?‹ *Warum* ist nicht die richtige Frage; oft weiß ich das selber nicht. Aber ich frage Gott, was ich tun soll, und dann zeigt er es mir, und auch, wie ich es tun soll.«

Ich sah sie skeptisch an. Ich hatte allmählich den Verdacht, dass Miss Abigail vielleicht eine Schraube locker hatte.

»Nimm zum Beispiel den Kühlschrank draußen auf der Veranda. Den hat gestern jemand gebracht. Sieht kaputt aus, aber er geht. Und heute erfahre ich, dass Cassandras Familie einen Kühlschrank braucht. An demselben Tag, an dem sie sieht, dass Jesus ihr Heiland ist, lernt sie also, dass er sie auch mit allem Nötigen versorgt. Manche Leute lernen das nie, weil sie es nicht nötig haben; sie sind zu sehr damit beschäftigt, selber für alles zu sorgen.« Sie hielt an, sah, wie ich sie anstarrte, und tätschelte meine Hand.

»Jesus zeigt mir jeden Tag das *Was* und das *Wie*, und das *Warum* überlasse ich ihm. Ich habe jedenfalls nicht alle Antworten.«

»Also, ich könnte das nie, was Sie machen.«

»Aus deiner eigenen Kraft sicher nicht. Das könnte ich auch nicht.«

»So meine ich das nicht. Ich meine, ich könnte nie auch nur das *wollen*, was Sie machen. In dieses Viertel kommen und helfen, sicher. Aber hier wohnen? Wenn man anfängt, ›Gott nachzufolgen‹, wie Sie das nennen, verlangt er dann so was?«

»Er verlangt nicht von jedem von uns das Gleiche, Mary Swan.« Sie unterbrach sich, wischte ein paar graue Strähnen aus ihrem Gesicht und fuhr fort. »Doch, ja, er verlangt von uns allen dasselbe: Liebe und Gehorsam und totale Hingabe. Aber was das für den Einzelnen bedeutet, das ist nie dasselbe. Warum kommst du samstags zu uns?«

Ich dachte einen Moment nach. »Weil mir das Gefühl, dass ich da helfe, irgendwie gut tut. Und dann kann ich zurück nach Hause und hab' es wieder schön.«

Sie lachte – ein tiefes, köstliches Lachen, dass man unwillkürlich hoffte, dass der Grund dieses Lachens ansteckend war. »Mary Swan, du hast gerade etwas zugegeben, was die meisten Erwachsenen nicht mit einer Kneifzange anfassen würden.«

»Was?«, fragte ich argwöhnisch.

»Wir helfen, weil uns das moralisch ein paar Zentimeter größer macht, aber es beruhigt uns, dass wir anschließend jedes Mal wieder zurück in unsere behagliche Höhle können. Tief drinnen sind wir alle so.«

»Und was ist daran so schlimm?«

»Eigentlich nichts. Aber es ist nicht das, was Jesus ›Dienen‹ nennt.«

Allmählich fand ich es richtig gut, mit Miss Abigail zu reden. Sie schien jemand zu sein, dem ich meine tiefsten Fragen anvertrauen konnte. Aber nicht das, was ich über Carl dachte. Oder noch nicht. Sie war ja praktisch seine Mutter; vor ihr zugeben, dass Carl einer der Gründe war, warum ich zur Carmel-Kirche kam, das ging nicht.

Sie schaute auf ihre Uhr und sagte: »Aber jetzt müssen wir uns auf die Räder machen. Wir haben noch viel vor, bevor ich dich nach Hause bringe.«

Zwei Stunden lang fuhren wir durch die Slums von Atlanta. Ich sah Pennbrüder, die betrunken auf Parkbänken lagen, Prostituierte an Straßenecken, verkommene Bretterbuden, von Müll übersäte Parkanlagen, kleine Kinder, die ohne Aufsicht auf der Straße spielten. Jedes Mal, wenn Miss Abigail anhielt und den Kofferraum des Wagens öffnete, kamen Männer, Frauen und Kinder herbeigelaufen. Meistens ging sie in ein Haus, um irgendeine Krise zu managen, sodass ich diejenige war, die die Kleider und das Essen austeilte. Nach ein paar Minuten wusste ich, in welchen der Säcke die Kindersachen waren und in welchen die Kleider für die Männer und Frauen. Manchmal trat eine Frau zu mir, die einen besonderen Wunsch hatte – einen Kinderwagen oder Windeln oder (geflüstert) Damenbinden. Ich murmelte dann: »Ich werde es Miss Abigail sagen, die kümmert sich drum.«

Ich atmete erleichtert auf, als der Ford endlich leer war. »Zeit, nach Hause zu fahren, Mary Swan«, sagte Miss Abigail. »Auf dem Weg zeige ich dir dann die allerschlimmste Gegend von Atlanta.«

Ich hatte keinen Schimmer, was mich erwartete.

»Das hier ist das schlimmste Haus.« Sie hielt vor einem unauffälligen Gebäude in der Peachtree Street an, mitten im gutbürgerlichsten Teil der Innenstadt, wo die Weißen wohnten. Das Haus war zwölf Stockwerke hoch. »In den ersten drei Etagen ist die Baumwoll-Corporation. In den obersten Etagen sind andere Firmen. Aber dazwischen, in der Mitte, ist das Büro des Ku-Klux-Klan. Hier kommt sie her, die ganze Ideologie von der weißen Herrenrasse und dem Hass auf Schwarze und Juden. Von hier und von hundert ähnlichen Orten in unserer Stadt. Dort am Oakland-Friedhof hast du eine Kostprobe davon abgekriegt.«

Seit dem Samstag, als der Zwischenfall passiert war, hatten wir nicht mehr darüber geredet. »Sind die wirklich imstande und bringen jemand um? Carl zum Beispiel?«

»Der Hass hat schon viele umgebracht, Mary Swan. Aber die Gleichgültigkeit auch.« Sie hielt inne. »Was ist schlimmer, Mary Swan? Hass oder Gleichgültigkeit?«

Ich antwortete nichts, aber ich hatte den Eindruck, dass dies eine jener »rhetorischen Fragen« war, die wir im Englischunterricht durchgenommen hatten.

»Es ist nicht schön, wenn man sieht, was für ein Leben die anderen haben. Es kann einem das Herz brechen. Aber das ist die Wirklichkeit. Die Schwarzen in den Slums sind wirkliche Menschen.«

Jetzt musste ich es sagen, was mich seit Wochen umtrieb. »Dann sind die Menschen in Buckhead also nicht wirklich?«

»Nein. Nichts ist ganz schwarz oder ganz weiß.«

Schwarz und weiß. Wir lachten beide, als sie ihr ungewolltes Wortspiel merkte, und ich konnte es mir nicht verkneifen, zu sagen: »Außer dass ganz Buckhead weiß ist und die Slums schwarz, natürlich!«

Sie zwinkerte mir zu.

»Sind die Leute in meiner Kirche also alles lauter Heuchler? Meinen Sie das so? Meine Freundin Rachel sagt das dauernd.«

»Nein! Wir dürfen uns nicht zum Richter über andere Menschen setzen. Nur Gott sieht in die Herzen hinein.«

»Oder meinen Sie, dass es besser ist, in die Mount Carmel Church zu gehen, als in eine Kirche in Buckhead?«

»Nein, überhaupt nicht. Wir reden hier nicht von besser. Gott fordert uns nicht auf, besser zu werden. Er ruft uns in die Wahrheit und in den Gehorsam zu ihm. Sich mit anderen vergleichen und sehen, wer ›besser‹ ist und in die bessere Kirche geht oder mehr Geld spendet, das ist Menschenreligion. Gott ist so viel größer, als wir uns vorstellen können. Er will unseren Dienst dort, wo er uns hingestellt hat, ob das nun Buckhead ist oder Grant Park, Detroit oder Afrika. Er weiß, was er tut. Überall in der Welt hat er Menschen, die ihn lieben und ihm dienen. Reiche und Arme, Menschen aus der Mittelklasse und Pastoren. Ein Mensch, dessen Seele frei geworden ist, bekommt Hoffnung auf eine andere Zukunft. Mary Swan, frage dich einfach, was Gott jetzt in deinem Herzen tun will. Das ist alles, was du im Augenblick tun musst.«

Der Nachmittag war weit vorangeschritten, als wir Buckhead erreichten. Fast war es mir peinlich, dass sie sah, wo ich wohnte, aber sie fuhr die lange Einfahrt zu unserem Haus hinauf, als ob sie gleich daneben wohnte.

»Danke, dass du mir geholfen hast, Mary Swan.« Sie tätschelte meine Hand. Dann fragte sie: »Hast du eine Bibel zu Hause?«

»Doch, irgendwo schon.«

Sie sah mich aus ihren leuchtenden Augen an und sagte: »Prüfe alles im Licht der Wahrheit, Mary Swan.« Sie klopfte auf die Bibel, die neben ihr lag. »Glaube nicht alles, was man dir beibringt, unbesehen. Prüfe es im Licht der Wahrheit. Du weißt doch, was Jesus gesagt hat?«

Ich schüttelte den Kopf.

»Er hat gesagt: ›Und ihr werdet die Wahrheit erkennen, und die Wahrheit wird euch frei machen.‹ Johannes-Evangelium, Kapitel 8, Vers 32. Er sagt nicht: Die Ideologien von Buckhead oder Grant Park oder von der Universität werden euch frei machen, sondern die Wahrheit. Jesus ist die Wahrheit. Sein Wort, dieses gute Buch, ist die Wahrheit. Lies es, und du wirst wissen, was du tun musst. Die Wahrheit wird dich frei machen.«

Aber ich las diesen Vers nicht an diesem Abend. Zurück in meinem Zimmer, ging ich zu dem Bücherregal und fuhr mit dem Finger über den weißen Lederrücken meiner Konfirmationsbibel, die ihren Ehrenplatz neben Charles Dickens' ebenfalls in Leder gebundenem *Oliver Twist* und *Zwei Städte* hatte.

Ich hatte sie noch kein einziges Mal gelesen, und ich las sie auch jetzt nicht. Noch nicht. Ich wollte nicht, dass dieses Buch mir ein schlechtes Gewissen machte. Ich wollte nicht über Gott nachdenken oder über Miss Abigails Worte. Ich wollte an überhaupt nichts denken. Ich wollte meinen Badeanzug anziehen und in das frische saubere Wasser des Beckens hinter unserem Haus springen.

KAPITEL 8

Am nächsten Samstag also, als wir mit dem Spaghetti-Einsatz in der Mount Carmel Church fertig waren und in zehn anstrengenden Minuten Ella Mae davon überzeugt hatten, dass wir schön vorsichtig sein würden, und mit Miss Abigail vereinbart hatten, dass sie uns später am Nachmittag abholen würde, begleitete Carl mich zum High Museum of Art – dem Kunstmuseum von Atlanta. Eigentlich hatte Rachel auch dazukommen wollen, doch sie hatte mich am Morgen angerufen und mir mitgeteilt, dass sie spuckte wie ein Reiher und nicht kommen konnte. Da Rachel nicht eine von der Ausflüchte-Sorte war, glaubte ich ihr, aber ich war doch etwas enttäuscht; ich hatte so gehofft, dass sie Carl kennen lernen würde.

Die Busfahrt von der Capitol Avenue zur Kreuzung zwischen Peachtree und 16. Straße, wo das Museum lag, dauerte zwanzig Minuten. Dass Carl und ich nebeneinander saßen, trug uns natürlich einige Blicke der übrigen Passagiere ein. Die meisten waren Schwarze, dazu einige weiße Teenagerjungen, was mir ganz flau im Magen werden ließ. Es waren nicht die Burschen vom Friedhof, aber sie grinsten genauso arrogant und begannen, unter sich zu flüstern und uns unverschämt anzustarren. Als wir ausstiegen, stiegen sie auch aus. Carl trieb mich zur Eile, aber sie folgten uns und machten ihre Bemerkungen, wie: »Ist das nicht süß? Schwarz und Weiß zusammen, wie Vanille-Eis mit Schokolade!« Aber ich hatte meine Lektion gelernt und sagte kein Wort und drehte mich nicht um.

Ich fragte Carl nur flüsternd: »Was haben die?«

»Nichts.«

»Aber du hast doch was.«

»Jetzt lass, Mary Swan. Achte nicht auf sie.« Seine Stimme war fest.

Erst in der Nähe des Museums blieben sie zurück. Sobald ich sie nicht mehr sah, explodierte ich, wenn auch nur flüsternd. »Ich hasse diese Typen! Ich hasse sie! Warum müssen die so sein?«

Aber Carl sagte nichts.

»Hasst du die nicht auch? Findest du nicht, dass die unmöglich sind?«, fragte ich, als ich mich etwas beruhigt hatte.

Carl legte seinen Kopf zur Seite, als wüsste er nicht, wie offen er sein konnte zu mir. Dann sagte er: »So ist das halt, Mary Swan. Du bist für immer verflucht, weil deine Haut diese Farbe hat. Und da kannst du nichts dran machen, egal, was die Leute sagen. Ich hab' alle Achtung vor Pastor King. Ein Freund von mir hat die Freedom Ride-Sternmärsche mitgemacht, und ich war letztes Jahr bei den Sit-ins in den Cafeterias im Stadtzentrum dabei und hab' vor, bei so vielen Sternmärschen mitzumachen wie möglich. Aber ich spür's, Mary Swan: Es wird lange dauern, bis wir nicht mehr nach unserer Hautfarbe beurteilt werden und auch mal mitreden dürfen.

Es hat Fortschritte gegeben. Wenigstens können wir jetzt im Bus dort sitzen, wo wir wollen.« Er grinste trocken. »Sogar neben 'nem weißen Mädchen. Aber wir sind nicht gleichberechtigt. Noch lange nicht.«

Zum ersten Mal las ich Resignation auf Carls Gesicht.

»Es ist nicht lustig, ein Neger zu sein, Mary Swan. Gar nicht lustig.« Dann fragte er: »Sind wir bald da?«

Statt einer Antwort hielt ich vor dem roten Ziegelgebäude Peachtree Street 1032 an. »Das High-Kunstmuseum, bitte sehr«, verkündete ich theatralisch. Wir gingen die Stufen zum Eingang hoch, der ganz verglast war, mit vier weißen Steinsäulen.

Carl hielt mir die Tür auf, und wir gingen in die Eingangshalle mit ihrem Marmorfußboden. Ich muss gestehen, dass Carl mir etwas deplatziert vorkam in diesen heiligen Hallen, als ich der Dame an der Kasse die Mitgliedskarte meines Vaters vorlegte. Ich kannte Mrs. MacIlvain gut, und so sagte ich: »Dies ist mein Freund Carl, wir gehören zusammen.« Worauf sie uns, mit einem mehr als fragenden Blick, einließ.

»Ist das also jetzt ein Museum?«, fragte Carl laut.

»Psst«, machte ich. »In einem Museum muss man flüstern. Flüstern.« Ich zeigte zum Fenster hinaus. »Das Museum begann in diesem alten Haus im Tudor-Stil nebenan. Eine gewisse Hattie High verkaufte es in den 1920er-Jahren an den

Kunstverein.« Ich kannte die Geschichte des Kunstmuseums in- und auswendig.

»Hattie High – das ist ja lustig.«

»Was ist lustig?«

»Ich dachte, es heißt das *High Museum,* weil es besonders hoch ist oder so was.«

Ich lächelte. »Ja, das denken alle. Nein, es ist nach Mrs. High benannt. Sie war eine reiche Witwe, die viel für die Stadt tat. Der Kunstverein hatte seit Jahren ein geeignetes Grundstück für ein Kunstmuseum gesucht, und dann verkaufte Hattie High ihm auf einmal ihr Haus für zehn Dollar!«

»Zehn Dollar?« Carls Gesicht wurde ein erstauntes Fragezeichen. »Soll das ein Witz sein?«

»Nein, das stimmt wirklich.« Und um dies zu beweisen, führte ich ihn zu dem Porträt von Hattie High, das seinen Ehrenplatz in der Eingangshalle hatte. Mama hatte es immer besonders gemocht. Hattie High saß würdevoll auf einem Polsterstuhl, ihr ergrauendes Haar aus ihrem Gesicht zurückgeschoben; über ihr seidig schimmerndes Kleid fiel eine lange Perlenkette, um ihre Schultern war ein feiner Seidenschal drapiert.

»Sieht aus wie 'ne Königin.«

»Sie hat das blaueste Blut, das man in Atlanta haben kann. Mama sagte, dass sie zu neun verschiedenen Ahnenforschungsvereinen gehörte. Sie will herausgefunden haben, dass sie aus europäischem Adelsgeschlecht stammt.«

»Das ist ja 'n Ding.« Carl stand so dicht vor dem Porträt, dass seine Nase fast Hattie Highs mit Pailletten besetztes Kleid berührte.

»Geh nicht so nah ran, Carl«, sagte ich, »das macht die Wärter nervös. Die denken dann, du willst das Gemälde anfassen.«

Er rollte die Augen, und ich fügte hinzu: »Es tut einem Gemälde gar nicht gut, wenn man es berührt.«

Er lächelte. »Okay. Ich weiß mehr über Geschirrspülen und Babys, aber bei Museen bist du echt besser.« Es klang nicht so, als ob es ihm wichtig war.

»Als Mrs. High noch lebte, zeigte das Museum vor allem Werke amerikanischer Künstler, wie das von dem Mann, der in dem Jahr der Eröffnung ihr Porträt malte.«

»Sidney Edward Dickinson. Toller Name.« Carl las das Schild an der Wand.

»Komm mit nach oben«, sagte ich, während wir die Treppe zum ersten Stock hochstiegen. »Da sind die beiden wichtigsten Sammlungen des Museums. Die eine ist die Kress-Sammlung. Das neue Museum wurde 1955 extra für sie erbaut. Mr. Kress war der Besitzer der Kaufhauskette Kresgee's, und er teilte seine private Kunstsammlung – sie soll 75 Millionen Dollar wert sein – unter dreizehn Städten auf. Eine davon war Atlanta, aber wir mussten uns verpflichten, ein würdiges Gebäude für die Sammlung zur Verfügung zu stellen – es sind lauter Gemälde aus der italienischen Renaissance –, und so ließ der Kunstverein dieses neue Museum bauen.«

»Italienische Renaissance?« Carl sah mich fragend an. »Was ist denn das?«

»Das ist die Periode in der Kunstgeschichte, in der diese Gemälde entstanden. Die Maler waren alle Italiener.«

Er zuckte die Achseln. »Klingt logisch.« Dann blieb er vor einem Gemälde mit der Madonna und dem Jesuskind stehen. »Pa-o-lo di Gi-o-vanni Fei«, las er. »Mensch, ist das ein Zungenbrecher! Aber ich mag das, wie er Maria und Jesus gemalt hat – dass sie so viel größer sind als die Engel und all die anderen.« Und er begann, langsam vom einen Bild der Kress-Sammlung zum anderen zu gehen.

Nach ein paar Minuten unterbrach ich ihn. »Ich zeig' dir mal was, was dir echt gefallen wird.«

Ich führte ihn in den Nachbarsaal. »In diesem Raum ist die Haverty-Sammlung. J. J. Haverty war einer der größten Kunstsammler Atlantas.« Wir hielten vor einem Landschaftsgemälde an. »Dieses Bild wurde von einem Farbigen gemalt.«

»Echt? Hat dieses Museum Bilder von Negern?« Er schaute auf das Schild. »Henry Ossawa Tanner. *Die Zerstörung Sodoms und Gomorras.*«

»Mr. Tanner war der Sohn eines Predigers und selber sehr religiös. Viele seiner Gemälde sind über biblische Themen. Gegen Ende des 19. Jahrhunderts machte er sogar mehrere Reisen ins Heilige Land.«

Carl machte einen Schritt zurück und studierte das Bild aufmerksam. Dann sagte er, ganz aufgeregt: »Mensch, das sieht echt so aus wie die Geschichte im Alten Testament. Toll! Guck dir mal den Himmel an! Gott zeigt seine Macht durch die Natur. Schau da, diese Farben – das Grün und das Blau! Du kannst Lot und seine Töchter kaum sehen in dem Bild, aber du spürst richtig Gottes Macht!«

Bestimmt zehn Minuten lang studierte Carl das Gemälde. Er betrachtete es, Augen zusammengekniffen, quer durch den halben Saal, dann ging er so rasch auf es zu, dass ich Angst hatte, er würde es gleich anfassen. Er blinzelte mit den Augen und lachte und sprach zu sich selber: »Diese bösen, verkommenen Menschen, die die Engel von Mr. Lot haben wollen!« Oder: »Wenn er jetzt auch noch gemalt hätte, wie Lots Frau zur Salzsäule wird …« Er lachte leise.

Mich schien er ganz vergessen zu haben. Ich bekam das kribbelige Gefühl in meinen Armen und im Kopf, das ich immer kriegte, wenn mir eine meiner Zeichnungen besonders gefiel.

Endlich nickte er beifällig. »Das ist ein echt schönes Gemälde, Mary Swan.«

»Du scheinst es ja richtig gut zu kennen.«

»Die Geschichte, sicher. Die kenn' ich auswendig.« Er legte seinen Kopf zur Seite und fragte: »Hast du sie etwa nicht gelesen?«

»N-nein.« Auf einmal war es mir peinlich, dass ich nicht auf die Idee gekommen war, die Geschichten, die Henry Tanners Werke darstellten, zu lesen.

»Dann weißt du nichts über Sodom und Gomorra, Mary Swan?«, fragte Carl ungläubig.

»Ich weiß, dass es zwei Städte waren, die Gott vernichtete, weil sie so böse waren.«

»Richtig. Der alte Abraham versuchte, Gott das auszureden, weil sein Neffe Lot auch dort wohnte.« Er kicherte wieder. »Abraham hatte 'n mordsinteressantes Gespräch mit dem Herrgott. Aber das Ende vom Lied war, dass es keine Gerechten in dieser Stadt gab, nur lauter Böse. Und da hat der Herr sie alle ausgelöscht, und Lot und seine Familie sind um ihr Leben gerannt. Aber Lots Frau ...« Er unterbrach sich mitten im Satz. »Das mit Lots Frau kennst du doch sicher, Mary Swan?«

»Klar. Wie du gerade selber gesagt hast: Sie wurde zur Salzsäule.«

»Genau. Sie gehorchte dem Herrn nicht. Er hatte sie alle angewiesen, sich nicht umzudrehen. Sie tat es trotzdem, und – zack! – wurde sie zur Salzsäule.«

»Reichlich wüste Geschichte. Die glaubst du doch sicher nicht?«

Er klang ehrlich geschockt. »Natürlich glaub' ich die, Mary Swan, die steht doch in der Bibel.«

So naiv ich war, wusste ich doch, dass einiges in der Bibel wie Geschichten aus dem Märchenbuch klang. Aber ich verfolgte das Thema nicht weiter. Ich mochte es, zuzusehen, wie Carl die Kunst entdeckte. Denn genau das war es, was er tat. Er sah diese Bilder mit den Augen eines Entdeckers, kein bisschen blasiert, frei von der Leber weg, dass ich wieder dieses Kribbeln spürte. Und ich nahm mir vor, dass ich einmal Kunstwerke schaffen würde, die jeder, egal, ob schwarz oder weiß oder reich oder arm, verstehen würde. Eines Tages sollte Carl vor einem *meiner* Gemälde stehen und genauso strahlen und sagen: »Das ist ja toll, Mary Swan. Echt toll.«

Als wir zu der Gedenkausstellung für die bei dem Flugzeugunglück umgekommenen Künstler kamen, wurde mir plötzlich so flau, dass mir der kalte Schweiß ausbrach. »Ich muss mal eben aufs Klo«, murmelte ich und nahm Kurs auf die Eingangshalle. Carl folgte mir.

Neben Mrs. MacIlvains Theke blieb er stehen. »Ich warte hier auf dich.«

»Wenn Sie die Toilette suchen«, sagte sie, sichtlich verlegen, »die Toilette für Neger ist im Untergeschoss.«

»Danke, ist schon gut«, antwortete er, während ich den Flur entlangeilte. Getrennte Toiletten für Schwarze und Weiße im Museum – der bloße Gedanke war mir noch nie gekommen. Mir wurde immer mulmiger.

Als ich wieder zurückkam, hatte ich meine Fassung wiedergewonnen. Lillian MacIlvain war eine liebe Freundin von

Mama gewesen. Sie lächelte uns höflich an, aber ihre Wangen wurden leicht rosa unter ihrem perfekten Make-up.

»Was kann ich für dich tun, Mary Swan?« Ihre Stimme war honigsüß-mitleidig.

»Können Sie ein Geheimnis für sich behalten?«, fragte ich. Sie nickte und beugte sich näher zu uns. »Ein großes Geheimnis?« Sie nickte wieder, ihre Augen wurden interessiert. »Ich möchte gerne ein paar Nachforschungen betreiben über die drei verschollenen Gemälde – Sie wissen schon, die, die letztes Jahr kurz vor der Ausstellung verschwunden sind.«

Mrs. MacIlvains Gesicht wurde länger, und sie sagte leise: »Ist das nicht etwas makaber?«

»Nein. Ich muss das rausfinden. Für mich und für Mama. Bitte.«

»Meinst du wirklich, dass das klug ist, Mary Swan, vor allem jetzt, so bald …«

… nach dem Absturz, dachte sie sicher, aber sie sagte es nicht. Sie hatte uns schon fünf Mal besucht in diesem Sommer, hatte uns zu essen gebracht und Papa geholfen, Mamas Sachen durchzugehen. Zum Glück war sie, anders als etliche andere Frauen, die ein wenig zu oft in unser Haus kamen, keine Gefahr für Papa, denn sie war verheiratet und hatte vier Kinder, von denen eines in meiner Klasse war.

»Doch, ich brauche das, echt. Aber Sie dürfen niemand etwas sagen, Mrs. MacIlvain. Weder Papa noch sonst jemand.«

Sie sah argwöhnisch zu Carl hin, aber ich hatte keine Lust, ihr zu erklären, dass er mir bei meinem Geheimunternehmen half. Wir drei standen in verlegenem Schweigen da, bis ich schließlich sagte: »Mrs. Macilvain, ich hab' gedacht, Sie haben vielleicht irgendwelche Dokumente über diese Bilder. Zum Beispiel die Zeitungsartikel über die geplante Ausstellung. Irgendwas, das mir helfen könnte.«

Sie räusperte sich. »Ja, natürlich, das könnten wir dir besorgen, Mary Swan, wenn du wirklich meinst …«

»Ja, wirklich, Mrs. MacIlvain. Ich *muss* das machen.«

»Ich verstehe«, sagte sie freundlich. Es klang ehrlich. »Hast du schon die Gedächtnisausstellung oben gesehen?«

»Nein, noch nicht«, antwortete ich etwas zu schnell. »Die wollte ich Carl gerade zeigen.«

Während Mrs. MacIlvain anfing, in ihren Ordnern zu suchen, gingen Carl und ich zurück nach oben und durch die Kress-Galerie hindurch. Ich hielt kurz an, bevor ich die Ausstellung zum Gedenken an die Absturzopfer betrat. Dann holte ich tief Luft und ging hinein, Carl gleich hinter mir.

»Da ist Mamas Gemälde«, sagte ich stolz.

Er belohnte mich mit einem lauten »Echt?« Dann klebte er fast seine Nase auf das Schild und las: »Sheila McKenzie Middleton, *Swan House.*«

Es war eines von Mamas vielen Gemälden des berühmten Hauses. »Schön, nicht?«

Carl sah das Bild an, dann mich, dann wieder das Bild. »Ist das was Symbolisches, Mary Swan? Wie die Schlangen in *Huckleberry Finn* oder die Schildkröte in *Die Früchte des Zorns?*« Wir hatten diese Romane beide im letzten Schuljahr durchgenommen und uns erst an diesem Morgen darüber unterhalten.

»Doch, schon. In Mamas Gemälden ist immer was Symbolisches.«

»Nein, ich meine, hat das was mit dir zu tun, Mary Swan? Das *Swan House* – bist das du?«

Der Ton, in welchem er die Frage stellte, zeigte, dass sie ernst gemeint war. Ich mochte es, wie Carl mitdachte.

»Nein, nicht mit mir«, sagte ich rasch; ich hatte keine Lust, ihm das Geheimnis zu erzählen. »*Swan House* gibt's wirklich; das ist bei uns nebenan.«

»Echt? Du wohnst gleich neben einer Luxusvilla mit 'nem Springbrunnen im Vorgarten?«

Ich nickte. »Wenn du willst, zeig' ich es dir mal.«

Seine Augen wurden weit, und er lächelte verlegen. »Ach, lass nur, Mary Swan.«

»Aber schau mal hier«, sagte ich. »Hier *ist* ein Gemälde von mir.« Mein Lieblingsbild hier im Museum – der Anblick brachte mir Tränen in die Augen.

»Das ist ja stark! Mary Swan als kleines Mädchen!« Er trat zurück, kreuzte die Arme auf der Brust und musterte das Bild.

Dann sagte er: »Das gefällt mir. Deine Mutter hat dich echt gut hingekriegt. Ich glaub', so warst du wirklich als kleines Mädchen. Voll wild und frei und die Füße nach oben, als ob du was in einer anderen Welt damit berühren willst. Ja, das bist du, echt.«

Ich spürte wieder jenes Kribbeln in der Brust, aber dazu einen Schmerz, der mir das Herz zusammendrückte. Ich wollte, ich musste ihn verstehen, diesen jungen Mann, der noch nie in einem Museum gewesen war und ganz alleine ein Gemälde verstehen konnte, ohne dass ihm jemand dabei half.

Miss Abigail hatte versprochen, uns um Fünf vor dem Museum abzuholen. Wir gingen zehn Minuten früher nach draußen. Ich trug eine Mappe mit Kopien diverser Zeitungsartikel und sonstigen Informationen, die Mrs. MacIlvain mir ausgeliehen hatte. Aber kaum traten wir in die Sonne hinaus, als Carl sich umsah und einen Fluch unterdrückte. Er packte meinen Arm und zog mich zurück in das Museum.

»Was ist denn …«

»Die Typen von vorhin sind noch da. Warten auf uns. Ich dachte, jetzt müssten sie weg sein, aber sie sind noch da.« Er hielt meinen Arm fest gepackt, und für den Bruchteil einer Sekunde zitterte seine Stimme. »Kannst du dich von Mrs. Mac Ilvain nach Hause fahren lassen?«

»Wie meinst du das?«

»Es ist nicht gut, wenn die uns zusammen sehen, Mary Swan. Ich fahr' allein mit Miss Abigail. Komm, frag Mrs. Mac Ilvain.«

Er klang echt besorgt, und ich ging also zurück zu Mrs. Mac Ilvains Theke. Sie sah mich etwas komisch an, sagte aber, dass sie mich gerne nach Hause fahren würde, wenn das Museum in einer halben Stunde schloss.

Ich folgte Carl zum Ausgang. Er berührte meinen Arm, jetzt sanfter. Wieder dieses Kribbeln. »Mary Swan, du bleibst drin, verstanden?«

»Und was ist mit dir?«

»Ich pass' schon auf.« Er nahm meine beiden Schultern und lächelte mich an. »Und du passt noch mehr auf, Mary Swan. Sei echt vorsichtig.«

Aber als er ging, lugte ich durch die Tür und sah die Jungen von dem Bus auf der Treppe sitzen. Einer von ihnen rief Carl zu: »He, Boy! Was hast du mit dem weißen Mädchen gemacht?«

Carl ging, ohne sie eines Blickes zu würdigen, an ihnen vorbei. Sie standen auf, um ihm zu folgen, aber Miss Abigail wartete schon am Straßenrand. Carl sprang in den alten Ford, schmiss die Tür zu und schaute an den dreien vorbei zum Museumseingang. Er konnte mich nicht sehen, aber ich sah seine schwarzen Augen und die Sorge in ihnen, und ich musste daran denken, wie er meinen Arm berührt hatte.

Papa war in seinem Arbeitszimmer, als ich nach Hause kam. Ich ging zu ihm und küsste ihn auf die Wange.

»Hast du einen schönen Tag gehabt, Swannee?«

Papas hatte immer noch diese halb graue Haut und diesen geistesabwesenden Blick. Er schien nachts nicht viel Schlaf zu kriegen. Nach dem Flugzeugunglück hatte ich Angst gehabt, dass er vielleicht überängstlich werden würde mit Jimmy und mir, aber das war nicht geschehen. Vielleicht wollte ich tief drinnen, dass er sich Sorgen machte, wo ich meine Tage verbrachte. Dass er sich mehr Zeit für mich nahm. Aber heute war ich froh, dass er nichts fragte. Er lächelte etwas, als ich ihm sagte, dass der Tag mit Ella Mae in der Kirche gut verlaufen war. Er schien gar nicht bemerkt zu haben, dass es schon fast sechs Uhr war oder dass ich viel länger fort gewesen war als sonst.

Ich merkte, wie etwas in mir auf einmal traurig wurde. Wie damals, vor ein paar Jahren, als er mich von der Schule abholen sollte, weil Mama auf eine Ausstellung gefahren war, und es dann glatt verschwitzte. Ich hatte schließlich Trixie angerufen, und als ich nach Hause kam, war Papa in die Zeitung vertieft und hatte gar nicht gemerkt, dass ich schon Verspätung hatte.

»Geistesabwesend« – das war das richtige Wort für Papa. Lag es an den Firmen, die er beriet, an den Börsenkursen oder an Mamas Temperament? Was immer es war, er schien kaum je Zeit zu haben. Und das war nicht besser geworden im Laufe der Jahre, eher noch schlechter.

Ich glaube, Papa hatte manches, was er nicht hinauslassen

wollte. Aber in der Öffentlichkeit war er das Leben selber – jedenfalls vor dem Unglück. Wenn er unter Menschen war, lebte er richtig auf. Wenn er auf eine Einladung ging oder selber Gäste in unser Haus einlud, war er der Mittelpunkt und riss Witze und machte Geschäfte, während er seinen Scotch mit Soda schlürfte. Er schien jeden in Atlanta zu kennen und sagte jedem, der es hören wollte, dass unsere kleine Stadt eine große Zukunft hatte.

Sein Herz schlug fest für Atlanta, und wie so viele der Absturzopfer von Orly hatte er Hunderte und Tausende von Stunden und Dollars da investiert, Atlanta einen Namen zu machen. Ich wusste nicht, wie viel Geld pro Jahr Papa spendete, aber ich wusste, dass ein großer Teil davon an den Kunstverein ging und die Kirche und das Sinfonieorchester und karitative Organisationen wie die Lungenhilfe.

Er glaubte, dass nebst einem guten Familiennamen eine gute Bildung das Beste und Sicherste war, das er seinen Kindern geben konnte, und ich war ganz in dem Bewusstsein aufgewachsen, dass es ein großes Vorrecht und einen doppelten Segen bedeutete, in Buckhead geboren zu sein, aber auch eine Verpflichtung – die Pflicht, meine Zeit und Talent zum Wohle der Stadt einzusetzen. Manchmal befragte Papa uns über irgendwelche trivialen Details aus der Geschichte, und eine falsche Antwort ließ ihn halb neckend, halb ernst seine Stirn runzeln und sagen: »Wo ist nur eure Bildung hin?«

So war mein Vater – ein Perfektionist, der immer mit etwas beschäftigt war.

Es war Jimmy, der mich aus meinen Gedanken riss. Er kam die Treppe herunter, sein Leinenhemd zerknittert und halb aus seiner Khakihose hängend. Ich sah sofort, dass er Kartoffelchips gegessen hatte; ein paar Krümel hingen noch an seinem Mund und Hemd.

»Vorhin hat einer angerufen, der dich sprechen wollte, Swan«, verkündete er geistesabwesend.

»Wer?«

»Andys großer Bruder.«

»Robbie? Robbie Bartholomew hat angerufen?« Meine Stimme sprang eine Oktave höher.

»Ja.«
»Und?«
»Was, und?«
»Was hat er *gesagt,* du Idiot?«
Jimmy grinste. »Nicht viel. Haben uns über das Kabrio unterhalten, das er zum 17. Geburtstag gekriegt hat. Scheint ein cooler Schlitten zu sein.«
»Und was hat er gewollt?«
»Null Ahnung. Hat gesagt, er ruft später noch mal an.« Und Jimmy marschierte in die Küche und fing an, sich ein Sandwich mit Erdnussbutter und Marmelade zu machen.

Dreizehn Jahre alt und immer noch Erdnussbutter-Marmeladenbrote! Der Kerl machte mich verrückt.

Papa schien sich zu freuen über den Anruf. »Netter junger Mann, Robbie Bartholomew. Gute Familie.« Wir gingen in die Küche, und Papa schnappte sich zwei Scheiben Brot und bestrich sie mit Erdnussbutter und Marmelade. Die Wochenenden, wenn wir Ella Mae nicht hatten, waren eine kulinarische Katastrophe. Aber ein Gutes bedeuteten die Erdnussbutterbrote: Heute hatte keine Heiratskandidatin ein Mittagessen gebracht.

Mein Magen kribbelte komisch, und ich verspürte keine Lust auf Erdnussbutter und Marmelade. Robbie Bartholomew hatte angerufen! Ich kaute an einem Fingernagel – eine meiner schlechten Angewohnheiten, wenn ich nervös war. Schließlich fragte ich: »Wann hat er angerufen?«

Jimmy zuckte die Achseln. »Weiß nicht. Vor 'ner Stunde vielleicht.«

Ich saß also und schaute zu, wie Papa und Jimmy ihre Sandwiches aßen und ihre Milch tranken und anschließend die Eispackung aus dem Gefrierschrank holten und direkt aus ihr aßen. Ich blätterte mit klopfendem Herzen die Papiere durch, die Mrs. MacIlvain mir mitgegeben hatte, und versuchte wacker, an etwas anderes als Robbie zu denken. Ich schaffte es nicht.

Als das Telefon klingelte, sprang ich auf und sagte, viel zu laut: »Ich geh' dran!« Papa und Jimmy lächelten.

»Ja, hallo?«

»Hallo. Mary Swan?« Eine Jungenstimme.

»Ja, am Apparat.« Mein Herz pochte wie ein Schmiedehammer.

»Mary Swan, hier Robbie Bartholomew.«

»Oh, hey, Robbie.« Ich versuchte, lässig-überrascht zu klingen und wünschte mir, Rachel dabeizuhaben, um mir zu helfen. Ich bekam nicht viele Anrufe von Jungen.

»Wie geht dir's gerade so?«

»Danke, gut. Wir schlagen uns so durch.« Ich spürte Jimmys und Papas Augen in meinem Rücken.

»Das ist schön.« Schweigen. Er räusperte sich. »Äh, also, äh, warum ich anrufe: Würdest du gerne mit mir zum Schuljahranfangsball gehen? Am Freitagabend, den 10. September?«

Ich presste den Hörer an meinen Kopf. Hatte ich da richtig gehört? Der Schuljahranfangsball! *Das* gesellschaftliche Ereignis für die frisch gebackenen Schüler der letzten beiden Schuljahre – eine Party speziell für die Schüler der Privatschulen in Buckhead und fast noch wichtiger als der Schulabschlussball am Ende des Schuljahres. Im August gab es unter den Mädchen nur ein Thema: welche von welchem jungen Mann zum Schuljahranfangsball eingeladen worden war.

»Ja, doch, eigentlich schon, gerne.«

»Oh, gut, das ist ja prima.«

Dann sagte ich, ohne nachzudenken: »Äh … lass mich eben meinen Vater fragen.« Kaum waren die Worte aus meinem Mund, bereute ich sie schon, aber es war zu spät. Ich legte also meine Hand auf den Hörer und flüsterte Papa zu: »Robbie Bartholomew möchte mich zum Schulanfangsball einladen! Kann ich da hin?«

»Natürlich, Spatz«, sagte Papa. Jimmy grinste mich mit eisverschmierten Lippen an.

»Mein Vater sagt, das ist in Ordnung«, stotterte ich in den Hörer.

»Prima«, sagte Robbie. »Ich hol' dich dann so um sieben ab.«

»Okay.«

Er räusperte sich und fuhr fort: »Und würdest du gerne heute Abend mit ein paar von uns ins Varsity fahren? Wir fahren in 'ner halben Stunde los. Ich könnte dich abholen.«

»Ich glaub' schon.« Ich hoffte, dass er nicht hörte, wie meine Stimme wackelte. »Augenblick mal.«

Ich stellte Papa meine nächste Flüsterfrage. Er nickte lächelnd.

»Ja, das geht!«

»Gut. Bis gleich dann.«

Meine Hand zitterte, als ich auflegte. Jimmy lachte schallend. »Swannee, dein Gesicht ist genauso rot wie die Erdbeermarmelade!«

Ich streckte ihm die Zunge heraus und machte, dass ich fortkam. Manchmal kam mir Jimmy richtig herzlos vor.

Ich lief in mein Zimmer, verriegelte die Tür und wählte Rachels Nummer. »Das glaubst du nicht! Gerade hat Robbie Bartholomew mich zum Schulanfangsball eingeladen, und dann hat er mich gefragt, ob er mich in einer halben Stunde mit ins Varsity nehmen kann.«

Wir kreischten um die Wette ins Telefon. »Mensch, Rachel, was soll ich bloß anziehen?« Ich war noch nie von einem Jungen ausgeführt worden, was das Thema so manchen Nachtgesprächs mit Rachel gewesen war, während Rachel ständig von irgendwelchen Jungen eingeladen wurde. Nicht nur Jungen in unserem Alter, sondern auch ältere.

»Keine Panik, Swannee. Das Varsity ist perfekt für das erste Mal. Zieh einfach deine blassgelbe Bluse an – die mit dem verzierten Kragen – und dazu die hellblaue dreiviertellange Hose, da siehst du toll drin aus.«

»Und was soll ich mit meinem Haar machen?«

»Da machst du die hübsche Haarspange drum, die du letzte Woche bei Davidson's gekauft hast. Und nimm etwas Rouge und 'nen Lippenstift.«

»Ich hab' keinen Lippenstift, Rachel.«

»Schau in die Frisierkommode deiner Mutter, die hatte bestimmt welchen.«

Ich zögerte, und Rachel fuhr fort: »Swannee, sie würde sich echt freuen, wenn sie wüsste, dass du ihren Lippenstift für deine erste Verabredung ausleihst.«

»Oh, ja, danke. Ich muss jetzt gehen.«

»Ruf mich an, wenn du wieder zurück bist!«

»Na klar doch!«

Papa und Jimmy waren noch in der Küche, und so schlich ich mich in Mamas Ankleidezimmer und setzte mich an ihre Frisierkommode. Ich öffnete eine Schublade. Alle möglichen Wässerchen. Eine zweite Schublade enthielt Lidstifte und Maskara. In der dritten waren Rouge und diverse Lippenstifte. Woher wusste Rachel das? Ich nahm einen hellrosa Stift und schmierte ihn auf meine Lippen, dann zog ich sie zu einem Lächeln auseinander. Nein, Hellrosa und Zahnspange passten überhaupt nicht zusammen. Ich wischte das Zeug mit dem Handrücken wieder ab.

»O Mama, ich kann das nicht. Warum kannst du nicht hier sein zu meiner ersten Verabredung?« Ich spürte einen Stich in meinen Augen. Ich grub in der Schublade und versuchte den nächsten Stift – ein blasseres Rosa. Nicht übel. Rachel würde sagen, dass es dezent war, nicht zu aufdringlich. Ich sauste zurück in mein Zimmer und hatte gerade meine gelbe Bluse in meine hellblaue Hose gesteckt, als die Türklingel ging.

Das *Varsity* war das angeblich größte Drive-in-Restaurant im Südosten der USA. Wer weiß, vielleicht sogar das größte in der Welt. Es lag direkt gegenüber dem *Georgia Institute of Technology,* der Alma Mater meines Vaters, und hatte seine Geschichte: In den frühen 1930er-Jahren flog ein Mann namens Frank Gordy vom *Georgia Tech,* nachdem er das Examen nicht geschafft hatte. Als er einen seiner Professoren fragte, was er denn jetzt machen sollte, antwortete der: »Gehen Sie auf die Straße und verkaufen Sie Hot Dogs!« Frank Gordy tat's, und das Ergebnis war also das hochberühmte *Varsity* und dass Frank Gordy um einiges reicher war als die meisten der Banker, Börsenmakler und Architekten, die das *Georgia Tech* ordentlich abgeschlossen hatten.

In den 30er- und 40er-Jahren breiteten sich die Parkplätze des *Varsity* um den halben Campus des *Georgia Tech* aus. Dann kamen die 50er-Jahre und eine Schnellstraße, die einen Teil der Parkplätze schluckte und das *Varsity* vom Campus abtrennte, was indes die Kunden nicht schreckte. Jeder aß im *Varsity* – Reich und Arm, Schwarz und Weiß, Studenten und Geschäftsleute.

Und jetzt saß ich also auf dem Beifahrersitz von Robbie Bartholomews knallrotem nagelneuen Kabrio und betrachtete Robbie. Wie schon gesagt, erinnerte er mich an eine Kreuzung zwischen Footballspieler und Pfadfinder. Sein Haar war gerade so rotbraun wie seine Augen. Er war so perfekt durchgestylt, dass ich Lust hatte, einen Füller zu nehmen und die Tinte über sein perfekt gebügeltes Hemd zu spritzen. Oder ihm das Haar ganz zu zerzausen.

»Robbie, du bist zu perfekt«, sagte ich ihm an diesem Abend, worauf er errötend grinste.

Auf der Rücksitzbank drückte sich Virginia Lawson an Herbert Thomas. Virginia war im letzten Schuljahr im Wellington, aber ich kannte sie nicht sehr gut. Herbert ging in die Mendon-Privatschule für Jungen, die auch Robbie, Andy und Jimmy besuchten.

In dem Kabrio neben uns saßen zwei andere Paare – Freunde von Robbie, die ich flüchtig kannte. Kaum standen wir auf dem Parkplatz, als mit einem lauten »Was darf's sein?« ein schwarzer Kellner herbeisprang. Es war der berühmte Flossie Mae.

Den Gerüchten nach bekamen die »Carhops«, wie man die Kellner hier nannte, so viele Trinkgelder, dass ihr Job sich lohnte, aber ich glaube nicht, dass das stimmte. Der faszinierendste und berühmteste unter ihnen war Flossie Mae. Vor Jahren hatte er einmal die Speisekarte vertont und sie den Kunden vorgesungen. Er hatte ein phänomenales Gedächtnis und brauchte keine Bestellung aufzuschreiben. Sein Markenzeichen waren die skurrilen Hüte, die er zu der üblichen Kelleruniform (weiße Jacke, rote Hose) trug. An diesem Abend war es ein umgedrehtes Gemüsesieb, an dem er Medizinfläschchen, Gewürzdosen, Plastikgabeln und herzförmige Dauerlutscher befestigt hatte.

Manchmal stiegen die Männer (aber nie die Frauen) aus, um ihre Bestellung aufzugeben. An diesem Abend bestellte Robbie vom Auto aus: »Ein nackter Hund, ein C-Hund, ein nacktes Steak, ein heiliges Steak, zwei gefrorene Orangen und zwei einfache Schocks.« Was *Varsity*-Jargon war und einen einfachen Hot Dog, einen Chili-Dog, einen einfachen Hamburger, einen Hamburger mit Mayonnaise, Salat und Tomate sowie zwei Milch-Shakes aus Orangensaft und Vanilleeis und zwei Becher einfache Schokolade bedeutete.

»Snellville«, brüllte eine Stimme aus einem Lautsprecher, und ein Kellner rannte zu dem Parkplatz dieses Namens. Die verschiedenen Parkplätze waren nach Stadtvierteln von Atlanta benannt, wie Techwood, Morningside und Buttermilk Bottom.

Robbie lächelte sein Pfadfinderlächeln, und Virginia Lawson und Herbert Thomas hielten hinten Händchen.

»Flossie Mae ist der smarteste Farbige, den ich kenne«, lachte Herbert. »Gar nicht so schlecht für 'nen Neger!«

Ich warf ihm einen Blick zu, der so viel besagte wie *Du Dämlack!*, aber laut sagte ich nichts.

Als Flossie Mae mit unserer Bestellung zurückkam, lächelte ich ihn an und sagte »Danke«, aber er rannte schon wieder weiter: »Was darf's sein?«

Früher hatte ich es gar nicht gemerkt, dass die Kellner alle schwarz waren oder dass wir uns über ihre Aussprache lustig machten und Witze über sie rissen. Jetzt war es mir auf einmal peinlich.

»Seit wann bist du so nett zu Negern, Mary Swan?«, fragte Herbert grinsend.

Ich kochte innerlich, während Robbie das Essen verteilte. »Lass, Herbert«, sagte er, etwas nervös.

Eine Minute später lachten Herbert und Robbie über irgendeinen blöden Witz, aber Robbie sah mich aus dem Augenwinkel heraus an. Ich knabberte stumm an meinem Hamburger und trank meinen Orangen-Milchshake.

Erst als Robbie Herbert und Virginia abgesetzt hatte, kam ich heraus mit der Sprache. »Hasst du Neger?«

»Nein, warum sollte ich?«

»Natürlich sollst du nicht! Was ich meine, ist: Behandelst du sie schlecht und beschimpfst sie und so?«

»Du wählst dir ja ein schönes Thema für unser erstes Gespräch, Mary Swan.«

Ich kam mir plötzlich albern vor. »Ach, lass nur.«

»Ist schon gut. Eigentlich hab' ich noch nie groß drüber nachgedacht. Lou Ann hat praktisch seit meiner Geburt für uns gearbeitet, und Danny auch; gehören zur Familie sozusagen.« Er rutschte unbehaglich auf seinem Sitz. »Ehrlich gesagt, ich bin wahrscheinlich nett zu denen, die ich kenne, und nicht so nett zu den anderen. Aber ich mach's nie so wie Herbert. Der ist nun mal so, mach' dir nichts draus.«

Fast hätte ich gesagt: »Ich mach' mir aber was draus«, aber ich hielt den Mund. Wir redeten nicht mehr viel auf dem Nachhauseweg, aber mein Kopf arbeitete. Wenn Robbie Bartholomew mein Partner auf dem Schulanfangsball sein wollte, dann hatte er Schwarze zu mögen!

Als er mich vor unserem Haus absetzte, sprang ich aus dem Auto, winkte und sagte »Danke«, bevor er auch nur seine Tür öffnen konnte.

Er lächelte sein Pfadfinderlächeln, zuckte die Achseln und winkte zurück. »Bis bald dann, Mary Swan.«

Papa hatte das Haustürlicht angelassen. Mama hätte vom Fenster aus zugeschaut, wie ich zurückkam. Papa war in seinem Büro. Ich öffnete die Tür einen Spalt und sagte: »Ich bin wieder da.«

Papa saß über seine Papiere gebeugt. Er sah auf, brachte ein Lächeln auf sein müdes Gesicht und fragte: »Na, wie war's?«

»Gut.«

»Gut? Ist das alles?«

»Ja, das ist alles für heute.« Ich küsste ihn auf seine kratzige Wange, rannte in mein Zimmer hinauf, ließ mich auf das Bett fallen und nahm das Telefon. Eine geschlagene Stunde lang unterhielten Rachel und ich uns über Robbie und Carl und die weißen Jungen, die uns zum Museum gefolgt waren, und wie ich hoffte, dass Robbie Schwarze mochte. Dann, als ich aufgelegt hatte, vergrub ich mein Gesicht in meinem Kissen und weinte.

KAPITEL 9

Am Montagnachmittag saßen Rachel und ich im Schneidersitz auf dem Fußboden meines Zimmers, der von den Papieren übersät war, die ich aus dem Museum mitgenommen hatte. »Bist du auch ganz sicher, dass dir gut genug ist?«, fragte ich. Rachel hatte nach einer Durchfallnacht den ganzen Morgen geschlafen.

»Mir ist zum Sterben, aber du hast ja ein Klo in der Nähe, und was soll ich den ganzen Tag im Bett sein? Zwei Tage im Bett, und man wird verrückt!«

Rachel hatte einen ausgeprägten Ordnungssinn und ging sofort daran, die Zeitungen und Dokumente, die ich über den halben Fußboden verteilt hatte, zu sortieren. Während wir arbeiteten, warf sie mir ein Shakespeare-Zitat zu, und schon begann es, das kleine Spiel, das wir oft spielten: »Nenn mir das Gedicht oder Drama!« Die Zitate waren aus den Gedichten und Szenen, die wir im Laufe der Jahre im Wellington hatten auswendig lernen müssen.

»Vor allem dieses: Sei dir selber treu, und daraus folgt so wie die Nacht dem Tage, dass du dann keinem Menschen untreu sein kannst.«

»Komm, Rachel«, stöhnte ich, »ich bin doch nicht blöd. Was Schwierigeres, bitte. Jeder weiß, dass das aus *Hamlet* ist und dass Polonius das sagt. Und jetzt bin ich an der Reihe. ›*Dies ist ein Wahnsinn, der Methode hat.*‹« Ich zwinkerte ihr zu, ein Auge auf dem übersäten Fußboden.

»Clever, Swan! Und kinderleicht. Wieder Polonius. Jetzt ich. ›*Leben ist nur ein Wanderschattenspiel, ein armer Komödiant, der seine Zeit abstolzt und abschnauft auf der Bühne und nie mehr gehört wird dann. 's ist eine Mär aus einem Tölpelmund, voll von Getön und Toben und bedeutet nichts.*‹«

»Wie furchtbar. So traurig.«

»Keine Ausflüchte, Swan!«

»Ich mach' keine Ausflüchte. Wer könnte Macbeths großen Monolog vergessen? Aber ich hoffe wirklich, dass es nicht stimmt, Rachel.«

»Was?«

»Dass das Leben nur ein kurzes Theater ist, das am Ende nichts bedeutet. Ich will, dass mein Leben einmal zählt.«

»Wie hochphilosophisch.«

Ich ließ Shakespeare Shakespeare sein, erhob mich und rezitierte in einer lyrischen Stimme, die mit dem Tempo der Worte schneller und langsamer wurde:

Aus den Hügeln von Habersham,
durch die Täler von Hall,
eile ich vorwärts zum Meere hin,
spring über Schnelle und Fall,
weiche dem Fels und werd' wieder vereint,
mein Bett ist mal eng und mal breit.
Und ich fliehe die Torheit und laufe dahin
mit den Schmerzen der Liebe zum Meere hin,
weit von den Hügeln von Habersham,
weit von den Tälern von Hall.

Bei der ersten Zeile sprang Rachel ebenfalls auf, und wir sagten es gemeinsam auf, dieses Lieblingsgedicht von uns. Der Chattahoochee River floss durch Atlanta, und sechs Mädchen aus unserer Klasse wohnten an der Habersham Road, die nach den Habersham-Bergen in Nord-Georgia benannt war. »*Chattahoochees Lied!*«, rief Rachel aus. »Von Sidney Lanier!«

Unser Spiel hatte sie so gepackt, dass sie ihren Darmvirus ganz vergessen hatte. Sie begann, wie ein Wildpferd durch mein großes Zimmer zu galoppieren, zu den Worten:

»Vorwärts, das Bataillon!«
Mutig wir geh'n voran!
Treu bis zum letzten Mann,
wie auch der Auftrag.

Sie blieb abrupt stehen, stieg von ihrem imaginären Pferd ab, salutierte mit einem unsichtbaren Schwert und fuhr fort:

Wir drehen uns nicht um,
wir fragen nicht »Warum«,

sondern gehorchen stumm.
Hinein in des Todes Tal
stürmten die Reiter.

»Bravo, Rachel!« Sie verneigte sich vor meinem Applaus. »Hervorragend, aber du hast es zu deutlich gemacht. Tennyson, ›*Kavallerie-Attacke*‹.«

Und ich ließ mich nicht lumpen, stand auf und deklamierte in meiner dramatischsten Stimme:

Ha, welch ein Esel bin ich! Trefflich brav,
dass ich, der Sohn von einem teuren Vater,
der mir ermordet ward, von Höll' und Himmel
zur Rache angespornt, mit Worten nur,
wie eine Hure, muss mein Herz entladen
und mich aufs Fluchen legen wie ein Weibsbild,
wie eine Küchenmagd!

Ich hatte eine der Zeitungen aufgehoben und fuchtelte jetzt mit ihr herum.

Rachels Augen wurden weit. »Du bist ja ein richtiger Hamlet, Swan! Und der Text – das ist echt gruselig.«

Ich ließ die Zeitung fallen und grinste trocken. »Ja. Ich bin nicht der Prinz von Dänemark, aber meine Mutter ist tot, und ich schwöre, dass ich meine Rache haben werde, und zwar, indem ich dieses Rabenrätsel löse. Ich schwöre es.« Mein Ausbruch ließ unser Spiel ein wenig zu ernst werden, und wir schwiegen.

Dann flüsterte Rachel in traurigem Ton, während sie sich auf mein Bett fallen ließ:

Nein! Ich bin kein Prinz Hamlet, nicht dazu bestimmt;
bin Haushofmeister, treib' die Handlung an,
beginne ein, zwei Szenen, rate dann
dem Prinzen; ein willfähriges Werkzeug, starr
vor Ehrfurcht, hocherfreut, wenn oft benutzt,
sehr höflich, vorsichtig und schächerlich;

voll großer Worte, doch auch dumm-verdutzt;
zuzeiten, in der Tat, fast lächerlich –
zuzeiten fast der Narr.

»Mensch, Rachel, wie hast du denn das auswendig gelernt?« Ich war beeindruckt. »Das ist von – sag's nicht, den haben wir gerade durchgenommen.« Ich schloss meine Augen und beknabberte einen Fingernagel. »Klar! Prufrock! J. Alfred Prufrocks Liebesgesang, von T. S. Eliot.« Rachel merkte, wie stolz ich darauf war, dass ich mich an Werk und Dichter erinnerte. »Das mussten wir doch gar nicht lernen.«

Rachel zuckte ihre Achseln. »Ich weiß. Es hat mir halt so gut gefallen.«

»Ja, hast du etwa das ganze blöde Gedicht nur zum Spaß auswendig gelernt?«

Sie antwortete mir nicht, sondern drehte sich auf ihren Rücken und sah zur Decke hoch. »Wir vergeuden unsere Zeit, Swan.«

»Ich weiß.«

»Noch eine Runde. Du bist an der Reihe. Und dann an die Arbeit. Gib mir was Schwieriges.«

Ich stöhnte. Für Rachel war nichts schwierig. Ich glaube, sie hatte ein fotografisches Gedächtnis. Dann hatte ich eine Idee. *»Ihr werdet die Wahrheit erkennen, und die Wahrheit wird euch frei machen.«*

Rachel kniff Augen und Mund zusammen und dachte einen Augenblick nach. »Klingt wie Martin Luther King.«

Ich machte ein lautes, missfälliges Brummgeräusch. »Falsch! Versuch's noch mal.«

»Haben wir das in der Schule gehabt?«

»Vielleicht, vielleicht auch nicht.«

»Komm, Swannee. Schummlerin.« Sie dachte weiter nach, dann zuckte sie die Achseln. »Ich geb's auf.«

Ich lächelte triumphierend und rief aus: »Die Bibel!«

»Was da – ›Bibel‹? Du musst den Verfasser und den Namen des Werkes angeben.«

»Okay: Die Bibel. Verfasser: Gott. Bist du jetzt zufrieden?«

»Nein. Wenn ich mich an unseren trefflichen Religionsunterricht im lieben Wellington erinnere, wurde die Bibel von allen möglichen Leuten geschrieben und besteht aus zahlreichen Einzelbüchern. Über sechzig. Also raus damit, Fräulein Supergescheit! Wer hat das gesagt, und wo?«

»Mensch, Rachel.« Es war etwas, das Miss Abigail vor zehn Tagen gesagt hatte, aber sie zitierte ständig irgendetwas aus der Bibel, das ich dann zu Hause nachlesen sollte und natürlich nie tat.

»Also, das ist irgendwo im Neuen Testament«, erwiderte ich kleinlaut. »Von Jesus, glaub' ich.«

»Wenn du es nicht genau weißt, zählt es natürlich nicht«, sagte Rachel, während sie eine Ausgabe des *Atlanta Journal* so faltete, dass die Seite mit dem Artikel über die Kunstausstellung zuoberst lag – ihr Signal, dass unser kleines Spiel vorbei war und die Arbeit begann.

Eine Stunde lang lasen wir, Salzstangen knabbernd und Coke trinkend, alles, was Lillian MacIlvain mir über die verschwundenen Gemälde mitgegeben hatte. Rachel hatte es nach dem Erscheinungsdatum sortiert. Sie nahm alle Artikel, die vor dem Verschwinden erschienen waren, und gab mir die, die nach dem 29. April datiert waren.

»Hör zu, Swannee,«, begann sie, nachdem wir die Artikel schweigend durchgelesen hatten. »Dies hier ist aus dem *Journal* vom 23. April 1961.«

Im High-Kunstmuseum wird in wenigen Tagen eine neue Ausstellung mit Werken von Südstaatenkünstlern eröffnet werden, auf der unter anderem drei bisher unbekannte Gemälde von Henry Becker, Leslie Leschamps und Sheila Middleton gezeigt werden sollen. Die drei Gemälde sind Gaben eines anonymen Stifters. Die Ausstellung beginnt am 29. April mit einem Dinner für Kunstmäzene und Mitglieder des Kunstvereins und einer anschließenden Vorstellung der neuen Gemälde und der übrigen Ausstellung. Sheila Middleton, deren Porträts und Landschaften bereits vielen in Atlanta ein Begriff sind, wird kurz über ihr neuestes Gemälde sprechen. Die Frage, ob auch die beiden anderen Künstler zugegen sein würden, wurde vom Kustos des Museums verneint, der im Übrigen bestätigte, dass Kunstexperten alle drei Gemälde begut-

achtet und sich anerkennend über »die exzellente künstlerische Qualität« geäußert hatten.

»Wusstest du, dass deine Mutter auf diesem Dinner sprechen sollte?«

»Nein.«

»Dann solltest du mal deinen Vater fragen, ob sie tatsächlich gesprochen hat und was sie gesagt hat.« Rachel zog einen Stift hinter ihrem Ohr hervor und notierte die Fragen in einem kleinen Spiralblock.

»Den kann ich nicht fragen! Wenn der das mit dem Raben rausfindet, werd' ich disqualifiziert!«

»Du kannst ihn das mit der Ausstellung fragen. Das musst du. Dass du der Rabe bist, braucht er ja nicht zu wissen. Du bist halt eine liebe Tochter, die sich über ihre verstorbene Mutter kundig machen will.«

»Ja, so könnte es gehen.«

»Natürlich geht das. Und jetzt hör dir das an: Aus der *Northside News.*« Das war das Wochenklatschblatt von Buckhead.

Kunstfreunde kommen diesen Samstag mit einer neuen Ausstellung im High-Museum, das drei neue Gemälde erworben hat, auf ihre Kosten. Einer der Künstler, Sheila Middleton vom Andrews Drive 3083 in Buckhead, wird am Abend vor der Eröffnung kurz auf einem Wohltätigkeitsdinner sprechen. Mrs. Middleton ist die Ehefrau des Börsenmaklers John Jason Middleton und die Tochter von Ian und Evelyne McKenzie, dem bekannten Baumwollmagnaten und seiner Frau, die Plantagen in Griffin (Georgia) besitzen.

»Bringt nichts Neues.«

»Warte. Lass mich fertig lesen, Swannee.«

Mrs. Middleton sagte: »Ich bin freudig überrascht, dass dem Museum eines meiner Gemälde gestiftet worden ist.« Sie zeigte sich geschmeichelt, dass der Stifter ihr Werk so hoch einschätzte. Darauf befragt, wer der Stifter war, lächelte sie nur und erwiderte, dass sie gehalten sei, seinen Namen nicht zu verraten.

»Da hast du's, Swan! Deine Mutter wusste, wer der Stifter war. Und wenn sie es wusste, wusste dein Vater es wahrscheinlich auch. Und wenn du herausfinden kannst, wer die

Bilder dem Museum geschenkt hat, dann findest du auch die Bilder selber, da wette ich eine Million!«

Sie notierte: *Mr. Middleton über den Stifter befragen.*

»Okay. Und was hast du zu bieten, Swan?«

»Also, am 30. April stand im *Atlanta Journal:*

Drei Gemälde wie vom Erdboden verschluckt. - Am Abend vor Beginn der geplanten großen Ausstellung im High-Kunstmuseum, während die besten Mäzene des Hauses ein Dinner mit Filet mignon, überbackenen Kartoffeln und Erdbeercreme genossen, wartete der Kustos des Museums, Harold Shaw, vergeblich auf die Lieferung der drei Gemälde, die im weiteren Verlauf des Abends vorgestellt werden sollten. Die Polizei durchkämmte das gesamte Museumsgelände, ohne Erfolg. Von dem anonymen Schenker gab es weder eine Diebstahlsanzeige noch sonst ein Lebenszeichen. ›Dies ist eine herbe Enttäuschung und ein großes Rätsel‹, sagte Mr. Shaw am Samstagnachmittag. Die Ausstellung, mit Werken von fünfzehn Südstaatenkünstlern, wurde gestern trotz der verschwundenen drei Gemälde eröffnet.

Und in dem nächsten Artikel, vom 1. Mai, steht:

Sheila Middleton, deren Gemälde auf der Ausstellung gezeigt werden sollte, wollte das Verschwinden nicht kommentieren. Ihr Mann, Börsenmakler John Jason Middleton, sprach jedoch von einem schrecklichen Verlust und gab der Bestürzung seiner Frau Ausdruck.«

»Bitte, da hast du's! Dein Vater hat deine Mutter gedeckt! Die wusste was!« Sie notierte weiter. »Das wird kinderleicht, Swan. Dein Vater weiß bestimmt alles, er hat es nur nicht der Presse sagen wollen.« Sie steckte den Stift zurück hinter ihr Ohr. Dann wurde sie weiß um die Nase. »Bin gleich wieder da.« Sie rannte ins Badezimmer.

Dieser Nachmittag wurde ein großer Erfolg. Aber trotzdem schweiften meine Gedanken immer wieder ab, von dem Rabenrätsel nach Grant Park. Zu Carl. Wie er noch nie in einem Museum gewesen war und wie begeistert er die Gemälde betrachtet hatte. Halb hatte ich Lust, ihn herauszuholen aus den Innenstadtslums, und halb brach es mir das Herz, wenn ich an all die Menschen dachte, die dort wie in einem Gefängnis saßen, hinter dem Gitter ihrer Armut. Freundliche, gescheite, anständige Menschen, die selbst, wenn sie Shakespeare und Eliot zitieren konnten, nie eine Chance hätten, aus diesem Gefängnis zu entkommen. Auf einmal schämte ich mich fast, dass ich so auf das Rabenrätsel fixiert war, und wünschte mir, mit den Spenden, die nach seiner erfolgreichen Lösung fließen würden, etwas für die Befreiung all der Verzweifelten tun zu können, die zu den Spaghettimahlzeiten in die Carmel-Kirche kamen. Ich wünschte mir, Carl einen Scheck über 100 000 Dollar überreichen zu können, damit er umziehen konnte, heraus aus diesem Elend.

Wie hatte Miss Abigail noch gesagt? *»Ein Mensch, dessen Seele frei geworden ist, bekommt Hoffnung auf eine andere Zukunft.«* Und dann hatte sie diesen Vers zitiert, mit der Wahrheit, die uns frei macht.

»Swan, du bist schon wieder woanders«, schimpfte Rachel.

»Entschuldigung«, sagte ich. Dass ich gerade wieder an Carl gedacht hatte, brauchte sie nicht zu wissen.

»Gut. Nun zu den anderen Malern, Leslie Leschamps und Henry Becker. Frage Nr. 1 an deinen Vater oder den Stifter: Kannte deine Mutter diese Leute? Am besten wäre es, wenn wir sie interviewen könnten. Und den Stifter natürlich auch. – Warte mal, in der *Northside News* steht, dass sie nicht von hier waren. Wir müssen also herausfinden, wer sie sind und wo sie wohnen, und dann müssen wir sie besuchen.«

»Auch wenn sie in Kalifornien wohnen?«

Sie streckte mir die Zunge heraus. »Sei nicht so frech! Die sind von irgendwo in Georgia, und so groß ist unser schöner Staat auch wieder nicht!«

»Und wenn sie aus Georgia weggezogen sind?«

»Dann«, sagte Rachel, während sie die Zeitungen sorgfältig zu einem Stapel ordnete, »müssen wir eben nachforschen, wo sie jetzt wohnen, und sie dann anrufen. Aber als Allererstes musst du mit deinem Vater reden. Und zwar so, dass er dir glaubt. Von der Rabensache weiß er im Leben nichts.«

»Soll ich wieder ein Gedicht schreiben?«, fragte ich, sarkastisch die Augen rollend. »Nach dem letzten hat Ella Mae tagelang nicht mit mir gesprochen.«

»Nein, poetisch ist diesmal nicht.« Sie kaute an ihrem Stift. »Du bist die trauernde Tochter, die ihre Mutter dadurch ehren möchte, dass sie so viel wie möglich über ihr Leben herausfindet. Ja, das ist es!«

»Ich glaub', da hast du Recht.«

Und so übte Rachel mit mir die Rede ein, die ich vor meinem Vater halten würde. Aber wenn wir auch nur einen Schimmer davon gehabt hätten, was ich alles über Mama herausfinden würde, ich glaube, wir hätten beide den großen schwarzen Vogel in die hinterste Ecke unserer Köpfe geschoben und dort verhungern lassen.

Es dauerte fünf Tage, bis ich genug Mut beisammen hatte, um mit Papa zu reden. Ich wollte ganz sicher sein, dass er auch gut gelaunt war. Spät am Freitagnachmittag, als er aus seinem Büro zurück war und am Frühstückstisch die Sportseite des *Atlanta Journal* studierte, setzte ich mich neben ihn auf einen Stuhl und seufzte ganz tief.

»Papa, ich brauch' deine Hilfe.« Drei Tage lang hatte Rachel diesen lächerlichen Satz mit mir einstudiert, bis sie mit meiner Intonation zufrieden war.

Er sah von seiner Zeitung hoch und fragte: »Was ist, Swan?«

»Es ist was echt Ernstes, Papa. Ist es dir recht, wenn wir jetzt darüber reden, oder soll ich lieber noch warten?«

Er legte die Zeitung auf den Tisch und lächelte zögernd. Ich musste denken: *Warum muss dein Gesicht immer so grau aussehen?* Laut sagte ich: »Letzten Samstag war ich im Kunstmuseum.« Ich machte eine gekonnte Pause. »Und da hab' ich Mrs. MacIlvain gebeten, mir alle Unterlagen auszuleihen, die sie über die drei Gemälde hat, die vor anderthalb Jahren kurz vor dieser Ausstellung verschwunden sind.«

Er schob seinen Stuhl zurück, sein Gesicht plötzlich besorgt. »Warum willst du auf einmal in der Vergangenheit herumgraben, Mary Swan?«

Es war exakt die Frage, die ich vorausgesehen hatte, und ich war bereit mit meiner Antwort; Rachel hatte mich auch sie auswendig lernen lassen. »Ich vermiss' Mama halt so. Und ich will – ja, ihr Andenken ehren. Ich dachte, ich könnte vielleicht mal mit dem Stifter reden und rausfinden, was er mit den

Gemälden gemacht hat.« Und ich zeigte ihm die Zeitungsartikel, die ich von Mrs. MacIlvain hatte. Er überflog sie. »Ja, Mary Swan, das hab' ich alles gelesen damals. War echt mysteriös, die ganze Sache.« Er fingerte an seiner Krawatte, die lose um seinen Hals hing. »Dass du das jetzt ausgräbst ...« Er schien die Worte nicht an mich zu richten. Er hatte jenen leeren Blick in seinem Gesicht, als ob er gerade in einer fremden Stadt angekommen war und nicht wusste, an welcher Straße er abbiegen musste. »Lass das Ganze am besten, Swannee«, seufzte er. »Aus dem Skandal kannst du nichts über deine Mutter lernen.«

»Warum nennst du das ›Skandal‹, Papa?«

»Weil es einer war. Irgendein Verrückter, der sich wichtig machen wollte und angeblich Bilder für das Museum hatte.«

»Aber Papa, hier steht doch ...« Ich blätterte, bis ich den Artikel fand. »Hier steht doch, dass der Kustos sich mit dem Stifter getroffen und Kunstexperten die Gemälde begutachtet hatten. Also war das doch was Echtes; diese Bilder gab es wirklich. Mamas hast du sicher gekannt. Und sie wusste, wer der Stifter war. Guck, was hier steht:

Mrs. Middleton sagte: ›Ich bin freudig überrascht, dass dem Museum eines meiner Gemälde gestiftet worden ist.‹ Sie zeigte sich geschmeichelt, dass der Stifter ihr Werk so hoch einschätzte. Darauf befragt, wer der Stifter war, lächelte sie nur und erwiderte, dass sie gehalten sei, seinen Namen nicht zu verraten.

Also, Papa, dann musst *du* das auch gewusst haben. Sag mir einfach, wer der Stifter war, und den Rest mach' ich selber.«

Der Satz wirkte. Er setzte sich mit einem Ruck auf. »Entschuldige, Swan, die ganze Sache ist eine böse Erinnerung, die ich gerne begraben habe. Kann sein, dass deine Mutter den Stifter kannte. Aber mir hat sie es nie gesagt, das schwöre ich dir. Sie war sowieso nicht glücklich über die Sache; dass sie an dem Eröffnungsabend sprechen sollte, machte sie fix und fertig.«

»Und hat sie gesprochen? Ich meine, obwohl ihr Bild nicht da war?«

Sein Gesicht verzog sich. »Der Abend war ein bisschen ein Reinfall, Mary Swan.« Er nahm mir die Zeitungen ab und schob sie zerstreut hin und her, als habe er gerade nichts anderes zu tun.

»Nicht wahr, du möchtest am liebsten nicht drüber reden, Papa?«

»So ist es, Swan. Aber du musst mir glauben, Spatz: Wenn ich irgendwas wüsste, das dir weiterhelfen könnte, würde ich es dir sagen. Ehrlich.« Er stand auf. »Komm eben mit.«

Ich folgte ihm in sein Arbeitszimmer. Ich war barfuß, der weiche Teppich streichelte meine Zehen. Papa ging an seinen Aktenschrank, öffnete die dritte Schublade von oben, zog einen dicken braunen Umschlag heraus und legte ihn auf den Tisch. »Deine Mutter wollte nichts zu tun haben mit den verschwundenen Gemälden. Sie weigerte sich, vor der Polizei auszusagen. Die anderen beiden Maler kannte sie nicht, und ich hatte ihre Namen nie gehört. Aber du kannst gerne die Unterlagen hier durchsehen. Das meiste davon hat Mrs. MacIlvain dir schon gegeben.« Er schob mir den Umschlag über den Tisch zu. »Aber bitte, Swan, da steht nichts drin. Bewahre dir die Erinnerung an deine Mutter, die du jetzt hast.«

Es klang gerade so, als ob er mich bat, zwischen den Zeilen eines unsichtbaren Briefes zu lesen. Halte Mamas Leben so fest, wie du es jetzt hast. Mama, die Künstlerin, schön ordentlich und sauber wie eine neue Schachtel Ölfarben.

»Könnte ich mal ihre Sachen durchgehen, Papa? Mal in ihr Atelier schauen? Bitte!«

»Ich glaube nicht, dass das weise wäre.«

»Papa, wenn du nicht über Mama nachdenken willst, ist das okay. Aber *ich* brauche das, dass ich an sie denke und etwas für sie tue, sonst schaff ich das alles nicht. Bitte lass mich. Bitte.«

Er stand auf, kam um den Schreibtisch herum und zerzauste mir das Haar, so wie früher, als ich klein war. »Ihr Studio ist nicht abgeschlossen. Du kannst jederzeit rein, Swan.« Seine Stimme war eine Oktave tiefer geworden, als ob er mit den Tränen kämpfte. Aber ich konnte ihm nicht in die Augen sehen, weil er mich plötzlich ganz fest drückte. »O Swan. Ich will doch nur das, was am besten ist für dich und für Jimmy.«

Ich brauche wohl nicht zu betonen, dass Rachel nicht sehr zufrieden war mit meinem Gespräch mit Papa. Um sie etwas aufzumuntern, lud ich sie ein, am nächsten Tag mit Ella Mae und mir nach Grant Park zu kommen. Sie schien anzubeißen, doch dann erinnerte sie sich, dass ja ihr älterer Bruder, Jamie, am Samstagnachmittag sein großes Baseballspiel hatte, das sie schlecht schwänzen konnte.

Als ich am Samstag mit dem Servieren fertig war, sah ich Cassandra, die gerade versuchte, ihre Spaghetti zu essen, während Jessie in ihrem Arm schrie. Ich wusste selber nicht, warum, aber ich ging zu ihr und sagte: »Kann ich dir Jessie mal abnehmen, damit du fertig essen kannst?«

Ihr Gesicht erhellte sich. »Ehrlich, Mary Swan? Danke! Meistens ist meine Mama hier und hilft mir, aber gerade geht es ihrem Vetter nicht so gut, darum ist sie heute bei ihm.«

Mit einer Ruhe, die mich selber überraschte, nahm ich die Stoffwindel, warf sie über meine Schulter, nahm Jessie sanft auf meine Arme und begann mit ihr zu reden, wie ich das bei Carl gesehen hatte. Jessie belohnte mich mit einem richtigen Strahlelächeln. Ich sah, dass sie in den zwei Wochen schon größer und anders geworden war. Als Carl mich mit Jessie sah, nickte er mir beifällig zu und grinste. »Pudding würde dich heute gerne mal wieder sehen. Kannst du eben mit rüberkommen, wenn wir hier fertig sind?« Ich nickte fröhlich.

Und so saß ich etwas später in Carls »Wohnzimmer« mit dem schmutzigen Teppich und noch schmutzigeren Hund, und ich musste denken: *Wie kann man bloß diese Menschen hier hassen?* Wie konnte man ein Baby hassen, das schon einen Kopf voller Locken hatte? Oder ein Mädchen wie Pudding, die gerade auf meinem Schoß saß und mir die Haare flocht, die Augen zufrieden strahlend, wenn sie ihr fertiges Werk betrachtete und die Zöpfe wieder fallen ließ? Es brauchte ein wahrlich böses Hirn, um dieses Kind zu hassen.

Und dann dachte ich an Carl, der in dem großen alten Sessel gegenüber von uns saß, die großen Füße mit den Kunstlederhalbschuhen auf dem wackligen Tisch, die fast pechschwarzen Augen so liebevoll auf seine kleine Schwester gerichtet. Groß und stark – die Art Kraft, die von harter, ehrlicher Arbeit kommt. Wie konnte ein Mensch ihn hassen? Einen Jungen, der frühzeitig zum Mann geworden war, der seine Geschwister erzog und einen Job hatte und zur Schule ging. Kein einziges der Klischees, die ich über die angeblich so faulen, dummen, nutzlosen Schwarzen gehört hatte, passte auf Carl.

Als Pudding aufstand, um zum Spielen nach draußen zu gehen, fragte er mich: »Hast du in diesen Zeitungen was gefunden, das dir weiterhilft bei dem Rabenrätsel?«

»Doch, ein bisschen.« Und ich berichtete ihm von meinem Gespräch mit Papa vom vergangenen Abend.

Dann fragte er: »Willst du mal mein Saxophon sehen?«

»Saxophon? Na klar!«

Er holte es. Wir hatten kein Saxophon in unserem Schulorchester, aber ich kannte das Instrument gut aus meinen vielen Musikstunden. Seines sah gebraucht aus, sogar ein bisschen ramponiert.

»Spielst du in einer Band?«, fragte ich.

»Ja. In der Marschkapelle unserer Schule, Mary Swan. Die beste in Atlanta.«

Das stimmte. Jeder wusste, dass die Fair Oaks-Band letztes Jahr den ersten Preis bekommen hatte.

»Übst du viel?«

»In der Football-Saison. Doch, ziemlich viel. Wir sind zweihundert in der Band.«

Ich ließ meine Hände über das Saxophon gleiten. »Ein schönes Instrument.«

»Ja, echt gut. Aber nicht meins. Hab's von der Schule ausgeliehen. Aber irgendwann kauf' ich es.« Er redete über das Saxophon, als ob es ein guter Freund war.

»Kannst du mir was vorspielen?«

Er setzte sich auf dem Bett zurecht und ließ seine langen Finger über die Klappen gleiten, ein paar Tonleitern spielend. Dann stellte er das Rohrblatt nach, schlang sich den Riemen um den Hals, stand auf und bog seinen Oberkörper zurück, wie die Saxophonisten in den Filmen. Er schloss die Augen und begann zu spielen.

Ich spielte so Flöte, wie ich Mathematikaufgaben löste: korrekt, mit viel Schweiß und Üben. Aber Carl legte sein Herz in das Saxophon, dass es mir den Rücken hinauf- und hinunterlief, obwohl es heiß wie in einem Ofen war an diesem Nachmittag.

»Du musst mal Rachel kennen lernen. Sie spielt ihre Flöte genauso – mit geschlossenen Augen, und die Finger laufen ganz von alleine.«

»Warum kommt ihr beiden nicht mal und bringt eure Flöten mit? Ihr könntet in meiner Band mitspielen.«

»Band? Du meinst, eine eigene Band?«

»Jawohl, Mary Swan. 'ne Jazzband.«

»Von Jazz versteh' ich nicht viel. Ich könnte nie so improvisieren wie du.«

»Wer weiß, Mary Swan, vielleicht musst du's nur mal versuchen.« Er grinste spitzbübisch. »Man weiß ja, dass die Schwarzen den Jazz im Blut haben. Sind so geboren, du weißt schon.« – »Ich glaub' nicht, dass man so was lernen kann – improvisieren.« – »Aber natürlich, Mädchen! Du bist doch schon eine Meisterin im Improvisieren. Hast mir doch selber erzählt, wie du diese Gedichte erfunden hast. Darum haben sie dir doch das Rabenrätsel gegeben, nicht?«

»Das ist was anderes, ich meine, Gedichte erfinden, das fällt mir leicht. Das ist …«

»Eben! Das liegt dir im Blut.« Wie er mich ansah, als er das sagte! Ich wurde ganz rot. Unsere Augen schienen sich zu berühren, und mir war, als wollte er prüfen, ob ich ihn in mein Herz hineinsehen lassen würde. Ich glaube nicht, dass er mit mir flirten wollte, aber in diesem Augenblick tat sich etwas zwischen uns, etwas, das Rachel »Chemie« nannte.

»Wenn du willst, bring' ich nächstes Mal meine Flöte mit«, sagte ich rasch.

Er antwortete nicht, sondern fuhr fort, zu spielen. Seinen Oberkörper hin- und herwiegend, den Kopf zurückgelegt, ließ er das Instrument singen. Als er aufhörte, seine Haut schweißglänzend, hielt er es mir hin und sagte: »Willst du auch mal?«

Und bevor ich antworten konnte, hatte er mir den Gurt umgelegt und sich hinter mich gestellt und fing an, meine Finger auf die Klappen zu legen. Dann sagte er kichernd: »Blas, Mary Swan!«

Ich wusste, dass Rohrblattinstrumente eine andere Lippenstellung erforderten als Holzblasinstrumente, und so war ich nicht überrascht, dass meine ersten Töne ein furchtbares Gekrächze waren, das Carl noch lauter kichern ließ. Aber schließlich brachte ich ein A zustande, dann ein H, dann ein C.

»Nicht schlecht, Mädchen!« Er klopfte mir auf den Rücken.

Mir wurde auf einmal noch wärmer, ja fast schwindlig. Ich sagte mir, dass das von der Anstrengung beim Blasen kam, aber ich wusste, dass es etwas anderes war. Ich gab Carl das Saxophon zurück und sagte: »Ich muss jetzt gehen. Wie spät ist es überhaupt?«

Carl lächelte mich an und sagte: »Ich geh' mit dir zur Kirche. Ella Mae frisst mich auf, wenn ich dich allein auf die Straße lass'.«

Die Sonne draußen war so grell, dass ich erst ein paar Mal blinzeln musste. Pudding spielte mit einer Freundin Seilhüpfen, und ich blieb einen Augenblick stehen und hörte ihnen zu:

»Rote Kirschen ess' ich gern, schwarze noch viel lieber. In die Schule geh' ich gern, alle Tage wieder.«

Ich trat zu ihr. Sie hörte auf, und ich strich ihr über ihre Zöpfe, gab ihr einen Kuss und sagte: »Tschüss, Pudding, bis bald wieder.« Sie ließ das Springseil fallen und umarmte mich kurz.

Carl ging neben mir. Ich sagte kein Wort.

»Ist dir was?«, fragte er.

»Nein, gar nicht. Ich hab' gerade denken müssen, wie gut du Saxophon spielst. Du hast echt ein Talent für Musik, gerade wie Rachel.« Er antwortete mir mit einem Lächeln. »Ich werd' mal sehen, ob ich sie nächste Woche mitbringen kann. Und unsere Flöten.«

Aber was ich wirklich dachte, war, dass ich Carl mochte. Sehr sogar. Immer wieder wiederholte ich es, als ob ich zu Papa redete: *Wir sind doch gleich. Wir mögen Musik und Kinder und Bücher. Wir sind gleich.*

Aber wir waren natürlich überhaupt nicht gleich. Als ich ihm an diesem Nachmittag mein Ade zuwinkte, musste ich schlucken, und als Ella Mae mich nach Hause fuhr, suchte ich verzweifelt nach einem Gesprächsthema, damit ich nicht dauernd daran denken musste, wie Carl mich angesehen hatte, den Kopf zurückgelegt, die Brauen leicht hochgezogen, die Lippen zu einem Lächeln gebogen.

KAPITEL 10

Die Schule begann am Dienstag, dem 4. September. Seit der Nacht, in der Rachel und ich über die Mauer gestiegen waren, um das Rabenrätsel zu suchen, war ich nicht mehr auf dem Schulgelände gewesen, und als Ella Mae mich an diesem Morgen durch das Tor fuhr, spürte ich eine komische Mischung aus Erregung und Bedrückung. Wie war das Leben unkompliziert gewesen am 1. Juni. Heute sahen die Säulen des Verwaltungsgebäudes überhaupt nicht geisterhaft aus. Ich sprang aus dem Auto, Büchermappe in der Hand, und winkte Ella Mae zu. Ich befingerte eine der kannelierten Säulen und ging in den Garten, wo der Ape-Mann stand. Ich steckte drei Finger in den Mund der Statue, dann lehnte ich mich an sie und weinte. Alles war so ganz anders geworden!

Dann stand auf einmal die liebe, liebe Rachel neben mir, legte den Arm um meine Schultern und führte mich in die Aula, zur Morgenandacht. Wir trugen alle unsere Schuluniform – Baumwollbluse und graues Trägerkleid. Unsere Köpfe waren gebeugt, als ob das Gewicht unserer toten Eltern auf unsere Schultern drückte.

Die Stimmung an diesem ersten Schulmorgen im Wellington im Herbst des Jahres 1962, sie war gedrückt – das ist das einzige Wort dafür. Wir hatten uns natürlich schon auf den Beerdigungen gesehen, aber dass wir jetzt also alle zusammen waren und dass dreizehn von uns ihre Lieben bei dem Unglück verloren hatten ... Das übliche Albern und Klatschen und Tratschen war durch eine graue Decke der Trauer ersetzt.

Diese Morgenandacht war ein Gedächtnisgottesdienst. Alle die unter uns, die Hinterbliebene der Opfer von Orly waren, gingen nach vorne, wo sie eine gelbe Rose in Empfang nahmen. Lanie Bradshaw, das Mädchen in meiner Klasse, das beide Eltern verloren hatte, ging vor mir durch den Gang. Lanie galt allgemein als Wildfang und war von der sportlichen Sorte, mit kurz geschnittenem pechschwarzen Haar und athletisch-kompakter Figur, aber an diesem Morgen hingen ihre Schultern nach unten, und ihr Kleid schien zu groß für sie zu sein. Ich hatte Lust, sie zu umarmen und zu fragen, wie es ihr ging – eigentlich ging –, aber das tat ich nicht, weil ich alle Kraft zusammennehmen musste, um nicht zu laut zu schluchzen. Nicht, dass es aufgefallen wäre, wir weinten sowieso alle.

Unsere Rektorin, Dr. Stadlander, eine korpulente Frau von deutscher Abstammung und mit einem unmöglichen Akzent, den wir gerne nachmachten, begann zu sprechen. »Mädchen. Wir werden gestärkt hervorgehen aus diesem furchtbaren Unglück. Wir werden uns die Hände reichen und die Trauernden trösten. Wellington …« Ich schloss meine Augen. Wenn sie nur aufhören würde, mich an das zu erinnern, was ich den ganzen Sommer zu vergessen versucht hatte. Aber ich würde es natürlich nie vergessen; keine von uns würde es vergessen.

Um Viertel nach neun waren alle Tränen getrocknet, und wir verließen die Aula in kleinen Gruppen. Direkt vor Rachel und mir begann Patty Masters von ihrer neuesten Kapriole zu erzählen. »Ihr glaubt ja nicht, was mir letztens passiert ist …«

Wenn Patty erzählte, wurden ihre großen braunen Augen noch größer, ihre blonden Brauen erklommen ihre Stirn und ihr leicht gelocktes blondes Haar, das ihr fast bis in die Taille fiel, wehte hin und her.

»Ich bin mit meiner Mutter im A&P und schieb' den vollen Einkaufswagen und schwitze wie verrückt, und auf einmal geht mein Büstenhalter auf und verfängt sich irgendwo in meinem Hemd …« Die über 1,70 Meter große Patty war, gelinde gesagt, gut entwickelt, aber noch größer als ihr Körper war ihr unwahrscheinlicher Sinn für Humor und den richtigen Zeitpunkt, und in diesem Augenblick brauchten wir ihr Genie wie noch nie zuvor. Die Spannung in der Aula löste sich mit einem Mal. Die Mädchen um Patty begannen hysterisch zu lachen – die Art Lachen, bei der die anderen Leute erst gucken und dann mitlachen –, und bald lachten wir alle. Die meisten Mädchen hatten keinen Schimmer, warum sie lachten, aber alle waren dankbar für diese Ablenkung von den trüben Erinnerungen.

Wellington war eine private Eliteschule für Tagesschüler. Das Internatsprogramm war vor zwei Jahren beendet worden, nachdem Lilly Bawden zum vierten Mal auf der Toilette beim Rauchen erwischt worden war – nein, nicht Zigaretten. Der

Schulbeirat war darauf zu dem Ergebnis gekommen, dass Internatsschüler nur Probleme und Extrakosten brachten, und so hatte man das Internat – zu dem sowieso nie mehr als fünfzehn Mädchen gehört hatten – abgeschafft. Jetzt gehörten 59 angehende Damen der besseren Gesellschaft zur vorletzten Klasse; die Zahlen in den übrigen Klassen, vom 6. Schuljahr bis zur Abschlussklasse, waren ähnlich. Insgesamt waren wir 413 Schülerinnen. 413 Mädchen in grauem Rock, weißer Baumwollknöpfbluse, weißen Söckchen und Schnürhalbschuhen.

Aber auch wenn wir alle die gleiche Schuluniform trugen, sahen wir doch nicht gleich aus. Ich war unauffällig-durchschnittlich, aber einige der Mädchen waren »beste Sahne«. Ich hatte zwar lange Finger, was sicher gut für das Flötenspielen war, aber ich kaute auf meinen Fingernägeln, wenn ich nervös war. Die Schönen (oder jedenfalls einige davon) trugen Make-up und zahlten zwanzig Dollar, um ihr Haar in dem extravaganten neuen Salon Rich schneiden zu lassen. Rachel fand, dass ich zu viel Hemmungen wegen meinem bisschen Aussehen hatte, aber sie wusste halt nicht, wie das war als dünnes Mauerblümchen in einer Schule mit so viel klugen, schönen Köpfen. Nein, sie konnte es nicht wissen.

Aber ich glaube, sie verstand eine andere Art Hemmungen, auch wenn sie das nie zugegeben hätte: die, die mit der Religion zu tun hatten. Das hoch angesehene Wellington-Gymnasium nahm nicht jede – es sei denn, die Eltern hatten einen Haufen Geld, was bei vielen der Fall war. Aber da Wellington eine protestantische Schule war, hatten die besten Chancen Familien aus der WASP-Kategorie, wie wir das nannten – weiße, angelsächsische Protestanten. Um als jüdische Schülerin eine Chance zu haben, reichte kein dickes Portemonnaie beim Vater, es brauchte gute Noten. Sagte Rachel jedenfalls immer, und wenn ich mir die übrigen jüdischen Mädchen in meiner Klasse ansah, musste ich ihr Recht geben. Sie hatten was drauf.

Die Schule galt als eine der Besten im Südosten der USA, sodass viele gute jüdische Familien, die das Beste für ihre Töchter suchten, Wellington wählten. Es war nicht verboten, jüdisch zu sein; man musste halt die Schuletikette befolgen. Jeden Morgen Andacht. Religion als Pflichtfach – Altes *und*

Neues Testament. Ich schätze, die Eltern dachten, dass es kein Fehler war, wenn ihre Töchter etwas über Jesus hörten – für ihre Allgemeinbildung. Aber es war nicht einfach, jüdisch zu sein im Wellington.

Das lag an diesem unausgesprochenen Etwas, diesem Unterschied, den ich nie ganz verstehen konnte. Als WASP stand man im Wellington gesellschaftlich auf einer höheren Stufe als eine Katholikin oder Jüdin. Niemand sagte das laut, aber wir wussten es; es war genauso eine Regel wie unsere Schuluniformen.

Und hatten katholische und jüdische Mädchen es schwer, ins Wellington zu kommen, so brauchten schwarze es gar nicht erst zu versuchen. Im Frühjahr 1963 würde es in den Schlagzeilen stehen, dass eine andere Privatschule den fünfjährigen Sohn von Pastor Martin Luther King abgelehnt hatte. Sie musste ihn schließlich doch nehmen, weil die Kirche, die sie finanzierte, die Rassentrennung als mit dem Christentum unvereinbar ablehnte. Aber das war noch mehrere Monate entfernt, und meines Wissens hatte noch keine schwarze Familie auch nur versucht, ihre Tochter im Wellington anzumelden.

Wir waren alle nett zueinander im Wellington, aber jedes Mädchen kannte seinen gesellschaftlichen Status. Manchmal schien es, als ob die katholischen Mädchen sich wie Bürger zweiter Klasse vorkamen und die jüdischen schon fast wie Ausgestoßene. Außer Rachel Abrams. Sie kümmerte sich keinen Deut um irgendwelche Traditionen und ließ sich von keiner ungeschriebenen Regel einschüchtern. Aber die Abrams waren ja auch, wie sie mir oft genug erzählte, keine praktizierenden Juden, sondern stockatheistisch.

Am Ende dieses ersten Schultages war unsere Klatschsucht voll zurückgekehrt. Alles redete über den Schulanfangsball und wer wen eingeladen hatte und was wir anziehen würden. Will Weston hatte Rachel eingeladen, und ich hoffte, dass wir zusammen fahren könnten, denn ich hatte null Lust, wieder im selben Auto mit Herbert und Virginia zu sitzen. Die Aussicht, mit Robbie Bartholomew auf den Ball zu gehen, ließ meine Wangen vor Freude glühen, aber ich glaube, noch mehr freute ich mich, dass Rachel am Samstag mit mir nach Grant Park fahren wollte. Meine Gedanken sprangen wie ein Tennisball hin und her zwischen Robbie und Carl, dass ich schier nicht wusste, wie ich es aushalten sollte bis zum Ende der Woche.

Am Tag vor dem Ball legte ich vier verschiedene Kleiderkombinationen auf mein Bett, um mich zu entscheiden, welche ich anziehen sollte. Rachel hatte mir schon ihre Meinung verraten, und als Ella Mae in mein Zimmer kam, den Staubsauger hinter sich herziehend, entschloss ich mich, auch sie zu fragen.

»Welches von diesen Kleidern macht mich schön, Ella Mae? Ich meine, so schön wie jemand wie ich aussehen kann?«

Ella Mae schaute die Kleider flüchtig an und runzelte die Stirn. »Mary Swan, nimm das nicht so wichtig mit dem Schönsein. Nein, nein. Nein, Ma'am.«

Mama hatte immer gesagt, dass ich aufpassen sollte, wenn Ella Mae mehr als zwei Sätze auf einmal sagte. »Ich verstehe nicht immer, was sie meint«, hatte sie gelacht, »aber eines weiß ich: Es ist was Wichtiges, und meistens hat sie Recht.« Mama sagte, dass Ella Mae nicht »gebildet« war – ich glaube, sie konnte noch nicht einmal lesen –, aber dass sie viel mitgemacht hatte im Leben, »und so was macht einen schnell erwachsen und formt den Charakter.«

Ella Maes Mann, Roy, war klein und dünn und hatte die rötesten Augen der Welt. Er trank viel und konnte keine Stelle behalten, sodass Papa ihm manchmal etwas im Garten zu tun gab, aber es endete immer damit, dass Ella Mae ihn antreiben musste: »Geh endlich an deine Arbeit, Roy!« Zweimal hatte Papa ihn erwischt, wie er einen Schluck aus seinen Ginflaschen nahm, und einmal lag er schlafend am Swimming-Pool, neben sich ein Magazin mit nackten Mädchen.

Als Ella Mae also einen kleinen Vortrag über die Schönheit anfing, hörte ich ihr zu; vielleicht konnte es ja nicht schaden.

»Es ist kein Segen, wenn man schön geboren wird, Mary Swan, kein Segen, nein. Das hat nichts damit zu tun, wie du drinnen bist, ganz tief drinnen. Man ist auch nicht schön, weil man's verdient hat, das kommt einfach so.« Sie sprach mit einer solchen Überzeugung, dass es fast klang, als sage sie das nicht zum ersten Mal. »Aber die Welt ist verdreht, Kind. Da hat einer ein hübsches Gesicht, und schon himmeln wir ihn an, egal, ob er es überhaupt wert ist, dass man ihn anhimmelt; oft ist es gerade andersrum. Wir setzen ihn auf ein schönes Podest und fragen gar nicht, ob denn sein Leben auch schön ist.«

Ich musste daran denken, wie jeder in der Schule Elvis Presley anhimmelte und Marilyn Monroe. Oder Natalie Wood.

»Kind, Kind, denk nicht so viel an die Schönheit. Du wirst schon was werden. Pass auf, was du willst und um was du betest. Wenn ich du wär', würd' ich mir einen guten Kopf auf meinen Schultern wünschen und ein Herz, das Gott liebt. Er ist der Chef. Kind, Kind.« Sie stöpselte das Kabel des Staubsaugers ein und warf einen zweiten Blick auf die Kleider. Dann zeigte sie mit einem Lächeln auf das blassgelbe schulterfreie Kleid. »Das da steht dir gut, Mary Swan. Richtig gut.«

Während Ella Mae staubsaugte, beschaute ich im Spiegel mein Gesicht und fragte mich, ob das wirklich ging, wie ich aussah. Ich hatte eine Zahnspange, meine Haarfarbe war ein hausbackenes Mausbraun und während alle anderen Mädchen dabei waren, die richtigen Kurven zu kriegen, war ich – man konnte es nicht anders nennen – dünn. Aber ich mochte meine Augen. Sie waren kräftig blaugrün, und die Wimpern waren dick und lang. Einmal hatte Mary Alice Underwood, eine beliebte, aber nicht besonders taktvolle Mitschülerin, bemerkt: »Zu schade, Mary Swan, dass der Rest von dir nicht zu deinen Augen passt.«

Sie waren von Mama, diese auffallenden Augen. Bei Mama selber war natürlich alles auffallend gewesen. Mit ihrem naturblonden, eine Spur (nun ja, mit Nachhilfe) roten Haar, den perfekten jadegrünen Augen und schwarzen Wimpern und dem vollen, leicht schmollenden Mund hätte sie die Titelseiten von Frauenmagazinen zieren können. Selber nannte sie sich *coquette*, was auf Französisch bedeutete, dass sie elegante Kleider und ausgefallene Sachen liebte, aber zu Hause sah sie sagenhaft aus in Papas farbverkleckstem alten blauen Hemd, den engen schwarzen Audrey Hepburn-Stretchhosen und den Ballerinaslippern.

Ich musste Ella Mae Recht geben. In mancher Hinsicht war

Mamas Schönheit ein Plus gewesen, aber sie hatte sie auch schier verrückt gemacht. Sie wollte so gerne einfach so als Malerin anerkannt werden, ohne den Zusatz »die reizende Sheila Middleton«, gerade so, als ob ihre Schönheit sie zu einer besseren Künstlerin machte.

Ella Mae hatte Recht. Schönheit war nicht etwas, was man verdiente. Sie verdiente nicht den Wirbel, den wir um sie machten. Sie konnte ein Fluch sein für den, der sie hatte, und für die, die sie bewunderten. In meinem Kopf sah ich das alles ein.

Aber in meinem Herzen sehnte ich mich mit jeder Faser danach, auf dem ersten Tanzabend meines Lebens schön zu sein.

Als Robbie mich am nächsten Abend abholte, trug ich das schulterfreie Kleid, hatte etwas von Mamas Rouge, Lippenstift und Parfüm benutzt und Rachel hatte mir gezeigt, wie ich mein Haar zu Locken wickeln konnte. Robbie trug eine karierte Sportjacke, Khakihosen und weiße Wildlederschuhe. Sein rotbraunes Haar hatte er angefeuchtet und auf der einen Seite gescheitelt, was ihn etwas älter aussehen ließ. An diesem Abend merkte ich, dass seine Augen eigentlich topasfarben waren, fast so wie der Stein in dem Ring, den Mama mir geschenkt hatte. Er sah richtig groß aus neben mir, was mir ein Gefühl der Geborgenheit gab.

Ich mochte es, wie er aussah an diesem Abend, auch wenn alles bei ihm zusammenpasste. Und er sagte genau die Worte, die ich hören wollte.

»Du siehst toll aus, Mary Swan. Echt hübsch.«

Ich strahlte. »Oh, danke.« Ein kurzer verlegener Augenblick, als Robbie Papas Hand schüttelte, während Jimmy die Treppe heruntergerannt kam, um Hallo zu sagen, dann gingen wir nach draußen und stiegen in Robbies tolles neues Kabrio. Mit einer gewissen aufgeregten Erleichterung sah ich, dass niemand auf der Rücksitzbank saß.

Die Fahrt zu dem Ball dauerte fünfundvierzig Minuten und das Verdeck des Wagens war offen, sodass meine Frisur schon ruiniert war, bevor wir auch nur da waren. Aber das machte nichts. Wir lachten und unterhielten uns über alles Mögliche, und ich entdeckte, dass es gar nicht schwer war, sich zu unterhalten. Robbie fand sogar meine Witze komisch.

Der Ball fand zum dritten Mal hintereinander auf der großen Farm von George Dixon in Carollton statt. Mr. Dixon hatte zwei Söhne auf dem Mendon-Gymnasium und eine Tochter im Wellington und genügend Geld, um halb Atlanta einzuladen. Unter einem großen gestreiften Zelt standen vier lange Biertische, die mit Rinderbraten mit Meerrettich, pikanten Fleischklößen, gefüllten Pilzen, Käsebällchen, frischem Obst, rohem Gemüse mit passenden Soßen, Räucherlachs und diversen Kartoffel- und sonstigen Salaten beladen waren. Robbie und ich probierten alles, und dann, voll gestopft bis zum Gehtnichtmehr, gingen wir albern lachend und Arm in Arm zu dem anderen großen Zelt – dem mit der Live-Band.

»Möchtest du tanzen?«, fragte Robbie etwas schüchtern.

»Eigentlich schon, aber ich bin nicht besonders gut im Tanzen.«

»Ich auch nicht. Komm, wir versuchen's einfach.«

Und wir tanzten zu fast allen Songs, die die Band spielte, und jedes Mal, wenn Robbie meine Hände hielt, spürte ich das vertraute Prickeln in meinem Rücken. Mein Haar fiel mittlerweile schlaff auf meine nackten Schultern und auf meinen Wangen stand der Schweiß, aber das war mir egal. Ich fühlte mich gerade so wie in Mamas Schaukelbild von mir: glücklich, glücklich, glücklich! Ich fand, dass es der beste Abend meines Lebens war, und ich wollte nicht, dass er aufhörte.

Nach dem letzten Jitterbug (einer Art Boogie-Woogie) fragte Robbie mich: »Möchtest du was trinken?« Er wischte sich den Schweiß aus der Stirn.

»Ja, einen Punsch!«

Und dann standen wir, Punschgläser in der Hand, vor dem Tanzzelt, hörten dem Lachen und der Musik zu, und ich schaute zum Himmel hoch, der auf einmal ganz dunkel und sternenübersät war. »Da sind bestimmt eine Million Sterne, Robbie, nicht wahr?«

»Mindestens.«

Ich schloss meine Augen und atmete tief ein. »Absolut perfekt.«

»Was?«

»Dieser Abend.«

»Warum machst du nicht eben ein Gedicht drüber, Mary Swan?« Seine Augen glitzerten, ein schüchternes Lächeln spielte um seine Lippen. »Alle sagen, dass du das reinste Dichtergenie bist.«

»Echt?« Ich errötete.

Er nickte eifrig.

»Na schön, aber das ist nicht richtige Dichtung, nur so ein paar dumme Reime.«

»Das macht mir nichts.« Wie er mich ansah. Ich fühlte mich auf einmal stark genug, in den Himmel zu greifen und einen der Million Sterne herunterzuholen.

Ich fuhr mit den Fingern durch mein feuchtes Haar, zog meine Nase kraus und schloss meine Augen zu kleinen Schlitzen, die noch einen halben Mond und ein paar hundert von den Glitzerstäubchen einfingen. »Lieber seh' ich Sterne als in die Ferne, auch wenn ich gerne was Neues lerne. Lieber seh' ich die See als die Bauchwehfee von zu viel Tee auf dem Kanapee.«

»Ich tanze lieber.«

Ich zuckte die Achseln. »Okay. Lieber ein Tanz mit dem Hans, der kann's.«

»Nicht schlecht!«

»Lieber spät ins Bett als rund und fett und gar nicht nett.«

»Find' ich auch.«

»Lieber ein gutes Buch als Lehrer zu Besuch oder ein Loch im ...«

»... im Handtuch.«

»Ja, Handtuch. Gut. Lieber laut lachen als Schulaufgaben machen für die alten Drachen. Lieber laut lachen.« Was wir beide taten und was dem Augenblick etwas geradezu Magisches gab.

»Wo hast du das bloß gelernt?«, fragte er, Bewunderung in der Stimme.

»Ach, nirgends. Muss wohl mit Reimen im Kopf geboren sein, so wie andere mit Zahlen. Nicht, dass ich was davon habe.«

»Das kommt vielleicht noch. Vom Footballspielen wird man auch nicht gerade reich.«

»Komm, komm, das weiß doch jeder, dass du einen Haufen College-Stipendien angeboten bekommen wirst.«

Er zuckte die Achseln. »Kann schon sein.« Ich mochte seine Bescheidenheit. »Willst du später mal schreiben? Als Beruf?«

Ich zögerte nicht mit meiner Antwort. »Nein, nicht schreiben. Malen. Wie Mama.«

Er spielte an einem Hemdknopf und nahm einen Schluck von dem Punsch. »Ist das sehr schwer, wenn du an sie denkst, seit ...?«

»Seit sie tot ist? Ich finde, dass Mamas Talent mich ziemlich motiviert ...« *... das Rabenrätsel zu lösen,* hätte ich fast gesagt; ich fing mich gerade noch. »Mich motiviert, mich der Kunst zu widmen. Eines Tages. Um sie zu ehren, weißt du? Mama hat in fast jeder berühmten europäischen Stadt Skizzen gemacht. Eines Tages werde ich die alle auch besuchen.« Wir gingen zu dem Büffetzelt zurück. Ich redete weiter wie ein Wasserfall. »Eines Tages werden ihre Gemälde in den berühmtesten Museen der Welt hängen.«

»Echt?«

»Hoff' ich zumindest. Zwei sind jetzt schon im High-Museum, in der Sonderausstellung für die – für die Maler, die umgekommen sind.«

»Ja, meine Mutter hat so was gesagt.«

Drei andere Paare standen neben uns und hörten uns halb zu. Die Mädchen waren alle drei aus meiner Klasse im Wellington – Millie Garrett, Julie Jacobs und Gail Anderson. Ihre Partner waren vom Mendon.

»Die hab' ich gesehen«, meldete sich Millie Garrett. »Julie und ich sind mit unseren Müttern hingegangen, kurz vor Schulanfang.« Sie senkte ihre Stimme achtungsvoll. »Das Bild mit *Swan House* ist echt toll. Da hat man glatt Lust, dort zu wohnen. Und du auf der Schaukel, als kleines Mädchen – ich hab' gelacht und geweint, als ich das sah!«

Ich hatte Lust, Millie zu umarmen.

»Ich wusste ja gar nicht, dass deine Mutter so gut malen kann, Mary Swan«, sagte Julie Jacobs. »Ich meine, dass sie eine Künstlerin war, wusste ich schon, aber dass ihre Gemälde in so einem berühmten Museum ausgestellt werden ...«

Mama als Künstlerin – so konnte ich über sie reden, ohne dass es mir wehtat. »Ja, sie hat die tollsten Sachen gemalt«, sagte ich stolz.

In dem Augenblick stießen Herbert Thomas und Virginia Lawson zu unserer Gruppe. Ich nahm kaum Notiz davon, bis Herbert zu mir stolperte und ich seine »Fahne« roch. Für die Biertrinker bot das Dixon'sche Anwesen etliche dicht belaubte Fleckchen, wo man ein Fass verstecken konnte. Ich glaube, Bier fanden die Erwachsenen sowieso nicht so schlimm; sie hatten Angst vor den »harten« Sachen.

Herbert schien den harten Sachen fleißig zugesprochen zu haben. Sein übertriebener Gang und die herabhängenden Augenlider verrieten ihn schon, bevor er den Mund aufmachte, und als er sprach, nuschelte er, dass fast nichts zu verstehen war.

Robbie rollte die Augen und flüsterte: »Komm, wir gehen nach draußen.«

Aber ich ignorierte ihn. »Wie gesagt, sie malte große Porträts und ...«

»Deine Mama war verrückt, Mary Swan«, platzte Herbert dazwischen. »Voll geisteskrank, die Sheila Middleton!« Dann gackerte er sein betrunkenes Lachen. Alle verstummten und sahen ihn an. Er hatte fast geschrien.

Zuerst reagierte ich nicht. Robbies Gesicht wurde dunkelrot, und er wollte etwas zu Herbert sagen, aber bevor er konnte, stieß ich hervor: »Von was redest du? Sie war eine Künstlerin!«

»'ne Verrückte war sie!«, wiederholte er.

Peinliche Stille. Alle starrten mich an. Ich merkte, wie mir mulmig wurde.

»Meine Mutter war nicht verrückt.«

Herbert zuckte die Achseln. »Die anderen wollten halt nicht, dass du die Wahrheit erfährst, das ist alles.«

Virginias Gesicht war puterrot. »Herbert, bitte«, sagte sie mit einem nervösen Kichern. Dann flüsterte sie: »Man darf nicht über die Toten reden.«

Er befingerte sein Glas, grinste albern und murmelte: »'tschuldigung.«

»Ich hoffe, du meinst das ernst!« Robbie baute sich vor ihm auf.

»Du bist der Verrückte, Herbert!«, zischte Millie Garrett. »Du kotzt mich an!«

Die anderen nickten und sagten Dinge wie: »Achte nicht auf ihn, Mary Swan, der will sich nur wichtig machen.«

Robbie nahm meinen Arm. »Der weiß nicht, was er sagt, Mary Swan, der ist stockbesoffen.«

Ich schüttelte seinen Arm ab, als wir draußen waren, und flüsterte viel zu laut: »Er hat gesagt, dass Mama verrückt war!« Ich zitterte.

»Vergiss es, Mary Swan. Der weiß gar nichts.«

»Doch! Der weiß was, was ich nicht weiß. Ein Geheimnis über meine Mutter!«

»Mary Swan.« Robbie klang besorgt und verärgert. »Kapierst du denn nicht? Der ist betrunken. Sei doch nicht so empfindlich!« Er sah das Feuer in meinen Augen und fügte hinzu: »Ich weiß, du hast einiges mitgemacht. Komm, wir holen uns 'ne Cola.« Er wollte wieder meinen Arm nehmen. Ich ließ ihn nicht.

»Ich muss mal eben allein sein«, sagte ich, halb ärgerlich, halb entschuldigend, und ging. In meinem Hinterkopf klopfte etwas, eine Erinnerung, die heraus wollte. Dann wusste ich es wieder.

Ich war etwa fünf Jahre alt und saß, wie oft am Ende eines Tages, auf Ella Maes Schoß und wartete darauf, dass Mama vom Arzt zurückkam. Außer, dass sie an diesem Tag nicht zum Arzt gegangen war, sondern noch zu Hause war, oben in ihrem Atelier. Und auf einmal saß ich nicht mehr auf Ella Maes Schoß, sondern stand im Flur und schaute aus großen Augen zu, wie Ella Mae Mama in Papas Arbeitszimmer trug und dort auf die Couch legte.

Als Ella Mae sich umdrehte und mich sah, tat sie etwas, das sie noch nie getan hatte. Sie schrie: »Ab in dein Zimmer, Mary Swan!«

Und ich stieg die Treppe zu meinem Zimmer hinauf und sah das Blut auf dem Flurteppich.

Dann auf einmal Trixie. Jimmys Weinen. Von draußen eine Sirene.

Wieder Trixie, die mir erklärte: »Deine Mama ist gefallen und hat sich wehgetan. Aber das wird wieder gut.«

Trixies tränenverschmiertes Gesicht, mit Streifen von der Wimperntusche.

Später dann Papa, Jimmy und ich, wie wir Mama in einem Krankenhaus mit dicken Teppichen besuchten. Mama war krank gewesen, hieß es. Das war alles.

Ich legte meinen Kopf in meine Hände, sank zu Boden und weinte.

So fand Robbie mich. »Mary Swan! Was ist denn mit dir?«

Aber ich schüttelte den Kopf und bedeutete ihm, mich in Ruhe zu lassen. Er muss Rachel geholt haben, denn einen Augenblick später kam sie gerannt.

»Swan – was ist ...«

»Ich will mich betrinken«, flüsterte ich.

Rachel kniff ihre Augen zusammen. »Was ist denn los mit dir?«

Ich nahm ihre Hand und zog sie hinter mir her. Den armen Robbie ließ ich stehen. »Zeig mir, wo sie die harten Sachen versteckt haben«, sagte ich.

»Swan, um Himmels willen ...«

Ich ließ auch sie stehen, ging zu Billy Martin, der praktisch als Alkoholiker bekannt war, und bat ihn, mir einen Drink zu machen. Er führte mich zu einer gelben Kühlbox und hob den Deckel, und ich grabschte eine der Flaschen, ohne auch nur das Etikett zu lesen.

Robbie holte mich ein. »Schau her, Mary Swan, betrunken fahr' ich dich nicht nach Hause.«

»Dann soll's jemand anderes machen, Herr Pfadfinder!« Ich riss Billy das Glas aus der Hand und rannte davon, Panik im Bauch. Ich kippte das gelbe Zeug hinunter, heftig hustend, dass mir die Tränen kamen. Und die ganze Zeit sagte eine Stimme in mir: *Warum machst du das, du Idiot? Was ist los mit dir?*

»Swan, komm zurück!«, rief Rachel.

»Lasst mich in Ruhe! Ihr alle beide!«, schrie ich. Dann, wimmernd: »Bitte.«

Ich ging in die Büsche, außer Sichtweite der Festlichkeiten, und stöhnte. *»Deine Mama war verrückt. Voll geisteskrank. Die anderen wollten nicht, dass du die Wahrheit erfährst.«*

Herberts genuschelte Worte hatten einen Nerv berührt in meinem Gedächtnis. Ich wusste, dass Mama ihre Depressionen gehabt hatte, aber ich hatte nie groß darüber nachgedacht, was das bedeutete. Es war nicht weiter wichtig gewesen. Papa hatte es ihre künstlerische »Gabe« genannt. Herbert hatte es anders genannt. *»Verrückt.«* Und ich war mir plötzlich gar nicht sicher, dass er falsch lag damit.

Als ich mich ausgeweint hatte, ging ich zurück zu der gelben Kühlbox und trank und trank das stinkende Zeug, bis meine Kehle verbrannt und mir speiübel war. Ein hilfloser Robbie flehte mich an, doch mit ihm nach Hause zu fahren, eine wütende Rachel riss fluchend an meinem Arm.

Und so wurde aus dem glücklichsten Tag meines Lebens der schrecklichste. Noch schrecklicher als der Tag, als ich von dem Absturz erfuhr. Als Mama in Paris starb, waren meine Erinnerungen an sie schön gewesen. Jetzt war ihr Name verlästert worden, und anstatt meinen Kopf zu schütteln und Herbert einen Blödmann zu nennen, explodierte ich innerlich vor Schmerz. *»Verrückt. Geisteskrank.«*

Es war um Mitternacht, als Robbie mich nach Hause fuhr. Ich lachte hysterisch und heulte und rief: »Meine Mama ist nicht verrückt!« und: »Warum habt ihr mir nicht gesagt, dass sie verrückt war?«

Das Türlicht brannte, und ich taumelte aus dem Auto und die Steinstufen hinauf, Robbie an meinem Arm.

»Das tut mir so Leid, Mary Swan«, sagte er.

Ich hickste und sagte: »Macht nichts, alter Pfadfinder.« Dann fiel ich in seine Arme, erst kichernd, dann weinend.

»Kommst du zurecht?«

»Aber sicher doch, Robert H. Bartholomew. War ein toooller Abend. Suuu-per!« Ich fand den Türgriff, drehte ihn und ließ Robbie mit offenem Mund draußen stehen.

KAPITEL 11

Als ich am nächsten Morgen aufwachte, erinnerte ich mich als Erstes an das endlose Erbrechen in der Nacht. Mein hämmernder Kopf zeigte mir sofort, dass ein Kater sich ganz anders anfühlte als ein blaues Auge. Ich wusste nicht, was schlimmer war: die weißen Burschen vom Friedhof oder das hier. Aber ich wusste, dass ich mit Trixie reden musste. Nicht mit Papa oder Ella Mae oder Rachel, sondern mit Trixie. Sie würde mir die Wahrheit sagen.

Ich schleppte mich also ins Bad und warf kaltes Wasser in mein Gesicht. Ich ließ mein verfilztes Haar, wie es war, zog Bermudashorts und ein T-Shirt an und wackelte barfuß die beiden Treppen hinunter und zur Haustür hinaus. Ich ging schnurstracks durch den Vorgarten und über die Straße. Das Pflaster war schon heiß. Ich hämmerte an Trixies Tür.

Sie öffnete. Die Sonne machte ihre blonden Locken noch blonder. Ihr Gesicht war sonnengebräunt, die Lippen hellrosa geschminkt.

»Swannee!«, sang sie, langsam und getragen. Dann: »Swannee, wie siehst du denn aus?«

Ich ging in das blitzsaubere Haus, durch den Flur mit der hohen Decke und dem Parkettfußboden und ließ mich auf das Louis XIV-Sofa fallen, wie Mama es genannt hatte, das mit grünem Chintz bezogen war.

»War Mama wirklich verrückt, Trixie? Ich muss das wissen.« Kein »Guten Morgen«, kein »Wie geht's?«, keine Umarmung. Ich hatte nichts für Trixie als ein gequältes Aufstöhnen und rote Augen und diese beiden Sätze.

Sie war mir in ihr Wohnzimmer gefolgt; die hohen Absätze klappernd auf dem Parkett. Sie setzte sich neben mich, ganz die Dame, und runzelte die Stirn. »Von was redest du, Mädchen?«

Ich schniefte, fuhr mir mit den Fingern die Nase entlang und fragte: »Hast du einen Orangensaft, Trixie?« Jeden anderen Erwachsenen, den ich kannte, sprach ich mit »Mr.« oder »Mrs.« oder »Dr.« oder was auch immer an. Außer Trixie und Ella Mae.

»Na klar, Mädchen«, sang sie.

Und dann nippte ich an dem Saft und erzählte ihr den ganzen Albtraum mit dem Schulball und was Herbert gesagt und was ich darauf gemacht hatte.

»Das war alles so schrecklich. Der arme Robbie, ich war so garstig zu ihm. Und ich hab immer weiter getrunken. Warum hab ich das bloß gemacht? Es wäre alles gut gewesen, wenn ich mich nicht um Herberts Blödsinn gekümmert hätte. Aber das konnte ich nicht, Trixie, ich konnte es nicht. Irgendwie wusste ich: Der weiß was und hat's bloß nie gesagt, weil seine Mutter ihm gesagt hatte: Halt die Klappe.« Ich beugte mich nach vorne und sagte die nächsten Worte langsam und sorgfältig. »Das stimmt also, Trixie? Mama war wirklich verrückt.«

Wenn Trixie nervös wurde, drückte sie ihre Lippen zusammen, so ähnlich wie man das beim Schminken macht. Auf einmal glaubte ich einen Schweißtropfen auf ihrem tadellosen Gesicht zu sehen, ihre sonst so fröhlichen blauen Augen verdunkelten sich und ihre perfekten Lippen zitterten leicht. »Mary Swan, die Leute sagen alles Mögliche, auf das man nichts geben kann. Du hast doch selbst gesagt, dass er betrunken war.«

»Aber ich glaub', er hat Recht«, schluchzte ich.

Ich roch ihr dezentes Parfüm. Sie nahm meine Hand, wie sie das so gerne tat, und ich sah ihre tadellos gepflegten Fingernägel und ihr blassgelbes Kostüm. Alles war perfekt wie immer, bis auf ihre traurigen Augen und zitternden Lippen. »Deine Mutter war eine wunderbare Frau, die ich sehr gern hatte.« Ihre Stimme wurde rau. »Und so viele andere auch. Hör nicht auf das, was irgendwelche Leute auf einer Party sagen. Die Menschen sagen so viele grausame Sachen.« Sie langte nach einem Päckchen Zigaretten, zog eine heraus und zündete sie an.

Ich spürte ein leises Bibbern in mir, und ich erinnerte mich an den Skandal damals. Trixies Skandal. Wie sie auf Mamas Blumensofa geweint hatte und wie Mama mich nach oben geschickt hatte, als ich um die Ecke guckte. Die Leute hatten viele grausame Sachen über Trixie gesagt, als ihr Mann sie vor Jahren wegen einer neunzehnjährigen Brünetten verlassen hatte.

Offenbar hatte Tony Hamilton über ein Jahr lang eine Affäre mit einer Schülerin gehabt, bis Trixie ihm auf die Schliche kam. Nicht, dass jemand überrascht gewesen war; Tony Hamiltons Affären waren ein Begriff.

Ich war damals erst sechs oder sieben gewesen, aber ich erinnerte mich noch gut, wie Trixie, die mit Lucy schwanger war, stundenlang bei uns war und weinte. Den Grund ihres Weinens begriff ich natürlich erst viel später. Und warum Mama und Papa so wütend geklungen und Ella Mae immer wieder gesagt hatte: »Die arme, arme Frau.«

Nach der Scheidung hatte Trixie das Haus behalten können, war dort wohnen geblieben und hatte ihre Tochter aufgezogen, und ich schätze, all den Klatsch, den ich über sie gehört hatte, hatte sie auch gehört. Und so wusste ich, dass hinter der Fassade der schönen Südstaaten-Dame mehr steckte, als das Auge ahnte. Und daran musste ich jetzt also denken, als ich mit meinem Orangensaft auf Trixies Sofa saß.

All diese Erinnerungen hatten nur ein, zwei Sekunden gebraucht, und jetzt fuhr Trixie fort. »Du hast doch deine Mama gekannt. Bitte lass dir diese Erinnerungen nicht von ein paar dahergesagten Worten trüben. Mach das nicht, Swannee.« Zum ersten Mal sah ich die Falten neben ihren Augen.

»Aber ich sag dir's doch, Trixie, das klingt alles so echt. Sag mir, wie das mit Mama war. Ich bin nicht blöd, ich weiß doch, wie sie sich in ihrem Zimmer eingeschlossen hat. Ich weiß doch, wie Ella Mae sie nach unten getragen hat, und das Blut auf dem Teppich und wie sie zum ›Ausruhen‹ wegging und wie Papa sie mit Jimmy und mir in dem großen alten Haus besucht hat. Ich erinner' mich an die ganzen Tabletten neben ihrem Bett. Wenn ich mir Mühe geb', krieg' ich das auch selber zusammen, aber erspar mir das, Trixie, sag mir die Wahrheit.«

»Da gibt's nicht viel zu sagen, Swannee.«

»Bitte, Trixie. Papa wird mir das nie sagen, das weißt du doch. Und Ella Mae wird schon gar nichts verraten, die ist Mama und Papa treu bis zum Tod. *Du* musst das machen.«

Sie fuhr sich mit der Zunge über die Lippen und holte tief Luft. »Ja, deine Mutter hatte Depressionen. Manchmal sehr schwere, meistens um eine bestimmte Jahreszeit. Vielleicht war es ihr Genie, das sie so empfindlich machte. Und so stark. Sie musste stark sein, um all die Kämpfe in ihrem Kopf zu bestehen. Sie ging zu Ärzten und nahm Medizin, aber sie sagte, die Pillen töteten sie innerlich ab, sodass sie nicht mehr malen konnte.

Das ist eine Krankheit, Swannee, da bin ich sicher. Aber die meisten halten es für Verrücktheit. Dein Vater war sehr behutsam zu Sheila. Wir alle halfen, wo wir konnten. An dem Tag, den du gerade erwähnt hast, tja, da merkte dein Vater, dass sie noch mehr Hilfe brauchte. Der Psychiater hat sie damals in eine Klinik gesteckt. Arme Sheila. Sie hatte ein Herz für die Leidenden. Sie wusste …«

Trixies Augen wurden feucht, als wollte ihr Herz wieder brechen. Und meines. Und ich wusste: Ich wollte nicht noch mehr hören. Noch nicht. Ich umarmte sie heftig und flüsterte durch den Kloß in meinem Hals: »Du brauchst nichts mehr zu sagen. Danke.«

Ich verließ ihr Haus etwas vor elf Uhr und ging zurück über die Straße, jetzt entschlossener denn je, das Rabenrätsel zu lösen. In den letzten vierundzwanzig Stunden war es wesentlich persönlicher geworden. Der schwarze Vogel hatte seine mächtigen Schwingen weit ausgebreitet und seinen Schatten wie ein Omen nicht nur auf ein Kunstmuseum oder einen Flugzeugabsturz oder auch eine Künstlerin, sondern auf eine ganze Familie geworfen. *Meine* Familie. Was Papa und Ella Mae und Trixie mein ganzes Leben vor mir zu verbergen versucht hatten – wollte ich es wirklich herausfinden?

»Du hast doch deine Mama gekannt. Bitte lass dir diese Erinnerungen nicht von ein paar dahergesagten Worten trüben. … Du hast doch selber gesagt, dass er betrunken war. … Lass das Ganze am besten, Swannee; aus dem Skandal kannst du nichts über deine Mutter lernen.«

Warum trieb meine Fantasie mich so unerbittlich an? Warum musste ich die Warnungen der Menschen, die ich liebte und die mich liebten, in den Wind schlagen? War es der Fluch des Raben? Oder einfach Schicksal? *Musste* ich die Wahrheit erfahren? Miss Abigail hatte gesagt, dass die Wahrheit mich frei machen würde. So stand es in der Bibel. Und ich beschloss, dass ich die Wahrheit erfahren würde, koste es, was es wolle.

Jimmy empfing mich an der Haustür. »Wo warst du, Swan? Papa ist gerade Golf spielen gegangen und macht sich Sorgen, und Ella Mae hat 'ne Viertelstunde auf dich gewartet, und Rachel hat zweimal angerufen und gerade auch Robbie.«

»Ich war nur eben bei Trixie.«

»Du siehst ja schlimm aus. Aber ruf Rachel zurück.« Ich merkte, dass auch Jimmy Angst um mich gehabt hatte, auch wenn seine Worte unverschämt klangen. Täuschte ich mich, oder wischte er sich die Augen, als er aus dem Zimmer ging?

Ich nahm das Telefon und wählte Rachels Nummer. Als sie sich meldete, fragte ich: »Wie schlimm war ich gestern Abend?«

»Sehr. Du musst dich bei Robbie entschuldigen.«

»Das pack' ich nicht, das ist mir so peinlich. Der hasst mich sicher sowieso.«

»Du bist gemein, Swan. Einfach gemein.«

»Ich bin nicht gemein, ich bin verzweifelt. Ich bin bei Trixie gewesen, und sie hat mir alles über meine Mutter erzählt, und wenn du das lustig findest, dann danke. Es ist nicht meine Schuld, wenn Herbert was gesagt hat, das mir so viele Erinnerungen zurückgebracht hat.«

»Na schön, dann erkläre Robbie das. Er verdient eine Erklärung, und er wird dich verstehen.«

»Er hat schon angerufen, aber ich war nicht da.«

»Dann ruf ihn zurück.«

»Unmöglich. Ich kann doch nicht einfach einen Jungen anrufen!«

»Du bist ja total schwachsinnig. Das mit Grant Park kannst du dir für heute abschminken.« Sie hing auf.

Ella Mae kam in die Küche und sagte: »Mein Gott, Kind, du siehst ja aus, als ob dir einer was mit der Bratpfanne übergezogen hat!«

Jimmy, der immer wieder einen Grund fand, in die Küche zu kommen, fügte hinzu: »Aber echt, Mary Swan, echt!«

»Ach, halt's Maul!«, zischte ich. »Ella Mae, kannst du mir ein Aspirin holen?« Sie rollte heftig ihre Augen und ging aus der Küche. Als sie mit dem Aspirin zurückkam, war Jimmy weg.

»Hast du etwa einen Kater, Mary Swan? Hast du Schnaps getrunken auf der Party gestern?«

»Es ist nicht das, was du denkst, Ella Mae,« antwortete ich, während ich die Tablette mit einem Glas Wasser hinunterspülte. »Das wird bald wieder.«

»Also, so nehm' ich dich nicht mit heute, kommt nicht in die Tüte!«

»Jetzt komm, Ella Mae«, sagte ich halbherzig. Das Letzte, wonach mir gerade zumute war, war Spaghetti servieren. Sogar mit Carl. Und mein Kopf pochte doppelt so stark bei dem Gedanken, heute Flöte zu spielen oder Carls lauten Jazztönen auf dem Saxophon zuzuhören.

»Okay, du hast ja Recht. Fahr halt alleine, Ella Mae, ich bleib' mit Jimmy hier. Sag Miss Abigail, dass ich nächste Woche wieder da bin, und …« Fast hätte ich gesagt: *Grüße Carl von mir,* aber ich bremste mich gerade noch. Was sollte es, Ella Mae war sowieso im Bilde.

Sie lächelte ihr strenges Lächeln und sagte: »Nichts da, ich lass' dich nicht hier allein, nachher tust du Jimmy noch was mit deiner Laune heute.« Sprach's und blieb.

Ich schleppte mich zurück auf mein Zimmer und warf mich auf das Bett. Nach einer Weile gingen die Kopfschmerzen zurück, und ich schlief ein.

Als ich wach wurde, war es nach drei Uhr nachmittags. Ich wackelte hinunter in die Küche und goss mir ein großes Glas Limonade ein. Papa spielte immer noch Golf, was ich für ein gutes Zeichen hielt; vielleicht ging es ihm allmählich besser. Jimmy hatte einen Zettel auf den Küchentisch gelegt, dass er zu Andy Bartholomew spielen gegangen war. Ich stöhnte und dachte an Robbie. Armer Robbie. Dann rief ich Rachel an, aber sie war mit ihrem Pferd unterwegs, und so richtete ich ihrem Bruder, Jamie, aus, dass sie zu mir kommen sollte, wenn sie zurückkam.

Ella Mae war im Wohnzimmer und bügelte vor dem Fernseher, mit dem Rücken zu mir. Ich ging auf Zehenspitzen weiter und beschloss, in Mamas Atelier zu gehen. Ich ging in den ersten Stock hinauf und mit hämmerndem Herzen den Flur des Westflügels entlang. Es war schummrig hier oben, fast schon dunkel, weil die Türen zu den Zimmern alle verschlossen waren und es am Ende des Flurs kein Fenster gab. Ich war kaum jemals in Mamas Atelier gewesen und wusste nicht, was mich dort erwartete.

Die Tür des Ateliers knarrte, als ich sie öffnete. Eine Flut von Sonnenlicht empfing mich. Die eine Wand war eine einzige Fensterfront. Ich musste wider Willen lächeln. Der Raum war groß und luftig und roch nach Ölfarben, vor allem jetzt, wo die Tür vier Monate lang geschlossen gewesen war.

Mehrere Gemälde lagen auf Regalen, andere, die noch unvollendet waren, lehnten an Stühlen und einem Tisch. Das unvollendete Selbstporträt aus dem Magazin *LIFE* war noch auf seiner Staffelei; ich schaute rasch woanders hin. Auf einer anderen Staffelei war ein angefangenes Bild, das Hartriegel im Vorfrühling zeigte, deren rosa und weiße Blüten sich gerade entfalten wollten.

Ich ging zu dem Fenster, das auf den Garten hinausging, drückte meine Nase gegen die Scheibe, und ließ die Erinnerungen kommen. Ich schloss meine Augen und sah mich, wie ich auf der Schaukel an dem Walnussbaum hoch und höher flog, quietschend vor Vergnügen. Und Mama mit ihren Farben und der Staffelei und der Palette. Ich musste wieder lächeln. Ich war immer glücklich gewesen, wenn Mama malte.

Dann erinnerte ich mich an einen anderen Tag, als ich vier oder fünf Jahre gewesen war. Ella Mae musste krank oder in Familienangelegenheiten fort gewesen sein, denn sie war nicht da. Ich war mit Mama zu Hause. Sie hatte gerade Jimmy zu seinem Schläfchen ins Bett gelegt und sagte: »Möchtest du mal mit in mein Atelier und mir beim Malen zuschauen?« Das Wort *Atelier* sprach sie immer mit einem schönen französischen Akzent aus.

Meine Augen wurden ganz groß, und ich nickte. Mamas Atelier war normalerweise tabu, und ich war nur ganz selten drin gewesen. Aber an diesem Tag nahm Mama meine Hand und führte mich hinein, als sei es ein Königsschloss. Ich war ganz bezaubert von dem Geruch der Farben und von all den Bildern und den vielen, vielen Pinseln, von denen jeder anders aussah.

»Das riecht aber gut hier, Mama. So anders.«

»Hmm, ja, Swannee. Ist das nicht himmlisch? Farben und Leben und Natur. Danach riecht es hier.« Papa und Mama waren 1949 in dieses Haus gezogen, kurz bevor Jimmy geboren wurde. Mama, im achten Monat schwanger, hatte als Erstes ein Atelier gewollt. Sie hatte sich das Zimmer an der rechten hinteren Hausecke ausgesucht, das auf den hinteren Teil des Gartens ging, mit seinen Blumen und dem Walnussbaum und dem grünen, grünen Gras. Papa hatte riesige Fenster einbauen lassen müssen, die aus allen Richtungen Licht in den Raum ließen. Ihre Staffelei stand immer vor diesen Fenstern, und auf dem Fußboden standen zwei oder drei ausgetrunkene Kaffeetassen.

»Von hier aus sieht man ja nur lauter Wald und den Garten!«, rief ich in kindlichem Staunen aus.

»Siehst du deine Schaukel an dem Walnussbaum? Ich kann den ganzen Tag hier sitzen und mir vorstellen, wie du da schaukelst.«

»Und manchmal, wenn ich mit Ella Mae und Jimmy schaukele, Mama, kann ich dich hier oben sehen, wie du malst!«

»Schau her, Swannee, hier hab' ich dir deine eigene kleine Staffelei aufgebaut, damit du auch malen kannst.«

»O Mama, danke!«

Heute verstehe ich, wie Mama sich damals in ihrem naiven Idealismus vorstellte, dass ich ganz ruhig in meiner kleinen Ecke sitzen und malen würde. Aber das tat ich natürlich nicht. Ich verschüttete mein Wasserglas, ich weinte über mein erstes Bild und ich fragte Mama hundert Sachen. Und ich merkte nicht, wie nervös sie wurde.

»Hör auf mit deinem Gejammere, Swannee! Hör sofort auf!«, schrie sie schließlich, so wie ihre Mutter, Mamie, das oft machte, wenn sie wütend war. »Wenn du nicht schön still sitzen und malen kannst, musst du was anderes machen und mich in Ruhe lassen. Mama muss arbeiten, verstehst du?«

Ich nickte und biss unschlüssig auf meine Lippe.

»Jetzt steh' nicht hier rum, Swannee, geh in dein Zimmer!«

Ich rannte aus dem Atelier hinaus, warf mich in meinem Zimmer, das damals im selben Stockwerk lag, auf mein Bett und wartete, dass Mama kommen und mich trösten würde. Sie kam nicht. Dafür hörte ich ein paar Minuten später, wie Jimmy in seinem Zimmer zu weinen begann. Ich ging auf Zehenspitzen zurück in Mamas Atelier. Sie malte, fröhlich summend.

Mit klopfendem Herzen ging ich zu ihr und piepste: »Mama?«

»Swannee! Warum bist du nicht in deinem Zimmer? Ich hab' dir doch gesagt, du sollst mich nicht stören!«

Ich schnüffelte. »Mama, aber Jimmy weint. Richtig laut.«

»Dann geh und sag's Ella Mae!«

»Aber Mama, Ella Mae ist doch nicht da.«

Sie schien es vage zu begreifen, doch dann kam dieser hässliche, wütende Blick in ihr Gesicht. »Oh, dieses Kind! Unmöglich!« Sie schob ihren Stuhl ungeduldig zurück, dass er über den Boden kratzte und eine halb volle Kaffeetasse umstieß, und dann rannte sie in ihren engen Hosen und Ballerinaslippern den Flur entlang, ich hinterher.

Jimmy stand, ganz rot im Gesicht, in seinem Bett und jammerte: »Ma, ma, ma …« Seine kleine Brust hob und senkte sich krampfhaft. Mama nahm ihn auf den Arm, ihr Zorn vergessen.

»Oh, mein armer Kleiner. Jetzt weine nicht, Jimmy, Mama ist ja da.« Sie wiegte ihn einen Augenblick auf den Armen und wechselte seine Windel, aber Jimmy war untröstlich. Sie trug ihn nach unten in die Küche, setzte ihn in seinen Hochstuhl und versuchte, ihm ein Fläschchen zu machen, aber sie wurde mit jeder Minute nervöser und Jimmy weinte so laut. Ich schaute aus großen Augen von der Küchentür aus zu – und merkte, dass Mama nicht wusste, wie man das Fläschchen richtig machte. Sie wusste nicht, was Jimmy nach seinem Mittagsschlaf bekam! Aber ich wusste es.

Ich rannte zum Küchenschrank, stellte einen Stuhl davor, kletterte hinauf, wie ich das immer machte, wenn Ella Mae da war, und holte die Gläser mit der Säuglingsnahrung heraus. Ich wählte eines mit Karotten (Jimmy mochte Karotten) und eines mit Hühnerfleisch. »Hier, Mama«, sagte ich stolz und gab ihr die Gläser. »Das gibt Ella Mae Jimmy immer, wenn er geschlafen hat.«

Sie fuhr mir über das Haar. Ihr Gesicht war voller Tränen, und ihre Augen sahen richtig verängstigt und wild aus. »O, Swannee, Schätzchen, ich hab' dich erschreckt. Das tut mir ja so Leid.« Und sie umarmte mich fest, und meine Angst wurde weniger.

Jimmy weinte immer noch. Ich holte sein Lätzchen, und Mama öffnete die Gläser und begann, ihn mit einem viel zu großen Löffel zu füttern. Auf die Idee, das Essen erst aufzuwärmen, kam sie nicht. Jimmy spuckte es prompt aus, worauf Mama anfing, schreckliche Sachen zu sagen und zu weinen. Ich bekam Angst, dass sie Jimmy hauen würde.

Ich drehte mich um und rannte aus der Küche und die Haustür hinaus und die lange, lange Einfahrt hinunter und über die Straße, bis ich ganz außer Atem vor Trixies Tür stand. Ich hämmerte darauf, jetzt selber weinend, bis Trixies Hausangestellte Tottie öffnete.

»Mary Swan! Ja, was ist denn los?«

»Ist Trixie da?«

»Die ist gerade beschäftigt, Spatz.«

Meine Unterlippe zitterte, und ich stieß hervor: »Aber ich muss mit ihr reden! Ella Mae ist weg und Jimmy weint und Mama auch!«

Einen Augenblick später erschien Trixie in Nachthemd und Lockenwicklern. »Swannee, was ist denn ...«

»Mama weint und Jimmy schreit und Ella Mae ist nicht da«, schluchzte ich.

Trixie zog sich hastig an, zog ein Tuch um die Lockenwickler und rannte mit mir über die Straße. Als wir in die Küche kamen, saß Mama auf dem Fußboden und heulte mit Jimmy um die Wette, beide ganz verschmiert von Babynahrung.

Trixie tat so, als ob sie lachte, aber ich merkte, dass sie nervös war. »Sheila, um Himmels willen, steh auf und gib mir das Kind. – Swannee, und du gehst rüber und spielst mit Lucy und Tottie. Pass auf, wenn du über die Straße gehst!«

Sie nahm Jimmy aus dem Hochstuhl und folgte mir zur Haustür. Ich glaube, Mama saß immer noch auf dem Fußboden und weinte. Trixie schaute mir hinterher, wie ich die Einfahrt hinunter und über unsere breite, ruhige Straße ging, und ich war dankbar dafür.

Das war es, an was ich mich erinnerte, als ich zu dem Walnussbaum hinaussah, und die Tränen kamen und das Herz tat mir weh. Eine weitere Bestätigung, dass Herberts und Trixies Worte über Mama wahr waren. Er war zu viel, dieser Schmerz, und ich drehte mich um und ging aus dem Atelier, die Tür hinter mir schließend.

Um halb fünf klingelte Rachel an der Tür. »Du hast wieder geheult«, konstatierte sie.

»Das tut mir so Leid, wie schrecklich ich gestern Abend war, Rachel.« Ich fing prompt wieder an zu weinen. Rachel legte ihren Arm um meine Schultern.

»Denk nicht mehr dran, Swannee, das bringt nichts.«

Ich nickte und legte meinen Kopf auf den Küchentisch. Und da sah ich Jimmys Zettel wieder.

Rachel nahm ihn und las ihn. »So, Jimmy ist bei Andy Bartholomew? Hmm, trotzdem. Du musst Robbie anrufen, jetzt sofort.«

»Das kann ich nicht, lieber sterb' ich. Das war der schlimmste Abend in meinem Leben, du siehst doch, wie ich ausseh'.«

Rachel nahm ohne Umschweife das Adressbuch, das neben dem Telefon lag, und begann, es durchzublättern. »Da haben wir ihn schon. Bartholomew.« Sie wählte die Nummer und hielt mir das Telefon hin. Ich hörte, wie der Ruf durchging.

Ich schoss ihr einen finsteren Blick zu, holte tief Luft und nahm das Telefon.

Robbies Stimme. Gott sei Dank. »Hallo?«

»Robbie?« Meine Zunge klebte an meinem Gaumen.

»Ja?«

»Robbie, hier Mary Swan.«

»Mary Swan! Hat Jimmy dir gesagt, dass ich angerufen hab'? Wie geht's dir?« Er klang echt besorgt.

»Danke, besser.« Es war die reinste Folter. Rachel sah mich unverwandt an. »Äh, also – Robbie, das tut mir so Leid mit gestern Abend. Ich ... muss echt schlimm gewesen sein.«

»Lass nur, Mary Swan, das war ja nicht deine Schuld.«

Ich lachte nervös. »Doch, das war meine Schuld. Es hat mich ja keiner gezwungen, das Zeug zu trinken. Also, das tut mir Leid, und es war wirklich schön mit dir, ehrlich ... bis das mit Mama kam.«

»Ich freu' mich, dass es dir besser geht«, sagte er. Dann kam eine verlegene Pause.

»Ja … danke.«

»Also dann tschüss.«

»Tschüss.« Und ich legte auf.

»Gut gemacht, Swannee. Bin stolz auf dich.« Rachel lächelte zufrieden.

»Er hasst mich. Ich hab's in seiner Stimme gehört. Er denkt, ich bin verrückt, gerade wie Mama.« Die Tränen kamen wieder.

»Quatsch!«, sagte Rachel. »Du kannst so fies sein, wie du willst, zu Robbie Bartholomew, der ist voll in dich verknallt.«

Ich sah sie ungläubig an. »Verknallt? Machst du 'nen Witz?«

»Kein Witz. Wie der dich gestern angeguckt hat, das sah doch ein Blinder. Zu blöd, dass du dann deine Sauferei angefangen hast.«

Ich wollte protestieren. Sie fuhr rasch fort: »Aber jetzt hast du dich ja entschuldigt.«

Dass Robbie Bartholomew mich mögen, geschweige denn in mich »verknallt« sein konnte, ich konnte es nicht fassen. Dann dachte ich an das Tanzen und meine Reime und wie seine Hand sich angefühlt hatte. Vielleicht war ich auch verknallt? Aber vor allen Dingen war ich völlig durcheinander.

»Aber jetzt musst du mal andere Tapeten sehen«, sagte Rachel. Wir gingen zu ihrem Haus. Ich mochte Rachels Haus. Es war im Tudor-Stil gebaut, mit roten und weißen Ziegeln und braunen Fachwerkbalken. Aus dem Dach schauten fünf Schornsteine, dass es im Winter aussah, als ob in jedem Zimmer ein eigener Kamin brannte. Obwohl die Zimmer groß und die Decken hoch waren, fühlte sich das Haus richtig gemütlich an.

Wir sprangen über die niedrige Steinmauer des Vorgartens und gingen quer über den sanft ansteigenden Rasen zu dem Haus hoch. Er war gerade so lang und breit wie unserer, und an den seltenen Wintertagen, an denen in Atlanta ein paar Zentimeter Schnee lagen, benutzten wir ihn als Rodelbahn. Heute brannte die Septembersonne auf das Gras, das hier und da schon gelb aussah.

»Hallo, Mary Swan«, begrüßte Mrs. Abrams mich, als wir in die Küche kamen. Sie schien gerade von einer Partie Golf zurück zu sein, denn sie trug karierte Shorts, ein Polohemd und Golfschuhe, und auf ihrem blonden Haar thronte eine Sonnenblende. »Nicht wahr, ihr habt viel Spaß gehabt auf dem Schulball gestern Abend?«

Ich warf Rachel einen Blick zu, der so viel sagte wie: *Was soll ich antworten?*

Sie kam mir zu Hilfe. »Ja, ich hab' Mutter erzählt, wie toll das Essen war und die Band. Und wie ihr getanzt habt, du und Robbie.«

Ich lächelte, und Rachel reichte mir ein Glas Eistee und zog mich durch die Küchentür in den hinteren Garten. »'tschuldigung«, flüsterte sie, als wir außer Hörweite ihrer Mutter waren. »Ich wusste nicht, dass sie schon wieder hier ist.«

Wie ich bereits erwähnt habe, hatte Rachel keinen Swimming-Pool im Garten, aber dafür etwas viel Besseres: einen Stall mit fünf Pferden und dahinter eine Reitbahn. Ich war den ganzen Sommer nicht geritten, trotz Rachels Bitten und Betteln, und den ganzen lieben langen Sommer hatten die Abrams, ohne auch nur einmal zu klagen, Bonnie versorgt. Aber Rachel wusste: Wenn sie mich in den Stall lotsen konnte, würde der Geruch der Pferde, des Heus und des Hafers, ja selbst des Dungs mich in eine andere Welt entführen, weit weg von meiner Selbstmitleidsparty.

Wir traten in den Raum, in dem die Zügel und Sattel an der Wand hingen. Ich setzte mein Teeglas ab und atmete tief ein. Dann nahm ich aus einem Eimer einen der Striegel und öffnete die Tür zu der Box meiner Stute.

»Hallo, Bonnie«, sagte ich in der Stimme, die ich nur bei ihr benutzte. Sie war eine große Fuchsstute, über 1,60 Meter hoch, und hatte einen weißen Stirnfleck und einen weißen Ring um ihr linkes vorderes Fesselgelenk. An ihrer feurigen Mähne und dem Schweif klebte frische Streu. Sie wieherte leise, als ich mit der Hand über ihre weichen Nüstern fuhr. »Entschuldige, dass ich so lange fort war.«

Ich bürstete sie mindestens fünfzehn Minuten, ohne ein Wort zu Rachel. Dann ging ich zurück in die Sattelkammer, schnappte mir einen Zügel und einen Reithut und sagte: »Geh'n wir.«

Rachel hatte den ganzen Nachmittag mit Reiten verbracht, aber sie machte willig mit. Wir zäumten unsere Stuten auf und führten sie aus dem Stall und den Hang hinauf zu der Reitbahn. Dann kletterten wir auf den Zaun, lotsten die Pferde neben uns und setzten uns auf ihren nackten Rücken. In dem Augenblick, als ich Bonnies warmes, glattes Fell unter mir spürte und meine Beine um ihren Rumpf schlang, vergaß ich Mama und Herbert und den Schulanfangsball. Es war die beste Therapie der Welt, hier draußen zu reiten, mit dem wolkenlosen blauen Himmel über mir und der ersten Herbstahnung in der Luft.

»Mary Swan, Zeit für die Kirche!« Papas Stimme kam die Treppe hoch. Dann fügte er hinzu: »Wir essen heute mit Großvater und Großmutter im Club zu Mittag!«

Ich seufzte. Die Kirche und der Club waren die beiden Orte, auf die ich an diesem Sonntag verzichten konnte, denn an beiden wären jede Menge Schüler, die auch auf dem Ball gewesen waren. Bis auf Rachel; ihre Eltern gingen in den jüdischen Club.

Das sonntägliche Mittagessen im Club mit Oma und Opa nach dem Gottesdienst war genauso eine Familientradition wie der Kirchgang selber. Aber seit Mama und Papa zu ihrer Europa-Tournee aufgebrochen waren, waren wir nicht mehr dort gewesen.

In der Kirche saß Virginia Lawson drei Bänke weiter auf der rechten Seite und sah an den zahlreichen Damenhüten vorbei angestrengt in meine Richtung. Ich ignorierte sie. Neben ihr saß Jane Springfield, und kaum sah sie mich, flüsterte Virginia ihr etwas zu, und sie lachten beide in ihre weißen Handschuhe. Millie Garrett schaute rasch in die andere Richtung, als sie mit ihrer Familie den Gang entlangkam. Gut, dass wenigstens Herbert nicht in St. Philip ging.

Sollte ich mich kurzerhand unter der Bank verstecken? Ich ließ schließlich meine Knie auf das Kniepolster sinken. Doch dann stand die ganze Gemeinde auf und begann das Eingangslied zu singen, während der Küster, der Kreuzträger und die Gottesdiensthelfer feierlich den Mittelgang entlang zum Altar schritten. Ich hatte mein Gesicht in dem Gesangbuch, als zu meinem Entsetzen direkt neben mir Robbie vorbeiging, der den goldenen Kerzenhalter trug. Robbie der Pfadfinder war natürlich auch Robbie der Messdiener.

Ohne aus dem Takt zu geraten, formten seine Lippen die Worte: »Geht dir's gut?« Ich nickte so schnell, dass mein Strohhut mit der blauen Satinschleife und den nachgemachten Gänseblümchen von meinem Kopf segelte und auf Jimmys Schoß landete. Robbie war längst über alle Berge, aber Jimmy lachte noch immer, als ich den Hut wieder auf dem Kopf hatte. Papa warf mir einen strengen Blick zu, der so viel sagte wie: *Mary Swan, wir sind in der Kirche!*

Nach dem Gottesdienst standen die Teenager immer noch draußen beisammen und unterhielten sich. Heute versteckte ich mich fünfzehn Minuten in der Toilette, bis ich die Luft für rein genug befand, es ungesehen zum Auto zu schaffen.

Doch im gleichen Augenblick, als ich die Damentoilette verließ, kam Patty Masters herein. »Mary Swan«, sagte sie mitfühlend, »wie geht dir's denn?«

»Danke, gut«, sagte ich.

»Fast glaub' ich dir's«, versetzte sie. »Hab' gesehen, wie du den Bourbon getrunken hast.« Sie packte kameradschaftlich meine Schultern. Ich kam mir unwillkürlich kleiner vor, denn Patty war fast 1,80 Meter groß. »Das passt nicht zu dir. Lass dich nicht von diesem Ekel Herbert zur Trinkerin machen, es gibt schönere Dinge im Leben.« Sie schob ihre Zunge in ihre Unterlippe und schnitt eine ihrer berühmten Grimassen, dass ich trotz meiner schlechten Laune kichern musste.

»Also schön, halb gut«, gestand ich.

»Der gute alte Herbert. Muss so'n Mendon-Idiot uns einen perfekten Abend verderben.«

Ich zuckte die Achseln.

»Wenn dir das gut tut: Ich hab' gehört, dass Virginia inzwischen Schluss mit ihm gemacht hat. Er ist am Boden zerstört.« Sie machte ein gekünstelt trauriges Gesicht, schob wieder die Zunge in die Unterlippe und schielte gekonnt.

Jetzt lachte ich laut.

»Lass dich nicht fertig machen. Nicht von so einem. Und jetzt mach hier Schluss und geh auf den Parkplatz, Robbie sucht dich überall.« Sie ging in eine der Kabinen, nicht ohne hinzuzufügen: »Toller Typ, Robbie Bartholomew.«

Aber ich hatte keine Lust, Robbie zu sehen. Sich am Telefon entschuldigen war eine Sache, ihm persönlich gegenüberstehen, das war etwas anderes. Nun, Robbie erwischte mich, wie ich rasch zum Jaguar meines Vaters ging. Er rannte, um mich einzuholen, dass seine Wangen ganz gerötet waren.

Er nahm meine Hand, und bevor ich sie wegziehen konnte, sagte er: »Danke für deinen Anruf gestern. Ich hatte mir solche Sorgen um dich gemacht. Konnte nicht schlafen Freitagnacht. Geht's jetzt wieder gut?«

»Doch. Außer, dass alle mich angucken wie eine Kuh mit zwei Köpfen. Ich muss jetzt echt gehen, Robbie.«

»Warte, Mary Swan.« Seine Topas-Augen begegneten meinen. »Könnten wir vielleicht heute Abend was zusammen machen?«

»Vergiss das *Varsity*. Kommt nicht in Frage.«

Sein Lächeln war eine Spur schmerzlich. »Ich dachte an was anderes, nur wir beide alleine.«

Es zuckte in meinem Bauch. »Ich weiß nicht, Robbie. Warum willst du mit mir ausgehen, nachdem ich mich Freitagabend so benommen hab'?«

Er grinste. »Um dir 'ne zweite Chance zu geben – nein, war nur ein Witz. Wie wär's mit dem Kino? Was Leichtes. Mit Popcorn und Cola, kein Whisky.«

Ich merkte, wie ich errötend lächelte. Robbie Bartholomew hatte Sinn für Humor!

»Ich weiß nicht. Aber ich muss jetzt echt gehen, wir fahren in den Club, zum Mittagessen.«

»Ich bin dann um sieben bei dir.« Er berührte meinen Arm und zwinkerte. Er ging, bevor ich noch etwas sagen konnte.

»Jippie, Swannee und Robbie«, machte Jimmy triumphierend, als ich zu dem Auto kam.

»Halt's Maul«, zischte ich.

»Das scheint ein netter junger Mann zu sein«, kommentierte Oma Middleton, während sie in ihren großen Cadillac stieg, der fast neben Papas Wagen stand.

»Gute Familie«, murmelte Opa. »Und ein guter Footballspieler, glaub' ich. Groß und smart. Halfback.«

Sie fuhren langsam aus dem Parkplatz hinaus. Jimmy saß auf der Rücksitzbank und streckte mir die Zunge heraus, während Papa und ich in dem Jaguar folgten.

»Netter Junge, Robbie Bartholomew«, sagte Papa. »Eine feine Familie.«

Ich rollte meine Augen. Manchmal war es unheimlich, wie ähnlich er und Großvater dachten. Er drehte das Radio an, hörte die Nachrichten und schaltete dann zum Sportsender um. Ich machte es mir bequem, genoss den Wind durch die offenen Fenster und gab mich meinen Gedanken hin. Robbie Bartholomew hatte einen Witz gemacht und mir zugezwinkert, und in sechs Stunden würde er mich ins Kino fahren. Auf einmal hatte ich keine Angst mehr, wen ich alles im Club treffen könnte.

Aber es zeigte sich, dass das Problem gar nicht war, wen ich alles im Club sah, sondern wer alles Papa sehen wollte.

Der *Capital City Country Club* lag auf einem großzügigen Areal an der Peachtree Street. Das Hauptgebäude war aus schönem sandfarbenen Stein erbaut. Am Eingang wurden wir von einem schwarzen Diener in Empfang genommen, der die Autotüren öffnete, uns beim Aussteigen half und dann das Auto parkte. Den Clubmitgliedern standen eine Snackbar beim Swimming-Pool und ein richtiges Restaurant im Obergeschoss zur Verfügung. Außer dem Swimming-Pool gab es noch einen Golfplatz, mehrere Tennisplätze und einen See zum Angeln.

Als ich klein war, hatte Großvater Jimmy und mich immer zum Angeln mitgenommen. Aber ich hasste den Anblick der halb toten Fische, die anschließend in dem Eimer auf der Seite schwammen, und einmal, als wir schon halb wieder zu Hause waren, hatte ich Opa dazu überredet, zurückzufahren und mich alle Fische zurück in den See werfen zu lassen. Das war meine letzte Angelexpedition mit Opa gewesen.

Auf dem Weg zu unserem Tisch bemerkte ich erleichtert, dass Papa stehen blieb, um mit ein paar Freunden zu reden. »Hast du gesehen, was der Dow Jones am Freitag gemacht hat, Bill? Sieht so aus, als ob Coca Cola wieder marschiert.«

»Pass auf, John Jason, bald kommt die Überraschung des Jahres, wenn's 'ne Fusion in der Autoindustrie gibt. Und die Disney-Aktien werden noch mal ein Vermögen wert sein!«

Papa schlug Bill Henderson auf den Rücken und ging weiter zu Jerry Webster, einem seiner Exkommilitonen vom *Georgia Tech.* »Was meinst du, wie die *Yellow Jackets* sich im Herbst in der Football-Liga schlagen werden, Jerry? Sahen nicht schlecht aus gegen die *Blue Devils* gestern.«

Und so weiter und so fort. Ich fühlte mich auf einmal

richtig hoffnungsvoll. Ich hatte eine Verabredung für den Abend, mein guter Ruf schien doch nicht ruiniert zu sein, und Papa hatte gestern hier im Club Golf gespielt und tauschte jetzt mit seinen Freunden die neuesten Aktien-Storys aus. Und er war ganz glatt rasiert. Jimmy war so frech wie eh und je, und wir waren mit Oma und Opa zusammen, gerade wie in den alten Zeiten. Vielleicht würde doch alles wieder gut werden.

Die Kellner führten uns an einen neuen Tisch – nicht den, den wir gehabt hatten, als Mama noch lebte. Er stand direkt vor dem großen Fenster zum Swimming-Pool, und er war rund und bot gerade genügend Platz für uns fünf, sodass man nicht den Eindruck hatte, dass jemand fehlte – obwohl wir es schon vermissten, dass Mama nicht ihre »Bloody Mary« (einen Cocktail aus Tomatensaft und Wodka) bestellte.

»Ich mag diese Butterkräcker«, sagte Oma, um das Schweigen zu brechen. Sie langte nach dem kleinen Silbertablett mit der Spezialität des Clubs. »Und heute muss ich unbedingt das *Vichyssoise* ausprobieren!«

»Das bestellst du doch jedes Mal, Jennie«, sagte Opa und zwinkerte mir zu.

Ein anderer Kellner kam und blieb schweigend neben Großvater stehen. Als Opa fertig gesprochen hatte, sagte er: »Schön, Sie wieder zu sehen, Mr. Middleton. Geht es Ihnen gut?«

»Nicht schlecht, Tony, nicht schlecht. Und du? Viel Geschäft heute?«

»Das Geschäft geht gut, Mr. Middleton. Möchten Sie bestellen?«

»Das wollen wir, jawohl«, sagte Großvater jovial. Und Tony drehte sich zu Großmutter hin, und wir gaben einer nach dem anderen unsere Bestellung auf.

Sämtliche Kellner kannten die Clubmitglieder mit Namen, und die meisten der Mitglieder kannten die Kellner. An diesem Sonntag kam mir ganz neu zu Bewusstsein, dass alle Kellner schwarz waren. Sie trugen schwarze Smokings mit gestärkten weißen Hemden und schwarzen Fliegen, und die Kellnerinnen trugen schwarze Röcke mit weißen Rüschenschürzen. Ich fragte mich, ob wohl ein Weißer einen Job als Kellner in diesem Club bekommen konnte.

Das Essen verlief harmonisch. Ich erzählte Oma von dem Schulball – was ich angehabt hatte, die Dekoration auf der Dixon'schen Farm, die großen Zelte, das Büffet und die Band und das Tanzen –, gerade so, als ob es der Abend meiner Träume gewesen war. Papa und Opa fachsimpelten über Börsenkurse, und Jimmy schaute den Schwimmern draußen zu und kommentierte hin und wieder: »Schöner Sprung!«

Aber dann, als wir schon halb fertig waren, kamen mehrere Frauen zu unserem Tisch, jeweils allein, um Papa Guten Tag zu sagen. Charmante Frauen. Und ungebunden. Ich hatte gehört, dass nichts die Frauen der Stadt so magisch anzog wie ein reicher Witwer, und es schien zu stimmen. Ich erkannte die drei Frauen sofort wieder; sie waren den ganzen Sommer mit dampfenden Leckereitöpfen an unserer Haustür aufgetaucht. Es waren Helen Goodman, Amanda Hunnicutt und Jennifer Peabody. Sie waren nie lange geblieben, und ich hatte nicht weiter Notiz von ihnen genommen.

Aber als sie heute eine nach der anderen an unseren Tisch kamen, wurde ich unruhig. So unruhig, dass ich mein Lieblingsgericht – Hochrippe mit überbackenen Kartoffeln – nicht essen konnte. Amanda Hunnicott beugte sich so zu Papa hinunter, dass man ihr mehr als reichliches Dekolleté sehen konnte, und dann lud Papa sie auch noch ein, mit uns Kaffee zu trinken.

»O John Jason, wie lieb von dir! Ich kann leider nur eine Minute bleiben!«, sagte sie mit ihrer zuckersüßen Stimme, und dann kicherte sie so schrill, dass es mir den Rücken hinunterlief.

Papa winkte einem der Kellner zu und bat um einen Stuhl für Miss Hunnicutt, und ich musste zu Oma hin rutschen, damit Miss Hunnicutt sich neben Papa setzen konnte. Jimmy starrte sie aus halb offenem Mund an. Ich glaube, ihr Dekolleté interessierte ihn mehr als ihr Lachen. Ich trat ihm schließlich unter dem Tisch auf den Fuß, worauf er seinen Mund zumachte.

Ich sagte kein Wort, aber taxierte schweigend die Lage. Hatten diese Frauen denn überhaupt kein Benehmen? Hatte ich nicht irgendwo gelesen, dass einem Witwer ein Trauerjahr zustand, bevor die Damen sich auf ihn stürzen durften?

Wenn ich etwas gelernt hatte auf meiner Mädchenschule, dann Etikette. In unserem zweiten Jahr hatten wir einmal pro Woche ein Fach gehabt, das sich »Mode und Manieren« nannte und das uns in die Grundbegriffe weiblicher Grazie einführen sollte. Wir hatten Fach und Lehrerin nicht ernst genommen, bis ich eine meiner großen Ideen bekommen hatte. Eines Tages hatte ich, kurz bevor die Lehrerin kam, das Fach in »Liebe und Begierde« umgetauft. Der neue Name war ein voller Erfolg und machte die Auslassungen der armen Lehrerin über den rechten Umgang mit Nagelfeilen und Deosprays und die richtige Kleidung zu einer Beerdigung um einiges erträglicher.

Aber jetzt war Papa also das Ziel der Begierde, und als ich so an unserem Tisch saß, eingeklemmt zwischen Miss Hunnicutt und Oma, schwor ich mir, dass keine dieser Gesellschaftsdamen Papa und sein Geld kriegen würde.

Punkt sieben Uhr kam Robbie und fuhr mich in seinem offenen Kabrio in das Autokino, wo der neueste Elvis Presley-Film lief. Da das Auto den Schalthebel auf der Mittelkonsole hatte, konnte ich nicht direkt neben ihm sitzen und er nicht seinen Arm um meine Schulter legen, sodass wir die Popcorntüte hin- und hergehen ließen zwischen uns. Der Nachspann lief gerade über die Leinwand, als es hinter uns laut wurde. Ein schwarzer Junge mit einem komisch aussehenden Papierhut mit Reklame für eine Limonadenmarke auf dem Kopf bediente gerade ein Auto mehrere Reihen hinter uns.

»Hübsches Hütchen, Kleiner. Kann ich den mal aufprobieren?« Die Worte kamen von einem weißen Teenager mit jeder Menge Muskeln.

»Das macht 55 Cent, bitte«, sagte der Kellner, die Beleidigung überhörend.

Der weiße Junge stieg aus seinem Auto. »Bist du schwerhörig, Nigger?«

»Ich brauch' meinen Hut, Mister.«

Der weiße Junge lachte schallend und packte den Kellner

am Kragen. »Du tust, was ich sage, klar?« Er schubste ihn, dass er zu Boden ging, sein Tablett mit den Colabechern mit. Mehrere andere weiße Teenager sprangen aus ihren Autos und umzingelten den unglücklichen Schwarzen, lachend und johlend und spottend.

Ich war bereits aufgesprungen, Robbie dicht hinter mir. »Lasst ihn in Ruhe!«, schrie ich.

Die Jungen kicherten über meinen Ausbruch. Einer säuselte: »Habt ihr gehört, was das Mädchen gesagt hat? Ihr sollt ihn in Ruhe lassen!«

Dann erinnerte ich mich plötzlich an den Vorfall auf dem Oakland-Friedhof und bekam eine Gänsehaut. Der Junge, der die Szene angefangen hatte, ging zu dem schwarzen Kellner, riss ihn auf die Füße und begann ihn zu schütteln. Der Hut des Kellners lag auf dem Boden, colaverschmiert.

»Setz deinen Hut wieder auf«, kommandierte der Weiße.

Der Kellner beugte sich hinunter, und der Weiße boxte ihn auf das Kinn. Der schwarze Junge taumelte, stieß gegen den Kühler eines Autos und fing sich. Einen Augenblick sah es aus, als ob er zurückschlagen würde, aber er beherrschte sich. Der Kreis der weißen Jungen zog sich enger, ihre Augen blitzten.

»Komm, Nigger, kämpf wie ein Mann! Hast du Schiss?«, höhnte einer.

»Robbie!«, kreischte ich. »Tu doch was!«

Und er tat es, zu meiner großen Überraschung. Er ging durch den Kreis der weißen Teenager zu dem Schwarzen, der in der Mitte stand, den Blick gesenkt, und sich das Kinn rieb. Aus seinem Mund kam Blut. Robbie hob den halb zerknüllten Hut auf und reichte ihn ihm. Dann hob er die Colabecher auf, hielt sie dem weißen Muskelmann hin und sagte: »Das ist genug, Ed.« Auf seinem Gesicht stand die gleiche Abscheu geschrieben wie am Freitagabend, als Herbert über meine Mutter hergezogen war. »Bezahl ihm die Drinks, Ed, und lass ihn in Ruhe.«

Eds Gesicht wurde knallrot. »Du hältst dich da raus, Bartholomew. Und meine Drinks bezahl' ich nicht, die sind über den halben Parkplatz verschüttet. Ein Scheißservice ist das hier!« Er spuckte auf den Boden, drehte sich um und setzte sich in sein Auto. »Kommt, wir fahren!« Sie brausten mit quietschenden Reifen davon.

Robbie zog einen Dollarschein aus seiner Tasche und reichte ihn dem Kellner.

»Danke, Sir«, murmelte der, sein Kopf immer noch hängend. »Ich hol' Ihnen Ihr Wechselgeld.«

»Lass das mal«, sagte Robbie. »Geh zurück an deine Arbeit, bevor du Ärger kriegst.«

Der Kellner nickte und eilte davon.

Dies war das erste Mal, dass ich Robbies Mut und seine Großzügigkeit sah. Ich würde es nie vergessen. Wir gingen zurück zu unserem Auto, seine Hand in einer beschützenden Geste auf meinem Arm.

Ich zitterte. »Warum müssen die Menschen so furchtbar sein, Robbie? So grausam? Ohne jeden Grund.«

»Ich glaub', weil sie diesen Hass haben, Mary Swan. Die Weißen hassen die Schwarzen, weil sie das so gelernt haben.«

Wir saßen wieder in dem Auto. Meine Beine zitterten immer noch.

»Mary Swan, ist dir was?«

»Sagen wir mal, so ein tolles Wochenende war das nicht.« Dann fing ich an zu weinen. Ich glaube, Robbie wollte mich umarmen, aber da der Schalthebel zwischen uns war, konnte er sich nur etwas zu mir hinbeugen, sodass ausgerechnet unsere Köpfe sich berührten und seine Hand auf meiner Schulter war.

»Das tut mir Leid, Mary Swan, das tut mir echt Leid«, sagte er immer wieder. Dann und wann wischte er mir mit einem Taschentuch, das er aus seiner Hosentasche gezogen hatte, eine Träne ab. Wir saßen so lange so da, dass der Film wieder anfing. Robbie beachtete es nicht.

Schließlich trocknete ich mir die Tränen ab, und wir verließen das Autokino.

»Wo ich hinschaue, sind Weiße, die gemein zu Schwarzen sind«, sagte ich, noch halb schniefend.

»Das siehst du halt erst jetzt, Mary Swan. Das war schon immer so.« Er hatte wieder diesen gequälten Gesichtsausdruck, als ob er krampfhaft nach etwas suchte, um mich zu beruhigen.

»Und diese ganzen Weiber sind hinter meinem Vater her!«, platzte ich auf einmal los.

»Was?« Robbie sah verdutzt aus.

Und so erzählte ich ihm von dem Essen im Club, und dann kicherten wir plötzlich im Duett über Amanda Hunnicutts Ausschnitt und Jimmys große Augen. Als wir zu unserem Haus kamen, fuhr er zu dem Carport hinter dem Haus, parkte und schaltete den Motor aus. Dann stieg er aus, kam zu meiner Seite und öffnete meine Tür. Diesmal schien er entschlossen zu sein, mich zur Haustür zu begleiten. »Wir haben nicht viel Glück mit unseren Verabredungen, wie? Das tut mir Leid mit dem Zwischenfall vorhin.«

Mir war auf einmal ganz aufgeregt-zärtlich zumute, als ich ihn im Türlicht des Hintereingangs sah. Sein verschwitztes Haar klebte ihm im Gesicht, und ich schob es mit meiner Hand zurück. »Danke, dass du das gemacht hast. Das war wirklich mutig von dir. Und lieb.«

»Das war doch Ehrensache für 'nen Pfadfinder«, grinste er.

Ich musste lachen. »Nein, das mein' ich ehrlich, Robbie. Du warst ganz toll. Ich bin immer diejenige, die sich danebenbenimmt. Erst schrei' ich deine Freunde an, dann besauf' ich mich, und heute wollte ich 'nen Boxkampf mit diesen Typen anfangen.«

»Du bist klasse, Swan. Es sind halt ein paar blöde Sachen passiert die letzten Tage.«

Ich stand da und hatte keine Lust, wieder einfach wegzurennen. Ich wollte noch nicht ins Haus. Ich wollte nicht, dass Robbie ging.

»Also, danke für den netten Abend«, sagte ich, was ein dummer Satz war, denn der Abend war zwar aufregend und romantisch gewesen, aber nicht »nett«.

Und dann beugte er sich zu mir, nahm mit seiner Linken sachte meinen rechten Arm und drückte seine Lippen auf meinen Mund. Viel zu kurz. Nur eine oder zwei Sekunden, so, dass mein Herz zu hämmern begann. Und ich mich nach mehr sehnte.

»Gute Nacht, Mary Swan«, sagte er leise. Ich schaute ihm hinterher, wie er zu dem Auto ging, wendete und die Auffahrt hinunterfuhr, mir noch einmal zuwinkend. Ich lehnte mich gegen den Rahmen der Hintertür und seufzte.

Mein erster Kuss. Ich trat hinaus in den Garten, lehnte mich an den Stamm des Walnussbaums und stand lange so da. Mein erster Kuss. So heilig, dass noch nicht einmal Rachel von ihm erfahren durfte. Noch nicht.

Dem Gang zur Schule am Montag waren damit seine Schrecken genommen. Rachel und ich hatten zusammen Latein, Französisch und Englisch. Als ich ihr nach der Englischstunde von dem Kuss erzählte, schleppte sie mich in die Toilette und wollte alle Einzelheiten wissen. »Ich hab dir's doch gesagt, der ist in dich verknallt!«, triumphierte sie.

Und das war das Einzige, woran ich für den Rest des Tages dachte. Das Geflüstere und Gekichere der übrigen Mädchen über den Schulanfangsball störte mich nicht im Geringsten. Was Herbert gesagt hatte und meine Reaktion darauf erwähnte keine auch nur mit einem Wort. Und Rachel bestätigte, was Patty mir in der Kirche gesagt hatte: Jawohl, Virginia hatte Herbert den Laufpass gegeben. Den ganzen Tag weidete ich mich daran.

Als ich am Nachmittag nach Hause kam, erzählte ich Ella Mae nichts über Robbie, wohl dagegen über die Frauen, die mit Papa flirteten. »Du musst mir helfen, ihn vor ihnen zu beschützen«, sagte ich mit meiner dramatischsten Stimme.

»Dein Papa braucht keine Hilfe von mir, Mary Swan. Nein, nein.«

»Ella Mae, wenn du nur dabei gewesen wärst! Papa ist eine leichte Beute. Er ist einsam und in Trauer.« Ich beugte mich näher zu ihr. »Er hungert nach Liebe.«

»Mary Swan, lass den Mann in Ruhe! Er ist erwachsen.«

»Das ist mir egal. Wenn du mir nicht hilfst, frag' ich eben Jimmy.« Ich dachte, diese Drohung würde ziehen, doch Ella Mae sah mich nur streng an und sagte: »Lass mich raus aus deinen dummen Streichen, Mary Swan, da mach' ich nicht mit, nein, nein!« Sprach's und ging aus dem Zimmer.

Ich ging in den Garten, wo Jimmy gerade Muffin einen Ball zuwarf.

»Was hast du gestern gedacht bei diesen Frauen, die zu unserem Tisch kamen?«

»Die waren ätzend. Vor allem die Amanda Atombusen.«

Ich quietschte auf. »Psst! Dass Ella Mae dich nicht hört!« Ich hob einen Stock auf und warf ihn so fest ich konnte zu den Bäumen hin. Muffin sauste hinterher. »Ich hab eine Idee, wie wir Papa vor diesen Weibern schützen können.«

»Echt? Was für eine?«

Und so begannen Jimmy und ich unsere Kampagne zur Rettung von John Jason Middleton vor den Männerjägerinnen. Wir planten unsere Strategie, und Jimmy musste sie, ob er wollte oder nicht, gleich mit mir einüben. Ich wusste, dass wir keine Zeit zu verlieren hatten. Diese Frauen wussten, was sie wollten: John Jasons Geld. Jeden Augenblick konnten sie an der Haustür klingeln.

Und richtig: Um Viertel nach sechs klingelte es. Ella Mae war um halb sechs mit dem Bus nach Hause gefahren, und Papa war Gott sei Dank noch nicht da.

»Das ist Helen Goodman!«, rief ich Jimmy zu, der in seinem Zimmer war und gerade aus Kronkorken einen Roboter bastelte. Ich sprang die Treppe hinab, zwei Stufen auf einmal.

Helen Goodman sah aus, als sei sie aus einem Modemagazin entsprungen. Ihre Haut war das ganze Jahr braun – wie sie das schaffte, weiß ich nicht –, und ihre großen braunen Wimperntuscheaugen sahen so aus, als ob sie pausenlos darüber überrascht war, dass es sie gab. Sie wackelte gekonnt mit den Hüften, wenn sie lief; heute steckten besagte Hüften in einem schön eng anliegenden Leinenrock.

»Die hat 'nen Kuchen dabei!«, rief Jimmy, offenbar vom Fenster aus. »Sieh zu, dass sie den da lässt!«

Ich öffnete die Tür. »Oh, hallo, Miss Goodman. Das ist aber eine Überraschung.«

»Ich dachte, ich muss mal vorbeikommen. Ich war ja gestern im Club so erleichtert, dass es John Jason – ich meine, Mr. Middleton – besser geht. Und was seid ihr zwei liebe Kinder. So wohlerzogen.« Es klang gerade so, als ob wir nicht dreizehn und sechzehn Jahre waren, sondern drei und sechs. »Ich hab' gedacht, ihr mögt vielleicht meinen Marmorkuchen.« Sie senkte ihre Stimme. »Ist euer Vater gerade zu Hause?«

»Nein, Ma'am, er ist noch nicht von der Arbeit wiedergekommen. Er macht wohl Überstunden heute.«

Das war das Stichwort für Jimmy. Er kam laut die Treppe hinuntergerannt. »Hallo, Miss Goodman! Mensch, sieht der Kuchen gut aus!« Dann, zu mir, mit den unschuldigsten Augen der Welt: »Mary Swan, weißt du denn nicht mehr?« Er schaute Miss Goodmans Plastiklächelgesicht an. »Papa ist nicht auf der Arbeit. Er ist schon wieder gegangen, weil Jennifer Peabody ihn eingeladen hat, ein paar Häuser angucken, und danach wollen sie sich Blumen angucken.«

Das Erstaunen in Helen Goodmans Augen wurde echt. Jimmy fuhr unbeirrt fort. »Es kommen ja dauernd Frauen zu Besuch, aber am meisten Miss Peabody.«

Miss Goodmans gebräuntes Gesicht wurde noch zwei Stufen dunkler, während sie stotterte: »Ach du liebe Güte.« Sie reichte mir den Kuchenteller und ging, ohne auch nur Auf Wiedersehen zu sagen.

Am nächsten Nachmittag stürmte Jimmy in mein Zimmer, als ich gerade meine Flöte spielte. »Rate mal, mit wem wir heute Abend zum Dinner in den Club gehen!«

Ich legte meine Flöte hin. »Wer?«

Er grinste wieder.

»Doch hoffentlich nicht Helen Goodman.«

»Schlimmer.«

»Jetzt sag schon!«

»Amanda Atombusen!«

»Nein!«

»Dann komm und guck selber.«

Wir schlichen die beiden Treppen hinunter und lugten aus dem Flur in das große Wohnzimmer hinein. Ich konnte Papas gut geputzte schwarze Schuhe gerade eben sehen. Aber das Lachen hörte ich deutlich. In der Tat: Miss Hunnicutt!

»John Jason, ist das dein E-ernst?« quietschte sie, jedem Wort noch eine Silbe anhängend.

Papa lachte nervös. Ich stellte mir vor, wie die kurvenreiche Miss auf dem Sofa näher zu ihm rutschte.

»Kurz bevor sie kam, hat Papa mir gesagt, dass sie auf einen Drink kommt und dass wir danach alle zusammen im Club essen«, flüsterte Jimmy viel zu laut.

»O nein!«, stöhnte ich. Ich zog ihn in die Küche. »Das darf nicht sein. Wir müssen was tun, und zwar jetzt sofort!«

Jimmy ging also in sein Zimmer, holte sein Algebrabuch und marschierte ohne Umstände in das Wohnzimmer. »Papa, kannst du mir mal bei den Mathe-Aufgaben helfen?«

Ich stand draußen im Flur und hörte zu. Ich hörte deutlich die Irritation in Papas Stimme. »Da frag doch Swan, Jimmy!«

Jimmy trat den Rückzug an, und nach exakt fünf Minuten spazierte ich in den Salon. »Hallo, Miss Hunnicutt«, sagte ich höflich. »Papa, ich bin am Verhungern. Kann ich ein Stück von dem himmlischen Marmorkuchen essen, den Helen Goodman gestern gebracht hat?«

Papas Stirn runzelte sich. »Also, Swan ... wie meinst du das?«

»Ich hab gedacht, ich frage lieber, falls du die letzten vier Stücke für ihren nächsten Besuch aufheben wolltest.«

Miss Hunnicutt warf mir einen ärgerlichen Blick zu und führte anmutig ihr Glas Scotch mit Soda an ihre Lippen.

Papa schaute auf seine Armbanduhr. »Swan, du brauchst jetzt keinen Kuchen. Wir fahren in einer Viertelstunde zum Club, unser Dinner ist auf sieben Uhr reserviert.«

»Ach, komm, John Jason, sie ist doch fast erwachsen, gönn ihr doch den Kuchen!«

Ich war kaum gegangen, als Jimmy wieder hereinstürmte, das Gesicht ganz rot und Tränen in den Augen. »Papa, komm schnell! Muffin ist weggerannt! Er ist auf die Straße, hinter 'nem anderen Hund her!«

Papa unterdrückte einen Fluch. »Entschuldige eben, Amanda.« Er setzte, etwas über den »blöden Hund« murmelnd, sein Glas ab und ging zur Haustür hinaus, Jimmy, mir zuzwinkernd, hinterher.

Als Papa zehn Minuten später zurückkam, war er außer Atem und sein Anzug verschwitzt. »Entschuldige, Amanda. Der Hund ist weg.«

»Der kommt schon wieder, John Jason, da mach dir mal keine Sorgen.«

Jimmys saures Gesicht wurde tränennass. »Nein! Der ist noch nie weggerannt. Vielleicht will einer ihn stehlen! Wir müssen weitersuchen!«

Papa zuckte nervös die Achseln, und Amanda muss uns wohl durchschaut haben, denn sie ging, ganz eingeschnappt und etwas über Kinder und Hunde murmelnd. Und so verbrachten wir den Rest des Abends damit, Muffin zu suchen, den Jimmy im Badehaus versteckt hatte. Nach zwei Stunden »fand« er ihn im Wald. Statt des Dinners im Club gab es Sandwiches mit Erdnussbutter und Marmelade.

Papa hatte die ganze Zeit keinen Verdacht geschöpft – dachten wir. Aber als er am nächsten Tag von der Arbeit zurückkam, rief er mich in sein Arbeitszimmer. »Hör zu, Mary Swan. Ich weiß genau, was ihr versucht, dein Bruder und du. Und es wird euch nicht gelingen. Hast du mich verstanden?« Sein Gesicht hatte diesen angespannten Ausdruck. Dann wurde es weicher. »Swannee, du weißt, dass ich alles tue für dich und Jimmy. Aber bitte bringt mich nicht vor Gästen in Verlegenheit.«

»Aber die sind doch nur hinter deinem Geld her, Papa!«

Er lächelte. »Mary Swan Middleton, ich glaube wohl, dass ich alt und hoffentlich auch weise genug bin, um selber auf mich und mein Geld aufzupassen. Und auf meine Verabredungen.«

»Aber das ist doch viel zu früh, Papa! Du bist doch ein trauernder Witwer!«

»Swannee, Menschenskind, das Letzte, was ich brauchen kann, ist, dass meine Teenagertochter mir sagt, mit wem ich ausgehen darf. Aber jetzt reden wir mal über dich. Du bist ja jetzt schon drei Mal mit Robbie ausgegangen.« Seine Augen schienen in die Ferne zu blicken. »Magst du Robbie Bartholomew?«

Papa hatte also mitgezählt. »Doch, schon. Er ist echt nett.«

»Er kommt aus einer guten Familie. Ich kenne seinen Vater schon seit vielen Jahren.«

Ich merkte, wie seine Gedanken auf Wanderschaft gingen,

und ich wollte doch so gerne, dass er mit mir sprach. »Was macht sein Vater?«, fragte ich, obwohl ich es genau wusste.

»Er ist im Finanzwesen, in der Trust Company. Vorstandsvorsitzender im Capital City Club.« Und er zählte eine ganze Liste auf. Sie beeindruckte mich nicht. Robbie würde wahrscheinlich gerade so werden wie sein Vater. Erfolgreich, eine Säule der Gesellschaft, langweilig. In meinem Kopf hörte ich den halb schrillen, halb traurigen Ton eines Saxophons.

Papa räusperte sich und rieb sein Kinn. »Wenn deine Mama noch da wäre, sie würde dir jetzt alles Mögliche über das Ausgehen sagen …« Er beendete den Satz nicht. »Aber … also, ich hoffe, dass du ein gutes Mädchen sein wirst, Mary Swan.«

Ich ging zu ihm und küsste ihn auf die Wange. »Da mach dir mal keine Sorgen, Papa.« Ich musste an Robbies Kuss denken. Der war überhaupt nicht langweilig gewesen! Vielleicht war doch Hoffnung für Robert H. Bartholomew junior.

Papa, sichtlich erleichtert, wandte sich wieder seinen Papieren zu, und ich ging auf Zehenspitzen aus dem Zimmer, nicht ohne mir zu wünschen, dass Papa sich ein bisschen mehr Zeit für mich nehmen würde.

KAPITEL 13

Rachel hatte mir versprochen, am Samstag nach dem Mittagessen zur Mount Carmel-Kirche zu kommen, und so legte ich, als ich am Morgen in den Cadillac einstieg, meinen Flötenkasten zwischen Ella Mae und mich. Ella Mae schaute mich gekonnt misstrauisch an. »Willst du uns zum Essen was vorspielen, Mary Swan? Ein Solo, wie?« Sie wusste genau, wie sehr ich es hasste, vor anderen vorzuspielen.

»Nein«, sagte ich beiläufig. »Ich spiel' mit Carl, später. Rachel kommt auch, nach dem Essen.«

»Hmm. Soso.« Sie saß kerzengerade, die Hände um das Lenkrad gepresst. Ich glaube, ganz geheuer war Ella Mae das Autofahren nie. Keinen Augenblick nahm sie den Blick von der Straße. »Du verstehst dich gut mit Carl, nicht?«

»Ja, doch. Er ist echt nett.«

»Passt nur auf, ihr beide. Es ist nicht gut, wenn ein weißes Mädchen zu oft bei einem schwarzen Jungen ist.« Sie schaute kurz zu mir hin und runzelte die Stirn. »Dein Papa vertraut mir, wenn ich dich mitnehme, Mary Swan, verstehst du?«

Ich schluckte. »Klar versteh' ich das, Ella Mae. Du weißt doch genau, dass ich nur mit zu seinem Haus gehe und mit Pudding spiele und mich mit Mike und James unterhalte. Und mit Carl natürlich. Das ist alles.«

»Sieh halt zu, dass es so bleibt. Vor allem heute, wo Rachel kommt. Bei euch beiden weiß man nie – vor allem bei dir.«

Ich betrachtete mich also als gewarnt. Doch das machte die Schmetterlinge in meinem Bauch nicht weniger, als wir an der Kirche ankamen und Carl mich draußen begrüßte. Und als ich die Spaghetti servierte, schaute ich mindestens drei Mal auf meine Uhr und wünschte mir, die Schlange würde endlich aufhören. Meistens schnappte ich mir, wenn alle etwas bekommen hatten, selber einen Teller Spaghetti und aß zusammen mit den anderen Helfern in der Küche. Aber heute, wo ich keinen Küchendienst hatte, ging ich in den Saal hinaus und setzte mich an einen der Tische, Cassandra gegenüber.

»Wo ist Jessie?«

»Die ist da hinten, bei ihrer Oma.« Cassandra zeigte in den

hinteren Teil des Saals, wo mehrere Frauen sich um das Kind drängten.

»Und welches ist deine Mutter?«

»Na, die, die Jessie im Arm hat, natürlich.«

Ich musterte die Frau aus zusammengekniffenen Augen. Sie sah nicht älter als dreißig aus.

Seit meinem ersten Besuch in Grant Park fragte ich mich, wie das Leben funktionierte in dieser anderen Welt in Atlanta. Ich sah Cassandra an und fragte: »Hast du vor, Jessies Vater zu heiraten?«

»Heiraten?« Sie kicherte. »So 'nen Tunichtgut heiraten? Vergiss das!«

»Dann magst du ihn gar nicht?«

»Ich mag ihn schon. Und mit Jessie behalte ich ja ein Stück von ihm – na, du weißt schon.«

»Und was haben deine Eltern gesagt, als sie merkten, dass du schwanger warst?«, bohrte ich weiter.

»Also, meinen Vater hab' ich nicht mehr gesehen, seit ich sooo klein war. Und Mama – tja, die hat dasselbe gesagt wie Pastor James: ›Pass auf mit den Jungen, Cassandra, das bringt dir nur Ärger.‹ Ich hab nicht drauf gehört, denn mich hat sie ja gekriegt, als sie selber fünfzehn war.«

Ich versuchte, mein Erstaunen nicht zu zeigen. Jetzt wusste ich also, warum ihre Mutter so jung aussah.

»Und hast du das nicht komisch gefunden, dass du nicht verheiratet warst, als du schwanger wurdest?«

»Das ist doch stinknormal hier.« Ihr Lächeln wurde spitzbübisch. »Man muss nicht verheiratet sein, um schwanger zu werden, Mary Swan.«

Ich muss wohl knallrot geworden sein. Ich wechselte hastig das Thema. »Und deine Mutter kümmert sich also um Jessie, damit du zur Schule gehen kannst?«

»Naja …« Cassandra zuckte die Achseln. »Weiß nicht, ob ich da wieder hin will.«

»Magst du die Schule nicht?«

»Nee. Die ist so langweilig wie 'ne Sonntagspredigt.« Sie hielt sich die Hand vor den Mund und flüsterte vergnügt: »Wenn das Miss Abigail hört!«

»Aber du musst doch zur Schule gehen.«

»Wieso? Wie man für so'n Baby sorgt, das weiß ich schon alles. Windeln wechseln und kochen und so. Was soll ich in der Schule Nützliches lernen?«

Allerhand. Das unausgesprochene Motto im Wellington war, dass wir die Elite waren, die künftigen Studentinnen solcher Spitzen-Colleges wie Radcliffe, Vassar und Smith. Aber nein, Kochen und Windeln wechseln, das würde ich im Wellington nicht lernen.

Cassandra riss mich aus meinen Gedanken. »Hast du 'nen Freund, Mary Swan?«

Ich zuckte die Achseln. »Nein, eigentlich nicht.«

»Aber du hast doch jemand im Auge, nicht?«

Ich lachte verlegen. »Vielleicht.«

»Ich auch.« Sie lehnte sich über den Tisch und schaute kurz zur Küche hin. Dann flüsterte sie: »Ich hab Carl im Auge.«

Mein Mund wurde trocken. »Carl? Echt?«

»Echt. Aber viele andere Mädchen auch. Echt toller Boy, Carl. Der hat was drauf, in 'nem Jahr geht er aufs College.« Sie schnitt eine Grimasse. »Aber Miss Abigail, die ist wie ein Wachhund. Ich glaub', wenn ich Carl kriegen soll, muss ich doch wieder zur Schule gehen, ohne macht Miss Abigail nicht mit. Aber wenn Carl mein Mann wär', was wär' das toll! Hast du gesehen, wie er Jessie anschaut? Er ist ganz verrückt nach ihr.« Sie beugte sich noch näher. »Und ich glaub', er mag auch mich.«

Mir wollte schwindlig werden.

»Miss Abigail sagt natürlich, jetzt, wo ich ein Christ bin, darf ich keine Dummheiten mehr machen – na, du weißt schon!« Sie kicherte.

Doch, ich wusste es, auch wenn ich gerade erst meinen ersten Kuss hinter mir hatte. Ich erinnerte mich gut, wie vor ein paar Jahren ein Mädchen aus der Abschlussklasse eines Tages nicht mehr da gewesen war. Später hatte es geheißen, dass sie schwanger war. »Dann hörst du also auf damit?«

Sie grinste wieder. »Ich versuch's halt mal.«

Wenigstens ist sie ehrlich, dachte ich. Aber ich hatte keine Lust, weiter über Carl und »Dummheiten« zu reden, und so fragte ich sie etwas, das mir schon seit einiger Zeit im Kopf herumging. »Fühlst du dich eigentlich anders, seit du … seit du mit Miss Abigail gesprochen hast letzten Monat?«

»Du meinst, als wir gebetet haben und ich Jesus in mein Herz gelassen hab'?«

»Ja.«

»Doch. Ganz anders sogar. Jetzt sind ja meine Sünden vergeben, und ich weiß, dass ich in den Himmel komm'. Der blöde Teufel kann mir nichts mehr. Ich fühl' mich sauber, Mary Swan, hier drin.« Sie zeigte auf ihr Herz. »Und ich weiß auch, dass da einer ist, der für mich und Jessie sorgt. Der Herr Jesus kümmert sich um uns, und ich will, dass er ab jetzt der Chef in meinem Leben ist.« Dieses merkwürdig strahlende Lächeln, das plötzlich auf ihrem Gesicht war. Ich verstand nicht, was sie meinte.

»Aber warst du nicht schon vorher ein Christ? Bist du nicht zur Kirche gegangen?«

»Doch, sicher. Jeden Sonntag. Hab' sogar im Chor mitgesungen. Aber ein Christ war ich deswegen noch lange nicht; erst musste ich Jesus bitten, in mein Herz zu kommen. Und nächsten Sonntag werd' ich getauft!«

»In meiner Kirche wird man schon als Baby getauft.«

»Echt? Also, ich bin noch nicht getauft, aber Miss Abigail sagt, es ist sehr wichtig, dass ich mich taufen lass'. Sie sagt, in der Bibel steht, dass die Taufe ein Symbol für das ist, was Jesus in unserem Herzen getan hat. Sie zeigt allen in der Kirche, dass man Jesus wirklich in sein Herz gelassen hat. Und deswegen mach' ich das.«

Carl kam an unseren Tisch und setzte sich neben mich. Ich sah, wie Cassandras Gesicht noch heller wurde. Ich beobachtete ihre schulmädchenhaften Flirtversuche und seine Reaktion. In was hatte ich mich hier eingelassen? Carl schien der große Schwarm von Grant Park zu sein. Was erwartete ich eigentlich von ihm? Er kam aus einem Viertel, wo man mit fünfzehn Mutter und mit dreißig Großmutter wurde und wo man nicht heiratete, sondern Babys bekam, um ein Stück des Vaters zu behalten. Ein Viertel ohne Träume, ohne Hoffnung.

»Was meinst du, Mary Swan?«

»Wie?« Ich hatte Carls Frage nicht gehört.

»Ich hab' gefragt, ob du deine Flöte dabei hast und ob deine Freundin kommt.« Er lächelte sein gewohntes Lächeln. In meinem Magen schien ein Haufen Kieselsteine zu sein.

»Doch, Rachel kommt um zwei. Ich hab' ihr gesagt, dass wir uns hier in der Kirche treffen.« Und ich stand auf und ließ Carl und Cassandra allein und ging Miss Abigail suchen. Sie war in der Küche.

»Könnte ich mal mit Ihnen sprechen, wenn Sie Zeit haben?«

Sie war dabei, sich die Hände an einem Geschirrhandtuch abzuwischen. »Wenn du willst, hätte ich gleich jetzt Zeit, Mary Swan.«

»Es ist was Persönliches.«

Miss Abigail ging mit mir die Treppe hinauf und durch den Flur in die eigentliche Kirche. Es war das erste Mal, dass ich hier war. Verglichen mit St. Philip, das 1200 Gläubigen Platz bot, war Mount Carmel klein. Irgendwie gemütlich. Einfache Holzbänke mit zerschlissenen grauen Kissen und einer Ablage für Gesangbücher und Bibeln. Die Wände waren weiß gestrichen, und in jeder Wand gab es große dreiteilige Buntglasfenster, die nach oben in einem Bogen endeten. Hölzerne Querbalken trugen die Decke. Vorne, links von der schlichten Holzkanzel, stand ein Klavier, und hinter der Kanzel öffnete sich eine Art Chorraum mit einer spitz nach oben zulaufenden Decke. In ihm standen die Stühle für den Kirchenchor, und den Abschluss bildete das größte der Buntglasfenster.

Wir setzten uns in die vorderste Bankreihe. Miss Abigail schloss ihre Augen, als meditiere sie. Dann nahm sie meine Hände und fragte: »Was kann ich für dich tun, Mary Swan?«

»Ich muss endlich wissen, wie das funktioniert in dieser – dieser Kultur hier. Ich meine nicht die Schwarzen allgemein, sondern wie das hier ist. Diese Armut. Die Familien. Heiratet hier keiner? Werden die Kinder alle von den Großmüttern erzogen? Wie war Carls Familie? Ich will das wissen.«

Miss Abigail schob sich ein paar Haarsträhnen aus ihrem Gesicht und zog das Gummiband, das ihren langen Pferdeschwanz bändigte, fester. »Armut ist etwas Schreckliches, Mary Swan. So oft scheint es keine Hoffnung zu geben. Du kannst dir ja nicht vorstellen, wie manche Menschen hier leben – oder vielleicht sollte man sagen, vegetieren. Als ob sie eine Strafe absitzen.« In ihrer Stimme war etwas, das mir unbehaglich werden ließ. Etwas wie ein gerechter Zorn.

»Die Menschen in den Slums sehen das mit der Moral nicht so wie du und ich, Mary Swan. Die Mädchen träumen nicht von einem Mann und einem Heim und einer guten Schulbildung für die Kinder. Sie wollen einfach überleben. Pastor James predigt natürlich Enthaltsamkeit, und ich rede über sexuelle Reinheit. Und die Mütter in der Gemeinde reden mit ihren Kindern über diese Sachen. Aber was soll eine Mutter, die selber mit vierzehn schwanger wurde, ihrer Tochter sagen? Sex ist nicht das Erste, das ich hier bei uns anpacke; das kommt dann später.«

»Cassandra hat mir gesagt, Sie hätten ihr gesagt, dass sie jetzt, wo sie Christ geworden ist, nicht mehr hinter Männern herrennen darf.«

»Ja, das stimmt. Aber es war nicht das Erste, was ich ihr gesagt habe. Als Erstes erzählte ich ihr von Jesus und wie sehr er sie liebt, so wie sie ist. Wie viel Gnade er für sie hat und wie er aus Bösem Gutes machen kann. Wenn du die Bibel liest, siehst du, dass Jesus nicht mit einer langen Verbotsliste anfing, als er mit der Ehebrecherin sprach oder der samaritischen Frau. Er stellte ihnen Fragen, gute Fragen. Er hörte ihnen zu und sah ihre Not. Und dann erzählte er ihnen von sich selber und von der Liebe, der Vergebung, dem ewigen Leben, das er bringt. Erst brachte er ihnen das Evangelium, und dann sagte er: ›Geh und sündige nicht mehr‹.«

Auf einmal verspürte ich Lust, doch einmal in der Bibel zu lesen. Was Miss Abigail mir da sagte, war eine Predigt, die ich noch nie gehört hatte. Oder hatte ich es nur nie hören wollen?

»Ich will dir sagen, wie ich Carl kennen gelernt hab', Mary Swan.« Ihre Stimme wurde plötzlich rau. »Eines frühen Morgens kam ein Polizist in unsere Kirche und sagte, dass am Abend zuvor weiter unten auf der Straße jemand erschossen worden war. Er bat mich, mitzukommen und mir das anzusehen.

Ich war damals erst drei Monate in Atlanta gewesen. Das

Haus, in das er mich führte, war ein Loch – es gibt kein besseres Wort. An der Stelle, wo die Leiche gelegen hatte, war eine Blutlache auf dem Fußboden. Und in den drei völlig verdreckten Zimmern hockten acht weinende Kinder. Fünf gehörten Carls Mutter, drei seiner Tante. Die Tante und ihr Bruder hatten all diese Kinder am Hals. Sie standen alle unter Schock.

Der Älteste der Geschwister war Carl. Er war damals zwölf und versuchte gerade, die Kleineren zu beruhigen. Sie waren verdreckt und hatten Schnupfen und Läuse. Die älteste Tochter seiner Tante war dreizehn und schwanger und Epileptikerin; sie starb drei Monate später, bei der Geburt des Kindes. Zwei andere Kinder hatten Tbc und starben ebenfalls; eines davon war Carls andere Schwester; sie starb, als sie acht war.« Miss Abigails Augen überzogen sich feucht. »Es war ein reines Wunder, dass die kleine Pudding es geschafft hat. Ich hatte solche Häuser schon in den Slums von Detroit gesehen. Der einzige Komfort war die schmutzige Toilette hinter dem Haus. Kein warmes Wasser, keine Badewanne, keine Dusche, keine Fliegengitter. Im Kühlschrank nichts als eine offene Dose Thunfisch. Die Küchentheke voller Fliegen; das andere will ich gar nicht alles erwähnen.«

Mir schauderte. Hatte Carl wirklich so gelebt? »Und was haben Sie gemacht?«, fragte ich.

»Die Kinder zu mir nach Hause genommen. Was hätte ich sonst tun sollen? Ich säuberte sie und brachte sie zur Schule. Aber weißt du, Mary Swan, ich hätte das nie geschafft ohne all diese lieben Helfer. All die Frauen aus deiner Kirche und anderen Kirchen in Buckhead, die zu mir kamen und mir halfen, die Kinder zu waschen und ihnen zu essen zu geben. Die die Kleinsten im Arm hielten. Diese reichen weißen Damen aus Buckhead, sie liebten Jesus und sie sprangen in die Bresche. Sie wurden Jesu Hände und Füße in den Slums.«

»Reiche weiße Damen haben Ihnen geholfen, für Carl und seine Geschwister zu sorgen?«, fragte ich ungläubig.

»Mary Swan«, sagte sie, und ihr Gesicht leuchtete. »Ich liebe Buckhead. Ich liebe diese guten Frauen, die freiwillig hierher kommen. Dachtest du etwa, ich hab' das alles allein geschafft? Der Herr weiß, wie oft er mir durchgeholfen hat mit einer lieben Frau aus Buckhead oder einem anderen Viertel von Atlanta, die bereit war, anzupacken.«

»Und die haben sich nicht an dieser Armut gestört oder an dem Geruch und dem Dreck?«

Sie bekam dieses halb schelmische Leuchten in den Augen. »Mary Swan, diese Damen mögen in den besten Häusern von Nordwest-Atlanta wohnen, aber ihre Herzen gehören Jesus. Und er zeigt ihnen, was sie tun sollen. Jeden Tag.«

Das war wie eine Offenbarung für mich. »Dann glauben Sie nicht, dass es schlimm ist, wenn einer viel Geld hat?«

»Nein. Ich preise Gott für diese lieben Frauen und ihre Männer. Viele von ihnen spenden großzügig, mehr als großzügig, für alle möglichen Hilfsorganisationen, auch für die Arbeit hier in Grant Park. Geld ist nicht das Problem, Mary Swan. Kennst du den Bibelvers, in dem es heißt. ›Wo dein Schatz ist, da ist auch dein Herz‹?«

Ich zuckte die Achseln und schüttelte den Kopf.

»Lies es ruhig einmal. Es steht im sechsten Kapitel des Matthäusevangeliums. Und in seinem ersten Brief an Timotheus sagt Paulus, dass es die *Liebe* zum Geld ist, die uns all die Probleme bringt. Alles, was uns wichtiger ist als Gott, kann uns zum Fallstrick werden. Das kann eine große schöne Villa in Buckhead sein oder eine Flasche Bier hier in Grant Park. Das kann ein Auto sein oder unsere Schulbildung oder ein Mann ...«

Sie schaute zur Seite, als erinnere sie sich an etwas. »Carl und seine Geschwister werden es schaffen, und das liegt mit daran, dass all diese Damen uns so geholfen haben. Und die Kinder wissen das auch. Sie wissen, dass Gott zu ihnen gekommen ist und sie aus ihrem Elend herausgezogen hat. Sie haben echte Wunder Gottes in ihrem Leben erlebt, Mary Swan.

Sie sind vielen Versuchungen ausgesetzt, aber ich bete jeden Tag darum, dass sie nicht vergessen, wie viele Menschen zu ihnen gekommen sind und immer noch kommen, jede Woche, so wie du, um zu helfen. Ich bete darum, dass sie nicht vergessen, wie die Hände und Füße Jesu aussehen. Sie können weiß sein oder schwarz oder welche Farbe auch immer, aber es sind Hände und Füße, die Jesus an die erste Stelle setzen.«

Wenn Miss Abigail von etwas gepackt war, wurde ihre Stimme lauter und ihre Augen feucht. Ich fühlte mich, als ob ich einen Golfball in der Kehle hatte. Ich konnte nicht sprechen.

Sie redete weiter. »Das ist es, was Gott mit dem Leiden macht, Mary Swan. Statt Gewalt und Hass und Grausamkeit hervorzubringen, wird es in seinen Händen ein Liebesopfer für ihn. Er verändert es.« Sie ging unvermittelt auf die Knie und begann zu weinen.

Ich muss wie eine Statue dort auf der Bank gesessen haben, den Rücken an die Lehne gepresst. Am liebsten wäre ich auch auf die Knie gegangen und hätte neben Miss Abigail geweint. Was sie da erzählte, brach mir das Herz. Aber ich konnte, ich durfte das nicht in mich hineinlassen – diese Sache mit dem Opfer und dem Gott, der alles Elend in Gutes verwandelte. Irgendwie wusste ich: Wenn ich ihren Worten wirklich zuhörte, dann würde womöglich der Gott, über den sie da so freimütig sprach, auch in mein Herz kommen. Und dazu war ich noch nicht bereit.

»Segne diese Kinder, du mächtiger, heiliger Herr«, betete sie mit geschlossenen Augen, während die Tränen ihr Gesicht hinunterliefen. »Bewahre du diese Kinder, sie alle. Ich kann es nicht, und ihre Eltern auch nicht. Aber du kannst.«

Ich hatte meine Gefühle jetzt so weit zurückgedrängt, dass mein ganzer Körper hart wie ein Brett war und ich Miss Abigails Tränen nur peinlich fand. Die tiefe Beklommenheit in meiner Brust, sie war weg, und als ich sprach, schien meine Stimme einem anderen, gänzlich unbeteiligten Menschen zu gehören. »Haben Sie immer Kinder in Ihrem Haus?«

Sie erhob sich langsam und trat zu einem der bunten Fenster. »Oft, aber nicht immer.«

»Und eigene Kinder haben Sie nie gehabt?«

»Nein.«

»Wollten Sie je heiraten?«

»Ich war einmal verheiratet, Mary Swan.« Sie drehte sich um, um mich anzusehen, und ihre Stimme wurde wacklig. »Mit einem Jungen, den ich von der Schule kannte und der aus einer guten Familie in Detroit kam. Intelligent und lustig und mit lauter schönen schwarzen Locken und einem hinreißenden Gesicht.« Ihr Lächeln war traurig.

»Ich war noch sehr jung damals, kaum achtzehn. Er war drei Jahre älter, war auf dem College gewesen und wusste sehr viel. Auch über die Frauen, aber das wusste ich damals natürlich nicht. Ich weiß nicht, warum er mich heiratete – aber es muss wohl Liebe gewesen sein.« Der letzte Satz klang so, als ob sie krampfhaft versuchte, ihn zu glauben.

Ich hatte Lust, sie zu bitten, aufzuhören. Sie hatte mir schon das Herz gebrochen mit Carls Geschichte, und diese neue Geschichte, sie schien genauso schlimm zu sein, und ich hatte doch kein Recht, sie zu erfahren.

Aber sie fuhr fort. »Er heiratete mich also, und ein paar Wochen später hatte ich Angst vor ihm. Er trank und blieb bis spät in die Nacht aus mit seinen Freunden – lauter nette junge Männer übrigens – und trieb sich wer weiß wo herum. Mich berührte er kaum jemals, und wenn, dann schlug er mich ins Gesicht. Sonntags brauchte ich einen ganzen Topf Make-up, damit seine Mutter oder meine beim Dinner nicht meine blauen Flecken sahen. Meine Eltern haben wohl etwas geahnt, aber sie brachten es nicht fertig, das zuzugeben. Dann tat er mir eines Tages richtig weh, und ich ging und kam nie mehr zurück. Und das war, als ob mir ein Messer durch das Herz ging, Mary Swan, denn ich liebte diesen Mann. Ich liebte ihn.«

Ich schluckte heftig und wollte etwas sagen. Miss Abigail bemerkte es nicht. »Wie war ich dankbar, dass wir keine Kinder hatten. Und traurig, weil ich doch so gerne ein Kind wollte. Und jetzt hat Gott mir so viele, viele Kinder gegeben, für die ich sorgen kann.«

Ich musste die ganze Zeit denken: *Warum sagt sie mir das?* Ich platzte schließlich heraus: »Was soll das für ein guter Gott sein, der Ihnen so einen schlimmen Mann gegeben und dann auch noch von Ihnen verlangt hat, dass Sie Ihr schönes Haus verlassen und in den Slums wohnen und mit diesen armen, elenden Menschen arbeiten, die nie anders werden? So ein Gott kann mir gestohlen bleiben!«

Miss Abigail antwortete einfach: »Mary Swan, findest du,

dass Carl elend ist? Oder Pudding? Oder Cassandra und Jessie?«

Ich schämte mich plötzlich, dass mir schlecht werden wollte. »Entschuldigung«, murmelte ich.

Ihre Stimme war voller Mitgefühl. »Was Gott *mir* aufgetragen hat, hat nichts damit zu tun, was er von *dir* will. Schau nicht mich an und sage: ›Das kann ich nicht.‹ Wenn du die Bibel liest, dann wirst du sehen, dass Gott uns immer genau das gibt, was wir brauchen, um seine Aufträge auszuführen; ohne seine Kraft schaffen wir es nicht. Aber er berücksichtigt dabei immer unsere Persönlichkeit und unsere tiefsten Herzenswünsche. Und wenn du ihn lässt, Mary Swan, dann verändert er diese Wünsche, bis sie genau dem entsprechen, was sein Plan für dich ist. In den Psalmen steht: ›Habe deine Lust am HERRN; der wird dir geben, was dein Herz wünscht.‹ Seine Wünsche werden deine Wünsche, weil du ihn so sehr liebst und ihm gefallen möchtest. Und dann gibt er dir den größten Frieden und die tiefste Freude in der Welt. So hat er es auch bei mir gemacht, hier mitten in den Slums.« Ihr Gesicht strahlte wieder.

»Es ist immer einfacher, zu sagen: ›Komm mir nicht zu nahe, Jesus‹ und dann all das Schlimme um uns herum zu kritisieren. Jesus so kennen lernen, wie man seinen besten Freund kennt, das ist etwas Unheimliches, Mary Swan, aber wenn du willst, dass dein Leben anders wird, gibt es keinen anderen Weg. Keine andere Religion hat einen persönlichen Gott. Keine andere hat einen Gott, der auf die Erde gekommen ist und aus Liebe sich selber geopfert hat. Wenn du ein Christ werden willst, dann musst du begreifen, dass das Christsein keine Religion ist, wo man sonntags seine Pflicht tut und zur Kirche geht. Es geht darum, Gott – Jesus – kennen zu lernen.«

Als ich nichts sagte, fügte sie hinzu: »Aber ich habe den Eindruck, du zäumst das Pferd von hinten auf, Mary Swan. Bevor du herausfinden kannst, was Jesus mit deinem Leben machen will, musst du zunächst zu ihm kommen. Er kann dich erst dann führen, wenn du ihm gehörst.«

Jetzt wurde mir richtig mulmig zumute – vor allem, weil sie dauernd *Jesus* sagte. Es war fast so, als ob sie ein unanständiges Wort sagte. Ich wollte nicht, dass sie diesen Namen noch einmal aussprach. Meine Hände wurden klamm, und ich schaute auf meine Uhr und sagte hastig: »Ich muss jetzt wieder nach unten, hab' mich mit einer Freundin verabredet.«

Miss Abigail antwortete nicht. Ich ließ sie an dem Fenster stehen und rannte aus der Kirche und die Treppe hinunter ins Untergeschoss.

Rachel kam zehn Minuten später. Ich begrüßte sie draußen auf der Straße, wo ihr Bruder, Jamie, sie absetzte. Sie winkte ihm zu und flüsterte: »Meine Eltern würden sterben, wenn sie wüssten, dass ich hier bin.«

»Bist du bereit, reinzugehen?«, fragte ich etwas dramatisch.

»Natürlich«, erwiderte sie, als habe ich sie beleidigt.

Ich hatte sie angewiesen, sich leger zu kleiden, aber was bei Rachel leger war, war in Grant Park elegant. Schon begannen die ersten Köpfe, sich in ihre Richtung zu drehen. Carl unterhielt sich immer noch mit Cassandra. Als er sah, wie wir in den Saal kamen, stand er auf und kam, Cassandra an seinen Fersen, zu uns.

Rachel, wie immer souverän, hielt ihm lächelnd ihre Hand hin und sagte: »Nett, dich kennen zu lernen, Carl. Mary Swan hat mir viel von dir erzählt.«

»Und mir von dir. Schön, dass du da bist.«

Cassandra sah etwas perplex aus. Ich sagte schnell: »Und das ist Cassandra. – Cassandra, meine beste Freundin, Rachel.«

»Hey, Cassandra«, sagte Rachel.

»Hey«, erwiderte Cassandra grinsend. »Willst du uns was vorspielen?« Sie nickte zu dem Flötenkasten hin, den Rachel unter ihrem Arm hatte.

»Nein, nur ein bisschen üben. Zum Spaß.«

»Spielst du auch, Carl?«

»Klar. Hab' sie ja eingeladen. Wenn du willst, kannst du mitkommen, Cassandra.«

Sie strahlte Carl an und kicherte. »Ich muss jetzt Jessie nach Hause bringen, sie muss ins Bett. Tschüss.« Und sie lief zu ihrer Mutter, die sich immer noch, die kleine Jessie auf dem Arm, mit den anderen Frauen unterhielt.

Auf dem Weg zu Carls Haus sagte er Rachel: »Mary Swan hat mir gesagt, du spielst viel besser als sie.« Er zwinkerte mir zu.

»Glaub kein Wort davon!«, schoss Rachel zurück.

»Das hab' ich Mary Swan auch gesagt. Aber ich muss gar nichts glauben, gleich hör' ich's ja.«

Seine Tante schien nicht erfreut zu sein, als sie Rachel und mich sah. Sie saß auf der Veranda und unterhielt sich über das Geländer mit einem Mann. Carl schüttelte seine Hand. »Tag, Mr. Jones.«

Der Mann spuckte einen Klumpen Kautabak aus und nickte Carl zu.

Wir gingen ins Haus. »Das ist Pudding«, sagte Carl und drückte seine kleine Schwester an sich.

Rachel beugte sich zu ihr und sagte: »Guten Tag, Pudding.«

Pudding ließ ihren Bruder los, packte meine Hand und flüsterte mir ins Ohr: »Ist die hübsch! Richtig hübsch!«

»Ich weiß«, flüsterte ich zurück.

»Entschuldigt mich 'nen Moment«, sagte Carl. »Wenn ihr wollt, könnt ihr schon anfangen.« Er bedeutete uns, im Wohnzimmer zu bleiben. »Will nur eben die Nachrichten im Radio hören.« Er ging in die Küche und begann, den Senderknopf des Radios zu drehen, während Rachel und ich warteten.

»Er will wissen, was es bei James Meredith Neues gibt«, sagte Pudding, als vertraue sie mir ein großes Geheimnis an. »Heute kommt's raus, ob Mr. Meredith in dieses weiße College in Miss – Missa – Missassippi gekommen ist.«

Ich schaute Rachel perplex an, und sie flüsterte mir ins Ohr: »Hast du das nicht gehört, dass James Meredith sich um 'nen Platz im Old Miss beworben hat?«

Ich zuckte die Achseln. Ich hörte nicht oft Nachrichten.

Sie rollte die Augen, als wollte sie mir sagen: *Du bist ein hoffnungsloser Fall.* »Heute ist der Tag, wo sie ihn aufnehmen sollen. Als ersten Neger, der eine weiße Uni besuchen darf.«

Carls Ohren klebten fast an dem Radio. Ich sagte: »Stell's doch lauter, damit wir auch was hören.«

Ein Kommentator erklärte gerade, wie der Gouverneur von Mississippi, als er hörte, dass der Oberste Gerichtshof ihn angewiesen hatte, Meredith unverzüglich einen Studienplatz zu geben, ausgerufen hatte: »Niemals! Wir werden nicht vor den Mächten der Ungesetzlichkeit und Tyrannei kapitulieren!«

Carl schaltete das Radio aus und zuckte die Achseln. »Heute kommt der nicht rein. Aber sie sagen, nächste Woche.« Er lächelte zuversichtlich und sagte: »Die dürfen den doch nicht nur deswegen abweisen, weil er schwarz ist!«

Carl hatte bisher nicht viel über Bürgerrechte mit mir geredet. Jetzt begannen er und Rachel eine Diskussion über die Freedom Ride-Demonstrationen des letzten Jahres. Rachels Interesse schien Carl zu gefallen. »Mein Vetter hat da letztes Jahr mitgemacht«, sagte er stolz. »Ich bin bei den meisten friedlichen Demonstrationen im Zentrum von Atlanta dabei gewesen – dass Schwarze in die gleichen Restaurants dürfen wie Weiße und so was. Und habt ihr gehört, was in Albany los ist? Im Sommer haben sie sogar Pastor King ein paar Wochen eingelocht. Mein Vetter macht mit bei den Demonstrationen in Albany. Ich hab' ihm gesagt, dass ich ihm helfen werd'. Eines Tages lern' ich vielleicht sogar Pastor King kennen.«

Seine Augen wurden zornig. »Bin gespannt, wie das mit Meredith wird. Ich weiß, wie es ist, wenn eine Schule einen nicht will. Miss Abigail hat versucht, mich für dieses Jahr in eine weiße High School zu kriegen, aber die wollten nichts davon hören.«

»Tja, seit der Entscheidung des Obersten Gerichtshofs gegen die Rassentrennung im Jahr 1954 ist erst ein Schulbezirk in Georgia gemischtrassig geworden, und das war hier in Atlanta«, kommentierte Rachel. »Letzten Herbst hat eine Schule in unserer Gegend schwarze Schüler aufgenommen. War der Skandal des Jahres.«

Ich holte meine Flöte aus ihrem Kasten und steckte sie zusammen. Wenn es nach mir gegangen wäre, hätte ich nie Flöte spielen gelernt. Aber Mama und Papa fanden, dass eine höhere Tochter ein Musikinstrument spielen musste, und so hatte ich mir in der dritten Klasse das Instrument ausgesucht, das ich am schönsten und handlichsten fand. Ich hatte zwei Monate Privatunterricht gebraucht, um überhaupt einen Ton aus ihm herauszukriegen; es folgten drei Jahre Kampf und Schweiß.

Dann, in der sechsten Klasse, hatte ich Rachel kennen gelernt. Rachel war nicht nur hell im Kopf, sondern auch musikalisch. Noch nie hatte ich jemanden in meinem Alter erlebt, der so Flöte spielen konnte. Auf dem Schulfest am Ende des Schuljahres war Rachel aufgestanden und hatte »Karneval in Venedig« gespielt. Aus dem Gedächtnis. Papa war so beeindruckt gewesen, dass er mich in der siebten Klasse zu Rachels Flötenlehrerin geschickt hatte. Von jetzt ab fuhren Rachel und ich jeden Freitagnachmittag gemeinsam zum Flötenunterricht bei Mrs. Hancock. Wir kicherten und stöhnten und taten so, als ob wir den Unterricht hassten.

Ich hasste ihn wirklich. Ich hasste es, wenn Rachel ihre Tonleitern so perfekt spielte, und war neidisch darauf, dass sie das Lehrbuch, durch das ich mich mühsam hindurchkämpfte, schon vor Monaten fertig beackert hatte. Meine Beine zitterten und mein Magen zuckte, wenn ich Rachel zuhörte. Und wenn ich dann an der Reihe war, erlebte unsere Lehrerin ihre kalte Dusche. Dachte ich zumindest. Zu ihrer Ehre muss ich sagen, dass sie mich nie mit Rachel verglich. Dafür manchmal mit einer verstimmten Kröte, und meine Flöte quietschte wie eine Maus, sagte sie.

Als Rachel und Carl mit dem Thema »Bürgerrechte« fertig waren, holten sie ihre Instrumente hervor und begannen ohne Umschweife zu improvisieren. Ich setzte mich auf das Bett, meine Flöte im Schoß, und hörte ihnen zu, erleichtert, Carls prüfenden Ohren entronnen zu sein. Aber er sagte: »He, Mary Swan, Faulenzen gilt nicht. Wir üben jetzt.«

Rachel und ich waren dabei, unsere Flöten zu stimmen, als Carls Tante hereinkam und mit einem missbilligenden Blick verkündete: »Carl, könnt ihr nicht woanders spielen? Von den Flöten kriegt man ja Kopfweh!«

»Yes, Ma'am«, erwiderte er höflich. Als sie wieder draußen war, flüsterte er: »Sie ist heute schlecht drauf, macht euch nichts draus.« Er lächelte. »Aber ich hab schon 'ne Idee. Bitte mitkommen, die Damen!«

Wir verließen das Haus und folgten ihm die Straße entlang

am Oakland-Friedhof vorbei zu seiner High School, Fair Oaks. Sie hatte kein elegantes Tor und lag nicht in einem halben Park wie das Wellington; alles, was man sah, waren ein paar Ziegelgebäude mit einem Parkplatz davor. Vor dem Haupteingang lag Abfall herum. Aber hinter den Schulgebäuden lag ein Footballplatz, der in einem viel besseren Zustand zu sein schien als die Schule selber.

Carl zeigte auf die unüberdachte Tribüne. »Setzt euch, Mädchen.« Dann trat er auf das Spielfeld hinaus und begann, sein Saxophon zu spielen und dazu, den Kopf selig zurückgelegt, mit allen möglichen Verrenkungen zu marschieren – oder, besser, herumzutanzen. Rachel und ich kugelten uns vor Lachen.

»Seht ihr, wie einfach das ist?«, rief er uns zu.

Carl der Schauspieler – diese Seite von ihm hatte ich noch nie gesehen.

»Der ist echt hinreißend«, flüsterte Rachel bewundernd.

Wir feuerten ihn an, weiter zu marschieren, und er tat es, als ob die ganze Zweihundert-Mann-Kapelle um ihn herum war und eine Halbzeit-Show durchzog. Wir schauten wie gebannt zu. Sowohl Rachel als auch ich hatten schon einmal den heimlichen Wunsch gehabt, in einer Marschkapelle mitzuspielen. Im Wellington hatten wir nur ein normales Orchester. Ein sehr bekanntes und angesehenes Orchester, das einzige in ganz Georgia, in dem nur Mädchen spielten. Aber als ich Carl dort auf dem Spielfeld sah, musste ich unwillkürlich an die Halbzeitpausen bei Footballspielen zurückdenken, wenn meine Freundinnen und ich der Marschkapelle applaudiert hatten.

Schließlich kam Carl ganz verschwitzt zu uns auf die Tribüne und ließ sein Saxophon wieder singen, wie damals vor mir. Dann hob er die Augenbrauen und sagte: »Los, Mädchen, und jetzt spielen wir Jazz.«

Als er meine verdutzte Miene sah, legte er das Saxophon hin, trat zu mir, setzte sich auf die Bank hinter mir, legte seine Hand über meine Augen und flüsterte mir ins Ohr: »Hör einfach zu, Mary Swan. Lass deine Finger 'ne Tonleiter spielen und hör zu.« Der Klang seiner Stimme, die Wärme seiner Finger auf meinen Augen verzauberte mich. Ich versuchte, mich zu entspannen. »Und jetzt los«, sagte er, als ich, halb ängstlich, halb vorfreudig zitternd, meine Finger über die Flöte gleiten ließ. »Und jetzt geh in Moll. – So ist's richtig, Mary Swan. Hmm. Ja – so.«

Als er mich losließ, fiel ich um ein Haar zurück in seine Arme. Jede Zelle meines Körpers rief nach mehr – mehr von seiner Berührung, seiner Zeit, seiner Musik.

Als wir zurück zur Kirche kamen, wartete Ella Mae auf uns, Stirne gerunzelt, Hände in den Hüften. »Entschuldige, dass wir ein bisschen spät dran sind«, sagte ich, ein Grinsen unterdrückend. Ich fühlte mich wie im siebten Himmel.

Rachel und ich sagten kein Wort auf der Fahrt nach Hause, aber als wir in meinem Zimmer waren und die Tür geschlossen hatten, packte Rachel mich bei den Schultern und sagte, Ella Maes Stimme imitierend: »Swan, das nimmt kein gutes Ende mit dir.« Dann fuhr sie begeistert fort: »Carl ist auch in dich verknallt.«

»Ich hab' dir doch gesagt, dass er nett ist. Und süß.«

»Und sooo charmant.« Wir gackerten los.

»Hat er dich schon geküsst?«

»Bist du verrückt? Natürlich nicht. Noch nicht mal im Traum, da bin ich sicher.«

»Ich wär' da nicht so sicher.«

»Der ist nicht so.«

»Nicht so wie was? Er ist ein Mann, oder nicht? Mit denselben Hormonen wie jeder andere. Glaub mir, Swan, der hat schon ans Küssen gedacht.«

»Und was soll ich jetzt machen?«

»Was soll das heißen: ›Was soll ich machen‹?«

»Ich meine, ist es in Ordnung, wenn ich zwei Jungen mag und zwei Jungen mich mögen?«

»Natürlich!« Rachel streckte mir die Zunge heraus und lachte schallend. »Freu dich einfach drüber, genieße es!«

Ich nahm mir vor, ihren Rat erst einmal zu befolgen, denn wenn es eine gab, die wusste, wie man sich von Jungen verwöhnen ließ, dann war es Rachel Abrams.

KAPITEL 14

Robbie hatte zweimal angerufen in dieser Woche, jedes Mal direkt nach dem Football-Training. Aber sein Spiel am Freitag war eines seiner wenigen Auswärtsspiele gewesen, sodass ich nicht hingegangen war. Und am Samstagabend musste sein ganzer Clan zum 80. Geburtstag seines Großonkels. »Aber wir sehen uns in der Kirche«, versprach er mir aufgeräumt.

Diesmal versteckte ich mich nach dem Gottesdienst also nicht in der Toilette, sondern ging mit Robbie in den kleinen Park hinter der Kirche.

»Glückwünsche zu dem Spiel«, stotterte ich, plötzlich ganz aufgeregt. »Und wie war der Geburtstag?«

»Langweilig.« Er grinste, dass seine Grübchen sichtbar wurden, und ich sah, dass auch seine Wangen gerötet waren. »Der arme Onkel Oscar hört nicht mehr besonders gut und ist nicht mehr ganz da, sodass er es nicht auf die Reihe kriegte, wer ihm was geschenkt hatte. Ich glaube, er hat sieben Schlipse und vier seidene Taschentücher gekriegt.« Wir lachten zusammen. »Und was hast du gemacht gestern?«

»Ich?« Das mit Grant Park konnte ich ihm schlecht erzählen. »Nicht viel. Am Spätnachmittag hab ich mit Rachel 'ne Reittour gemacht, unten am Chattahoochee. Und am Abend« – ich verzog mein Gesicht – »haben wir im Magnolia Room was getrunken, mit Jennifer Peabody, und Jimmy war absolut unmöglich, während ich die perfekte Dame war. Papa war letzte Woche ziemlich wütend gewesen, nachdem wir Amanda Hunnicutt vergrault hatten, und so bin ich einfach dagesessen und hab Miss Peabodys endloses Getöne über die nächste Wohltätigkeitsaktion der Junior League über mich ergehen lassen.«

Dann nahm Robbie auf einmal meine Hand und sah mich fest an mit seinen großen, ehrlichen Topas-Augen. Ich dachte: *Jetzt lädt er dich wieder ins Kino ein,* aber das tat er nicht, sondern sagte einfach: »Es ist schön, dass du hier bist, Mary Swan. Wie wär's, wenn wir am Freitagabend zusammen ausgehen, nach dem Football-Spiel?

Ich muss schon ziemlich früh da sein, aber wenn dein Vater dich hinfahren kann, bring' ich dich dann später nach Hause.«

Wenn ich Rachel gewesen wäre, hätte ich genau gewusst, wie ich zu reagieren hatte - distanziert, verführerisch oder begeistert. Aber als Mary Swan Middleton grinste ich einfach und sagte: »Das klingt gut.« Und ich winkte hinter ihm her, wie ein kleines Mädchen, das sich von seiner Oma verabschiedet.

Am Nachmittag, nach dem obligatorischen Essen im Club mit Papa, Jimmy, Oma und Opa (und, leider, Amanda Hunnicutt, die zum Nachtisch zu uns kam) brauchte ich meine Ruhe, um einmal über alles nachzudenken. Ich brauchte *Swan House.*

Ich nahm meinen Skizzenblock und die Zeichenstifte, ging in den Wald, an die Stelle, wo der Blick auf *Swan House* sich öffnete, und setzte mich hin. Ich hatte vorgehabt, über Robbie und Carl nachzudenken, doch alles, was ich in meinem Kopf hören konnte, waren Miss Abigails Worte über Gott, der aus Bösem Gutes machen konnte, und über weiße Damen aus Buckhead, die die Kinder in den Slums liebten. Mein Zeichenstift flog über das Blatt.

Das erste Ahnen des Herbstes hielt die Stechmücken fern an diesem Nachmittag Mitte September. Von meinem Platz aus war die Villa fast nicht zu sehen, aber ich sah die Kaskaden, und wenn ich meine Ohren spitzte, konnte ich hören, wie das Wasser von dem einen Becken in das nächste fiel. Wie friedlich das alles war. So viel friedlicher als mein Kopf, in dem sich hundert Sachen drängten: Miss Abigails traurige Geschichte, gute weiße Damen, ein schwarzes Händepaar über meinen Augen, ein Kuss, Mamas Kampf mit ihrer Krankheit, ein Rätsel, ein Schwan. Auf einmal merkte ich, wie ich, während ich zeichnete, die erste Strophe von *Chattahoochees Lied* aufsagte. »Aus den Hügeln von Habersham, durch die Täler von Hall, eile ich vorwärts zum Meere hin, spring über Schnelle und Fall ...«

Nach einer Weile stand ich auf, drückte den Skizzenblock an meine Brust, während meine Finger die Stifte umklammerten, und ging den wohl bekannten Pfad zurück zu unserem Haus. Wieder in meinem Zimmer, ließ ich mich auf mein Bett fallen, öffnete den Block mit der Zeichnung dieses Nachmittags und betrachtete sie. Im Vordergrund waren die Kaskaden zu sehen; fast spürte ich das Fließen des Wassers. Auf den Stufen rechts von dem Wasserfall hockte ein schwarzer Mann, der lächelnd seine Hand in eines der Becken tauchte, in welchem ein Miniaturschwan schwamm. Ich klappte den Block mit einer verlegenen Geste zu und ging hinunter in den ersten Stock. Was ich jetzt brauchte, war Mamas Atelier.

Die Wand mit den eingebauten Regalen zog mich an. Ich zählte die Regale. Vier Reihen, vom Fußboden bis zur Decke hoch, und pro Reihe sechs Regale. Die Regale waren so tief und hoch, dass sie wie geöffnete Kisten aussahen – groß genug, um mehrere große Gemälde aufrecht hineinzuschieben. Ich hatte meine Kreativität und meinen mangelnden Ordnungssinn von Mama geerbt. Fast konnte ich es hören, wie sie Trixie ihr Studio lachend beschrieb, in perfektem Französisch: *»C'est la pagaille!«* Ein großes Durcheinander. Wie wahr.

In einem der unteren Regale waren ihre Farben und Paletten, wie achtlos hineingeworfen. Wohl bei der Hälfte der Farbtuben fehlte der Verschluss, sodass die Farbe hart geworden war. Die von allen Farben des Regenbogens bedeckten Paletten hatte Mama offenbar aufeinander gestapelt, als die Farben noch nass waren, denn mehrere klebten zusammen. Auf einem anderen Regal lagen unbenutzte Leinwände; die meisten hatten Farbkleckser von anderen Projekten.

In einem Regal waren Skizzenblöcke gestapelt, kreuz und quer übereinander, als habe Mama sie in aller Eile dort hineingeworfen. Ich zog zwei der untersten heraus, ließ mich mit ihnen auf dem Fußboden nieder und begann, die Seiten durchzugehen. Mama hatte, wenn sie einen neuen Block anfing, immer auf die Innenseite des Deckels das Datum geschrieben. Der erste Block war von 1955, und in ihm befanden sich mehrere Zeichnungen von Jimmy, als er vielleicht sechs Jahre alt war. Die restlichen Skizzen zeigten andere Kinder, die Mama später gemalt hatte.

Der andere Block war der, den sie benutzt hatte, als sie mich auf der Baumschaukel malte. Liebe Mama. Mich malen war die beste Therapie, hatte sie gesagt. Damals hatte ich nicht begriffen, wie viel dieser Satz bedeutete; jetzt sah ich es allmählich. Mama, die Künstlerin, und Mama, die gefolterte Seele. Wie sie mein Gesicht gezeichnet hatte! Große runde Backen hatte ich damals gehabt, voller Gesundheit. Fast konnte man sehen, wie ich hin- und herschaukelte. Aber was mich am meisten beeindruckte, war, wie viel Zeit Mama in die Skizzen gesteckt hatte, bevor sie den ersten Pinselstrich auf der Leinwand machte. Was auch in ihrem Kopf vorgegangen sein mochte in diesen Monaten, sie hatte sich die Zeit genommen, mich mit der liebevollsten Sorgfalt in einem Dutzend verschiedener Haltungen auf dieser Schaukel zu zeichnen, bevor sie die Skizze geschaffen hatte, die »ihre« Swannee verkörperte – die, auf der meine Zehen fast durch das Papier stießen, so weit schossen sie nach vorne, während ich mich weit zurücklehnte, Hände um die Seile gepresst und vor Freude quietschend.

Aber als ich den Skizzenblock wieder hinlegte, schoss eine ganz andere, nagende Frage durch mich. *Mama, wenn du jetzt noch lebtest, was würdest du mir raten über die Jungen und die Schwarzen und die Kirche?* Es war mehr als eine bloße Teenagerfrage; ich fragte mich, wie viel von all dem, was ich in diesen sechzehn Jahren gelebt und geglaubt hatte, eine Lüge war.

Dann – langsam, fast furchtsam, als ob ich Angst hatte, dass Mama zuschaute – durchsuchte ich den Rest der Regale. Erst schichtete ich alle dreizehn Skizzenblöcke zu einem sauberen Stapel auf, dann zog ich die unvollendeten Gemälde heraus und lehnte sie an die Wand. Es gab fünf solche Gemälde, darunter Mamas Selbstporträt, das der Fotograph des Magazins *LIFE* der Welt gezeigt hatte. War es normal, dass ein Maler so viele seiner Werke nicht vollendete? Vielleicht hatte Mama zu viele Ideen auf einmal in ihrem Kopf gehabt, gerade so wie ich. Vielleicht hatte sie nicht die Zeit gehabt, die eine fertig zu bekommen, bevor die nächste kam und unbedingt gemalt werden wollte.

Aus zwei der untersten Regale ganz links hatte sie durch quer eingezogene Holzbretter vier gemacht, in denen große Wälzer über Kunstgeschichte und die Technik des Malens gestapelt lagen. Ich zog eines der Bücher heraus, blätterte darin, legte es zurück und zog das nächste heraus. Und da sah ich es: Die nachträglich eingebauten Bretter waren schmaler als die Regale, sodass zwischen den Büchern und der Wand ein Zwischenraum von vielleicht zwei Handbreiten war. Ich sah auch, dass das Gewicht der Bücher die Bretter nach unten durchgebogen hatte, und ich begann, alle Bücher von dem obersten Regal herunterzuholen und auf den Fußboden zu legen. Dann tat ich dasselbe bei dem zweitobersten Regal. Als ich zu dem dritten Regal kam, wollte mir der Atem stocken: In dem Zwischenraum zwischen den jetzt leeren Brettern und der Wand war etwas.

Ich langte hinter eines der Bretter und fühlte etwas wie eine Metallspirale. Ich zog daran und hielt einen Skizzenblock in der Hand. Allerhand. Ich griff gleich noch einmal hinein und entdeckte, dass Mama einen ganzen Stapel Skizzenblöcke hinter den Brettern versteckt hatte. Oder vielleicht nicht absichtlich versteckt, aber auf jeden Fall hatten die großen Kunstbücher die Blöcke vor neugierigen Augen geschützt. Sieben Blöcke waren es insgesamt, alle von der Größe 50 x 75 Zentimeter, groß, schwer und mit Spiralrücken. Ich öffnete einen von ihnen. Auf der Innenseite des Deckels hatte Mama in ihrer schön geschwungenen Schreibschrift notiert: *Resthaven, 1951.*

Jetzt war meine Neugierde nicht mehr zu bremsen, vor allem, als ich keine Porträts oder Stillleben in dem Block sah, nichts, was nach *Swan House* oder anderen bekannten Häusern in Buckhead aussah. Stattdessen Seite um Seite ein altes, elegantes Ziegelhaus mit weißen Säulen am Eingang. Einige der Skizzen zeigten die Front des Gebäudes, andere eine Frau, die in einem Blumengarten auf einer Bank saß, das Haus gut sichtbar im Hintergrund. Und in einer Zeichnung stand ein schwarzer Mann mit schwieliger Haut und einem großen Lächelmund mit schiefen Zähnen auf einen Rechen gelehnt da, im Hintergrund wieder das Haus. Er sah so echt aus, dass ich jeden Augenblick erwartete, das Lachen hinter seinen Augen zu hören.

Unten auf der Seite hatte Mama *Henry B., 1951* notiert. Ich wollte gerade zur nächsten Seite umblättern, als ich innehielt, mein Herz hämmernd. Ging da meine Fantasie wieder einmal mit mir durch? Wie viele Henry B.s mochte es in der Welt geben? Aber irgendwie, mit einem Kribbeln, das von meiner

Kopfhaut den ganzen Rücken hinunterlief, irgendwie wusste ich, dass Henry B. Henry Becker sein musste, einer der Künstler des Rabenrätsels. Wenn das kein Durchbruch war, wie Rachel das nennen würde!

Henry B. sah mir nicht so aus, als ob er der Besitzer des prächtigen Ziegelbaus war; die Harke in seiner Hand und die zufriedene Selbstverständlichkeit, mit der er sie hielt, wollten nicht dazu passen. Vielleicht arbeitete Henry B. für die Leute, die dieses Haus *Resthaven* besaßen und die ganz offensichtlich reich sein mussten. Das musste ich Rachel erzählen!

Ich blätterte rasch die übrigen Skizzenblöcke durch. In jedem von ihnen stand innen *Resthaven* und danach das Jahr: *1951, 1953, 1954, 1957, 1958, 1960.* Der letzte Block war aus dem Jahr 1961. Resthaven. Alle Blöcke waren aus *Resthaven.* Alle waren voll von Zeichnungen, und die meisten enthielten mindestens eine Skizze des prächtigen Hauses.

Den Rest des Abends saß ich im Schneidersitz auf dem Fußboden, um mich herum verstreut die sieben Spiralskizzenblöcke, die ich entdeckt hatte, und die Kunstbücher und der Inhalt der Ordnermappe, die ich vor ein paar Wochen von Papa bekommen hatte. Nur einmal ging ich nach unten, um mir ein Sandwich und ein Glas Milch zu holen. Ich muss Stunden so dagesessen haben, ohne mich entscheiden zu können, was ich als Nächstes tun sollte.

Am besten wäre es gewesen, wenn ich auf Rachels Hilfe gewartet hätte. Sie war heute nicht gekommen, weil sie gerade mitten in Emily Brontës Roman *Wuthering Heights* war, den wir bis Dienstag zu lesen hatten. Ich war erst auf Seite 58. Manchmal dachte Rachel wirklich zu praktisch. Zum Teufel mit Heathcliff und Cathy! Ich brauchte Rachel und das sofort!

Mehrere Dinge wurden mir schmerzlich klar an diesem Abend. Erstens: Papa hatte Recht gehabt, was seinen Ordner betraf. Was in ihm stand, hatte ich alles bereits von Mrs. Mac Ilvain bekommen. Ich hatte gehofft, in der Mappe eine Quittung mit dem Namen der Person, die Mamas Gemälde gekauft hatte, zu finden, oder wenigstens irgendeinen Hinweis darauf, aber die Mappe enthielt nichts Neues.

Zweitens: Ich musste unbedingt herausfinden, was *Rest-*

haven war und wo es lag. Der Ort schien Mama sehr wichtig gewesen zu sein – so wichtig, dass sie oft dorthin gefahren war, um zu zeichnen. Ich zermarterte mir das Gehirn nach Freunden von Mama und Papa, die ein Haus hatten, das *»Resthaven«* (»Hafen der Ruhe«) hieß. Alle möglichen Leute in Buckhead hatten ihren Häusern Namen gegeben, aber an ein *Resthaven* konnte ich mich nicht erinnern.

Und das Dritte – und das, was mich am meisten beunruhigte – war, dass Mama ganz offensichtlich nicht gewollt hatte, dass jemand anderes ihre Skizzenblöcke über *Resthaven* sah. Das war wichtig! Vor allem, weil außer ihr praktisch niemand je in ihr Atelier gekommen war. Weder Papa noch Ella Mae noch Jimmy noch ich oder sonst jemand. Jener *LIFE*-Reporter musste der erste Besucher seit vielen Monaten gewesen sein, der seinen Fuß in Mamas Allerheiligstes setzte. Warum also hatte sie diese Blöcke versteckt, wenn eigentlich gar keine Gefahr bestand, dass jemand sie entdeckte?

Gegen halb neun abends fühlte ich mich auf einmal unendlich müde. Und bekam Angst, dass Ella Mae oder Papa womöglich am nächsten Tag in das Atelier kommen und die Unordnung sehen würde. Ich schob die *Sieben Geheimblöcke,* wie ich sie getauft hatte, also zurück in ihr Versteck, stapelte die Bücher zurück auf die Bretter und schob die Zeitungsartikel wieder in Papas Ordner, bevor ich den Raum verließ.

Später an diesem Abend saß Jimmy im Wohnzimmer und sah den Film *The Twilight Zone,* der Ton so laut aufgedreht, dass die gruselige Musik noch in Papas Arbeitszimmer am anderen Ende des Flurs zu hören war. Ich saß gemütlich auf Papas Sofa, während er Einträge in sein großes Hauptbuch machte und Schecks schrieb.

Ich versuchte meine Stimme so beiläufig wie möglich klingen zu lassen, als ich unvermittelt fragte: »Papa, hast du schon mal von einer Villa gehört, die *Resthaven* heißt?«

Er legte seinen Füller hin und sah mich an, Überraschung und fast etwas wie Argwohn auf seinem Gesicht. Dann gewann er seine Fassung wieder und sagte: *»Resthaven?* Hmm. Doch, davon hab' ich gehört.«

»Und wo ist das?«

»Warum willst du das wissen?«

»Als ich Mamas Sachen durchgegangen bin, hab' ich einen Skizzenblock gefunden, auf dem ›*Resthaven*‹ stand, und da waren lauter Zeichnungen von so einer eleganten alten Villa drin.«

Papa schien sich plötzlich unbehaglich zu fühlen; er rutschte auf seinem Sessel hin und her wie ein zappeliger Junge – ich kann es nicht anders bezeichnen. »Ja, Resthaven kenne ich.« Er räusperte sich.

»Und wo liegt das?«

»In den Bergen von Nord-Georgia.«

»Auf dem Weg zum Hochland?«

»Ja, in der Richtung ungefähr. Mehr zum Burton-See hin.«

»Und Mama und du, kanntet ihr die Leute, die dort wohnten?«

»Ja, doch, Mary Swan. Wir kannten sie gut. Deine Mutter hat das Haus gerne gemalt. Ein schönes, historisches Gebäude. Du weißt ja, dass Mama alte Häuser liebte.«

Ich hatte den Eindruck, dass Papa auszuweichen versuchte. Ich musste wissen, warum, und wenn er es ahnen würde, dass ich der Rabe war! Ich ging nach oben und holte einen der Skizzenblöcke herunter.

»Hier, Papa. Schau dir diese Zeichnung an. Diesen Mann. Mama nennt ihn Henry B.«

Papa blätterte den Block durch. Mich schien er nicht zu beachten. Dann fragte er, in fast anklagendem Ton: »Wo hast du das her?«

»Aus Mamas Atelier. Du hast doch gesagt, dass ich da rein darf.«

Er holte tief Luft und schloss den Block. »Stimmt. Du hast ja Recht, Swannee, entschuldige. Ich habe diesen Block halt noch nie gesehen. Es tut mir immer noch weh, wenn ich die Werke deiner Mutter sehe.«

Ich beschloss, weiterzubohren. »Glaubst du, dass der Mann, den Mama Henry B. nennt, der Künstler Henry Becker sein könnte? Der, dessen Gemälde zusammen mit dem von Mama in das Museum sollte?«

Papa betrachtete die Zeichnung einen Augenblick. »Nein.

Unmöglich. Der Henry auf diesem Bild sieht wie ein Gärtner aus.«

»Vielleicht war er einer, Papa? Hast du ihn je gesehen, wenn du mit Mama die Leute in diesem Haus besucht hast?«

Papas Braue furchte sich angestrengt. »Mensch, Swannee, wie soll ich das noch wissen? Wir waren ja seit Jahren nicht mehr da gewesen ...«

Der Ton, in welchem er das sagte, klang irgendwie unecht, und ich hatte Lust, laut auszurufen: »Aber Mama hat sieben Skizzenblöcke aus Resthaven, und der letzte ist vom letzten Jahr!« Aber ich ließ es. Rachel, Carl und ich würden ihn schon finden, diesen Henry B., der irgendwo in Nord-Georgia wohnte und so schön lächelte, wenn er sich vor einem Haus namens *Resthaven* auf seine Harke lehnte. Und wenn alle Stricke rissen, konnte ich ja Trixie fragen.

Ich ging also ins Bett und begann, *Wuthering Heights* zu lesen, und es war das beste und das schlimmste Buch, das ich in meiner Lage lesen konnte. Die ergreifende Geschichte, die es erzählte, passte perfekt zu meiner neuen Entdeckung und meinen Gedanken über das Rabenrätsel. Aber was ich da über den innerlich so zerrissenen Heathcliff las, die Hauptfigur des Romans, lies es mir den Rücken hinabrieseln. Was hatte Mrs. Alexander noch über ihn gesagt in der Englischstunde gestern? *»Die literarische Gestalt Heathcliffs ist eines der leidenschaftlichsten und bewegendsten Bilder der Geisteskrankheit in der neueren Literatur.«*

Geisteskrankheit. *Resthaven.* Mama. Eine Verrückte.

Und dann erinnerte ich mich. Ich, wie ich in Tränen aufgelöst zu Trixies Haus gerannt war und sie gebeten hatte, Mama zu helfen, die neben dem kleinen Jimmy auf dem Fußboden saß und weinte. Ich auf Ella Maes Schoß. Ella Mae, wie sie Mama trug. Ich und Papa und Jimmy zu Besuch bei Mama in dem schönen großen Ziegelhaus. Mama so lange nicht zu Hause. Ich, wie ich Ella Mae jeden Tag vorweinte, wie sehr ich Mama vermisste. Und was hatte Ella Mae immer geantwortet?

»Deine Mama ist sehr müde, Mary Swan. Ganz müde. Aber sie kommt bald wieder, Schätzchen, hab nur keine Angst.«

Und sie war wiedergekommen. Und ich war absolut sicher,

dass ich nie mehr nach *Resthaven* gekommen war, um Mama zu besuchen. Ich zählte die Jahre rückwärts. 1951 war ich fünf Jahre gewesen. *Resthaven!* 1951!

Ich ließ Heathcliff Heathcliff sein. Ich musste Rachel anrufen, auch wenn es schon nach elf Uhr war. Sie hatte einen eigenen Apparat. Hoffentlich würde sie selber abnehmen, und nicht Jamie.

Nach dem zweiten Klingeln kam Rachels irritierte Stimme. »Hallo?«

»Entschuldige, Rach, dass ich dich so spät anruf'.«

»Swan, du Idiotin! Du hast mich zu Tode erschreckt. Ich hoffe nur, dass Mama das Telefon nicht gehört hat.«

»Hör zu! Du glaubst ja nicht, was für einen Durchbruch ich bei dem Rabenrätsel gehabt hab', und ich wollte dich eigentlich eher anrufen, aber das hab' ich nicht gemacht, weil ich ja wusste, dass du *Wuthering Heights* liest, und ich hätte es immer noch nicht gemacht, aber dann hab' ich an Heathcliff denken müssen und was Mrs. Alexander gestern über Geisteskrankheit gesagt hat, und dann an das, was Herbert über Mama gesagt hat, und dann hab' ich mich erinnert, Rach, ich hab mich erinnert, wie ich sie in diesem komischen großen Haus besucht hab', als ich fünf war, kurz nach diesem Unfall oder was es war, und da hab' ich zwei und zwei zusammengezählt, und jetzt weiß ich, dass das Haus, wo sie damals war, dasselbe ist wie das in den sieben Geheimblöcken. *Resthaven.*« Mir ging die Puste aus.

Rachel holte ausgiebig Luft, dann sagte sie: »Was redest du da für'n Zeug, Swan? Mach's halblang! Kannst du das noch mal wiederholen, was du nach Heathcliff gesagt hast?«

Ich tat es, und wir redeten wohl bis weit nach Mitternacht. Das Letzte, was Rachel sagte, bevor sie aufhing, war: »Mannomann, Swan, das ist echt heiß! Bis morgen dann.«

Die erste Gelegenheit zu einem Gespräch mit Rachel am Montag ergab sich auf dem Weg zur Orchesterprobe. Jedes Mal, wenn wir zum Musikpavillon gingen, musste ich an unsere »Rabennacht« denken und wie ich unter das Gebäude gegriffen und den alten Flötenkasten hervorgeholt hatte. Es war nur recht und billig, dass ich Rachel meinen unglaublichen

Durchbruch auf eben dem Gartenweg erklärte, auf dem das ganze Abenteuer begonnen hatte.

Rachel schien diese Symbolik nicht zu interessieren, aber ihre blaugrauen Augen blitzten vor Energie, und sie sagte aufgeregt: »Schau her, Swannee. Du sagst also, dein Vater hat zugegeben, dass es dieses *Resthaven* gibt und dass es irgendwo in den Bergen von Nord-Georgia liegt, in der Nähe von North Carolina, nicht? Mit ein bisschen Schnüffeln und den richtigen Fragen an Trixie müssten wir eigentlich alles rauskriegen, was wir wissen müssen, und dann müssen wir nur noch sehen, wie wir am besten dorthin fahren.«

»Klingt gut.« Schweigen. Dann hatte ich eine Idee. »Könnte Jamie uns fahren?«

Rachel verzog das Gesicht. »Der hat mir schon angedroht, dass er mich bei Mutter und Vater wegen Grant Park verpetzt. Bloß, weil ich kürzlich zu lange mit dir telefoniert hab'. Nein, nicht Jamie.«

»Und auch nicht Ella Mae. Die hätte eine Heidenangst, außerhalb von Atlanta Auto zu fahren. Aber ich wette 'ne Million Dollar, dass die das mit *Resthaven* alles weiß.«

»Ja. Zu blöd, dass du's ihr nicht aus der Nase ziehen kannst.«

»Keine Chance. Sie hat mir schon am Samstag Bescheid gestoßen, weil ich mit dir zu Carl gegangen bin. Es ist besser, wenn sie nicht noch mehr Verdacht schöpft. Womöglich würde sie es sogar Papa sagen, und dann kriegt der die Krise. Ich glaub' nicht, dass ich noch mal mit ihm über die Sache reden kann.«

Wir hatten unsere Plätze im Musikpavillon eingenommen – Rachel als erste Flötistin, ich daneben –, als sie mir zuflüsterte: »Wie wär's denn mit Carl? Der kann doch fahren, oder? Und er ist sowieso schon dein zweiter Helfer. Frag Carl.«

Mr. Fogel, unser Kapellmeister, begann, mit seinem Zauberstab, wie wir seinen Taktstock nannten, an sein Notenpult zu klopfen, was sofortige Ruhe bedeutete, sodass ich Rachel nur zuzwinkerte. Am Freitagabend mit Robbie ausgehen und am Samstag zu Carl und vielleicht schon bald ein langer Trip aufs Land mit ihm. Meine Aktien standen nicht schlecht. Alles, was ich vor dem Wochenende noch brauchte, war ein Gespräch mit Trixie.

Am Mittwochnachmittag lud ich Lucy auf ein letztes gemeinsames Schwimmen ein, bevor wir den Swimming-Pool für dieses Jahr stilllegten. Trixie lag auf einem Liegestuhl, las in einer Illustrierten und schaute hin und wieder auf, um Lucy zu einem besonders gelungenen Sprung zu gratulieren. Ich sah meine Gelegenheit und zog einen anderen Liegestuhl neben ihren.

Ich tat so, als interessierte mich die Zeitschrift. Trixie schien es nicht zu bemerken, und so platzte ich schließlich heraus: »Kennst du eigentlich die Freunde von Mama und Papa, die in einem Haus namens *Resthaven* wohnen?«

Ihr rosa Strohhut ging nach oben, sodass ich ihr Gesicht sehen konnte. »Wie, bitte?«

»Weißt du, wo *Resthaven* ist?«

Trixie schob ihre Sonnenbrille mit dem Horngestell zurecht und sagte: »Ich hab' davon gehört, aber selber da war ich nie. Ich weiß nicht, wer der Eigentümer ist. Hast du schon deinen Vater gefragt?«

»Ja. Aber ich hab' dir ja schon gesagt: Jedes Mal, wenn ich anfange, über Mama zu reden, ist es ihm nicht recht. Ich hab' halt in Mamas Studio diesen Skizzenblock mit lauter Zeichnungen von dieser großen Ziegelvilla gefunden. Sie hat sie *Resthaven* genannt, aber Papa verrät mir kein Wort.«

Trixie sah plötzlich ganz blass aus, als ob jemand einen Waschlappen genommen und ihr die Bräune abgewischt hatte. »Dann lass ihn in Ruhe damit, Mary Swan, er trauert auf seine eigene Art.«

»Das tu' ich ja dauernd. Ihn trauern lassen. Und deswegen frag' ich dich.«

»Ich finde wirklich, du solltest das auf sich beruhen lassen, Mary Swan.«

»Warum denn? Mama scheint das Haus doch gemocht zu haben. Oder wohnen da Mörder oder so was?«

»Natürlich nicht. Es ist nicht das, was du denkst.«

»Dann erklär es mir, Trixie. Bitte.«

»Das sollte wirklich dein Vater ...«

»Der macht das nicht.«

Sie holte tief Luft und rief Lucy zu: »Toller Sprung, Spatz, super!« Dann, wieder zu mir: »*Resthaven* ist kein Wohnhaus. Das ist ein Haus – ein Haus, wo man hingeht, wenn … wenn man krank ist.«

Ich lehnte mich zurück. In meinem Bauch zitterte es. Trixie hatte soeben meinen Verdacht bestätigt. »Du meinst, dass Mama dort war, weil sie krank war?«

Trixie nickte vorsichtig.

»Krank im Kopf, das meinst du doch, nicht wahr? *Resthaven* ist eine Klapsmühle.«

»Hör auf, Swan. Nein. Hör zu. *Resthaven* ist ein privates Heim, wo Leute, die krank sind – die Depressionen haben – hingehen, damit sie Hilfe bekommen und mal eine Weile andere Tapeten sehen. Es ist ein sehr schönes Haus.«

»Und Mama war 1951 da und hat all diese Bilder gezeichnet.« Ich dachte nach. »Wie lange war sie da?«

»Einen Monat, vielleicht ein bisschen länger.«

Ich bohrte vorsichtig weiter. »Da hab' ich sie als kleines Mädchen also besucht, zusammen mit Papa. Ich erinnere mich noch.«

Trixie nickte.

»Und ging es ihr danach besser?«

»Eine Zeit lang.«

»Du meinst, sie ist wieder dorthin?«

»Mary Swan, das muss dir dein Vater erklären.«

»Das tut er eben nicht!« Ich sagte es so energisch, dass Lucy über den Beckenrand zu uns hinsah und fragte: »Was ist, Mary Swan?«

»Nichts, Lucy, es ist alles okay«, zwitscherte Trixie.

»War Mama mehr als ein Mal in *Resthaven?*« Wenn ich die Fragen so stellte, dass Trixie einfach mit »Ja« oder »Nein« antworten konnte, würde sie mir vielleicht mehr erzählen.

Sie nickte.

»Mehr als zwei Mal?«

Wieder Nicken.

»Und jedes Mal einen Monat?«

»Ja.«

»Aber das ist doch unmöglich! Sie war doch sonst nie weg!« Trixies Antwort und die sieben Skizzenblöcke passten zusammen – aber wie? »Die einzigen Male, wo sie länger weg war, war doch, wenn sie auf eine Kunstausstellung ging!«

Trixies Gesicht wurde vollends deprimiert. Aber ich brauchte kein Wort mehr von ihr. Mit einem Mal war mir alles klar, klarer als das Wasser in dem Schwimmbecken.

»Mama war gar nicht auf Kunstausstellungen, nicht wahr?« Ich gab Trixie keine Zeit, zu antworten, sondern fuhr fort: »Warum hat er mich angelogen? Warum hat Papa gelogen? Warum hat er gesagt, dass sie ihre Bilder ausstellen war, wenn sie in Wirklichkeit in 'ner Klapsmühle war?« Heiße Tränen brannten in meinem Gesicht.

»Swan, dein Vater wollte das Beste für dich und Jimmy. Er ...«

»Dann hat er es falsch gemacht!«, explodierte ich. »Er hat mich angelogen, damit ich die Wahrheit auf meinem ersten Tanz hören musste, von einem besoffenen Jungen! Und sie mir aus Mamas Blöcken selber zusammenreimen! Ich hasse ihn! Ich hasse ihn!«

Und damit Trixie und Lucy meine Tränen nicht sahen, sprang ich kurzerhand in das Becken und schwamm unter dem Wasser, bis ich keine Luft mehr hatte und wieder nach oben musste.

Trixies entsetztes Gesicht – irgendwie gefiel es mir. Ich schwamm vierzehn Runden an einem Stück, dann warf ich meine Arme über den heißen Beckenrand. »Es ist okay, Trixie. Danke, dass du's mir gesagt hast. Irgendwann hätte ich es ja auch so rausgefunden, ich bin ja nicht komplett blöd.«

Endlich hatte ich sie gefunden, die große Triebfeder zum Malen, das Motiv, das mich über den Skizzenblock hinaus und an die Staffelei führen würde. Wut. Rasende Wut. Als Trixie und Lucy gegangen waren, schloss ich mich in Mamas Atelier ein, zog eine Staffelei zu den Fenstern, schnappte mir eine Palette und eine Hand voll Pinsel und stellte eine Leinwand auf die Staffelei. Meine Pinselstriche waren so heftig, dass ich dachte, gleich würde ich mit der Faust durch die Leinwand stoßen. Ich wusste nicht, was ich malte, ich wusste nur, dass ich diesen Schmerz, diese furchtbaren, scheußlichen, alles verzehrenden Schmerz aus meiner Seele heraus und auf die Leinwand bringen musste.

Von Zeit zu Zeit kamen mir kleine Sätze von Mama ins Gedächtnis. *»Immer nur eine Farbe auf einmal, Mary Swan. Benutze Farben, die das Gegenteil voneinander sind. Mische die Farben auf der Palette und male sie auf die Leinwand und freu dich deines Lebens. Such dir dein Motiv und lass die Details bis später. Das ist das Tolle am Malen – du kannst einen Fehler immer wieder zudecken. Immer.«*

Arme Mama. Wenn sie nur gewusst hätte, wie wenig das Malen mir Spaß machte in diesem Augenblick. Dass es mein Versuch war, den Wahnsinn auszudrücken, den ich spürte, die Zerbrochenheit meiner Familie, die Enttäuschung über meinen Vater. Aber während ich so mit den winzigen schmalen Pinseln und den großen breiten und mit jeder der Farben auf der Palette experimentierte, begann meine Wut zu verfliegen, und meine Arbeit begann mich zu fesseln.

Zwei Stunden mochten vergangen sein, als ich endlich den Pinsel hinlegte. Die Farben auf der Leinwand stellten absolut nichts dar, aber das war mir egal. Ich hatte eine merkwürdige Begeisterung verspürt, als ich den Pinsel in der Hand hielt. Vielleicht fühlte Rachel sich so, wenn sie ihre Flöte in die Hand nahm, oder Carl, wenn er sein Saxophon spielte, oder Miss Abigail, wenn sie ein Kind an ihre Brust drückte? Dieses Gefühl: »Endlich! Endlich! Das ist das, wozu ich geschaffen bin!«

An diesem furchtbaren Nachmittag, der mir die nächste tragische Offenbarung gebracht hatte, verspürte ich ein inneres Glühen, das stärker war als irgendein Augenblickskribbeln, tief und befriedigend. Was ich mir immer schon gewünscht und immer vermutet hatte, aber vor lauter Angst mir nie hatte eingestehen wollen, jetzt wusste ich es: Ich war eine Malerin. Wenn ich die Augen schloss, spürte ich förmlich Mama, wie sie hinter mir stand, mir über die Schulter schaute, jenes fröhliche Lachen lachte, das bedeutete, dass sie glücklich war, und sagte: »Das ist gut, Swan. Richtig gut.«

KAPITEL 15

Am frühen Abend des nächsten Tages, dem 20. September, klingelte das Telefon. Ich war gerade alleine zu Hause; Jimmy war noch bei seinem Footballtraining und Papa in seinem Büro.

»Swan, schnell, schau dir die Nachrichten an, das musst du sehen!« Es war Rachel.

Ich rannte ins Wohnzimmer und schaltete den Fernseher auf Kanal 5. Auf dem Bildschirm erschien ein Haufen Collegestudenten, die irgendetwas schrien. Der Reporter beschloss gerade seinen Bericht: »Trotz aller Versprechungen von Gouverneur Ross Barnett und der ausdrücklichen Anweisung von Präsident Kennedy konnte James Meredith sich heute also nicht an der University of Mississippi einschreiben.« Das Bild wechselte zu einem schwarzen jungen Mann, der von einem Polizisten begleitet eine kurze Treppe hinunterging, während zweitausend weiße Studenten (so der Reporter) skandierten: »Glory, glory, segregation!«

Fast konnte ich Carl vor mir sehen, wie er vor seinem Radio saß, sein Ohr an den Lautsprecher gepresst, das Herz immer schwerer. James Meredith hatte es nicht geschafft, so viel war klar. Die wutverzerrten Gesichter der Studenten und ihre Parolen, sie machten mir Angst. Was mochte jetzt in Carl vorgehen und in den anderen Schwarzen in den Slums von Atlanta?

Selbst wenn ich den Mut gehabt hätte, ihn anzurufen, ich hätte niemals die neuesten Neuigkeiten über das Rabenrätsel erwähnen oder ihn fragen können, ob er uns nach *Resthaven* fahren konnte. Nicht jetzt. *»Klingt mir ziemlich albern, Mary Swan«*, hatte Carl gesagt, als ich ihm von dem Rätsel erzählt hatte, und er hatte Recht. Es war eine alberne Tradition, und sonst nichts. Aber es war dabei, meine Welt zu zerreißen, mit der gleichen Energie, mit der diese wütenden Studenten und die störrische Regierung den Gleichberechtigungstraum von James Meredith und Carl Matthews und den anderen Mitgliedern der Bürgerrechtsbewegung im ganzen Land zerrissen.

Diese Fernsehbilder, sie gaben mir den Rest. James Meredith hatte noch nicht einmal den Mund aufgemacht; seine bloße Gegenwart hatte zweitausend Studenten vor Hass explodieren lassen. Er war schwarz, und damit stand das Urteil über ihn fest. Ich kannte mich gut aus mit solchen Urteilen, nur dass ich auf ihrer Sonnenseite lebte. In meinem Viertel brauchte man bloß seinen Nachnamen zu sagen oder den Namen der Straße, in der man wohnte, oder der Schule, in die man ging, und die Leute »kannten« einen. Die Schublade war stets die gleiche: reich, wohlerzogen, gute Familie, gute Schulbildung, erfolgreicher Vater.

Verrückte Mutter.

»Das ist nicht fair!«, rief ich aus. Nichts war fair.

Ein paar Minuten später klingelte Trixie an der Haustür. Sie umarmte mich ohne Umschweife. »Mary Swan, Schätzchen, ich hab' mir ja so Sorgen um dich gemacht den ganzen Tag. Wie geht's?«

Ich zuckte die Achseln.

»Ich hätte dir das alles nicht sagen sollen. Das ist allein meine Schuld, das tut mir so Leid.« Dann nahm sie meine beiden Hände in ihre, sah mich an, als sei ich ein kleines Kind, und beschwor mich: »Belaste dich nicht damit, Mary Swan, das ist es nicht wert. Du kannst ja doch nichts mehr ändern. Vergib deinem Vater und lass das Leben weitergehen. Das ist doch alles nicht wichtig. Wichtig ist nur, dass es Menschen gibt, die dich lieben. Damals und heute.«

Ich hatte nicht die Kraft, mit ihr zu diskutieren. Aber ich hatte von ihr das bekommen, was ich brauchte, auch wenn es mich das nächste Stück meiner Seele gekostet hatte. Auf einem Zettel in meinem Zimmer war die Adresse des Sanatoriums *Resthaven* bei Dillard in Georgia, fünf Meilen südlich der Grenze zu North Carolina.

Als Trixie wieder weg war, rief ich Rachel an und sagte ihr, was ich gerade vom Leben hielt. »Es ist nicht fair. Es ist alles so schrecklich. Vor allem für die Schwarzen.«

»Natürlich ist es nicht fair! Nicht für die hungernden Menschen in Afrika und für die verfolgten Menschen in Rot-China und Russland. Oder für die Menschen in Berlin, die eines Morgens in diesem August feststellen mussten, dass auf einmal eine Mauer quer durch die Stadt läuft und dass ihre Lieben jetzt dahinter wohnen. Das stinkt. Ich muss viel darüber nachdenken.« Sie hielt inne. »Vielleicht weil ich jüdisch bin. Vielleicht weil die Verwandten meiner Mutter alle im KZ umgekommen sind. Ermordet, Mary Swan. Gute, anständige, kluge Menschen ermordet, bloß weil sie Juden waren.

Erinnerst du dich noch an den Bombenanschlag auf die Synagoge in der Peachtree Street hier in Atlanta vor vier Jahren? Und wie anschließend Ralph McGill diesen tollen Artikel gegen die Aufhetzer schrieb?«

Doch, ich erinnerte mich. Obwohl sich Rachel, die ja Jüdin war, das Bild der zerstörten Synagoge unauslöschlich eingegraben haben musste. Ralph McGill, der umstrittene Herausgeber der *Atlanta Constitution,* hatte nach dem Anschlag einen Leitartikel geschrieben, der ihm später einen Pulitzer-Preis eingebracht hatte.

Rachel fuhr fort: »Er rief alle anständigen Bürger auf, sich den Tatsachen zu stellen, und schrieb: ›Wenn die Wölfe des Hasses auf ein Volk losgehen, ist niemand mehr sicher.‹ So ist das immer gewesen in der Geschichte, und es ist schrecklich. Und nein, es ist nicht fair, und James Meredith und all die anderen Schwarzen im Süden werden das am eigenen Leib erfahren, wie immer schon in ihrem Leben.«

Sie so ernst, fast schon bitter, ich so niedergeschlagen – er war nicht sehr Erfolg versprechend, dieser Abend. Aber mein Gespräch mit Trixie musste ich ihr doch berichten. »Weißt du, was echt nicht fair ist, Rach? Was bis zum Himmel stinkt? Papa hat uns angelogen. Mama ist gar nicht auf Kunstausstellungen gefahren, sondern in ein Sanatorium. Trixie hat mir das erzählt, und ich sag' dir, das stinkt.«

Es dauerte ein paar Sekunden, bis bei Rachel der Groschen fiel. Dann sagte sie – und es klang ganz un-Rachel-haft reumütig – »Mensch, hätt' ich dir bloß nicht gesagt, dass du mit ihr reden sollst.«

Wir sagten Carl kein Wort über *Resthaven,* denn bis Ende September beherrschte der Fall James Meredith die Schlagzeilen, und wenn ich samstags Carl sah, war er anders – nicht der alte, fröhliche Carl. Wahrscheinlich sah er die Fernsehnachrichten bei Miss Abigail. Drei Mal konnte James Meredith sich nicht einschreiben, und jedes Mal skandierte ein Mob von Studenten und anderen Weißen die schrecklichsten Dinge.

Schließlich musste die Armee oder die Nationalgarde eingreifen, und es gab diese furchtbaren Krawalle, bei denen zwei Menschen ums Leben kamen, während Meredith von Polizisten in Zivil in Sicherheit gebracht wurde. Hunderte von weißen Demonstranten schrien Parolen wie »Two, four, one, three, we hate Kennedy!« Und der Präsident dachte die ganze Zeit, dass alles gut war, und sagte das im Fernsehen, und erst später sahen wir die Bilder von den Unruhen. Am 1. Oktober konnte Meredith sich endlich doch einschreiben.

Die Beziehungen zwischen den Rassen in Atlanta, die historisch um einiges besser gewesen waren als in anderen Städten im tiefen Süden der USA, wurden zusehends schwieriger. In Buckhead konnten Papa und Oma und Opa und so ziemlich jeder andere nicht verstehen, warum ein schwarzer Student so stur auf ein weißes College wollte; schließlich gab es in Atlanta mehrere hoch angesehene schwarze Colleges, wie *Morehouse* und *Spelman* und *Morris Brown* und *Clark.* Wenn ich dem Gespräch der Erwachsenen zuhörte, konnte ich ihren Standpunkt verstehen.

Aber wenn ich dann mit Ella Mae nach Grant Park ging, spürte ich die Spannung wie die Luft vor einem Gewitter. Und wenn die Schwarzen in Grant Park mich ansahen, war Argwohn in ihren Augen. Dachte ich jedenfalls, und es tat weh, sehr weh.

Anfang Oktober brach Pudding sich ihren Arm. Wir waren so gut wie sicher, dass ein weißer Junge sie auf dem Spielplatz vor der Schule von der Schaukel gestoßen hatte. Einer ihrer Freunde hatte alles gesehen und uns beschrieben, wie der große Rüpel auf den Spielplatz kam und anfing, auf die Kinder einzuschlagen. Pudding behauptete, dass das nicht wahr war, aber in ihren Augen war plötzlich Angst und dauernd drehte sie sich um. Ich glaube, das machte mir das Herz am meisten schwer.

Zwei Mal schmierten Unbekannte das Wort »Niggerhure«

auf die Windschutzscheibe von Miss Abigails Auto. Carl schockte das sichtlich, aber Miss Abigail selber schien kein bisschen Angst zu haben. Ich werde nie vergessen, was sie mir antwortete, als ich sie deswegen fragte.

»Mary Swan, die Heerscharen des Herrn beschützen mich.«

»Dann haben Sie keine Angst?«

Sie lächelte jenes strahlende Lächeln. »Manchmal schon. Aber hast du noch nie den Spruch gehört: ›Mut ist Angst, die gebetet hat‹? Jeden Morgen gehe ich, bevor ich mein Haus verlasse, vor dem Herrn auf die Knie und sage ihn, dass ich meinen ganzen Tag in seine Hand lege.«

Aber Carl hatte Angst. Und Wut. Wie lange würde er noch von gewaltlosem Protest reden? Ich konnte es ihm in den Augen ablesen: Wenn er je den Jungen in die Finger bekam, der seiner kleinen Schwester den Arm gebrochen hatte, der Junge wäre so gut wie tot. Und das machte mir Angst.

Kaum war die Affäre James Meredith vorbei, als die Kubakrise kam. Falls die Schwarzen und die Weißen sich nicht gegenseitig umbrachten, würden uns jetzt vielleicht die Russen mit ihren in Kuba stationierten Raketen in die Luft sprengen. Kuba – das war viel näher als Kalifornien. Ungefähr eine Woche hielt das ganze Land den Atem an und betete um ein Wunder, und Ende Oktober kam das Wunder: Chruschtschow erklärte sich bereit, seine Raketen wieder abzuziehen, und ein Seufzer der Erleichterung ging durch Amerika.

Unser Geschichtslehrer, Mr. Jeffries, genoss es, den Finger »am Puls der Geschichte« zu haben, wie er das nannte, und so hörte ich nicht nur im Fernsehen von James Meredith und der Kubakrise, sondern wurde mindestens eine Stunde pro Tag über das Rassenproblem und den Silberstreifen am Horizont und die russische Bedrohung aufgeklärt.

Anfang November lernten Rachel und ich endlich die anderen Musiker in Carls Band kennen. Mann, konnten die Jazz spielen! Nickie spielte Saxophon wie Carl, Leo Schlagzeug, Larry Posaune und Big Man Klavier. Und singen konnten sie auch. Nickie war genauso groß wie Carl und dünn wie ein Handtuch und hatte eine tolle Tenorstimme. Der untersetzte, muskulöse Leo sang Bass. Larry erinnerte mich an den Dicken

Albert, eine wundervolle Figur, die der Komiker Bill Cosby auf einer seiner Schallplatten, die Mama und Papa gerne hörten, beschrieb. Larry war breit und lustig, hatte die freundlichsten Augen der Welt und konnte so tief singen, dass Rachel und ich nur bewundernd den Kopf schütteln konnten. Big Man war das genaue Gegenteil von Larry. Er sah aus, als habe sein Körper nach dem 12. Lebensjahr das Wachsen eingestellt, aber das schien ihn nicht zu stören, und wenn er im höchsten Tenor oder Falsett sang, wussten wir, dass in seiner kleinen Brust eine gewaltige Lunge steckte.

»Hey, Leute!«, sagte ich, nachdem sie uns mehrere Songs aus den 50er-Jahren vorgeführt hatten. »Ich hab eine Idee! Wärt ihr daran interessiert, zu Weihnachten im Piedmont Driving Club zu spielen?«

»Im *was?«*, fragte Larry mit seiner tiefen Stimme.

»Irgend so 'n vornehmer Club in Buckhead«, sagte Carl, mir augenzwinkernd zunickend.

»Stimmt genau«, sagte ich. »Und die haben jedes Jahr zu Weihnachten einen Ball für die letzten beiden Schuljahre der High School.«

»Die haben sich mir noch nie vorgestellt«, grinste Big Man.

»Ruhe, Junge, lass die Dame fertig reden!« Das kam von Leo.

»Jedes Jahr laden die Mädchen aus mehreren Privatschulen die Jungen zu diesem Ball ein. Live Band, Abendkleider, Feinschmeckerbüffet und so. Das macht ihr mit links, und gut verdienen würdet ihr auch!« Ob das Letzte stimmte, wusste ich nicht, aber ich fand, dass es nicht schaden konnte, es zu erwähnen.

Carl besprach sich kurz mit seinen Freunden, dann sagte er: »Hak da mal nach, Mary Swan, und sag uns, wie's aussieht.«

Gesagt, getan. Ich rief den Club an. Mrs. Appleby hatte die Hauptband für den Abend schon reserviert, aber sie suchte noch eine Band für das Vorprogramm. Und jawohl, die Band würde gut bezahlt. Ich berichtete den Jungen, was ich in Erfahrung gebracht hatte, und sie bissen an. In einem exklusiven weißen Club auftreten – warum nicht?

So viele Dinge, die ich in diesem Jahr für gute Ideen hielt, entpuppten sich als gar nicht so gut, ja als schrecklich, aber in meinem Herzen fand ich immer noch, dass ich das Richtige tat. Ich fand es auch richtig, dass Carl mein Freund war, und jedes Mal, wenn seine Hand oder Schulter die meine berührte oder er mich ansah, spürte ich dieses Feuer in mir. Seine Gesten waren immer so verhalten, dass ich nie herausfinden konnte, wie er sie meinte. Wie ich mir wünschte, dass er etwas Tiefes mit ihnen meinte. Dass er mich eines Tages in der Gasse hinter der Kirche küssen würde oder auf dem Oakland-Friedhof, wenn niemand in der Nähe war! Aber alles, was er mir gab, waren vage Andeutungen.

Robbie küsste mich, fast jeden Freitagabend nach dem Football-Training. Ich mochte diese Küsse, und ich mochte Robbie. Sehr sogar. Keinen Augenblick fand ich, dass ich ihn gewissermaßen mit Carl betrog, und wenn ich hier ein Doppelspiel spielte, dann nur ganz hinten in meinem Kopf, um den Reiz zu erhöhen. Das Tollste in diesem Herbst war eben dieses: dass da ein Junge war, der mich sehr mochte, und vielleicht ein zweiter, der mich auch mochte. Das war mir noch nie passiert. Endlich hatte nicht nur Rachel ihre Männer, endlich wusste ich, wie toll das war, einen Freund zu haben.

Rachel nannte mir die besten »Knutschparkplätze«, aber Robbie war keiner von der Sorte. Er mochte es, mich nach Hause zu fahren und mich ausgiebig in der Auffahrt zu küssen oder mit mir in den Garten zu gehen und an den Walnussbaum gelehnt und die Arme um mich geschlungen mit mir zu reden, und da Jimmys Fenster nicht auf den Garten ging, hatte ich nichts dagegen. Und worüber wir alles redeten! Über den neuesten Schulklatsch natürlich und seine Footballspiele und mein Schulorchester und die Pferde, aber auch über unsere Kirche und warum er im Gottesdienst half. Ich fasste sogar Mut und erzählte ihm von meinen Samstagen in Grant Park, von Miss Abigail und Pudding und Cassandra und Jessie und vielen anderen, die ich dort kennen gelernt hatte.

Carl erwähnte ich natürlich nie, aber ich fand es gut, dass Robbie wusste, was mir wichtig war in meinem Leben. Ich erzählte ihm sogar, was ich von Miss Abigail über den Glauben gehört hatte und von Cassandra über die Taufe.

Mit Papa redete ich nicht viel. Ich war immer noch wütend, dass er mich die ganzen Jahre so angelogen hatte, aber ich war nicht bereit, dieses Thema anzuschneiden. Ich liebte und ich hasste ihn so sehr, dass ich es am einfachsten fand, die Schuld für alles, was in meinem Leben verquer lief, auf ihn zu schieben.

Die erwähnten heiratswilligen Frauen fuhren fort, ihn zu belagern. Jimmy benahm sich zu meinem großen Vergnügen immer daneben, wenn sie kamen, und ich war die kühle Höfliche. Hin und wieder machte ich genau im richtigen Augenblick eine Bemerkung, die Papa und seine Verehrerin aus der Bahn warf, und manchmal versuchte Papa mir zu erklären, dass er zu diesem oder jenem gesellschaftlichen Anlass eine Damenbegleitung brauchte, aber ich zeigte nie Verständnis dafür, was ihm sicher wehgetan hat.

Trixie mied ich wie die Pest. Dass sie wusste, dass ich all diese Geheimnisse wusste – ich konnte es nicht ertragen.

Eines Tages sah ich, wie Ella Mae im Esszimmer über das Sofa gebeugt stand und sich leise stöhnend den Kopf hielt. »Ella Mae! Was ist dir?«

Sie richtete sich hastig auf. »Mary Swan! Ich hab' nicht gehört, wie du reingekommen bist.« Sie versuchte zu lächeln. »Das ist nichts weiter, Spatz, nur Kopfschmerzen. Hab' oft Kopfweh in der letzten Zeit, das ist wohl das Alter.« Sie begann, vor sich hin zu summen, während sie den Couchtisch abstaubte, aber mir konnte sie nichts vormachen.

»Ella Mae, du bist krank! Du siehst furchtbar aus. Leg dich doch in das Gästezimmer und ruh dich aus. Bitte.«

»Mach dir keine Sorgen um mich, Spatz, das wird schon wieder.«

Aber ich machte mir Sorgen. Ich brachte sie dazu, eine Aspirintablette einzunehmen, aber sich hinlegen tat sie nicht. Am folgenden Tag rief ihr Mann, Roy, an und sagte, dass es ihr nicht gut ging und dass sie heute nicht kommen konnte. Das hatte es bei Ella Mae noch nie gegeben.

Aber in diesem Herbst kam sie zwei oder drei Mal nicht. Wenn ich sie fragte, schüttelte sie nur den Kopf und sagte: »Das sind Frauensachen, Mary Swan, da kann man nicht viel machen.« Wahrscheinlich hatte sie Recht, aber Leid tat sie mir doch. Ich hielt meinen Mund, denn ich wusste, dass sie es nicht recht gefunden hätte, uns mit ihren Problemen zu belästigen.

Ansonsten ging das Leben seinen gewohnten Gang. Montags, mittwochs und donnerstags und meistens mindestens einmal am Wochenende ritten Rachel und ich unsere Pferde. Am Freitag gingen wir nach der Schule in unseren Flötenunterricht, und den Freitagabend verbrachte ich mit Robbie, den Samstag in Grant Park und den Sonntag in der Kirche und im Club. Dazu kamen meine Schularbeiten – mindestens eine Stunde pro Abend. Aber in jeder freien Minute schlich ich mich in Mamas Atelier und malte. Gegenüber Papa erwähnte ich die Skizzenblöcke und *Resthaven* oder sonst etwas über Mama mit keinem Wort mehr; ich hatte Angst, dass er das Atelier verschließen oder ausräumen würde, und jetzt gehörte das Atelier ja mir! Viele der Bücher über das Malen, die Mama mir hinterlassen hatte, waren echt nützlich; manchmal brauchte ich nur ein paar Seiten zu lesen, um die richtige Inspiration zu bekommen. Und Mama hatte Recht: Es war das Leichteste der Welt, seine Fehler zu übermalen.

Im Englischunterricht schlossen wir *Wuthering Heights* ab und begannen mit *Jane Eyre*, sodass wir den halben Herbst die Brontë-Schwestern durchnahmen. Wir lasen auch Gedichte von Emily Dickinson, die ich so mochte, dass ich es nicht wagte, sie zu parodieren.

In diesem Herbst spielte unser Schulorchester einmal für die *Atlanta Junior League.* Wir traten auch in Savannah auf, vor dem Kongress der *Daughters of the American Revolution* (Töchter der amerikanischen Revolution), bei denen Oma Middleton Mitglied war. Ich mochte es, mich für die Konzerte fein zu machen, mit meinem langen Satinkleid, dem Haarknoten (bei dem mir natürlich Rachel half) und Mamas Rouge, Wimperntusche und Lippenstift.

Aber das Rabenrätsel war so gut wie begraben. Der große schwarze Vogel, Edgar Allen Poe, *Resthaven,* die verschwundenen Gemälde – ich mochte nicht mehr daran denken.

Es war Rachel, die Ende Oktober das Rätsel wieder ausgrub. »Ich weiß, dass du keinen Bock darauf hast und dass du immer noch wütend auf deinen Vater bist und nicht mit Trixie reden kannst, aber wie wär's, wenn wir beiden uns mal diese Skizzenblöcke ansehen würden und die anderen Sachen, die deine Mutter in ihrem Studio hat?«

»Ich weiß nicht, Rachel. Jedes Mal, wenn ich da was tue, wächst es mir über den Kopf. Mir wird schier schlecht, wenn ich daran denke. Was werd' ich als Nächstes über meine Mutter herausfinden oder über meine ganze Familie? Kein Rabenruhm ist dieses Elend wert!«

»Ich glaube, das Schlimmste hast du schon hinter dir, Swannee. Echt. Kann ich mal was sagen, als nicht ganz so objektiver Beobachter?«

Ich zuckte die Achseln.

»Dein Vater hat dich also belogen, und das stinkt. Aber andererseits hast du eine ganz gute, normale Kindheit gehabt. Du hast deine Eltern geliebt, und sie haben dich geliebt und eine gute Ehe geführt. Viele Kinder haben so was nicht. Und wenn deine Mutter also manchmal krank war und Depressionen hatte, dann haben dein Vater und Ella Mae und Trixie sich nicht schlecht geschlagen; es ist dir doch immer noch gut gegangen. Denk nur mal an Samantha Logans Familie. Ihre Mutter ist Alkoholikerin, und jeder weiß das, und andere Eltern verbieten ihren Kindern, Samantha zu besuchen. Sie hängt bei ihren älteren Geschwistern rum und raucht und flucht und hat Liebhaber, die doppelt so alt sind wie sie.

Und es gibt jede Menge solche Familien hier in Buckhead, auch wenn sie es nicht wahrhaben wollen. Denk nur an Trixie und was sie durchgemacht hat. Und alle wussten es, aber ich glaube nicht, dass jemand das mit deiner Mutter geahnt hat. Ich jedenfalls nicht. Ich hab' nie jemand flüstern hören, dass deine Mutter verrückt war. Umwerfend schön, ja. Und talentiert. Aber nicht verrückt.

Und findest du nicht, dass dein Vater das Beste aus der Sache gemacht hat? Denk doch mal daran, wie das sein muss, eine Frau zu haben, die solche Depressionen hat!«

Ich sah Rachel mürrisch an. »Wie lange hast du diese wunderhübsche kleine Rede geplant?«

»Seit du mir das mit *Resthaven* gesagt hast. Und angefangen hast, deinen Vater wie ein Stück Dreck zu behandeln.«

»Das ist er doch auch!«

»Ich hab schon Schlimmeres gesehen. Also vergiss das jetzt mal 'ne Weile, und lass uns das Rabenrätsel anschauen und die Informationen, die wir haben, okay?«

Liebe, praktische, pragmatische Rachel.

Ich stieß einen langen, dramatischen Seufzer aus und murmelte: »Okay.«

Wir gingen in das Atelier. Rachel schaute zu, wie ich die sieben Geheimblöcke aus ihrem Versteck holte, und dann begann sie, zielsicher nach anderen Verstecken zu suchen. In der einen Ecke stand ein alter Schreibtisch, der voller Papiere und Quittungen war. Ich war noch nie auf die Idee zu kommen, die drei kleinen Schubladen zu öffnen.

»Exzellent! Genau das, worauf ich spekuliert hab'!«, rief Rachel triumphierend aus.

Die meisten der Papiere waren Dankesbriefe von Bewunderern von Mamas Talent. Viele steckten noch in ihren Umschlägen, sodass wir sie nach dem Datum auf dem Umschlag ordneten. Dann fing Rachel an, sie einzeln herauszuholen und mir vorzulesen. Es war schön, von so vielen Menschen zu hören, die Mama zu ihrer Arbeit gratulierten.

Und dann kam ein Brief, der das reinste Goldstück war – ein Brief von Henry Becker an Mama, datiert auf März 1952.

> Sehr geehrte Mrs. Middleton,
> das Bild ist wunderbar, und ich werde ihm einen Ehrenplatz geben. Sie hätten das Gesicht meiner Frau sehen sollen, als ich ihr sagte, dass ich die Künstlerin kenne. Es wäre schön, wenn Sie uns einmal besuchen und sehen könnten, wo wir es aufgehängt haben.
> Es hat mich sehr gefreut, dass Sie bei Ihrem letzten Besuch in *Resthaven* so glücklich und gesund waren.
> Malen Sie weiter.
> Mit herzlichem Gruß,
> Henry Becker

Wir kreischten um die Wette. Henry Becker! Der Mann in der Zeichnung war Henry Becker!

»Wir müssen nach *Resthaven* und uns mit ihm unterhalten!«, erklärte Rachel. »Der wird Bescheid wissen über die verschwundenen Gemälde.«

»Stell dir vor! Mama hat Henry Becker eines ihrer Bilder verkauft! Oder vielleicht war es auch ein Tausch, vielleicht ist irgendwo hier im Haus ein Bild von Henry.«

»Ich glaub' immer noch, dass er der Gärtner war.«

»Der Gärtner mit dem Maltalent«, sagte ich melodramatisch. »Vielleicht ein heimliches Talent. Klar: Gärtner am Tag und Maler am Abend!«

»Unmöglich. Maler brauchen Licht zum Malen.«

»Nicht unmöglich. Das ist die beste Erklärung. Du hast es doch in den Zeitungen gelesen und im Rabenrätsel: Einer der Künstler, deren Gemälde ausgestellt werden sollten, war Henry Becker.«

»Stimmt.« Sie kaute an einem der Pinsel. »Aber es macht irgendwie keinen Sinn.« Sie zuckte die Achseln. »Je eher wir mit dem Mann sprechen können, umso schneller kommen wir dem Geheimnis auf die Spur.« Sie stand auf und ging zu der Staffelei. »Malst du das gerade?«

Ich sprang auf. »Ach, das ist nichts. Sag nichts! Das ist nur so eine Methode, um mich abzureagieren.« Ich konnte keine spitzfindigen Bemerkungen brauchen über mein erstes Bild oder über meine Berufung. Sie war mir zu neu, zu wichtig, zu zerbrechlich.

»Reg dich ab, Swan. Ich mag das Bild.«

»Ich hab' es gerade erst angefangen. Es ist mein erster Versuch. Es ist nicht –«

»Es zeigt mir eines, Swan.« Ich traute mich nicht, sie zu fragen, was das war, aber sie sagte es selber. »Es zeigt, dass du eine Menge vom Talent deiner Mutter geerbt hast.«

Wenn Rachel nicht sowieso schon meine beste Freundin gewesen wäre, wäre sie es in diesem Augenblick geworden. Ich hatte Lust, ihr um den Hals zu fallen und sie zu drücken, bis sie kreischte oder kicherte. Aber selbst Rachel konnte nicht wissen, wie viel das Malen mir bedeutete, und so sagte ich nur:

»Echt?« Und dann gingen wir in die Küche, um uns ein Schokoladeneis zu gönnen.

Henry Becker. Ich konnte den Samstag und Carl kaum erwarten. Aber bevor ich ihm einen Ton sagen konnte, fragte er mich: »Hast du mal in diesem Club nachgefragt, Mary Swan, wegen der Band, die sie brauchen?«

»Ja, doch. Als ich Mrs. Appleby sagte, dass ihr Jazz und all die Tanzmelodien aus den Fünfzigern spielt, meinte sie, dass da was draus werden kann. Sie würde euch gerne mal hören. Meinst du, das geht?«

»Von mir aus schon. Ich frag' mal die anderen.« Er steuerte auf Cassandra und Jessie zu. Ich trat ihm in den Weg und sagte rasch: »Carl, könntest du mir einen großen Gefallen tun? Es geht um das Rabenrätsel, und es ist superwichtig für mich und Rachel, und ich weiß keinen anderen, der uns helfen könnte, und du wärst genau der Richtige. Ich meine, du kannst doch Auto fahren, und mein zweiter Helfer bist du ja auch, und da darfst du alles wissen.«

Er blieb stehen und sah mich mit gerunzelter Stirn an, ganz wie ich erwartet hatte. »Noch mal langsam, Mary Swan, ich komm' nicht mit.«

Ich ging mit ihm nach draußen und begann zu erklären. »In den Bergen gibt es ein Haus, wo meine Mutter oft war. Und ein Mann, der dort arbeitet, ist der Maler von einem der verschwundenen Gemälde. Wenn wir mit dem sprechen könnten, das würde uns echt weiterhelfen. Aber dazu brauchen wir jemand, der uns hinfährt.«

Er zuckte die Achseln. »Fahren kann ich schon, Mary Swan, aber ich hab' kein Auto.«

Ich musste an den großen Cadillac denken, der dauernd in unserer Garage stand, außer wenn Ella Mae mich mit ihm nach Grant Park fuhr. »Das ist kein Problem, ich hab' ein Auto. Den Cadillac da.« Ich schielte in die niedrige Novembersonne und zeigte auf das Auto, das halb von der Kirche verdeckt in der Seitenstraße stand, wo Ella Mae es immer parkte. »Den darf Ella Mae fahren, wenn sie ein Auto braucht.«

Er ging zu dem blauen Cadillac und ließ seine Hand bewundernd über die blank polierte Motorhaube gleiten. »Schönes Auto, Mary Swan. Aber du bist doch sechzehn, nicht? Kannst du noch nicht fahren?«

»Also, nicht weit. Papa lässt mich nur in unserem Viertel fahren.«

»Und dein Papa hat nichts dagegen, wenn ein Schwarzer, den er überhaupt nicht kennt, mit seinem tollen großen Cadillac in die Berge fährt?«

»Also ... Wir müssen es ihm ja nicht sagen.«

»Und du meinst, dein Vater merkt es nicht, wenn du 'nen ganzen Tag verschwunden bist, und das Auto auch?«

»Nicht, wenn er andere Termine hat – Golf zum Beispiel. Aber das krieg' ich schon raus, wenn du nur fährst.«

»Klingt so, als ob du ihn ganz schön anflunkern willst.«

»Jetzt komm, Carl, fang mir nicht mit 'ner Predigt über das Lügen an. Die Sache ist total wichtig!«

Er sagte nicht Ja, er schien sogar ärgerlich zu sein. Aber er sagte auch nicht Nein. Er sagte: »Und wann willst du das machen?«

»So bald wie möglich. Sobald Rachel und ich alles arrangiert haben.«

»Rachel kommt auch mit?«

»Na klar. Sie ist ja mein erster Helfer.«

Er schüttelte den Kopf, jetzt wirklich ärgerlich. »Mary Swan, findest du nicht auch, dass dieses Land, dieser Südstaat, schon genug Probleme mit den Bürgerrechten hat, ohne dass ihr beiden reichen weißen Mädchen euch von 'nem Schwarzen in 'nem gestohlenen Auto zwei Stunden durch die Gegend kutschieren lasst? Bist du noch gescheit?«

Ich sah ihn mürrisch an und machte einen Schmollmund. Rachel sagte, dass ich die beste Schmolllippe in Buckhead hatte, und ich schob sie so weit nach vorne, wie es ging.

Worauf Carl lachte und mir einen freundschaftlichen Klaps auf den Arm gab. »Werd nicht frech, Mädchen, das kann ich nicht auch noch brauchen.« Er lehnte sich zurück, dass seine Ellbogen sich auf die Kühlerhaube des Cadillac stemmten. Ich konnte seine harten Muskeln unter seinem karierten Hemd sehen. »Naja, vielleicht geht es doch. Lass mich drüber nachdenken.«

Ich packte seinen Arm und sagte: »Danke, o danke! Ich bereite alles vor, ich versprech' dir's! Komm nächsten Samstagmorgen um neun mit dem Bus zur Haltestelle an der Ecke West Paces Ferry und Andrews; wir warten dort mit dem Auto auf dich.«

»Langsam, Mädchen! Ich hab' nicht Ja gesagt, ich hab' gesagt, ich denk' drüber nach.«

Ich grinste zu ihm hoch. »Spätestens in einer Woche bedeutet das Ja, da können wir das Ding jetzt schon planen.«

»Mary Swan Middleton, du bist mir eine Nummer! Mach weiter.«

Und dann gingen mein großer Mund und meine Neugierde wieder mit mir durch, und ehe ich es mich versah, fragte ich Carls dasselbe, was ich schon Cassandra gefragt hatte. Während wir da auf den Kühler des Cadillac gelehnt dastanden und uns den Novemberwind um die Ohren wehen ließen, fragte ich: »Sag mal, Carl, bist du eigentlich ein Christ? Ich meine, das, was Miss Abigail darunter versteht? Hast du Gott in dein Herz gelassen und dich taufen lassen?«

Er runzelte wieder die Stirn. »Du kommst ja vom Hölzchen aufs Stöckchen, Mädchen.«

Ich grinste zu ihm hoch. »Keine Ausflüchte! Beantworte meine Frage.«

»Also, die Antwort ist Ja. Ja, ich bin ein Christ.«

»Und was ist dadurch für dich anders geworden? Hat Gott irgendwas ...« Ich warf die Arme in die Luft. »Ich weiß nicht, irgendwas ganz Besonderes in deinem Leben getan seitdem?« Ich musste wissen, ob Miss Abigails Worte über ihren so gut wie adoptierten Sohn stimmten.

Er sah mich aus dem Augenwinkel an und gab mir wieder einen spielerischen Stoß. »Warum willst du das wissen, Mary Swan?«

»Weil ich's wissen will halt.«

»Hat Miss Abigail dir erzählt, wie das war, als sie mich und meine Geschwister fand?«

Ich schluckte heftig. »Ja.«

»Na, dann weißt du ja, wie ich aufgewachsen bin. In Bretterbuden mit Ungeziefer und ohne Wasser. Meine Mutter hatte jeden Monat 'nen anderen Mann, und manchmal schlugen sie sich wie die Kesselflicker. Wir wussten nie, ob wir am nächsten Tag was zu essen haben würden. Und meiner Tante ging's nicht besser als meiner Mutter. Sie waren da reingerutscht. Ihre Mutter war 'ne Trinkerin, die sie sitzen ließ, als sie noch ganz klein waren. Ihre Großmutter hat sie dann erzogen, und als die starb, als sie so neun und zehn Jahre alt waren, waren sie ganz allein in der Welt. Was sollten sie machen? Sie haben angefangen, zu betteln und ihre Körper zu verkaufen, und dann wurden sie schwanger und wieder schwanger, Mary Swan, und keiner von uns Kindern weiß, wer sein Vater ist. Außer Pudding, und ihr Papa war der Mann, der Mama erschoss.«

»Carl, du brauchst mir das nicht zu sagen, wenn du nicht willst. Entschuldige, dass ich gefragt hab'.«

»Ich sag dir's, damit du siehst, was heute anders ist. Lass mich eben fertig erzählen.« Er lächelte sachte.

»Als ich zwölf war, war ich also ein ganz guter Taschendieb, konnte in weniger als 'ner Stunde ein Auto auseinander nehmen, besaß ein Messer und lief mit Jungen rum, die viel größer waren. Ich wusste, wo's langging. Ich hätte es lieber anders gehabt, ich wollte lesen und lernen, aber wo hätte ich das tun sollen?

Und ich war voll gepumpt mit Hass. Sogar Gott hasste ich. Mama schleppte uns hin und wieder zur Kirche, um ihr Gewissen zu beruhigen, und wie hasste ich das. Die Leute da sangen so schön und redeten vom lieben Gott, und ich sah doch nur lauter Armut und Böses. Als Mama dann starb, war alles in mir weg – außer dem Hass. Und ich war wild entschlossen, meine Familie zu retten, irgendwie.

Glaub mir, ich war kein Musterknabe, als Miss Abigail uns fand und zu sich nahm. Meine andere Schwester starb zwei Wochen später an Tbc. Miss Abigail gab uns zu essen und saubere Kleider, und wir hielten sie ganz schön auf Trab. Aber ihr Haus kam uns wie der reinste Palast vor, und, tja, wir mussten sie einfach lieben. Ich wollte sie nicht lieben. Ich hasste die Weißen und wollte keine Hilfe. Aber sie gewann mein Herz, mit ihrer Freundlichkeit und ihrer Festigkeit. Sie schickte mich zur Schule, und x-mal musste sie zum Rektor kommen, weil ich schon wieder mit dem Messer um mich gestochen hatte, und dann kam sie zur Schule und las mir die Leviten. Und sie schleppte uns in die Kirche und in den Kinderchor dort. Als sie merkte, dass ich musikalisch war, brachte sie mich in der Marschkapelle in der Schule unter.«

Seine Augen überzogen sich. »In der Kirche hörten wir von Jesus. Aber viele Leute, die zur Kirche gingen, waren auch nicht besser als ich. Aber weißt du, was mich echt packte, Mary Swan? Wenn ich morgens, wenn die Kleinen noch schliefen, ins Wohnzimmer kam, lag Miss Abigail auf den Knien auf dem Fußboden und goss ihr Herz vor irgendjemandem aus. Erst hatte ich furchtbare Angst, dass sie da so Selbstgespräche führte und weinte, und ich dachte: Jetzt wird sie noch verrückter als Mama.

Aber dann lud sie mich ein, mich zu ihr zu setzen und in der Bibel zu lesen, und da merkte ich, dass sie ja betete – laut mit Jesus sprach. Ich fing an, ihr Fragen zu stellen. Mein Kopf platzte vor Fragen über alles und jedes. Und sie hörte mir zu. Aber meistens redete sie darüber, dass Jesus ihr Freund war. Sie sagte mir, dass sie jeden Tag mit ihm redete und dass er in allem für sie sorgte und jetzt auch für uns. Sie sagte mir, dass auch ich Jesus als Freund und Chef in meinem Leben brauchte und dass er mir den Weg zeigen würde, auch wenn der schwer wäre, und dass er mich nicht so verlassen würde wie die Menschen, die ich bisher erlebt hatte.

Ich war wie ein Schwamm, Mary Swan. Ich brauchte Jesus. Aber ich war auch wie ein Felsen; ich wollte nicht, dass ich jemanden brauchte. Aber wenn du bei so einer Frau lebst, die Jesus kennt, und mitkriegst, dass er tatsächlich für sie sorgt, dann färbt das irgendwann ab.

Aber es war nicht nur Miss Abigail. Wir waren ja alle ausgehungert und krank, und sie hatte nur zwei Hände. Aber Jesus hatte viele Hände, sagte sie. Und da kamen also all diese anderen weißen Damen – kommen heute noch, übrigens – und nahmen die Kleinen in den Arm und liebten sie, und mir halfen sie mit den Schulaufgaben, weil ich so weit zurück war, denn ich war ja nicht viel zur Schule gegangen. Das war schwer, mordsschwer. Denn ich liebte Miss Abigail, aber andere Weiße lieben, das wollte ich nicht. Aber nach einer Weile musste ich sie einfach lieben; sie waren die Hände Jesu.«

Die Hände Jesu, dachte ich. Carl klang geradeso wie Miss Abigail.

»Tja, als ich dreizehn war, hab' ich kapituliert. Ich werd' das nie vergessen. In der Schule war dieser Typ, der mir immer drohte. Ein-, zweimal prügelten wir uns. Und da hab' ich Jesus eines Abends gesagt, dass ich ihn als meinen Heiland annehmen würde, wenn er mir zeigen würde, was ich mit Marvin machen sollte. Ich sagte ihm: ›Jesus, ich weiß mir keinen Ausweg, aber Miss Abigail sagt, es gibt immer einen Ausweg, und wenn du mir einen zeigst, will ich an dich glauben.‹

Am nächsten Tag, in der Schule, kamen Marvin und drei von seinen Kumpeln mit ihren Messern zu mir, und Marvin sagte, dass er nach der Schule am Friedhof auf mich warten würde, um die Sache ein für alle Mal zu erledigen. Ich hatte fast die Hosen voll vor Angst, aber ich sagte: ›Ich kämpf' nicht mehr, Marvin, ich geh' nach der Schule in die Kirche.‹ Marvin fand das zum Brüllen komisch, und nach der Schule standen sie draußen, er und seine Kumpel.

Sie folgten mir zur Kirche, und den ganzen Weg betete ich wie noch nie in meinem Leben. Etwa auf halbem Weg stürzten sie sich auf mich, und ich dachte: *Jetzt ist es aus.* Da tauchten auf einmal zwei große schwarze Männer auf und sagten: ›Lasst ihn in Ruhe!‹ Richtige Kleiderschränke waren das, doppelt so groß wie ich, und in ihren Händen hatten sie ein großes schwarzes Buch. Und sie hielten das Buch hoch und sagten: ›Im Namen Jesu, wenn ihr noch einmal Carl Matthews was tun wollt, kriegt ihr es mit uns zu tun.‹ Marvin und seine Freunde sind geflüchtet wie die Kaninchen. Diese großen Männer – sie waren auf einmal da, einfach so. Ich kannte sie nicht und hab sie nie mehr gesehen. Miss Abigail sagte, dass das wahrscheinlich Engel waren.«

Ich zog meine Augen zusammen. »Ist das wahr, was du da sagst?«

Carl nickte ernst. »Ehrenwort, Mary Swan. Marvin hat mich seitdem in Ruhe gelassen, und ich hab' auf der Stelle mein

Herz Jesus gegeben und mich 'ne Woche später taufen lassen. Und wenn du das andere hören willst, was er alles in meinen Leben getan hat – auf der Fahrt nach *Resthaven* ist ja genug Zeit!«

Mein Lächeln war fast so breit wie das Carls. »Ich wusste es doch, dass du uns hinfährst!«

Und so hatte ich jetzt, falls mir die Bürgerrechte und die Russen und Mama und Resthaven und Papa und die Frauen, die hinter ihm her waren, und Robbie und das Malen noch nicht reichten, noch ein Thema zum Nachdenken: dass Engel Carls Leben gerettet hatten.

KAPITEL 16

Es war ein Kinderspiel, den Cadillac zu kriegen. Jimmy war auf den Freitagabend zum Übernachten bei Andy Bartholomew eingeladen, ich sagte Ella Mae am Donnerstag, dass ich diesen Samstag leider nicht nach Grant Park konnte, Rachel lud mich für den Freitag zum Übernachten ein, und Papa hatte für den Samstag eine ausgedehnte Golfpartie im Club vor, solange das Wetter noch warm genug war. Als also der Samstagmorgen kam, war jeder, der sich in den kommenden zwölf Stunden Sorgen um uns machen konnte, im guten Glauben, dass wir irgendwo eingeladen waren.

Um halb neun rannten Rachel und ich zu unserem Haus, vergewisserten uns, dass Papas Jaguar fort war, und stiegen in den Cadillac. Ich hatte ihn erst ein paar Mal gefahren, und so erbot sich Rachel, den Fahrer zu machen.

»Pass auf!«, kreischte ich, als sie beim Zurücksetzen dem BMW, den Papa für Geschäftsabschlüsse benutzte, gefährlich nahe kam. »Und da drüben der Buchsbaum! Mehr nach links, Rach!«

»Ruhig, ich muss mich konzentrieren! Eure Einfahrt ist die reinste Katastrophe.« So nervös hatte ich die stets praktische Rachel noch selten erlebt.

Als wir die Straße erreichten, war ich sicher, dass Trixie und sämtliche anderen Nachbarn unser lautstarkes Rangieren und Gebremse gehört hatten. Sicher würde sie gleich aus ihrer Tür schießen, Lockenwickler im Haar, und uns verhören. Aber wir schafften es um die Ecke, ohne dass jemand uns sah.

»Na toll, dass du die auffälligste Bushaltestelle in ganz Buckhead ausgesucht hast«, grummelte Rachel, während wir die West Paces Ferry Road entlangrollten. »Wie spät ist es?«

»Fünf vor neun. Mach dir keine Sorgen, der ist da.«

Und richtig, da stand er, in eine Jacke gehüllt und sich die Füße mit den großen braunen Stiefeln vertretend. Ein paar Sekunden, und Rachel war auf die Hinterbank geschlüpft.

Carl begrüßte uns breit lächelnd. »Morgen, die Damen. Nett, euch zu sehen.«

»Hey, Carl.«

»Hört zu, ihr beiden. Falls uns irgendjemand fragt, ich bin euer Chauffeur – klar?«

Wir kicherten, aber Carls Gesicht war ernst. »Ich kann mir keinen Ärger leisten, Mary Swan, echt nicht. Du gehst nach hinten zu Rachel.«

Ich gehorchte.

Rachel hatte die Straßenkarte. Ich hatte den Brief, den Henry Becker meiner Mutter geschrieben hatte, sowie den Zettel mit dem Rabenrätsel und den Block mit der Zeichnung von Mr. Becker. Und Carl fuhr.

»Also, Carl, du biegst da vorne ab und dann geht's ziemlich lange geradeaus, bis zur I-85.« Rachels Kopf war in einem Stadtplan von Atlanta vergraben.

Carl brauchte ein paar ruckelige Minuten, um sich an den Cadillac zu gewöhnen. Schließlich erreichte er die Schnellstraße. »Mensch, ist das toll, hier fahren! Echt toll!«, rief er über seine Schulter, und ich hörte die schiere Freude in seiner Stimme. Ich hatte ihn nicht gefragt, ob er überhaupt schon mal auf einer Autobahn gefahren war. Er drückte das Gaspedal durch, dass der Wagen einen Satz nach vorne machte.

Rachel und ich sahen uns an, zuckten die Achseln und begannen zu kichern. »Ein richtiges Abenteuer«, flüsterte Rachel, und ich nickte.

Der erste Teil des Trips war wie eine Montage aus einem Dutzend verschiedene Broadway-Stücke. Zuerst sang Carl mit seiner tiefen Bass-Stimme »Ole Man River«, mit so viel Gefühl, dass wir Tränen in die Augen bekamen. Dann sang er »Moon River«, und danach »Oklahoma«. Bei dem Refrain fielen wir ein: »When I say, yipa yipa yipa yah, I'm only saying you're doing fine, Oklahoma, Oklahoma, O-K-L-A-H-O-M-A«, und dann riefen wir aus voller Kehle: »Oklahoma!«

»Bravo, Mädchen!«

»Sing noch was, Carl«, bat ich ihn immer wieder. Er schien sämtliche Broadway-Musicals zu kennen. Ich saß direkt hinter ihm, und da ich sein Gesicht nicht sehen konnte, betrachtete ich seine Schultern. Sie waren viel breiter als die von Papa oder Robbie oder sonst jemandem, den ich kannte, und beim Singen gingen sie auf und ab, wie ein Spiegel seiner Gefühle.

»Du hast echt eine schöne Stimme«, sagte Rachel, als er zwischen zwei Liedern pausierte. »Singst du viel in eurer Jazz-Band?«

»Etwas. Meistens sing ich sonntags im Kirchenchor. Manchmal haben wir auch ein Männerquartett oder so was.«

»Aber die Musical-Nummern singt ihr in der Kirche nicht?«

»Nein, nein, nicht in der Kirche! Das ist nur so zum Spaß.« Er drehte sich zu uns um und lächelte uns an. »Wollt ihr mal hören, was wir im Gottesdienst singen?«

»Klar!«, riefen wir im Duett. Und die nächste Viertelstunde hörten wir ein Potpourri aus Negro-Spirituals, wie »Let My People Go« und »Go, Tell It on the Mountain«. Wir summten mit. Und dann sang Carl, seine Stimme tief und trauernd: »Were you there when they crucified my Lord? Were you there when they crucified my Lord? Oh-oh-oh-oh. Sometimes it causes me to tremble, tremble, tremble. Were you there when they crucified my Lord?« (»Warst du dabei, als sie meinen Herrn kreuzigten? Manchmal muss ich zittern, zittern, zittern. Warst du dabei, als sie meinen Herrn kreuzigten?«)

Und ich spürte, wie ich zu zittern begann und eine Gänsehaut bekam. Ich weiß nicht, wie Rachel das Lied erlebte, aber mir war, als ob jemand den Finger auf mein Herz legte und diese Frage stellte. Würden gleich zwei große schwarze Männer mit großen schwarzen Bibeln auf der Fahrbahn auftauchen und mir zurufen: »Du musst glauben, Mädchen, du musst glauben!«?

Als Carl das Lied fertig gesungen hatte, sagte er: »Meine Stimme ist ganz weg.«

»Lass uns anhalten und eine Cola kaufen!«, schlug ich vor, erleichtert, an etwas anderes als schwarze Engel zu denken.

»Gute Idee, Mary Swan. Wir brauchen sowieso Benzin.«

Während wir eine Tankstelle suchten, sangen Rachel und ich ein Lied, das Papa aus dem Krieg mitgebracht hatte: »It's a long way to Tipperary, it's a long way to go. It's a long way to Tipperary to the sweetest girl I know. Good-bye, Picadilly, farewell, Leicester Square. It's a long, long way to Tipperary, but my heart lies there.«

Gegen zehn Uhr machten wir unseren Tankstopp. An das Benzin hatte ich gar nicht gedacht, aber zum Glück hatte ich etwas Geld dabei. Carl saß wie eine Statue da, den Blick gesenkt, als der Tankwart zum Auto kam.

Er war hager und groß gewachsen und hatte eine Baseballmütze in die Stirn gezogen. »Was darf's sein?«, fragte er aufgeräumt. Dann sah er, was für ein Trio wir waren.

»Für fünf Dollar Normal«, sagte ich rasch.

Der junge Mann schaute uns durch das hintere Fenster, das ich hinuntergekurbelt hatte, an und fragte: »Alles in Ordnung, die Damen?«

»Bestens«, sagte Rachel mit gekonntem Augenaufschlag.

»Also gut«, sagte er mit einem erneuten misstrauischen Blick auf Carl.

Er ging, und mein Herz, das schier ausgesetzt hatte, begann zu hämmern. Ich hasste es, wie der Mann Carl angesehen hatte – halb misstrauisch, halb herablassend. Aber Carl schien es nichts auszumachen. Er nahm mein Geld, zahlte und holte uns drei Flaschen Cola aus dem Automaten.

Als wir die Tankstelle verließen, stieß ich einen erleichterten Seufzer aus.

Rachel schnappte: »Das war einfach scheußlich, wie der dich behandelt hat, Carl!«

»Ihr habt's genau richtig gemacht, Mädchen. Immer lächeln und schön mit der Ruhe, und wir sind okay.«

Wir begannen wieder zu singen, aber der Schwung war weg, und wir wandten uns unseren Colas zu. Dann und wann rief Carl begeistert aus: »Schaut euch den roten Ahorn da an! Und die orangene Eiche! Hat unser Schöpfer das nicht toll gemacht im Herbst? Sieht aus, als ob die Wälder brennen!«

Ende Oktober, wenn die Blattfärbung ihren Höhepunkt erreichte, war Mama immer gerne in die Berge von North Carolina gefahren. Ich war aufgewachsen mit dieser wilden Schönheit. An diesem Tag hätte Mama gesagt: »Was haben wir für ein Glück! Schon die erste Novemberwoche, und die Bäume sind immer noch so schön.« Aber was Carl da sagte, erinnerte mich an unseren Besuch im Museum, als er zum ersten Mal ein Ölgemälde gesehen hatte. Diese geradezu kindliche Freude über das Schöne.

»Bist du noch nie in den Bergen gewesen, Carl?«

»Ich bin noch nie aus Atlanta raus gewesen, Mary Swan. Heute ist das erste Mal.«

Rachel hatte schon ausgedehnte Europareisen mit ihren Eltern gemacht, und ich kannte die Südoststaaten der USA und war auch schon im Nordosten gewesen. Es dauerte einen Moment, bis wir begriffen, was Carl da gesagt hatte.

Wir schwiegen ein paar Minuten, dann sagte Rachel: »Carl, hast du schon gehört, wie Coca Cola erfunden worden ist?«

»Null Ahnung.«

»Aber du weißt doch, dass das hier in Atlanta anfing?«, fragte ich.

»Hab' mir nie Gedanken darüber gemacht, Mary Swan.«

»Als Einwohner von Atlanta solltest du das aber wissen«, sagte ich.

Und so begann Rachel ihre Geschichte, die wir beide schon Dutzende Male gehört hatten. »Also, Doc Pemberton – John S. Pemberton, ein Kavallerieoffizier aus dem Bürgerkrieg – wurde Apotheker. Er wohnte in Columbus in Georgia. Kennst du Columbus?«

»Nein, überhaupt nicht.«

»Das ist eine alte aristokratische Stadt an der Grenze zu Alabama. Aber Doc, wie die Leute ihn nannten, glaubte, dass Atlanta eine große Zukunft hatte, und so zog er hierhin, 1885, als Atlanta nicht viel mehr als der Bahnhof war. Eine seiner beliebtesten Mixturen war das so genannte French Wine Coca. Er nannte es in seiner Werbung ›ein wunderbar anregendes Nerventonikum, das garantiert nicht betrunken macht‹.«

Carl sah uns an, seine eine Braue ging hoch. »Nerventonikum – was ist denn das?«

»Etwas, das bei Kopfschmerzen und anderen Wehwehchen hilft«, antwortete ich.

»Genau«, sagte Rachel. »Das einzige Problem war, dass es Alkohol enthielt, und Atlanta wurde nach einem Referendum im November 1885 knochentrocken. Aber als die Kneipen im folgenden Sommer dicht machten, war Doc bereit – mit einer neuen Mixtur, in der er zwei exotische Zutaten benutzte –

Coca aus Südamerika und Kola aus Afrika: Er nannte das neue Getränk Coca-Cola.«

»Ist das echt wahr? Sind hier Sachen aus Südamerika und Afrika drin?« Carl hielt seine halb leere Flasche hoch und sah sie bewundernd an.

»Stimmt! Doch leider, leider« – ich fiel in meine dramatische Stimme – »verkaufte sich das neue Gebräu nicht besonders gut. Aber dann kaufte ein Mann namens Asa Candler das Rezept.«

»Langsam, Mary Swan«, verbesserte Rachel mich. »Er erwarb zunächst Teilrechte an Coca-Cola und dann weitere Anteile. 1891 war er schließlich der Alleininhaber der Rezeptur mit einer Gesamtinvestition von 2 300 Dollar. Ziemlich mickrig, wenn man bedenkt, wie viele Millionen das Zeug gebracht hat.«

»Und Papa sagt immer«, fügte ich stolz hinzu, »wenn die Wähler nicht für kurze Zeit das Alkoholverbot durchgesetzt hätten, hätte es Coca-Cola vielleicht nie gegeben.«

»Das ist ja 'n Ding!« Ich konnte Carls zwinkernde Augen in dem Glas des hinteren Fensters sehen. Unsere Geschichte gefiel ihm sichtlich.

»Und jetzt kommt das Beste.« Diesen Teil der Geschichte wollte ich erzählen. »Ein Kunde, der Coca-Cola bestellt hatte – es war immer noch ein Mittel gegen Kopfschmerzen –, bekam es mit Sodawasser anstelle des üblichen Leitungswassers und fand es ›sehr erfrischend‹.« Ich machte ein hingerissen-dümmliches Gesicht und sagte in einer piepsigen Stimme: »Hmm, ist Coca-Cola toll! Mein Kopfweh ist wie weggeblasen!«

Carl lachte schallend.

»Die Leute fingen also an, es als Erfrischung zu kaufen und nicht mehr nur als Kopfwehmedizin. Toll, nicht?«

»'ne tolle Geschichte, Mädchen!«

»Und voll wahr«, sagte Rachel.

»Aber es geht noch weiter. Als Mr. Candler anfing, die Cola in Flaschen abzufüllen, wie die, aus der wir sie heute trinken, ging der Umsatz wie eine Rakete nach oben.«

Rachel fuhr fort: »Durch Coca-Cola wurde Candler also

der erste Reiche in Atlanta und auch der erste große Philanthrop. Später, nach dem Ersten Weltkrieg, verkaufte er Coca-Cola an eine Gruppe um einen Investment-Banker namens Ernest Woodruff, und heute ist Coca-Cola in den Händen von dessen Sohn Robert. Du kennst doch diese Werbung, Carl? ›Wenn du das Coca-Cola-Zeichen siehst, weißt du, dass du in der Zivilisation bist‹.«

»Doch, ich glaub' schon.« Er nahm den letzten langen Schluck seiner Cola. Dann hob er die leere Flasche über seinen Kopf und sagte: »Mr. Pemberton, Mr. Candler, Mr. Woodruff, besten Dank für dieses Kopfweh-Tonikum. Es schmeckt super.«

»Und weißt du was?«, kicherte ich.

»Was hast du noch auf Lager, Mary Swan?«

»Die Coca-Cola-Rezeptur ist immer noch eines der am meisten begehrten und am besten gehüteten Geschäftsgeheimnisse in der Welt.«

Ich sah im Rückspiegel, wie Carls Augen sich kurz zusammenzogen. »Apropos Geheimnisse – was sagen wir eigentlich den Leuten in *Resthaven*, wenn wir da ankommen?«

Rachel lächelte gelassen. »Keine Panik, Carl, das haben wir alles vorbereitet.«

Das »Sanatorium *Resthaven*«, wie es auf dem Schild an dem Giebeldreieck hieß, sah genauso aus, wie Mama es gezeichnet hatte. Vier Stockwerke hoch, begrüßte es uns mit seinen roten Ziegeln und sechs weißen Säulen, als wir die alleeartige Einfahrt hinauffuhren, die vor dem Eingang in einen Wendeplatz mündete.

Rachel und ich stiegen aus, während Carl im Cadillac blieb. Am Empfangstisch saß eine vollschlanke blonde Frau in Schwesternuniform.

»Was kann ich für die jungen Damen tun?«, fragte sie. Für jemanden, der mit lauter Verrückten arbeitete, klang sie recht fröhlich.

Ich versuchte, geschäftsmäßig zu klingen. »Wir suchen Mr. Henry Becker.«

Sie runzelte die Stirn und begann, in ihren Papieren zu suchen. »Ist das ein Patient? Ich kann mich nicht erinnern ...«

»Nein, nein, kein Patient. Er arbeitet hier.«

Sie schüttelte den Kopf. »Nein, ich glaube nicht, dass wir –« Dann lächelte sie unvermittelt. »Halt – Mr. Becker! Jetzt weiß ich, wen ihr meint. Der hat hier gearbeitet, aber das war vor meiner Zeit. Ein richtiges Original soll er gewesen sein! Aber jetzt ist er seit ein paar Jahren in Rente, das tut mir Leid.«

Mein Mut sank.

Rachel kam mir zu Hilfe. »Haben Sie vielleicht seine Adresse? Es ist sehr dringend.« Sie zeigte mit dem Kopf auf das Auto, wo Carl saß. »Ein Verwandter von ihm sucht ihn.«

Ich sah sie konsterniert an. Sie schoss mir einen warnenden Blick zu, und ich hielt meinen Mund.

»Wartet mal, einen Augenblick, bitte.« Nach fünf Minuten kam die Schwester mit einem Blatt Papier zurück. »Da habt ihr aber Glück gehabt!«

Mit der Wegbeschreibung der Schwester erreichten wir nach weiteren dreißig Minuten Henry Beckers Haus. Es stand am Ende eines Feldwegs inmitten von Wiesen und Weiden. Auf der einen Seite des Hauses befanden sich bestens gepflegte Blumenbeete, auf der anderen ein Gemüsegarten. Ein vor sich hinrostender Briefkasten und ein Gitterzaun markierten die Grenze des Grundstücks, dazu ein braun gefleckter Jagdhund, dessen Gebell schon von weitem zu hören war. Aus dem Schornstein kam eine dünne Rauchspirale.

Henry Becker war alt, mindestens siebzig, und hatte die gleichen tabakverfleckten Zähne und hängenden Augen und dasselbe breite Lächeln wie in Mamas Skizzenblock. Er war gerade dabei, im Gemüsegarten zu hacken. Es war schlecht zu schätzen, wie groß er war, aber er schien dünn zu sein unter seiner sackartigen, von Hosenträgern gehaltenen Hose. Er sah misstrauisch zu uns hinüber.

Carl sprang aus dem Wagen und blieb an dem Zaun stehen. »Wir suchen einen Mr. Henry Becker. Jemand, der früher im Sanatorium *Resthaven* gearbeitet hat.«

»Das bin ich.«

»Schön, Sie zu sehen, Mr. Becker. Ich heiße Carl Matthews und habe diese Damen von Atlanta hierher gefahren. Sie haben ein paar Fragen an Sie. Es geht um eine Mutter, die einmal eine Zeit lang in *Resthaven* war.«

Henry Becker spuckte einen Klumpen Kautabak aus und rief über seine Schulter in das Haus: »Martha, wir haben Besuch!« Dann kam er zu unserem Auto, stützte sich, ganz ähnlich wie in der Zeichnung, auf die Hacke und musterte uns.

»Na, wollt ihr den ganzen Tag im Auto sitzen bleiben oder ins Haus kommen und was trinken?« Er sah uns beide einen langen Augenblick an, dann trat die Spur eines Lächelns auf seine aufgesprungenen Lippen.

Rachel und ich stiegen aus dem Auto.

»Nett, Sie kennen zu lernen, Mr. Becker.« Ich streckte ihm meine Hand hin. »Entschuldigen Sie bitte, dass wir so einfach hereinschneien.«

Er ignorierte meine Geste und zeigte mit seiner knotigen Hand auf mich. »Sie erinnern mich an jemand, junge Dame.«

»Ich bin Mary Swan Middleton. Die Tochter von Sheila Middleton.«

Sein Gesicht verwandelte sich in eine Landkarte von Lachfalten. »Na so was! Das ist ja 'n Ding! Herzlich willkommen, Miz Middleton! Mary Swan. Doch, ich erinner' mich gut, wie Ihre Mutter immer von Ihnen gesprochen hat.« Er machte eine ausholende Geste. »Kommen Sie doch rein zu uns! Nur alle rein in die gute Stube!« Er lehnte die Hacke an den Zaun. Sein Schritt war elastisch. »Sie sind die Tochter von Sheila Middleton! Und wie geht's der Frau Mama?«

Er hatte mir den Rücken zugewandt, während Rachel, Carl und ich ihm die drei Holzstufen zu der Veranda hoch folgten. Ich räusperte mich umständlich und sagte: »Äh ... Sie ist bei dem Flugzeugunglück in Paris umgekommen.«

Er blieb abrupt stehen und drehte sich zu mir um, seine Miene plötzlich schockiert. »Miz Sheila? Das gibt's doch nicht!« Er schüttelte den Kopf. »Miz Sheila! So ein schönes junges Ding. Mein Gott. Doch, von dem Absturz hab' ich gehört. Furchtbar.« Er sah zu den Wiesen hin, die sich um das Haus breiteten. Dann ging er in das Haus. »Das sind ja schlimme Nachrichten. Das tut mir Leid.«

Dann fasste er sich wieder und fragte: »Und womit kann ich Ihnen helfen, Miz Middleton und Miz …«

»Abrams. Rachel Abrams.«

Er rief, noch halb in Gedanken, seiner Frau zu: »Martha, ich bring' den Besuch rein!«

Martha Becker hatte so weiße Haare wie Großmutter und ein freundliches Lächeln, und sie war fast genauso groß wie Ella Mae. Sie hinkte, als sie aus dem hinteren Teil des Hauses zu uns kam. »Freut mich, euch zu sehen«, sagte sie, als Mr. Becker uns vorstellte.

»Diese junge Dame hier ist die Tochter von Sheila Middleton.« Der Ton, in welchem er das sagte, zeigte mir, dass auch seine Frau Mama gekannt haben musste. »Die arme Miz Middleton ist bei dem Flugzeugabsturz im Sommer umgekommen.«

»Bei dem Absturz umgekommen?« Mrs. Beckers Miene wurde bestürzt. »Lieber Gott, die arme Frau.« Sie schien nicht weniger geschockt zu sein als ihr Mann.

Wir standen im Wohnzimmer. An der einen Wand befand sich ein Kamin, in dem ein gemütliches Feuer knisterte. »Setzt euch, Kinder«, sagte Martha Becker, auf einen alten Stuhl und ein abgewetztes Sofa deutend. Dann humpelte sie aus dem Zimmer, um Getränke zu holen.

Mr. Becker setzte sich in einen Schaukelstuhl, hob ein Stück Holz und ein Messer vom Fußboden auf und begann zu schnitzen. »Das tut mir echt Leid mit Ihrer Mutter, Miz Middleton. Jetzt erzählen Sie mir mal …«

»Nennen Sie mich ruhig Mary Swan.«

Carl, Rachel und ich schauten zu, wie er langsam und bedächtig schnitzte. »Also, Mary Swan, was bringt dich zu mir?«

»Also …« Ich sah zu Rachel und Carl hin. Sie schauten mich aufmunternd an. »Das ist eine komische Geschichte, die eigentlich nichts mit dem Unglück zu tun hat. Ich hab' also die Aufgabe, die drei Gemälde zu finden, die im letzten Jahr aus dem High Museum verschwunden sind.« Ich machte eine Pause, aber er schnitzte weiter, und so fuhr ich fort: »Eines der Gemälde war von Mama, und das zweite war ja von Ihnen, und da hab' ich gedacht, ich besuche Sie mal und frage Sie, ob Sie wissen, wo die Bilder sind.«

Er kratzte sich kurz an seinem Kopf, dann schüttelte er ihn. »Gemälde? Ich hab' nie was gemalt.«

»Aber letztes Jahr sollte doch ein Bild von Ihnen im Museum in Atlanta ausgestellt werden!«

»Von dem Bild weiß ich nichts, Mary Swan.« Er gluckste leise. »Ich bin kein Maler. Ich kann wohl ein bisschen schnitzen, hier, bitte.« Er hielt das Holz hoch; es sah so aus, als ob er dabei wäre, das Ohr irgendeines Tieres zu schnitzen. »Deine Mama, die konnte malen, jawohl. Tolle Sachen.«

»Aber die Zeitungen und der Kustos und alle anderen sagten, dass eines der verschwundenen Bilder von Henry Becker war. Sie hatten die Bilder selber gesehen.«

»Dann hat's da wohl 'ne Verwechslung gegeben oder so. Vielleicht war das ein anderer Henry Becker. Es gibt bestimmt einen Haufen Henry Becker in der Welt, junge Dame. Ich hab' jedenfalls in meinem ganzen Leben nie was gemalt.«

Ich war fix und fertig.

Er sah es und nahm meine Hand und tätschelte sie. »Das tut mir jetzt echt Leid, Mary Swan. Dass ihr extra so weit gefahren seid.«

»Aber Sie haben meine Mutter gekannt?«

»Doch, gut sogar.«

»Und wie lange?«

»Seit sie das erste Mal nach *Resthaven* kam. Muss wohl zehn, zwölf Jahre her sein.«

Ich hatte einen Kloß in der Kehle. Rachel und Carl sahen mich mitfühlend an, sagten aber nichts. »Können Sie mir wenigstens was über *Resthaven* sagen?« Ich krächzte den Satz.

»Weißt du nicht, was *Resthaven* ist?«

»Nicht besonders. Ich weiß nur, dass meine Mutter dorthin ging, wenn sie ... müde war. Manchmal blieb sie einen ganzen Monat. Einmal, als ich noch klein war, hab' ich sie dort besucht.« Ich schluckte. »Bitte, Mr. Becker, sagen Sie mir, was *Resthaven* ist. Bitte.«

Er legte sein Schnitzstück beiseite und fuhr sich mit seinen verwitterten Händen über das Gesicht. Dann stieß er einen Seufzer aus. »*Resthaven* ist ein Heim für Leute, die – tja, krank sind. Leute, die's nicht mehr packen mit den hässlichen Dingen in dieser Welt. Es ist ein gutes Haus, Miz Middleton. Es hilft den Menschen. Ich hab' über fünfundzwanzig Jahre als Gärtner dort gearbeitet. Bin erst vorletztes Jahr in Rente gegangen. Deine Mama kam so alle sechs Monate dorthin. Manchmal blieb sie nur eine Woche, manchmal einen Monat oder noch länger.«

»Und warum kam sie?«

»Um auszuruhen.«

»Weil sie Depressionen hatte?«

»Ja.« Ich sah, dass ihm das Thema peinlich war.

»Und hat sie in *Resthaven* gemalt?«

»Zuerst nicht, glaub' ich.« Er runzelte die Stirn, als überlege er, wie viel er mir verraten sollte. »Ich glaub', zu Anfang wollten sie, dass sie sich einfach nur ausruhte. Sie ist mir sofort aufgefallen, weil sie immer im Garten saß und die Blumen anschaute. Und sie sprach mit mir, ziemlich viel sogar. Sagte, dass ich ein guter Gärtner wäre mit so schönen Rosen. Wir haben uns oft unterhalten, deine Mama und ich.«

Sein Gesicht verdunkelte sich. »Als sie das erste Mal in *Resthaven* war, kam sie eines Tages zu mir und weinte zum Steinerweichen. Sie war so jung und so hübsch und zart, und sie sah mich mit ihren großen grünen Augen an. Wie Ihre Augen, Miz Middleton. Und sie weinte und weinte. Da hab' ich sie gefragt, was mit ihr sei. Hab' das manchmal gemacht bei den Patienten.« Er wischte sich mit einem Taschentuch über das Gesicht, während Rachel, Carl und ich ihm wie gebannt zuhörten.

»Sie sagte, dass sie ihren Arzt gebeten hatte, die Medizin abzusetzen und sie malen zu lassen, aber er wollte nichts davon hören. Sie sagte, wenn er sie nur malen lassen würde, würde es ihr besser gehen.«

»Und was haben Sie gemacht?«

»Ich hab' mit einer der Schwestern gesprochen, die ich ganz gut kannte, und die muss wohl einem Arzt was gesagt haben, denn auf einmal kam Miz Sheila zu mir und dankte mir und sagte, dass ich ihr das Leben gerettet hätte.« Er schüttelte den Kopf, als könne er seine eigene Geschichte nicht glauben. »Und seitdem saß sie jedes Mal, wenn sie in *Resthaven* war, draußen im Garten und malte, und ihr Gesicht war richtig glücklich dabei und sie summte und trällerte wie ein kleines Mädchen. Und versprach mir, mir eins von ihren Bildern zu schenken, und das hat sie auch gemacht.«

»Sie hat Ihnen ein Bild geschenkt?« Wir horchten auf, alle drei. Ich spürte, wie Henry Beckers Brief ein Loch in meine Hosentasche brannte.

»Jawohl. Ein tolles Bild. Zauber-haft, so nennen Martha und ich das. Das beste Stück, was wir besitzen.« Er stand auf und sagte: »Kommt eben mit ins Schlafzimmer, da hängt es.«

Wir folgten ihm in das kleine Schlafzimmer. Auf zwei Kommoden aus Zedernholz standen etliche gerahmte Familienfotos. Den Fußboden zierten mehrere kleine handgewebte Teppiche, und an der Wand über dem Bett hing, schön und fremd, ein echtes Ölgemälde. Es zeigte *Resthaven* in der Abenddämmerung und hatte etwas Urwüchsig-Wildes an sich – eine Orgie von Blumen und ein heftiger Wind, der die Bäume zauste. Aber im Hintergrund, neben einem windgeschüttelten Magnolienbaum, kniete, scheinbar unberührt von dem aufziehenden Gewitter, ein Mann in einem Blumenbeet.

Ich hatte als Kind ein Auge für Kunst bekommen und sah sofort, dass dies ein Meisterstück war. Aber ich sah auch etwas anderes. »Das hat meine Mutter nicht gemalt«, sagte ich. »Es ist ein echt schönes Bild, aber Mama hat fast nur Porträts gemalt.«

Henry Becker schüttelte seinen Kopf. »Entschuldigen Sie, Miz Middleton, aber ich weiß genau, dass dieses Bild von Ihrer Mama ist, weil ich ihr nämlich beim Malen zugesehen hab'. Sie hat es in dem ersten Jahr gemalt, als sie nach *Resthaven* kam. Siehst du nicht, dass ich das da bin neben dem Baum?« Er zeigte, seine Hand kaum merklich zitternd, auf den Mann in dem Bild.

»Als sie fertig war, hat sie mir das Bild gezeigt. War mächtig stolz darauf. Und ich auch. Ich hab' sie dazu gekriegt, dass sie es dem Doktor zeigte, und der sagte, dass sie echt Talent hatte und dass sie nie mehr Pillen schlucken müsste, wenn sie in *Resthaven* wäre.«

»Wollen Sie mir sagen, dass Mama das gemalt hat? Als sie in *Resthaven* war?«

»So ist es.«

»Aber das sieht überhaupt nicht aus wie das, was sie meistens malte!«

Er legte den Kopf zur Seite. »Komisch, dass du das jetzt sagst, denn das sagte sie mir auch immer. Sie sagte: ›Henry, ich male so viel besser und anders, wenn ich in *Resthaven* bin.‹«

Ich trat zu dem Bild und suchte nach der Signatur. Mamas Signatur war leicht zu erkennen – groß und blumig-geschwungen. »Sie hat es nicht signiert«, sagte ich, Enttäuschung in der Stimme.

»Doch, natürlich. Dort bei den Schlüsselblumen, siehst du das nicht? SMM.«

Ich musterte angestrengt das dunkle Gemälde. Da waren die Initialen, fast in den Boden gepflanzt neben den dunkelroten und gelben Blumen. Mamas Initialen. Aber nicht die Signatur, die sie sonst verwendete. Nichts an dem ganzen Gemälde sah Mama ähnlich.

Mein Kopf wollte sich drehen. »Und Sie haben wirklich nie was gemalt?«

Er schüttelte den Kopf.

Plötzlich kam mir eine andere Idee. »Sagt Ihnen der Name Leslie Leschamps etwas?«

»Doch, klar.«

»Sie war die andere Malerin, deren Bild verschwunden ist.«

»Die Leslie Leschamps, die ich kenne, ist keine Malerin, sondern eine Schwester.«

Mein Herz fing wieder an zu hämmern. Ich fragte, obwohl ich die Antwort schon wusste: »Eine Schwester? Und wo?«

»In *Resthaven*.«

Wir aßen bei den Beckers zu Mittag und verbrachten einen guten Teil des Nachmittags bei ihnen. Als Rachel sagte, dass wir bald wieder fahren müssten, lächelte Henry Becker, legte seine Hand auf meinen Arm und fragte: »Habt ihr was dagegen, wenn Mary Swan und ich uns ein bisschen unterhalten, bevor ihr aufbrecht?« Worauf Mrs. Becker Carl und Rachel einlud, sich den Garten anzusehen.

Und so schlenderte Mr. Becker mit mir über seine Wiesen. »War 'ne feine Frau, deine Mama. Nicht sehr robust, aber sobald es ihr besser ging, wollte sie helfen. Manchmal ließ sie andere malen. Stellte ihnen 'ne Staffelei hin, und dann fingen sie an. Und weißt du was? Mehrere von den Patienten, die fast nie lächelten – wenn sie mit deiner Mama malten, konnten sie auf einmal lächeln. Nur der Doktor war ein bisschen knurrig; sagte, dass Miz Sheila ihre Kraft eigentlich brauchte, um wieder gesund zu werden.

Wie gesagt, sie sollte eigentlich nicht malen in *Resthaven*, sondern sich ausruhen. Ein paar von den Ärzten meinten, dass das Malen sie nur anstrengte. Aber sie sagte, dass es gerade anders herum war. Dass das Malen ihr half, nicht ganz durchzudrehen, wenn sie so fertig war. Und eines Tages hieß es dann bei den Ärzten, dass Malen und Schreiben und solche Sachen den Menschen vielleicht helfen konnten, gesund zu werden.«

Wir erreichten wieder das Haus. Carl und Rachel standen neben dem Auto, und Mrs. Becker trat zu ihrem Mann. Der kratzte sich am Kopf, bevor er fortfuhr. »Ich muss dir noch was sagen, Mary Swan. Hab's keiner anderen Menschenseele gesagt, behalt's also für dich. Aber vielleicht kann's dir helfen. Martha und ich, wir sind sehr dankbar dafür, wie Miz Sheila unserer Familie geholfen hat. Sie war eine sehr großzügige Frau, deine Mama.«

Mein Mund muss wohl offen gestanden haben. »Wie meinen Sie das, Mr. Becker?«

»Deine Mama hat immer versucht, anderen zu helfen, auch wenn es ihr selber nicht so gut ging. Sie konnte das – mit den Menschen reden und mit ihren Augen zuhören, und bevor man sich's versah, wusste sie, wo einen der Schuh drückte.«

»Ja«, fiel Mrs. Becker ein. »Mir gab sie die zweihundert Dollar, damit ich meine Enkelin ins Krankenhaus in Atlanta bringen konnte. Ohne sie wär' das Kind gestorben.« Sie schniefte kurz, dann humpelte sie in das Haus und kam einen Augenblick später mit einem Foto zurück, das ein Mädchen zeigte. »Das ist ihr Schulfoto vom letzten Jahr.« Sie lächelte breit. »Ein feines Mädchen, Lisa. Unsere Lisa.«

»Und das war nicht das einzige Mal, dass deine Mama uns geholfen hat. Sie schien es zu riechen, wenn Not am Mann war.« Henry Becker schüttelte seinen Kopf. »Das wollte ich dir nur sagen, weil du dich so für *Resthaven* und das alles interessierst, und sie ist ja jetzt nicht mehr. Das wollte ich nur sagen.«

Dann umarmte Mrs. Becker mich fest und sagte: »Mary Swan, das bedeutet uns ja so viel, dass du uns besucht hast. Das tut uns so Leid, das mit deiner lieben Mama. Wenn wir je was für dich tun können, dann melde dich, ja?«

Ich nickte benommen. Ich merkte, dass ich mir die Tränen abwischte.

KAPITEL 17

Die ersten fünfzehn Minuten fuhren wir schweigend, außer dass ich ununterbrochen schniefte. Schließlich flüsterte ich: »Ich muss noch mal nach *Resthaven*. Ich muss Leslie Leschamps sprechen. Und den Arzt.« Ich hatte mir seinen Namen aufgeschrieben. »Dr. Clark.«

Carl schüttelte seinen Kopf. »Ein anderes Mal, Mary Swan, nicht heute. Ich glaub', du hast genug gehört für heute. Und wir haben eine lange Fahrt vor uns, und ich will nicht, dass wir Probleme kriegen.« Er war eisern.

Was bedeutete das nur, was Henry Becker mir da gesagt hatte? Rachel und Carl hörten zu, während ich laut nachdachte. »Mr. Becker sagt also, dass Mama in *Resthaven* viel gemalt hat. Aber das Bild, das sie ihm geschenkt hat, sieht ganz anders aus als die, die sie sonst immer malte. Und Henry Becker ist kein Maler. Er war nur der Gärtner, und Leslie Leschamps ist nur eine Schwester. Was soll das alles bedeuten?«

»Vielleicht waren diese Namen Pseudonyme, damit der Maler anonym bleibt«, sagte Rachel.«

»Aber wer kommt denn auf solche Namen? Warum hat er die Namen von Leuten in Resthaven gewählt – Leute, die nur meine Mutter kannte?«

»Vielleicht, weil alle drei Gemälde von derselben Person stammen«, sagte Rachel nüchtern.

»Das macht Sinn«, sagte Carl.

»Aber wer …« Und dann merkte ich, was Rachel da meinte. »Willst du etwa sagen, dass meine Mutter in *Resthaven* viele Bilder malte, die sie dann entweder mit ›Henry Becker‹ oder mit ›Leslie Leschamps‹ signierte?«

»Siehst du das nicht, Swan? In *Resthaven* hat sie anders gemalt. Du hast doch selber das Bild bei den Beckers nicht erkannt. Sie hat das gemacht, um sich zu schützen. Sie war ja schon bekannt in Atlanta. Vielleicht dachte sie, die Leute würden ihr nicht glauben, dass dies wirklich ihre Gemälde waren. Oder sie wollte nicht, dass sie herausfanden, dass sie in *Resthaven* gewesen war oder in Behandlung oder was auch immer. Siehst du das nicht, Swan? Sie hat Mr. Beckers Namen benutzt, weil er ihr viel geholfen hatte. Und ich wette, dass Leslie Leschamps ihr auch geholfen hat. Diese Bilder waren eine Art Dankeschön.«

Ich seufzte tief und sagte: »Ich mag jetzt nicht mehr darüber reden. Ich mag über überhaupt nichts reden!«

Und so redeten wir nichts mehr auf der Fahrt zurück nach Atlanta. Carl summte vor sich hin, und Rachel schaute zum Fenster hinaus, und irgendwann, als die Sonne zu den die flammenden Hügeln herunter sank, schlief ich ein.

Als ich aufwachte, waren wir am Ortsrand von Atlanta, und Carl und Rachel unterhielten sich flüsternd. »Was ist?«, sagte ich müde.

»Wir bereden gerade, wo wir Carl absetzen sollen.«

»Ich wollte dir doch noch *Swan House* zeigen, Carl.«

»Meinst du nicht, dass es ein bisschen spät wird, Swan?«, sagte Rachel.

Ich schaute auf meine Armbanduhr. »Es ist erst halb sechs.«

»Ich muss so langsam nach Hause, Mary Swan«, sagte Carl. Er klang nervös, aber ich achtete nicht darauf. »Nur auf einen Sprung. Halt da drüben an der Tankstelle an der Ecke an und versteck dich hinten. Ich fahre die letzten paar Meilen.«

Er schien das keine gute Idee zu finden, aber er protestierte nicht weiter, gerade so, als ob es für ihn nicht schicklich war, ein weißes Mädchen zu kritisieren. Und er kletterte auf die Rücksitzbank und machte sich so klein wie möglich, während Rachel und ich uns auf die Vordersitze begaben.

Ich setzte Rachel ab, und dann fuhr ich zu unserem Haus und bugsierte den Cadillac die Einfahrt hinauf. Papas Jaguar war immer noch nicht in der Garage. »Warte einen Moment«, flüsterte ich Carl zu. Dann rannte ich ins Haus und rief nach Jimmy, um sicher zu sein, dass er nicht da war. Die einzige Antwort war mein Echo. »Die Luft ist rein!«, rief ich nach draußen.

Carl faltete sich auseinander wie ein Liegestuhl und folgte mir durch die Hintertür ins Haus. »Das ist ja echt groß hier, Mary Swan.«

Ich nickte. Ich hörte nur halb zu, weil mein Herz in meinen Ohren pochte. Carl war bei mir zu Hause!

»Komm eben mit rauf in Mamas Atelier. Ich zeig dir die Skizzenblöcke.«

»Besser nicht, Mary Swan. Ich will nicht, dass dein Vater uns womöglich hier zusammen findet, das gibt nur Ärger.«

»Der ist nicht da. Mach dir keine Sorgen.« Wieder ignorierte ich sein Unbehagen.

Ich führte ihn nach oben. Ich merkte, wie seine Augen hin- und herschossen. Er ließ seine Hand über das glänzende Geländer der Marmortreppe fahren und stieß einen leisen Pfiff aus. »Du wohnst ja in 'nem Palast, Mary Swan.«

»Warte, bis du *Swan House* gesehen hast.«

Ich öffnete die Tür zu dem Atelier, schob ihn mit einem leichten Schubs hinein und schloss die Tür hinter uns. Dann nahm ich das Bild schnell von der Staffelei und lehnte es mit dem Rücken nach vorne an die Wand. Carl war an das Fenster getreten und schaute in den rasch dunkler werdenden Garten hinunter.

»Hier sind Mamas unvollendete Gemälde, und da drüben in ihrem Schreibtisch war der Brief von Henry Becker.«

»Hier hat sie also gemalt«, sagte er leise, fast andächtig. »Schöne große Fenster hat sie gehabt, und draußen der Wald und die Garage und der Swimming-Pool. Das ist ja wie einer dieser Luxus-Clubs hier.«

Ich fühlte mich plötzlich unbehaglich und versuchte, das Thema zu wechseln. »Und hier hatte sie diese Blöcke versteckt.« Ich reichte ihm einen.

Er blätterte in ihm. »Was kriegst du eigentlich, wenn du diese verschwundenen Bilder findest?«

»Ehre. Den Ruhm des erfolgreichen Raben. Und eine kleine Silberplakette mit meinem Namen drauf. Und Geld zum Verschenken; ich darf eine wohltätige Organisation auswählen, die dann von vielen verschiedenen Firmen aus Atlanta Spenden bekommt.«

»Na, dann wünsche ich dir viel Erfolg, Mary Swan.« Er klang distanziert, unbeeindruckt – vielleicht sogar eine Spur spöttisch?

»Und es würde mir natürlich bei der Sache mit Mama helfen«, fuhr ich fort, fast entschuldigend.

Er sah mich an. »Versteh mich nicht falsch, Mary Swan, das hab ich jetzt nicht böse gemeint. Du musst das lösen – für dich, vor allem für dich, hier drinnen.« Und er tippte mit seinem Zeigefinger auf meine Stirn. »Damit du dich nicht kaputt machst mit dem, was alles war. Du musst das loslassen, Mary Swan.«

Das Mitgefühl in seiner Stimme ließ den Damm reißen. Ich brach in Tränen aus. »Ich hab gedacht, es hilft, wenn ich nach *Resthaven* fahr'. Rachel hat gesagt, das Schlimmste wüsste ich schon, und schlimmer könnte es nicht kommen.« Ich drehte mich um, schaute zum Fenster hinaus und wischte mir die Tränen ab. »Aber es ist schlimmer. Jedes Mal, wenn ich meine, gleich hab' ich's, find' ich was Neues raus, und es wird alles noch komplizierter.« Ich seufzte und schluchzte, als ob mir mein Herz brechen wollte.

»Warum hat sie diese Gemälde bloß mit einem anderen Namen signiert? Und wenn sie wirklich von ihr sind, war sie dann vielleicht der anonyme Stifter? Und wenn ja, warum wollte sie sie auf einmal doch nicht mehr dem Museum geben? Warum? *Warum?* Das macht alles keinen Sinn. Warum haben sie mich ausgesucht für dieses Rätsel? Das ist alles so grausam! Und warum musste sie ausgerechnet jetzt sterben?«

Ich glaube, ich weinte so heftig, dass Carl nicht wusste, was er machen sollte. Er sagte Sachen wie »Mary Swan, Mädchen, jetzt beruhig dich doch.«

Und dann tat er das, wonach ich mich die ganze Zeit schon sehnte. Nein, ich hatte das nicht eingefädelt, aber es war mein großer Herzenswunsch. Er legte seine großen, starken Arme um mich und drückte mich. Zuerst unbeholfen-sanft, als habe er Angst, ich könnte zerbrechen, dann fester, dass es mich gegen seine breite Brust presste und ich sein Herz schlagen hörte. »Schhh, Mary Swan. Schhh, Mädchen.«

Und ich weinte immer heftiger, und er strich mir über mein Haar und sagte: »Das wird schon gut, wirst sehen.«

Und ich genoss jede Sekunde, die seine Arme um mich waren – so sehr, dass ich sie nicht merkte, diese Angst in seinen Händen, die Angst, dass er jede Minute dabei überrascht werden konnte, wie er ein weißes Mädchen in den Armen hielt.

Was wäre als Nächstes geschehen, wenn nicht unten eine Tür geknallt hätte? Ich weiß es nicht, aber die Tür knallte, und Jimmys Stimme kam durch das Treppenhaus: »Hey, Papa? Swan? Seid ihr da?«

Carl ließ mich blitzschnell los, ich wischte mir hastig die Augen und er sah mich mit einem Blick an, in dem Angst – nein, Panik stand. Es war der gleiche Gesichtsausdruck wie bei den Schlägern am Oakland-Friedhof.

»Ich muss hier weg, Mary Swan«, flüsterte er.

Ich wollte ihn beruhigen, ihm sagen, dass das nur mein nervtötender kleiner Bruder war, aber ich merkte, dass Carl nur noch eines wollte. Hinaus aus unserem Haus. Weit, weit weg.

Ich legte meinen Finger auf meine Lippen, nahm ihn an der Hand und lugte in den Flur hinaus. Er war leer. Wir rannten auf Zehenspitzen den Flur entlang, was ziemlich komisch ausgesehen haben muss, und dann die Hintertreppe hinunter, die neben der Küche endete. Ich schob ihn zur Hintertür hinaus – der Tür mit der Laterne, unter der Robbie und ich uns gerne küssten. Ich sah durch die halb angelehnte Küchentür, wie Jimmy eine Tüte Kartoffelchips aus dem Küchenschrank holte, aber er sah mich nicht.

»Warte im Wald auf mich«, flüsterte ich Carl zu. Dann ging ich in die Küche. Jimmy sah auf, und ich sagte: »Hey.«

»Ich dachte, ich hab' dich gehört, Swan. Was ist?«

»Nichts«, log ich nonchalant. »Ich geh' nur gerade 'nen Augenblick raus. Papa ist noch nicht zurück. Wenn ich zurückkomm', mach' ich dir einen Käsetoast, wenn du willst.«

»Oh, super, danke.«

Carl kauerte hinter dem Cadillac, den ich noch nicht in die Garage gefahren hatte. Ich nahm wieder seine Hand, und wir sausten los, durch den Wald. An einer Stelle am Ende des *Swan House*-Anwesens kamen wir aus den Bäumen heraus.

»Darf ich vorstellen: *Swan House*«, keuchte ich stolz und zeigte auf die Villa, die vor uns, noch ein gutes Stück entfernt, in der Dämmerung leuchtete.

Er blieb stehen, selber außer Atem, und betrachtete die Kaskaden und das Haus und den riesigen Rasen. »Schön,

Mary Swan«, sagte er höflich. Aber die kindliche Begeisterung, die er vor den Gemälden im High Museum oder der Farbensinfonie der Wälder von Nord-Georgia gehabt hatte, sie war nicht da. »Mary Swan, ich hab keine Zeit, mir dieses Haus anzusehen. Ich muss hier weg, bald geht der letzte Bus.«

Das gab mir einen Stich, und mein Gesicht verriet das. Mein kleines Spiel, mein Abenteuer, meine Eroberung Carls war vorbei. Ich sah in seinen Augen, dass er ärgerlich war, vielleicht sogar wütend. Und dass er Angst hatte.

»Okay, dann komm mit. Es ist nur ein Stück die Straße entlang.« Ich hatte seine Hand losgelassen. In meinem Magen war ein dicker Stein, und ich musste denken: *Dummes Mädchen. Dummes, dummes Mädchen! Jetzt hasst er dich.*

Ich verließ ihn an der Bushaltestelle. Zwei Hausangestellte warteten dort, sodass ich ihm noch nicht einmal Dankeschön für die Fahrt nach *Resthaven* sagen konnte oder die hundert anderen Dinge, die mir auf der Zunge lagen. Ich murmelte nur: »Tschüss«, und er nickte, stumm und ohne zu lächeln.

Warum hatte ich es nicht früher gemerkt, wie unbehaglich er sich fühlte? Wie dumm und gefühllos von mir, mit einem Schwarzen zu flirten! Wahrscheinlich hatte er es erlebt, wie Menschen wegen weniger umgebracht wurden. Er war nervös und verschlossen gewesen, wie eines von Rachels Pferden, wenn sie während eines Gewitters in ihrer Box stampften. Und ich hatte es nicht gemerkt, und ich hätte es doch merken müssen, weil Papa gerade so war – so tat, als hörte er einem zu, wenn seine Gedanken ganz woanders waren. Den ganzen Tag war Carl so gewesen. Er hatte mir meinen Willen gelassen, während seine Gedanken eine Million Meilen entfernt waren. Und ich – hatte nur an mich gedacht und an mein Leben und an das Rabenrätsel.

Was wollte ich denn wirklich? Dass Carl mich umarmen, mich küssen, für mich da sein konnte. Das wollte ich, und so fantasierte ich darüber, und während ich den Käsetoast für Jimmy und mich machte, erlebte ich sie im Geiste wieder – seine Umarmung, seine so sanften, lieben Worte.

Noch als ich einschlief, musste ich an Carls feste Umarmung denken. Und mit welchem Gefühl er dieses Lied gesungen hatte. Aber als ich mitten in der Nacht von einem bizarren Traum aufwachte, in welchem eine Menschenmenge vor dem High Museum vorbeimarschierte und skandierte: »Sheila die Betrügerin«, waren es Henry Beckers Augen, die ich sah, und seine Stimme, die ich hörte. »Deine Mutter hat viel Gutes für andere Menschen getan, Mary Swan. Vergiss das nicht bei all dem, was du gerade über sie rausfindest.«

Die Chemiestunde am nächsten Dienstag war ein Himmelsgeschenk. Es war das einzige Mal in dieser Woche zwischen zwei sehr harten Samstagen, dass ich lachte. Mrs. Tilman, unsere Chemielehrerin, hatte uns gerade daran erinnert, dass wir bis zum Donnerstag, wenn der Test geschrieben würde, die Tabelle der chemischen Elemente auswendig lernen mussten. »Und jetzt habe ich, bevor wir unsere Experimente machen, eine Frage an euch, Mädchen.«

Wir liebten Mrs. Tilmans Fragen. Sie war eine korrektstrenge Lehrerin, die modische Brillen und maßgeschneiderte Kostüme trug und selten lächelte. Aber sie hatte einen tollen Sinn für Humor, und sie liebte es, uns mit ihren »Fragen« hereinzulegen.

»Habt ihr schon von dem Wissenschaftler gehört, der ein Schaf mit einem Stachelschwein kreuzte?«

Mehrere Mädchen schüttelten ihre Köpfe, während wir alle auf die Pointe warteten.

»Er bekam ein Tier raus, das seine eigenen Pullover strickt.«

Allgemeines Gekichere. Patty Masters, die neben mir saß, rollte die Augen und flüsterte: »Da kenn' ich bessere Sachen. Hast du schon von den beiden Fernsehantennen gehört, die geheiratet haben? Die Trauung war schrecklich, aber der Empfang war toll!«

Worauf ich laut lachen musste, während wir aufstanden und zu den Labortischen hinten in dem Chemiesaal gingen. Patty war meine Laborpartnerin – glücklicherweise, denn ich hatte null Ahnung von Chemie, und Patty war ein As, das nicht nur tolle Witze erzählen und schallend lachen konnte, sondern auch alle unsere Experimente mit links durchführte; ich brauchte ihr nur die Becher und Gläser und Zündhölzer zu reichen.

»Wie geht's deinem Vater gerade? Geht er fleißig mit Heiratskandidatinnen aus?« Sie las die Anweisungen für das Experiment, während sie redete.

»Zu fleißig.«

»Tja, Witwer werden nicht alt.« Sie blickte von dem Chemiebuch hoch und hob eine Augenbraue.

Ich staunte. »Echt? Und warum nicht?«

»Jetzt komm, Mary Swan! Warum wohl nicht? Ein Mann ist ein Mann.«

Ich tat so, als ob ich sie verstand. »Klar. Und das Schlimmste ist Amanda Hunnicutt.« Patty kannte Amanda, weil sie ebenfalls in die St. Philip-Gemeinde ging. »Sie hat die Persönlichkeit dieses Korkstöpsels.« Ich hielt ein dünnes Reagenzglas hoch und zog den Stöpsel heraus.

»Da hab' ich was anderes gehört«, verkündete Patty im sachlichsten Ton, während sie die durchsichtige Flüssigkeit aus dem Becher in das Reagenzglas goss.

»Was meinst du damit?«

Ihre Augen leuchteten spitzbübisch auf. »Ich hab' gehört, wenn sie bei einem Mann ist, zündet sie wie dieser Bunsenbrenner!« Und zum Beweis zündete sie ein Streichholz an und hielt es an den Brenner. Die Flamme schoss empor.

Ich wurde rot, und Patty lachte. »Du bist echt süß! Und was gibt's bei dir und Robbie Neues? Lädst du ihn zum Weihnachtsball im Piedmont Driving Club ein?«

»Ich glaub' schon.«

»Und wie geht's mit euch beiden so?« Sie goss eine andere Flüssigkeit in das Reagenzglas, schob den Stöpsel hinein und schwenkte das Glas vorsichtig, um die beiden Flüssigkeiten zu vermischen.

»Gut.«

»Gut? Ist das alles, was du zu sagen hast? Nicht himmlisch oder wenigstens toll?« Sie hängte das Reagenzglas in den kleinen Metallständer über dem Bunsenbrenner. »Wenn ›gut‹ alles ist, was du über Robbie Bartholomew zu sagen hast, solltest du dich vielleicht mal mehr um dein eigenes Liebesleben kümmern als um das deines Vaters. Robbie ist ein toller Hecht.«

»Ja, ich weiß.«

Patty musterte mich eingehend, dann nahm sie mein Haar in ihre eine Hand und zog es über meine Schultern hoch. »Du solltest dein Haar schneiden lassen, Mary Swan, es ist ein bisschen … strähnig. Wenn du dir so einen Knoten machen würdest, unter den Ohren, wie Jackie Kennedy, das würd' super aussehen.«

»Meinst du das echt?«

»Klar. Das machen gerade alle so. Ich meine, wenn du so Haare hättest wie Rachel, das wäre was anderes, die kann glatt in 'ne Shampoowerbung damit. Aber deines würde so ein gewisses Etwas kriegen, wenn du es schneiden würdest. Und etwas Make-up bräuchtest du. Wimperntusche. Mach was aus deinen tollen Augen. Wenn du das tust, garantier' ich dir, dass du das nächste Mal nicht sagst, dass es ›gut‹ ist mit Robbie, sondern …«

Ein lauter Knall. Es roch plötzlich verbrannt.

Julie Jacobs, die direkt neben uns stand, schrie: »Achtung!« Wir drehten uns gerade noch rechtzeitig um, um zu sehen, wie ein Korken durch die Luft flog und auf dem Kopf ihrer Partnerin notlandete.

»Vorsicht, fliegende Korken!«, alberte Patty. Inzwischen lachte die ganze Klasse. Der Flugkorken war unserer, ebenso das Reagenzglas, das kohlschwarz über dem Bunsenbrenner hing.

Patty, ungerührt, nahm das Reagenzglas mit spitzen Fingern von dem Brenner, blies diesen aus und sagte mit gekonnter Lehrerstimme: »Und darum, meine liebe Swan, darf man nie den Korken in dem Reagenzglas lassen, wenn man es erhitzt!«

»Macht die Fenster auf, Mädchen, schnell!«, befahl Mrs. Tilman, während sie uns über den Rand ihrer Brille die Andeutung eines Grinsens zuwarf.

Julie lachte, dass sie sich fast nicht einkriegte, Patty und ich mit. »Habt ihr das gesehen?«, prustete sie, Tränen in den Augen. »Bilderbuchstart auf Cape Canaveral!«

»Aber miese Landung«, sagte Patty, während sie das Fenster öffnete.

»Aufhören!«, quietschte ich. »Hört auf, mir tut der Bauch weh!«

Wie Patty sich Robbies Reaktion auf kürzere Haare und Make-up bei mir vorstellte, ich habe es also nie herausgefunden, aber am Abend dieses Tages stand ich vor dem Spiegel in meinem Ankleidezimmer, hielt mein Haar so hoch, wie Patty das gemacht hatte, und trug etwas von Mamas Wimperntusche auf.

Aber ich dachte nicht daran, was Robbie denken würde. Ich dachte an Carl.

Am nächsten Samstag war Carl nicht in der Kirche. Ich hatte die kleine Rede, die ich halten wollte, sobald ich ihn sah, auswendig gelernt – meine Dankbarkeit, meine Abbitte für meine Taktlosigkeit, die Frage, was ihn gerade beschäftigte. Aber dann war er also nicht da. Ich konnte meine Enttäuschung nur mit Mühe verbergen, als ich die Töpfe mit der Spaghettisoße und den Nudeln aus der Küche in den Saal trug und auf die Tische stellte.

»Mary Swan, können wir dir in der Küche helfen?« Carls Brüder, James und Mike, wollten sich nützlich machen.

»Sicher. Bringt die Salatschüsseln raus«, antwortete ich mechanisch. Wo mochte Carl nur sein? Warum ging er mir auf einmal aus dem Weg?

Dann kam Pudding herbeigerannt. »Guck, Mary Swan! Mein Gips ist ab, mein Arm ist wieder heil!«

»Das ist ja toll.« Ich hob sie vorsichtig hoch, und erst jetzt merkte ich es – dass es ungewöhnlich still war in dem Raum, dass viele der Frauen, die sonst immer kamen, fehlten und dass mehrere der Männer sich ernst und leise unterhielten. Miss Abigail war nicht zu sehen, und Ella Mae saß mit ein paar anderen Frauen zusammen, aufgeregt flüsternd.

Ich ging, Pudding im Schlepptau, zu den Frauen und fragte: »Wo ist Miss Abigail?«

»Die musste gestern Abend plötzlich wo hin«, antwortete Ella Mae, meinen Augen ausweichend.

»Ja, zum Krankenhaus«, fügte eine der Frauen hinzu, die Stimme bitter.

»Ist jemand was passiert?«, fragte ich.

Ella Mae sah zu Pudding hin und befahl: »Kind, geh und spiel mit deinen Brüdern!«

Pudding trabte gehorsam zu Mike und James.

Ella Mae seufzte auf. »Ein paar von unseren Jungen in Mount Carmel wollten zu einer Jugendversammlung in einer Kirche in Morrow. Der Pastor dort wollte ihnen was über die Bürgerrechte sagen. Junge Leute aus dem ganzen Land sind da hin. Unsere Jungs fuhren am Donnerstag weg.«

»Jawohl, Ella Mae, am Donnerstag, um ihre Brüder und Schwestern im Herrn zu besuchen. Lauter christliche junge Leute!«, fiel Cassandras Mutter ein.

»Als sie gestern Abend wieder wegwollten, waren auf einmal so ein paar weiße Jungen da und haben sie zusammengeschlagen.« Ella Maes Stimme zitterte.

»Herr Jesus!«, riefen zwei der Frauen. »Unsere Kinder! Auf dem Weg zur Kirche!«

Ich spürte dieses plötzliche Loch in meinem Magen. »War Carl auch dabei?«

Ella Mae nickte, ohne mich anzusehen.

»Ist er verletzt, Ella Mae? Sag mir's! Geht es ihm sehr schlecht?«

Alle Frauen sahen mich an, die Augen abgrundtief traurig.

»Carl hat schwer was abgekriegt. Haben ihm den ganzen Kopf nähen müssen. Aber Larry – Larry wird's vielleicht nicht schaffen.« Mehrere der Frauen stöhnten laut. »Sie haben ihn um ein Haar aufgehängt und furchtbar geschlagen.« Ella Maes große braune Augen wurden feucht. »Stellt euch das vor. Unsere Jungen. Und sie haben nichts gemacht, als ihre Bibeln in der Hand zu halten und zu singen.«

Mein Kopf wollte sich drehen, alles war ein Nebel. Mir war plötzlich so schlecht, dass ich mich setzen musste.

»Soll ich dich nach Hause fahren, Kind?«, fragte Ella Mae.

Ich holte tief Luft und schüttelte den Kopf. Ella Mae hockte neben meinem Stuhl, hin- und hergerissen zwischen ihren beiden Welten. Die Pflichthälfte ihrer Seele wollte mich in die Arme nehmen und zurück nach Buckhead tragen, weg von der Wirklichkeit der Slums. Aber die andere Hälfte wollte, ja musste hier sein, bei ihren Leuten, in dieser Zeit der Not. Sie öffnete ihre Handtasche, um den Autoschlüssel herauszuholen.

»Nein, Ella Mae. Sie brauchen dich hier.«

»Dass du das jetzt hören musst, Mary Swan, nach all dem, was du schon durchgemacht hast. Das ist so schlimm.«

»Es geht schon, Ella Mae. Sag mir nur, was ich helfen kann.«

»Was du helfen kannst? Nichts, Schatz, nichts. Außer beten.«

»Weiß Pudding das schon?«

»Nein. Wir haben ihr nichts erzählt, den Jungen auch nicht. Carls Tante ist ganz fertig. Sie ist gerade mit Miss Abigail im Krankenhaus.«

»Dann schaue ich heute nach Pudding und den Jungen, Ella Mae. Ich mach' das heute.«

Ella Mae stieß einen tiefen Seufzer aus, die Art Seufzer, bei der ihr großer Busen sich hob und senkte. »Das wär' nett, Mary Swan, ja, tu das nur. Spiel mit ihnen, damit sie beschäftigt sind.«

»Sind noch mehr von den Jungen verletzt?«

»Es waren noch zwei andere von der Band dabei, Leo und Nickie. Sie hat's nicht ganz so erwischt, aber immer noch schlimm genug. Wir Frauen werden gleich mal sehen, was wir helfen können.«

»Wenn du jemand zum Krankenhaus fahren musst, Ella Mae, kannst du den Cadillac nehmen, das versteht Papa sicher.«

Sie strich mir über den Kopf. »Danke, Mary Swan.« Dann schaute sie zu den Töpfen hin und sagte: »Heute hat wohl keiner hier viel Appetit.«

Ich weiß nicht mehr, wie ich es durch diesen Tag schaffte oder wie ich lächeln konnte, während ich mit Pudding Seilhüpfen spielte und mit James und Mike Football. Jede Zelle in mir wollte in dem Krankenhaus sein, wollte wissen, wie es Carl ging. Carl und Larry und Leo und Nickie. Die Jungen in der Jazzband! Ich musste an Larry denken. Der große, dicke Larry, der so lustig aussah, wenn er mit seinen Pustebacken Posaune spielte oder wenn er das Instrument nach unten hielt, um den Speichel abfließen zu lassen. Ella Mae hatte gesagt, dass er es vielleicht nicht schaffen würde.

Ich ging mit den Kindern auf den Oakland-Friedhof, wo

wir zwischen den Grabsteinen Verstecken spielten. Sie versicherten mir, dass sie jeden Tag hier waren. Wenigstens konnte ich mir die Augen abwischen, während sie sich versteckten.

Einmal schlich ich mich für ein paar Minuten zu Mamas Grab und setzte mich dort hin. »Mama, es passieren so furchtbare Dinge in meinem Leben, und so viele haben mit dir zu tun. Aber andere haben mit diesem Stadtteil hier zu tun. Ich bin so müde, Mama, so müde.«

Als ich zurück zu den Kindern ging, hörte ich in meinem Kopf die Stimme von Miss Abigail: *»Wir sind die Hände und Füße Jesu, Mary Swan.«* Und während die Kinder zwischen den Grabsteinen herumsprangen, laut quietschend, wenn ich sie fand, sagte ich innerlich immer wieder: *Gott, wenn du wirklich da bist, dann tu was! Ich weiß nicht, was, aber bitte tu was, bitte!*

Es war fast fünf Uhr, als Ella Mae zu Carls Haus kam, um mich zu holen. Ihr schönes rundes Ebenholzgesicht hing nach unten, und ich hatte Angst, sie etwas zu fragen. Sie sagte ohne Umschweife: »Wenn's dir recht ist, Mary Swan, fahren wir eben mit den Kindern ins Krankenhaus, zu ihrem Bruder.«

»Klar, kein Problem.«

Wir schoben Mike, James und Pudding auf die Rücksitzbank des Cadillac. »Euer Bruder ist ein bisschen zusammengeschlagen worden, Kinder«, erklärte Ella Mae. »Aber das wird bald wieder. Er freut sich bestimmt, wenn ihr ihn besucht.«

Auf der Fahrt zum Krankenhaus sagte Ella Mae – leise, damit die Kinder es nicht hörten –: »Larry geht's noch ziemlich schlecht. Sie wissen immer noch nicht, ob er's schafft.«

Ich lehnte meinen Kopf ans Fenster und begann zu weinen.

»Wir haben's Carl noch nicht gesagt.«

Als ich in das Zimmer im Grady Hospital trat, sah ich kein helles Licht und hörte keine Stimme, die mir sagte: »Achtung, dies ist eine Warnung!«, so wie in gewissen Romanen. Ich hatte keinen Schimmer, dass ich in ein paar Monaten wieder hier sein würde. Alles, was ich wusste, war, dass ein schwarzer Junge, den ich sehr mochte, in dem Bett lag, ganz von weißen Verbänden eingehüllt, bis auf einen Teil seines Gesichtes, und das Gesicht war so geschwollen, dass ich ihn nicht erkannte. Das eine Auge war ebenfalls verbunden.

Pudding rannte zu Carl hin und küsste ihn auf die Wange, ihr kleines Gesicht erschrocken. Dann warf sie ihre Arme um seinen Hals und begann zu schluchzen.

»Nicht weinen, Schwesterchen«, murmelte Carl, während er ihr über das Haar strich. »Jetzt bin ich dran mit Verbänden. Du bist deinen Gips los, und jetzt bin ich hier. Ist das nicht komisch?« Er versuchte ein Lächeln.

Neben dem Bett saßen, einander die Hände haltend, Miss Abigail und Tante Neta. Miss Abigail warf mir ein erschöpftes Lächeln zu. »Hallo, Mary Swan. Danke, dass du auf die Kinder aufgepasst hast.« Tante Neta nickte mir zu. Sie sah wie der wandelnde Tod aus, aber der Blick, mit dem sie mich ansah, war zum ersten Mal weich.

Carl sah mich zärtlich an und sagte, krächzig und kaum hörbar: »Danke, dass du gekommen bist, Mary Swan.«

Da alle Stühle besetzt waren, blieb ich neben dem Bett stehen. Ich biss mir auf die Lippe und suchte nach etwas, das ich ihm sagen konnte. »Ich hab' sie auf dem Friedhof Verstecken spielen lassen.«

»Das ist gut. Pudding und Mike haben ein paar prima Verstecke in Oakland.« Carl stieß Mike mit seiner bandagierten Hand in die Rippen, und die beiden Jungen kicherten.

Ella Mae sah mich an. »Wir müssen jetzt gehen, Mary Swan. Wollen nicht, dass dein Papa sich Sorgen macht. Miss Abigail bringt die Kinder nachher nach Hause.«

»Ich denk' an dich, Carl«, flüsterte ich. »Das tut mir so Leid.« Und ohne recht zu wissen, warum, fügte ich hinzu: »Und ich werd' für dich beten.«

Unsere Augen begegneten sich, nur für eine Sekunde, und er lächelte. »Tu das, Mädchen, das ist gut.«

KAPITEL 18

Am Sonntag in der Kirche versuchte ich, für Carl und Larry zu beten, aber ich wusste nicht recht, wie. Ich wiederholte einfach immer wieder: Gott, gib, dass es gut wird. Gib, dass es gut wird. Nach dem Mittagessen ging ich zu Rachel, und wir gingen in den Stall. Der November kann in Atlanta kalt sein, aber auch mild. An diesem Sonntagnachmittag war die Luft kühl, der Himmel tiefblau und der Wald hinter dem Stall ein einziger Laubteppich. Ich hob ein paar der gelben und roten Blätter auf und dachte daran, wie Carl das Herbstfeuer der Wälder genossen hatte auf unserer Fahrt nach *Resthaven.*

»Nicht wahr, du denkst wieder an Carl, Swan?«

Rachel war natürlich genauestens informiert über die »Umarmung«, wie wir sie die ganze Woche genannt hatten.

»Ja, aber nicht so wie du denkst, Rach. Letzten Donnerstag ist er zusammengeschlagen worden – er und ein paar Freunde aus seiner Band. Sie kamen gerade aus einer Kirche in Morrow.« Und ich erzählte ihr, wie ich in Grant Park gewesen war und Carl im Krankenhaus besucht hatte und dass Larry es vielleicht nicht schaffen würde.

»Das ist ja schrecklich«, murmelte sie. »Wie kann man so was machen?«

»Aus Hass.«

»Das ist ein erlernter Hass, Swan. Wenn die Leute von der Wiege auf das Hassen beigebracht bekommen haben.«

Wir zogen unsere Gummistiefel an, setzten unsere Reithüte auf, sattelten unsere Stuten und führten sie zur Reitbahn. Bonnie ruckte zwei Mal vor einem raschelnden Blatt zur Seite. Das kühle Wetter machte sie immer besonders nervös.

»Heute hast du alle Hände voll zu tun, Swan«, lachte Rachel. Sie steckte ihren Fuß in den Steigbügel und schwang sich mühelos auf den Rücken ihres Pferdes, eines prächtigen Braunen namens Brandy.

Den ganzen Nachmittag waren unsere Stuten unruhig. Wir ließen sie ausgiebig traben und übten verschiedene Dressurmanöver. Dann ließen wir sie, halb über ihren Hälsen liegend, galoppieren. Ich liebte das Kitzeln von Bonnies Mähne in meinem Gesicht. Und ihre schiere Kraft unter mir und wie ihre zierlichen und doch so kräftigen Läufe nach vorne schossen.

Die Reitbahn war mehr als halb so groß wie ein Football-Feld und hatte zehn oder zwölf Hürden: einen Hühnerstall, eine falsche Ziegelmauer aus Sperrholz (Mama hatte sie so angemalt, dass sie richtig echt aussah), ein kleines Gestrüpp und diverse Stangen, die man verschieden hoch legen konnte. Wir begannen mit niedrigen Hürden, dann steigerten wir die Höhe, bis wir fanden, dass die Pferde genügend aufgewärmt waren, um mehrere Hürden hintereinander zu versuchen.

»Ich richte die Hürden ein!«, rief Rachel. Sie sprang von Brandy und begann, die gestreiften Stangen auf ihre Ständer zu legen. »Wie hoch willst du heute, Swan?«

»'nen Meter fünfzehn.«

Rachel hob ihre Augenbrauen. »Ist das nicht ein bisschen viel, wenn du den ganzen Herbst kaum geritten hast?«

»Ein Meter fünfzehn«, beharrte ich.

Meine Stute konnte über den Mond springen, aber Rachel hatte Recht. Ich war aus der Übung, und wenn Mrs. Abrams dagewesen wäre, hätte sie mir diese Höhe verboten. Aber ich musste heute etwas Riskantes tun. Etwas, das größer war als ich selber, etwas, das mir das Herz in den Ohren pochen ließ und meine ganze Konzentration erforderte, damit ich nicht mehr an Grant Park und das Krankenhaus dachte.

Als Rachel also die Hürden vorbereitet hatte, ließ ich Bonnie in der Nähe des Tores im Kreis galoppieren, und dann ging es los zur ersten Hürde, einem kleinen Strauch. Wir meisterten ihn mühelos, und ich ließ Bonnie zum nächsten Hindernis galoppieren, drei gelben Stangen. Sie segelte darüber. Ich wendete, ritt quer über die Reitbahn und nahm mir die breite Ziegelmauer vor und dann den Hühnerstall. Wir schafften sie mit Bravour.

Aber jetzt würde es schwer werden: Eine 1,05 Meter hohe Doppelhürde, und dann nur vier Schritte zu dem 1,15 Meter hohen Oxer. 1,15 Meter – das war die Höhe, bei der Schauspringturniere begannen. Und der Oxer war nicht nur 1,15 Meter hoch, sondern auch 1,20 Meter lang, und die Stangen wurden von vorne nach hinten höher. Ich musste Bonnie sehr exakt zu der Doppelhürde führen, denn sobald sie in sie hineingesprungen war, hatte sie nur einen Schritt, bevor sie über die zweite Hälfte hinaussprang. Und dann ganze vier Schritte zu dem gewaltigen Oxer.

Wir donnerten los. Ich saß hoch aufgerichtet im Sattel, die Zügel stramm, Bonnies Kopf hoch. Bonnie mochte Doppelhürden nicht besonders. Manchmal sprang sie über die erste Hürde und machte dann zwei ungelenke Schritte, bevor sie die zweite nahm, manchmal blieb sie auch vor der zweiten Hürde abrupt stehen oder umging die Doppelhürde ganz. Einmal war sie durch die zweite Hürde hindurchgekracht und gestürzt, dass es mich gegen den Stamm einer Kiefer geworfen hatte.

Mein Herz hämmerte, als wir vor der Doppelhürde abhoben. Als wir wieder landeten, stemmte ich meine Fersen in Bonnies Seite. Sie segelte ohne Probleme auch über die zweite Stange. Jetzt der Oxer. Er sah riesig aus. Eine halbe Sekunde überlegte ich, ob ich nicht um ihn herumgaloppieren sollte, aber schon zählte ich in meinem Kopf die Schritte. »Eins, zwei, drei vier …«, und wieder grub ich meine Fersen in Bonnies Flanken, schob meine Hände weit nach vorne an ihrem Hals, um ihr mehr Zügel zu geben, und presste meine Schenkel um den Sattel. Bonnie segelte elegant über das große Hindernis.

»Bravo!«, rief Rachel. »Perfekt! Damit kannst du in den Madison Square Garden!« Ich ließ Bonnie noch einmal um die Reitbahn galoppieren, dann traben. Ich tätschelte ihre Schultern und lächelte. Ich hatte meine Angst besiegt.

Ich duschte mich und lernte die chemischen Tabellen fertig, dann trug ich etwas von Mamas Wimperntusche auf. Ich befingerte mein feuchtes Haar. Sollte ich es so schneiden lassen, wie Patty das vorgeschlagen hatte? Ich hatte noch eine Stunde, bevor Robbie mich zum Dinner im *Varsity* abholen würde.

Als ich auf dem Bett lag und versuchte, ein paar Ideen für einen Englischaufsatz über Lyrik zusammenzubekommen, hörte ich in meinem Kopf die Stimmen der Menschen, die mir wichtig waren. Papa, wie er sagte: *»Mary Swan, das Beste, was* *ich dir bieten kann, ist eine gute Schulbildung.«* Rachel: *»Swan, freu dich einfach deines Lebens. Genieße es, wenn zwei Jungen um dich werben.«* Ella Mae: *»Mach mir keine Dummheiten, Mary Swan, hörst du?«* Dann Cassandra: *»Jetzt, wo ich Jesus hab', will ich aufhören mit den Dummheiten.«* Robbie, wie er sagte, dass er mich besser kennen lernen wollte, und Carl, wie er hoffte, dass ich das Rabenrätsel lösen würde, damit ich endlich Frieden hatte. Und schließlich Miss Abigail, wie sie erklärte, dass die Wahrheit mich frei machen würde.

Und irgendwo wollte ich das alles haben. Alles. Eine gute Schulbildung und eine schicke Frisur und hübsche Kleider und all den Spaß einer Sechzehnjährigen in Buckhead. Und ich wollte frei sein von der Vergangenheit und mich einfach so meines Lebens freuen. Ich wollte niemanden in Schwierigkeiten bringen mit meinen Dummheiten. Aber ganz tief drinnen fand ich, dass Carl und Miss Abigail Recht hatten. Ich musste dieses Rätsel lösen. Ich musste die Wahrheit erkennen. Ich wollte frei werden.

Ich hatte nicht den Eindruck, dass das Wellington oder der Club oder der Weihnachtsball oder sogar mein Pferd oder meine Gedichte oder die Besuche im Museum mich frei machen würden. Vielleicht noch nicht einmal die Gottesdienste in St. Philip oder in welcher Kirche auch immer. Aber ich war ziemlich sicher, dass ich dann, wenn ich die weiße Lederbibel vom Regal holen und ein paar von den Stellen lesen würde, die Miss Abigail mir so hartnäckig empfahl, vielleicht ein paar Antworten bekommen würde.

Oder doch nicht?

All diese Gedanken spielten Fußball in meinem Kopf, als ich in die Küche hinunterging. Papas Kopf kam halb hinter der Sonntagszeitung hoch. »Die Cola-Aktien sind um zwei Punkte gestiegen, Mary Swan.«

»Prima, Papa. Dann kannst du mich ja jetzt auf die beste Uni im Land schicken«, sagte ich sarkastisch.

Er legte die Zeitung ab, sein Gesicht auf einmal erstaunt. »Dürfte ich erfahren, was du hast, Spatz?«

»Nichts. Es ist alles prima, wie immer. Du gehst mit Amanda Hunnicutt aus, die aus einer der besten Familien in Atlanta kommt, ich mit einem Jungen aus einer anderen besten Familie, und Jimmys bester Freund ist aus derselben Familie, und wir selber sind auch eine beste Familie und …«

»Mary Swan! Hör auf!«

Mein Gesicht wurde heiß. »Entschuldige, Papa.« Ich schämte mich plötzlich und hatte Lust, zu weinen. »Es ist halt so: Während wir mit all diesen tollen Leuten zusammen sind, liegt ein echt toller Junge, der in einer Jazzband Posaune spielt und die besten Witze kennt und das größte Herz der Welt hat, im Grady Hospital und stirbt vielleicht bald. Er kommt nicht aus einer besten Familie. Er ist schwarz und bettelarm, aber er ist trotzdem toll. Unheimlich toll.«

Papa sah schockiert aus. »Kennst du diesen jungen Mann?«

Ich wollte meine Worte abwägen, doch dann explodierte ich. »Ja, ich kenn' ihn, Papa! Aus Grant Park. Weißt du, was passiert ist? Er und seine Freunde kamen gerade aus einem Gottesdienst, als ein paar weiße Typen auf sie los sind. Sie hatten Messer und Stricke dabei, die schwarzen Jungen hatten nur ihre Bibeln. Sie haben versucht, ihn zu hängen, und ihn fast totgeschlagen, Papa, und die Leute in Grant Park halten die Luft an, ob er durchkommt. Aber diesen weißen Schlägern wird nichts passieren. Nichts! Vielleicht kommen die auch aus besten Familien!«

»Spatz, das tut mir Leid mit deinem Freund. Das ist furchtbar. Barbarisch. Es sind schwere Zeiten.«

Ich sah, dass Papa zu schockiert über meinen Ausbruch war, um weitere Kommentare zu geben, und zum Glück klingelte im gleichen Augenblick Robbie an der Tür. Und so küsste ich Papa auf die Wange und sagte: »Bis später dann.«

»Sei vorsichtig, Mary Swan«, sagte er.

Wir saßen in der Ecke des Varsity-Parkplatzes, der Buttermilk Bottom hieß, aßen unser Dinner und lächelten einander zu. Aber ich war müde, mein ganzer Körper erschöpft von der Anstrengung des Reitens. Und von der inneren Anstrengung mit allem anderen in meinem Leben, besonders dass ich meinem Vater diese hässlichen Anschuldigungen entgegengeschleudert hatte, bevor ich ging.

Robbie merkte es sofort. »Mary Swan, was ist mit dir? Hab' ich was falsch gemacht?«

»Nein, überhaupt nicht, Robbie. Ich krieg' nur dauernd neue schlechte Nachrichten.« Ich nibbelte an meinen Zwiebelringen und dem Käse-Burger.

»Möchtest du mal drüber reden?«

»Ich weiß nicht. Vielleicht, wenn du's hören willst.«

»Klar.« Er sah so ehrlich aus, dass ich beschloss, es zu wagen. »Also, erstens find' ich lauter schlimmes Zeug über meine Mutter raus.«

Ich fand es gut, dass er keine Fragen stellte. Er hörte einfach zu, hin und wieder nahm er einen Schluck von seinem Orangen-Shake.

»Was Herbert über sie gesagt hat, war sozusagen wahr. Sie war wirklich in einem Sanatorium. Ziemlich oft sogar. Mein Vater hat mir das nie gesagt.«

Er legte seinen Arm um mich. »Das ist nicht schön, wenn man so was rausfindet.«

»Nein. Es ist furchtbar. Tja, und zweitens sind ein paar Jungen aus der Innenstadt, die ich kenne, lauter nette christliche Boys, von ein paar Weißen zusammengeschlagen worden, als sie aus einer Bürgerrechtsversammlung in einer Kirche in Morrow kamen. Und sie hatten keine Messer oder so was dabei, nur ihre Bibeln.«

Ich wollte nicht, dass er sah, dass ich den Tränen nahe war; jedes Mal, wenn ich mit ihm ausging, fing ich an zu heulen. »Einen von ihnen haben sie fast totgeschlagen. Kannst du das glauben, Robbie? Sie haben ihn fast umgebracht. Wollten ihn aufhängen. Gestern Abend wussten sie im Krankenhaus noch nicht, ob er es schafft.«

Ich beugte mich nach vorne und sah zu einem schwarzen Kellner hin, der zu einem alten Buick rannte und sein »In Decatur abholen!« rief. Der letzte Rest von meinem Appetit verließ mich.

Robbie nahm meine Hand. »Wenn du willst, fahr' ich dich nach Hause.«

»Nein, ich will nicht nach Hause«, sagte ich, etwas schroff. »Ach, entschuldige, Robbie. Ich bin echt müde, aber ich will nicht nach Hause. Weißt du, was ich am liebsten machen würde?«

»Nein.«

»Nach Grant Park fahren. Kannst du das machen?«

»Jetzt?«

»Könntest du das, bitte?«

»Ich weiß nicht, ob ich den Weg finde, Mary Swan.«

»Den zeig' ich dir.«

»Wenn's dir so viel bedeutet – gut, von mir aus.« In dem Augenblick wusste ich, dass ich so einen Freund wie Robbie Bartholomew nicht verdiente. Er bugsierte sein kleines rotes Kabrio (das Verdeck war bei dem Wetter natürlich geschlossen) aus dem Varsity-Parkplatz und nahm Kurs auf die Innenstadt.

»Ich hab' dir ja schon erzählt, dass ich dort manchmal aushelfe«, sagte ich, während ich auf die Kreuzung zeigte, bei der wir von der Peachtree Street abbiegen mussten. »Und jetzt, wo das passiert ist, kommt mir alles in Buckhead oder im Wellington so – so oberflächlich vor. Ich meine, ist es wirklich so wichtig, wo man seine Kleider kauft oder zu welchem Club man gehört oder was für ein Auto man fährt oder wie viel der Vater verdient, und all so was? Glaubst du, dass das wirklich wichtig ist?«

»Im Kleinen schon. Wenn's um den Einzelnen geht. Aber wenn du über Bürgerrechte redest und über die großen Dinge, dann zählt das natürlich nicht so viel.« Er warf mir einen Blick zu. »Ich hoffe, dass mein Leben einmal sinnvoller wird.«

»Echt?«

»Echt. Versteh mich nicht falsch. Ich liebe Atlanta. Und Buckhead. Aber ich weiß nicht, ob ich in die Fußtapfen meines alten Herrn treten kann. Er ist so eine Säule der Gesellschaft. Wie deiner.«

»Und was würdest du am liebsten machen, wenn du die Wahl hättest, Robbie Bartholomew?« Ich packte seine Schulter. »Pass auf, hier musst du abbiegen. Langsam! Ja, hier.« Und dann. »Entschuldige. Okay, schieß los.«

Er warf mir ein spitzbübisches Lächeln zu – nun ja, »spitzbübisch« für Robbie Bartholomew. »Ich schätze, mal eine

Weile mit dir gehen. Du findest bestimmt genug Sachen, um uns beide beschäftigt zu halten.«

Ich streckte ihm meine Zunge heraus. »Und jetzt links. Wir sind fast da.«

»Wo?«

»An der Kirche.«

Wir hielten vor Mount Carmel an. Der Sonntagabendgottesdienst war noch im Gang. »Warte eben, ich schau' nur mal rein.«

»Bist du verrückt, Mary Swan? Ich geh' mit. Grant Park am Abend ist nicht dasselbe wie am Tag. Lass mich eben parken.«

»Vielleicht bleibst du doch besser im Auto. Ich hab' hier Freunde, die sagen, sie können in weniger als einer Stunde ein Auto auseinander nehmen.«

»Dann fang schon mal an, Geld zu sparen für ein neues, denn ich parke das Ding hier und lass dich nicht aus den Augen.« Wir standen mittlerweile an einer dunklen Straßenecke, mit einem verbogenen Schild, das die beiden Straßen als die Capitol Avenue und Georgia Avenue auswies. Wir stiegen aus, blieben einen Augenblick stehen und grinsten uns an.

Dann piekste ich Robbie in die Rippen. »Also gut, du hast gewonnen. Komm mit.«

Wir überquerten die Straße und gingen zu dem Haupteingang, den ich nie benutzte und der direkt in die eigentliche Kirche führte. Die Gemeinde stand gerade, und alles, was wir sehen konnten, waren die Rücken der Gläubigen. Einige hatten die Hände hoch erhoben, ein paar schaukelten hin und her, andere klatschten begeistert. Wir schlüpften hinein, für den Augenblick unbemerkt, und setzten uns in die hinterste Bank, die leer war, fast so, als hätten wir Angst, dass all diese Schwarzen sich gleich auf uns stürzen würden, wie die Weißen auf James Meredith.

Das Singen ging vielleicht zehn Minuten weiter. Eines der Lieder gefiel mir besonders: »Jesus kannst du's sagen, sag ihm, was dir fehlt. Jesus kannst du's sagen, sag ihm, was dir fehlt. Ruf ihn an und sag ihm, was dir fehlt.«

Irgendwie konnte ich verstehen, wie diese Menschen an schwarze Engel auf der Straße glaubten oder an andere Wunder des Allmächtigen. Wie sie das Lied sangen – es klang so ehrlich und erwartungsvoll und, ja, bedürftig. Diese Menschen, sie brauchten Jesus, der – gelobt sei Gott! – nur ein Gebet weit entfernt war. Und auf einmal merkte ich, wie ich das, was sie da hatten, auch haben wollte. Miss Abigails leuchtende Augen. Cassandras naive Zuversicht, die so überzeugt war, dass Jesus sich für den Rest ihres Lebens um sie kümmern würde. Aber vor allem wollte ich, dass Gott mir zeigte – so wie er es Carl gezeigt hatte –, dass er real war, dass er wirklich da war. Ich wusste nicht, wie ich Gott dazu bringen konnte, und so sang ich einfach mit den anderen aus voller Kehle: »Ruf ihn an und sag ihm, was dir fehlt!«

Robbie grinste über das ganze Gesicht, er schien sich pudelwohl zu fühlen. »Das ist super, Mary Swan!«, rief er mir ins Ohr. »Mann, können die singen!«

Dann, wie auf ein geheimes Signal, setzte die ganze Gemeinde sich plötzlich mit lauten »Amens« und »Hallelujas« hin, sodass eine Zehntelsekunde lang Robbie und ich die Einzigen waren, die noch standen.

Einige der schwarzen Köpfe drehten sich um und starrten uns an. Man hörte Flüstern, und dann kam von vorne links eine sehr laute Kinderflüsterstimme: »Das ist ja Mary Swan! Guck, Pudding, sie hat 'nen weißen Jungen mitgebracht!« Es war Mike, und er zeigte in meine Richtung, und neben ihm saß Miss Abigail und nickte mir zu. Und dann sahen mich mehrere der Damen, die immer samstags kamen, und lächelten wie die Sonne, als ob ich endlich da war, wo ich hingehörte.

»Die scheinen dich ja alle zu kennen«, flüsterte Robbie, während der Pastor zu beten begann.

»Das tun sie ja auch, Robbie. Die sehe ich jeden Samstag.« Dann packte ich seine Hand und bettelte: »Können wir bis zum Schluss bleiben?«

Er grinste noch breiter. »Wenn mein Vater das wüsste, dass ich hier mit dir in 'nem schwarzen Gottesdienst sitze. Ich wusste es ja: Bei dir wird's einem nie langweilig.« Und wir blieben.

Ich hatte von den Frauen schon viel über Pastor James gehört; persönlich getroffen hatte ich ihn noch nie, denn samstags arbeitete er immer mit einem Jungenclub in einem anderen Teil des Viertels. Er hatte volles graues Haar und buschige graue Augenbrauen, die sich in der Mitte fast trafen. Er sah gedrungen und etwas vierschrötig aus, und ich hatte den Eindruck, dass echte Kraft hinter seinen Worten steckte - nicht nur geistlich, sondern auch körperlich. Ich wusste aus den Bemerkungen der Frauen, dass Pastor James gerade so beliebt und verehrt war wie Miss Abigail.

»... und, lieber Herr«, sagte er gerade in seinem schleppenden Südstaatenakzent, und seine Stimme wurde noch intensiver, »wir danken dir, wir danken dir von ganzem Herzen, o Herr, dass du das Leben unserer Jungen bewahrt hast.«

Ein vielstimmiges »Amen!« folgte diesem Satz. Ich spürte eine ungeheure Erleichterung. Larry lebte!

Er fuhr fort: »Wir preisen dich, Herr Jesus, dass du den Feind überwindest. Wir überwinden mit Liebe, Brüder und Schwestern, mit Liebe. Wo die Welt uns zum Hass und zur Rache aufruft, Jesus, befiehlst du uns, zu vergeben und mit allen Menschen Frieden zu haben. Lieber Herr Jesus, lass uns überwinden in deiner göttlichen Liebe. Amen.«

»Amen!«, antwortete die Gemeinde, und dann begannen alle ein Lied, das in den folgenden Jahren berühmt werden sollte, aber das damals weder Robbie noch ich kannten. »We shall overcome, we shall overcome, someday-ay-ay-ay-ay. Oh-oh, deep in my heart, I do believe, we shall overcome someday.« Die Art, wie sie es sangen, ging mir bis ins Mark. Das Klavier schwieg, niemand klatschte in die Hände, alle Köpfe waren geneigt, die Augen fest verschlossen, als das ergreifende Lied den Raum erfüllte, bis in die letzten Ecken hinein. Und jede Seele.

Robbies Gesicht sah feierlich aus. Er schluckte heftig. Kämpfte er mit den Tränen? Und dann schlug Pastor James seine große Bibel auf und begann zu predigen.

»Unser Thema heute ist die Freiheit. Hört, was das Wort Gottes sagt.« Er beugte sich weit nach vorne auf seiner Kanzel. »›Es ist dir gesagt, Mensch, was gut ist und was der HERR von dir fordert, nämlich Gottes Wort halten und Liebe üben und demütig sein vor deinem Gott.‹« Wieder ein vielstimmiges »Amen!«. »Und im Galaterbrief heißt es: ›Hier ist nicht Jude noch Grieche, hier ist nicht Sklave noch Freier, hier ist nicht Mann noch Frau; denn ihr seid allesamt einer in Christus Jesus.‹« Er hielt seine Bibel triumphierend hoch. »Hört ihr das, Brüder und Schwestern? Wir sind eins in Jesus Christus!«

Seine Predigt dauerte mindestens eine Dreiviertelstunde, aber Robbie und ich merkten nicht, wie die Zeit verging. Wir waren wie gebannt – von der Predigt, aber auch von diesem unerhört Neuen eines schwarzen Gottesdienstes. Als der Gottesdienst vorbei war, kam Pudding zu mir gerannt, packte mein Bein und drückte mich fest, und wieder bekam ich dieses schnürende Gefühl in meiner Brust. Sie schaute zu Robbie hoch.

»Pudding, das ist mein Freund Robbie.«

»Guten Tag«, piepste sie. Ihre Augen gingen auf den Fußboden, dann hoch zu ihm, dann wieder nach unten.

Robbie hockte sich neben sie. »Guten Tag, Pudding.« Er zwirbelte einen ihrer Zöpfe, und sie lächelte schüchtern. »Sag mal, Pudding, ist Mary Swan auch immer schön brav, wenn sie dich besucht?«

Gut, dass er nicht sehen konnte, wie rot ich wurde.

Pudding grinste breit und sagte: »Doch, sehr. Sie serviert gerne Spaghetti mit meinem Bruder, und manchmal kommt sie zu unserem Haus und spielt. Manchmal machen sie und mein Bruder und Miss Rachel und die anderen in der Band ganz furchtbar Krach mit ihren Instrumenten, und dann wirft Tante Neta sie raus.« Sie rümpfte die Nase. »Aber das macht Tante Neta immer.« Sie hob vorsichtig ihre Schultern und sah zu mir hoch. »Mary Swan! Heute geht es Carl schon besser! Viel besser! Ich durfte sogar auf seinen Gips schreiben, wie er bei mir.«

»Das ist ja toll, Spatz.«

»Hallo, Mary Swan.« Miss Abigails Augen leuchteten wieder. »Was für eine Überraschung.«

»Miss Abigail, das ist mein Freund Robbie Bartholomew. Wir waren …« Ich wurde rot. »Wir waren im Varsity, und da wollte ich auf einmal unbedingt hierhin, und da hat Robbie mich hergefahren.«

»Herzlich willkommen, Robbie.«

Er schüttelte ihr kräftig die Hand. »Freut mich, Sie kennen zu lernen. Mary Swan hat mir viel von Ihnen erzählt.«

Miss Abigail lächelte ihr trockenes Lächeln. »Glaub nicht alles, was du hörst, Robbie.«

»Dann geht es ihnen besser?«, platzte ich heraus. »Ich meine, Carl und Larry?«

»Ja, es geht ihnen besser, Mary Swan.« Ihr faltiges Gesicht entspannte sich. »Bei Larry sah es gestern den ganzen Abend noch kritisch aus. Aber jetzt schaffen sie's beide. Jesus hat unsere Gebete erhört.«

»Miss Abigail hat die ganze Nacht auf dem Fußboden von Larrys Zimmer gelegen und mit Jesus gesprochen«, erklärte der kleine James stolz, seine Augen groß. »Und Jesus hat sie erhört.« Er kreuzte seine Arme mit einem zufriedenen Lächeln.

»Psst, James. Das waren nicht *meine* Gebete, das waren *unsere* Gebete. Bleib schön auf dem Teppich mit mir, junger Mann.« Sie gab ihm einen gutmütigen Klaps.

Die Kinder huschten hinter sie. Robbie fragte: »Wie lange gibt es diese Kirche hier schon, Miss Abigail?«

»So ungefähr hundert Jahre. Die meiste Zeit war es eine weiße Kirche. Aber Anfang der Fünfziger fingen die reichen Weißen an, wegzuziehen. Oder vielleicht besser: wegzulaufen.« Sie schüttelte den Kopf, als wolle sie die ganze weiße Rasse tadeln. »Liefen weg, als wir sie am meisten brauchten, und obwohl Gott wollte, dass sie blieben. Tja, und so hat eines Tages die Presbyterianische Kirche mir die Schlüssel zu diesem Gebäude gegeben.« Sie lachte. »Da stand ich, eine Missionarin der Southern-Baptisten, und die Presbyterianer schenkten mir ihre Kirche. Aber so ist Gott, nicht wahr, Kinder? Ich arbeite mit Schwarzen und Weißen, Reichen und Armen, Baptisten und Presbyterianern und Episkopalen und Katholiken. Und die liebsten jüdischen Frauen, die es gibt, setzen sich in ihrem Altersheim an der Peachtree Street hin und stricken Babyschuhe und Pullover für die Neugeborenen.«

Ich sah, wie Robbie Miss Abigail musterte. »Sie müssen Ihre Arbeit echt lieben, dass Sie hier bleiben.«

»Wie ich Mary Swan schon gesagt hab', das ist meine Berufung. Hier will Gott mich haben – nicht, weil es einfach wäre, sondern weil es sein Auftrag für mich ist. Pastor James ist jetzt seit neun Jahren hier, und ihr könnt selber sehen, wie die Gemeinde gewachsen ist.«

»Und Sie sind mittendrin in den sozialen Reformen. Also, es war echt toll, mal selber zu sehen, was Mary Swan mir in den letzten Monaten immer erzählt hat. Gute Nacht, Miss Abigail.« Er schüttelte wieder ihre Hand und strich über James' und Mikes Haar.

»Gute Nacht, Robbie und Mary Swan. Fahrt schön vorsichtig.«

Die Kinder folgten uns hinaus auf die Straße, während Miss Abigail sich einer anderen Frau zuwandte. Robbies rotes Kabrio stand noch so, wie wir es verlassen hatten, aber bald war es von Mike, James, Pudding und mehreren anderen Kindern umlagert.

»Seht ihr? Das ist das Auto von Mary Swans Freund. Mmm-hmm.«

»Ein schönes Auto, Mr. Robbie.« Der kleine James sagte es bewundernd.

»Magst du es? Willst du mal eine Fahrt mit mir machen?«

Die Augen des Jungen wurden groß.

»Ich frag' lieber erst Miss Abigail«, sagte ich zu Robbie.

Ich ging zu ihr und flüsterte: »Robbie möchte mit ein paar von den Kindern in seinem Auto um den Block fahren. Geht das?«

»Das ist eine prima Idee. Tante Neta ist heute Abend im Krankenhaus, sodass ich mich um die Kinder kümmern muss. Ich werde noch eine halbe Stunde hier sein. Gebt mir einfach Bescheid, wenn ihr geht, und schickt die Kinder zurück hierher.«

Und so fuhr Robbie in der nächsten halben Stunde zuerst James, dann Mike, dann Pudding und dann noch etliche andere Kinder durch die Straßen von Grant Park. Er ließ sogar das Verdeck herunter, zu ihrem quietschenden Vergnügen. Ich sagte: »Mensch, es ist November, die erkälten sich!«, aber das störte ihn nicht. Ich glaube, ihm selber machte es noch mehr Spaß als den Kindern.

Als wir zurück nach Buckhead fuhren, standen sie alle auf dem Bürgersteig, winkten uns hinterher und riefen: »Danke, Mr. Robbie! Komm bald wieder!«

Robbie war begeistert. »Süße Kids. Und diese Frau, Mary Swan, die ist echt toll. Ich hab' sie ja nur ein paar Minuten gesehen, aber ...«

»Das sind ihre Augen. Sie leuchten richtig.«

»Ja, genau. Als ob sie eine heilige Gewissheit hat bei dem, was sie tut.«

»Das hat sie. Sie ist überzeugt, dass Gott sie berufen hat.«

»Es muss schön sein, das tun zu können, was Gott will.« Er lachte auf. »Mein Leben ist schon fertig aufgeschrieben – in Stein gemeißelt von Mr. Robert H. Bartholomew Senior. Beste Noten in der Schule, Prestige-Uni, zurück nach Atlanta und das Familienunternehmen weiterführen. Ein Mädchen heiraten ...« Er zwinkerte mir zu, und wir sagten im Chor: »... aus einer guten Familie aus Atlanta« und prusteten los.

»Aber im Ernst: Ich frag' mich, wie das ist, wenn man etwas tut, weil man innerlich überzeugt ist, dass es das Richtige ist.«

»Ich weiß nicht.« Ich schüttelte nachdenklich den Kopf. »Ich weiß nur, dass Miss Abigail eines der härtesten Leben hinter sich hat, von denen ich gehört hab'. Vielleicht härter als das der Armen, mit denen sie arbeitet. Sie versucht, ihnen zu helfen, aus ihrer Armut herauszukommen, aber sie selber ... sie hat ihren Reichtum *aufgegeben* und ist absichtlich in die Armut gegangen. Kannst du dir das vorstellen?«

Robbie schien mit seinen Gedanken woanders zu sein. Er antwortete nicht sofort, aber dann sagte er: »Doch, Mary Swan. Doch, ich glaub', ich kann mir das vorstellen.«

Wir fuhren gerade die Peachtree Street entlang, die breite Straße, die mitten durch ganz Atlanta führt, die Straße, die so viel von meinem Leben verkörperte. An der Ecke zur Harris Street war der Capital City Club, an der Ecke zum Andrews Drive stand unsere Kirche, und sechs Meilen weiter lag, immer noch an der Peachtree Street, der Country-Club. Irgendwo dazwischen war Papas Büro, und Oma und Opa wohnten ganz in der Nähe der Peachtree Street, an einer breiten, ruhigen Nebenstraße nicht weit vom Piedmont Hospital.

Vor dem Fox-Kino hielt Robbie an. »Wollen wir da rein?« Auf der Programmtafel stand *Gigi*.

»Hat das nicht schon angefangen?«

»Nicht die Neun-Uhr-Vorstellung. Wir haben noch 'ne Viertelstunde.«

»Prima, also gut!« Ich ging in eine Telefonzelle auf der anderen Straßenseite und rief zu Hause an. Jimmy nahm ab.

»Das Fox? Du Glückspilz! Warte, ich frag' eben Papa.« Er ging und kam nach einer Minute zurück. »Papa sagt das, was er immer sagt.«

»›Sei schön vorsichtig und bleib nicht zu lange aus‹«, zitierte ich aus dem Gedächtnis.

»Genau. Und ich sag' dir nicht, wer rein zufällig mit einer ganzen Schüssel Hühnerfrikasee vorbeigekommen ist, kurz nachdem du weg bist.«

»Amanda?«

»Richtig. Ich musste die ganze Zeit dabeisitzen und mir ihr Gegackere anhören, und Papa hat so getan, als ob er ihre Witze komisch findet.«

»Das ist ja schlimm, Jimmy. Zur Not musst du halt Muffin wieder verschwinden lassen.«

»Ich glaub' nicht, dass das noch mal klappt, du Dummnuss. Viel Spaß.«

»Danke.« Ich musste lächeln. Mein kleiner Bruder hatte mir glatt etwas Nettes gesagt!

Das Fox-Kino war für seine riesige Orgel berühmt, die vor jeder Vorführung spielte und darauf unter der Bühne verschwand. Die Wände waren denen einer alten Ritterburg nachempfunden, und die Decke sah wie der Sternenhimmel aus. Während die Orgel bekannte Melodien spielte, reckten wir unsere Hälse und schauten zu, wie oben langsam die Sonne aufging, ihren höchsten Punkt erreichte und schließlich auf der anderen Seite des Saales unterging, während Tausende winziger Sterne über uns zu funkeln begannen. Allein im Fox zu sitzen, war schon ein Erlebnis.

Robbie muss es ähnlich empfunden haben, denn er legte seinen Arm um meine Schulter und zog mich an sich, und mit der anderen Hand nahm er meine Linke und drückte sie sanft. Ich legte meinen Kopf auf seine breite Schulter und gab mich dem Film hin, in dem ein junges Mädchen Paris entdeckte.

Es war fast elf, als der Film zu Ende war. Als wir auf dem Heimweg am High Museum vorbeikamen, verspürte ich ein unwiderstehliches Bedürfnis, Robbie das mit Mama und den Gemälden und *Resthaven* zu erzählen. »Können wir uns noch ein bisschen unterhalten, Robbie?«

»Es ist schon spät. Hat dein Vater auch nichts dagegen?«

»Wenn's nicht zu lange dauert, nicht.«

»Und du willst wirklich nur reden?«, grinste er.

Ich streckte ihm die Zunge heraus, und er zuckte die Achseln. Wir fuhren auf den Parkplatz von St. Philip, der ganz in der Nähe unseres Hauses lag, und die nächsten dreißig Minuten erzählte ich ihm von meiner Fahrt nach *Resthaven* und was wir dort herausgefunden hatten. Ich bat ihn, es niemand weiterzuerzählen, und erwähnte das Rabenrätsel und Carl mit keinem Wort. Falls er einen Verdacht hatte, zeigte er ihn nicht. Als ich fertig war, seufzte ich tief und erleichtert auf. Endlich war ich – nun ja, fast – ganz ehrlich zu Robbie gewesen. Und ich merkte wieder, was ich in den letzten zehn Tagen fast vergessen hatte. Dass ich Robbie Bartholomew sehr mochte.

Bevor er mir seinen Gutenacht-Kuss gab, sagte er: »Das war ein echt interessanter Abend, Mary Swan. Vielleicht unser bester.«

KAPITEL 19

Den Thanksgiving Day Ende November, der an das erste Erntedankfest der puritanischen Pilgrim Fathers in Amerika erinnert, feierten wir bei Oma und Opa Middleton. Ihr Haus lag an der Habersham Road, nur fünf Autominuten entfernt. Wir mochten es, denn es hatte ein großes Untergeschoss, das Oma und Opa zu einem Hobbykeller umgebaut hatten. Es gab dort einen Billard- und einen Pingpong-Tisch, und an der einen Wand waren Vitrinen mit Opas Trophäen aus seinen Schul- und College-Jahren, als er ein Sport-As gewesen war. Wenn wir fertig gegessen hatten, flüchteten Jimmy und ich uns manchmal in diesen Hobbyraum und bewunderten die Trophäen, während die Erwachsenen ihren Kaffee tranken.

Der Thanksgiving-Tag war *das* Familienfest des Jahres. Zu Weihnachten, Ostern und dem amerikanischen Unabhängigkeitstag am 4. Juli verteilte der Middleton-Clan sich manchmal auf die diversen Teilfamilien. Nicht so am Thanksgiving-Tag; da hatte jeder Middleton, vom Ältesten bis zum Jüngsten, anwesend zu sein. In diesem Jahr war, nachdem Mama nicht mehr war und dafür Papas jüngste Schwester gerade ihr drittes Kind bekommen hatte, die Zahl der direkten Familienmitglieder die gleiche wie im letzten Jahr – 28. Oma machte es nichts, wenn auch andere Familien aufkreuzten, um mitzufeiern, solange sie nur alle ihre Kinder und Enkel um sich hatte. Manchmal kamen auch Mamas Eltern aus Griffin.

Das Haus war bereits gerammelt voll von Kindern, Teenagern und Erwachsenen, als Mamie und Papy kamen. Ich sah sofort, dass Mamie getrunken hatte. Sie stützte sich schwer auf Papys Arm, und als sie mich auf die Wangen küsste, roch ich ihre Fahne. Ihr knallroter Lippenstift war zu dick aufgetragen, und ihre Augen sahen glasig aus.

»Ma chère Marie Cygne.« Sie fiel immer ins Französische, wenn sie getrunken hatte. *»Pourquoi n'est-tu pas venue me voir?«*

Ihre Worte bissen mich. Ja, warum war ich in diesem Herbst nie nach Griffin gekommen? Mama war ihr einziges Kind gewesen. Es musste einsam gewesen sein auf der großen Plantage seit Mamas Tod.

»Wir kommen zu Weihnachten, Evelyne.« Papa kam mir zu Hilfe und küsste seine Schwiegermutter auf beide Wangen. »Ian, schön, dass du da bist. Kommt rein. Ihr erinnert euch doch an meine Schwester, Lisa, und ihren Mann, Jeff?«

Ich flüchtete mich in die Küche, was ich am Thanksgiving-Tag sonst selten tat. Normalerweise spielte ich zuerst mit meinen jüngeren Vettern und Kusinen Fangen und ging dann in den Garten und unterhielt mich mit den Älteren. Die Älteste von uns Enkelkindern war Jackie, die zwanzig und gerade in ihrem vorletzten Studienjahr am Hollins-College war, und das Nesthäkchen war Eddie, der sechs Monate war und gerade angefangen hatte, zu sitzen. Eddie hieß mit vollem Namen Franklin Edward Middleton VI, nach Papas ältestem Bruder, der wiederum nach Opa benannt war, der seinen Namen von meinem Urgroßvater geerbt hatte. Irgendwie gab es insgesamt sechs Franklin Edward Middletons. Dass der sechste Eddie hieß, bedeutete, dass dann, wenn Großmutter von Frank oder Frankie oder Franklin sprach, nur drei Männer in Frage kamen, was die Verwechslungsgefahr etwas reduzierte.

Ich sah meine Vettern und Kusinen nur zwei oder drei Mal im Jahr, und die Bande zu ihnen waren eher von der lockeren Sorte, aber wir hatten doch Spaß bei diesen Familientreffen. Es war Jackie, die mir meine erste Zigarette gegeben hatte, vor Jahren hinter den Umkleidekabinen neben Omas Swimming-Pool. Aber heute war mir nicht nach Fangenspielen und Teenagerpalaver zumute.

»Mary Swan, geh doch raus zu den anderen«, sagte Oma, als ich versuchte, mich in der Küche nützlich zu machen.

Ich tat so, als hörte ich es nicht, und sie bohrte nicht weiter. Ich brauchte den Schutz der warmen Küche. Hier, mit dem köstlichen Aroma des Truthahnbratens, der Plätzchen und des Apfelkuchens in der Nase, konnte ich vergessen, dass alle da waren, außer Mama. Ich war dankbar für meine vielen Stunden in der Küche der Mount Carmel-Kirche, die mir Omas Küche irgendwie heimeliger machten. An diesem Thanksgiving-Tag machte es mir Spaß, Oma, der Meistergastgeberin, beim Tischdecken zu helfen. Das Geschirr, die Bestecke und die weißen Leinenservietten kamen an das eine Ende des Tisches, die Kristallgläser, die Silberkannen mit dem Eiswasser und dem Tee und die Kristallkaraffe mit dem Wein auf das lange Sideboard aus Kirschbaumholz.

Ich begann, das Essen hinauszutragen. Wie bei jedem Thanksgiving-Fest hatte auch heute jede der Familien irgendeine Spezialität mitgebracht. Bald war der Tisch voll: der Truthahn, die Füllung, der Kartoffelbrei mit Soße, die Preiselbeersoße, die köstliche Pastete, die Mamie immer frisch von ihrer Farm mitbrachte, die Artischockenherzen, die Blaubeer-Muffins, die Süßkartoffeln mit Marshmallows, die grünen Butterbohnen, Großmutters selbst gebackene Brötchen, die Jimmy so liebte, und mein persönliches Leibgericht, ihr Mais-Soufflé. Als alles dampfend auf dem Tisch stand, versammelten wir uns um ihn, 42 Personen insgesamt, und hielten uns an den Händen, während Großvater das Tischgebet sprach.

Als die Kuchen auf den Tisch kamen, hatten wir uns in die verschiedenen Ecken des riesigen Hauses zurückgezogen. Onkel Tim, total betrunken, war dabei, die gleiche Geschichte zu erzählen wie bei jedem Thanksgiving-Fest, und fröhliches Geplaudere erfüllte das Haus. Der Tag war hell und kalt, und durch die Fenster von Großmutters Wohnzimmer sah ich, wie mehrere meiner Vettern und Kusinen im Garten mit Muffin spielten, der gerne mit zu meinen Großeltern ging. Der Jagdhund sauste in wilden Kreisen um die Kinder herum, sein Fell so rotbraun wie das Laub auf dem Rasen. Mehrere der Mädchen rannten quietschend hinter ihm her, während Jimmy mit zwei Jungen in seinem Alter Fußball spielte.

Ich machte höfliche Konversation, bis ich die richtige Gelegenheit fand, beiden Großelternpaaren den Abschiedskuss zu geben, nach draußen zu schlüpfen und von der Habersham Road zum Andrews Drive zu laufen, vorbei an all den schönen Villen, die ich so gut kannte. In unserem Haus angekommen, ging ich hinauf in Mamas Atelier, schloss die Tür hinter mir, stellte mich vor meine Staffelei, schaute zum Fenster hinaus und begann zu malen. Mein Magen war voll und mein Kopf müde, sodass meine Pinselstriche langsam und lethargisch waren, als ob ich versuchte, die Pinselhaare in eine Nadel zu fädeln. Aber ich malte weiter. Die letzten Wochen hatten mich gelehrt, dass gerade diese Disziplin, mich zum Malen zu zwingen, unerhört wichtig war. Heute konzentrierte ich mich auf ein ganz kleines Stück der Leinwand, eine Figur im Hintergrund des Bildes, kaum sichtbar und so verschwommen wie meine Stimmung – die Gestalt eines schwarzen Jungen, der auf einer Wiese kniete.

Es gab damals wenige Dinge, die Atlanta so auf die Beine brachten wie die Football-Fehde zwischen dem *Georgia Tech* und der *University of Georgia,* und das Match zwischen den beiden Mannschaften am Nachmittag des Thanksgiving Day war gerade so eine Tradition wie das Thanksgiving selber. In diesem Jahr fand es in Athens statt, im Sanford-Stadion der *University of Georgia.* Großvater hatte acht Karten, und so hatte ich Robbie eingeladen, Jimmy Andy und Papa (leider) Amanda Hunnicutt.

Als wir zu unseren Plätzen kamen, hatten die Fans der beiden Teams schon einiges getrunken und grölten ihre Schlachtengesänge. Die *Georgia Tech*-Fans waren bei diesem Auswärts-Spiel in der Minderheit, aber unsere Schlachtenbummler sangen nicht weniger begeistert als die *Georgia Bulldogs.* »I'm a Ramblin' Wreck from Georgia Tech …« Und Georgia antwortete mit seinem »Glory, glory to ole Georgia …«

Großvater hatte früher selber in dem berühmten Football-Team von *Georgia Tech* gespielt und uns wohl schon hundert Geschichten über die Rivalität zwischen den beiden Mannschaften erzählt – vor allem die, in der er der Held des Spiels gewesen war. Aber da Robbie die Geschichte noch nicht kannte, fing Opa sie wieder an.

»Das Spiel fand auf dem Grant Field von *Georgia Tech* statt. Es begann mit Schnee, und dann kam ein eisiger Sprühregen. Aber die treuen Fans blieben. Georgia hatte in dem Jahr ein starkes Team, und Tech hatte ein paar angehende Stars, aber noch nicht viel Erfahrung.«

»Einer der Stars war Opa«, erklärte Jimmy.

»Gut, Georgia ging mit 14:0 in Führung. Dann schaffte Tech zwei Field Goals – 14:6.«

»Die Field Goals schoss Opa«, kommentierte Jimmy.

»Dann kam Georgia wieder, aber schaffte nicht den Extra-Punkt. Zur Halbzeit stand es 20:6, und unser Trainer hielt uns eine gewaschene Standpauke.«

»Sag ihnen, wer euer Trainer war, Opa.« Das war wieder Jimmy.

»Robbie, unser Trainer war kein anderer als John W. Heisman. Schon mal von ihm gehört?«

»Klar, Mr. Middleton, nach dem ist doch der Heisman-Pokal benannt.«

»Exakt. Und der war also der *Georgia Tech*-Trainer. Ein harter Junge. Setzte uns in der Woche vor dem Spiel auf wenig Wasser und viel Fleisch; mussten es fast roh essen. Also, im dritten Viertel schafften wir ein Touchdown, und jetzt stand es nur noch 20:13.«

»Entschuldigen Sie, Sir – waren Sie das mit dem Touchdown?«

»So ist es. Und als Georgia dann zwei Mal den Ball hatte, wehrten wir erfolgreich ab. Aber drei Minuten vor Spielende lagen wir immer noch sieben Punkte zurück.«

Jimmy konnte seine Begeisterung nicht bremsen. »Dann kam Großvater als Außenstürmer rein, und der Quarterback klemmte sich den Ball unter den Arm und täuschte zu dem Tailback, und inzwischen sauste Großvater ungehindert das ganze Spielfeld entlang, und der Quarterback warf ihm einen Pass zu, und der Ball segelte genau in Großvaters Hände und er machte ein Tor!«

Opa sah mehr als zufrieden aus. »Zusammen mit dem Extrapunkt stand es jetzt 20:20. Nur noch anderthalb Minuten. Georgia verlor den Ball, und Tech kriegte ihn, und dann …«

»Dann kam Großvater, genau erraten! Er schoss den Ball und – Tooor! Und die ganzen Tech-Fans rannten auf das Spielfeld, obwohl noch fünfzehn Sekunden zu spielen waren!«

Robbie, stets der Höfliche, hatte die Geschichte mit scheinbarem Interesse verfolgt. »Das ist ja toll, Mr. Middleton.« Womit das Ritual von Opas Sternstunde beendet war und wir es uns auf unseren Plätzen bequem machten, um das Spiel anzusehen, das sich als nicht weniger spannend entpuppte.

Ich saß eng an Robbie gedrückt, von mehreren Decken eingehüllt und durch ein Kissen vor der Nässe der Bank geschützt. Unser einziges Problem war der Betrunkene hinter mir, der jedes Mal, wenn Tech schlecht spielte, laut fluchend gestikulierte, dass seine halbe Whiskyflasche mir auf den Rücken spritzte. Aber Robbie und ich lachten einfach, Jimmy und Andy aßen Hot Dogs und Papa und Amanda schrien sich die Kehle heiser. Und Opa fluchte ausgiebig, als Georgia das erste Tor erzielte, und Oma lachte und sagte: »Frank! Beruhig dich!« Und die Männer tranken ihren Whisky und hielten sich so warm.

Bis zur zweiten Halbzeit, als der Tech-Fan hinter uns, der sich fast besinnungslos getrunken hatte, einen der schwarzen Jungen, die mit ihren Erdnusstabletts die Betontreppen auf und ab liefen, am Kragen packte. »Was verkaufst du da, Boy?«

Ich drehte mich sofort um und funkelte den Mann an; er beachtete es nicht.

Der Junge sah nervös aus. »Erdnüsse, Sir.«

»Gib mir 'ne Tüte!« Der Mann streckte seine fette rote Hand aus.

»Yes, Sir, bitte sehr. Das macht 15 Cent, Sir.«

»15 Cent! Das ist ja Halsabschneiderei! Ich geb' dir keine 15 Cent!«

Die Augen des Jungen wurden ängstlich. »Das ist der Preis, Sir.«

Der Betrunkene erhob sich und baute sich vor dem Jungen auf. »Hast du nicht gehört, Boy? Ich hab keine 15 Cent für Erdnüsse!«

Alle Köpfe in der Reihe hatten sich zu dem Betrunkenen und dem jungen Schwarzen hingedreht.

»Robbie, tu was!«, flüsterte ich. »Der schlägt den gleich!«

Aber da hatte der Kerl den Jungen schon an der Jacke gepackt und schüttelte ihn, dass die Erdnusstüten in alle Richtungen von dem Tablett fielen.

Jetzt stand Opa auf. »Das reicht, Mister! Sie gehen wohl besser.« Ich schätze, dass Opa genauso groß war wie er und dass noch ein Dutzend andere Leute ihn ansahen, gab dem Mann zu denken, denn mit einem wütenden Blick ließ er den

Jungen los, packte seine Flasche und Decke und verließ das Stadion. Der Junge setzte sein Tablett auf den Stufen ab und versuchte hektisch, so viele Tüten wie möglich wieder aufzuheben.

Opa winkte ihm zu. »Komm her, Boy.« Er reichte ihm ein paar Dollar und sagte: »Mach dir nichts draus, das ist okay.«

Der Junge murmelte: »Danke, Sir« und setzte seinen Weg die Treppe hinunter fort, mit nur noch halber Stimme sein »Erdnüsse! 15 Cent das Päckchen!« rufend.

Tech gewann das Spiel mit 37:6, und als wir das Stadion verließen, waren wir alle heiser vom Schreien und froren wie die Schneider, aber waren in bester Laune. Doch das Bild mit dem jungen Erdnussverkäufer, es verfolgte mich. Diese Szene wie auch mehrere andere gingen mir immer wieder durch den Kopf auf dem Heimweg, und ich musste an etwas denken, das Carl einmal gesagt hatte: *»Ihr Weißen denkt, es hilft, uns ein paar Geldscheine in die Hand zu drücken. Aber es geht nicht ums Geld, es geht um unsere Würde. Wir wollen keine Dollars, wir wollen Gleichberechtigung. Wir wollen nicht mehr vor einem anderen kuschen müssen, bloß weil seine Haut weiß ist und unsere schwarz.«*

Als ich am Montag nach dem Thanksgiving-Tag von der Schule nach Hause kam, gab Ella Mae mir einen Brief, der mit der Post gekommen war. Ich öffnete ihn und hielt triumphierend die Karte hoch: meine Einladung zum Weihnachtsball im Piedmont Driving Club! Ich rannte nach oben und rief Rachel an.

»Meine ist noch nicht gekommen«, sagte sie.

»Dann kommt sie sicher morgen. Du weißt doch, wie die Post ist, Rach.«

»Ja, sicher.« Und die nächste halbe Stunde unterhielten wir uns darüber, was wir anziehen und was wir zu diesem Zweck bei Davidson am Lennox Square alles kaufen würden.

Dann fragte Rachel, ein halb neckender Ton in ihrer Stimme: »Und wen bringst du mit?«

»Na, Robbie natürlich, du Dummnuss!«

»Nicht Carl? Bist du sicher?«

»Wie soll ich den denn einladen? Der spielt doch in der

Band. Du hast mir doch selber geholfen, das hinzukriegen. Vergiss nicht – nächste Woche müssen wir Carl und die anderen Mrs. Appleby vorstellen. Ich hoffe, dass Larry und Carl bis dahin wieder fit sind.«

»Keine Bange, das vergess' ich nicht. Aber du bist mir eine Raffinierte! Wirst deine beiden Männer dabei haben. Pass auf, Swan!«

»Daran hab ich schon gedacht, Rach. Was ist, wenn die sich sehen? Das darf nicht sein!«

»Mach dir keine Sorgen, ich bin ja auch noch da.«

Aber da täuschte sie sich.

Am Donnerstagabend lag ich auf meinem Bett und war in eine Trigonometrie-Aufgabe vertieft, als Jimmy von unten rief: »Robbie ist am Telefon!«

Das gefiel mir, weil wir uns an den Schultagen selten anriefen. »Hey!«, rief ich in den Hörer.

»Hey, Mary Swan. Wie geht's?«

»Danke, gut. Bis auf die Trigonometrie.«

Er gluckste, dann sagte er: »Hör zu, ich muss was mit dir bereden. Seit wir in dem Gottesdienst in Mount Carmel waren, sind mir ein paar Gedanken gekommen, wie wir in den Slums helfen können.«

»Zum Beispiel?«

»Du könntest zum Beispiel ein paar Mädchen aus dem Wellington zusammentrommeln, die was in Grant Park unternehmen. Von Haus zu Haus gehen und Weihnachtslieder singen oder Geld für das Viertel sammeln oder Weihnachtsgänse verteilen oder Miss Abigails Haus streichen. Und ich könnte dasselbe im Mendon machen. Wär' das nicht was? Ich meine, die Spaghetti-Mahlzeiten sind ein guter Anfang, aber man könnte noch so viel mehr machen.«

Wie begeistert er klang. »Meinst du das ernst? Glaubst du, dass Schüler aus Buckhead nach Grant Park gehen werden?«

»Natürlich! Du machst das doch auch! Wir müssen das nur organisieren und wissen, was wir wollen.«

»Robbie, ich hab null Ahnung, wie man so was organisiert. Ich meine, das ist eine tolle Idee, aber ich weiß nicht, wie das laufen soll.«

»Aber ich weiß es. Wir haben so was schon mal mit den Pfadfindern gemacht. Wenn du mal Miss Abigail und den Pastor fragen könntest, was sie am meisten brauchen, könnten wir noch vor Weihnachten was auf die Beine stellen, vielleicht gleich zu Beginn der Ferien – Ein ›Tag in Grant Park‹ oder so.«

Ich merkte, wie ich lächelte. »Das ist ja eine tolle Idee, Robbie! Du bist super! Ich überlege schon so lange, was man da noch machen kann; was ich tue, ist irgendwie so wenig. Aber alles, was mir eingefallen ist, war, wie schön es wäre, wenn ich Ella Mae oder Miss Abigail 'nen Scheck über eine Million Dollar geben und sie bitten könnte, das Geld unter den Armen zu verteilen. Total realistisch, wie?«

»Nicht schlecht für den Anfang. Das einzige Problem ist, wo du die Moneten herkriegst.«

Ich mochte das Augenzwinkern in seiner Stimme.

»Aber jetzt im Ernst, Robbie: Je mehr wir für die Bürgerrechte tun können, umso besser. Früher war mir das alles egal, aber jetzt – nun, du hast es ja gesehen. Die Armut, die Grausamkeit, die Vorurteile. Meine Probleme sehen so klein aus dagegen.«

»Schon, aber ich glaube nicht, dass du deine Probleme mit denen in den Slums vergleichen kannst. Sie sind beide echt. Und schwer. Denk doch nur mal an Buckhead. Es wird Jahre dauern, bis die Leute das mit Orly unter die Füße gekriegt haben. Richtig schaffen werden sie es nie. Auch reichen Menschen passieren schlimme Dinge.«

»Ja, natürlich, das weiß ich. Dass ich überhaupt nach Grant Park gegangen bin, lag ja daran, dass Ella Mae mir helfen wollte, mal an was anderes zu denken als an mein Elend. Aber jetzt ist Grant Park das nächste Elend für mich geworden. Diese Menschen sind meine Freunde, und es tut weh, wenn man weiß, wie es ihnen geht, und nicht helfen kann. Ich wollte, das würde mir alles nicht so nahe gehen.«

»Denk nicht so was, Swan. Es ist gut, dass dir das nicht egal ist. Eines Tages kannst du mit deinen Erfahrungen vielleicht anderen helfen, dass es ihnen auch nicht egal ist.«

»Kann sein, aber manchmal ist das alles so kompliziert für mein kleines Hirn. So viele Sachen machen keinen Sinn, Robbie. Erst hat meine Mutter eine lange seelische Krankheit gehabt, die nie geheilt worden ist. Unsere Familie hat sich wacker geschlagen, aber Mama ging es nie besser. Dann stirbt sie bei einem Flugzeugunglück, und jetzt ist sie für immer weg. Für immer. Um auf andere Gedanken zu kommen, gehe ich nach Grant Park, und was sehe ich da? Armut. Und Hass. Gute Menschen, die halb totgeschlagen werden, weil sie die falsche Hautfarbe haben. Und was kann ich machen, um etwas zu ändern an all dem? Nichts! Ich hab' das früher nicht gewusst, aber ich bin völlig machtlos.«

Ich hörte Robbies Atmen, während er über meine Worte nachdachte. »Stimmt. Viel machen kannst du nicht. Du hast da viele verschiedene Dinge erwähnt. Ein tragischer Unfall, eine schwierige Krankheit, Armut, Vorurteile. Das ist 'ne Menge Holz, und sicher, du kannst nichts daran ändern. Jedenfalls nicht im Großen. Aber wenn du im Kleinen anfängst, immer nur eine Sache, das hilft. Wie diese Spaghetti-Mahlzeiten. Oder dass du dich um diese schwarzen Kinder gekümmert hast, als ihr Bruder im Krankenhaus lag. So was – das zählt.«

»Kann sein. Aber im Großen ändert sich nichts.«

»Du darfst jetzt nicht groß denken, Mary Swan. Denk klein. Lass uns einen Plan machen, wie wir Miss Abigail helfen können. Wie wär's damit?«

Ich zögerte. »Schön, ich kann versuchen, ein paar Mädchen dafür zu interessieren, aber die meisten in meiner Klasse finden, dass es am wichtigsten ist, was man zu dem Ball anzieht und wie man seine Haare frisiert.«

»Ich mag es lang, so wie es ist.«

»Was?«

»Dein Haar. Ich mag es so lang.«

»Ist das dein Ernst?«

»Klar. Du siehst toll aus.«

Ich wusste nicht, was ich darauf sagen sollte. Endlich sprach Robbie wieder. »Ich wollte jetzt nicht das Thema wechseln, Mary Swan. Du hast da gute Fragen. Ich hab selber 'ne Menge Fragen. Ich fühl' mich festgenagelt mit all diesen Erwartungen. Dass ich Erfolg habe, dass ich der Klassenbeste bin. Dass ich die Tradition meines Bruders weiterführe, der nur

Einsen hatte und der Kapitän des Leichtathletikteams war. Nicht zu vergessen der Ruf meines Vaters als Top-Finanzberater in Atlanta. Manchmal hab ich das Gefühl, dass ich noch viel mehr mit mir rumschleppe als einen Football. Es ist gerade so, als ob der gute Ruf der Bartholomews daran hängt, wo und was ich studiere und dass ich schön brav zurück nach Hause komme, um meinem Vater zu helfen. Alle erwarten sie, dass ich alles mit links schaffe – Robbie Bartholomew, der große Überflieger.« Er schwieg einen Augenblick, dann seufzte er, wie jemand, der im Begriff steht, die Beichte vor dem Priester abzulegen. »Aber das sind nicht die Sachen, die mich wirklich motivieren, Swan.«

»Was ist es denn, was du *wirklich* machen willst? Spuck's aus!«

»Ich will, dass was passiert in unserer Stadt. Ich will mit Menschen arbeiten und mit Projekten. Als Stadtplaner, weißt du? Der Haken ist nur, es wird nicht gut bezahlt.«

Wir stöhnten beide auf.

»Dann befolge deinen eigenen Rat und fang klein an«, sagte ich. »Ich rede mal mit Miss Abigail, und dann kannst du den Tag in Grant Park planen. Ja, so nennen wir das. Ein Tag in Grant Park. Das ist 'ne gute Idee, Robbie.« Dann fügte ich impulsiv hinzu: »Weißt du, dass du richtig toll bist?«

Ich stellte mir vor, wie seine Wangen knallrot wurden bei dem Kompliment.

»Danke, Mary Swan.« Er stotterte es fast. »Bis bald dann. Und nicht vergessen: Trag dein Haar lang.«

Ich lächelte, als ich aufhing. In Robbies Seele ging das Gleiche vor wie in meiner. Irgendein Gefühl, das sich nicht greifen lassen wollte, ein herzzerreißendes Sehnen nach mehr.

Am Freitagmorgen zog Rachel mich nach der Schulandacht in die Toilette. Ihre Augen waren rot verschwollen.

»Was ist los?«

»Wann hast du deine Einladung zu dem Weihnachtsball gekriegt?« Es war eher eine Anklage als eine Frage.

»Am Montag, weißt du das nicht mehr? Ich hab' dich sofort angerufen.«

»Ich hab' noch nichts gekriegt.«

»Ein paar andere Mädchen auch noch nicht. Das kommt schon noch.«

»Nein, das kommt nicht.« Wenn Rachel von etwas überzeugt war, duldete sie keinen Widerspruch.

»Und warum nicht, Fräulein Weiß-alles?« Ich hätte sie nicht so geneckt, wenn ich gewusst hätte, was jetzt kam. Aber eine aufgeregte Rachel – das war so ungewöhnlich, dass ich nicht widerstehen konnte.

»Weil ich jüdisch bin, darum!« Und dann fing sie an zu schluchzen. Und wie.

Meine Augen wurden groß und mein Magen weich und ich wusste: Sie hatte Recht. So wie ich damals gewusst hatte, dass das, was Herbert da über Mama nuschelte, stimmte.

»Ich hasse diese Schule, ich hasse sie! Verstehst du mich, Mary Swan? Ich hasse Wellington!« Sie spuckte das Wort aus. »Und ich hasse alle diese Heuchler!« Sie konnte nicht weiterreden vor Schluchzen, und ihr Gesicht war so qualvoll verzerrt, dass ich Angst bekam, dass sie sich gleich erbrechen würde. Doch stattdessen beugte sie sich über das Waschbecken und spritzte wieder und wieder Wasser über ihr Gesicht.

»Warum, zum Teufel, ist es wichtig, was einer glaubt? Warum bilden die Leute, die zufällig in eine reiche protestantische Familie im richtigen Viertel der Stadt hineingeboren worden sind, sich ein, dass sie besser sind als einer, der zu einer jüdischen Familie gehört?« Ihre Sätze kamen in kleinen Stößen, dass ich aufpassen musste, jedes Wort mitzubekommen. »Was macht die denn besser? Das ist die größte Idiotie in unserer ganzen Gesellschaft! Du kennst doch ein paar von den Mädchen, sie sind die Zeit nicht wert, die man braucht, um ihre Namen auszusprechen.«

Bei dem letzten Satz musste ich einfach lächeln, und das war gut, denn dadurch musste Rachel auch etwas lächeln. »Du hast Recht, Rachel, das ist Heuchelei.«

»Das ist noch schlimmer.« Sie schniefte und wischte sich unwirsch die Tränen ab. »Die meisten von denen sind zu blöd, um heucheln zu können. Null raffiniert. Können nichts als nachplappern, dass man besser ist als die anderen, wenn man die richtige Religion oder Hautfarbe oder Beruf hat.«

Ich traute mich nicht, zu sprechen.

»Ich hasse das! Kannst du dir vorstellen, wie weh das tut? Ich wollte so gerne Will einladen. Der weiß, dass ich jüdisch bin, und geht trotzdem mit mir aus.«

»Du hast noch nie Probleme gehabt, jemand zu kriegen, der mit dir ausgeht, Rach.«

»Ach, das ist jetzt egal! Es ist ja gar nicht so sehr der Ball.« Sie lächelte traurig. »Oder doch. Es ist alles. Dass sie einem dieses Etikett verpassen. Dass man anders ist. Dass man keine Chance kriegt, sondern gleich in eine Schublade gesteckt wird.« Ihre Augen wurden wieder feucht.

»Wenn dir das hilft, geh' ich auch nicht hin, Rach.«

»Nichts da, Swan, natürlich gehst du da hin!« Sie lächelte sarkastisch. »Und anschließend erzählst du mir, was die Leute angehabt haben und wie die hochnäsigen alten Schachteln das fanden, dass Carl und seine Band im heiligen Piedmont Driving Club spielen!«

»Ja, das wird lustig sein«, sagte ich trocken.

Sie ignorierte mich ausnahmsweise völlig. »Und weißt du, was das Tollste ist? Es werden keine jüdischen Mädchen da sein, weil wir nicht eingeladen sind, aber du kannst Gift drauf nehmen, dass Millie Garrett Harold Wein einlädt und Julie Jacobs Mark Goldberg, und keiner kann was sagen, weil die Mädchen einladen können, wen sie wollen! Das ist verrückt! Keine jüdischen Mädchen im Piedmont Driving Club, aber jüdische Jungen jede Menge. Na, kannst du mir das erklären?«

Ich schüttelte meinen Kopf.

»Und kannst du mir bitte sagen, was das Etikett, das einer hat, darüber sagt, was wirklich in ihm drin ist? Kannst du mir das erklären? Denn eines kann ich dir sagen: Diese Familien mögen in eine protestantische Kirche gehen und die Mädchen setzen ihre Hüte dazu auf und ziehen ihre Handschuhe an und ihre Florence Eisman-Kleider, aber für ihr Leben bedeutet das rein nichts! Das ist alles nur Fassade! Fragt wirklich keiner danach, was drinnen ist?

Ich meine, um Himmels willen, ich geh' ja noch nicht mal in die Synagoge! Ich bin eine lausige Jüdin! Vielleicht sollte ich zu Mrs. Appleby gehen und erklären, dass ich Atheistin bin!

Wenn es wirklich um die Religion ginge, müsste das wirken. Aber es würde nicht wirken. Weil die Religion nur ein Vorwand ist; in Wirklichkeit geht es um die Rasse.« Sie massierte sich die Stirn und die Schläfen, als ob ihr das Denken wehtat. Dann wischte sie sich über die rechte Hälfte ihres Gesichtes, ihre Augen zu kleinen roten Schlitzen geschwollen.

»Verstehst du, was ich meine, Swan? Verstehst du, wie mir zumute ist?« Sie sah mich so offen an, dass es mir wehtat. »Nein, natürlich nicht. Aber das ist nicht deine Schuld. Aber ich nenn' dir jemand, der es verstehen kann. Carl Matthews. In der anständigen Gesellschaft nicht erwünscht, weil seine Haut schwarz ist. Keine Chance, zu beweisen, was er im Hirn hat.« Sie presste ihre Augen zusammen. »Aber selbst er darf zu dem Ball!«

Sie begann wieder zu schluchzen. Ich wusste nicht, was ich machen sollte. War Rachel dabei, durchzudrehen? Aber sie redete weiter. »Warum muss die Religion so wichtig sein in der Gesellschaft? Sicher, ein paar Leute sind tolle Christen und tun viel Gutes und setzen ihren Glauben in die Tat um, wie Miss Abigail. Aber die meisten sind doch alle gleich. Wollen das Beste für sich und ihre Familien. Geld, die Nachbarn beeindrucken, 'ne gute Ausbildung für die Kinder. Es ist doch schnurzegal, ob man Baptist oder Episkopaler oder Methodist oder Katholik oder Jude oder von mir aus Buddhist ist. Diese Stadt ist ganz einfach rassistisch und antisemitisch, und das wird sich nie ändern.

Ich hab' das Neue Testament gelesen! Ist ja Pflicht im Wellington. Da steht nicht drin: ›Schließt die Menschen, die nicht dasselbe Blut haben wie ihr, aus.‹ Da steht: ›Liebt einander.‹ Das hat Jesus gesagt. Lieben, vergeben, nicht richten, die zweite Meile gehen. Lesen die Leute hier ihre Bibel überhaupt?«

Es klingelte zur nächsten Stunde.

Rachel fluchte. »So kann ich nicht in die Mathe-Stunde.« Sie spülte ihr Gesicht wieder mit kaltem Wasser ab, dann trocknete sie es mit zwei Papierhandtüchern, trug rasch etwas Rouge und Lippenstift auf, kniff sich in die Wange, puderte ihre Nase und holte tief Luft. »Wie seh' ich aus?«

»Toll. Wie immer, das weißt du doch.« Ich drückte sie fest und flüsterte: »Das tut mir Leid.«

Wir gingen zurück in den Flur, und ich schaute ihr hinterher, wie sie durch den langen Gang zu ihrer Mathematikstunde eilte, das dicke blonde Haar sanft hüpfend auf ihrem grauen Trägerkleid. So hatte ich Rachel noch nie weinen gesehen. Als ich meine Bücher nahm und ebenfalls den Flur hinunterrannte, konnte ich förmlich Carls Stimme hören, wie er genau das Gleiche sagte wie Rachel.

»Du wirst in eine Schublade gesteckt. Du bist anders. Du wirst beurteilt, ohne eine Chance zu kriegen, zu zeigen, wer du bist.« Ich verstand das nicht. Aber ich wollte es verstehen. Plötzlich wünschte ich sehr, es zu verstehen.

Rachels Wutausbruch muss wohl der Tropfen gewesen sein, der das Fass zum Überlaufen brachte. Ihre Worte ließen mich den ganzen Tag nicht los, und als ich von der Schule nach Hause kam, rannte ich auf mein Zimmer und holte meine weiße Lederbibel vom Regal. Ich blätterte sie hinten auf und suchte das Johannesevangelium. Die Seiten waren hauchdünn und mit Goldschnitt und fühlten sich angenehm an zwischen meinen Fingern. Als ich das achte Kapitel des Johannesevangeliums gefunden hatte, suchte ich den Vers, von dem Miss Abigail gesprochen hatte – den Vers, der mich so angespornt hatte bei meinem Rabenrätsel und all den anderen Entdeckungen.

Ich las das ganze Kapitel, aber ich begriff nicht sehr viel. Erst kam eine Szene, wo die Pharisäer eine Ehebrecherin steinigen wollten und wo Jesus den Spieß umdrehte. Dann kam ein langes Streitgespräch mit denselben Juden, in dem es darum ging, wer ihr Vater und wer Jesu Vater war. Er nannte sie Lügner und Söhne des Teufels und sagte, dass sie in ihren Sünden sterben würden, und ich erinnerte mich an ein paar Religionsstunden im Wellington, in denen wir über die Pharisäer und Jesus gesprochen hatten.

Und mitten in diesem Streitgespräch stand er, der Satz, den Jesus ihnen sagte, dass die Wahrheit sie frei machen würde. Ich schrieb die Stelle in das Notizbuch, das Rachel »Gedichtverhunzungen von Mary Swan« getauft hatte. *»Als er das sagte, glaubten viele an ihn. Da sprach nun Jesus zu den Juden, die an ihn glaubten: Wenn ihr bleiben werdet an meinem Wort, so* *seid ihr wahrhaftig meine Jünger und werdet die Wahrheit erkennen, und die Wahrheit wird euch frei machen.«*

Das klang mir nicht so, als ob die Juden verstanden, was Jesus ihnen da sagte, und ich verstand es auch nicht, aber ich mochte diesen Vers. Und auch den, der kurz danach kam: *»Wenn euch nun der Sohn frei macht, so seid ihr wirklich frei.«* Ich schrieb auch ihn in mein Notizbuch.

Ich wiederholte mir die Verse, immer wieder. *»Ihr werdet die Wahrheit erkennen, und die Wahrheit wird euch frei machen. Wenn euch nun der Sohn frei macht, so seid ihr wirklich frei.«* Das mit der Freiheit mochte ich. Für Carl und alle anderen Schwarzen in Amerika, und für Rachel und die anderen Juden. Sogar für Robbie, der in dem ganz anderen Gefängnis der Erwartungen seines Vaters saß. Aber am meisten mochte ich es für mich. Ich merkte, wie ich auf einmal laut sagte: »Von was willst du mich frei machen, Jesus?«

Sofort musste ich an Carls Worte denken. *»Du musst das vor allem für dich selber lösen. Damit du dich nicht mehr mit der Vergangenheit herumquälst. Du musst das loslassen, Mary Swan.«*

Vielleicht war es das. Vielleicht wollte Gott mich von meiner Vergangenheit frei machen. Und dann fing ich an, ein Gedicht zu schreiben, ohne Reime, so wie die Worte mir kamen. Es war nicht mein üblicher Stil. Ich war es gewöhnt, die Werke der großen Dichter zu parodieren, und nicht, etwas Eigenes zu schreiben. Aber das Gedicht schien sich von alleine zu schreiben, und ich ließ die Tinte fließen.

Jeder will die Wahrheit wissen,
jeder will gerecht behandelt werden,
jeder sucht den Sinn im Leben,
jeder braucht einen, der nach ihm fragt.
Vor langer Zeit sagte ein Mann,
dass die Wahrheit uns frei machen wird,
und dann starb er, um das zu beweisen.
Aber ich hab' das nicht verstanden, Gott,
nein, nicht ich.
Und auch jetzt verstehe ich nicht,

wie ein toter und auferstandener Heiland,
der irgendwo ganz oben neben seinem Vater sitzt,
mich frei machen
und aus all dem Bösen einen Sinn machen kann.
Und so suche ich weiter,
den Pinsel in der Hand,
sehe, wie die Farben sich auf meiner Palette
mischen,
und frage mich, was Jesus heute in den Sand
schreiben würde,
wenn er hier wäre.

Ich schloss das Notizbuch und stellte die Bibel zurück auf das Regal. Ich wusste immer noch nicht, wie ich Rachel helfen sollte mit dem Weihnachtsball. Ich war immer noch wütend. Aber irgendwo auch innerlich ruhig. Irgendwo wusste ich, dass das weiße Lederbuch mich vielleicht eines Tages zu dem Gott führen würde, der Miss Abigails Augen leuchten ließ.

Ich ging in Mamas Atelier hinunter. Sollte ich wieder malen? Aber stattdessen setzte ich mich im Schneidersitz auf den Boden und blätterte die Skizzenblöcke aus *Resthaven* durch. Henry Beckers Lächeln grüßte mich, und einen Augenblick lang wollte ich in den blauen Cadillac springen und nach *Resthaven* fahren. Vielleicht könnte ich dort mit Leslie Leschamps sprechen und ihr die Fragen stellen, auf die ich so gerne eine Antwort wollte. Aber ich war ziemlich sicher, dass das meinen Schmerz lindern würde.

Ich fühlte mich plötzlich erschöpft. Die Dinge, mit denen ich kämpfte – die Niedergeschlagenheit, die Vorurteile, die Grausamkeit – waren abstrakte Raubtiere, die ich nicht mit einem Besuch in *Resthaven* oder *Swan House* zähmen konnte. Sie strichen frei durch diese Stadt und fraßen die Hoffnung auf. So fühlte ich mich, als ich dort in Mamas Atelier saß – als ob ein fremdes Tier jede Hoffnungsfaser in meinem Körper durchgebissen hatte und jetzt fauchend in meinem Bauch saß. Konnte der Gott, dem Miss Abigail diente, dieses wilde Tier herausholen und durch etwas ersetzen, das meinem Leben Sinn gab?

Der nächste Tag war zum Glück Samstag, der 1. Dezember. Vielleicht konnte ich heute Miss Abigail ein paar Fragen stellen? Die Aussicht gab mir den Mut, zur Mount Carmel-Kirche zu fahren und wieder Carl Matthews gegenüberzutreten. Die Umarmung in dem Atelier und all meine Tagträume, sie waren mir peinlich. Ich hatte Angst, dass er mich mit Röntgenaugen durchschauen würde. Aber das tat er natürlich nicht.

»Hey, Mary Swan. Schön, dass du wieder da bist.« Sein Arm war in einer Schlinge. Die Fäden von der Naht über seinem Auge waren entfernt; man sah nur noch eine hässliche Narbe, die quer durch seine linke Augenbraue ging.

Ich verspürte ein heftiges Bedürfnis, seine Hände zu packen und zu sagen: »Ich bin ja so dankbar, dass es dir gut geht. Ich habe versucht, für dich und Larry zu beten.« Stattdessen lächelte ich und sagte: »Ja, und du, Carl.«

»Ich hab' gehört, dass du vor ein, zwei Wochen am Sonntagabend mit 'nem Freund hier warst.«

»Ja, das stimmt.«

»Und dass er die Kinder in 'nem tollen Kabrio durch die Gegend gefahren hat.«

»Also, das mit dem offenen Verdeck war nicht meine Idee.«

»Danke, dass ihr das gemacht habt, Mary Swan. Sie erzählen das immer noch ihren Freunden.«

»Ach, das war doch nichts.«

»Es braucht nicht viel, um sie glücklich zu machen, Mary Swan.«

Wie hatte Robbie noch gesagt? Klein anfangen.

»Wie geht's Larry?«

»Gut, dem Herrn sei Dank. Er macht sich echt.« Carl lächelte breit. »Hat 15 Pfund abgenommen im Krankenhaus, du wirst ihn kaum wieder erkennen.«

»Und meinst du, dass ihr immer noch spielen könnt auf dem Weihnachtsball? Ich hab' Mrs. Appleby – das ist die Dame, die das unter sich hat – gesagt, dass ihr einen Unfall hattet, damit sie versteht, dass ihr ihr bis jetzt noch nicht vorspielen konntet. Aber sie würde euch schon gerne mal hören vor dem Ball. Könntet ihr am Mittwochnachmittag zum Club kommen?«

»Ich glaub', 'nen weißen Luxusclub besuchen, das lassen Larry und die anderen sich nicht entgehen.« Er grinste. »Sag uns, wo das ist, und wir kommen.«

Ich schrieb die Adresse des Piedmont Driving Club auf einen Zettel. »Also, wir treffen uns um fünf, okay?« Dann fügte ich hinzu: »Und du kannst bestimmt spielen, mit dem Arm in der Schlinge?«

»Aber sicher doch.« Er zwinkerte.

»Ihr kriegt 200 Dollar dafür.«

Er stieß einen leisen Pfiff aus. »Das ist ja 'n Ding. Danke, Mary Swan. Weißt du, dass du Spitze bist?«

Ich spürte, wie es wieder zwischen uns funkte, aber in diesem Augenblick kamen Cassandra und Pudding in die Küche, sodass wir nichts mehr redeten.

Als das Geschirr gespült war, rannte ich nach oben, schnurstracks in Miss Abigails voll gestopftes Büro um die Ecke neben der Kirche. »Ich hab' dieses Buch gelesen« – ich zeigte auf eine Bibel auf ihrem Schreibtisch –, »wie Sie gewünscht haben, und jetzt hab' ich ein paar Fragen. Viele Fragen.«

Miss Abigail legte den Brief, den sie in ihrer Hand hielt, hin und lehnte sich auf ihrem Stuhl zurück, ein amüsierter Ausdruck auf ihrem Gesicht. »Schieß los, Mary Swan.«

»Also, erstens glaube ich nicht, dass die Wahrheit mich frei machen wird. Sie verwirrt mich nur.«

»Wie meinst du das?«

»All die Sachen, die ich über meine Mutter herausfinde. Das ist die Wahrheit, aber sie ist furchtbar. Und die hässlichen Sachen, die ich über meine Schule herausfinde und über mein Stadtviertel – zum Beispiel, wie sie nicht nur etwas gegen die Schwarzen haben, sondern auch gegen die Juden.«

»Und was hast du darüber in der Bibel gelesen?«

»Ich hab' das achte Kapitel im Johannesevangelium gelesen, wie Sie mir gesagt haben.«

»Und?«

»Und ich hab' es nicht verstanden.«

»Ich verstehe. Mary Swan, man kann die Bibel vergewaltigen. Sehr viele Menschen drehen so lange an ihr herum, bis sie genau das sagt, was sie hören wollen. Man muss aufpassen, wenn man die Bibel liest. Hast du schon mal etwas von Auslegung gehört?«

»Nein, nie.«

»Nun, das Wort bedeutet einfach, dass es eine richtige und eine falsche Methode gibt, die Bibel zu studieren. Du kannst nicht einfach irgendeinen Vers nehmen und etwas mit ihm belegen wollen, ohne dir anzuschauen, was in den vorangehenden und in den folgenden Versen steht, oder was für eine Art Text du da vor dir hast – Dichtung oder Sprichwörter oder Geschichtsschreibung oder einen Brief.«

Ich runzelte verunsichert die Stirn.

»Lass mich dir ein Beispiel geben.« Sie blätterte durch ihre Bibel, bis sie die Stelle gefunden hatte, die sie suchte. »Hier steht: ›Und Judas ging hin und erhängte sich.‹« Sie blätterte zu einer anderen Stelle und las: »›Geht hin und tut das Gleiche.‹«

Ich hob lächelnd meine Augenbrauen. »Okay – verstanden.«

»Was ich meine, ist dies: Du nimmst Jesu Worte über die Wahrheit und versuchst, sie deiner Situation anzupassen. Aber Jesus spricht hier über die ewige Wahrheit.

Gottes Wahrheit. Die Wahrheit, wer er ist und wer er in deinem Leben sein will – *diese* Wahrheit wird dich frei machen.«

»Ach so.« Mein Gesicht erhellte sich. »Das macht Sinn. Das ist so, wie wenn man ein Gedicht oder einen Roman liest und aufpassen muss, dass man nicht zu viel in die Worte des Autors hineinlegt. Um zu verstehen, was sein Werk sagen will, muss man berücksichtigen, in was für einer Zeit und Kultur der Autor lebte und was für Traditionen und was für eine Moral diese Kultur hatte.«

»Genau.«

»Hmm. Okay. Aber ich habe noch eine andere Frage. In Ihrem Leben ist so viel Schlimmes passiert. Das ist irgendwie so ungerecht; Sie wollten doch immer nur für Gott wirken. Warum ist das so gekommen in Ihrem Leben?«

»Für Gott arbeiten ist nie einfach. Er hat gesagt, dass wir

Gegenwind kriegen und Schläge einstecken werden, wenn wir für ihn leben.«

»Warum machen Sie das dann trotzdem?«

»Das gehört zu der himmlischen Schönheit des Evangeliums. Was Jesus uns gibt, ist so viel besser als all die schrecklichen Dinge, die hier auf dieser Erde geschehen können, dass du es fast schon als Vorrecht siehst, für ihn zu leiden. Die Bibel ist voller Geschichten über Männer und Frauen, die Glauben und Mut hatten. Sie bekamen keine große Belohnung hier auf der Erde, aber sie wussten, dass sie danach eine bekommen würden.«

»Und was ist diese Belohnung?«

»Das ewige Leben. Für immer bei Jesus sein können, vor seinem Thron, und ihn loben und preisen.«

»Oh.« Mein Gesicht verdüsterte sich. »Klingt ein bisschen langweilig. Singen sie da die ganze Zeit Kirchenlieder? Ist das alles?«

Miss Abigail lachte herzlich, was mir gefiel. »Mary Swan Middleton, du solltest Mary Ehrlich heißen! Der Himmel ist ein Ort ewiger Freude. Gott selber verheißt uns, dass es dort keine Tränen und kein Leid mehr geben wird. Das klingt mir gar nicht langweilig.«

»Meinen Sie also, dass all der Schrott, den Sie hier unten ertragen müssen, am Ende nicht umsonst war? Meinen Sie das so?«

»Ja. Und es gibt noch etwas sehr Wichtiges, was du wissen musst, Mary Swan. All dieser ›Schrott‹, wie du das nennst, kann entweder Schrott bleiben, oder Gott kann ihn gebrauchen, um etwas Gutes, sehr Gutes in unserem Herzen zu tun.«

»Zum Beispiel?«

»Zum Beispiel, dass wir Jesus ähnlicher werden. Die Bibel ist sehr deutlich, Mary Swan. Sie sagt, dass wir alle leiden werden. Wenn wir versuchen, für den Herrn zu leben, werden wir verfolgt werden. Aber die Bibel sagt genauso klar, dass unser Leiden bei Gott nie vergeudet ist. Und dass er uns nie verlässt.«

Sie schloss ihre Augen und lächelte, als ob sie gerade Jesus auf seinem Thron sah, und dann fing sie an, etwas aus dem Gedächtnis aufzusagen. »›Darum werden wir nicht müde; sondern wenn auch unser äußerer Mensch verfällt, so wird doch der innere von Tag zu Tag erneuert. Denn unsre Trübsal, die zeitlich und leicht ist, schafft eine ewige und über alle Maßen gewichtige Herrlichkeit, uns, die wir nicht sehen auf das Sichtbare, sondern auf das Unsichtbare. Denn was sichtbar ist, das ist zeitlich; was aber unsichtbar ist, das ist ewig.‹ 2. Korintherbrief, Kapitel 4, Vers 16–18.«

»Das ist sehr schön und interessant. Und schwer zu verstehen«, sagte ich, halb mitgerissen von ihrer Ehrfurcht. »Das gefällt mir.«

»Das ist nur einer von vielen Versen, die an meiner Pinnwand hängen.« Sie zeigte auf das große Brett, das über ihrem Schreibtisch hing. Es sah ein wenig wie ihr Kühlschrank aus – voll von alten Fotos, Adresszetteln und jeder Menge kleiner weißer Karten mit Bibelversen.

Ich inspizierte die Pinnwand genauer und las einen anderen Vers: »›Gelobt sei Gott, der Vater unseres Herrn Jesus Christus, der Vater der Barmherzigkeit und Gott allen Trostes, der uns tröstet in aller unserer Trübsal, damit wir auch trösten können, die in allerlei Trübsal sind, mit dem Trost, mit dem wir selber getröstet werden von Gott. Denn wie die Leiden Christi reichlich über uns kommen, so werden wir auch reichlich getröstet durch Christus.‹ 2. Korinther 1, Vers 3–5.« Ich zuckte die Achseln. »Klingt tröstlich, dieser Vers.«

»Ja.« Miss Abigail strahlte. »Gott wird unser Leiden benutzen, um anderen Menschen in ihrem Leiden zu helfen. Leiden ist nie umsonst, Mary Swan, merk dir das. Und schau dir das hier an – Jakobus 1, Vers 2–4.«

Ich las die handgeschriebenen Worte: »›Meine lieben Brüder, erachtet es für lauter Freude, wenn ihr in mancherlei Anfechtungen fallt, und wisst, dass euer Glaube, wenn er bewährt ist, Geduld wirkt. Die Geduld aber soll ihr Werk tun bis ans Ende, damit ihr vollkommen und unversehrt seid und kein Mangel an euch sei.‹«

Sie öffnete ihre Augen, diese perfekt braunen Augen, und beugte sich zu mir. »Gottes Wort ist unerhört reich. Die Bibel gibt uns alles, was wir brauchen, um in dieser harten, harten Welt zu leben, Mary Swan. Je mehr du die Bibel kennen lernst, umso mehr findest du das, was die Schrift den ›Frieden, der höher ist als alle Vernunft‹ nennt.«

Mein Kopf war zu voll, als dass ich ihr hätte antworten können. Was sie mir da erklärte, irgendwie machte es Sinn. Wenn ich ganze Gedichte für die Schule auswendig lernen konnte, konnte es ja wohl nicht schwer sein, einige dieser Bibelverse auswendig zu lernen. Ich betrachtete wieder die Pinnwand. Ein Foto, das schon Eselsohren hatte, zeigte Carl, Mike, James und Pudding. Carl mochte auf dem Bild in Jimmys Alter sein, Pudding war fast noch ein Baby. Mein Hals schnürte sich zusammen, ich spürte die Tränen in meinen Augen. Es waren noch andere Bilder von den Kindern da, Schulfotos, auf denen sie durch Zahnlücken grinsten. Als meine Augen weiter über das große Brett wanderten, blieben sie plötzlich an einem Zettel hängen, der neben den Bibelversen hing.

Ich zeigte darauf. »Ist das auch aus der Bibel?«

Miss Abigail bekam wieder ihr melancholisches Lächeln und sagte: »Nein, aber es ist eines meiner Lieblingsgedichte. Eine blinde Missionarin hat es geschrieben, eine Frau, die viel Leiden erlebt hat. Sie diente Gott, indem sie indische Mädchen aus der Tempelprostitution herausholte.«

Ich trat zu dem Zettel und las den halb verblichenen Text laut vor:

> Keine Wunde, keine Narbe?
> Doch wie der Meister soll der Diener sein,
> durchstochen sind die Füße, die mir folgen.
> Doch deine, sie sind ganz.
> Kann der denn weit mit mir gegangen sein,
> der keine Wunde, keine Narbe hat?

Meine Augen füllten sich plötzlich. »Das ist schön«, flüsterte ich.

»Nicht wahr?«

»Danke, dass Sie sich die Zeit genommen haben, mit mir zu reden, Miss Abigail.«

»Du darfst gerne jederzeit wiederkommen, Mary Swan.«

Ich verließ ihr Büro, tief bewegt. Was ich hier gehört hatte, es war so revolutionierend, dass mein Kopf brummte. Die Tränen liefen mir die Wangen hinab, und anstatt innerlich »Chattahoochees Lied« zu hören oder »Unsere kleine Annie« oder die »Kavallerie-Attacke«, hörte ich immer nur einen Satz: »Kann der denn weit mit mir gegangen sein, der keine Wunde, keine Narbe hat?«

»Du siehst absolut toll aus«, erklärte Rachel, als sie mein Haar an den Enden fertig aufgewickelt hatte und ihr Werk mit Spray befestigte. Sie war, die perfekte Freundin, mit mir nach J. P. Allen am Lennox Square gegangen und hatte mir geholfen, mein Kleid auszusuchen. Es war blassgrün mit Spaghettiträgern und bestand aus drei Lagen dünnen Chiffons. Es ging mir bis zu den Fußknöcheln, und Rachel hatte mir passende Goldsandalen ausgesucht.

Sie war auch mitgegangen, als Carls Band vor Mrs. Appleby vorspielte. Ich sah noch ihr zufriedenes Lächeln, als Mrs. Appleby ausgerufen hatte: »Jungs, ihr könnt echt Jazz spielen! Ihr seid ein Glücksfall für unseren Ball!«

Später, als wir allein waren, hatte Rachel mir verraten: »Ich glaube, der Stolz in Carls Augen und bei den anderen, als Mrs. Appleby so begeistert war, das hat mir besser gefallen, als wenn mich jemand zu dem Ball eingeladen hätte!«

Jetzt, als ich darauf wartete, dass Robbie mich abholte, inspizierte sie mich. »Dreh dich mal um.«

Ich wirbelte im Kreis, dass der Chiffon um meine Beine streichelte.

»Perfekt. Betont deine schlanke Taille und macht den Eindruck, dass du oben mehr hast als in Wirklichkeit.« Ich streckte ihr die Zunge heraus. »Aber jetzt muss ich heim.« Sie drückte mich fest. »Viel Spaß. So viel, dass es für uns beide reicht, hörst du? Und denk an nichts anderes, vergnüg dich einfach.«

»Tausend Dank, Rachel, für alles. Ich ruf dich morgen an.«

»Du siehst schön aus, Mary Swan!« Robbie reichte mir eine Ansteckblume. Ich versuchte unbeholfen, sie an dem Kleid zu befestigen.

»Du aber auch.« Er trug den vorgeschriebenen schwarzen Smoking, der ihn sehr gentlemanhaft aussehen ließ. Eine

Strähne seines Haares fiel über sein rechtes Auge, gerade so wie ich es gern hatte.

Papa strahlte uns aus dem Flur hinterher. »Viel Spaß, Kinder.« Sogar Jimmy winkte aus seinem Fenster.

Der Piedmont Driving Club war einer der ältesten Clubs in Atlanta. Im Gegensatz zum Capital City Club, in den man auch geschäftlich ging, war er ausschließlich für gesellschaftliche Ereignisse da. An diesem Abend war der Club mit roten Weihnachtssternen und weißen Schleifen dekoriert; auf den Tischen brannten rote Kerzen in Silberkandelabern. Von der mit Blumenschnitzereien versehenen hohen Decke des Ballsaals hingen zwei reich verzierte Kronleuchter herab. Über zwanzig fertig gedeckte runde Tische mit weißen Leinentischdecken warteten auf die Dinnergäste. In ihrer Mitte thronten Tafeldekorationen aus Mistel- und Stechpalmzweigen und dicken grünen Kerzen, und Platzkarten mit zierlicher Schreibschrift zeigten, wo jeder saß. An den beiden Längsseiten des Saales waren kunstvolle Bögen aus Lorbeer angebracht, in der Mitte wartete der schöne Parkettfußboden auf die Tänzer. Die Bühne war an der Stirnseite des Saales.

Wir hatten uns gerade gesetzt und unterhielten uns mit Patty Masters und ihrem Begleiter, Doug, als Carls Band zu spielen begann. Mir brach der kalte Schweiß aus. Meine Hände wurden klebrig, und ich ließ Robbies Hand los. Meine Augen klebten an der Bühne. Ich wollte platzen vor Angst. Und vor Stolz.

Schließlich flüsterte ich Robbie zu: »Das sind meine Freunde aus Grant Park. Die, die sie zusammengeschlagen haben.« Carl, Larry, Leo, Nickie und Big Man trugen weiße Smokings mit schwarzen Hosen, die der Club ihnen zur Verfügung gestellt hatte. Sie sahen wie Profis aus, aber ich wusste, wie nervös sie waren. Ich konnte Mrs. Appleby noch hören, wie sie am Mittwoch erklärt hatte: »Jungs, ihr spielt am Anfang, während die Gäste kommen. Ihr spielt eine Dreiviertelstunde, vielleicht auch eine Stunde. Ist das ein Problem?«

»Überhaupt nicht, Ma'am«, hatte Carl ihr versichert.

»Siehst du, Mary Swan?«, sagte Robbie laut in mein Ohr. »Du kannst organisieren. Das hast du toll gemacht, dass die hier spielen können.«

Ich nickte stumm, wie gebannt auf die Musik lauschend. Als Carl sein Solo spielte, seufzte ich tief auf.

Zuerst gab es nur Höflichkeitsapplaus. Aber je länger und lauter und jazziger die Band spielte, umso begeisterter wurden die Zuhörer.

»Willst du was essen?« Robbie musste es fast schreien.

»Noch nicht, Robbie«, sagte ich. Dann sah ich ihn an. »Wenn es dir recht ist. Ich will mir erst die Musik anhören.«

»Kein Problem. Dann hol' ich uns was zu trinken. Was möchtest du haben?«

»Eine Cola, danke«, rief ich hinter ihm her.

Die Band ging zu Rock 'n' Roll über, und wir begannen zu tanzen. Wohl eine halbe Stunde lang tanzten Robbie und ich mit den anderen High School-Kids Jitterbug. Als letzte Nummer spielte Carls Band »Rock Around the Clock«. Als der Song vorbei war, kam ein vielstimmiges »Hurra!« und wir applaudierten so laut, dass die Band eine Zugabe machte.

Die Zugabe war ein langsamer Tanz. Robbie hielt mich eng an seine Brust gedrückt. Ich hielt meine Augen auf Carl gerichtet, als wir uns langsam im Kreis drehten. Und dann trafen sich unsere Augen über den großen Tanzboden hinweg, und er nickte, während er sein Herz hinausspielte mit seinem Saxophon, und ich wusste, dass dieses Nicken für mich gedacht war.

Als sie fertig waren, kam Mrs. Appleby auf die Bühne und sagte in das Mikrofon: »Ich glaube, wir haben Carl Matthews' Jazzband aus Grant Park alle genossen. Danke, dass ihr da wart, Jungs.« Wieder begeisterter Applaus.

Als sie die Bühne verließen, sagte ich Robbie: »Bin gleich wieder da.«

Er nahm meine Hand. »Warte, Mary Swan. Kann ich mit? Ich würde deine Freunde auch gerne mal kennen lernen.«

»Doch, klar, sicher.« Ich spürte, wie das Blut durch meine Schläfen schoss.

Wir holten sie hinter der Bühne ein. »Carl! Warte!«, rief ich, außer Atem.

»Oh, Mary Swan! Schön, dass du da bist«, strahlte Mrs. Appleby.

»Ihr wart toll!«, sagte ich, die Augen auf Carl geheftet. Dann lächelte ich Robbie an und fuhr fort: »Robbie Bartholomew, darf ich dir meine Freunde vorstellen – Larry und Leo und Carl und Big Man und Nickie.«

Sie schüttelten sich alle die Hände, und mein Herz machte einen kleinen Hopser, als Robbies und Carls Hände sich berührten.

»Freut mich, euch kennen zu lernen«, sagte Robbie. »Ihr könnt echt Musik machen. Spielt ihr regelmäßig?«

»Nein. Hin und wieder bei 'nem High School-Footballspiel, das ist alles.«

»Das solltet ihr ändern. Ihr habt Talent.«

»Dass wir diese Gelegenheit hier hatten, haben wir Mary Swan zu verdanken«, sagte Carl höflich. Ich strahlte.

»Warum kommt ihr nicht eben zu uns, etwas trinken?«, sagte ich.

Mrs. Applebys Gesicht wurde verlegen. »Entschuldige, Mary Swan, aber wir haben schon einen Tisch für sie gerichtet, in einem anderen Raum.« Sie lächelte freundlich. »Sie haben natürlich das ganze Büffet zur Verfügung. Und euren Scheck habt ihr euch redlich verdient, Jungs.« Sie nickte Robbie und mir zu, zum Zeichen, dass wir dableiben sollten, dann wandte sie sich Carl und seinen Freunden zu. »Wenn ihr mir bitte folgen wollt ...«

»Tschüss«, flüsterte ich Carl zu, als sie gingen. »Ihr habt gut gespielt. Echt gut.« Er antwortete mit dem gleichen breiten Lächeln, das schon am ersten Tag mein Herz erobert hatte.

Der Rest des Abends war wie ein Nebel, ein unbestimmtes Kaleidoskop aus Tanzen und Essen und Lachen mit Freunden und höflicher Konversation, wenn die zweite Band leiser wurde oder eine Pause machte. Mehrere Freundinnen flüsterten mir zu, dass ich großartig aussah, und Patty zwinkerte mir zu, als wir nebeneinander tanzten. Und ich dachte, dass ich in der Tat den Abend meines Lebens hatte – genügend Spaß für mich und Rachel, wie sie mich angewiesen hatte. Es war nach Mitternacht, als Robbie dem schwarzen Jungen, der die Autos vorfuhr, sein Parkticket gab.

Auf dem Heimweg war Robbie merkwürdig still, während

ich in einem fort über Carls Band schwadronierte und dass sie mindestens so gut gewesen war wie die Hauptband und wie froh ich war, dass Robbie sie kennen gelernt hatte und dass sie so viel Applaus bekommen hatte.

Als wir in unsere Einfahrt fuhren, brach Robbie sein Schweigen. »Wenn du noch was sagen willst, Mary Swan, dann tu's. Sag's jetzt. Das ist mir lieber, als wenn ich dich mag und denke, du magst mich auch, und dann hinterher feststellen muss, dass das gar nicht gestimmt hat. Es wird nicht schön sein, aber es ist mir lieber, wenn ich die Wahrheit weiß. So bin ich nun mal.«

Ich starrte ihn an. »Von was redest du?«

»Von deinem schwarzen Freund, Carl.«

»Was?« Meine Stimme wurde wacklig, mein Magen bekam ein Loch.

»Du bist doch verknallt in ihn.« Robbies Stimme klang auf einmal hart.

»Nein! Ich meine, das ist nicht das, was du denkst.«

»Mary Swan.« Er lächelte traurig. »Du bist alles Mögliche, aber diplomatisch bist du nicht.«

Ich schüttelte den Kopf. »Da liegst du falsch, Robbie. Zwischen uns ist nichts, wir sind nur Freunde.«

»Du hast ihn nicht so angesehen, wie man einen Freund ansieht. So hast du mich noch nie angesehen.«

Ich brachte kein Wort heraus, aber mein Mund muss wohl offen gestanden haben.

»Ich hab's begriffen, Mary Swan. Das ist also der Grund, weshalb du so gerne nach Grant Park gehst, nicht wahr?«

»Das ist nicht fair, Robbie! Ich geh' nicht wegen Carl da hin! Das ist nicht der Grund, Ehrenwort! Ich gehe da hin, weil ich helfen will. Das ist richtig gemein, was du da sagst!«

Er stieg aus dem Auto, kam zur Beifahrertür und öffnete sie. Als ich ausstieg, legte er seinen Arm um mich und sagte: »Mary Swan, ich klage dich nicht an. Du hast ein großes Herz. Das mag ich so an dir. Deine wilde Fantasie und dein mitfühlendes Herz. Ich kenne kein anderes Mädchen, das so ist wie du.«

Ich wischte mir zwei Tränen ab. »Hasst du mich jetzt?«

»Wie könnte ich dich hassen, Mary Swan?« Seine Augen sahen verletzt aus. »Du hast jedes Recht der Welt, zu lieben, wen du willst. Aber das Spiel kann ich nicht mitspielen. Ich muss die Wahrheit wissen. Über uns beide.«

»Robbie, du bist mein Freund.« Ich dachte an unsere vielen Küsse und wurde rot. »Du bist so toll. Du redest mit mir, und … und du bist so nett.«

»Ja, wie jeder Pfadfinder. Kleine alte Damen über die Straße bringen tu' ich auch.« Er lächelte trocken. »Aber das ist nicht genug.«

»Doch.«

»Vielleicht. Aber nicht für mich.« Er küsste mich leicht auf die Wange und sagte: »Mach's gut, Mary Swan. Pass gut auf dich auf, hörst du?«

Und dann war er weg.

Ich ging wie benommen ins Haus, die Welt verschwommen durch meine Tränen. Ich schloss mechanisch die Tür und stieg die lange Treppe zu meinem Zimmer hinauf. Ich ließ mich auf mein Bett fallen, untröstlich. Untröstlich, weil Robbie mich durchschaut hatte und ich ihn tief verletzt hatte. Untröstlich, weil ich trotz all dem, was ich gerade lernte, immer noch so unsagbar naiv sein konnte. Untröstlich, weil das, was ich für Carl fühlte, nur eben das war – Gefühle. Mit Robbie konnte ich reden. Ich tröstete mich mit diesem einen Gedanken. Wenigstens konnten wir darüber reden. Ja, bald.

Als ich am nächsten Morgen aufwachte, hatte ich keine Lust, Rachel anzurufen. Als ich schließlich doch ihre Nummer wählte und sie abnahm, sagte ich nur: »Ich kann das nicht am Telefon erklären. Du musst kommen.«

Was sie natürlich prompt tat. Und sie hörte aufmerksam zu, als ich ihr mit viel Tränen die Geschichte des vergangenen Abends erzählte.

»Mary Swan, du bist in eine Kombination aus Carl und Robbie verliebt, und das geht nicht; so einen Mann gibt's nicht.«

»Aber was soll ich denn machen?«

»Dich entscheiden.«

»Aber du hast mir doch gesagt, ich soll mich einfach meines Lebens freuen.«

»Ich weiß. Und jetzt hast du dich gefreut, und jetzt ist es Zeit, dich zu entscheiden.«

»Aber ich mag sie doch beide so.«

»Glaubst du im Ernst, dass das mit dir und Carl klappen könnte? Glaubst du das?«

»Nein. Nein, das ist unmöglich.«

»Weil, wenn ich du wäre, ich würde mir das genau überlegen, Mary Swan Middleton. Robbie ist ein toller Typ. Er ist wie du, aus der gleichen Ecke. Er versteht dich.«

»Aber Carl ist so anders, und das zieht mich so an. Meinst du also, dass es unmöglich ist, dass ein Schwarzer und eine Weiße miteinander gehen?«

Sie dachte einen Moment nach. »Nein, nicht unmöglich. Aber schwer. Verdammt schwer. Heute und in hundert Jahren.«

»Und was, wenn ich Carl wähle und das war alles ganz falsch?«

»Du willst ihn doch nicht morgen heiraten, oder?«

»Nein, natürlich nicht. Aber wenn ich mich für Carl entscheide, dann wähle ich nicht Robbie, und dann kann ich vielleicht nie mehr zu ihm zurück.«

»Damit musst du dann halt leben, Swan. So ist das Leben nun mal. Du tust dein Bestes, schießt einen Bock, lernst was daraus und machst weiter. Du lernst es, stark zu sein.«

»Hast du schon mal einen richtig großen Fehler gemacht, Rachel?«

Sie stand von meinem Bett auf, ging an das Fenster und sah hinaus. Der Tag war grau und kalt. »Na ja, fast. Ich hätte mal fast den größten Fehler meines Lebens gemacht.«

Ich drehte mich auf den Rücken und starrte sie an. »Und was war das?«

Sie sah mich nicht an. »Ich hätte dich fast nicht meine Freundin werden lassen.« Ihre Stimme wurde brüchig. »Ich hasste das Wellington, als ich im sechsten Schuljahr dahin kam. Ich kam mir vor, als ob ich ein großes Neonschild um den Hals hatte, das die ganze Zeit das Wort ›Jude‹ flackerte. Und so viele von den Mädchen waren hochnäsig und kleinkariert und gemein. Echt gemein. Und dich hasste ich auch, Mary Swan. Echt.«

»Du hast mich gehasst? Warum?«

»Weil du so lustig und kreativ warst, irgendwie anders, und trotzdem zu den anderen passtest, weil du ja auch weiß und protestantisch und all das warst. Und dein Vater war stinkreich und Mitglied im Capital City Club und Piedmont Driving Club.«

»Aber deine Familie ist doch auch reich.«

»Schon, aber in diese Clubs könnten wir im Leben nicht.«

»Woher weißt du das?«

»Swan, jetzt mach dich nicht lächerlich! Das weiß jeder.« Sie lächelte. »Aber dann hab' ich dich kennen gelernt und festgestellt, dass du dieses tolle, verrückte, schusselige Universaltalent von Swannee bist, das die verrücktesten Ideen und die größte Fantasie und ein gutes Herz hat. Ein echt gutes Herz.«

»Mach's halblang, Rach.«

»Doch, das stimmt. Ein gutes Herz und einen komischen Namen. Und was ich am allermeisten an dir mag, ist, dass du so blind für Hautfarbe und Rasse bist. Du bist so unwahrscheinlich naiv, dass du gar nicht merkst, dass ich jüdisch bin und dass Carl schwarz ist. Dir ist es egal, wie einer heißt und wie viel Geld er hat oder welchen Beruf oder was für eine Religion. Dir ist das egal – das ist es. Das hab' ich immer an dir gemocht, Mary Swan.«

Halb war mir elend, halb verspürte ich eine große Hochachtung vor Rachel. »Das soll wohl ein Kompliment sein, also danke. Aber wir wissen immer noch nicht, was ich machen soll.«

Wir lachten beide, und sie umarmte mich fest, und dann sah sie mich an, schüttelte den Kopf und sagte, Ella Maes Stimme nachahmend: »Mädchen, das nimmt noch mal ein schlimmes Ende mit dir!«

Obwohl Robbie und ich also nicht mehr miteinander gingen, hielt er an seinen Plänen für den »Tag in Grant Park« fest. Samstag, der 22. Dezember, war für die meisten Schüler in Atlanta der erste Tag der Weihnachtsferien, und fast zwanzig von denen aus Buckhead waren an diesem hellen, kalten Morgen in Grant Park. Pastor James begrüßte uns herzlich. »Schön, dass ihr alle hier seid und an diesem Morgen rausgekommen seid, anstatt im warmen Bett zu bleiben.« Er und Robbie hatten die nötigen Materialien alle gekauft und eine lange Liste der Arbeiten zusammengestellt, die wir erledigen sollten. »Robbie hier und ich werden euch sagen, was jeder zu tun hat. Robbie hat ein richtiges Organisationstalent. Haltet euch an ihn, und es wird alles laufen wie geschmiert.«

Und es lief wie geschmiert, was mich richtig stolz auf Robbie Bartholomew machte. Zwischen zehn und fünfzehn der älteren Teenager von Mount Carmel waren auch da. Carl war da, Mike, James, Larry, Leo, Big Man, Cassandra und sogar Pudding, dazu mehrere andere, die ich noch nie gesehen hatte.

Robbie ging zu Carl und schüttelte ihm kräftig die Hand. »Schön, dich wieder zu sehen«, sagte er. Er wiederholte diese Begrüßung bei den anderen Mitgliedern der Band. Er zwinkerte Mike und James zu. »Wenn wir fertig sind, mach' ich wieder eine Tour im Kabrio mit euch.«

Mehrere von Robbies Freunden waren auch gekommen. Footballspieler, Ringer, Pfadfinder, ja sogar ein paar Väter. Fast jeder der Freunde, die ich eingeladen hatte, war da, was mich schier umwarf. Aber noch mehr warfen mich die Gespräche um, die wir an diesem Morgen hatten, während wir die Wände im Gemeinderaum abschmirgelten und für den neuen Anstrich vorbereiteten.

»So was hat die Sonntagsschulklasse meiner Mutter auch gemacht, in Summerhill«, sagte Julie Jacobs, während sie die Löcher in der Wand mit Gips ausschmierte. Summerhill war ein anderes Problemviertel in der Nähe.

»Ja, da bringt meine Mutter unsere alten Kleider immer hin.

Sie haben eine große Kleiderkammer in der Baptistenkirche«, fügte Patty Masters hinzu, die gerade die lose gewordene alte Farbe abkratzte.

Gail Anderson, die in die große weiße Baptistenkirche gegenüber von St. Philip ging, kannte sogar mehrere der Kinder aus Grant Park. »Meine Mutter und die anderen Frauen holen schon seit Jahren Kinder von hier mit unserem Gemeindebus zu uns, damit sie in unserer Sporthalle Rollschuh fahren können. Das ist immer am letzten Mittwoch im Monat. Ich helfe immer mit den Rollschuhen.«

Millie Garrett lachte los, als ein handgroßes Stück Gips sich von der Wand löste. »Upps! Komm schnell mit dem Spachtel, Julie!« Dann sagte sie zu Gail: »Der Frauenkreis in unserer Kirche strickt Babydecken und Babyschuhe für die Kleinen hier.«

Ich stellte mir Jessie als Neugeborenes vor, in eine handgestrickte Decke gehüllt, und meine Augen begannen zu brennen.

»Das ist echt komisch, Swan«, fügte Rachel hinzu. »Als ich meiner Großmutter sagte, dass wir heute hier arbeiten, sagte sie, dass mehrere Damen in ihrem Altenheim für Familien in den armen Vierteln von Atlanta nähen und stricken.«

Später am Vormittag, als Cassandra, Rachel, Patty und Julie nebeneinander arbeiteten, begann Cassandra mit ihrer schönen Altstimme einen Chorus zu singen, den ich noch nie gehört hatte. *»Was auch geschieht, Jesus macht's gut. Manchmal muss ich weinen über meine Not und kann nicht mehr schlafen, doch ich weiß gewiss: Was auch geschieht, Jesus macht's gut.«* Cassandra sang das Lied so, dass man merkte: Sie wusste, was sie da sang. Immer wieder wiederholte sie diesen Chorus, manchmal nur die Melodie summend.

Als sie aufhörte, sagte Gail: »Du hast eine gute Stimme, Cassandra. Sing uns noch was.«

Ein verlegenes Lächeln trat auf Cassandras Gesicht, aber wir ließen nicht locker, und schließlich ließ sie sich erweichen. »Aber wenn ihr es gelernt habt, singt ihr alle mit, versprecht ihr mir das?« Wir versprachen es, und sie begann einen der Chorusse von dem Abend, als Robbie und ich im Gottesdienst in der Carmel-Kirche gewesen waren. »*Jesus kannst du's sagen, sag ihm, was dir fehlt. Jesus kannst du's sagen, sag ihm, was dir fehlt. Ruf ihn an und sag ihm, was dir fehlt!*« Der Rhythmus war stark, und bald sangen wir das Lied kräftig mit, klatschten in die Hände dazu und schlugen mit den Kellen und Pinseln den Takt. Ich spürte, wie es tief in mir zu prickeln begann.

Gegen Mittag befreiten wir die Tische im Gemeindesaal von den weißen Tüchern, mit denen wir sie vor der Farbe geschützt hatten, und setzten uns zum Mittagessen hin. Es war ein komisches Gefühl, selber ein Spaghettiessen serviert zu bekommen, aber Miss Abigail und Carl waren eisern gewesen. Mehrere der Frauen, die ich sonst bediente, füllten lächelnd unsere Teller. Carl setzte sich mit seinem Teller neben mich, was mir prompt neue Schmetterlinge im Bauch machte. »Feiner Kerl, dein Freund Robbie. Wie der das hier durchgezogen hat. Kann echt gut organisieren, Mary Swan.«

Ich nickte, mein Mund voller Knoblauchbrot. Ich hatte Lust, Carl anzuschauen und zu sagen: »Er ist nicht mein Freund! *Du* sollst mein Freund sein, ich will *dich*!« Aber ich kaute mein Brot brav weiter; es schmeckte plötzlich alt und trocken.

Gut, dass Robbie zu beschäftigt war, um mit mir zu reden, denn ich hätte nicht gewusst, was ich ihm hätte sagen sollen. Ich kam mir wie eine Verräterin vor – als ob ich ihm auf dem Herzen herumgetrampelt hatte. Aber er ließ sich nichts anmerken an diesem Tag, dazu gab es zu viel zu tun. Weiße Hände neben schwarzen, Seite an Seite. Dreißig Teenager in ihren ältesten Kleidern, die kratzten und spachtelten und säuberten und malten und aus voller Kehle sangen. Und alle waren wir froh, dass wir da waren.

Mein Mund muss wohl den ganzen Tag offen gestanden haben. Wieder einmal hatte ich falsch gelegen. Wie naiv von mir, zu denken, dass ich das einzige Mädchen in Buckhead war, das ein Herz für die Armen hatte! Und wie selbstgerecht. Und ich musste daran denken, wie Miss Abigail mir gesagt hatte, dass sie ihre Arbeit in den Slums nie hätte schaffen können ohne die Hilfe der Damen aus Buckhead. Jetzt verstand ich endlich, was sie meinte.

Um fünf Uhr, als wir alle völlig verdreckt und müde waren, kam Pastor James und sagte: »In ungefähr zwanzig Minuten treffen wir uns in der Kirche. Fangt an, aufzuräumen.«

Als wir alle in der Kirche waren, sagte Pastor James: »Wir wollen jetzt einen kleinen Lobpreisgottesdienst feiern und dem Herrn danken für den wunderbaren Tag, den er uns geschenkt hat.« Wir langten nach den Gesangbüchern. Die ersten Lieder, die der Pastor vorschlug, kannten wir weißen Teenager nicht. Wie gebannt hörten und sahen wir zu, wie unsere schwarzen Freunde sangen und in die Hände klatschten, die Körper hin- und herwiegend im Takt der Musik, die eine strahlende Cassandra auf dem alten Klavier hämmerte. Dann suchte Pastor James einige Lieder aus, die wir alle kannten, und wir sangen alle mit, wohl an die zwanzig Minuten, ebenfalls in die Hände klatschend. Und ich spürte etwas – etwas wie eine Gegenwart. Vielleicht war das Gott. Ich weiß nur, dass sie etwas tief in mir anrührte. Und als ich zur Seite schaute und Robbie sah, wie er, das Haar verschwitzt und verfilzt, zusammen mit Carl aus demselben Gesangbuch sang, konnte ich meine Tränen nur mit Mühe zurückhalten.

Dann begann Pastor James, eine improvisierte Predigt zu halten. »Ihr jungen Leute, wir haben heute hier ein kleines Stückchen von dem erlebt, was unser Herr für unser ganzes Land will. Jesus ist der große Arzt für unser Herz und für unseren Kopf, und wenn ihr ihn in euer Herz hineinlasst, fängt er an, etwas zu verändern in dieser Welt. Ich hoffe, dass viele von euch, die ihr heute hier seid, in den kommenden Jahren mithelfen werden, die Wunden zwischen Weißen und Schwarzen zu heilen. Schaut euch an, wie müde und verdreckt ihr seid von der Renovierungsarbeit an dieser Kirche hier. Genauso müde und verdreckt werdet ihr sein, wenn ihr versucht, unser Land zu renovieren. Aber es ist es wert, Kinder, es ist es wert, das garantier' ich euch.

Einige von euch kommen aus weißen Gemeinden, die versuchen, hier zu helfen. Aber viele andere weiße Kirchen ziehen den Schwanz ein und versuchen, wegzulaufen vor dem Rassenproblem. Sie haben Angst. Habt keine Angst! Wenn der Herr auf eurer Seite ist, braucht ihr vor nichts Angst zu haben.«

Während er sprach, saß Pudding neben mir und flocht mir das Haar zu kleinen Schnüren, wie sie es mir vor langer Zeit versprochen hatte.

»Ihr seid heute hierher gekommen, um zu helfen. Ihr hattet einen Auftrag, eine Mission. Und solche Aufträge sind ein Geschenk Gottes, um uns frei zu machen, um uns zu helfen, aus uns selber herauszukommen. Ich weiß, dass ihr jetzt rechtschaffen müde seid, aber innen drin, das hoff' ich, fühlt ihr euch gut – weil ihr einen ganzen Tag lang nicht an euch selber gedacht habt.

Aber ich rede nicht nur zu den weißen Kids hier. Viele der Probleme von uns Schwarzen sind nämlich unsere eigene Schuld. Wir müssen aufhören mit unserem dauernden Zanken und Kämpfen und Stehlen und Betrügen und Sündigen. Unsere Sünden, ob groß oder klein, machen unseren Herrn traurig. Wir müssen lernen, seinem Wort zu gehorchen.«

Wir waren müde und verschwitzt, aber wir hörten Pastor James wie gebannt zu. Als er das über das Sündigen sagte, gab es mir einen Stich ins Herz, und ich fühlte mich auf einmal schmutzig – schmutzig im Herzen, mit einer Art Dreck, die zehn heiße Bäder nicht wegbekommen konnten. Aber dieses Gefühl dauerte nur eine Sekunde, dann war es wieder weg und ich fühlte mich stolz auf das Gute, das wir an diesem Tag getan hatten.

Gegen sieben Uhr war die Buckhead-Mannschaft wieder nach Hause gefahren, bis auf Rachel, mich und Robbie, der Mike, James und ein paar andere Jungen in seinem Kabrio um den Block fuhr. Rachel und ich unterhielten uns mit Carl, und Pudding hielt ihren Bruder an der Hand. »Sie hat dein Haar echt toll gemacht, Mary Swan. Du siehst super aus«, sagte Carl, und seine Augen lachten.

»Danke, Carl! Und dir auch, Pudding. Und bevor ihr geht, hab' ich was für euch.« Ich trat an Rachels Auto und holte einen Arm voll bunt eingepackter Geschenke heraus. »Frohe Weihnachten euch allen.« Ich reichte den Päckchenberg Carl und fuhr fort: »Es ist ein Geschenk für jeden von euch dabei. Und für Miss Abigail und für Tante Neta.«

Pudding warf ihre Arme um meinen Hals und drückte mich fest. »Danke, Mary Swan. Danke!«

»Aber macht es nicht vor Weihnachten auf, klar?«

Ihre Braue kräuselte sich. »Aber ich hab' nichts für dich!«

Ich hob sie auf den Arm und drehte mich mit ihr im Kreis. »Das stimmt nicht, junge Dame. Du hast mir schon ein ganz tolles Geschenk gemacht: eine neue Frisur!«

Wir lachten fröhlich. Ich drückte sie an meine Brust, und Carl nickte mir zu, die Augen voll von Dankbarkeit – und noch von etwas anderem, etwas Starkem, Festem, das mich durch die Tage hindurchtragen würde, bevor ich ihn wieder sah. »Danke, Mary Swan. Das ist echt lieb von dir«, sagte er. »Wir wünschen dir auch frohe Weihnachten.«

Dann kamen Mike und James von ihrer Kabriofahrt zurück, und die vier Geschwister gingen nach Hause, und Rachel, Robbie und ich winkten ihnen hinterher.

Ich trat zu Robbie, in meinem Herzen tausend starke, gute Gefühle. »Robbie, heute war ich richtig stolz auf dich. Du hast das alles prima organisiert. Danke!« Ich küsste ihn auf die Wange, flüsterte: »Frohe Weihnachten« und reichte auch ihm ein kleines Geschenk.

Ich hatte immer noch dieses wunderbare, zufriedene Gefühl, als ich nach Hause kam und durch die Hintertür ins Haus rannte, die Wangen rot von der kalten Luft. Papa kam in die Küche, um mich zu begrüßen. Als er mein Haar sah, verfinsterte sich seine Miene. »Was hast du denn da angestellt, Mary Swan?«

»Mir Schnüre ins Haar flechten lassen«, sagte ich, seinen missbilligenden Blick ignorierend.

»Ja, das sehe ich. Wo hast du das machen lassen?« Sein Ton wurde eine Spur argwöhnisch.

»In Grant Park, als wir beim Renovieren geholfen haben. Eine Freundin hat mir das gemacht.«

»Dann mach's wieder raus. Du siehst ja wie eine Negerin aus.«

»Na, und?«

»Na, und?« Papas Gesicht wurde dunkel, seine Stimme laut. »Mary Swan, sag so was nicht noch mal, hörst du mich? Du bist keine Negerin! Du bist aus Buckhead und in einer anständigen weißen Familie aufgewachsen, mit allem, was du brauchst. In dieser Stadt leben die Rassen nicht ohne Grund getrennt, Swan. Schwarze und Weiße gehören nicht zusammen.«

Der Magen wollte sich mir umdrehen. »Willst du damit sagen, dass Schwarze und Weiße nicht Freunde sein können?«

»Ja.«

»Und was ist mit Ella Mae?«

»Mit Ella Mae? Sie ist unsere Hausangestellte, zum Kuckuck noch mal!«

»Sie ist meine Freundin.«

Er wischte sich über die Stirn und setzte sich, die Zeitung nervös zur Seite schiebend. »Swan, wir alle lieben Ella Mae. Aber sie wird nie so sein wie wir.«

»Wer hat denn gesagt, dass alle deine Freunde so sein müssen wie du?«, fragte ich ungläubig. Ich beschloss, einen Gang zuzulegen. »Dann meinst du also, dass die Schwarzen hier nur zu Sklaven taugen, und nicht zu Freunden?«

»Mary Swan, also ...«

»Ich mein' das ernst. Was wär' denn hier in Buckhead los, wenn die Schwarzen nicht unsere Häuser putzen und das Essen machen und den Rasen mähen und dich im Club bedienen und dein Auto parken und dir die Golfschläger tragen würden? Buckhead wäre erledigt ohne die Schwarzen!«

»Also, ehrlich ...«

»Du willst das nicht zugeben, Papa, nicht wahr?« Ich konnte nicht so weiterreden. Nicht zu meinem Vater. Ich kämpfte die Tränen zurück und sagte, fast demütig: »Wenn die Schwarzen in Buckhead helfen können, warum dann nicht die Weißen in Grant Park?«

»Ach so, ist das alles?« Er schüttelte den Kopf. »Dann helfe halt, wenn du das willst, Swannee. Aber lass dir keine Negerfrisuren machen. Und versuche nicht, dort Freundschaften zu schließen, das bringt nur Ärger. Glaube mir, ich weiß das.«

Ich wollte ihn fragen, woher er das wusste, aber die Art, wie er es sagte, zeigte, dass für ihn das Gespräch vorbei war. Und so lief ich nach oben in mein Ankleidezimmer, setzte mich vor die Frisierkommode und schaute mein Spiegelbild an, während ich mein Haar wieder auflöste. Ich spürte, wie etwas in meinem Herzen brach. Papas Denken – es waren die alten Vorurteile der Südstaaten. Aber vielleicht hatte er Recht. Hatte nicht sogar Carl gesagt, dass es lange dauern würde, bis Schwarze und Weiße wirklich Freunde sein konnten? Aber es war zu spät, Papas Rat zu befolgen, selbst wenn ich gewollt hätte. Ich hatte schon Freunde in Grant Park. Viele sogar. Und so trug ich ein großes Geheimnis mehr mit mir herum.

Wenigstens, dachte ich mit plötzlicher Erleichterung, *wenigstens verbietet er dir nicht, wieder da hinzugehen.*

Dieses merkwürdige warme Gefühl, etwas Gutes für andere getan zu haben, war verschwunden bei Papas Ausbruch. Ich hatte keinen Appetit und ging nicht zum Essen hinunter, als Papa mich rief. Ich hoffte wider alle Hoffnung, dass er zu mir kommen und sich entschuldigen oder wenigstens mit mir reden würde. Aber er kam nicht, und ich merkte, dass seine Wut mir einen ziemlichen Schock versetzt hatte.

Ich hatte Papa erst zwei Mal richtig wütend erlebt. Einmal, als ich sieben oder acht Jahre alt gewesen war, hatte abends das Telefon geklingelt, und ich hatte in der Küche den Hörer abgenommen. Papa muss wohl im selben Augenblick in seinem Büro abgenommen haben, und ich hörte alles mit. Er sprach mit einem anderen Mann, der Mitch hieß. Plötzlich wurde seine Stimme barsch, und er explodierte und begann zu fluchen. »Nein, wir verkaufen nicht! Was bildest du dir ein, Mitch? Dies ist mein Kunde und mein Geschäft, und du kannst uns nicht zwingen, zu verkaufen.« Er sagte eine Menge schlimme Wörter in diesem Gespräch, aber ich traute mich nicht, den Hörer einfach wieder hinzulegen. Was, wenn Papa etwas merken würde? Und so hielt ich den Hörer bis zum Ende des Gesprächs an mein Ohr, und Papa merkte nicht, dass ich alles mithörte.

Das zweite Mal war ich vielleicht zehn Jahre alt gewesen. Papa und Mama waren gerade von einer Party zurückgekommen. Mein Zimmer lag damals direkt über ihrem Schlafzimmer, und ich wurde von Papas lautem Schimpfen wach. Ich schlich mich in den Flur, um besser hören zu können. Papa fluchte und sagte: »Sheila, warum musstest du das machen? Halb Atlanta ist da gewesen, und ausgerechnet heute Abend musstest du deinen Nervenzusammenbruch haben! Morgen steht das in der Zeitung, wart's ab!« Er fluchte wieder.

»Schatz, bitte.« Mama weinte, und ich hörte, dass sie betrunken war. »Lass mich das doch erklären. Es ist nicht das, was du denkst.«

»Das hoff' ich auch, Sheila, denn ich lasse es nicht zu, dass diese Geschichten hier umgehen, verstehst du mich? Wenn das noch mal passiert, schick' ich dich zurück, und zwar sofort!«

»Ich will ja zurück, John Jason! Ich fahr' gerne selber hin! Da verstehen sie mich wenigstens und behandeln mich nicht wie eine Modepuppe. Bei dir soll ich immer nur schön aussehen und deine Termine verzieren! Immer schön lächeln, mit dem richtigen Augenaufschlag! Ich will das nicht mehr, John Jason, das kotzt mich an! Lass mich in Ruhe und lass mich malen. Lass mich in Ruhe.«

Ich hörte eine Türe knallen, dann fluchte Papa wieder. Und ich ging auf Zehenspitzen zurück auf mein Zimmer, während mir die Tränen das Gesicht hinunterliefen.

Diese Erinnerungsbilder – sie waren ein weiterer Hinweis darauf, wie meine Eltern ihr Leben gelebt hatten. Als ich an diesem Abend schlafen ging, fühlte ich mich, als ob eine riesige Mauer, die im Laufe der Jahre immer höher gewachsen war, zwischen Papa und mir stand. In drei Tagen wäre es Weihnachten, aber all die Hoffnung und Liebe und Freude, die ich noch vor ein paar Stunden gespürt hatte, waren zerbröckelt, Stückchen um Stückchen, wie die Schnüre in meinem Haar.

Es war Sonntagabend, der Abend vor Heiligabend, und Papa musste auf die nächste Einladung. Mama hatte das Haus immer reich geschmückt zu Weihnachten, aber in diesem Jahr war es leer. Trixie hatte mich vor ein paar Tagen zu einem Christbaumverkauf mitgeschleppt, aber die große Blaufichte, die sie gewählt hatte, stand nackt und verloren im Hauseingang. Kein einziges Geschenk lag unter ihr. Jimmy und ich hatten immer unseren Spaß daran gehabt, gemeinsam Geschenke einzuwickeln und sie an den Tagen vor Weihnachten heimlich unter den Baum zu legen, aber dieses Jahr hatte keiner an Geschenke gedacht. Im Augenblick lag Jimmy im Bett, mit einem nassen Tuch auf der Stirn, und hatte die Grippe.

Papa bemühte sich vergeblich, seine Fliege richtig zu binden. Trixie rauchte eine Zigarette, und Lucy und ich spielten Dame. »Danke, dass du rübergekommen bist«, sagte Papa.

»Das ist schon okay, John Jason, das weißt du doch.«

»Sonst wären die Kinder allein. Ich hab' das ja schon oft gemacht, aber jetzt, wo Jimmy solches Fieber hat ...«

»John Jason, das ist kein Problem. Swannee, Lucy und ich werden den Baum schmücken.«

Aber ich merkte, dass es Papa peinlich war; er schien den Eindruck zu haben, dass er Trixie wie ein Dienstmädchen behandelte. Oder vielleicht gefiel es ihm auch nicht, dass Trixie nicht bei diesem Wohltätigkeitsdinner dabei sein konnte, sondern zusammen mit Lucy den Abend bei Jimmy und mir verbrachte.

Er ging, irgendetwas knurrend, aus dem Zimmer, um einen Spiegel zu finden.

Trixie lachte, drückte ihre Zigarette aus und stand auf. »Komm her, John Jason, lass mich das machen.« Und sie trat hinter ihn, legte ihre sonnengebräunten Arme um seinen Hals und zog an der Fliege, bis sie perfekt saß.

Trixies Arme um Papas Hals. Die Geste machte uns irgendwie alle verlegen, auch wenn sie noch so sachlich war.

Papa räusperte sich. »Danke, Trixie, du bist ein Engel.« Er zwinkerte Lucy zu, gab mir einen Kuss auf die Wange und rief zu Jimmy hoch: »Bis nachher, Junge!« Und er marschierte zu seinem Jaguar, um Amanda Hunnicutt abzuholen.

Kaum war er fort, gingen Trixie, Lucy und ich auf den Dachboden, der über eine Tür mit meinem Zimmer verbunden war. Wir mussten drei Mal laufen, um den ganzen Weihnachtsschmuck zu holen, aber Trixie war eisern. »Ihr wisst doch, dass ich euch immer beim Schmücken geholfen hab'«, lachte sie. »Manches ändert sich eben nie.«

Wir stellten die Weihnachtskrippe auf der Anrichte im Esszimmer auf und schmückten den Baum mit Dutzenden von weißen, roten und goldenen Christbaumkugeln. Trixie brachte an dem Geländer, das ins Obergeschoss führte, eine lange Girlande aus echten Kiefernzweigen an und legte im Arbeitszimmer Bing Crosbys Weihnachtsschallplatte auf. Es war gut, dass Lucy auch da war; sie half mit wahrer Begeisterung mit, und das half mir, nicht zu viel daran zu denken, was wir jetzt alles gemacht hätten, wenn Mama da gewesen wäre.

Als Trixie Lucy in das Bett im Gästezimmer gesteckt und zum dritten Mal Jimmys Fieber gemessen hatte, öffnete sie die nächste kleine Schachtel und holte zwei kleine weiße Schwäne heraus. Ich hielt den Atem an. Mamas Schwäne. Die aus feinem Porzellan, die Mamie ihr in London gekauft hatte. Ihre Rücken waren hohl, sodass man Salz und Pfeffer darin aufbewahren konnte, das man dann mit zwei winzigen Silberlöffeln entnahm. Zu Weihnachten hatte Mama die Schwäne immer auf ein Platzdeckchen aus rotem Satin in der Mitte des Esstischs gestellt und in jeden eine kleine goldene Kerze gesteckt. Den ganzen Dezember hatte sie abends Kerzen angezündet.

Ich hob den einen der Schwäne hoch. »Mama hat gesagt, dass die mal mir gehören sollen. Jetzt ist es wohl so weit.«

Trixie sah mich unsicher an. »Möchtest du sie dieses Jahr lieber nicht aufstellen, Swannee?«

»Nein, das ist schon recht. Sie erinnern uns ja an Mama.« Als ob nicht schon alles, was ich tat, mich an sie erinnerte.

»Und wie geht dir's so, Mary Swan?«, fragte Trixie, als das Schwanenpaar seinen angestammten Platz gefunden und sie die Goldkerzen hineingesteckt hatte.

Ich zuckte die Achseln.

Sie zündete eine Zigarette an und setzte sich, die Füße untergeschlagen, auf das Sofa. »War es schön auf dem Weihnachtsball? Dein Vater hat gesagt, du bist mit Robbie Bartholomew hingegangen.«

Ich merkte, wie mein Gesicht heiß wurde. »Ja, es war ein schöner Abend.«

»Das klingt nicht sehr überzeugend.«

»Doch, es war echt gut. Aber ich glaube, am schönsten für mich war, dass meine Freunde aus Grant Park auch da waren.«

Trixie blies eine lange, dünne Rauchwolke aus. Ihre Augen wurden schmaler, und sie lächelte. »Ich hab' null Ahnung, von was du redest, Swan, aber es klingt interessant. Erzähl mir mehr.«

»Ich hab' ein paar Freunde da. Schwarze Freunde. Jungen.« Ich sah sie verstohlen an. Sie war unbewegt. »Sie machen echt gute Musik; haben eine Jazzband. Ich hab' Mrs. Appleby gefragt, ob sie im Piedmont Driving Club das Vorprogramm machen können, und sie hat Ja gesagt. Sie waren echt toll an dem Abend.«

»Das ist ja ein Ding, Swannee! Und das sind also Freunde von dir?«

Ich wünschte mir plötzlich, ihr nichts gesagt zu haben. »Ja. Aber versprich mir, dass du Papa nichts sagst. Er weiß nur, dass ich manchmal nach Grant Park gehe, aber nicht viel mehr.«

»Gibt's da so viel mehr?«

Ich schaute kurz zu ihr hin. »Ja, aber darüber will ich nicht reden.«

Sie drückte die Zigarette in dem silbernen Aschenbecher aus. »Dann hab' ich keine Fragen mehr.«

Wir lauschten der Weihnachtsmusik und bewunderten die Blaufichte. Dann sagte ich: »Aber ich hab' eine Frage, und du bist die Einzige, der ich das sagen kann.«

»Nachtigall, ich hör' dir trapsen«, neckte sie.

»Ich verzog das Gesicht. »Meinst du – könntest du mich vielleicht bald mal nach *Resthaven* fahren?«

»Mary Swan ...«

»Ich weiß, du meinst, da muss ich mit Papa reden, aber das geht nicht. Echt nicht. Und ich muss wieder – ich muss da hin.«

Sie registrierte meinen Versprecher sofort. »Wieder?«

Ich nickte.

»Dann bist du kürzlich schon mal da gewesen?«

Ich nickte wieder.

Trixie presste ihre Lippen zusammen und langte nach der nächsten Zigarette. »Das musst du mir erzählen, Swannee.«

»Das kann ich jetzt nicht. Aber wenn du mich hinfährst, erklär ich dir alles. Es ist wichtig, sehr wichtig. Für Mama. Und für mich.« Ich sah ihr bittend in die Augen.

»Meine Güte, Swan, gerade siehst du wie deine Mutter aus. Du bist eine schöne junge Dame.«

Die Bemerkung überraschte mich so, dass mir auf einmal die Worte fehlten. Ein Lächeln kam auf meine Lippen.

»Lass mich mal auf meinen Kalender schauen. Vielleicht geht's nach Weihnachten.« Sie seufzte auf. »Was machst du da nur mit mir, Mary Swan?« Aber als ich sie hastig umarmte und die Treppe hinaufging, lächelte sie.

Ich weiß nicht, wann Papa nach Hause kam, denn ich war in dem Atelier mit einer Skizze beschäftigt, als ich sein Auto draußen hörte. Ich machte die Skizze noch fertig, sodass es fünf oder zehn Minuten dauerte, bevor ich das Atelier verließ. Ich war im Flur und wollte gerade die Treppe hinuntergehen, um Papa zu begrüßen, als ich Trixies Stimme hörte. »Mach dir keine Sorgen, die schlafen alle.«

Papas Antwort kam gedämpft. »Ich will da heute Abend nicht drüber reden, Trixie. Ein anderes Mal.«

»John Jason.« Sie klang ärgerlich. »Hör zu. Sie ist ein Mädchen. Ein junges Mädchen, das gerade versucht, sich eine Menge schwierige Dinge zusammenzureimen.«

»Das sind Dinge, die sie nichts angehen! Ich habe meine guten Gründe gehabt, dass ich ihr nichts gesagt habe. Du bist Schuld, Trixie! Wenn du ihr nicht das mit Sheilas Depressionen gesagt hättest, hätte sie das nie erfahren. Und warum macht sie das überhaupt, dieses ganze Herumschnüffeln auf einmal?«

Ich saß inzwischen auf einer der Treppenstufen, an das Geländer gelehnt, und spitzte die Ohren zum Wohnzimmer hinunter.

»Das siehst du falsch, John Jason. Sie hatte angefangen, es selber herauszufinden. Sie will wissen, wer sie ist und wer ihre Mutter war.« Ich konnte nichts sehen, aber ich stellte mir vor, wie Trixie Papa gegenübersaß, die Beine züchtig gekreuzt, und ihn streng ansah. »John Jason, du kannst das Swan nicht ewig verheimlichen. Siehst du nicht, dass deine Tochter dich braucht? Merkst du nicht, wie sie sich danach sehnt, dass du dir mal Zeit für sie nimmst und ihr das Leben erklärst? Wenn *du* das nicht machst, wer dann?«

Papa fluchte, dann sagte er: »Trixie, mein Gott, das geht doch dich nichts an!«

»Und wer soll ihr dann die Wahrheit sagen, bevor es zu spät ist? Deine Eltern bestimmt nicht! Und Ella Mae wird dem großen John Jason Middleton und dem Andenken seiner Sheila bis ins Grab treu sein. Aber du kannst Ella Mae nicht böse sein. Sie hat das Eine gemacht, das sie sich erlauben konnte. Sie hat Mary Swan zum Helfen in ihre Kirche mitgenommen.«

Das Tier in meiner Magengrube war wieder lebendig geworden und begann zu rumoren und zu klopfen.

»Ich weiß nicht, ob du dir Swan in der letzten Zeit mal angesehen hast, John Jason, aber sie blüht auf, in jeder Hinsicht. Sie ist ein wunderbares Mädchen. Sie denkt nach. Über die Rassentrennung. Über die Armut. Über die Rolle, die die Religion in ihrem Leben spielt. Und über ihre Mutter – sehr viel. Und du bist der Einzige, John Jason, der *Einzige*, der ihr die Wahrheit sagen kann.«

Ein Augenblick Stille, dann hörte ich Trixies Stimme wieder. »Bitte lass es nicht zu, dass sie sich hinter einem Haufen Lügen verstecken muss. Mach sie frei! Erspare ihr die Hölle, die ich durchlebt habe. Das Getuschele. Das Gefühl, mutterseelenallein zu sein. Ich bin wegen Tony hierher gezogen. Von der Baumwollplantage nach Atlanta. Als er mich verließ, war ich fünfundzwanzig und schwanger. Meine Eltern wohnten weit weg, aber der Skandal hat sie fast kaputt gemacht. Sie konnten es nicht ertragen.

Aber weißt du, wen ich damals hatte? Sheila! Deine Frau! Warum ist es dir peinlich, Swan zu sagen, dass Sheila krank war? Warum muss es so aussehen, als ob alles immer perfekt war? Manche von uns sind innen krank, wie Sheila, andere woanders. Aber wir sind alle schwach, und es ist keine Schande, das zuzugeben, John Jason. Swan wird das verstehen. Erzähle ihr, wie krank ihre Mutter war, aber auch, dass sie ein Herz aus Gold hatte. Du hast dich doch nicht nur in ihre Augen verliebt, sondern auch in ihr Herz. Ich weiß das, John Jason, du hast es mir selber erzählt. Sag ihr, was Sheila mit deinem Geld gemacht hat und wie das Ella Mae geholfen hat. Erzähl ihr von dem Zimmer in *Resthaven.*«

Papa hatte sie mit keinem Wort unterbrochen. Jetzt seufzte

er, lange und tief. Ich stellte mir vor, wie er vornübergebeugt dasaß, den Kopf in den Händen, mit einem Finger um seine Augen fahrend, während Trixies kleine Hand mit ihren perfekt gepflegten Fingernägeln locker auf seinem Rücken lag.

»John Jason, dieses Flugzeugunglück kann das Leben vieler Menschen ruinieren. Das von Bürgern, die ihre Politiker verloren haben, von Angestellten, die ihren Chef verloren haben. Und vor allem von Kindern, die ihre Eltern verloren haben. Ihre Rollenvorbilder. Bitte rede mit Swan. Sie braucht dich. Und Jimmy braucht dich auch. Er braucht einen Vater, der mit ihm Ball spielt und Ringkämpfe macht und auf der Tribüne sitzt, wenn er in der Schulmannschaft spielt. Swan braucht ihren Papa noch einige Jahre. Entweder du hilfst ihr hindurch durch diesen Tunnel jetzt und baust etwas Neues, Festeres auf oder du überlässt sie sich selber und verlierst sie für immer.«

»Du bist hart zu mir, Trixie. Du warst schon immer hart.«

Einen Augenblick war alles still. Dann sagte Trixie so leise, dass ich die Worte kaum hörte: »Einer muss dir die Wahrheit sagen. Sheila war meine beste Freundin, aber sie kann dir nichts mehr sagen. Du hast sie geliebt, John Jason. Tu es aus Liebe zu Sheila. Und für Mary Swan.«

»Ja, ich habe sie geliebt. Gott weiß, ich habe sie geliebt.« Seine Stimme war plötzlich brüchig, und ich bekam Angst. Würde er gleich vor Trixie losweinen?

»Sag mir, was ich mit ihr machen soll, Trix. Ich bin so ratlos. Weißt du, was sie neulich gemacht hat? Ist mit einer Negerfrisur nach Hause gekommen!«

»Und das hat dich aufgeregt?«

»Natürlich hat mich das aufgeregt. Sie verbringt ihre halbe Zeit mit Ella Mae in diesem Ghetto. Als Nächstes wird sie anfangen, so zu reden wie die Leute da.«

»John Jason, sie hilft da unten. Du solltest das mal sehen! Ihre Augen haben geleuchtet, als sie mir davon erzählt hat! Du solltest froh sein, dass sie am Wochenende nicht säuft oder herumschläft oder andere Touren dreht. Es gibt hundert Arten, seine Trauer abzureagieren, und nicht alle sind gleich gut. Alkohol, junge Männer, Überstunden.« Ich sah fast, wie sie bei dem letzten Wort Papa anklagend anschaute.

»Und was soll ich also machen?«

»Mal mit deiner Tochter ausgehen. Mädchen mögen das. Geh mit ihr in den City Club, nur ihr beide ganz allein. Und rede mit ihr. Frage sie und beantworte ihre Fragen. Rede. Und höre zu. Versuche, das zu hören, was hinter ihren Worten liegt, John Jason.«

Sie waren aufgestanden und gingen zu der Haustür. Ich huschte die Treppe nach oben und in den Flur.

»Das ist schwer, Trixie. Alles ist so schwer.«

»Du schaffst das.« Dann gab sie Papa einen Kuss auf die Wange und sagte: »Ich komm' dann morgen wieder und hol' Lucy.« Sie ging.

Fünf Minuten lang war alles totenstill. Dann schlich ich auf Zehenspitzen zum oberen Ende der Treppe und lugte über das Geländer. Papa stand an die Wand des Eingangsflurs gelehnt und starrte das Bild an, das mich auf der Baumschaukel zeigte – das Bild, das ein paar Monate lang im *High Museum* gehangen hatte und jetzt wieder da war.

KAPITEL 22

Über Weihnachten herrschte zwischen Papa und mir eine Art Waffenstillstand. Wir redeten beide nicht viel, aber zum Glück gab es viele traditionelle Termine: das Heiligabendessen bei Oma und Opa Middleton, gefolgt von der Christmette in St. Philip, am Weihnachtstag ein Treffen der ganzen Verwandtschaft im Haus meiner Tante, am Tag danach ein wunderbares französisches Fünf-Gänge-Dinner auf Mamies und Papys Plantage. Und unser Haus sah festlich aus, dank Trixies Schmückaktion.

Ich ging auch auf mehrere Weihnachtspartys bei Freunden, was eine weitere Tradition war, und Robbie war auf jeder dabei. Ich konnte mich mit ihm unterhalten, aber nicht über die Dinge, die mir am Herzen lagen. Ich wollte ihm doch Mut machen, seinem Herzen und seinen Träumen zu folgen, und ich wollte seinem Vater sagen, wie toll Robbie den Tag in Grant Park geplant hatte. Ich vermisste Robbie Bartholomew – unsere Unternehmungen, unsere Gespräche, unsere Küsse, alles. Ich vermisste ihn, und es war irgendwie unwirklich, ihm einfach auf Wiedersehen zu sagen, anstatt in dem knallroten Kabrio mit ihm fortzufahren. Er brachte keine Begleitung mit auf diese Weihnachtspartys, aber es war offensichtlich, dass wir nicht mehr miteinander gingen. Ich sah, wie mehrere andere Mädchen mit ihm flirteten, und das tat mir mordsweh.

Wenn ich in Robbies Nähe war, konnte ich mir nicht vorstellen, wie das je mit Carl klappen sollte. Aber wenn ich allein in meinem Zimmer saß oder in Mamas Atelier, wo die »große Umarmung« stattgefunden hatte, dann – ja, dann schien alles möglich zu sein.

»Wie geht's Robbie Bartholomew?«, fragte Papa, als ich zwei Tage nach Weihnachten von einer Party zurückkam.

»Ich nehm' an, gut.«

»Hast du ihn letztens gesehen?«

»Ja, heute, bei den Garretts.«

»Hmm.« Papa sah etwas perplex aus. »Ist alles in Ordnung mit euch beiden?«

»Doch, ja, aber wir gehen nicht mehr zusammen. Wir haben nach dem Weihnachtsball Schluss gemacht.«

»Ach so.« Das war alles, was Papa sagte, aber ich sah die Enttäuschung in seinen Augen.

Es war am Freitag derselben Woche, zwischen Weihnachten und Neujahr, als Papa und ich unseren Tiefpunkt erreichten. Ella Mae war nach ihrem traditionellen viertägigen Weihnachtsurlaub wieder da. Ich hatte gerade meine Jeans und einen Pullover angezogen und wollte zu Rachel, um zu reiten, als ich Papa rufen hörte: »Ella Mae, Ella Mae! Ich muss mit dir reden.« Der Ton, in dem er es rief, ließ mich erstarren.

Ella Mae ging gehorsam in sein Arbeitszimmer. Papa muss wohl gedacht haben, dass ich schon gegangen war, denn er senkte seine Stimme nicht. »Ella Mae, ich will nicht mehr, dass du Mary Swan samstags mit in die Innenstadt nimmst, hörst du? Das ist nichts für ein Mädchen wie sie.«

Ich konnte Ella Mae nicht sehen, und sie sagte kein Wort.

Papa seufzte. »Ich habe Verständnis dafür, dass du sie dort helfen lassen willst. Wie damals bei Sheila. Aber nicht jetzt, Ella Mae. Du weißt ja, dass ich es nicht gut geheißen habe, als Sheila dort hinging. Sie war dort nicht sicher, vor allem in ihrem Zustand. Aber sie war erwachsen, und Mary Swan ist noch ein Kind. Ein junges Mädchen, das im Handumdrehen falsch beeinflusst werden kann. Das kann ich nicht zulassen. Ist das klar?«

»Ja, Sir, Mr. Middleton, ich habe Sie verstanden.«

Und das war das Ende des Gespräches.

Mein Mund wurde trocken, und ich zögerte dort an der Hintertür. Sollte ich zu Papa rennen und ihm sagen, dass ich jedes Wort mitgehört hatte? Ihn bitten, es sich noch einmal zu überlegen? Mich für meine Frechheit kürzlich entschuldigen? Ich brachte es nicht fertig, brachte kein Wort über meine Lippen. Ich spürte nur einen Hass auf das, was Papa dazu gebracht hatte, so zu reagieren. Und ich hatte eine Ahnung, was das war. *Mama war ebenfalls in den Slums gewesen! Darüber musste ich mit Miss Abigail reden!*

Als ich von meinem Reiten zurückkam, war Ella Mae fertig mit dem Hähnchenbraten. Sie nickte mir zu, als ich mir gleich einen Hähnchenschenkel nahm und hineinbiss, aber sie lächelte nicht. Sie sagte kein Wort, sondern wischte sich die Hände an einem Küchenhandtuch ab, nickte wieder und ging zu Papas Arbeitszimmer. Sie klopfte an die verschlossene Türe – das hatte sie noch nie getan.

»Ja?«, kam die Stimme meines Vaters.

»Mr. Middleton? Ich gehe dann jetzt.«

»Gut, Ella Mae. Danke. Ist Mary Swan schon zu Hause?«

»Ja, Sir, sie ist gerade angekommen.«

»Kannst du ihr bitte sagen, dass sie kommen soll?«

Aber Ella Mae antwortete nicht. Stattdessen ging sie in Papas Arbeitszimmer hinein, und ich lauschte natürlich an der Tür, die einen Spalt offen war. »Mr. Middleton, entschuldigen Sie, wenn ich das so sag', aber ich glaub', Sie machen einen furchtbaren Fehler. Sie machen Ihr Kind kaputt, Sir, kaputt.«

»Wie meinst du das, Ella Mae?« Papas Stimme war wie ein Eisberg.

»Ich hab' Mary Swan nie so glücklich erlebt wie jetzt, seit sie bei den Armen hilft, Mr. Middleton. Sie blüht dort richtig auf, und wenn Sie ihr das wegnehmen, Entschuldigung, aber dann sind Sie nicht mehr der Mann, für den ich die ganzen Jahre gearbeitet hab'. Ich glaube, Sie haben Ihren Kopf und Ihr Herz verloren mit Ihrer Sheila. Das tut mir so Leid, Mr. Middleton, aber tun Sie Mary Swan das nicht an. Sie ist okay. Sie hat schon genug verloren, nehmen Sie ihr das nicht auch noch weg, Sir.«

Es muss wohl das längste Gespräch gewesen sein, das Ella Mae je mit meinem Vater hatte, und bevor er ihr antworten konnte, hatte sie sich umgedreht und war aus seinem Zimmer gegangen. Ihr Gesicht war ernst und ängstlich, als sie herauskam.

Ich lief hinter ihr her und umarmte sie, bevor sie zur Hintertür hinaus konnte. »Danke, Ella Mae, danke!«

Von dem Tag an wurde das Leben anders in unserem Haus. Gleich am Samstagnachmittag fuhr Papa in die Stadt und kaufte einen Baseball-Handschuh. Als er nach Hause kam, rief er die Treppe hoch: »Jimmy, wie wär's mit 'ner Partie Baseball im Garten?«

Jimmy, der normalerweise nicht leicht zu begeistern war,

kam die Treppe herabgestürmt, ein breites Grinsen auf seinem Sommersprossengesicht. »Klar, Papa.«

Während sie draußen waren und sich in der rasch einsetzenden Dämmerung den Ball zuwarfen, stand ich an dem großen Fenster in dem Atelier und schaute zu. Papa warf den Baseball hoch und weit, dass Jimmy in dem Dämmerlicht mit hoch gehaltenem Handschuh lossprinten musste. Ich hörte, wie sie lachten, und dieses Geräusch – Vater und Sohn fröhlich zusammen – klang in meinen Ohren gerade so schön, als wenn Jean-Pierre Rampal das »Largo« von Händel spielte.

Selbst Muffin schien zu lachen. Hinter jedem Ball, den Jimmy verpasste, raste er her, packte ihn und raste schwanzwedelnd im Kreis herum, während Papa rief: »Muffin! Leg den Ball hin! Jimmy, hast du dem Hund denn gar nichts beigebracht?« Worauf Jimmy sich auf Muffin stürzte und ihm den Ball aus den Maul rang, während Papa dastand und sich krümmte vor Lachen.

Aber das Tollste passierte am Sonntagnachmittag. Ich war gerade von meiner nächsten Reittour mit Rachel zurückgekommen, und mein Gesicht, meine Hände und Füße waren halb taub von der Kälte. Ich brauchte unbedingt eine heiße Schokolade. Doch bevor ich in die Küche gehen konnte, rief Papa mir aus seinem Arbeitszimmer zu: »Mary Swan? Kommst du mal eben her?« Er schaute auf irgendetwas auf seinem Schreibtisch hinunter. »Mary Swan, wie wär's, wenn wir beide morgen zum Mittagessen in den City Club gehen? Da gibt's einen großen Silvester-Lunch. Der große Baum ist noch auf der Rich-Brücke, und ich hab' gedacht, vielleicht würdest du …«

»Willst du mit mir ausgehen, Papa?«

Er schaute hoch, ein zögerndes Lächeln auf seinem Gesicht. »Ja, Spatz, so kann man es ausdrücken.«

»Dann komm' ich mit!«

Ich hatte Schmetterlinge im Bauch, als ich am Montagmorgen mit dem Bus in die Stadt fuhr. Auf Rachels Rat hatte ich ein hellgrünes Wollkleid angezogen, das angeblich meine Augen betonte, und mein Haar hatte ich mit einem zu dem Kleid passenden seidigen grünen Band gebändigt. Papas Büro war im Candler Building, das an der Stelle stand, an der die Peachtree, Houston und Pryor Street sich trafen. Ziemlich weit oben an der Fassade hing ein riesiges Coca-Cola-Neonschild. Ansonsten war das Gebäude von der gehobenen Sorte. Der Eingang an der Peachtree Street war von zwei Steinfiguren flankiert, die Türen der Aufzüge waren aus Messing, ebenso die Briefkästen, und der Rest war aus Marmor, der, wie Papa mir erklärte, aus einem berühmten Steinbruch namens Amicalola in den Bergen von Georgia kam. Die ebenfalls marmorne Wendeltreppe war mit allen möglichen Mustern und Darstellungen verziert. Aber ich benutzte nicht die Treppe. Das Büro von Papas Börsenmaklerfirma lag im 13. Stock, und so nahm ich den Lift.

Ich trat aus dem Lift und zog die schwere Glastür auf, die in die Firma führte. Die junge Frau an der Rezeption sah auf und fragte: »Sind Sie Miss Middleton?«

»Ja.«

»Dann kommen Sie bitte mit. Ihr Vater erwartet Sie.«

Papas Gesicht hellte sich auf, als er mich sah. »Hallo, Spatz.« Er umarmte mich fest, was ich nicht erwartet hatte, und ich versteifte mich unwillkürlich. Er schien es nicht zu bemerken. »Leslie, kannst du Mary Swan und mir eben einen Glühwein machen?« Er flüsterte mir zu: »Wenn wir schon so blöd sind und an Silvester arbeiten, können wir uns auch mal was gönnen.«

Papas Büro war ein quadratischer Raum, der an drei Seiten verglast war. Als ich hineinging, kamen die Erinnerungen an meine früheren Besuche hier zurück. Als kleines Mädchen hatte ich einmal auf das kleine Plastikrohr auf seinem Schreibtisch gezeigt und gefragt: »Was ist das?«

Und Papa hatte geantwortet: »Das ist eine Rohrpost. Sie befördert Kundenaufträge von meinem Schreibtisch in den Telegrafierraum, und von dort aus gehen sie an die New Yorker Börse.« Er hatte ein Papier in das Rohr gesteckt, die Klappe auf dem Schreibtisch geöffnet und das Rohr hineingeschoben.

Ich war begeistert gewesen. »Das ist ja fast wie Zaubern, Papa!«

Jetzt war ein Familienfoto auf dem Schreibtisch, das uns vier vor ein paar Jahren zeigte. Ich nahm es in die Hand. Neben dem Bild lag ein großer glatter Stein, von Kinderhand in verschiedenen Farben bemalt, den Papa als Briefbeschwerer benutzte. Ich hatte ihn ihm mit acht Jahren zu Weihnachten geschenkt. Wie war ich stolz gewesen, dass »mein« Briefbeschwerer auf seinem Schreibtisch lag. An der einzigen richtigen Wand hing ein Gemälde von Mama, eines ihrer vielen Bilder von *Swan House.*

»Komm eben mit, ich stell' dich den anderen vor«, unterbrach Papa meine Inspektion.

Weiter oben an der Wand bewegte sich der Lochstreifen, der mich schon als Kind fasziniert hatte. »Der zeigt uns die Börsenkurse an«, hatte Papa mir erklärt, gerade so, als ob ich das verstehen würde. »Er gibt den Namen der Firma an, die Zahl der gekauften oder verkauften Aktien und den Preis.«

Er sah, wie ich den Lochstreifen studierte. »Heute ist nicht viel los, es ist ja Silvester.«

Fast alle Angestellten waren da an diesem Silvestertag, aber richtig zu arbeiten schienen sie nicht. Sie erzählten sich Witze, tranken Glühwein und aßen selbst gebackene Plätzchen. Einige der Börsenmakler, denen Papa mich vorstellte, hatte ich schon auf Einladungen bei uns zu Hause oder im Club gesehen. Sie begrüßten mich fröhlich, mit Worten wie: »Schön, dich zu sehen, Mary Swan! Frohe Weihnachten und ein gutes neues Jahr!« Worauf sie Papa ansahen und fortfuhren: »John Jason, wo hast du denn diese schöne junge Dame versteckt?« Worauf Papa natürlich strahlte. Ein paar sagten sogar: »Du siehst wie deine Mutter aus, Gott hab sie selig.«

So gegen zwölf verließen wir das Candler Building und gingen zu Fuß zu der Five Points-Kreuzung. Sie hieß so, weil hier fünf Straßen zusammenkamen: Peachtree, Marietta, Edgewood, Whitehall und Decatur. Über der Peachtree Street hing noch die Weihnachtsbeleuchtung, und die Laternenpfähle waren mit Stechpalmenzweigen dekoriert. Die Luft war nachweihnachtlich frisch. Wir bogen in die Alabama Street ein und gingen bis zu der Kreuzung mit der Forsyth Street, wo wir stehen blieben und bewundernd zu der vier Stockwerke hohen verglasten Fußgängerbrücke hochsahen, die über die Forsyth

Street hinweg die beiden Gebäude des Kaufhauses Rich miteinander verband.

Ganz oben auf der Brücke thronte ein riesiger Weihnachtsbaum. So lange ich mich zurückerinnern konnte, hatten an jedem Thanksgiving-Abend Chöre aus ganz Georgia auf den verschiedenen Stockwerken der Brücke gesungen. Gegen Ende des Programms sangen sie zusammen »O Holy Night«, und wenn sie an die Zeile kamen, wo es heißt: »Fallt auf die Knie«, wurde über ihnen der riesige Weihnachtsbaum, der jedes Jahr aus North Carolina geholt wurde, angezündet, vor den andächtigen Augen der Tausenden von Zuschauern, die unten in den Straßen standen. Ich erinnerte mich gut, wie ich mit Mama, Trixie, Jimmy und Lucy mit in der Menge gestanden und darauf gewartet hatte, dass die Lichter angingen.

Der Anblick des prächtigen Baumes trieb mir Tränen in die Augen. Einige Dinge änderten sich doch nicht. »Du, Papa, wenn wir schon mal hier sind, könnten wir mal mit dem Schweinchen fahren?«

»Mit dem Schweinchen? Ist das dein Ernst, Mary Swan? Das ist doch für kleine Kinder.«

»Bitte, Papa. Wir passen da schon rein.« Das »Schweinchen« gehörte in Atlanta nicht weniger zu Weihnachten als der große Weihnachtsbaum. Es war eine Einschienenbahn mit rosa Wagen, die langsam auf dem flachen Dach des Rich herumkurvte. Am begehrtesten unter den Kindern der Stadt war der vorderste Wagen, der Kopf des Schweinchens. Papa quetschte sich, etwas zögerlich, mit mir in einen der Wagen. Er musste seine Beine so eng anziehen, dass seine Knie fast sein Kinn berührten. Ich hakte mich bei ihm unter, während das Schweinchen seine Bahn zog. Ich musste an eine meiner schönsten Stunden als Kind zurückdenken, als Mama neben mir in dem Schweinchen gesessen hatte; heute war es Papas Lachen, das ich neben mir hörte.

»Möchtest du jetzt zu Mittag essen, Spatz?«, fragte er, als wir wieder unten auf der Straße waren. Ich nickte glücklich, und wir liefen die Peachtree Street zurück, vorbei an dem Candler Building und mehrere Blöcke weiter zum Capital City Club, an der Ecke Peachtree/Harris Street. Der City

Club, die Stadtausgabe des Capital City Country Club und der älteste Privatclub in Atlanta, residierte in einem ehrwürdigen beigen Ziegelgebäude mit einer langen Eingangsveranda, die auf die Peachtree Street ging. Das schmiedeeiserne Gitterwerk der Veranda war mit immergrünen Zweigen verziert, die mit hellroten Schleifen am Geländer befestigt waren. In dem eleganten Eingangsflur des Clubs hing ein Porträt von Robert Edwards Lee, dem General der Südstaaten im amerikanischen Sezessionskrieg, und hinten im Foyer, vor dem Fenster, stand der nächste schöne Christbaum, so hoch, dass er fast die an die fünf Meter hohe Decke streifte.

»Mr. Middleton«, begrüßte uns ein groß gewachsener Mann mit Schnurrbart, goldener Haut und einem ausländischen Akzent. »Dies ist sicher Mary Swan?«

»Jawohl, Leonard.« Papa drehte sich zu mir um. »Mr. Hourizadeh ist der Direktor des City Club.« Ich war bisher nur zwei Mal zu einem Schlemmeressen hier gewesen, und noch nie allein mit Papa.

»Freut mich, Sie kennen zu lernen«, antwortete ich lächelnd.

»Ich glaube, Sie sind heute im Mirador Room.« Er bedeutete uns, den Lift in den ersten Stock zu nehmen.

Der Mirador Room war von Philip T. Shutze gestaltet worden, demselben Architekten, der *Swan House* entworfen hatte. Ich hatte schon öfter von diesem runden Raum und seinen berühmten Spiegeln gehört. Shutze hatte in einem früheren Ballsaal die Decke abgehängt, um ihm eine heimeligere Atmosphäre zu geben, und um dem an sich eher kleinen und überdies fensterlosen Raum die Illusion der Weite zu geben, hatte er Spiegel geschaffen, die wie Fenster aussahen, durch die man typische Pflanzen und Vögel aus Georgia sehen konnte. Shutze hatte zum Bemalen der Spiegel einen Künstler namens Athos Menaboni aus Livorno in Italien engagiert, der auf Vögel und Landschaften spezialisiert war.

Als Papa und ich in den Mirador Room traten, begann ich als Erstes, die berühmten Spiegel zu studieren. Sie waren lang, von schlichten Goldrahmen eingefasst und sahen tatsächlich wie Fenster aus. Einer war mit Hartriegelblättern und weißen

Blüten bemalt; in der Mitte war ein Fliegenschnäpper gerade dabei, eine Mücke zu fangen. Ein anderer Spiegel zeigte einen Magnolienast mit seinen großen, wächsern grünen Blättern und weißen Blüten, wieder ein anderer einen aus einem Rohrkolbendickicht herausfliegenden weißen Reiher. Dann herbstliches Weinlaub neben einer großen rosa Seerose mit ihrem bläulichgrünen Blätterkranz, über der ein Kolibri schwirrte. Ich mochte auch den Spiegel mit der erntereifen Georgia-Baumwolle mit ihren braunen Blättern. Aber mein Lieblingsspiegel zeigte die Georgia-Kiefer mit ihren langen grünen Nadeln und drei Kiefernzapfen, zwei geschlossen, der dritte voll geöffnet; auf einem der Zweige saß ein schimpfender Eichelhäher mit seiner Kopfhaube und seinem blauen Federkleid, umspielt vom Morgenlicht.

»Swannee?«

Papas Stimme riss mich aus meinem Schauen, und ich setzte mich neben ihn an einen kleinen Tisch für zwei. Die Band spielte »Happy Holidays«.

Ich nahm die weiße Leinenserviette, die wie eine Ziehharmonika gefaltet war, von meinem Wasserglas und legte sie auf meinen Schoß. Ein Kellner mit Smoking reichte mir die in Leder gebundene Speisekarte. Als ich sie öffnete, merkte ich, wie Papa mich ansah.

»Du siehst schön aus, Mary Swan.«

»Danke, Papa.«

Als wir bestellt hatten und der Kellner uns das erste Gericht – einen Teller Vichyssoise – brachte, fragte ich: »Stimmt es eigentlich, dass ich wie Mama aussehe?«

»Ja, Spatz, doch.«

»Und macht dich das traurig, Papa?«

»O nein, Swan, gar nicht.«

»Weil ich halt so aussehe, wie ich aussehe. Außer dass ich mir die Haare schneiden könnte.«

»Nein, bleib nur so, wie du bist, Swan. So bist du gerade richtig.«

Ich legte meinen Löffel hin. »Ist das dein Ernst, Papa? Wirklich?«

»Ja, doch, sicher.«

»Dann ist das nämlich das erste Mal, dass du mir gesagt hast, dass ich so, wie ich bin, gerade richtig bin.«

»Doch, das meine ich ernst.« Seine Miene wurde bekümmert. »Und es tut mir Leid, dass ich dir das noch nie gesagt habe. Mir tut so vieles Leid, Swan.«

»Leid? Was zum Beispiel?« Ich hatte nicht vor, Papa so leicht wieder von der Angel zu lassen, jetzt, wo wir endlich einmal zusammen waren.

»Wie ich zum Beispiel darauf reagiert habe, dass du in die Slums gehst, um den Negern zu helfen. Es ändert sich ja alles so schnell, Mary Swan, und man hat kaum Zeit, sich zu überlegen, ob die Veränderungen zum Besseren oder zum Schlechteren sind. In meiner Generation standen die Schwarzen immer unter uns. Versteh das jetzt nicht falsch. Man behandelte sie natürlich fair und tat, was man konnte, um ihnen zu helfen. Aber Freundschaften mit ihnen schließen – das war undenkbar.«

»Glaubst du, Papa, dass ein schwarzes Kind, wenn man es richtig erzieht, in der Schule genauso gut sein kann wie ein weißes?«

»Ich weiß nicht. Schwer vorzustellen.«

»Eines Tages wird es im Wellington schwarze Mädchen geben, da mach' ich jede Wette.«

»Schon möglich. Aber so bald kommt das nicht.«

»Es ist nicht christlich, Menschen wegen ihrer Rasse zu diskriminieren. Jesus hat gesagt, dass es keinen Unterschied gibt zwischen Sklaven und Freien, Juden und Griechen.« Ich nahm den nächsten Löffel von der Kartoffelsuppe. »Aber das scheinen die Leute hier nicht zu wissen.«

»Sie haben Angst, Mary Swan. Viele Weiße hassen die Schwarzen nicht, sie haben einfach Angst. Vor der Kriminalität und der Armut. Und vor Veränderungen. Was wird mit unserer Gesellschaft passieren, wenn Schwarze und Weiße anfangen, miteinander zu verkehren? Da kann vieles schlechter werden.«

»Was zum Beispiel?«

»Die öffentliche Sicherheit. Du hast Weiße erlebt, die gemein zu Schwarzen sind. Aber, Mary Swan, es gibt so viele

Schwarze, die Weiße ausrauben, zusammenschlagen oder ermorden. Die meisten Morde in Atlanta geschehen in den Slums, und oft töten Schwarze Schwarze.«

»Ja, weil sie so verzweifelt sind.«

»Kann sein. Aber das wird sich nicht über Nacht ändern. Die schwarze und die weiße Mentalität sind so verschieden.« In diesem Gespräch merkte ich, dass Papa sich über vieles seine Gedanken machte und durchaus seine Argumente hatte, auch wenn ich sie nicht immer teilen konnte.

Als das Filet Mignon kam, begannen wir, während im Hintergrund klassische Musikklänge sich mit der gedämpften Unterhaltung im Mirador Room vermischten, uns über das High Museum zu unterhalten. »Wie geht es mit der neuen Kunstakademie, Papa?«

»Es geht langsam vorwärts. Im Augenblick prozessieren viele Familien gegen Air France wegen Fahrlässigkeit. Das war wohl zu erwarten.«

»Und klagst du auch, Papa?«

»Nein. Ich hoffe auf einen Vergleich. Aber das kann sich über Monate hinziehen, vielleicht über Jahre.«

»Und glaubst du, dass da Fahrlässigkeit im Spiel war, Papa?«

»Ich glaube, das Flugzeug war zu schwer beladen, zu viel Gepäck. Da hätten sie mehr aufpassen müssen.«

Aber ich wollte nicht über das Unglück reden, und so wagte ich mich an ein anderes Thema. »Wie hast du Mama eigentlich kennen gelernt?«

»Die Geschichte hast du doch gehört, Swan.«

»Ich möchte sie gerne wieder hören.«

Papa runzelte etwas die Stirn und zuckte die Achseln. »Das war 1941, in meinem zweiten Studienjahr am *Georgia Tech.* Sie war das schönste Mädchen, das mir unter die Augen gekommen war. Erst siebzehn, fast dein Alter, Swan. Damals gab es im Wellington viele Internatsschüler, und deine Mutter blieb immer über die Woche und fuhr zum Wochenende heim.«

»War es Liebe auf den ersten Blick, Papa?«

»Für mich, ja. Absolut. Aber deine Mutter brauchte ein

bisschen Nachhilfe.« Sein Blick ging in die Ferne. »Wir gingen immer mal wieder miteinander aus in diesem ersten Jahr, und dann im zweiten. 1943 wurde ich eingezogen und musste nach England. Wir waren achtzehn Monate getrennt, und sie schrieb mir fast jeden Tag. Ihre Briefe waren immer voll von solchen schnurrigen Zeichnungen.« Er wischte sich mit der Serviette über den Mund, dann über die Augen. »Sie ging ins Agnes Scott-College und nahm nebenbei Malunterricht. Sie schrieb mir, dass sie ihre Lebensberufung gefunden hatte. Sie war so begeistert wie ein Kind. Im April 1945 kehrte ich aus dem Krieg zurück, und im Juli heirateten wir. Du bist auf den Tag neun Monate später angekommen.« Er zwinkerte mir zu.

»Und ging es Mama damals gut?«, fragte ich vorsichtig.

Papa schien zum Reden aufgelegt zu sein. »Sie war ein temperamentvoller Typ. Ich nannte sie meine Vollblutfrau. Aber wir waren glücklich. Sie liebte es, das Haus zu schmücken, und wir hatten ein Opernabonnement im Fox Theatre. In der Pause gingen wir immer über die Straße ins Georgian Terrace, tranken unseren Bourbon und sahen den Passanten zu. Wir unterstützten das Sinfonieorchester. Und wenn es um das *High Museum* ging, war sie natürlich immer dabei.

Ella Mae kam kurz, bevor du geboren wurdest, zu uns. Sie war genau die Richtige für deine Mutter. Ich war im Büro, machte viel Überstunden und dachte, dass ich es richtig machte. Ich merkte, dass Sheila manchmal komisch reagierte und ihre Stimmungen hatte. Ich dachte, dass das halt ihr französisches Erbe war. Mamie war ja ganz ähnlich; deine Großmutter hatte … Probleme gehabt. Ich glaube nicht, dass es einfach war, Evelyne McKenzies Tochter zu sein.

Nach und nach merkte ich immer mehr, dass Sheila nicht mit dem Leben zurechtkam. Sie war wie ein Kind, das sich in die Wirklichkeit verlaufen hatte. Zum Glück hatte sie ihr Atelier und konnte malen. Bald machte sie sich einen Namen als Kinderporträtmalerin. Sie war nicht immer einfach im Umgang, es gab Klagen. Aber in diesen ersten Jahren lieferte sie ihre Aufträge immer pünktlich ab, und sie wurde viel gelobt.

Aber dann kam Jimmy. Zwei kleine Kinder, das überforderte sie. Es ging rasch bergab mit ihr. Gott sei Dank, dass an den Wochenenden Trixie da war. Du und Jimmy, ihr seid halb von ihr und Ella Mae erzogen worden. Ich glaube, das war eine Art Segen für Trixie, als sie durch diese furchtbare Scheidung ging. Wir waren ihr Zufluchtsort, und deine Mutter fand Zuflucht bei ihr. Sie saßen stundenlang am Swimming-Pool, rauchten ihre Zigaretten, tranken ihre Martinis und lachten. Trixie wusste, wie man Sheila zum Lachen brachte, damit sie nicht so viel über das Dunkle im Leben nachdenken musste.

Leider hatte ich nicht viel Geduld mit deiner Mutter. Ich konnte nicht verstehen, was so schwierig daran sein sollte, zwei Kinder aufzuziehen; meine Mutter hatte ja sechs erzogen. Ich schätze, ich wollte einfach, dass sie die schöne Mrs. Middleton war, der Buckhead zu Füßen lag. Ich wusste nicht, wie es wirklich aussah in ihr. Als ich ihr sagte, dass sie nicht zu malen brauchte, wenn sie das zu sehr anstrengte, weinte sie tagelang, weil sie doch malen wollte. Versteh das jetzt nicht falsch, sie liebte dich und Jimmy über alles. Aber sie hatte nicht die innere Kraft, den ganzen Tag zwei so kleine Racker um sich zu haben.

Einmal, als Ella Mae gerade krank war, wurde sie echt ärgerlich mit dir und Jimmy, und du bist in Trixies Haus gerannt.« Er hielt plötzlich an. »Erinnerst du dich daran, Swannee?«

Ich nickte.

»Trixie bestand darauf, dass Sheila zum Arzt ging. Wir fanden schließlich einen, und er sagte, dass sie Depressionen hatte, und gab ihr Medikamente. Er plädierte sehr dafür, dass sie sich in einer psychiatrischen Klinik behandeln ließ, aber davon wollte ich nichts hören, das schien mir unnötig zu sein.

Dann hörte ich eines Abends merkwürdige Geräusche aus ihrem Atelier. Ich ging hin, und sie war gerade dabei, ihr neuestes Bild mit einem Messer zu zerstechen.« Papas Kopf ging einen Augenblick nach unten bei der Erinnerung.

»Wir haben nicht mit *Resthaven* angefangen, Mary Swan, sondern mit dem Dekan von St. Philip. Er sprach viel mit deiner Mutter damals. Aber er kam zu dem Ergebnis, dass deine Mutter psychiatrische Hilfe brauchte. Und dann gab es einen besonders schlimmen Vorfall ...« Er hielt an, nahm einen Bissen von dem Fleisch, kaute es sorgfältig und räusperte sich. »Es war der Dekan, der uns *Resthaven* empfahl. Er kannte das Haus. Wir hatten die Wahl zwischen dem Privatsanatorium *Resthaven* und der Landesklinik in Milledgeville.«

Von Milledgeville hatte ich gehört. In der Schule flüsterten wir uns manchmal Geschichten von Leuten zu, die man in dieser »Verrücktenanstalt« weggeschlossen hatte. Es waren unschuldig grausame Geschichten, in Wirklichkeit kannten wir niemanden, der in Milledgeville war. Mein Mund wurde trocken.

»1951 kam sie also für zwei Monate nach *Resthaven*. Du hast damals jeden Tag nach deiner Mama geweint. Noch mehr als Jimmy. Du warst ein sechsjähriges Mädchen, das seine Mama wiederhaben wollte, und da hab' ich dich einmal auf einen Besuch mitgenommen. Daran hast du dich sicher erinnert, nicht?«

»Ja. Als ich diese Skizzen gesehen hab', hab' ich mich erinnert.«

»Aber es war schwer für dich, und für Sheila. Und als sich zeigte, dass Mama vielleicht nie geheilt würde, tja, da wusste ich nicht, was ich machen sollte. Der Arzt erklärte mir, dass Mama zyklische Depressionen hatte. Manchmal wurde es besser mit ihr, aber die unmöglichsten Dinge konnten den nächsten Schub auslösen.« Ein Schatten ging über sein sauber rasiertes Gesicht. Ich sah wieder, wie schmal seine Wangen geworden waren.

»Der Arzt versuchte es mit Beruhigungsmitteln. Deine Mutter hasste sie. Sagte, dass sie ihr ihre Kreativität und Freiheit wegnahmen. Manchmal ging sie wie eine Schlafwandlerin durch den Tag und konnte kaum noch malen.« Seine Augen sahen schmerzlich aus. Er führte die Gabel zum Mund, betrachtete das Filetstück und legte es zurück auf den Teller.

»Die Medikamente halfen etwas, aber ihre Augen glänzten nicht mehr. Gott sei Dank war ihr Arzt bereit, es mit kleineren Dosen zu versuchen. Wenn sie in *Resthaven* war und sich gut machte, durfte sie die Medizin sogar ganz absetzen.«

Er räusperte sich und nahm endlich einen Bissen. Ich hörte wie gebannt zu.

»Was hätte ich dir damals sagen sollen, Swan? Dass Mama in der Psychiatrie war? Wie hättest du verstehen sollen, dass deine Mutter krank im Kopf war? Also habe ich dir gesagt, dass sie auf Ausstellungen war. Vielleicht war das falsch. Ich wollte dir nicht wehtun damit. Deine Mutter hasste es, dir die Wahrheit zu verheimlichen, aber wir glaubten, dass es unter dem Strich das Beste wäre. Und nach dem Absturz wollte ich dir irgendwann die Wahrheit sagen. Doch, bald ...«

»Aber die anderen Leute wussten doch sicher alle, dass sie in einer Nervenklinik war?«

»O nein. Nicht viele. Meine Eltern, und ihre natürlich. Und einige Frauen dachten sich ihren Teil, weil sie zwei Mal bei einem Treffen der Junior League zusammenbrach. Aber Trixie hat das schnell unter den Teppich gekehrt. Wie wir alle.«

»Ich mach' jede Wette, dass die Mutter von Herbert Thomas im Bilde war.«

Papa sah mich fragend an, und ich berichtete ihm den Zwischenfall beim Schulanfangsball. »Das war so furchtbar, Papa, als er das sagte. Aber noch schlimmer war, dass ich irgendwie merkte, dass es wahr war.«

»Ja, das kann ich mir vorstellen.« Er seufzte traurig. »Mary Swan, ich habe ehrlich gedacht, dass es für dich und Jimmy am besten wäre, wenn ihr das mit *Resthaven* nicht wusstet. Ehrlich. Leila Thomas war eine Freundin deiner Mutter, und sie hat ihrem Sohn das bestimmt nicht ohne einen guten Grund gesagt. Swan, es tut mir so Leid, was du mitgemacht hast in den letzten Monaten. Glaubst du mir das?«

»Ja, Papa. Jetzt, wo wir darüber reden können, glaube ich dir.« Ich holte tief Luft und fragte: »Hatte Mama wirklich einen guten Ruf als Malerin, oder war das auch erfunden?«

»Nein, das war wirklich so, Swan. Sie war eine gute Malerin, ihre Bilder wurden sehr geschätzt. Das Museum war ganz scharf darauf, eines ihrer Bilder zu bekommen. Aber sie war nicht sehr produktiv. Wenn sie wieder einmal in ihrem schwarzen Loch steckte, hat sie manchmal ihre Bilder zerstört. Aber, Mary Swan, das mit ihrem Talent habe ich nicht erfunden, du kannst es ja selber sehen an ihren Bildern. Sie war eine Meisterin im Wiedergeben von Stimmungen. Und ich war stolz auf sie, Swan. Manchmal hatte ich Angst, manchmal war ich sehr wütend. Aber ich war immer stolz auf sie.«

»Und was war an dem Abend der Ausstellungseröffnung?«

»Da hat sie sich betrunken. Wollte nicht mit. Weinte darüber, dass die Bilder verschwunden waren. Sie hatte wochenlang an ihrer Rede gearbeitet und konnte sie auswendig. Ich bat sie, doch wenigstens die Rede zu halten, für all die Gäste, aber sie sagte, dass das keinen Sinn hätte, wenn das Bild nicht da war. Und sie war so betrunken. Schon lange, bevor es anfing. Wir gingen schließlich hin, aber ich sagte dem Museum, dass sie zu krank war, um zu sprechen. Die Leute vom Museum waren verständnisvoll, und die verschwundenen Gemälde waren ihnen sehr peinlich. Ich habe nie herausgefunden, ob deine Mutter vielleicht mehr über diese Gemälde wusste. Ein paar Wochen lang waren sie das Stadtgespräch, dann hörte es Gott sei Dank auf.«

»Es tut mir Leid, wenn ich dir solche Mühe gemacht hab', Papa. Ich wollte einfach wissen, was los war.«

»Du hattest es verdient, die Wahrheit zu wissen, Swan. Ich bin derjenige, der Mühe gemacht hat.« Dann, als wir unseren Erdbeerkäsekuchen aßen, fuhrt er fort: »Swannee, du bist in so vielem wie deine Mutter. Kreativ, wild, selbstständig im Denken. Aber jetzt kennst du auch ihre andere Seite, die gar nicht so ist wie du. Belaste dich nicht damit. Genieße dein Leben, Spatz. Versuche nicht, Dinge zu verstehen, die für uns alle zu schwer sind.«

»Ich will's versuchen, Papa.«

Später, als Papa mich zur Bushaltestelle brachte, zwitscherte ich: »Das war die beste Verabredung, die ich je gehabt hab', Papa.« Ich küsste ihn fest auf die Wange und warf meine Arme um ihn. »Danke.«

Er sah mich an, lange. Dann sagte er: »Für mich war es auch das Beste seit langem, Swan. Wir sollten das öfter machen.«

»Ja, das wär' echt schön.«

Von diesem Tag an begann die Mauer, die Papa und mich getrennt hatte, abzubröckeln, Stein um Stein.

KAPITEL 23

Jetzt, wo Papa und ich endlich über die Vergangenheit reden konnten, überlegte ich mir, ob ich nicht ihn bitten sollte, mich nach *Resthaven* zu fahren. Aber Trixie hatte sich bereits angeboten, ihr Terminkalender war flexibler und ich wollte nichts tun, was die zerbrechliche Balance, die Papa, Jimmy und ich gefunden hatten, gefährden konnte. Und so saß ich gegen Ende der Weihnachtsferien neben Trixie in ihrem blauen Chevrolet, auf dem Weg nach Nord-Georgia.

»An Silvester hat Papa mich in den Capital City Club ausgeführt«, erwähnte ich wie nebenbei.

»Das ist ja toll.«

»Er hat deinen Rat befolgt.« Ich sah sie an. »Ich hab' das mitgehört, Trixie, was du ihm am Abend vor Weihnachten gesagt hast.«

»Oh, das wusste ich nicht.« Ihre schlanken Finger mit den hellrosa Nägeln packten das Lenkrad fast unmerklich fester, ihre Wimpern zuckten leicht.

Ich achtete nicht darauf. »Und dann hat Ella Mae auch mit ihm geredet. Hat ihm richtig ihre Meinung gesagt.«

»Ella Mae? Unmöglich!«

»Doch, echt.« Wir mussten beide kichern. »Da muss dann wohl bei Papa der Groschen gefallen sein, als ihr beide kamt.«

»Das freut mich, Swannee. Da bin ich wirklich froh.« Sie schaute kurz zu mir hin. »Habt ihr über eure Mutter gesprochen?«

»Ja. Über sie und ihr Malen und wie du und Ella Mae sich um sie gekümmert haben und über *Resthaven*. Papa hat es alles zugegeben. Und sich entschuldigt – stell dir das vor!«

»Er ist ein guter Mann, Mary Swan. Er wusste nur nie, was er machen sollte. Es war so schwer.«

Ich kaute nervös an meinen Fingernägeln. Ich musste Trixie endlich etwas fragen, das mir seit dem Abend vor Weihnachten, als ich ihr Gespräch mit Papa mitbekommen hatte, durch den Kopf ging. »Magst du meinen Vater eigentlich?«

»Natürlich mag ich ihn, Swannee. Wir sind seit Jahren gute Freunde.«

»Aber magst du ihn nicht noch mehr?«

»Swan, ich weiß nicht, was du meinst.« Sie presste ihre Lippen zusammen und zog umständlich eine Zigarette aus der Schachtel.

»Natürlich tust du das. Und ich glaube, Papa mag dich auch. Sehr sogar.«

»Swannee, bitte!«

»Ich weiß, dass er Mama geliebt hat. Aber Mama ist nicht mehr da, und ich glaube, wenn du dich ein bisschen um Papa kümmern würdest – also, Trixie, mir wäre es viel lieber, er geht mit dir als mit Amanda Hunnicutt.«

»Swan, das ist unmöglich! Sheila war meine beste Freundin.«

»Und?«

»Und ich lass' mich auf keine Skandale mehr ein.«

»Wie meinst du das – Skandale? Was ist denn daran, wenn man mit einem Mann ausgeht, dessen Frau seit sieben Monaten tot ist?«

»Oh, Mary Swan Middleton, du und deine Ideen!« Ihre Stimme klang gepresst.

»Aber du hast mir doch selber gesagt, ich soll nicht darauf hören, was andere sagen, vor allem, wenn es nicht wahr ist.«

Trixies Augen waren auf die Straße geheftet. »So einfach ist das nicht, Mary Swan. Wenn dein Vater mit mir gehen würde, wären wir sofort das Stadtgespräch. Und womöglich würden viele Menschen verletzt werden.«

»Warum?«

»Gerüchte, Klatsch. Ich hab' genug für zehn mitgemacht davon, als Tony sich von mir scheiden ließ. Die Gerüchte flogen durch die ganze Stadt, und zum Schluss war ich nicht mehr das hilflose Opfer, sondern die Schlampe, die selber schuld an ihrem Elend war. Es war furchtbar.« Sie hatte das Fenster heruntergekurbelt und blies große Qualmwolken nach draußen. »Ich habe damals gelernt, stark zu sein. Meine Augen und Ohren zu schließen und nicht auf die Gerüchte zu achten. Ich wusste ja, dass sie nicht stimmten. Aber weh taten sie trotzdem. Sie taten höllisch weh, all diese Bemerkungen, wie viel Geld ich wohl wert wäre und dass ich doch kein schlechtes

Geschäft gemacht hätte, als ich das Haus behielt. Die Ehe mit Tony war schon jahrelang die Hölle für mich gewesen, denn ich wusste ja, was er trieb. Ich hatte immer gedacht, noch schlimmer könnte es nicht kommen, aber es kam schlimmer. Und ich wusste, dass er nie zurückkommen und mich um Verzeihung bitten würde. Es muss ihm richtig Spaß gemacht haben, mein Leben zu ruinieren.«

»Und darum hast du jetzt was Besseres verdient, Trixie.«

»Mary Swan.« Sie sah mich einen Augenblick an. »Das durchzumachen, was ich damals durchgemacht hab', das würde ich meinem ärgsten Feind nicht wünschen, und John Jason und dir und Jimmy schon gar nicht. Ihr habt schon genug mitgemacht.«

»Aber was würden die Leute denn sagen? Was können sie sagen?«

»Glaube mir, Swannee, sie würden Geschichten erfinden – dass dein Vater und ich die ganze Zeit schon ein Liebespaar waren, dass wir uns jahrelang heimlich getroffen haben und wer weiß, was noch.«

»Aber das ist doch voll verrückt! Wer nimmt denn so was ernst?«

»Ich. Bitte rede nicht mehr darüber.« Erst jetzt sah ich, wie unglücklich sie aussah – so, als ob ich ihr tiefstes Geheimnis erraten hatte, etwas, was sie in einer Million Jahre nicht für möglich gehalten hatte.

Trixie setzte mich am Haupteingang von *Resthaven* ab. Ich blieb neben einer der weißen Säulen stehen und winkte. »Ich komme um vier wieder.« Sie schaute auf ihre Uhr. »Ich mach' so lange in Highlands einen Einkaufsbummel und besuche eine Freundin. Alles klar, Swan?«

Ich nickte und schaute ihr hinterher, wie sie die lange Allee zurückfuhr. Dann öffnete ich die schwere hölzerne Eingangstür und trat in das Empfangsfoyer von *Resthaven,* dessen hohe Decken und schwarz-weiß geflieste Böden mir jetzt schon ein wenig vertrauter waren. Hinter dem Empfangstisch saß dieselbe Sekretärin wie das letzte Mal.

»Sie sind sicher Miss Middleton?«

»Ja.«

»Setzen Sie sich doch.« Sie nickte zu einer Sitzgruppe zur Linken hin. »Schwester Leschamps kommt gleich.«

Ich hatte zwei Tage vorher in *Resthaven* angerufen und einen Termin mit Leslie Leschamps vereinbart. Sie kam fast sofort. Sie war vollschlank, hatte kurzes, graues Haar und strahlte Ordentlichkeit und Hilfsbereitschaft aus. Sie führte mich in ein kleines Aufenthaltszimmer, in dem gerade niemand war. »Freut mich, Sie kennen zu lernen, Miss Middleton. Wie kann ich Ihnen helfen?«

»Also, Sie haben doch vielleicht meine Mutter gekannt. Ich meine, kannten Sie sie gut?«

»Doch, ich kannte sie. Das tut mir so Leid mit diesem schrecklichen Unglück.« Sie nahm mechanisch meine Hand. »Ich bin seit vielen Jahren hier in *Resthaven.* Ihre Mutter war mir sehr ans Herz gewachsen.«

Ich berichtete ihr kurz, wie meine Suche nach den drei verschwundenen Gemälden mich nach *Resthaven* geführt hatte. »Vor einem Monat konnte ich mit Mr. Henry Becker reden, und der erzählte mir, dass meine Mutter gerne malte, wenn sie hier war. Er besitzt sogar ein Bild, das sie ihm geschenkt hat; es hängt in seinem Schlafzimmer. Hat Mama Ihnen auch ein Bild geschenkt?«

Schwester Leschamps sah überrascht aus. »Doch, das hat sie. Es ist eines meiner wertvollsten Stücke.«

»Und haben Sie ihr beim Malen geholfen?«

Sie gluckste. »Ich habe im Leben keinen Pinsel in der Hand gehabt, außer wenn ich die Wände in der Küche neu angestrichen habe. Aber ich habe ihr gerne beim Malen zugeschaut und sie ermutigt, nicht damit aufzuhören.«

»Glauben Sie, dass sie vielleicht einige ihrer Gemälde mit Ihrem Namen gezeichnet hat?«

Leslie Leschamps runzelte die Stirn. »Warum soll sie das gemacht haben?«

»Das weiß ich nicht. Es gibt so vieles, was ich noch nicht weiß. Aber ich glaube, es hat damit zu tun, dass sie anders malte, wenn sie in *Resthaven* war.« Die Schwester nickte, und ich fuhr fort. »Ist Ihnen das auch aufgefallen – dass ihr Stil hier anders war?«

»Und ob. Sofort. Obwohl ich natürlich keine Expertin in so was bin. Ich habe es einfach den Ärzten gesagt und ihnen zugeredet, die Medikamente bei Ihrer Mutter abzusetzen, solange sie in *Resthaven* war.« Sie nahm wieder meine Hand. »Aber wissen Sie, Miss Middleton, über diese Sachen sollten Sie eigentlich mit Dr. Clark reden.«

»Dr. Alfred Clark?« Ich erinnerte mich vage an den Namen.

»Ja. Er ist der Arzt, der am meisten mit Ihrer Mutter gearbeitet hat. Ein wunderbarer Mann.«

»Aber ich bin nur für ein paar Stunden hier.«

»Dr. Clark hat gerade Dienst. Warten Sie eben mal, ich werde sehen, was ich tun kann.« Ich begriff allmählich, warum Mama Leslie Leschamps so gemocht hatte. Sie wusste, wie man etwas organisierte.

Keine zehn Minuten, und Dr. Clark war da und lud mich ein, in sein Büro zu kommen. Er war dünn, nicht sehr groß und hatte eine beginnende Glatze. Seine Bewegungen waren rasch, sein Lächeln beruhigend, seine blauen Augen freundlich. »Schön, Sie kennen zu lernen, Miss Middleton.« Er hielt mir seine Hand hin. »Sie sind also Sheila Middletons Tochter – ja, das sieht man. Sie sehen geradeso aus wie sie.«

»Danke«, murmelte ich.

»Schwester Leschamps sagte mir, dass Sie einige Fragen an mich haben?«

»Ja, doch. Danke, dass Sie sich Zeit für mich nehmen; ich weiß ja, dass Sie beschäftigt sind.« Und ich begann meine Geschichte über meine Jagd nach den drei verschwundenen Gemälden von Sheila Middleton, Henry Becker und Leslie Leschamps. Ich berichtete, wie ich Mamas Skizzenblöcke aus *Resthaven* gefunden und darin die Skizze mit Henry Becker gesehen hatte, wie ich dann nach *Resthaven* gefahren war und Mr. Becker gesprochen und Mamas Gemälde in seinem Haus gesehen hatte, das aber gar nicht wie Mamas übrige Bilder aussah, und wie ich schließlich herausgefunden hatte, dass weder Henry Becker noch Leslie Leschamps je ein Bild gemalt hatten in ihrem Leben.

»Ich weiß nicht mehr, was ich denken soll, Dr. Clark. Ich habe den Eindruck, dass Mama aus irgendeinem Grund in

Resthaven besser malte, und ich glaube inzwischen, dass alle drei verschwundenen Gemälde von ihr waren. Vielleicht hat sie die anderen Namen benutzt, damit keiner herausbekam, dass sie hier anders malte, oder was auch immer. Und das macht alles irgendwie keinen Sinn, und Sie sind meine letzte Hoffnung, und ich muss diese verschwundenen Bilder einfach finden.«

Ich war so in meine Rede vertieft, dass ich erst gar nicht merkte, wie aufmerksam Dr. Clark mir zuhörte und wie nach und nach ein Lächeln auf sein Gesicht kam. »Sie sind eine sehr intelligente junge Frau, Miss Middleton.«

»Nein, das bin ich nicht. Ich bin ganz durcheinander. Ich hab einfach gehofft ...«

»Dass ich Ihnen ein paar Fragen beantworten kann?«

Ich nickte.

»Dann sind Sie hier genau richtig.«

»Wirklich?«, fragte ich ungläubig.

»Ja. Mindestens einige von ihnen kann ich beantworten.« Wieder dieses beruhigende Lächeln. »Der Erste, der mit mir über Ihre Mutter und ihr Malen redete, war Schwester Leschamps. Ich fand die Bilder Ihrer Mutter faszinierend und ließ damals mehrere Kunstexperten kommen, die sie begutachteten – mit ihrem vollen Wissen und ihrer Zustimmung natürlich. Seit ein paar Jahren erforschen wir die therapeutische Wirkung von Kunst bei der Behandlung seelischer Probleme, und den Anstoß dazu gab uns vor allem Ihre Mutter.«

Ich hatte den Eindruck, dass Dr. Clark mir wirklich helfen wollte.

»Bei Ihrer Mutter wurde vor vielen Jahren eine so genannte chronische saisonale Depression diagnostiziert. Das heißt ganz einfach, dass Ihre Mutter als Kind seelisch stark verletzt worden war und dass die ›Erinnerungsnarben‹ ihr zu bestimmten Zeiten im Jahr sehr stark zusetzten.«

Ich muss wohl unbehaglich ausgesehen haben, denn Dr. Clark hielt inne und seine Stimme wurde leiser, als wollte er mich nicht aufregen. » Manchmal begleiten uns die negativen Dinge, die wir als Kinder erlebt haben, durch das ganze Leben hindurch. Manchmal können wir einfach nicht begreifen, wie die Menschen, die wir am meisten lieben, Dinge tun konnten, die dieser Liebe offenbar zuwiderstreiten. Viele Erwachsene haben es nie gelernt, ihre traumatischen Kindheitserlebnisse zu akzeptieren. In jede neue Situation schleppen sie ihre Vergangenheit als Gepäck mit. Solche Menschen sind emotional sehr labil. Hier in *Resthaven* versuchen wir, den Patienten zu helfen, ihre alten Wunden anzunehmen und sich dem Alltag auf eine gesündere Art zu stellen. Können Sie mir folgen, Miss Middleton?«

Ich verschlang jedes seiner Worte. »Ich glaube schon. Sie meinen also, dass meiner Mutter, als sie noch jung war, etwas Schlimmes passiert ist, das sie nie unter die Füße gekriegt hat.«

»Jedenfalls viele Jahre nicht. Aber sie war dabei, große Fortschritte zu machen und eine neue Freiheit in ihrem Leben zu finden. Ich glaube, ihre Kunst war ein Ausdruck dessen, was sie innerlich fühlte.«

»Und was war das in ihrem Leben, das so schrecklich war?«

Dr. Clark räusperte sich. »Haben Sie schon einmal etwas von der ärztlichen Schweigepflicht gehört?«

»Nein.«

Er kicherte etwas. »Schweigepflicht bedeutet, dass ich über das, was meine Patienten mir sagen, mit keinem Dritten reden darf. Aber die Einzelheiten sind auch gar nicht wichtig. Was Sie wissen müssen, Miss Middleton, ist, dass Ihre Mutter sehr den Wunsch hatte, ein normales Leben zu führen. Für sie waren bestimmte Zeiten im Jahr extrem schwierig, wegen der Erinnerungen, die sie ihr brachten. Sie kam dann oft nach *Resthaven.*«

»Um Medizin zu bekommen?«

»O nein, gar nicht. Die Medikamente waren eine Krücke für die schlimmsten Durststrecken und minderten auch den Stress für ihre Familie, aber ihre beste Therapie war, das zu tun, was ihr am meisten Spaß machte – malen. Bevor sie ihren Schmerz in Worte fassen konnte, konnte sie ihn malen, und das war der Beginn ihrer Reise in die Freiheit. Sie machte Fortschritte, und ihre Bilder zeigten das.«

»Dann sind also alle drei Gemälde von ihr?«

»Ja.«

»Und sie hat Pseudonyme benutzt?«

»Ja.«

»Aber warum?«

»Sie wollte ihre Werke so gerne dem Publikum zeigen. Aber wie jeder Künstler hatte sie Angst vor Zurückweisung, und so benutzte sie mit ihrer Erlaubnis die Namen ihrer beiden lieben Freunde Mr. Becker und Miss Leschamps. Es war auch eine Art Dankeschön an die Menschen, die ihr geholfen hatten, denn durch Mr. Becker und Miss Leschamps war ich überhaupt erst auf das Talent Ihrer Mutter aufmerksam geworden.«

»Aber die haben mir gesagt, dass sie nichts von den Gemälden wissen!«

»Ich glaube, dass auch sie sich in einer gewissen Schweigepflicht sehen.«

»Ach so. Ja, ich verstehe.«

»Kommen Sie mit mir.« Er führte mich einen breiten Gang entlang. »Hier ist unser Kunstatelier.« Er öffnete eine Tür und bedeutete mir, einzutreten. Ich musste plötzlich lächeln. Die eine Wand bestand fast ganz aus großen Fenstern, durch die das Sonnenlicht hereinströmte.

»Das sieht ja gerade wie Mamas Atelier zu Hause aus!«, japste ich.

»Das kann gut sein. Sie hat damals geholfen, es zu entwerfen und hat es finanziert.« In verschieden großen Fächern waren Staffeleien, Farben, Leinwände und Ton untergebracht. »Dieser Raum ist für den Heilungsprozess einiger unserer Patienten sehr wichtig geworden.« Dr. Clark sagte es fast andächtig.

»Hat Mama Sie dazu gebracht, ein Kunstatelier einzurichten?«

Dr. Clark lächelte. »Nicht ganz. Es waren die Gemälde Ihrer Mutter, die mir zeigten, dass Kunst für manche Patienten therapeutisch sein kann. Verstehen Sie, das hier ist alles noch ziemlich experimentell. Noch nicht Stand der Wissenschaft sozusagen.«

»Und wusste mein Vater, wie sie in *Resthaven* malte?«

»Nein. Jedenfalls damals nicht. Ihre Mutter schien nicht zu

wollen, dass irgendjemand außerhalb von *Resthaven* davon erfuhr. Es war ja sozusagen eine Schande für sie, hier zu sein.«

»Und sie war oft hier?«

»Ziemlich. Mindestens zwei Mal im Jahr.«

»Dann ist sie also nur zum Malen hierher gekommen, und an Gesundwerden war gar nicht zu denken!«

»Oh, sie machte Fortschritte. Große Fortschritte.« Er schaute durch das große Panoramafenster nach draußen. »Viele Patienten erreichen im Heilungsprozess eine Art Stillstand. Wir können sie medikamentös stabilisieren, aber sie machen nicht viel Fortschritte. Das hängt ganz von der Art der Krankheit ab. Aber Ihre Mutter war nicht geisteskrank. Sie war übernervös und zeitweise emotional nicht stabil. Sie fühlte sich in der Gesellschaft, in der sie lebte eingeengt. In *Resthaven* konnte sie diese Zwänge ablegen und nach und nach sie selber werden. Zu diesem Sie-selber-Werden gehörte nicht zuletzt, dass sie malerisch experimentierte, und dabei änderte sich ihr Malstil.« Er drehte sich zu mir hin, seine Augen durchdringend, konzentriert. »Ich will Ihnen noch etwas zeigen, Miss Middleton.«

Er führte mich durch einen langen Gang und durch eine Hintertüre aus dem Hauptgebäude hinaus. Wir standen in einem blühenden Garten mit verschlungenen Fußwegen. So viele Farben mitten im Winter hatte ich noch nie gesehen.

»Mensch, ist das schön!«, rief ich aus.

»Ja. Wir haben Glück gehabt und einen anderen Gärtner gefunden, der genauso mit Leib und Seele dabei ist wie Mr. Becker.«

Er führte mich zwischen den Beeten hindurch. Ich zog meinen Mantel fester um mich. Vor einem niedrigen Ziegelgebäude, das halb von Magnolien und Efeu verdeckt war, hielt er an und zog einen Schlüsselbund aus der Hosentasche. Er öffnete die Tür, und wir traten ein.

Dr. Clark drehte einen Lichtschalter. Der Raum war klein, sauber, fensterlos und ungeheizt. Auf dem Fußboden und auf zurechtgezimmerten Regalen standen lauter ungerahmte Gemälde. Einige waren Porträts und Stillleben, andere sahen mehr so aus wie die Sturmwolken auf Henry Beckers Bild. Wieder andere strahlten eine weiche Ruhe aus.

»Dies sind die Gemälde Ihrer Mutter.«

Ich japste. »Das hat alles Mama gemalt?«

»Jawohl, Miss Middleton.« Er schwieg einen Augenblick, um mich zu mir kommen zu lassen. »Wir alle wussten, dass Ihre Mutter viel Talent hatte. Ich habe ihr mehrere Male vorgeschlagen, diese Bilder doch auszustellen – und wenn es nur hier in *Resthaven* gewesen wäre. Aber davon wollte sie nichts wissen, und so haben wir ihr schließlich diesen Raum zur Verfügung gestellt, wo ihre Bilder jetzt schon seit vielen Jahren lagern.«

Ich stand in dem umgebauten Gartenschuppen und bekam den Mund nicht zu. Meine Augen schossen vom einen Gemälde zum anderen. Dass alle diese Bilder von Mama waren, ich hätte es im Leben nicht erraten! Ich stieß hervor: »Sind die drei verschwundenen Gemälde auch hier?«

Dr. Clark schüttelte langsam den Kopf. »Nein, das tut mir Leid, Miss Middleton. Die sind nicht dabei.«

»Was ist denn dann mit ihnen geschehen? Wissen Sie irgendetwas über die Ausstellung im High Museum damals?«

»Doch. Wie ich vorhin schon sagte, Ihre Mutter wollte einige ihrer Bilder mit ihren verschiedenen Malstilen öffentlich ausstellen. Ich unterstützte das voll, obwohl ich die Sache mit den Pseudonymen nicht einsah. Aber sie bestand auf ihnen.«

Ich trat vor eines der Gemälde, bis ich fast mit der Nase daran stieß, so wie Carl das vielleicht gemacht hätte. Unten stand, hastig hingemalt: *Henry Becker.* »Ihre Mutter wollte nicht berühmt werden, sie wollte einfach malen. Wenn sie malte, ging es ihr besser. Meine Aufgabe war, ihre Interessen zu schützen, soweit dies hilfreich für sie war. Ich wurde für Ihre Mutter eine Vertrauensperson. Sie bat mich schließlich, ihr bei der Planung einer Ausstellung im Kunstmuseum zu helfen. Aber gleichzeitig hatte sie eine panische Angst davor, dass ihre Bilder nicht ankommen würden, obwohl mehrere Kunstexperten ihr Werk hoch gerühmt hatten.«

»Aber warum?«

»Miss Middleton, Ihre Mutter hatte sich in Atlanta einen guten Ruf als Kinderporträtmalerin erworben. Aber das war für sie keine wirkliche Kunst. Wirkliche Kunst – das war ein fast magisches Erlebnis für sie. Sie war nicht kalkuliert, sie war frei, ein spontanes Einfangen der Kräfte in der Natur. Hier in *Resthaven* malte sie nur selten drinnen im Haus; sie malte die Natur und den oder das, was in dem Augenblick ein Teil von der Natur war.«

Ich musste an all die verschiedenen Gemälde von *Swan House* denken, bei denen sie ihre Staffelei draußen am Rand des großen Rasens aufgestellt hatte. Dr. Clark sprach weiter.

»Sie wählte schließlich drei Gemälde aus, die sie dem *High Museum* schenken wollte. Ich half ihr bei den Verhandlungen mit dem Kustos des Museums. Er erklärte sich bereit, die Bilder als Werke dreier junger Künstler aus den Südstaaten auszustellen. Er sprach mit Ihrer Mutter und hatte Verständnis dafür, dass sie nicht in das Rampenlicht wollte.«

»Und was kam dann? Was passierte mit diesen drei Gemälden? Ich muss das wissen.«

»Ich weiß es nicht, Miss Middleton. Am Abend vor der Ausstellungseröffnung verschwanden sie. Wir hatten sie hier im Atelier gelagert, fertig verpackt für den Transport zum Museum. Ich fürchte, Ihre Mutter hat sie zerstört. Sie hatte schon öfter Werke von ihr in Augenblicken großer innerer Not zerstört. Ein furchtbarer Verlust.«

»War dieser Raum hier nicht verschlossen?«

»Schon, aber Ihre Mutter hatte einen Schlüssel. Sie führte gerne andere Patienten hierher, um ihnen ihre Gemälde zu zeigen.«

»Und hat niemand sie befragt? Niemand hier aus *Resthaven?«*

»Natürlich wurde sie befragt – von der Polizei, vom Kustos, von mir. Mir sagte sie, dass sie die Gemälde nicht vernichtet hätte. Aber mehr wollte sie nicht verraten.«

»Warum haben Sie das meinem Vater damals nicht gesagt? Diese Gemälde hätten an uns gehen sollen! Wir hätten wenigstens wissen sollen, dass es sie gab!«

Er errötete und lächelte mitfühlend. »Natürlich, natürlich. Aber als ich sah, wie der Stress dieser Ausstellung sie geschlaucht hatte, wollte ich sie nicht drängen. Doch dann erholte sie sich und hatte fest vor, Ihren Vater und ihre anderen

Lieben aufzuklären. Sie wollte das während dieser Europareise machen. Vielleicht hat sie es auch getan.

Wie dem auch sei, Miss Middleton, Ihr Vater weiß inzwischen Bescheid. In der Woche nach dem Unglück rief ich ihn an und erklärte ihm alles. Ich lud ihn ein, hierher zu kommen und sich die Gemälde anzusehen, was er auch machte. Zur Zeit überlegt er, was mit ihnen geschehen soll. Es hat keine Eile; Sie haben ja so viel durchgemacht.«

Mein Kopf schwirrte. »Mein Vater weiß das?«

»Ja, Miss Middleton. Das ist der Grund, warum ich Ihnen heute so bereitwillig Auskunft gegeben habe.«

Ich spürte, wie die Tränen mir in die Augen stiegen. Ich murmelte: »Haben Sie was dagegen, wenn ich noch etwas hier bleibe?«

»Bleiben Sie so lange, wie Sie wollen, Miss Middleton. Ich stelle eben die Heizung an. Geben Sie der Sekretärin Bescheid, wenn Sie fertig sind.« Seine Stimme war weich, und er sah mich einen langen Moment an. »Ihre Mutter hat auch viel geschrieben, wenn sie hier war. In einem ihrer Tagebücher geht es nur um die Kunst. Ich glaube, sie wollte, dass Sie das eines Tages lesen.«

»Hat sie das für mich geschrieben?«

»Ja. Ich glaube, sie sah in Ihnen eine Mitkünstlerin.«

Ich schluckte heftig. »Ein Tagebuch? Für mich?«

»Ja. Das gehörte mit zu ihrer Therapie. Nicht nur Zeichnen und Malen, sondern auch Schreiben, wie sie sich fühlte.«

»Könnte ich das mal sehen?«

»Natürlich. Ich sage der Schwester, dass sie es Ihnen bringen soll. Guten Tag, Miss Middleton.«

»Danke, Dr. Clark. Danke, dass Sie sich so viel Zeit für mich genommen haben.« Und dann fügte ich hinzu: »Und für alles, das Sie getan haben, um meiner Mutter zu helfen.«

Den ganzen Nachmittag blieb ich in dem Schuppen, bis die Sekretärin kam und mir sagte, dass Trixie auf mich wartete. Ich betrachtete abwechselnd die Gemälde und las in dem Tagebuch meiner Mutter.

Das ist wahre Kunst: die Farben und die Gefühle ihre

eigene Geschichte erzählen lassen, ohne vorgefasste Gedanken. Dies ist die Magie, die ich gesucht habe, die Perfektion meiner Fertigkeiten. Ich mag die Art, wie der Baum nur durch die verschiedenen Farbtöne angedeutet wird, mit der Komplementärfarbe am Himmel. Ich mag es, wie man den Wind spüren kann in der Art, wie die Blätter sich bewegen.

Sie schrieb über ein Bild des Sanatoriumsgartens, und als ich es studierte, musste ich ihrer Beschreibung Recht geben. Es war ein stärkeres Bild als die perfekt ausbalancierten Porträts. Die Kälte in den spröden Blättern einer dicken alten Eiche war so spürbar, dass es mir über den Rücken rieselte. Das Bild war *Henry Becker* signiert.

Mit den Gemälden, die die Unterschrift *Leslie Leschamps* trugen, konnte ich nicht viel anfangen, bis ich Mamas eigene Erklärung in ihrem Tagebuch fand:

Ich habe mit dem Malen drinnen, weg von der Natur, experimentiert, hier in Resthaven. *Ich ziehe das natürliche Licht draußen bei weitem vor, aber ich wollte ein paar Sujets aus dem Gedächtnis malen. Ich habe es viel schwieriger und viel befriedigender gefunden als ein einfaches Porträt. Es hat mich an die tiefe Freude erinnert, die ich damals, vor so vielen Jahren, verspürte, als ich Mary Swan malte. Ich kannte ihre Seele, und es war so schwer und schmerzlich und wunderbar befreiend, sie auf die Leinwand zu bannen. Und so habe ich jetzt wieder mit dieser Art Porträtmalen experimentiert.*

Und ich fand zu meinem großen Vergnügen ein Porträt von Papa. Er sah so aus, als ob er gerade sah, wie Mama in sein Arbeitszimmer trat, und ganz überrascht war. Mit leuchtenden, halb dringend, halb glücklich lächelnden Augen beugte er sich an seinem Schreibtisch nach vorne. Noch ein Augenblick, und er würde aufstehen und zur Tür kommen, wo Mama stand. Sie hatte einen Ausdruck auf Papas Gesicht gemalt, den ich nur ganz, ganz selten gesehen hatte. Aber, so dachte ich voller Erleichterung, eines dieser wenigen Male war gerade bei unserem Essen im Club gewesen.

Dieser Nachmittag in dem Schuppen in *Resthaven* ist als meine private Kunststunde mit Mama in meinem Gedächtnis haften geblieben. Ich las über ihren Kampf, die Wahrheit auf die Leinwand zu bringen, aus ihrer Seele zu malen. Und mitten in dem Tagebuch war ein Juwel, der nur für mich war.

> *Ich mache mir Sorgen um Swannee. Sie hat die gleiche kreative Ader, die ich in ihrem Alter hatte, aber sie weiß nicht, was sie damit machen soll. Und wie soll ich ihr Mut machen, wenn mein eigener Weg so steinig gewesen ist? Was soll ich ihr sagen, damit sie diese Passion, diesen Traum verfolgt? Ich will nicht, dass sie so leiden muss, wie ich gelitten habe. Möge sie nicht denselben Weg gehen, stolpernd und suchend und mit dem brennenden Schmerz im Herzen! Ich möchte, dass sie anmutig schwimmt, wie der Schwan in ihrem Namen, auf einem stillen See. Aber nein, ich will sie nicht zum Frieden verdammen, wenn ihr Schicksal sie zu etwas anderem beruft. Sie wird fliegen.*

Ihre Worte waren die Bestätigung, die ich gesucht hatte, ohne es zu wissen. Die Bestätigung, dass Mama mitten in all ihren eigenen Kämpfen mich geliebt und sich um mich gesorgt und sich über mich Gedanken gemacht hatte.

Vor Monaten hatte Papa mir gesagt: *»Es scheint viel mehr Gemälde zu geben, als wir gewusst hatten.«* Und dann hatte er das Thema gewechselt. Er musste diese Gemälde gemeint haben, nachdem Dr. Clark ihn angerufen hatte. Jetzt konnten wir endlich darüber reden und gemeinsam entscheiden, was wir mit ihnen machen sollten. Endlich stand kein Geheimnis mehr zwischen uns.

Außer dem Rabenrätsel.

Das Rabenrätsel. Der Grund für mein ganzes Forschen. Das Schicksal ist ein komischer Geselle. Wenn Mama noch gelebt hätte, als ich mit dem Rabenrätsel anfing, ich hätte bestimmt nie die Wahrheit über die Gemälde herausgefunden oder die Bilder entdeckt, die sie in *Resthaven* gemalt hatte. *Nun,* dachte ich, als ich in dem Schuppen saß, *ich habe meinen Auftrag ausgeführt.* Ich hatte alles über die verschwundenen Gemälde herausgefunden, was es herauszufinden gab, und der einzige andere Mensch, der das Geheimnis vollends lüften konnte, war tot. Ich hatte ein bohrendes Gefühl, dass das Rabenrätsel jetzt seinen eigenen sanften Tod sterben würde, weit weg vom Rampenlicht, gerade so, wie Mama es gewünscht hätte.

Ich würde das Ergebnis Mrs. Alexander und den Mädchen der Abschlussklasse vortragen und sie dann entscheiden lassen. Mehr konnte ich nicht tun. Und vielleicht war das Rabenrätsel auch nicht mehr so wichtig. Was waren drei verschwundene Bilder, wenn ich das Rätsel meiner Mutter gelöst hatte?

Nach der Hälfte der Rückfahrt kannte Trixie jedes Detail meines Nachmittags in *Resthaven.*

»Also, Trixie, hat Mama dir je erzählt, warum sie zu bestimmten Zeiten im Jahr solche Depressionen hatte?«

»Das ist nichts für dich. Mensch, Swan, hör auf, mich so schwere Sachen zu fragen.«

»Ist Mama etwas Schlimmes passiert, dass sie immer diese Depressionen hatte?«

»Das ist nichts für dich. Tu dir das nicht an.«

»Hast du es lieber, wenn ich Papa frage?«

»Nein, nein, frag nicht John Jason.« Dann, mit einem schweren Seufzer: »Das ist jetzt wirklich das Letzte, was ich dir sage, Mary Swan. Ich halt' diese ganzen Erinnerungen nicht aus. Aber dein Vater wird es dir nie sagen, weil er es wahrscheinlich gar nicht weiß.«

»Er weiß es nicht?«

»Deine Mutter hat es mir gegenüber nur einmal erwähnt; wir haben nie mehr darüber gesprochen. Aber ihr Arzt in *Resthaven* weiß es bestimmt.« Sie nahm die nächste Zigarette. »Deine Mutter war kein Einzelkind, Mary Swan. Sie hatte eine Schwester, Anne, ungefähr vier Jahre jünger als sie.« Sie machte eine Pause.

»Evelyne und Ian waren überglücklich, noch eine Tochter zu haben, und deine Mutter liebte ihre kleine Schwester heiß und innig. Eines schönen Frühlingstags auf der großen Baumwollplantage half Sheila ihrer Mutter, den Kinderwagen zu schieben, als Anne plötzlich keine Luft mehr bekam. Deine Großmutter geriet in Panik und schrie Sheila an, Hilfe zu holen. Evelyne versuchte, die Luftröhre der Kleinen frei zu bekommen, aber ohne Erfolg. Als Sheila mit der Hilfe zurückkam, war das Baby tot.

Als Evelyne Sheila sah, schrie sie sie an. Sie schlug sie und sagte, dass es ihre Schuld wäre, dass Anne tot sei, weil sie nicht schnell genug Hilfe geholt hätte. Eine ganze Woche wollte sie Sheila nicht sehen.« Trixies Stimme war zu einem Flüstern herabgesunken, ihre Augen waren filmig. »Und dann fing deine Großmutter zu trinken an. Es war furchtbar. Es brachte deine Großeltern fast um. Und Sheila war ein so sensibles Kind. Ich glaube, sie ist damals innerlich mit gestorben. Und jedes Jahr, wenn der Frühling kam, versank sie in Depressionen. Ich glaube, deine Großmutter hat Sheila nie vergeben, und Sheila hat ihrer Mutter nie vergeben. Sie erzählte mir, dass ihre Mutter ihr Leben zerstört hätte, indem sie ihr eine Schuld aufbürdete, die gar nicht ihre war.«

Ich schwieg lange. *Kein Wunder,* musste ich denken. *Kein Wunder, dass Mama so zerbrechlich war.* Ich wischte mir über die Augen und flüsterte: »Und jetzt ist Mama auch nicht mehr.«

»Ja.«

»Wann hat sie dir das erzählt?«

»Als ich heulend zu ihr kam, wegen Tony. Dann passte Ella Mae auf Lucy auf, und deine Mutter und ich tranken und rauchten, bis wir nicht mehr konnten. So haben wir überlebt damals. Reden und weinen und hysterisch lachen und trinken und rauchen. Ich kann das nicht empfehlen, Swan, aber so überlebten wir. Und da hat sie mir eines Tages ihre Geschichte erzählt. Und das ist also der Grund, warum deine Mutter so viele Depressionen hatte. Denke ich jedenfalls.

Aber jetzt ist Schluss mit den Fragen! Das ist alles so furchtbar. Nichts mehr, Swan.« Und mit einer letzten Rauchwolke drückte sie die Zigarette in dem Aschenbecher aus und schwieg.

Als ich Trixie auf Wiedersehen sagte und in unser Haus ging, erkannte ich, warum die anderen mir so viel vom Leben meiner Mutter verheimlicht hatten. Es war zu viel, zu schrecklich für ein Kind. Papa hatte Recht gehabt, dass er es mir nicht erzählt hatte. Ich schlüpfte in das Atelier. Mit der einen Hand hielt ich den Pinsel und strich Farbe auf mein allererstes und einziges Bild. Mit der anderen wischte ich mir die Tränen ab.

Als am 7. Januar die Schule wieder anfing, kam ich mir plötzlich wie auf der Zielgeraden vor. Das Rabenrätsel. Karneval. Ich konnte nicht einfach aufgeben. Sieben Monate hatte ich gehabt, um das Rätsel zu lösen. Jetzt hatte ich nur noch sieben Wochen. Sieben kurze Wochen, und mein ganzes Pulver war verschossen.

Die Lehrer klagten immer, dass der Januar und Februar verlorene Monate waren, weil das Einzige, woran wir Mädchen dachten, der Schulkarneval war. Wir dagegen jammerten, dass wir jeden Tag Überstunden machen mussten, um die Schultradition zu pflegen, und dass die Lehrer dies wenigstens mit weniger Hausaufgaben honorieren könnten. Aber es änderte sich natürlich nichts, und auch das gehörte zur Tradition.

Die Mädchen der Abschlussklasse hatten für diesen Montagnachmittag eine Schulversammlung einberufen, und sämtliche Schülerinnen drängten sich in der Aula, um das Thema des diesjährigen Karnevals zu erfahren. Einmal war es »Baskin-Robbins' 31 Eiskremesorten« gewesen, ein anderes Mal »Wunderbare Disney-Welt«.

»Sind alle bereit für den diesjährigen Karneval?«, rief Jane McClatchey, die Sprecherin der Abschlussklasse.

»Ja!«, schrien wir zurück.

»In diesem Jahr lautet das Thema: ›Shakespeares Komödien‹. Die Abschlussklasse hat *Der Widerspenstigen Zähmung* gewählt. Bleiben noch elf weitere Stücke, die ihr aussuchen könnt. Sobald ihr euch entschieden habt, gebt uns Bescheid. Wie ihr wisst, müsst ihr einen Karnevalswagen bauen und einen Sketch schreiben, der etwas mit dem Stück zu tun hat, das ihr gewählt habt.«

In meinem ersten Jahr im Wellington, als das Thema »Wunderbare Disney-Welt« gewesen war, hatte unsere Klasse den

Film *Fantasia* gewählt und wir hatten – warum, wussten wir selber nicht – beschlossen, als Wagen einen riesigen Drachen aus Pappmaschee zu bauen. Das Projekt hatte uns so gestresst, dass es uns, als der Karnevalstag kam, egal war, ob der Drache Feuer oder Seife spuckte.

Sobald das Thema verkündet war, zogen die einzelnen Klassen sich zu einem Ideen-Kriegsrat zurück. »Also, Leute, Ruhe bitte, aber richtig!« Jane Springfield, unsere Klassensprecherin, war die geborene Organisatorin. »Hört zu. Wir müssen uns schnell entscheiden, bevor die Kleinen uns unsere Idee klauen können.«

»Die haben schon den *Mitsommernachtstraum*«, meldete sich Karen Jones.

»Und die Abschlussklasse macht ja *Der Widerspenstigen Zähmung*«, erinnerte eine andere Jane.

»Na, toll«, knurrte Jane. »Dann mal los. Swan, du bist unsere Kreative. Hast du 'ne Idee?«

Ich zuckte die Achseln. Mein Gehirn raste. Ich konnte es nicht erwarten, Shakespeare zu parodieren und den Größten der Großen sich im Grabe umdrehen zu lassen! »Vielleicht *Der Kaufmann von Venedig*?«, sagte ich. »Und unser Wagen könnte eine Gondel sein, die unter der Seufzerbrücke durchfährt.«

»Gute Idee«, tönten mehrere der Mädchen.

»Und dazu romantische Musik.«

»Und vielleicht eine Tanzszene mitten auf dem Petersplatz, mit dem Papst als Zuschauer.«

Alle kicherten, die Ideen begannen zu strömen.

»Okay«, rief Jane durch unser Gegackere hindurch, »ist das dann entschieden – *Der Kaufmann von Venedig*? Stimmen wir eben ab!« Wir senkten unsere Köpfe und hoben unsere Hände und wählten *Der Kaufmann von Venedig*, worauf Millie Garrett zum vorderen Ende der Aula sprintete und der Abschlussklasse unsere Entscheidung berichtete.

Jane machte mit fliegendem Start weiter. »Dann bilden wir gleich unsere Komitees. Ich schätze, das Wagen-Komitee wird Griffin wieder führen. Ist das okay, Griffin?«

Betty Griffin, ein stämmiges Mädchen mit schwarzen Haaren und viel Muskeln, nickte grinsend.

»Gut. Wer will Griff helfen?« Sieben Hände gingen nach oben. Es waren die Mädchen mit den mathematischen Köpfen, die gerne untersuchten, wie etwas funktionierte.

»Und der Sketch? Swan, hast du schon ein Gedicht im Kopf für dieses Jahr?«

Ich zuckte die Achseln. Natürlich hatte ich ein Gedicht. Nein, nicht eines, zehn. Die letzten beiden Jahre schon hatte ich den Sketch geschrieben, fast Wort für Wort. Clevere Limericks, einfache Reime. Es war höchste Zeit, dass ich mich mit jambischen Pentametern und Sonetten versuchte.

»Und wer will Swan helfen?«

Millie Garrett und Julie Jacobs, die Essay-Königinnen vom letzten Jahr, meldeten sich.

»Sobald ihr den Sketch geschrieben habt, können wir die Komitees für die Tänze, Kostüme und die Musik bilden«, erklärte Jane. Wir kannten den Ablauf gut. Die nächsten paar Tage wären Schwerarbeit für die Mädchen, die den Sketch schrieben.

»Gut. Und das Letzte, das wir heute entscheiden müssen, ist, wer auf dem Wagen fahren wird und welche beiden Mädchen ihn ziehen.«

Das Wagenmädchen hatte schön zu sein. Ich war nie auch nur in die engere Wahl gekommen.

»Ginny McDougall!«, rief Patty. Ginny war zierlich, und ihr blondes Haar fiel ihr bis auf die Hüften.

»Lauralee Turnbull!« Lauralee war nicht eigentlich eine Schönheit, aber das süßeste und beliebteste Mädchen in unserer Klasse.

Meine Hand ging hoch. »Rachel Abrams.«

Rachel riss sie sofort wieder herunter. »Was soll das?«, zischte sie.

»Ich schlag dich vor, du Trottel«, zischte ich zurück.

»Ich will aber nicht.«

»Bist du immer noch wütend wegen dem Weihnachtsball?«

Sie zuckte die Achseln.

Insgesamt wurden fünf Mädchen vorgeschlagen. Gail Anderson verteilte Zettel, und wir stimmten geheim ab. Während die Klassensekretärin die Stimmen zählte, begannen wir, die

»Zieher« zu nominieren. Das waren zwei Mädchen, die irgendwie ähnlich auszusehen und am Karnevalsabend den Wagen zu ziehen hatten. Rachel tat so, als interessiere sie das Ergebnis der Abstimmung kein bisschen, aber sie verriet sich; sie wickelte eine Strähne ihres Haars um einen Finger – etwas, das sie sonst nur tat, wenn sie bei einem Flötenwettbewerb ihr Stück nicht gut kannte.

Jane stieg auf eine Bank und klatschte laut in die Hände. »Okay, Leute! Ich habe den Namen des Mädchens, das auf dem Wagen fahren wird.«

Mehrere Mädchen drückten Rachels Schulter und flüsterten: »Viel Glück.« Rachel verzog keine Miene.

»Die Schülerin, die in diesem Jahr bei dem Karnevalswettbewerb der Wellington-Schule auf dem Wagen der Junioren-Klasse fahren wird, ist –« sie machte eine dramatische Pause, die mir lästig war – »Rachel Abrams!«

»Toll! Super!« Ich schrie es so laut, dass mehrere der Mädchen zu lachen begannen. Rachel boxte mich in die Seite. Alle klatschten. Man hörte Geflüstere, dass Rachel eine gute Wahl war, weil sie echt schön war. Rachel sagte kein Wort. Ich glaubte zwar, auf ihren Lippen ein Lächeln zu sehen, aber bei Rachel wusste man nie.

Die meisten der Mädchen blieben in der Aula. Aber Millie, Julie und ich suchten uns ein ruhiges Plätzchen, um die nächsten paar Stunden Ideen zu sammeln. Der Sketch war kein Pappenstiel.

Und ich hatte ein Rätsel zu lösen. Was außer Rachel niemand wusste, war, dass in meinem Kopf ein Rabe saß, der mich mit schwarzem Flügelschlag daran erinnerte, dass die Zeit knapp wurde.

KAPITEL 24

»Roy hat vorhin angerufen«, berichtete Papa mir, als ich am Freitag von einer spätnachmittäglichen Sketch-Marathonsitzung nach Hause kam. »Ella Mae ist krank. Sehr krank. Hat seit drei Tagen nichts mehr gegessen. Spuckt alles wieder aus, sogar Flüssigkeit. Er sagt, er muss sie wohl ins Krankenhaus bringen.«

Ella Mae war die ganze Woche nicht gekommen. Dass sie drei Mal hintereinander nicht kam, das hatte es noch nie gegeben. »Machst du dir Sorgen um sie, Papa? Können wir was helfen?«

»Ich mache mir schon Sorgen, Mary Swan. Aber ihre Leute kümmern sich gut um sie. Ich habe Roy gebeten, mir Bescheid zu geben, wenn sie im Krankenhaus ist, damit wir sie besuchen können.«

Die Nachricht gefiel mir gar nicht. Ich fragte: »Könntest du mich dann vielleicht morgen nach Grant Park fahren, wenn Ella Mae nicht kann? Vielleicht kann Miss Abigail mich nach dem Essen zu ihr fahren; sie weiß sicher, wo sie wohnt.«

Papas Gesicht überzog sich, und ich fügte rasch hinzu: »Es ist gerade die schlimmste Zeit im ganzen Jahr für Miss Abigail. Sie hat gesagt, sie braucht meine Hilfe. Sie zählt auf mich.«

Drei lange Wochen waren vergangen seit dem »Tag in Grant Park« – drei Wochen, seit ich das letzte Mal Miss Abigail und Carl und Cassandra und die anderen in Mount Carmel gesehen hatte.

Plötzlich hörte ich sie wieder, Robbies Anklage: *»Das ist also der Grund, weshalb du so gerne nach Grant Park gehst – um deinen Freund zu treffen!« – »Nein«,* schoss ich zurück, *»ich gehe dahin, um zu helfen! Sie brauchen mich da.«*

Papa holte tief Luft und legte den Kopf zur Seite, ein merkwürdiger Blick in seinen Augen. »Nun ja, deine Mutter hat auch in Grant Park geholfen. Auch mit Ella Mae. Mir war das nie so recht geheuer, dass sie in dieses Viertel gegangen ist.«

»Ich pass schon auf, Papa, bestimmt.«

»Du und Jimmy, ihr seid alles, was ich habe.«

»Ich pass auf, Papa, Ehrenwort.«

»Also gut.« Er trat zu mir und küsste mich auf die Stirn. »Aber zieh dich warm an, sie haben Schnee angesagt für morgen.«

»Oh, Papa, danke!« Ich warf meine Arme um ihn und küsste ihn fest auf die Wange. Er schüttelte den Kopf und murmelte: »Dass ich am kältesten Tag des Jahres meine Tochter nach Grant Park fahre …«

Am nächsten Morgen saß ich in meinem dicken Mantel und mit Schal und Handschuhen in Papas Jaguar. Papa brauchte keine Wegbeschreibung nach Mount Carmel.

»Dann bist du da früher schon gewesen?«

»Ich wohne seit über vierzig Jahren in dieser Stadt, Mary Swan. Ich kenne sie in- und auswendig.«

»Möchtest du eben reinkommen und Miss Abigail kennen lernen?«, fragte ich, als wir vor der Kirche vorfuhren.

»Nicht heute. Geh du nur.«

»Warte nur eben. Ich frage Miss Abigail, ob sie mich nach Hause bringen kann.«

Noch nie hatte ich so viele Menschen in dem Gemeindesaal gesehen. Carl war dabei, zusätzliche Tische aufzustellen, und Miss Abigail gab gerade Nudeln in einen Topf mit kochendem Wasser. Sie sah müde aus. Als sie mich sah, lächelte sie matt.

»Mary Swan, dem Herrn sei Dank, dass du kommst. Wir haben heute ein volles Haus.«

»Mein Vater hat mich gebracht, weil Ella Mae krank ist. Könnten Sie mich vielleicht nachher wieder nach Hause fahren?« Ich traute mich nicht, zu erwähnen, dass ich gerne auch Ella Mae besucht hätte; das konnte ich sie später noch fragen.

»Wenn du den ganzen Nachmittag hier bleiben könntest, wäre mir das eine große Hilfe. Gleich nach dem Essen muss ich ein kleines Kind ins Krankenhaus fahren, und danach muss ich an der Baptistenkirche an der Moreland Avenue Decken und Schuhe verteilen; die nächste Nacht wird kalt. Überleg dir, ob du länger bleiben kannst, ich fahr' dich dann nach Hause.«

Sie brauchen mich hier, siehst du, Robbie? Miss Abigail hat es gerade gesagt. Sie brauchen meine Hilfe! Ich rannte zurück zu Papas Auto, das mehrere Jungen aus respektvoller Entfernung inspizierten. »Miss Abigail fährt mich nach Hause, Papa. Es wird heute etwas später, mach dir keine Sorgen.«

»Bist du sicher?«

»Na klar.«

»Sei vorsichtig, Swan.« Er packte meine Hand. Ich musste lächeln.

Als ich zurück in die Kirche ging, musste ich an Miss Abigails Frage denken: *»Warum kommst du samstags zu uns?«* Und meine Antwort: *»Weil mir das Gefühl, dass ich da helfe, irgendwie gut tut.«* Wie sie gelacht hatte darauf! *Aber war es das?* Half ich in Grant Park, um ein gutes Gefühl zu bekommen und Carl Matthews sehen zu können?

»Warum tun Sie das hier, Miss Abigail? Wie schaffen Sie das?«

»Das ist meine Berufung. Gott zeigt mir jeden Tag, was ich machen soll, und das ›Warum‹ überlasse ich ihm.«

Ich ging zurück in die Küche, zog Mantel, Schal und die Handschuhe aus und legte sie auf einen Stuhl im Gemeindesaal.

»Heute brauchen wir eine Speisung der Fünftausend«, flüsterte Miss Abigail Carl zu, als wir mit vereinten Kräften die großen Soßentöpfe auf den Tisch stellten. »Zu viele Menschen. Herr Jesus, gib du ihnen zu essen, wie du es immer getan hast.«

Und er muss es wohl gemacht haben, denn eine Stunde später waren alle im Saal satt. Und während ich die Soße auf die Parade der Teller gab und mein »Gesegnete Mahlzeit« murmelte, erzählte ich Carl von meinem zweiten Besuch in *Resthaven.*

»Hast du was Neues über deine Mutter herausgefunden?«

»Ich weiß jetzt, dass sie noch viel mehr Bilder gemalt hat – wunderbare, wilde, ausdrucksvolle Gemälde – und dass sie in *Resthaven* sind. Und du und Rachel, ihr habt Recht gehabt: Die drei Gemälde aus dem Rabenrätsel sind alle von ihr. Aber die schlechte Nachricht ist …« Ich unterbrach mich, um einen leeren Topf in die Küche zu tragen und den letzten vollen zu holen. »Das Schlechte ist, dass ihr Arzt glaubt, dass sie diese drei Bilder zerstört hat. Was praktisch bedeutet, dass ich das Rätsel nicht lösen kann.«

»Aber du hast es doch gelöst!« Er goss die Spaghettisoße auf Larrys Teller und fragte ihn: »Was machst du hier, Bruder?«

Larry zuckte die Achseln. »Gibt gerade nicht viel zu futtern zu Hause, da hat meine Mutter mich mit den Kleinen hierher geschickt.«

»Hey, Larry«, sagte ich.

»Hey, Mary Swan. Alles in Ordnung?«

»Ja, nur ein bisschen kalt draußen. Glaubst du, dass es Schnee gibt?«

Larry ging achselzuckend zu einem der Tische, seine jüngeren Geschwister im Schlepptau.

Carl kehrte zu unserem Gespräch zurück. »Du hast rausgefunden, dass sie die Bilder zerstört hat. Das zählt doch, oder? Und du hast noch 'ne Menge mehr über deine Mutter rausgefunden und 'nen Haufen von ihren anderen Bildern entdeckt. Wenn das nichts ist, Mädchen! Du hast 'nen guten Job gemacht. Du weißt jetzt, was für 'ne tolle Malerin deine Mutter war; was ist da schon so ein blödes Rätsel dagegen?«

»Du hast ja Recht«, sagte ich. Ich war schon selber zu dem gleichen Schluss gekommen wie Carl. Ich wechselte das Thema. »Rachel darf am Karneval auf dem Wagen fahren, und ich schreibe den Sketch.«

»Was für'n Sketch ist das?«

»Ach, irgendwas Lustiges und Dummes. Die Geschichte eines Mädchens in Venedig, mit modernen Songs und Tänzen drin.«

»Steckst du da viel Zeit rein?«

»Es macht halt Spaß. So eine alte Schultradition.«

»Das ist ja 'n Ding, Mary Swan! Ein Wagen und ein Sketch und ein Rätsel. Na ja, wenn's Tradition ist. Und Talent hast du ja. Nicht jeder kann was schreiben, worüber die Leute lachen müssen. Du denkst dir sicher was bei deinen lustigen Gedichten. Das ist gut. Aber eines Tages, Mary Swan, weißt du, was du da machen wirst?« Er zeigte mit der Soßenkelle auf mich. »Eines Tages wirst du was machen, was aus deinem Herzen kommt und nicht bloß aus deinem Kopf, das weiß ich. Was, worüber die Leute weinen, was ihr Herz anrührt.«

Ich spürte, wie meine Wangen rot wurden. Da war es wieder, dieses irritierende Gefühl, dass Carl halb mit beiden Beinen auf der Erde stand und halb in einer anderen Welt lebte, wie einer der Propheten aus dem Alten Testament. Aber tief drinnen hoffte ich, dass er Recht hatte.

»Wie bei der Speisung der Fünftausend. Unser Herr lässt uns nicht im Stich.« Miss Abigail sah müde aus, aber ihre Augen leuchteten, als sie einen handgestrickten Schal um ihren Kopf und Hals wickelte, sodass nur noch die Spitzen ihres langen, graugesprenkelten Haares über ihrem Mantel zu sehen waren. »Danke für all eure Hilfe. Ich muss jetzt mit diesem Kind zum Krankenhaus fahren. Ich fahre in dem Auto der Mutter. Carl, könntest du bitte mit meinem Auto zu meinem Haus fahren und die Tüten mit den Konserven einladen, die der Frauenkreis gestern gebracht hat? Die Mäntel und die Decken und Schuhe sind schon im Auto.«

»Ja, Ma'am.«

»Und du, Mary Swan, kannst Carl helfen, sie auszuteilen. Ihr werdet drüben an der Baptistenkirche erwartet. Ich komm' dann später, Mary Swan, und fahr' dich nach Hause.«

Es war kaum zu glauben: Soeben hatte Miss Abigail mir einen ganzen Nachmittag mit Carl spendiert! »Ich mache in der Küche klar Schiff«, sagte ich ihm, »und du fährst schon mal zu ihrem Haus und holst alles.«

»Okay. Bis gleich dann.«

Ich grinste ihn an. »Bis gleich.«

Dreißig Minuten später schlüpfte ich auf den Beifahrersitz von Miss Abigails altem Ford-Kombi. Carl zeigte auf die Kleider- und Essenssäcke, die aus dem Kofferraum quollen. »Miss Abigail hat zwar ein Büro in der Kirche, aber eigentlich arbeitet sie in ihrem Auto.«

Eine lange Schlange wartete schon auf uns, als wir an der anderen Kirche ankamen. Carl öffnete den Kofferraum, und ich saß drinnen und reichte ihm die Sachen. Ich konnte ihn kaum ertragen, den Anblick dieser frierenden, hungrigen Augen. Aber sie lächelten uns an und murmelten ihr »Danke«, als sie mit den Kleidern und Konserven davonzogen. Um vier Uhr war der Wagen leer. Carl hatte sich mehrere Männer gemerkt, die noch Schuhe brauchten. Ich ließ mich erschöpft auf den Beifahrersitz fallen. Ein paar Schneeflocken landeten anmutig auf der Windschutzscheibe.

»Carl! Es schneit!« Schnee war eine Seltenheit in Atlanta, und die paar Zentimeter, die es gab, stürzten die Stadt jedes Mal ins Chaos. Aber an diesem Tag schien der Schnee gerade richtig zu sein, ja sogar romantisch.

Carl schloss den Kofferraum, setzte sich auf den Fahrersitz und startete. »Na, Halleluja! Willkommen, Schnee!« Er trommelte mit den Fingern auf das Lenkrad und begann zu singen: »I'm dreaming of a white Christmas ...« Den Rest der Strophe summte er.

»Da bist du ein bisschen spät dran«, neckte ich.

Er ignorierte mich und summte weiter.

Dann fragte ich plötzlich, sein Lied unterbrechend: »Hast du schon mal Willie B. gesehen?«

»Den Gorilla? Klar. Schon oft.«

»Also, ich nicht. Könnten wir da mal eben hin?«

Willie B. war 1961 als zweijähriges Tier in den Zoo von Atlanta gekommen. Willie hieß er nach dem ehemaligen Bürgermeister der Stadt, William B. Hartsfield. Der große Menschenaffe faszinierte jeden, und man raunte sich zu, dass dank Willie B. die Zahl der Zoobesucher gestiegen war.

»Jetzt? In dem Schnee?«

»Ja. Der Zoo liegt doch gleich um die Ecke, oder?« Der Zoo im Schnee – was für eine romantische Idee!

»Doch. Es ist nicht weit.«

»Oh, Mist«, sagte ich. »Ich hab' mein Portemonnaie in der Kirche gelassen. Vergiss es.«

»Das macht nichts. Ich hab' Geld.«

»Nein, Carl, lass. Ein andermal.«

Er lächelte. »Hast du Angst, mich zahlen zu lassen, Mädchen? Ich bin nicht pleite, ich kann das.«

Er parkte den Wagen, und wir gingen zum Eingang des Zoos. Carl kaufte zwei Eintrittskarten und eine Tüte Erdnüsse. Der Schnee beflügelte mich, und ich stellte Carl die Frage, die mir schon seit Monaten auf der Zunge lag:

»Würdest du je ein weißes Mädchen ausführen?« Ich traute mich nicht, ihn zu fragen, ob er das nicht vielleicht gerade schon machte.

»Nee, Mary Swan, das ginge nicht.«

»Warum nicht?«

»So was macht keiner. Kein schwarzer Mann wird jetzt, wo alles so unsicher ist, seine Haut riskieren. Vergiss es.«

»Aber was wäre, wenn du das Mädchen echt mögen würdest?«

Er warf mir einen halb irritierten Seitenblick zu. »Du stellst die verrücktesten Fragen. Was hast du davon, über Dinge Bescheid zu wissen, die nie sein können?«

»Ich weiß nicht. Ich will das halt verstehen. Ich meine, was wir hier machen, ist doch so was Ähnliches, oder?«

Er warf mir eine Erdnuss zu, lächelte breit und schüttelte seinen Kopf. »Ihr Frauen seid alle gleich. Wollt alles verstehen. Nein, ich führ' dich nicht aus gerade. Wir sind zwei Freunde, die in den Zoo gehen.« Er musterte stirnrunzelnd mein Gesicht. »Was denkst du gerade, Mädchen?«

»Ich denke, dass du gerade deine Haut riskierst, weil du mit mir zusammen bist.«

»Kann sein, aber ich glaub' nicht, dass wir gerade miteinander gehen.«

Er schob seinen Kopf näher zu meinem und sagte, fast anklagend: »Du hast ja keine Ahnung, wie das ist, schwarz zu sein.«

Ich schluckte heftig. »Dann sag mir, wie es ist, Carl. Ich will das wissen.«

»Du willst das wissen?« Wir waren vor Willie B.s Glaskäfig angekommen. Der Gorilla saß wie eine Statue da, die Nase gebläht, die kleinen Augen starrend, der Mund zu einem halben Lächeln gebogen, als ob ihm unsere Unterhaltung gefiel. »Jedes Mal, wenn ich mit dir zusammen bin, hab' ich halb ein schlechtes Gewissen. Als ob ich meine Leute verrate. Ich hab' nicht nur Angst davor, was die Weißen denken. Es ist mehr, was meine eigenen Leute denken. ›Das weiße Mädchen braucht dich nicht, die schwarzen brauchen dich.‹ Ein weißes Mädchen mögen – das heißt, die Fortschritte sabotieren, die wir Schwarzen machen.

Ich sag dir, Mary Swan, manchmal hab' ich Angst davor, mit dir gesehen zu werden. So wahr meine Haut schwarz ist, so genau weiß ich, dass es Ärger bringt, mit 'nem weißen Mädchen zu flirten. Es gehört sich einfach nicht. Ich kann so tun, als wäre es anders, aber ich weiß, dass es nicht geht.« Er sah mich von der Seite an und sagte: »Stimmt das, Willie B.?«

Ich hielt meine Augen auf den Käfig des Gorillas geheftet und versuchte, das Hämmern meines Herzens zu stillen.

»Wenn du zu mir nach Hause kommst, ist es anschließend nicht einfach. Meine Tante und meine Freunde finden es nicht gut, wenn du da bist. Sie fragen sich, was du im Schilde führst.«

»Warum bist du dann jetzt mit mir in den Zoo gegangen?«

»Weil du so absolut stur bist, wenn du was willst. Und ich hab' gedacht, wenn's schneit, sind sowieso nicht viele Leute im Zoo.« Er lachte trocken. »Klingt nicht sehr logisch, wie?«

»Ich glaube, ich verstehe, was du meinst. Aber Miss Abigail ist doch okay, oder?«, sagte ich, etwas unwirsch.

»Das ist 'ne ganz andere Geschichte, Mary Swan, das weißt du selber. Aber sie hat den Preis schon tausend Mal bezahlt. Frag sie selber. Sie weiß, wie das ist, wenn die Weißen einen hassen, weil man den Schwarzen hilft, und wenn die Schwarzen einen hassen, weil man die falsche Hautfarbe hat.«

»Hast du bei mir mehr Angst vor den Schwarzen als vor den Weißen?«

»Mary Swan, das ist hoffnungslos, ich sag' dir's. Die Schwarzen halten mich für einen Verräter, und das ist schon schlimm. Aber die Weißen – ich hab' meine Lektion hundert Mal gelernt. Ich wehr' mich nicht mehr, weil, wie gesagt, sonst kommen die Weißen zurück, mit noch mehr von ihren Freunden und Messern und Kanonen. Als Schwarzer weißt du, dass du besser nicht zurückschlägst, auch nicht mit Worten. So sind die Spielregeln nun mal. Die Weißen haben keine Angst, weil sie die Gesellschaft hinter sich haben. Schwarze Weisheit – das ist, dass es besser ist, sein Maul zu halten und ein paar Schläge einzustecken, als tot zu sein.«

»Dann bin ich also nur eine Belastung für dich, Carl, nicht wahr?«

Seine Miene wurde schmerzlich. »Nein, so würd' ich das nicht sagen.«

»Aber so ist das doch. Ein schwarzer Junge mit einem

weißen Mädchen bringt Ärger, das hast du doch gerade selber gesagt.«

»Wo du Recht hast, hast du Recht, Mary Swan.« Er grinste. »Du hättest mir fast den Tod gebracht auf dem Friedhof damals, das vergess' ich nie. Wir beide fallen auf zehn Meilen gegen den Wind auf.«

Wir hatten Willie B.s Käfig verlassen und gingen zu dem Reptiliengebäude. Kein Mensch war zu sehen. Ich schlang meinen Arm um seinen und sagte: »Aber ich mag dich, Carl.«

Er ging weiter. »Nein, Mary Swan, du magst mich nicht wirklich. Du magst die *Vorstellung*, dass du mich magst. Aber dass ein weißes Mädchen wie du sich von so einem großen, hässlichen Typ wie mir angezogen fühlt, das gibt's nicht.«

»Du bist nicht groß und hässlich! Du siehst gut aus! Echt. Selbst Rachel sagt das.«

Er lachte und schüttelte den Kopf. »Ich und gut aussehen? Nicht so, wie die Weißen das verstehen.« Er muss wohl gemerkt haben, wie sehr seine Worte mich irritierten, denn er legte seine Hände auf meine Schultern und sah mir gerade in die Augen. »Du bist ein tolles Mädchen, Mary Swan. Ein bisschen naiv, aber echt toll. Und du bist ein Freund für mich. Aber versuche lieber nicht, mein Mädchen zu werden. Halt dich an Robbie. Er ist ein guter Kerl. Halt dich an ihn.«

Ich merkte, wie etwas in mir »Klick« machte. Ich hasste das, was mir da aufging, weil es mir die Hoffnung wegnahm, aber ich erkannte, dass Carls Reaktionen und Ängste angeboren und automatisch waren. Sie waren die natürliche Reaktion eines Schwarzen auf das Leben und die Rassengrenzen in unserer Gesellschaft. Jedes Mal, wenn ein Schwarzer diese Grenzen überschritt, wurde er verunsichert.

Wir betrachteten eine Vitrine mit lauter Schlangen und steckten die Hände in die Tasche, unser Atem dampfend, bis Carl sagte: »Zeit, dass wir zurückfahren.« Wir taten es schweigend.

Miss Abigail war gerade selber zurückgekommen und sah erschöpft aus. »Carl, machst du Mary Swan eine Tasse Tee? Ich muss mich ein bisschen hinlegen.«

»Klar. Wie geht's dem Kind?«

Sie schüttelte ihren Kopf. »Nicht gut. Keuchhusten. Seine Mutter ist bei ihm im Grady Hospital geblieben. Ich fahr' später am Abend wieder hin.«

Carl sah sie liebevoll an. »Jetzt legen Sie sich mal hin, das andere mach' ich schon.« Sie nickte ihm dankbar zu und ging in ihr Schlafzimmer.

»Ihr Leben ist eine Krise nach der anderen, nicht wahr, Carl?«, flüsterte ich.

»Ja, doch, meistens. Aber sie packt das.« Er stellte mir eine Teetasse hin und sagte: »Mary Swan, ich muss jetzt nach Hause, Tante Neta helfen. Lass Miss Abigail ein bisschen ausruhen und bedien dich mit dem Tee. Okay?«

»Klar. Danke.« Ich hatte einen Kloß in der Kehle. Ich wollte nicht, dass er ging.

»Danke für deine Hilfe.« Er blieb an der Tür stehen und fügte hinzu: »Nächsten Samstag bin ich nicht da, Mary Swan. Ein paar von uns fahren nach Albany, auf eine friedliche Demonstration.«

Ich stieß hervor: »Carl, mach das nicht! Das ist zu gefährlich!«

»Ich pass' schon auf, mach dir mal keine Sorgen.«

»Ich mach' mir aber welche.«

Aber er war schon zur Tür hinaus.

Miss Abigail hatte vielleicht eine Viertelstunde geruht, als das Telefon klingelte. Ich rannte ins Wohnzimmer, um abzunehmen, damit sie nicht gestört wurde. Am anderen Ende der Leitung war eine hysterische Kinderstimme. »Miss Abigail, hier George! Kommen Sie schnell – Papa hat ein Messer und will uns alle totmachen!«

Ich blinzelte. Hatte ich da richtig gehört? »Totmachen?«

»Ja! Mich und meine Schwestern!«

Ich fasste mich wieder und sagte: »George, äh, ich bin Miss Abigails Freundin. Warte eben, ich hole sie.«

Ich sauste in Miss Abigails Schlafzimmer. Sie lag friedlich auf ihrem Bett. »Entschuldigen Sie, Miss Abigail«, sagte ich, meine Stimme scharf vor Angst. »Aber da ist ein kleiner Junge am Telefon. Er heißt George und sagt, dass sein Vater ein Messer hat und ihn umbringen will!«

Sie setzte sich heftig auf und sprang mit einem »Lieber Herr Jesus!« aus dem Bett. Sie rannte den Flur entlang und nahm den Telefonhörer. Sie schloss ihre Augen, und ein tiefer Schmerz ging über ihr Gesicht. »George, ich kann nichts machen, um deinen Papa zu beruhigen, aber Jesus kann etwas. Komm, lass uns beten.« Und sie begann, in den Hörer zu beten: »Herr Jesus, bitte höre unser Gebet. Bitte beruhige du Mr. Murphy. Mach sein Herz still, damit er niemand etwas tut. Und gib George Mut und Frieden. In Jesu starkem Namen, Amen. – George, nimm deine Schwestern und versteckt euch alle unter dem Bett. Hörst du? Kriecht unter das Bett. Ich komme sofort.« Sie legte auf und zog sich die Schuhe an. »Komm, Mary Swan, ich brauche dich.«

Meine Augen wurden groß, und ich wollte protestieren, aber sie war schon halb aus der Tür. Ich folgte ihr wie benommen. Der alte Ford brachte uns schnell zu Georges Haus. Ich sagte kein Wort während der Fahrt. Die Art, wie Miss Abigails Lippen sich bewegten, sagte mir, dass sie pausenlos mit ihrem Herrn redete, und ich hatte keine Lust, sie zu stören. Als wir vor dem Haus anhielten, gab Miss Abigail mir ihre Anweisungen. »Du gehst zu den Kindern, Mary Swan, und sorgst dafür, dass sie in Sicherheit sind.«

»Finden Sie nicht, dass wir besser erst Carl oder sonst einen Mann holen?«

»O nein. Mr. Murphy braucht keinen starken Mann an seiner Tür. Besser, er sieht mich. Er kennt mich, Mary Swan.« Und sie ging geradewegs in das Haus, ohne anzuklopfen.

Ein kräftiger Schwarzer mit Augen, die zu lodern schienen, trat uns entgegen. Er erinnerte mich an einen Stier vor dem Matador, wie ich das einmal im Fernsehen gesehen hatte. Aber vor allem sah ich das lange Fleischermesser in seiner Hand.

»Hallo, Mr. Murphy.« Miss Abigails Stimme war gemessen und ruhig. »Ich hab' gehört, Sie haben ein kleines Problem.«

»Ich kann meine Probleme selber lösen!«, schrie er.

»Wie wäre es, wenn ich eben mit Ihnen bete, Mr. Murphy? Sie wissen ja, dass Jesus unsere Gebete erhört und für uns sorgt.« Sie begann, leise die Melodie eines bekannten Kirchenliedes zu summen. Mr. Murphy fuhr fort, uns wild anzustarren, während er mit dem Messer hin und her durch das Zimmer marschierte.

»Für was haben Sie das weiße Mädchen mitgebracht?«

Ich schloss meine Augen. Ich merkte, wie meine Beine zitterten. »Mary Swan ist mitgekommen, um sich um die Kinder zu kümmern, während wir beide uns unterhalten.« Miss Abigails Hand kam sanft auf meinen Rücken. »Geh nach hinten, Mary Swan, und erzähl George und seinen Schwestern eine Geschichte.«

Meine Beine waren wie Blei. Ich sah nur das glänzende lange Messer und den großen, wütenden Mann, der zwischen mir und dem Rest des Hauses stand.

»Kommen Sie, Mr. Murphy, wir setzen uns da hin, und dann erzählen Sie mir, wo der Schuh drückt.«

»Ich hab' nichts, wo ich Weiße zu brauch'.«

»Jesus hat die Antworten, Mr. Murphy, nicht ich. Kommen Sie, wir wollen eben mit ihm reden.« Und sie nahm seinen muskulösen Arm – den Arm mit dem Messer – und führte ihn zu dem durchgesessenen Sofa. Sie nickte mir zu, und ich wusste: Das war das Signal, dass ich zu den Kindern gehen sollte.

Ich bin nicht so wie Sie, Miss Abigail!, dröhnte es in mir. *Ich kann das nicht. Was, wenn der mich umbringt? Ich habe nicht Ihren Glauben, und ich weiß nicht, wie man betet, und ich habe Riesenangst. Bitte lassen Sie mich hier raus.*

Aber ihre Gebete für mich müssen wohl stärker gewesen sein, denn irgendwie schaffte ich es, durch das Zimmer zu gehen und dann einen winzigen Korridor entlang zu einem anderen Zimmer, in dem drei kleine Kinder hinter dem Bett auf dem Fußboden kauerten.

»Hallo«, sagte ich leise.

Sie sagten kein Wort, starrten mich nur an, die Augen voller Angst. Was sollte ich weiter sagen?

»Miss Abigail ist gerade bei eurem Papa. Es wird alles gut.«

Sie starrten mich weiter an, die Augen groß und argwöhnisch.

»Ich bin Mary Swan. Wie heißt ihr?«

Der Junge sprach. »Ich bin George, und das hier ist meine Schwester Angeline und meine kleine Schwester Lissa.«

»Das ist schön. Soll ich euch eine Geschichte erzählen?« Meine Stimme flatterte.

Keine Antwort.

»Wie wär's, wenn wir ein Lied singen? Eins aus der Kirche.« Ich versuchte krampfhaft, mich an die Lieder zu erinnern, die wir nach unserem Arbeitseinsatz mit Pastor James gesungen hatten. Aber das einzige Lied, das mir kam, war das, was Ella Mae mir so viele Jahre vorgesungen hatte. »Kennt ihr ›Jesus liebt mich‹?«

In diesem Augenblick begann Mr. Murphy laut und ausgiebig zu fluchen, dass die Kinder sich noch enger aneinander drückten. Ich trat rasch zu ihnen, setzte mich neben ihnen auf den Fußboden, meine Arme um sie gelegt, und begann mit zitternder Stimme zu singen: *»Jesus liebt mich ganz gewiss, denn sein Wort, es sagt mir dies. Alle Kleinen, sie sind sein, sind bei ihm nicht mehr allein. Ja, Jesus liebt mich, ja, Jesus liebt mich, ja, Jesus liebt mich, sein Wort, es sagt mir dies.«* Langsam fielen die Kinder ein, leise und zögernd. Die Stimmen im Wohnzimmer wurden wieder lauter, und ich fragte mich voller Angst, was ich machen sollte, falls Mr. Murphy mit dem Messer auf Miss Abigail losging.

»Vielleicht sollten wir beten«, flüsterte ich. »George, kannst du beten?«

George mochte nicht älter als sieben oder acht sein. Er sah mich ernst an und sagte: »Miss Abigail betet immer zuerst.«

»Ach so.« Ich war gefangen. Nun ja, am besten betete ich wohl so, wie Miss Abigail das machte. Ich drückte die Kinder an mich, schloss die Augen und sagte: »Lieber Gott – äh, lieber Herr. Bitte hilf uns jetzt. Gib, dass Mr. Murphy sich beruhigt. Hilf George und Angeline und Lissa, dass sie keine Angst zu haben brauchen. Amen.«

Es war kein sehr überzeugendes Gebet, und kaum hatte ich »Amen« gesagt, als George kommentierte: »Sie müssen sagen: ›In Jesu starkem Namen. Amen.‹«

»Oh, das tut mir Leid«, stotterte ich. »Aber ich glaube, Gott hat auch so verstanden, was ich meine.«

Die Kinder schienen es zufrieden zu sein, aber ich schwitzte heftig und meine Schläfen pochten. Was sollte ich als Nächstes tun? Ich begann, Melodien zu summen – was mir gerade so in den Sinn kam. Plötzlich begannen die Kinder zu kichern, und George sagte: »Das ist ja ›Rock Around the Clock‹. Das singen wir in der Kirche aber nicht, Ma'am.« Die Spannung löste sich ein kleines bisschen. Aus dem Wohnzimmer kam kein Laut.

Dann sahen wir durch die halb zerrissenen Gardinen ein rotes Blinklicht. »Die Polizei!«, flüsterte George aufgeregt. Er rannte an das Fenster und presste seine Nase an die Scheibe, während seine beiden kleinen Schwestern sich an mich drückten.

Es war in der Tat die Polizei, und dann kam auch schon Miss Abigails Stimme: »Mary Swan, bring die Kinder her! Es wird alles okay!« Ein zerknirscht aussehender Mr. Murphy umarmte jedes der Kinder und folgte einem Polizisten durch die Tür. Miss Abigail nahm die Kinder und verkündete im sachlichsten Ton der Welt: »Euer Papa geht auf ein paar Tage zu ein paar netten Leuten, die ihm helfen wollen, und das bedeutet, dass ich euch ein paar Tage zu mir nehmen darf! Na, wie ist das?«

Ihre kleinen Gesichter strahlten, als wir Schlafanzüge und Kissen und drei ramponierte Stofftiere zusammensuchten. Sie folgten Miss Abigail zu ihrem Wagen, ich, die Arme voll beladen mit ihren Siebensachen, hinterher. Die drei Kinder setzten sich auf die Rücksitzbank, aufgeregt schwatzend über den Schnee, der von dem dunklen Himmel fiel.

Miss Abigail flüsterte mir zu: »Mr. Murphy hat sich bereit erklärt, sich helfen zu lassen. Sie werden ihn eine Weile im Gefängnis behalten. Ich fürchte, dass ich dich heute Abend nicht nach Hause fahren kann, Mary Swan. Carl wird dich fahren.«

Aus irgendeinem Grund ließen die Worte mein Herz schneller schlagen, als Mr. Murphys Messer das vermocht hatte. »Ich kann bleiben und Ihnen helfen.«

»Danke, Mary Swan, ich schaff' das schon. Aber geht es dir gut?«

»Danke. Aber es war echt schlimm. Ich hab' gedacht, der bringt Sie um. Oder mich.«

Miss Abigail holte tief Luft. »Einen Augenblick hab' ich das auch gedacht.« Ich warf ihr einen überraschten Blick zu. Sie sah mitgenommener aus als die Stofftiere der Kinder. »Danke für deine Hilfe, Mary Swan. Es tut mir Leid, dass du da reingerutscht bist, aber du hast dich tapfer geschlagen. Echt tapfer.«

Ich hatte Lust, in Tränen auszubrechen und ihr zu sagen, dass ich doch gar nicht gewusst hatte, was ich machen oder beten sollte. Ich wollte sie fragen, woher sie den Mumm gehabt hatte, in dieses Haus zu gehen. Aber Miss Abigail war völlig abgekämpft, und jetzt würde sie auch noch diese drei verängstigten Kinder versorgen und baden und trösten müssen.

Sie rief als Erstes Carl an. Ich führte inzwischen die Kinder in die Küche. »Habt ihr Hunger?«

»Ja, Ma'am. Wir sind halb verhungert«, sagte Lissa.

Ich öffnete mehrere Schränke und fand eine Packung mit Käsemakkaroni. Ich hatte nicht viel Ahnung von Kochen, aber eine Packung Nudeln in kochendes Wasser schütten und das Päckchen Käsesoße mit etwas Milch verrühren, das musste wohl gehen. Die Kinder saßen schweigend an dem großen Tisch. Hoffentlich konnten sie nicht die Tränen sehen, die mir in die Augen stiegen.

Der Schnee glänzte auf der Straße, als Carl den Ford startete. Ich erinnerte mich plötzlich an mein Portemonnaie. »Du, könnten wir eben an der Kirche vorbei, damit ich mein Portemonnaie hole?«

»Klar. Ich hol' eben die Schlüssel von Miss Abigail.« Als er zurückkam, sagte er: »Miss Abigail hat mir das mit den Murphys erzählt. Geht's dir gut?«

»Ich glaub' schon.« Ich konnte ihn nicht ansehen. »Es war furchtbar. Furchtbar. Kriegt Miss Abigail dauernd solche Anrufe?«

»Doch, ziemlich oft.«

»Und bist du da schon mal mit ihr gefahren?«

»Und ob, Mary Swan. Öfter, als mir lieb ist.«

»Und hast du da keine Angst?«

»Natürlich hab' ich Angst. Aber ich weiß, dass der Herr bei uns ist.«

»Woher weißt du das?«

»Ich hab' schon x-mal erlebt, wie Gott eingegriffen hat. Wie er Leute beruhigt und Streit geschlichtet und uns genau im richtigen Augenblick die rettende Idee gegeben hat.«

»Also, mir hat er keine gegeben, Carl. Vielleicht spricht er nicht mit Leuten aus Buckhead.«

Der Satz ließ Carl lächeln. Er parkte den Wagen vor der Kirche. »Ich hab' jede Menge Geschichten gehört über Leute aus dem feinen Viertel, wo du wohnst. Damen in der großen Baptistenkirche an der Peachtree Street, die mitten in der Nacht aufwachen und einfach wissen, dass sie jetzt für Miss Abigail beten müssen. Und dann knien diese feinen weißen Damen sich also neben ihrem Bett hin und bitten den Herrn Jesus, Miss Abigail zu beschützen oder die Kinder zu beschützen und die Familien. Das passiert andauernd, Mary Swan. Irgendwann findest du vielleicht mal raus, dass heute Abend jemand aus Buckhead für euch gebetet hat.«

Ich bekam einen Knoten im Magen und kämpfte die Tränen zurück.

»Miss Abigail nennt das den geistlichen Krieg. Sie zitiert immer diesen Bibelvers, wo es heißt, dass wir nicht gegen Fleisch und Blut zu kämpfen haben, sondern gegen böse Mächte und Gewalten. Gegen den Satan.«

»Ob das heute der Satan und böse Mächte waren, weiß ich nicht. Aber ich hab' furchtbare Angst gehabt. Todesangst. Auch jetzt noch.«

»Das glaub' ich dir, Mary Swan, aber, wie gesagt, es wär' noch viel schlimmer, wenn ich nicht wüsste, dass der Herr über uns wacht und dass er stärker ist als ein betrunkener Papa mit 'nem langen Messer.«

»Du glaubst das wirklich, Carl, nicht wahr? Ich nicht. Ich hab' einfach ein paar Worte rausgebracht, die wie ein Gebet klangen, aber ich hab' nicht geglaubt, dass da irgendwo ein Gott ist, der groß genug ist, um den Mann zu beruhigen. Ich dachte, der bringt Miss Abigail um. Und ich bin mir nicht so sicher, dass es Gott war, der Mr. Murphy gestoppt hat.« Es tat mir gut, meinen Unglauben zuzugeben.

»Das ist okay, Mary Swan. Wenn Gott Gott ist, wird er dich schon noch selber überzeugen.«

»Das glaubst du?«

»Klar. Wir alle brauchen einen Heiland, Mary Swan. Weißt du, was Miss Abigail sagt?«

»Was?«

»Sie sagt, am Fuß des Kreuzes ist der Boden eben. Da gibt's keine Reichen und Armen mehr, da ist jeder bedürftig, alle brauchen sie die Gnade des Herrn Jesus. Sie sagt, dass der Schmerz eines Reichen manchmal sogar größer sein kann. Manche Reichen haben schlimmere Probleme als die armen Leute hier, und weißt du, warum? Weil die Leute hier es gelernt haben, zu überleben, aber die Reichen, die haben nie kämpfen müssen. Wenn Miss Abigail und die anderen weißen Damen hier sind und beten, beten sie für die, die ganz unten sind, und für die, die ganz oben sind.«

»Die ganz oben sind?«

»Leute, die äußerlich alles haben, aber die innen ganz wund sind.«

Das bin ich, dachte ich, als Carl mir die Schlüssel zu der Kirche reichte und sagte: »Ich warte hier auf dich.«

Ich wusste nicht, warum, aber ich ging nach oben und betrat die dunkle Kirche. Die Fenster reflektierten ein wenig von dem Licht der Straße, sodass an den Wänden Schatten tanzten. Ich sah zu dem schlichten Holzkreuz in der Altarnische hinter der Kanzel hoch und begann zu weinen. Wie dieses Kreuz da hing, in dieser stillen Dunkelheit, es ging mir durch das Herz, und ich hörte wieder Carls Worte: *»Am Fuß des Kreuzes ist der Boden eben.«* Ich fiel auf meine Knie, dort auf dem Fußboden vor den alten Holzbänken, neben der Kanzel, von der Pastor James nach dem »Tag in Grant Park« zu uns gesprochen hatte.

Während meine Tränen nur so strömten, presste ich meine Worte hervor. »Ich weiß nicht, was ich brauche, Gott. Ich brauche wohl dich, aber anders, als dass du nur hoch und heilig und weit weg bist. Ich will jetzt das machen, was Carl gesagt hat. Ich bitte dich, in mein Leben zu kommen. Ich will das, was er hat und was Cassandra hat und vor allem Miss Abigail. Ich möchte beten können und wissen, dass du mich hörst.

Ich habe solche Angst gehabt heute Abend, und da hab' ich

gemerkt, dass ich ja gar nicht weiß, wer du bist. Ich hab' keinen Glauben gehabt. Aber ich will glauben können. Ich will dich. Ich will, dass du mein Leben nimmst und mir den ganzen Mist vergibst, den ich gebaut hab', wie Cassandra sagen würde. Ich will, dass du das Ruder übernimmst, Gott, egal, was das bedeutet.« Ich presste meine Augen noch mehr zusammen, weil es mir tief drinnen so höllisch weh tat, diese Dinge zugeben zu müssen.

Dann sah ich wieder zu dem Kreuz hoch und flüsterte: »Danke für dieses Kreuz. Danke, dass du da hängst, Jesus, und dass du gestorben und wieder auferstanden bist. Und danke, dass du das für die Schwarzen und die Weißen und die Juden und die Protestanten und die Katholiken und für alle anderen gemacht hast. Ich werde lange brauchen, bis ich das alles begriffen hab', Gott, aber bitte, hilf mir.«

Irgendwie war es mir auf einmal das Natürlichste von der Welt, so mein Herz vor diesem unsichtbaren Wesen auszuschütten. »Ich will frei sein. Wie Miss Abigail das sagt. Wie du es selber gesagt hast, Jesus. Du hast gesagt, dass die Wahrheit mich frei machen wird. Und wenn du die Wahrheit bist, dann heißt das wohl, dass ich einfach dich brauche.«

Ich suchte nach einem Taschentuch und putzte mir die Nase, aber ich blieb auf meinen Knien. »Und zeige mir, was ich noch machen soll wegen Mamas Bildern.

Und wie ich Papa richtig lieben kann. Und hilf Ella Mae, dass sie gesund wird. Und zeige mir, was ich mit Robbie machen soll und mit Carl und mit all den anderen Sachen. Ich bin es so satt, immer wieder etwas Schlimmes herauszufinden, Gott. Kannst du mir bitte helfen?«

Ich muss wohl noch zehn Minuten so vor dem Kreuz gekniet und geweint haben, als ob mein Herz ganz entzwei gebrochen wäre. War das vielleicht Gottes Art, zu wirken? Vielleicht wartete er, bis einem das Herz ganz zerbrochen und der Schmerz nicht mehr auszuhalten war, und dann zeigte er einem ein kleines bisschen von seiner großen Liebe, die fast genauso durchdringend war wie der Schmerz. Als ich mich endlich steif von meinen Knien erhob, verspürte ich einen unerklärlichen Frieden, der meinen ganzen Körper durchströmte.

Dann plötzlich Carls Stimme. »Bist du okay, Swan?«

Ich stieß einen Schrei aus, der rasch zu einem Wimmern herabsank, als ich ihn in der zweiten Bankreihe erblickte. »Wie lange bist du schon hier?« Ich schämte mich plötzlich.

»Lang genug, um zu wissen, dass du was mit dem Herrn besprochen hast.« Wir waren fünf Fuß voneinander entfernt. Er stand auf, kam zu mir, legte seine starken Arme um mich und drückte mich fest. »Das ist toll, Mädchen. Das ist echt toll.« Dann küsste er mich sachte auf die Stirn und flüsterte: »Ich mag dich, Mary Swan, ich mag dich wirklich.« Er nahm meine Hand und führte mich aus dem Kirchenraum hinaus und die Treppe hinunter. »Komm, Mädchen, ich muss dich nach Hause bringen, bevor dein Vater sich Sorgen macht.« Und wieder spürte ich diesen tiefen, reinen Frieden in mir.

Wir fuhren schweigend und schauten den tanzenden Schneeflocken zu, die die Scheibenwischer gleich wieder wegschoben. Die Straßen leuchteten, und etwas von dem Schnee blieb liegen. »Kommst du zurecht, Mary Swan?«, fragte Carl, als unser Haus in Sicht kam.

»Ja, ich glaub' schon.«

»Ich bete für dich, Mädchen.«

»O ja, Carl. Bitte tu das. Ich weiß gar nicht, was ich da gerade gemacht hab'.«

Er hielt an unserer Einfahrt an. »Du hast gerade dein Leben an den Gott des Universums übergeben. Das Beste, was du je tun konntest, Mary Swan.« Er strich mir über den Rücken und umarmte mich von seinem Sitz aus – so ähnlich, wie ein großer Bruder seine Schwester umarmt. Und dann fuhr er fort, und ich stand vor unserem Haus, und die Schneeflocken streichelten mein Gesicht.

KAPITEL 25

Irgendwie war es wichtig für mich, dass der Schnee noch auf dem Boden lag, als ich am nächsten Morgen aufwachte. Und dass die Sonne noch kaum aufgegangen war und dass ich, in Jeans, Pulli und Wolljacke, auf Zehenspitzen in Mamas Atelier ging, eine Staffelei und Palette und eine leere Leinwand holte und so beladen aus dem Haus ging, während Papa und Jimmy noch schliefen.

Das alte Laub auf dem Pfad nach *Swan House* war mit Schnee überzuckert, in dem meine Stiefel flache Spuren hinterließen. »›Der Wald ist friedvoll, dunkel, tief‹«, zitierte ich laut. »… doch ich muss mein Versprechen halten, bevor an Schlaf ich denken kann.«

Versprechen! *Die Wahrheit wird euch frei machen.* Das war Gottes Versprechen an mich. Und hatte ich ihm nicht auch etwas versprochen? Ich spürte, wie etwas wie eine Flamme in mir hochleuchtete, als ich mich an das Gebet erinnerte, das ich auf meinen Knien in der Carmel-Kirche gesprochen hatte. »Ich setze mein Vertrauen auf dich, Gott«, flüsterte ich. Dann hob ich mein Gesicht, sah durch die nackten Zweige der Bäume zu dem weißen Himmel hoch und rief laut: »Ich glaube!«

Als ich an den Rand des weiten Rasens vor der Villa kam, atmete ich tief durch und sagte laut: »Danke, Gott!« Die ganze Rasenfläche war unberührt weiß; keine Eichhörnchenspur, keine Stellen, wo die Sonne den Schnee weggeschmolzen hatte.

Ich stellte die Staffelei in der Mitte des Rasens auf, in der Nähe der Straße, wo der schmiedeeiserne Zaun unbefugten Besuchern den Zutritt verwehrte. Ich hatte meine wollenen Handschuhe an, von denen ich vor einem Jahr für ein Freiluftkonzert mit meiner Flöte die Fingerspitzen abgeschnitten hatte. Ich blies weiße Atemwolken aus, zog den Schal fester um meinen Hals und begann zu malen. So wie Mama in *Resthaven*, musste ich denken. Sie malte in dem, was Cézanne *plein air* nannte, wenn das Licht alles, was man sah, verwandelte. Ich hatte noch nie draußen gemalt, schon gar nicht um acht Uhr morgens, aber an diesem Tag hätte ich zum Paradies und zurück segeln können. Ich war frei! So frei wie der makellose Schnee vor mir.

Mama hatte geschrieben, dass sie nicht so sehr versuchte, Dinge zu malen, sondern Lichtimpressionen. Ich kannte *Swan House* auswendig und hatte es schon Dutzende von Malen aus genau dieser Perspektive gezeichnet. Aber heute malte ich einfach, was ich fühlte: den Frost in der reinen Luft, die unberührte Schönheit des Schnees, die Majestät der Villa, die unverändert dastand unter ihrem neuen weißen Mantel. Ich malte all das, ohne zu wissen, wie ich es gestalten sollte auf meiner Leinwand. Alles, was ich wusste, war, dass ich diesen Morgen malen *musste* – mich tastend daran erinnern musste, was das hieß: von neuem geboren werden. Diesmal würde ich nicht irgendein Meistergedicht ummodeln, um es zu meinem zu machen; nein, dies hier musste aus mir selber kommen – aus meinem Herzen, wie Carl gesagt hatte.

Und so malte ich, mit klappernden Zähnen und einer Gänsehaut auf Armen und Beinen und auf meinem Rücken. Ich malte meine Darstellung von dem, was es hieß, frei zu sein.

Es war nicht einfach, wieder nach Hause zu gehen, mit Staffelei, Palette und Farben unter dem einen Arm, während ich mit der anderen Hand die nasse Leinwand von mir weghielt. Es war jetzt fast neun Uhr, und Papa saß sicher am Küchentisch und trank seinen Kaffee und aß eine Scheibe Toast mit Gelee, während er die *Atlanta Constitution* las. Ich ging also zuerst durch den Garten zu dem leeren Swimming-Pool und verstaute mein Bild und die Malutensilien rasch in einer der Umkleidekabinen. Dann ging ich zurück zum Haus und durch die Hintertür hinein.

»Hey, Papa!«

»Mary Swan! Du meine Güte, wo kommst du denn her? Ich dachte, du schläfst noch!«

»Ich bin draußen spazieren gewesen, Papa. Ist das nicht ein herrlicher Morgen?«

»Ja, doch, Mary Swan. Dass der Schnee so liegen bleibt, das ist selten.«

»Ja. So, als ob Gott uns einen neuen Anfang schenkt, Papa.«

Er sah mich perplex an, und ich umarmte ihn einfach und

sagte: »Ich mach' mich für die Kirche fertig.« Und ich rannte die beiden Treppen hoch, meine Finger und Wangen noch kribbelnd von der Kälte.

Noch nie hatte ich den Gottesdienst in St. Philip so erlebt wie an diesem Tag. Als ich mit den anderen zum Gebet niederkniete, betete ich wirklich, und als wir aus dem Liturgiebuch lasen, schienen die Worte direkt zu mir zu reden. Ich verschlang die Predigt förmlich – und merkte, vielleicht zum ersten Mal, dass der Dekan ja über denselben Jesus predigte wie der, von dem Pastor James und Miss Abigail gesprochen hatten. Nur die äußere Form war anders. Die Körper bewegten sich nicht im Takt der Musik, und Dekan Hardman rief nicht dauernd laut »Amen!« Aber ich spürte, wie eine ehrfürchtig-strahlende Andacht, eine heilige Gegenwart die Kathedrale erfüllte.

Ohne selber zu wissen, warum, suchte ich nach dem Gottesdienst Robbie. Ich fand ihn draußen im Park. »Ich muss mal mit dir reden«, sagte ich, die Hände in den Manteltaschen. Ich traute mich kaum, ihn anzusehen.

Er zog seine Augen argwöhnisch zusammen. »Worüber, Mary Swan?«

»Über etwas, das mir passiert ist. Etwas ganz Merkwürdiges. Und Gutes.«

Er sah mich halb unwillig an, und ich fuhr fort. »Ich hab' den Eindruck, dass ich dir alles nie richtig erklärt hab', Robbie, und das will ich jetzt machen. Ich muss das. Du hast das verdient.«

Er trat vom einen Fuß auf den anderen. »Das bin ich dir wohl schuldig, Mary Swan. Wir könnten heute Abend ins *Varsity* fahren, wie in den guten alten Zeiten.« Er grinste wehmütig. »Das Verdeck müssen wir wohl oben lassen heute.«

»Ja, ganz hübsch, der Schnee, nicht?«

Er nickte, seine Lederschuhe durch den Schnee schiebend.

»Das fänd' ich toll, Robbie.«

»Gut. Ich hol' dich dann um sieben ab, Mary Swan.«

Als er sich umdrehte, um zu gehen, konnte ich der Versuchung nicht widerstehen und machte rasch einen Schneeball. Ich warf ihn hinter ihm her, aber er zerfiel schon in der Luft, sodass er nur seinen Rücken bestäubte.

Er drehte sich mit einem verschmitzten Grinsen um, nahm eine Hand voll Schnee und sagte: »Du willst es nicht anders, junge Dame!« Und er rannte zu mir, packte mich mit der einen Hand um die Taille und schob mir mit der anderen den Schnee in meinen Mantelkragen.

Ich schüttelte mich quietschend. Der nasse Schnee kitzelte mir den Nacken. Dann standen wir einfach da, heftig atmend und lachend, und wussten nicht, was wir mit unseren Herzen machen sollten, die gerade dabei waren zu verschmelzen wie der Schnee, der mir den Rücken hinunterlief.

»Du errätst nie im Leben, was mir gestern passiert ist«, sagte ich Rachel, als wir wie zwei zufriedene Katzen vor dem Kamin in ihrem Wohnzimmer saßen und uns nach unserem Ausritt mit unseren verspielten Stuten wärmten.

»Dir passiert dauernd was, Swan.« Sie klang nicht sehr interessiert. »Aber gut, raus damit.«

»Ich bin Christ geworden.«

»Ach so? Das warst du doch schon immer, du Trottel.«

»Nein, ich meine, jetzt bin ich wirklich einer.«

Schweigen, während die praktische Rachel über diesen Satz nachdachte. »Wie meinst du das?«

»Ich weiß nicht, Rachel. Aber in mir ist was passiert. Es hat nichts mit der Kirche zu tun, sondern mit meinem Herzen.«

»Jetzt mach's halblang, Swan«, sagte sie sarkastisch. »Willst du mir auf einmal wie eine von Mamas Freundinnen kommen, die uns andauernd erzählt, dass wir Juden alle in die Hölle kommen?«

»N-nein, nicht so. Ich hab' nur darüber nachgedacht, was Miss Abigail über Gott und die Freiheit und all das gesagt hat.«

»Hör auf mit der frommen Tour, Swan. Bitte.«

»Das ist nicht fromm. Das ist was anderes.«

»Und was?«

»Das weiß ich selber nicht genau. Aber ich glaube, es ist Glauben.«

Sie rollte ihre Augen.

»Lass mich erklären, Rachel. Als Carl mich gestern Abend nach Hause fuhr, hab' ich ihm gesagt, dass ich nicht wusste, was ich da gemacht hatte. Da hat er gesagt: ›Du hast gerade dein Leben an den Gott des Universums übergeben. Das Beste, was du je tun konntest, Mary Swan.‹«

Rachel runzelte die Stirn. »Carl hat das gesagt? Warte mal, Swan, warum hat der dich gestern Abend nach Hause gebracht?«

»Das ist eine lange Geschichte.« Ich strahlte.

»Also gut, ich lege JP auf, und du erzählst mir deine Geschichte.« Sie klang ärgerlich, aber ich merkte, dass es sie juckte, jedes Detail meines Abenteuers zu hören.

Und so, zu den Klängen von Jean-Pierre Rampals Flöte und dem Knistern des Feuers im Kamin, sprudelte ich heraus mit meiner Geschichte. »Es fing damit an, dass Ella Mae krank war. Echt krank. Und da hat Papa mich nach Grant Park gefahren. Papa – kannst du dir das vorstellen? Und dann fing es an zu schneien, und Miss Abigail musste ein Kind ins Krankenhaus fahren, und die Kirche war voll von hungrigen Leuten, und es dauerte länger und sie bat Carl und mich, die Kleider und die Lebensmittel an der Baptistenkirche an der Moreland Avenue zu verteilen. Das machten wir also, und danach gingen wir in den Zoo, und Carl bezahlte meine Eintrittskarte, weil ich mein Portemonnaie vergessen hatte, und wir hatten ein echt gutes Gespräch. Und dann brachte er mich zu Miss Abigail. Die legte sich hin, weil sie so müde war, und als das Telefon klingelte, nahm ich ab, damit sie nicht gestört wurde, und da schrie ein Kind in den Hörer, dass sein Vater ein Messer hatte und sie alle umbringen wollte. Da hab' ich Miss Abigail aufgeweckt, und wir sind zu dem Haus gefahren, und der Mann war stockbetrunken und schwenkte so ein Fleischermesser, und Miss Abigail sagte, dass sie mit ihm beten wollte, stell dir das mal vor, und er war gerade dabei auszurasten, vor allem als er mich sah, aber Miss Abigail sagte mir, ich sollte mich um die Kinder kümmern. Ich war wie gelähmt vor Angst, aber ich bin also zu den drei Kindern, die sich hinter dem Bett versteckt hatten, und hab' versucht, zu beten. Ich wusste gar nicht richtig, wie man betet, und wir haben stattdessen irgendwas gesungen, und dann kam die Polizei und hat den Mann abgeholt, und Miss Abigail nahm die Kinder mit zu sich nach Hause, sodass sie mich nicht heimfahren konnte, wie sie eigentlich versprochen hatte, sondern Carl bat, mich zu fahren. Aber ich hatte mein Portemonnaie in der Kirche vergessen, und so hat Carl mich da vorbeigefahren und ich bin rein – und dann konnte ich irgendwie nicht raus, sondern ging in den Kirchenraum, und da sah ich auf einmal das Kreuz.« Ich hielt inne, um Luft zu holen und zu überlegen, wie ich Rachel das Folgende erklären sollte. Sie war näher zu mir gerutscht und sah mit jeder Einzelheit, die ich erzählte, erstaunter aus.

»Mach weiter, Swan. Was kam dann?«

»Etwas ganz – Großes und Wichtiges. Obwohl man es nicht sehen konnte. Ich sah einfach das Kreuz an und fing an zu weinen, und dann hab' ich auf einmal laut mit Gott geredet.«

»Und was hast du gesagt?« Sie schien die Welt nicht mehr zu verstehen.

»Irgendwas. Ich weiß selber nicht mehr.«

»Du musst doch wissen, was du gesagt hast!«

»Okay, ich sag dir's. Aber das ist schwer zu erklären. Bitte lach nicht.«

»Ich werd' nicht lachen, Swan, Ehrenwort.«

»Carl hatte mir erzählt, wie er, wenn es dick kommt, keine Angst hat, weil er weiß, dass Gott mit ihm ist. Ich fragte ihn, woher er das weiß, und da sagte er mir, dass am Fuß des Kreuzes der Boden eben ist, womit er meinte, dass jeder einen Erlöser braucht. So hat er das gesagt. Die Reichen wie die Armen. Jeder. Was Miss Abigail ja die ganze Zeit schon gesagt hatte. Und Cassandra hatte mir gesagt, dass sie, als sie zu Gott um Vergebung schrie, sich auf einmal so rein und voller Frieden fühlte, weil sie wusste, dass jetzt Jesus ihr Herr war und alle ihre Probleme ordnen und ihr helfen konnte, das Richtige zu tun im Leben. So ungefähr.« Ich schielte zu Rachel hin. »Kommst du mit?«

»Sozusagen«, antwortete sie mit einem komischen Blick.

»Ja, und da hab' ich das alles zusammengenommen und hab' Gott gesagt, dass ich ihn brauche und dass ich nicht so einen Glauben habe wie Miss Abigail und Carl. Als ich in dem Haus von dem Betrunkenen war, hatte ich gemerkt, dass ich ja gar keinen Glauben hatte, aber ich wollte so gerne glauben können. Und da hab' ich Gott gebeten, mich frei zu machen und mir zu vergeben und der Herr meines Lebens zu werden.« Ich unterbrach mich. »Hältst du mich jetzt für verrückt, Rach? War das ein großer Fehler?«

»Du bist voll verrückt, da gibt's keinen Zweifel.« Aber sie lächelte fast mitfühlend. »Und wie soll das jetzt weitergehen mit dir?«

»Ich nehm' an, dass ich mich rein fühl' und dass Gott mir zeigt, was ich mit meinem Leben machen soll.«

»Und fühlst du dich so, und zeigt er dir das?«

»Ich fühle mich wie neugeboren, wie der Schnee draußen«, sagte ich. Dann knabberte ich an meinem Fingernagel. »Aber ich weiß nicht, was Gott will, was ich als Nächstes machen soll.«

Ein paar Minuten schwieg Rachel, und wir schauten beide stumm in die Flammen des Kaminfeuers. Dann seufzte sie. »Ich kann nur sagen, zieh mich da nicht rein. Komm nicht zu mir und jammere, wenn dir komische Sachen passieren.«

»Aber, Rachel, mit wem soll ich darüber reden, wenn nicht mit dir? Ich muss mit jemand reden, ich muss!«

»Okay, dann rede. Aber bilde dir bloß nicht ein, dass ich das schlucke.«

»Natürlich nicht«, sagte ich leise.

»Gut. Mein Eindruck ist, dass dir das irgendwie gut tut. Aber es ist nicht Wahrheit, sondern nur so eine Gefühlsduselei.«

»Woher willst du denn das wissen?«

»Ich weiß es halt. Du schwebst in höheren Gefilden, Swan. Ich bin die praktisch Veranlagte, das weißt du doch. Ich bin die Tüftlerin. Du bist die Träumerin.«

»Dann lass mich träumen!«

»Also schön, dann träume, du Trottel! Aber nenn es nicht Wahrheit.«

»Aber was, wenn es die Wahrheit ist? Miss Abigail sagt das. Sie sagt, die Wahrheit wird uns frei machen. Und Miss Abigail ist nicht irgendwer, das musst du zugeben.«

Rachel schüttelte ihre blonde Mähne. Ich merkte, wie sie wütend wurde. »Mary Swan Middleton, wenn du so sicher bist, dass dieser ›Glaube‹, wie du das nennst, echt ist, wenn du glaubst, dass es Gott gibt und dass er die Menschen liebt, dann beantworte mir diese Frage. Wo war er, als Carls Mutter starb? Oder als deine Mutter starb und hundert andere Leute aus Atlanta noch dazu, oder als die ganze Familie meiner Mutter …« Sie musste schlucken. »… als sie alle in die Gaskammern gekommen sind? Wo war er da? Hat er etwa ihre Gebete erhört? Aller Glaube der Welt kann nicht meine Verwandten zurückbringen oder deine Mutter oder sonst jemanden in dem Flugzeug letztes Jahr! Aller Glaube der Welt kann keinen Sinn in diese verrückte Welt bringen. Es ist viel besser, nichts zu glauben; dann bist du wenigstens nie enttäuscht, Swan, und manchmal sogar angenehm überrascht.«

Ich hatte einen dicken Kloß in der Kehle, und meine Wangen brannten. »Rachel, du musst doch nicht dasselbe glauben wie ich. So meine ich das doch gar nicht. Ich bitte dich bloß, dass du meine Freundin bleibst, selbst wenn ich was echt Dummes mach', ja?«

Ein großes, schlaues Grinsen kam auf ihr Gesicht, und ihre blaugrauen Augen wurden zu Schlitzen. »Da mach' dir mal keine Sorgen, Swan. Du hast schon so viele Dummheiten gemacht, und ich hab's prächtig vertragen.«

Ich streckte ihr die Zunge heraus, und wir begannen beide zu lachen.

»Gut, dann ist das erledigt. Und jetzt zu den wichtigen Dingen. Was in der Welt ist mit Carl und Robbie los?«

»Willst du das echt wissen?«

»Natürlich.«

»Ich hab' null Ahnung.« Ich schaute auf meine Uhr und sprang auf. »Es ist schon Viertel nach vier, Rach, ich muss nach Hause! Um halb fünf kommen Millie und Julie, damit wir den Sketch fertig schreiben. Willst du mitkommen? Ich erzähl' dir das mit Carl und Robbie dann unterwegs.«

Während Julie, Millie und ich die letzten Zeilen des Sketches ausarbeiteten, blätterte Rachel durch mein Buch mit den Dramen Shakespeares und las in dem *Kaufmann von Venedig.* Als die anderen Mädchen wieder gegangen waren, hielt sie mir das

Buch vor die Nase und sagte: »Hier, Swan, lies das mal. Ein Monolog von Shylock.«

Shylock war die Hauptfigur in dem Stück. Ich sah sie fragend an.

»Komm schon, lies!«, sagte sie. »Lies es laut vor. Es ist die Stelle, wo Shylock sich bei Salerio über den Christen Antonio beklagt.« Sie sagte es so, als ob ich genau wüsste, was sie meinte. Aber ich hatte den *Kaufmann von Venedig* gar nicht gelesen. Unser Karnevalssketch war lediglich vom Titel des Stücks animiert; mit dem Stück selber hatte er nichts zu tun.

Ich zuckte die Achseln und begann, den Monolog vorzulesen:

> *Befriedigt es sonst nichts, so stillt's doch meine Rache. Er hat mich beschimpft, mir eine halbe Million gehindert; meinen Verlust belacht, meinen Gewinn bespottet, mein Volk geschmäht, meinen Handel durchkreuzt, meine Freunde verleitet, meine Feinde gehetzt. Und was hat er für Grund dafür? Dass ich ein Jude bin. Hat nicht ein Jude Augen? Hat nicht ein Jude Hände, Gliedmaßen, Sinne, Neigungen und Leidenschaften? Nährt er sich nicht mit derselben Speise wie ein Christ? Wird er nicht mit denselben Waffen verletzt, hat er nicht dieselben Krankheiten, dieselbe Medizin, wird er nicht vom gleichen Winter gekühlt und vom gleichen Sommer gewärmt? Wenn ihr uns stecht, bluten wir nicht? Wenn ihr uns kitzelt, lachen wir nicht? Wenn ihr uns vergiftet, sterben wir nicht? Und wenn ihr uns Unrecht tut, sollten wir uns da nicht rächen? Sind wir euch in allen Dingen ähnlich, so wollen wir es euch auch darin gleichtun. Wenn ein Jude einen Christen beleidigt, wie heißt dann dessen Demut? Rache. Wenn also ein Christ einen Juden beleidigt, was hat dann seine Demut zu sein? Auch Rache. Die Bosheit, die ihr mich lehrt, ich will sie tun, und ich will sie noch besser tun als meine Lehrer.*

Ich schloss das Buch und sah Rachel an. »Soll das ein Wink

mit dem Zaunpfahl sein, weil ich dir gesagt hab', dass ich jetzt ein richtiger Christ geworden bin? Bist du wütend auf mich?«

»Nein, Swan, natürlich nicht! Das bist nicht du, das bin ich. Das ist das, was manchmal in mir hochkommt, nur dass Shakespeare es hundert Mal besser ausgedrückt hat. Und ich mach' jede Wette, dass das oft auch in Carl hochkommt. Du brauchst bloß in diesem Monolog das Wort ›Jude‹ durch ›Schwarzer‹ zu ersetzen, dann hast du's.«

»Vielleicht hast du Recht.« Ich schüttelte erstaunt meinen Kopf. »Wie bist du überhaupt an dieses Zitat gekommen? Wir haben das doch nie in der Schule durchgenommen.«

»Ich hab's gerade vorhin gelesen, als ihr gearbeitet habt.«

»Sag bloß, du hast den ganzen *Kaufmann von Venedig* in eineinhalb Stunden gelesen!«

»So lang ist das nicht, Swan. Aber jetzt Schluss mit dem Philosophieren; erzähl mir von Carl und Robbie.« Und wir wandten uns, Religion und Rasse für eine Weile erleichtert beiseite schiebend, dem Thema »Jungen« zu.

Es war halb sieben, als Rachel ging, vollständig informiert über meine neuesten Eskapaden. Ich verspürte einen erregenden Schauer bei der Aussicht, bald mit Robbie zusammen zu sein, obwohl ich nicht wusste, was ich ihm sagen sollte. Als ich wieder die Treppe hoch wollte, rief Jimmy mir aus der Küche zu: »Swan, Papa will mit dir sprechen!« Sein Sommersprossengesicht war käsebleich.

»Was ist los?«

»Das sagt Papa dir.«

Mein Vater saß wie benommen an seinem Schreibtisch. »Was ist?«, fragte ich.

»Roy hat gerade angerufen. Er hat Ella Mae gestern ins Krankenhaus gebracht, und sie haben sie untersucht und einen Gehirntumor gefunden, Mary Swan. Sie muss sofort operiert werden, und sie wissen nicht genau, ob sie durchkommt.« Sein Gesicht war aschfahl, und auf seiner Wange war deutlich sichtbar eine Träne.

»Und wann operieren sie sie, Papa?«

»Morgen früh.«

»Dann müssen wir sie jetzt besuchen! Jetzt sofort!«

Ich fuhr also nicht mit Robbie ins *Varsity*, sondern (nachdem ich ihn angerufen und abgesagt hatte) wieder ins Grady Hospital. Roy kam in den Flur, um Papa, Jimmy und mich zu besuchen, seine blutunterlaufenen Augen voller Sorge.

»Das ist echt nett, dass ihr alle kommt. Geht nur rein, bevor die Schwester was sagt. Und stört euch nicht dran, wenn Ella Mae ein bisschen durcheinander ist; das ist sie öfter die letzten Tage.«

Wir klopften leise an die Tür und öffneten sie. Ella Mae begrüßte uns mit einem schwachen Lächeln. Ihr Kopf war zur Vorbereitung auf die Operation kahl geschoren, und unter den Augen hatte sie tiefe schwarze Ringe, so, als ob sie seit Wochen nicht geschlafen hatte. Sie war kaum wieder zu erkennen.

»Ella Mae, wir denken morgen an dich«, sagte Papa, ihre Hand tätschelnd.

»Danke, Mr. Middleton. Das ist ja so nett, dass Sie kommen.«

Jimmy stand am Fußende des Bettes, die Hände in die Taschen seiner Jeans geschoben, das Gesicht elend.

Ich setzte mich an das Bett und fragte: »Hast du Angst, Ella Mae?«

»Kein bisschen, Kind. Das wird schon gut, egal, wie. Wie der Apostel Paulus gesagt hat: Wenn ich bleibe, bin ich beim Herrn, und wenn ich gehe, auch, und das wäre noch viel besser.«

»Du wirst wieder gesund, Ella Mae, bestimmt.«

»Vielleicht, Kind.« Sie schloss die Augen, ihr Atem wurde schwerer. Ich schaute zu Papa hoch, und er zeigte mit seinen Augen zur Tür. Als ich gerade aufstehen wollte, fuhr Ella Mae fort: »Ich glaub', mit den guten Dingen, die mir im Leben passiert sind, hab' ich nie jemand helfen können, Mary Swan. Sondern immer nur mit den schweren, traurigen Sachen, wo mir das Herz brechen wollte und wo ich dachte, das schaff' ich nicht, und mich nur noch an Gott festhalten konnte. Da wusste ich, wie den anderen zumute war und dass Gott wirklich da ist. Vielleicht ist das jetzt wieder so was, wenn der Herr das will. Warten wir's ab.«

Ihr Monolog war so unerwartet und so ruhig, dass ich

sprachlos war. Es war Jimmy, der hervorpresste: »Geht es dir sehr schlecht, Ella Mae?«

»Das geht schon, Kind. Mach dir mal keine Sorgen um mich.«

»Aber wir machen uns Sorgen, Ella Mae«, sagte ich. »Wir wollen nicht, dass du leiden musst.«

»Ich hab' keine Angst vor dem Leiden, Mary Swan. Hab du auch keine, Kind. Bei dem Herrn ist unser Schmerz nie vergeudet.« Ich hörte förmlich, wie Miss Abigail das Gleiche sagte. »Du weißt doch, was in der Bibel steht – dass Gott das Törichte in der Welt benutzt, um die Weisen zunichte zu machen. Ich hab' keine Angst vor dem Leiden, Mary Swan, kein bisschen. Lies, was der Apostel Paulus gesagt hat: dass er es gelernt hatte, zufrieden zu sein, egal, was das Leben ihm brachte. Das müssen wir auch tun, Spatz. Lernen, zufrieden zu sein. Mit mir wird's schon gut.«

Ich merkte, wie das viele Reden sie anstrengte. »Wir gehen schon mal wieder, Mary Swan«, sagte Papa vorsichtig.

»Ich komm' gleich nach.«

Jimmy murmelte: »Gute Nacht, Ella Mae«, und Papa sagte: »Ruh dich jetzt schön aus«, und sie gingen beide aus dem Zimmer. Ich beugte mich näher zu dem Bett und sagte: »Gestern ist mir was passiert, Ella Mae.« Und ich erzählte ihr rasch die ganze Geschichte.

Ihre Lippen bogen sich zu einem kaum sichtbaren Lächeln, und es sah so aus, als ob sie weinen wollte. Dann flüsterte sie: »Das ist eine gute Nachricht, Mary Swan. Das ist das Schönste, das du mir erzählen konntest, Kind. So gut.«

»Gott wird dir nichts zustoßen lassen, Ella Mae. Nicht jetzt. Das weiß ich.«

»Darüber musst du mit ihm reden, Kind.« Sie schloss ihre Augen, und ich beugte mich über sie und küsste sie auf die Wange.

»Ich bete für dich, Ella Mae.«

»Tu das, Swan. Tu das nur.«

Wir sprachen kein Wort auf dem Heimweg. Es nieselte, die Straßen waren grau und matschig. Als wir in unsere Straße einbogen, platzte Jimmy heraus: »Glaubst du, dass sie sterben muss, Papa? Muss Ella Mae sterben?«

»Es ist eine schwere Operation, Jimmy. Aber der Arzt, der sie operiert, ist sehr gut, dafür habe ich gesorgt.«

»Ich glaub' nicht, dass ich das aushalten würde, wenn Ella Mae und Mama so bald hintereinander sterben«, jammerte Jimmy.

»Daran wollen wir jetzt nicht denken, Kinder. Hoffen wir das Beste.«

Plötzlich hatte ich eine Idee. »Kannst du an der Kirche vorbeifahren, Papa? Nur für einen Augenblick. Jetzt ist gerade der Abendgottesdienst. Ich will für Ella Mae beten.«

»Ja, das ist 'ne gute Idee. Ich auch«, echote Jimmy.

Wir schlüpften in eine der hinteren Bänke der Kathedrale und warteten, bis der Gottesdienst zu Ende war. Dann knieten Jimmy und ich uns hin, während die anderen still durch die hintere Tür hinausgingen.

Ich flüsterte Jimmy zu: »Schließ deine Augen, und dann bete ich.« Dann sagte ich: »Gott, bitte lass Ella Mae nicht sterben. Bitte. Bewahre du sie und hilf ihr. Amen.«

Wir standen beide wieder auf, und das warme Licht der Kirche beleuchtete unsere Gesichter, und wir weinten beide. Ich legte meinen Arm um seine Schultern, und wir gingen langsam zurück in den Gang und zu Papa, der mit geschlossenen Augen, den Kopf auf die Brust gesenkt, ganz hinten stand.

Papa richtete einige Erdnussbutter- und Marmeladen-Brote, aber keiner von uns hatte Appetit, als wir an dem runden Eichentisch saßen. Ich nestelte an meiner hellen Leinenserviette. »Wann ist die Operation?«

»Gleich morgen früh.«

»Und wann erfahren wir, wie … wie es gelaufen ist?«

»Ich habe Roy gesagt, dass ich nach der Arbeit ins Krankenhaus komme. Wir werden mit dem Arzt reden. Ich rufe euch an, sobald ich was weiß.«

Ich nickte mechanisch. Jimmy und Papa gingen ins Wohnzimmer, um fernzusehen. Ich war dankbar für die Gelegenheit, mich ins Atelier zu flüchten. Kaum hatte ich die Tür hinter mir geschlossen, heulte ich wie ein Schlosshund. Das Bild von *Swan House* im Schnee, das ich am Morgen gemalt hatte, war auf der Staffelei; ich hatte es am Nachmittag aus dem Umkleidehäuschen am Swimming-Pool geholt.

Wie rein und unverdorben mein Glaube am Morgen gewesen war! Würde er jetzt auch schmelzen und spurlos verschwinden, wie der Schnee von gestern? Ella Maes Anblick hatte mich bis ins Mark erschüttert. Würde mein junger Glaube ausreichen für diese Operation? Sicher, jetzt, wo ich ein echter Christ war, war meine Verhandlungsposition bei Gott besser geworden, hatten meine Gebete vielleicht mehr Gewicht. Aber gleichzeitig hatte ich das nagende Gefühl, dass man mit Gott nicht verhandeln konnte. Ich wünschte mir, einfach mein Telefon nehmen und Miss Abigail anrufen zu können.

Miss Abigail – natürlich! Sie musste das mit Ella Mae erfahren. Oder hatte man es ihr schon gesagt? Wie schnell wanderten Neuigkeiten durch Grant Park? War Pastor James vielleicht gerade schon dabei, mit seiner Gemeinde für Ella Mae zu beten? Wusste Carl Bescheid? Wenn ich nur Miss Abigail anrufen und ihr meine Fragen stellen könnte. Aber ich wusste ja noch nicht einmal ihren Nachnamen; sie war für mich immer nur Miss Abigail gewesen, wie ein Engel, der da war, wenn man ihn brauchte. Ich konnte niemand anrufen.

»Dann muss ich wohl mit dir vorlieb nehmen, Gott«, sagte ich laut, während ich die weiße Bibel von dem Stapel der Skizzenblöcke aus *Resthaven* holte. Ich schlug sie aufs Geratewohl auf, überflog ein paar Verse aus einem Buch namens Jeremia und schloss sie wieder.

»Gott, ich weiß heute immer noch nicht besser, wie ich mit dir reden soll, als gestern, aber hör mir zu. Ich will das Richtige tun und anderen Menschen helfen und meine Verwandten lieben, und ich will verstehen, wer du bist. Aber es gibt noch etwas, das mir wichtiger ist als alles andere – als Robbie und Carl und die Bilder und *Resthaven* und der Karneval und das Rabenrätsel und alles –, und das ist, dass du Ella Mae gesund machst. Bitte hilf, dass sie nicht stirbt. Bitte, Gott. Wenn Ella Mae auch stirbt, das pack' ich nicht. Bitte, Gott, nimm du all diese Dinge und tu was.«

Ich sah Ella Mae in ihrem Krankenbett vor mir, ohne ihre Haare, ohne Kraft. Wie elend sie ausgesehen hatte.

Ja, elend. Aber auch – friedlich. So absolut ruhig. Und noch mehr – bereit. Ella Mae war bereit, ja sie brannte darauf, ihren Heiland zu sehen. Für sie bedeutete der Tod den Übergang ins ewige Leben, an einen Ort, wo man geborgen war und es keinen Schmerz mehr gab.

War mein Gebet also nur die nächste egoistische Bitte der verwöhnten Mary Swan? Ella Mae schien kein bisschen Angst zu haben vor der Operation und vor dem Sterben.

Die Bibel in der Hand, ging ich aus dem Atelier und die Treppe hinauf in mein Zimmer. Ich wusste nicht, wie man die Bibel las, aber Miss Abigail hatte mir empfohlen, mit den Evangelien anzufangen. Ich zog meinen Pyjama an und ging ins Bett. Ich beschloss, mit dem Johannesevangelium zu beginnen, von dem ich schon etwas gelesen hatte. Ich schaute die Seitenzahl im Inhaltsverzeichnis nach und begann zu lesen. Ich las, bis meine Augen schwer wurden. Ich las das Evangelium, wie ich die Gedichte für Mrs. Alexanders Englischunterricht las, gemütlich in meine Decken gekuschelt. Ich staunte, wie literarisch der Text war, voller Bilder und Metaphorik. Manche der Dinge, die Jesus gesagt hatte, waren so schön. Andere waren hart und schockierend.

Was mir am meisten auffiel, als ich die Kapitel durchlas, waren die Namen, mit denen Jesus sich bezeichnete. Licht der Welt, Brot des Lebens, Lebendiges Wasser, der Wahre Weinstock, der Gute Hirte, der Weg, die Wahrheit und das Leben. Jedes Mal, wenn ich einen dieser Namen las, spürte ich tief in mir diese Hoffnung. Eine warme, tiefe Hoffnung wie zwei liebende Arme, die mich umschlangen. Besser als ein Kuss von Robbie oder eine Umarmung von Carl oder ein ganzer Nachmittag mit Papa. Hoffnung.

Ich las das Evangelium nicht ganz zu Ende, weil meine Augen so schwer wurden, aber kurz bevor ich einschlief, ging ich ein paar Kapitel zurück und las noch einmal einen Vers. Es war etwas, das Jesus seinen Jüngern gesagt hatte und das mich an Ella Mae erinnerte: *»Euer Herz erschrecke nicht! Glaubt an Gott und glaubt an mich! In meines Vaters Hause sind viele*

Wohnungen. Wenn's nicht so wäre, hätte ich dann zu euch gesagt: Ich gehe hin, euch die Stätte zu bereiten? Und wenn ich hingehe, euch die Stätte zu bereiten, will ich wiederkommen und euch zu mir nehmen, damit ihr seid, wo ich bin.« Und ein paar Verse weiter sagte er: *»Ich bin der Weg, die Wahrheit und das Leben; niemand kommt zum Vater außer durch mich.«*

Dass Jesus die Wahrheit war – das machte Sinn. Und es passte zu dem anderen Vers über die Wahrheit, die mich frei machen würde. Aber als ich einschlief, war es die Stelle mit den Wohnungen, die mich am meisten tröstete. Jesus bereitete einen Platz für uns. Da hatte Ella Mae also Recht. Was auch geschehen würde, sie würde bei Jesus sein.

KAPITEL 26

Gott muss meine Gebete wohl erhört haben und auch die vieler anderer, denn Ella Mae überstand die Operation. Der Chirurg konnte nicht den ganzen Tumor entfernen, aber einen großen Teil; er brauchte fast sieben Stunden. Eine ganze Woche lang blieb Ella Mae auf der Intensivstation und durfte nur von ihren engsten Familienangehörigen besucht werden. Ich hatte Lust, den Ärzten und Schwestern im Grady Hospital zu sagen, dass Ella Mae doch zu *meiner* Familie gehörte und mir wie eine zweite Mutter war, und sie zu fragen, ob ich sie jetzt, wo meine richtige Mutter tot war, nicht besuchen konnte. Aber Papa sagte Nein. Ich glaube, er selber fuhr jeden Tag ins Krankenhaus und sprach mit Roy und den Ärzten. Er sagte mir nie, wie schlecht es Ella Mae wirklich ging, aber er sagte Dinge wie: »Sie ist zu schwach, um Besuch zu empfangen. Sie braucht noch viel Zeit, um sich zu erholen«, sodass Jimmy und ich den Eindruck bekamen, dass sie noch nicht über den Berg war.

Als ich am Mittwoch von der Schule nach Hause kam, ließ ich Muffin ins Haus. Er sprang begeistert an mir hoch und leckte mir die Hände. »Platz!«, befahl ich irritiert. Ich brauchte ein anderes Lebewesen im Haus. Jimmy war bei seinem Basketball-Training und würde erst in einer Stunde nach Hause kommen. Das Haus war einfach zu groß ohne Ella Mae. Ich ging in den Frühstücksraum, legte meine Bücher auf dem Eichentisch ab und nahm einen Apfel vom Obstteller in der Mitte des Tischs. Aber ich hatte keinen Appetit.

Sollte ich meine Französisch-Hausaufgaben beginnen? Aber die Aussicht, unregelmäßige Verben auswendig zu lernen, machte meine Stimmung nicht besser. Ich kratzte Muffin hinter den Ohren und dachte an den Karnevalssketch. Wir hatten ihn »Die Maid in Venedig« betitelt und an diesem Tag die Rollen verteilt. Ich war die Erzählerin; alle fanden, dass ich die perfekte Stimme dafür hätte. Für den Rest der Woche und für die ganze nächste Woche hatten wir tägliche Proben angesetzt. Und ich wusste, dass ich mit Mrs. Alexander reden musste. Ich musste ihr erzählen, wie es mir mit dem Rabenrätsel ergangen war. Sie würde mich sicher verstehen.

»Aber der Sketch ist so blöd«, sagte ich laut in die leere Küche hinein. »Was soll so eine Liebesgeschichte in Venedig, wenn Ella Mae im Krankenhaus liegt?« Muffin legte den Kopf zur Seite, wie die Hunde das tun, und hob seine Ohren. »Lieber Gott«, murmelte ich. »Ich bin so durcheinander, so enttäuscht, ich hab' solche Angst. Der Schnee und mein Gebet und Carls Worte scheinen so weit weg zu sein. Warum muss das Leben dauernd weiterrasen? Warum kann es nicht mal anhalten und mir einen Tipp geben, damit ich vorbereitet bin? Ich hab' solche Angst um Ella Mae.«

Das Klingeln des Telefons riss mich aus meinem Grübeln heraus. Ich nahm ab – und hörte Miss Abigails Stimme! »Mary Swan, Kind, wie geht's dir?«

»Danke, gut.« Ich hatte keine Lust, ihr zu sagen, dass ich gerade einen Monolog mit dem Allmächtigen geführt hatte. »Haben Sie das mit Ella Mae gehört?«

»Ja, natürlich. Ich bin schon im Krankenhaus gewesen. Besuche sind noch nicht erlaubt. Ich weiß, dass du dir Sorgen machst.«

»Ich hab' solche Angst, Miss Abigail. Sie darf nicht sterben!«

»Wir beten alle für ihre Genesung. Der Arzt scheint zu denken, dass es Hoffnung gibt.« Stille. »Aber ich rufe noch aus einem anderen Grund an. Ich wollte mich bei dir dafür entschuldigen, dass ich dich am Samstag in Mr. Murphys Haus so in Gefahr gebracht habe. Das war nicht sehr weise von mir.«

»Das ist schon okay. Ich glaub', ich versteh' jetzt besser, wie Ihr Leben so ist. Wie geht's den Kindern?«

»Die sind heute zurück nach Hause gegangen. Mr. Murphy scheint sehr reumütig zu sein. Aber das wird sich zeigen.« Miss Abigail räusperte sich. »Mary Swan, Carl hat mir gesagt, dass du nach der Sache bei Mr. Murphy in die Kirche gegangen bist ...«

»Ja, ich hab' erwartet, dass er es Ihnen erzählt.«

»Er hat mir keine Einzelheiten gesagt. Möchtest du darüber reden?«

»Das ist ein bisschen schwierig am Telefon. Ich glaub', ich hab' dasselbe gemacht wie Cassandra im letzten Sommer.«

Miss Abigail antwortete nicht.

»Mit Gott geredet, wissen Sie. Ich hab' ihm gesagt, dass - dass ich ihn brauche.« Der Satz machte mich verlegen, selbst vor Miss Abigail. »Aber ich bin mir nicht sicher, dass ich die richtigen Worte gesagt hab'.«

»Die Worte sind nicht so wichtig wie das Herz. Der Herr kann unsere Herzen lesen.« Dann fuhr sie fort: »Möchtest du Gewissheit haben, was du da getan hast?«

»Kann ich die haben?«

»Natürlich. Wir reden am Samstag nach dem Essen drüber. Ist das okay?«

»Doch. Aber Ella Mae kann mich ja jetzt nicht hinfahren, und ich weiß nicht, ob Papa will.«

»Kannst du Auto fahren, Mary Swan?«

»Ja, doch.«

»Dann nimm doch einfach das Auto und komm selber! Da wird dein Vater bestimmt nichts gegen haben.«

Ich wusste nicht, wie sie da so sicher sein konnte, aber ich wollte mich nicht mit Miss Abigail streiten. Wenn sie etwas sagte, war das fast so, als ob Gott selber gesprochen hatte. »Okay. Ich komm'.«

»Und du kommst zurecht bis Samstag, Mary Swan?«

»Ja. Danke, dass Sie angerufen haben.«

»Gern geschehen. Ich bete für dich. Und mach dir keine Sorgen um Ella Mae, sie ist in guten Händen.«

Der Klang von Miss Abigails Stimme und dass sie sich nach mir erkundigt und dass Carl ihr von meiner Bekehrung erzählt hatte, es beruhigte mich ein bisschen. So sehr, dass ich das Telefon nahm und das Nächste tat, was ich tun musste.

»Robbie?«

»Mary Swan, wie geht dir's? Und Ella Mae? Ich hab' mich nicht getraut, anzurufen, aber wir machen uns alle Sorgen – Vater und Mutter und Andy und ich.«

»Sie hat die Operation überstanden, aber der Arzt hat nicht den ganzen Tumor rausholen können, und ich darf sie nicht besuchen. Aber Papa geht fast jeden Tag hin.«

»Du musst müde sein, Swan. Erst der Karneval, und jetzt das.«

»Müde und durcheinander, ja. Aber es tut mir Leid, dass ich am Sonntagabend nicht mitkommen konnte.«

»Jetzt komm, das war doch klar. Hast du diese Woche Zeit? Wir könnten irgendwo was essen oder einfach spazieren gehen oder was auch immer.«

»Ich hab' jetzt jeden Nachmittag nach der Schule Karnevalsprobe, bis halb sechs.«

»Und mein Football-Training geht bis um fünf. Sag mir, wo du sein wirst, und ich hol' dich morgen ab.«

»Das wär' toll«, sagte ich.

»Du klingst aber nicht sehr überzeugt.«

»Könntest du nicht gleich jetzt kommen?«

»Ich dachte schon, du fragst das nie!«

Wir schlenderten durch den Wald, blieben stehen, um *Swan House* zu betrachten, und gingen zu der Villa und in den Buchsbaumgarten, während ich Robbie mein Erlebnis vom Samstag erklärte. Als wir wieder zu Hause waren, setzten wir uns auf den Eichentisch, die Füße auf den Stühlen, und schlürften heiße Schokolade. »Glaubst du auch, dass ich verrückt bin? Rachel glaubt das.«

»Nein, natürlich nicht, Mary Swan. Ich glaube dir jedes Wort. Es ist mir klar, wie du über Gott und das Leben ins Nachdenken gekommen bist, dort in den Slums.

Besonders wenn man solche Leute wie Miss Abigail und Pastor James kennen lernt.«

»Bist du immer noch eifersüchtig auf Carl?«

»Sollte ich das sein?«

»Nein. Ich hab's dir ja schon gesagt, wir sind nur Freunde. Vielleicht hab' ich von mehr geträumt, aber das kann nicht sein und wird nie sein, und selbst wenn Carl das wollte, wäre er nie wirklich an mir interessiert. Er würde sich nie von seinen Gefühlen für ein weißes Mädchen völlig beherrschen lassen.«

»Und was heißt das für mich? Die erste Wahl geht nicht, und jetzt willst du den Reservemann?«

Ich streckte meine Zunge heraus. »Müssen wir das jetzt entscheiden? Können wir nicht einfach so zusammen sein?«

»Vielleicht.«

Ich wollte ihm sagen, dass ich ihn mochte, vielleicht sogar liebte, aber ich war so müde und erschöpft. Ich wusste, dass ich ihm nicht mehr als nur Freundschaft versprechen konnte, und ich wusste auch, dass ich nicht wieder sein Herz brechen wollte. Oder meines. Er rutschte näher zu mir, legte fest seinen Arm um mich und zog mich mit einer geschwisterlich-beschützenden Geste an sich, fast so wie Carl das an dem Samstagabend getan hatte.

»Entscheide jetzt noch nichts, Swan, hörst du? Nichts.« Dann küsste er mich fest auf den Mund, und die Farbe stieg ihm in die Wangen. »Ich muss jetzt nach Hause. Wir sprechen uns bald wieder.«

Am Donnerstagnachmittag klopfte ich an die Tür von Mrs. Alexanders Büro.

»Herein.« Dann, als sie mich sah: »Hallo, Mary Swan. Wie geht's dem Wellington-Raben?«

»Nicht so gut.«

»Aha.«

»Ich krieg' das nicht raus, Mrs. Alexander. Es geht gar nicht mehr. Die Gemälde sind zerstört.«

»Zerstört?«

»Ja. Von meiner Mutter.«

Sie saß sprachlos da. »Ich verstehe. Meine Güte, Mary Swan, das kann nicht einfach gewesen sein für dich.«

»Nein. Ich kann die Gemälde also nicht beibringen, und ich kann das Rätsel nicht lösen.« Meine Enttäuschung stand in Großbuchstaben auf meinem Gesicht geschrieben.

»Nicht so schnell. Warum lässt du mich nicht mit den Mädchen sprechen und hören, was sie sagen? Du weißt ja, dass der Rabe sich traditionell eine Woche vor dem Karneval mit seinem Berater und den Sprecherinnen der Abschlussklasse trifft und dass wir dann die Entscheidung treffen.«

»Was gibt's da zu entscheiden? Ich hab' das Rätsel nicht gelöst.«

»Ich meine, doch. Du hast herausgefunden, dass die Gemälde zerstört worden sind.«

»Aber ich habe keine Beweise dafür. Nur das Wort des Arztes, und das ist bloße Spekulation.«

»Mach dir keine Sorgen, Mary Swan. Du hast deinen Job getan, jetzt tue ich meinen.«

»Ihren?«

»Ja.« Sie lächelte freundlich, fast eine Spur schelmisch. »Ich bin der Unterhändler. Du hast alles getan, was du kannst, und jetzt werde ich sehen, was ich tun kann. Für dich ist jetzt der Sketch an der Reihe. Ich bin sicher, dass du ein ausgezeichnetes Gedicht geschrieben hast.« Sie hob ihre Augenbrauen, mit dem gleichen schelmischen Gesichtsausdruck. »Du machst deine Karnevalssache weiter, und ich rede mit den Abschlussmädchen, und dann treffen wir uns alle am 1. Februar. Geht das so?«

»Ja. Danke, Mrs. Alexander.«

»Gern geschehen, Mary Swan.«

»Kann ich Sie noch etwas fragen?«

»Gerne.«

»Wären Sie vielleicht daran interessiert, zum Karnevalsabend eine Live-Band zu haben? Ich hab' ein paar Freunde, die eine Jazzband haben, sie sind echt gut. Sie haben schon auf dem Weihnachtsball im Piedmont Driving Club gespielt. Ich weiß, dass wir nicht jedes Jahr eine Band haben, aber vor ein paar Jahren hat eine gespielt, und alle fanden sie gut. Nach dem Wettbewerb wurde sogar getanzt.«

»Eine Live-Band? Das könnte man sich überlegen, ja.«

»Sie können ja Mrs. Appleby anrufen, die gibt Ihnen sicher gerne Bescheid.«

»Vielleicht mache ich das, ja.« Sie zwinkerte mir zu.

Wenn es ans Autofahren ging, war ich aus irgendeinem Grund nicht so wie die anderen in meinem Alter, die es gar nicht erwarten konnten, hinter das Lenkrad zu springen und ans Ende der Welt zu fahren. Und so war ich gar nicht begeistert, als Papa mir erlaubte, mit dem Cadillac nach Grant Park zu fahren. Die halbe Nacht vor dem Samstag verbrachte ich damit, im Geiste die Strecke abzufahren, und am Samstagmorgen dauerte es fünfundzwanzig Minuten im 30 km-Tempo, bis ich die Mount Carmel Church erreicht hatte. Immerhin war ich nur zwei Mal falsch abgebogen, was nicht schlecht für das erste Mal war. Als ich den Wagen endlich vor der Kirche parkte, war ich ganz nass unter meiner Wolljacke.

Als ich in den Gemeindesaal trat, packte Pudding meine Beine und verkündete stolz: »Mein Bruder macht heut einen Marsch mit Pastor Martin Luther King. Ganz weit weg, in Albany!«

»Du meine Güte! Mit Pastor King?«

»Ja. Und viele andere sind auch mitgegangen. Larry und Big Man und Leo und Nickie.«

»Die ganze Band?«

»Ja. Weißt du, dass sie Pastor King letzten Sommer ins Gefängnis gesteckt haben? Aber jetzt sagt er, dass es viel besser geworden ist und dass es dort bald keine Rassentrennungsgesetze mehr gibt.«

»Das sind ja gute Nachrichten, Pudding.« Ich hob sie hoch und drehte mich mit ihr im Kreis.

Albany war eine sonnenverbrannte Ebene in Südwest-Georgia, etwa fünf Stunden südlich von Atlanta. Carl hatte mir von den Rassendemonstrationen erzählt, die dort seit über einem Jahr stattfanden. Von den 60 000 Einwohnern der Stadt waren fast 25 000 Schwarze, und aus irgendeinem Grund hatte Pastor King diese Stadt als Illustrationsobjekt dafür gewählt, was man mit friedlichen Demonstrationen erreichen konnte.

Aber alles, was ich wollte, war, dass Carl neben mir stand und Spaghetti servierte.

Stattdessen stand heute Cassandra neben mir, während ihre Mutter auf Jessie aufpasste. Eine weiße Dame namens Mrs. Byers, aus einer Baptistengemeinde in Buckhead, half ebenfalls. Die kleine Jessie krabbelte durch den halben Gemeindesaal, dicht verfolgt von Cassandras Mutter. Mein Herz kribbelte, als ich der Kleinen zuschaute. Jetzt setzte sie sich mit einem Plumps hin und suchte ihre Mutter. Als sie Cassandra hinter dem langen Tisch erblickte, begann sie zu weinen. Cassandras Mutter hob sie hoch und trug sie fort, beruhigend auf sie einredend.

»Du, ich muss dir was sagen. Letzte Woche bin ich auch ein Christ geworden«, sagte ich Cassandra ein paar Minuten später.

»Das ist ja prima, Mary Swan! Das ist das Beste, was du je gemacht hast, bestimmt!«

»Ja, das hoff' ich auch ...«

Ich brach mitten im Satz ab. Auf der anderen Seite des Serviertischs stand auf einmal Mr. Murphy. Fast ließ ich den Teller, den ich gerade mit Soße gefüllt hatte, fallen. Ich erwartete, dass er mich hasserfüllt ansehen würde, aber er schien mich gar nicht zu erkennen. Er murmelte nur: »Danke.«

Hinter ihm standen die drei Kinder. Georges Augen wurden groß, als er mich sah. »Hallo, Mary Swan«, sagte er ganz laut. Seine Schwestern hielten kichernd die Hände vor ihre Gesichter, während sie auf meine Antwort warteten.

»Hey, George und Lissa und Angeline. Schön, dass ihr da seid.« Es kam wie ein raues Flüstern aus meinem Mund.

Mr. Murphy drehte sich um und musterte mich. »Du bist doch letzte Woche mit Miss Abigail gekommen?«

Meine Knie wurden weich und meine Angst schoss zurück, als habe Mr. Murphy nicht einen Teller Spaghetti, sondern das lange Messer in der Hand. Ich leckte meine Lippen. Was sollte ich jetzt sagen?

»Danke, dass du den Kindern geholfen hast. Wir haben's schwer gehabt, seit ihre Mama gestorben ist. Aber wenn Gott uns hilft, wird's jetzt besser werden.«

Alles, was ich antworten konnte, war ein gestottertes: »D-das ist aber gut.«

Als sie sich an einen der Tische gesetzt hatten, flüsterte Cassandra: »Er hat dasselbe gemacht wie du, Mary Swan.«

»Wie?« Ich starrte immer noch den stämmigen Mann mit seinen drei Kindern an. Ich stellte mit Erstaunen fest, dass meine Wut und Angst wie weggeblasen waren.

»Ja. Er hat auch reinen Tisch mit dem Herrn gemacht.«

Dieses Mal hörte ich sie. Ich ließ vor Überraschung die Kelle fallen. »Was hast du gesagt?«

»Ich hab' gesagt, er hat das Gleiche gemacht wie du. Hat reinen Tisch mit dem Herrn gemacht.«

Einen Augenblick lang wollte sich mir das Fell sträuben, wie sie mich da mit Mr. Murphy verglich. Aber dann hörte ich Carl wieder, wie er sagte: *»Am Fuß des Kreuzes ist der Boden eben. Da gibt's keine Reichen und Armen mehr, da ist jeder bedürftig, alle brauchen sie die Gnade des Herrn Jesus.«*

Ich ließ mich in Miss Abigails Büro auf einen Stuhl fallen. »Sie werden nicht glauben, was Cassandra mir erzählt hat.« Ich gab ihr keine Zeit zu antworten. »Sie hat gesagt, dass Mr. Murphy Christ geworden ist. Können Sie das glauben?«

»Natürlich kann ich das glauben! In den drei Tagen, die er im Gefängnis verbracht hat, hat Gott sein Herz mächtig angerührt. Gegen Ende der Woche hatte er seine Sünden bekannt und Gott um Vergebung gebeten. Jetzt will er mit dem Trinken aufhören und für den Herrn leben.«

»Das ist ja – verrückt. Verrückt und gut. Ich hab' mir fast in die Hose gemacht, als ich ihn in der Schlange sah. Ich war sicher, er würde mich gleich ins Gesicht boxen oder noch schlimmer. Aber er war ... er war nett. Erst hat er mich nicht erkannt, und dann hat er sich glatt bei mir bedankt.«

»Sein Herz ist anders geworden, Mary Swan. Was uns zu dir bringt. Kannst du mir erzählen, was geschehen ist?«

»Ich hatte Cassandra gesagt, dass ich Christ geworden bin, und sie sagte, dass das dasselbe sei wie bei Mr. Murphy. Erst hat es mich gefuchst, dass sie mich mit Mr. Murphy verglich, aber dann erinnerte ich mich an das, was Sie Carl gesagt hatten – dass der Boden am Fuß des Kreuzes eben ist und dass wir alle einen Heiland brauchen. Und jetzt glaub' ich, dass ich eigentlich Mr. Murphy zu Dank verpflichtet bin, denn wenn er mich nicht halb verrückt vor Angst gemacht hätte, hätte ich vielleicht nie vor Gott zugegeben, dass ich keinen Glauben hatte, aber gerne glauben wollte.« Und ich erzählte ihr die Geschichte meiner Bekehrung in dem stillen Kirchenraum vor einer Woche.

Miss Abigail hörte sie lächelnd an. »Ich glaube, der Herr hat genau verstanden, was du da gemacht hast.«

»Dann hab' ich das also richtig gemacht?«

»Ja, Mary Swan. Genau richtig.«

»Aber meinem Vater hab' ich noch nichts gesagt. Der würde das nicht verstehen.«

»Warum nicht?«

»Er würde sagen, dass ich doch immer schon ein Christ war.«

»Gott wird dir zeigen, wann du reden sollst und wann du

besser deinen Mund hältst.« Sie lächelte. »Manchmal ist es am schwierigsten, die Geschichte unserer Bekehrung den Menschen zu erzählen, die uns am nächsten stehen. Wir haben leicht Angst. Lass dir Zeit, Mary Swan.« Sie setzte sich auf und fuhr fort: »Kürzlich habe ich deinen Vater im Krankenhaus getroffen.«

»Echt?«

»Ja. Ein feiner Mann. Er sorgt dafür, dass Ella Mae alles bekommt, was sie braucht. Er ist ein guter Mann, Mary Swan.«

»Haben Sie ihm gesagt, wer Sie sind?«

»Das wusste er schon, Mary Swan.«

»Er wusste das?«

»Du bedeutest deinem Vater sehr viel, Mary Swan. Und er macht sich Sorgen um dich. Er weiß, wie die Slums einem sensiblen Herzen zusetzen können.«

»Wie meinen Sie das?«

»Deine Mutter ist viel in dieses Viertel gekommen – nicht Mount Carmel, aber eine andere Kirche. Ich glaube, sie gab dort Kunstunterricht. Ella Mae fuhr sie. Dein Vater fand, dass das zu viel war für deine Mutter.«

»Woher wissen Sie das alles?«

»Das sprach sich herum.«

»Und warum haben Sie mir nie was davon gesagt?«

»Was gab es da zu sagen?«

Ich versuchte, diese neue Information einzuordnen. »Mein Vater will nicht, dass ich so oft hier bin. Er hat diese Vorurteile – denkt, ich fang' noch an, so zu reden und zu handeln wie ein Neger.«

»Er hat vor allem Angst um dich, Mary Swan. Aber du hast Recht, es spielen auch Vorurteile mit. Viele sonst starke, gottesfürchtige, bibeltreue Christen haben tiefe Vorurteile. Aber sie sehen nicht, dass es Vorurteile sind – Vorurteile, die seit Generationen existieren. Sie sagen: ›So bin ich halt erzogen worden.‹ Und es ist schwer, sehr schwer, zuzugeben, dass man falsch erzogen worden ist. Und dass Voreingenommenheit eine Sünde ist, die man vor Gott bekennen muss, damit Veränderung möglich wird. So schwer.«

»Glauben Sie, dass je etwas anders werden wird zwischen

den Schwarzen und den Weißen? Wird diese Kette der Vorurteile je reißen?«

»Bei Gott ist nichts unmöglich. Vergiss das nicht. Er ist es, der die Herzen verändert, eines nach dem anderen. Wie bei dir.« Sie streichelte meine Hand. »Und wenn dann sein Heiliger Geist in unseren Herzen wohnt, zeigt er uns andere Dinge, die sich ändern müssen, eines nach dem anderen. Dinge wie Vorurteile und Stolz und Selbstsucht und Neid. Er beginnt, uns von Kopf bis Fuß zu verändern.«

»Und was soll ich dann jetzt machen?«

Sie langte zu dem mit Büchern voll gestopften Regal über ihrem Schreibtisch hoch und holte ein dünnes Taschenbuch herunter, das *Erste Schritte im Glauben* hieß. »Dieses Buch benutze ich oft bei neuen Gläubigen. Es erklärt ganz einfach, was bei der Erlösung passiert und wie man als Christ wächst – wie man die Bibel liest und betet. Lies es durch, und dann rede mit mir oder mit anderen Christen über deine Fragen. Und vor allem gib Gott freie Hand, dich zu ändern. Er wird es tun. Lebe, was du glaubst, liebe deine Mitmenschen, gib weiter, was du gelernt hast. Und dann öffne deine schönen Hände mit den langen, schlanken Fingern und lass Jesus das tun, was nur er tun kann.«

Meine Augen brannten nass, aber eine Frage musste ich Miss Abigail noch stellen: »Miss Abigail, warum geben Sie sich mit mir ab? Warum nehmen Sie sich die Zeit, mit mir zu reden? Wer bin ich denn? Sie haben doch so viele Dinge am Hals, die wichtiger sind.«

Sie bekam wieder jenes Glitzern in ihren Augen. »Wenn Jesus lehrte, sagte er anschließend oft: ›Wer Ohren hat, zu hören, der höre.‹ Und als ich dich das erste Mal sah, Mary Swan, da wusste ich, dass du Ohren zum Hören hattest, ich wusste, dass Gott seine Hand auf dich gelegt hatte.«

Ich war platt. »Das wussten Sie? Wie das denn?«

»Ich sah in dir ein liebendes Herz und sehende Augen und einen wachen Geist.«

»Das haben Sie alles gesehen?«

Sie nickte. »Und jetzt will ich für dich beten, Mary Swan. Und denke dran: Gott wird dir zeigen, was du als Nächstes tun sollst.«

»Es gibt gute Nachrichten, Kinder«, sagte Papa bei unserem Brathähnchen-Dinner. Es schmeckte nicht schlecht, aber ich vermisste Ella Maes Küche. »Am Montag verlegen sie Ella Mae in ein Privatzimmer, und vor Ende des Monats, sagt der Arzt, kann sie wieder nach Hause.« Die Spannung in Papas Stimme wollte nicht recht zu der guten Nachricht passen.

»Können wir sie jetzt besuchen?«, fragte Jimmy, während er einen großen Bissen von dem Hähnchenschenkel nahm und anschließend laut rülpste.

»Benimm dich!«, sagte ich.

»Gebt ihr noch ein bisschen Zeit«, sagte Papa.

»Das sagst du jedes Mal, Papa«, protestierte Jimmy.

Papa überging die Bemerkung. »Die Aktienkurse sind um drei Punkte gestiegen heute, der Markt macht sich. Wo möchtet ihr dieses Jahr Ferien machen?« Es war Papas Art, das Thema zu wechseln.

Aber später am Abend, als im Fernseher die Nachrichten liefen und Jimmy an irgendeinem lebensgefährlichen elektrischen Experiment herumbastelte, sagte ich: »Miss Abigail hat gesagt, dass sie dich im Krankenhaus gesehen hat.«

»Ja, das stimmt. Nette Dame. Vielleicht ein bisschen exzentrisch, aber ihr Job ist bestimmt nicht leicht.«

»Das ist die, der ich immer helfe.«

»Ja, ich weiß. War schön, sie zu sehen. Sie hat sehr gut von dir gesprochen. Scheint deine Hilfe sehr zu schätzen.«

»Du hast ihr auch gefallen. Und sie hat mir erzählt, dass Mama auch in den Slums geholfen hat, in einer anderen Kirche.«

»Ja, das stimmt.«

»Papa, wie oft hat Mama Ella Mae da geholfen?«

»Nicht sehr oft. Sie brauchte all ihre Kraft, um gesund zu werden. Aber manchmal, wenn sie von *Resthaven* zurückkam und es ihr gut ging, gab sie ein paar von den armen Kindern da unten Kunstunterricht. Sie tat das gerne. Sehr gerne.«

»Und hat sie auch Geld gespendet?«

»Manchmal.«

»Aber sie wollte das nicht an die große Glocke hängen?«

»So ist es.«

»Mama war ein guter Mensch, nicht wahr, Papa?«

»Eine wunderbare Frau. Kompliziert, labil, hochbegabt. Und sie hat dich und Jimmy über alles geliebt.«

Nach und nach wurde es klarer, mein Bild von meiner Mutter, wie Pinselstriche, die ganz allmählich ein Porträt ergeben. Ja, diese Monate gaben mir ein Porträt von Mama. Als Kind tief verwundet, zerbrechlich und depressiv, begabt und elegant und großzügig mit dem, was sie besaß. Ich fragte mich, ob ich genauso komplex war wie Mama. Vielleicht waren wir alle so kompliziert.

Papa sprach weiter. »Heute hab' ich mich mit dem Bürgermeister und mehreren der Träger des wirtschaftlichen Lebens in Atlanta getroffen, Mary Swan. War hochinteressant.« Er reichte mir mehrere zusammengeheftete Blätter.

»Was ist das?«

»Die neuesten Statistiken über die Schwarzen und Weißen in Atlanta.«

Ich begann, laut zu lesen. »›Das Durchschnittseinkommen der Negerfamilien in der Stadt beträgt weniger als die Hälfte des Durchschnittseinkommens der weißen Familien. Das durchschnittliche Negereinkommen vor Steuern lag 1961 bei 3.307 Dollar, das der durchschnittlichen weißen Familie 6.984 Dollar. 57 % der weißen Familien waren Hauseigentümer, gegenüber nur 19 % der Negerfamilien. 78 % der weißen Familien besaßen ein eigenes Auto, gegenüber nur 31 % der Negerfamilien. Nach Steuern gab die durchschnittliche schwarze Familie bis auf 1 Dollar ihr gesamtes Einkommen für den täglichen Konsum aus.‹« Ich schaute von dem Papier hoch. »Das ist ja furchtbar, Papa!«

»Es ist beunruhigend, Swannee, aber es gibt natürlich noch andere Gründe dafür als nur Diskriminierung. Viele der Neger kommen aus ländlichen Gegenden, wo eine gute Schulbildung keine große Rolle spielte. Während die Weißen 1960 im Durchschnitt elf Jahre zur Schule gegangen waren, waren es bei den Schwarzen gerade sechs Jahre.

Positiv ist, dass Anfang November, gerade vor zwei Monaten, die Stukkateurfirma H. J. Russell Mitglied in der 3 000 Mitglieder starken Industrie- und Handelskammer wurde.

Herman J. Russel wurde damit das erste schwarze Mitglied in der Handelskammer.«

»Das klingt ja gut, Papa.«

Papa grinste. »Allerdings wurde die Einladung zur Mitgliedschaft aus Versehen an Mr. Russell verschickt. Keiner wusste, dass er schwarz war.«

»Dann ist er aus Versehen da reingekommen?«

»Exakt.« Papa kicherte. »Aber wir wissen ja, wie Bürgermeister Allen über das Rassenproblem denkt. Dies ist sein zweites Amtsjahr. Im ersten Jahr hat er viele der Führer der Schwarzen in der Stadt kennen gelernt und hat entsprechend großes Verständnis für ihren Wunsch nach Gleichbehandlung vor dem Gesetz. Er war tief beeindruckt von der Bereitschaft der schwarzen Seite, wo nötig, eine Politik der kleinen Schritte von der weißen Seite zu akzeptieren. Bürgermeister Allen hat wörtlich gesagt, dass ›Atlanta nie eine der großen Städte dieser Nation und der Welt werden wird, solange schwarze Männer, Frauen und Kinder ökonomisch, politisch und bildungsmäßig niedergehalten werden‹.«

»Und siehst du das auch so, Papa? Hast du dem Bürgermeister Recht gegeben?«

»Sagen wir mal, ich war nicht ganz so dagegen wie einige der anderen. Einer meiner Freunde, dessen Namen ich jetzt nicht nennen will, sagte: ›Vergessen Sie das! Meine Kinder werden nie mit einem Neger zur Schule gehen! Nur über meine Leiche! Als Nächstes wollen sie dann in den Club.‹ Und dann drehte ein anderer Freund sich zu mir hin und sagte: ›Ganz meine Meinung. Du willst doch nicht im Ernst, John Jason, dass deine Tochter im Bus neben einem Neger sitzt oder mit einem Schwarzen ins Restaurant oder ins Kino geht?‹«

Papa grinste breit und fuhr fort: »Swan, ich musste mir auf die Zunge beißen, um nicht zu sagen: ›Fred, da hab' ich kein bisschen Angst davor – weil sie das nämlich alles schon gemacht hat!‹«

»Papa!« Ich war begeistert. »Das würdest du nie sagen!«

Sein Gesicht wurde ernster. »Nein, eigentlich nicht. Ich kann nicht ehrlich sagen, dass mir das geheuer ist. Es geht gegen meine ganze Kinderstube. Aber ich bin stolz auf dich, und ich weiß, dass deine Generation diese Stadt verändern wird. Und da versuche ich halt, ein bisschen offener zu werden.«

»Da du gerade von ›offen‹ redest, Papa: Triffst du dich noch mit Miss Hunnicutt?«

»Manchmal schon. Warum fragst du?«

»Weil ich eine kenne, die darauf brennt, mit dir auszugehen, aber sie würde es nie zugeben.«

»Ist das so?« Er hob eine Augenbraue.

Ich nickte ernst.

»Und wer könnte das sein, Swan?« Papa bekam dieses Grinsen auf seine Lippen.

»Also, du musst mir versprechen, dass du ihr mit keinem Sterbenswort sagst, dass ich dir das gesagt hab'. Und dass du wenigstens drüber nachdenkst.«

»Swannee. Ich hab' dir doch gesagt, du sollst dich da nicht reinmischen.«

»Es ist Trixie.«

Ein roter Schatten kroch in Papas Gesicht, wie bei dem Thermometer vor dem Küchenfenster, wenn der Tag sehr heiß war.

»Sag noch nicht Nein, Papa! Bitte.«

»Trixie ist eine feine Frau«, sagte Papa leise. »Sie war ein Engel für unsere Familie. Für deine Mutter.«

»Und für mich, Papa!«

»Ja, natürlich. Eine große Freundin für uns alle. Aber nur eine Freundin.«

»Sie liebt dich, Papa.«

»Mary Swan! Hat sie das gesagt?«

»Nein, natürlich nicht. Aber ich weiß das. Ich bin ja nicht blöd. Sie liebt dich.«

Er stützte seine Ellbogen auf den Schreibtisch, die Finger ineinander verschränkt. »Halt dich da raus, Mary Swan. Bitte.« Dann legte er seine Arme um mich und drückte mich ganz fest, und es fühlte sich so echt an wie schon lange nicht mehr.

KAPITEL 27

Erst drei Wochen nach der Operation konnte ich Ella Mae das erste Mal besuchen; sie war gerade seit einem Tag wieder zu Hause. Ich hatte sie noch nie bei sich zu Hause besucht, aber ich wusste, dass sie in einem Viertel etwas südlich von Grant Park wohnte. Ich beschloss, mit dem Cadillac nach Mount Carmel zu fahren, wie üblich bei dem Mittagessen zu helfen und dann Ella Mae zu besuchen.

»Weißt du, wo sie wohnt, Carl?«

»Ich war noch nie da, aber ich weiß, wo's ist. Ich mach' dir 'ne Wegbeschreibung, Mary Swan, damit du dich nicht verfährst in diesem Viertel. Und dein Vater hat auch ganz bestimmt nichts dagegen?«

»Dem hab' ich nichts gesagt.«

Carl hob missbilligend die eine Augenbraue.

»Ich mag nicht mehr warten. Dauernd bringt er Gründe, warum ich sie besser noch nicht besuche. Dabei hat er sie die ganze Zeit im Krankenhaus besucht, und Miss Abigail auch, und sicher noch viele andere.«

»Sie wird noch sehr schwach sein, Mary Swan.«

»Ich weiß. Aber ich bleibe ja nicht lange.«

Er legte seine großen Hände auf meine dünnen Schultern. »Du machst dir Sorgen um sie, nicht?«

»Ich vermiss' sie, Carl. Ich vermiss' sie so.« Ich spürte, wie der Kloß in meiner Kehle wuchs, und fuhr rasch fort: »Du spielst doch auf unserem Karneval, oder?«

»Ich hab' gesagt, dass ich spiele, und die anderen wollen auch, und ich hab' schon mit eurer Mrs. Alexander gesprochen.«

»Und du fährst vorher auch bestimmt nicht mehr auf so eine Demonstration in Albany?«

»Hör zu, Mädchen, selbst wenn noch eine wäre, ich hab' dir mein Wort gegeben, dass wir spielen. Hör auf mit deinen Sorgen.«

»Gestern hab' ich mich mit den Abschlussmädchen getroffen. Mrs. Alexander war auch da.«

»Und? Werden sie dein Rabenrätsel als gelöst betrachten?«

»Sozusagen.«

»Das ist ja prima, Mädchen. Da darfst du stolz drauf sein, nach allem, was du durchgemacht hast, um das rauszukriegen.«

»Schon, aber ich fühl' mich nicht besonders stolz. Eher enttäuscht. Ich hab' ja doch nicht alles geschafft. Ich wollte doch so gerne diese Gemälde auf dem Karnevalsfest allen zeigen. Auch Papa und Ella Mae. Es sollte mein großes Geschenk an sie sein. Und jetzt hab' ich die Bilder nicht, und Ella Mae wird gar nicht dabei sein. Es ist alles so anders gekommen, als ich wollte.«

»Vielleicht anders, als du wolltest, aber es wird schon richtig. Hör auf mit deinem Grübeln und besuch Ella Mae und pass gut auf dich auf.«

»Wir sehen uns dann am Freitagabend, zur Probe. Vergiss nicht, 'nen Schlips anzuziehen. Ich muss dich als meinen Rabenhelfer vorstellen.«

»Da werden ein paar Leute große Augen machen.« Er lachte, schüttelte den Kopf und ließ mich gehen. Jedes Mal, wenn seine Hände mich berührten, lief es mir über den Rücken, egal, was mein Kopf mir sagte.

Tief über das Lenkrad gebeugt, Carls handgezeichnete Karte auf dem Beifahrersitz, rollte ich die Straßen der Innenstadtviertel entlang. Vorbei am Oakland-Friedhof, dann an Abe's Tankstelle, hier abbiegen, dort geradeaus. Ich hatte Ella Mae ein Bild von unserem Haus gezeichnet und auf die Rückseite mit Bleistift geschrieben: »Wir vermissen dich. Komm bald wieder.« Ich hatte ihr auch eine Dose von den Schokoladenplätzchen gebacken, die sie so mochte.

Ihr Haus war nicht wie die kleinen Häuser in Cabbagetown oder die alten viktorianischen um die Carmel-Kirche herum. Es war aus roten Ziegeln und einstöckig, im Ranch-Stil der fünfziger Jahre erbaut. Im Vorgarten wuchs etwas Gras, und in der Einfahrt stand Roys ramponiertes altes Auto geparkt.

Roy erwartete mich an der Tür. Ich hatte ihn von der Kirche aus angerufen, um ihm zu sagen, dass ich kam. Seine Augen sahen noch blutunterlaufener aus als sonst, aber er lächelte mich an. »Das ist aber nett, dass du kommst, Mary Swan.« Er öffnete die Tür und bedeutete mir, einzutreten. »Es ist ein bisschen schmutzig hier, seit Ella Mae so krank ist; stör dich nicht dran.«

Ich schaute kurz um mich. Im vorderen Zimmer standen zwei braune Cordsessel und ein großes braunes Sofa mit aufgesprungenem Kunstlederbezug. Der Teppich war dünn und abgewetzt. Auf dem niedrigen Couchtisch stand ein von Zigarettenkippen überquellender Aschenbecher; Roy nahm ihn rasch weg. Das Bügelbrett war aufgestellt, daneben stand ein Korb mit Kleidern. Der Fernseher plärrte mit irgendeiner Talkshow.

»Setz dich, Mary Swan. Ella Mae ruht gerade aus, aber sie wird bald aufwachen.« Roy brachte mir ein Glas Cola und legte ein dünnes Foto-Album mit Spiralrücken auf den Tisch. »Vielleicht willst du dir die Bilder hier mal ansehen.«

»Zeig sie mir, Roy«, sagte ich.

Er setzte sich neben mich, während ich das Album aufschlug. »Das hier sind unsere Mädchen, Gina und Loretta. Ich glaub', Gina hast du nie gesehen«, flüsterte er. »Der Herr hat sie bald zu sich genommen.«

Der Satz erschütterte mich, aber ich wusste nicht, was ich sagen sollte. Roy blätterte mehrere Seiten mit Bildern seiner beiden Töchter durch, heftig mit den Augen blinzelnd.

»Hast du Loretta mal gesehen, Mary Swan?«

»Nein.« Ich schämte mich plötzlich.

Er runzelte die Stirn. »Ich glaub', du musst sie getroffen haben, als du noch klein warst.«

Aber daran konnte ich mich nicht erinnern. Noch nicht einmal daran, dass Ella Mae je von Loretta gesprochen hätte.

Das Foto-Album war alt, die Ränder der Seiten schon vergilbt. Der Klebstoff hielt nicht mehr, sodass einige der Bilder beim Umblättern herausfielen. Sie zeigten Loretta als Baby in Ella Maes Armen oder auf Roys Schoß. Wie stolz sie aussahen! Dann eine ganze Serie von Bildern aus der Grundschulzeit.

»Was für ein schönes kleines Mädchen«, kommentierte ich, während mir hundert Fragen über Gina, die ich nicht zu stellen wagte, durch den Kopf gingen.

»Ja, das kann man wohl sagen. Unsere Loretta ist sehr hübsch.« Er blätterte zu den hinteren Seiten. »Das hier ist bei der Schulentlassungsfeier in der High School.« Eine schöne schwarze junge Dame in langem blauen Kleid und mit dem traditionellen »Doktorhut« auf dem Kopf lächelte mir entgegen.

»Sie ist schön«, murmelte ich wieder.

»Und jetzt haben wir sogar ein Enkelkind. Ich hol' mal eben eins von den Bildern.« Er stand auf, ganz der stolze Großvater, um das Bild zu holen. Er sprach weiter, aber ich hörte die Worte auf einmal nicht mehr. Ich hatte zu den Bildern zurückgeblättert, die Loretta als Kind zeigten, und auf der nächsten Seite sah ich zwischen den Bildern von Ella Mae, Roy, Loretta und anderen, die wohl Verwandte und Freunde waren, plötzlich kleine weiße Gesichter. *Unsere* weißen Gesichter. Ein Bild nach dem anderen von Jimmy und mir.

Roy sah, wie ich eines davon anstarrte, und sagte: »Oh, Ella Mae war immer stolz auf dich und deinen Bruder. Miz Sheila hat ihr viele Fotos geschenkt, und Ella Mae hat sie in dieses Album geklebt, als ob ihr zur Familie gehörtet. Nannte euch immer ihre Kinder, seit ihr Babys wart.«

Er sagte es so, als ob es das Normalste von der Welt wäre. Dass Ella Mae uns so geliebt hatte – der Gedanke tat mir irgendwie weh.

»Das ist ja eine Ehre, dass wir in eurem Album sind«, sagte ich leise, die Augen plötzlich tränennass.

Roy sah es und wurde verlegen. »Ich schau' mal nach, ob sie jetzt wach ist«, sagte er.

Ich war froh, dass er mich in Ruhe weinen ließ. Ich weinte darüber, dass ich so gar nichts über Ella Maes Leben gewusst, ja mich nicht einmal dafür interessiert hatte. Und dass sie so an meinem teilgenommen hatte. Aber am meisten weinte ich für diese arme, liebe, fromme Frau, deren aufopfernde Liebe aus diesem alten Album hervorleuchtete.

»Sie ist noch nicht ganz wach«, sagte Roy, als er zurückkam, »aber du kannst gerne reinschauen, wenn du möchtest.«

Ich ging in ihr Zimmer und musste nach Luft schnappen. Wo war meine Ella Mae? Ihre dunkelbraune Haut war fleckig.

Um ihren geschorenen Kopf und ihre Stirn ging ein großer weißer Verband. Oben auf dem Kopf saß eine billige graue Perücke. Unter ihren Augen lagen tiefe schwarze Ringe. Wie zusammengeschrumpft sah sie aus, ja wie tot. Sie brachte noch nicht einmal ein Lächeln zustande, als sie mich sah, sondern flüsterte: »Kind«; es kam wie gehustet heraus.

Ich brachte kein Wort hervor. Darum also hatte Papa nicht gewollt, dass ich sie besuchte. Der Schock, Ella Mae so zu sehen, nur noch ein Schatten ihrer selbst, war fast zu viel für mich. Ich zwang meine Beine vorwärts. Hoffentlich merkte sie mir meine Angst und Widerwillen nicht an. Ich trat an ihre Seite, nahm ihre Hände in die meinen und flüsterte: »Das tut mir so Leid, Ella Mae. So Leid.«

Ich weiß nicht, ob sie mich überhaupt hörte. Sie schloss die Augen, und ich ging auf Zehenspitzen aus dem Zimmer.

Roy sah mich beruhigend an. »Nur noch ein bisschen, dann wacht sie auf, und dann redet sie wie ein Wasserfall.« Seine Lippen teilten sich zu einem halben zahnlosen Grinsen. »Die Ärzte sagen, sie haben das Meiste von dem Tumor rausgekriegt. Aber nicht alles. Das muss komisch sein mit dem Gehirn. Irgendwas ist mit Ella Mae passiert. Früher hat sie kaum zwei Worte hintereinander gesagt, und jetzt redet sie wie 'n Buch. Aber sie ist nicht mehr die Alte, nein, das ist sie nicht mehr.« Das Lächeln verflog. »Komm mal mit und schau dir ihre Kunstgalerie an, wie sie das nennt. Das gefällt dir bestimmt.« Er schloss die Schlafzimmertür hinter sich und führte mich in einen schmalen Flur. In der Mitte blieb er stehen und zeigte auf die beiden Wände. »Guck dir das an, Mary Swan. Wenn das keine Galerie ist!«

Die Flurwände waren voller Zeichnungen – einige in billigen Rahmen, andere einfach an die Wand geklebt. Ich schaute nach rechts und nach links, und mein Herz machte einen Satz. Mamas Skizzen! Sämtliche Bilder waren Skizzen von Mama. Ich trat näher. Keine der Skizzen war mir bekannt.

»Sie hat echt Talent gehabt, deine Mama, Mary Swan.« Roy stand neben mir.

Ich konnte meine Augen nicht lösen von den beiden langen

Wänden. »Wie ist sie an all diese Skizzen von Mama gekommen?«, fragte ich.

Roy gluckste. »Das erklärt sie dir wohl besser selber.«

»Kann ich hier bleiben und sie mir ansehen?«

»Klar, fühl dich wie zu Hause. Wie gesagt, Ella Mae wacht bald auf.« Er ließ mich in dem Flur allein.

Mein Gehirn raste. Vor einem Monat hatte ich in *Resthaven* einen Raum voller Gemälde von Mama entdeckt, und jetzt waren dort, wo ich es am wenigsten erwartet hatte, die Wände mit ihren Arbeiten tapeziert.

Die meisten der Skizzen schienen entweder zerknüllt oder zerrissen gewesen zu sein, aber Ella Mae hatte sie liebevoll geglättet und wieder zusammengeklebt. Fast spürte ich die Spannung in Mama, als sie mit jedem Strich des Zeichenstiftes frustrierter wurde, fast hörte ich, wie sie das Papier zerriss und zerknüllte und in den Papierkorb warf.

Ich betrachtete die Skizzen eine nach der anderen, versuchte, sie mir einzuprägen. Einige zeigten den Buchsbaumgarten von *Swan House.* Auf anderen war Ella Mae zu sehen – einmal beim Bügeln, einmal beim Hähnchenbraten. Sie stand über den Herd gebeugt, aber sie hatte sich umgedreht, wohl zu Mama hin, und schien zu protestieren, die Stirn halb gerunzelt. Aber ihre Augen lachten.

Zwei ungerahmte Gemälde waren auch dabei. Eines hatte in der Mitte einen Riss. Als Mama es malte, musste sie an dem großen Fenster in ihrem Atelier gestanden und in den Frühlingsgarten hinausgeblickt haben. Das Hauptmotiv auf dem Bild war der große Walnussbaum mit der Schaukel; er nahm die rechte Bildhälfte ein. Der Riss in der Leinwand war links von dem Baum. Ella Mae hatte ihn repariert, so gut es ging. Ich fuhr mit dem Finger über den Riss und kniff die Augen zusammen, um zu sehen, was Mama da zerstochen hatte. Und dann sah ich es. Es war eine winzige Darstellung von Mama selber, die sie zeigte, wie sie an ihrer Staffelei stand und malte. Ein Selbstporträt aus der Ferne, das ihr offenbar nicht gefallen hatte.

»Roy! Roy Maddux!« Ella Maes Stimme war laut und schrill.

Roy rief aus dem Wohnzimmer: »Hörst du, Mary Swan? Jetzt ist sie wach! Ich schau' eben mal, was sie braucht.«

Einen Augenblick später kam wieder Ella Maes Stimme, schwach, aber fest: »Komm rein, Kind.«

Ich ging zu ihrem Bett und nahm wieder ihre Hände. »Ella Mae, das wird wieder. Ich bete jeden Tag für dich.«

»Setz dich, Kind.« Sie zeigte auf einen Stuhl in der Ecke. »Zieh dir den Stuhl hierher, Kind.«

Ich gehorchte.

»Wie gefällt dir meine Kunstgalerie, Kind?«

»Sehr. Das ist ja alles von Mama.«

»Aber hier drin ist die allerschönste Galerie. Besser als alle im *High Museum.«*

Ich runzelte meine Stirn und betrachtete die Wände des Zimmers. Ich spürte, wie ein Schauer mir den Rücken hoch- und wieder hinunterlief. An den Wänden des kleinen Schlafzimmers hingen drei schön gerahmte Ölgemälde. Ich konnte meinen Aufschrei nur halb unterdrücken.

Die drei verschwundenen Gemälde! *Mamas* verschwundene Gemälde! Hier in Ella Maes Schlafzimmer. Ich schlug die Hand vor den Mund, stand auf und ging zu dem Bild, das an der Wand rechts von Ella Maes Bett hing. Es war ein Porträt von Ella Mae in ihrer grauen Hausangestellten-Uniform, ein weißes Baby in den Armen. Die Unterschrift lautete *Ruhendes Kind.*

»Das bin ich mit dir, Spatz, als du erst ein paar Monate alt warst. Das war immer mein Lieblingsbild.«

Ich brachte kein Wort heraus.

»Da staunst du, nicht wahr? Fragst dich, wie drei so schöne Bilder hierher gekommen sind, nicht?«

Ich nickte.

»Deine Mama hat sie mir geschenkt. Ich musste ihr versprechen, dass ich keinem ein Sterbenswort darüber sage. Und ich hab' auch niemand was gesagt, noch nicht mal Mr. Middleton. Aber als deine Mama tot war, da hab' ich mich gefragt, was ich machen sollte. Die Bilder haben nämlich eine Geschichte – eine schöne Geschichte –, und ich dachte, die müsste dein Papa erfahren. Und da hab' ich immer wieder den

Herrn gefragt, was ich machen soll, und jetzt hat er dich also hierher geschickt.«

Ich hörte Ella Maes Stimme wie in einem fernen Traum. Dies waren Mamas Bilder! Neben dem ersten Bild hing das zweite. Kein Zweifel, es zeigte den Park von *Resthaven.* Dies musste das Gemälde sein, das *Frühlingsstrauß* hieß. Im Hintergrund war Henry Becker mit seiner Harke, inmitten von blühenden Azaleen und Hartriegeln. Rechts sah man eine Ecke des Sanatoriumsgebäudes. Das Bild war nicht so fein detailliert wie Mamas Porträts. Rechts unten stand Henry Beckers Name.

»Swan House«, flüsterte ich, als ich mich zu der gegenüberliegenden Wand hindrehte und das Bild sah, das dort hing. Es sah ganz anders aus als Mamas andere Bilder der berühmten Villa. Es hatte mehr Kraft, mehr Leben, als ob die Bäume und Sträucher und Vögel und das Haus selber jeden Moment von der Leinwand herunter in den Raum springen könnten. *Freut euch des Lebens,* musste ich denken – der Titel des dritten Gemäldes, das ich suchte. Dies war Mamas dritter Malstil. Wie zur Bestätigung war ganz unten Leslie Leschamps' Name gemalt.

Was sollte das alles bedeuten? Ich wusste es nicht, aber eines war mir klar: Vor ein, zwei Wochen hatte ich es alles an Gott abgegeben – das Rätsel, die Bilder, Mamas Geheimnis. Und jetzt sah es so aus, als ob er es mir zurückgab, zu meiner freien Verfügung.

Mein Mund muss wohl offen gestanden haben. Ein furchtbarer Tumor hatte fast Ella Maes Leben zerstört, und nur aus Liebe zu ihr hatte ich es gewagt, sie zu besuchen. Oder hatte Gott mich hierher gebracht, in dieses kleine Zimmer, wo Ella Mae elend und schwach in ihrem Bett saß und diese Bilder an der Wand hingen? Diese Kunstwerke in vergoldeten Rahmen, die viel zu schwer für die Wände zu sein schienen.

Ich fasste mich endlich und brachte hervor: »Du brauchst mir nichts zu sagen, Ella Mae. Ich will nur bei dir sein.«

»Dann setz dich. Aber ich glaub' schon, dass ich dir das erklären muss.«

»Ich will nicht, dass du dich so anstrengen musst.«

»Das strengt mich nicht an. Bin ja gerade wach geworden, und wenn ich wach bin, muss ich sowieso dauernd reden. Muss wohl der Tumor sein. Und früher hab' ich meine eigene Stimme nicht gemocht, stell dir das vor.«

Sie sah zu einem der Bilder hin, räusperte sich und sagte: »Als ich deine Mama das erste Mal sah, Swannee, da wusste ich gleich, dass sie anders und besonders war. Sie war ein schönes kleines Ding, voller Mumm und Ideen. Stolz und zart und stark – irgendwie alles zusammen. Erst hab' ich sie nicht gemocht. Die Art, wie sie sprach, und ihr tolles Haus und ihr Geld. Ich dachte: Ihr Weißen in Buckhead, ihr schönen Traumtänzer, ihr habt ja keine Ahnung, wie schwer das Leben ist.

Aber bald hab' ich angefangen, sie zu lieben, Swannee. Sie hatte zwar keine Geldprobleme, aber dafür andere. Große Probleme. Jeden Tag musste sie mit etwas Großem und Fruchtbarem in ihrem Kopf kämpfen. Sie wusste, was Leiden ist.«

Ein scharfer Stich durchfuhr mich, und ich biss mir auf die Lippe. Ich sah das Bild vor mir, wie Mamie ihr totes Baby an ihre Brust drückte und dann Mama ins Gesicht schlug.

»Als ich das erste Mal sah, wie sie in Tränen aufgelöst vor ihrem Bild stand, hab' ich Angst um sie gehabt. Es war das Bild im Flur, das mit dem Walnussbaum. Sie hatte mit einem Messer hineingeschnitten, um sich selber rauszuschneiden, und dann hielt sie den Kopf in den Händen und weinte wie ein kleines Kind. Es war, als ob ihr ganzes Elend aus ihr rauslief.

Dein Papa hat mir dann erzählt, wie das mit seiner Sheila war. Dass sie anders war und manchmal Hilfe brauchte. Und er bat mich, zu bleiben und zu helfen, und das hab' ich getan.« Sie unterbrach sich und starrte auf das Bild, das sie mit mir als Kleinkind zeigte. »Das bin ich mit dir, Spatz, in dem Bild da. Wir haben viel Spaß zusammen gehabt, Mary Swan. Du warst das liebste Kind, das es gab. Deine Mama hat mich gerne mit dir gezeichnet. Gemalt hat sie es erst, als sie in *Resthaven* war. Hat ihre Skizzen mitgenommen und gemalt.

Als sie dann auch noch Jimmy hatte, wurde es alles zu viel für ihren zarten Kopf. Sie konnte malen oder mit ihren Kindern schmusen oder auf eine Party gehen, aber sie konnte es nicht alles zusammen, oder sie kriegte diese Anfälle immer öfter.

Sie gaben ihr diese Tabletten, um sie ruhiger zu kriegen. Aber das konnte sie nicht vertragen. Sie trockneten sie von innen aus, sagte sie, bis sie nicht mehr richtig wusste, wer sie war. Und das, Mary Swan, muss für sie eine Million Mal schlimmer gewesen sein als dieser Kampf in ihrem Kopf – keinen Kampf mehr haben, so ruhig sein, dass man nichts mehr denkt und nichts mehr fühlt.

Einmal hat sie einfach aufgehört, ihre Medizin zu nehmen. Du warst damals noch klein und Jimmy ein Baby. Und sie konnte nicht mehr.« Ich sah die Tränen in Ella Maes Augenwinkeln, hörte das Zittern in ihrer Stimme. »Als ich in ihr Atelier kam, um sie was zu fragen, lag sie auf dem Fußboden, und überall war Blut. Sie hatte sich die Pulsadern aufgeschnitten. Ich hab' ein paar alte Hemden von deinem Papa genommen und um ihre Handgelenke gewickelt, damit das Bluten aufhörte.

Und dann hab' ich sie hochgehoben und ihr gesagt: ›Sheila, jetzt wird nicht gestorben, hörst du?‹ Und ich hab' sie durch den Flur getragen und die Treppe 'runter in das Büro von deinem Papa und hab' sie da auf die Couch gelegt und den Notarzt gerufen, wie ich das bei meinen Leuten so oft gemacht hab. Und dann hab' ich ihre kleine Hand in meine genommen und wie wild gebetet, dass der Herr Jesus sie nicht sterben lässt. Ich hab' ihr ihre Lieblingslieder gesungen, und dann ist der Krankenwagen gekommen und hat sie geholt.«

Während sie redete, blitzte eine andere Szene durch mein Gedächtnis – die Szene, die mir schon bei dem Schulanfangsball gekommen war, nach dem Vorfall mit Herbert. Ella Mae, wie sie Mama trug, das Blut auf dem Teppich, dann die Sirene und wie Mama auf einmal weg war.

»Das war das erste Mal, wo sie in dieses Haus in den Bergen gegangen ist. Als dein Papa und ich und Trixie merkten, dass wir ihr nicht mehr alleine helfen konnten. Und danach haben wir halt die ganzen Jahre unser Bestes getan, und die Leute in *Resthaven* haben sehr geholfen. Es ging ihr ganz gut.

Und du und Jimmy, ihr wurdet richtig groß, und ihre Gemälde kamen ins Museum. Ich werd' nie verstehen, warum der Herr sie dann so plötzlich weggenommen hat. Ich hab' eine meilenlange Liste von Fragen, die ich Jesus stellen werd', wenn ich ihn seh', und das ist eine davon.« Ihre Augen waren geschlossen, auf den Wimpern waren Tränen.

Ich wischte mir selber die Augen.

»Wenn sie sehr traurig war, hab' ich sie gewiegt, wie bei dir, und hab' diese Lieder gesummt und mit ihr gebetet. Sie mochte es, wenn ich betete. Es machte sie ruhig, und dann schlief sie ein. Und dann wachte sie wieder auf und sagte: ›Ella Mae, wenn Gott mir dieses Talent gegeben hat, will ich etwas Gutes damit machen, unbedingt.‹

Als Letztes an jedem Tag hab' ich immer ihr Atelier aufgeräumt, und da hab' ich die Skizzen und Bilder, die sie in den Papierkorb geworfen hatte, wieder rausgezogen und hierher nach Hause gebracht. Einmal, als es Roy sehr schlecht ging, ist sie hierher gekommen, um mir zu helfen, und da hat sie meine Galerie entdeckt. Erst war sie richtig wütend, aber dann hat sie gelacht und gesagt: ›Solange du sie niemand zeigst, Ella Mae, kannst du sie behalten. Behalte sie und freu dich dran.‹ Die anderen sagten immer, dass sie nicht sehr viel gemalt hat, aber so war das nicht, sondern sie hat so viel weggeworfen. Die Bilder, die jetzt hier sind. Und in diesem Haus in den Bergen hab' ich noch andere Bilder gesehen. Viele Bilder.«

Ich traute mich nicht, ein Wort einzuwerfen, sie zu bitten, mir noch mehr zu sagen. Aber sie war noch nicht fertig.

»Diese drei Gemälde hier, weißt du, was es mit denen auf sich hat, Mary Swan?«

Ich nickte langsam. »Das sind doch die, die letztes Jahr im Kunstmuseum ausgestellt werden sollten, nicht wahr?«

»Ja, das stimmt genau, Mary Swan. Ich weiß nicht, woher du das jetzt weißt, aber du hast Recht. Deine Mama wollte diese Bilder dem Museum schenken. Der nette Arzt hatte es alles besprochen mit ihr. Aber sie hatte Angst, furchtbare Angst, den Leuten die andere Sheila zu zeigen. Halb wollte sie die Bilder ausstellen, halb war sie wie gelähmt vor Angst. Und jetzt erzähl' ich dir, was sie gemacht hat, Mary Swan; den Rest weißt du ja schon.

Ich musste Miz Sheila schwören, dass ich niemand was sagen würde, noch nicht mal deinem Papa oder Miz Trixie, aber jetzt bist du ja hier und siehst die Bilder. Es war an dem Tag, bevor die Gemälde an das Museum geliefert werden sollten. Deine Mama war in heller Panik. Als ich gerade am Bügeln war, kam sie zu mir und bat mich, mit ihr nach *Resthaven* zu fahren und die Bilder zu holen. Ich sagte: ›O Miz Sheila, machen Sie das nicht.‹

Aber sie wollte nicht auf mich hören. Und da sind wir kurzerhand nach *Resthaven* gefahren, und die dachten dort, dass sie sich wieder mal anmelden wollte, und ich hab' kein Wort gesagt. Und sie ist schnurstracks in ihr Studio da gegangen, wo ihre Gemälde waren und wo diese drei Bilder fertig verpackt standen für das Museum, und sie hat sie in ihr Auto getragen, und ich hab' ihr geholfen. Und dann sind wir fortgefahren, und keiner hat uns aufgehalten. Ich glaub' nicht, dass deine Mama wusste, was sie als Nächstes tun sollte, aber ich hatte große Angst, dass sie die Bilder zerschneiden würde, wie früher schon. Sie war so fix und fertig. Und da hab' ich ihr gesagt: ›Miz Sheila, geben Sie die Bilder mir. Ich pass' auf sie auf, dass keiner sie sieht. Ich sag keiner Menschenseele was, Ehrenwort.‹ Ich dachte, wenn sie sich beruhigt hatte, würde sie's sich vielleicht anders überlegen und die Bilder doch noch dem Museum schenken.

Miz Sheila war einverstanden, und sie hat mich nach Hause gefahren, und ich hab' die Bilder genommen und sie hier aufgehängt.

Und ich hab' niemand ein Sterbenswörtchen gesagt. Das war nicht einfach, aber es waren ja die Bilder von deiner Mama, und es war wohl ihre Sache, was sie mit ihnen machte. Einmal, als ich ihr sagte, sie sollte sie doch dem Museum geben, wurde sie wütend und sagte, dass sie für mich wären und für niemand anders und dass sie nicht wollte, dass ich noch mal ein Wort darüber sagte. Und so hab' ich meinen Mund gehalten, und die Bilder sind also hier in meinem Zimmer und ich hab' jeden Tag meine eigene private Kunstausstellung. Ich mag das so sehr. Jeden Tag im Museum sein. Jeden Tag kann ich fast deine Mama hören, wie sie beim Malen vor sich hinsummt.

Ich glaub', der Herr hat das extra so eingerichtet, bevor ich krank wurde; er wusste, dass ich was brauchen würde, um mich aufzumuntern. Und so sitz' ich hier und lächle, wenn ich dich auf meinem Schoß sehe.« Sie nickte zu dem Porträt hin. »Oder ich schaue mir das andere da an, mit dem Hartriegel und den Azaleen und den Rosen und dem Frühling. Sie war eine sehr gute Malerin, deine Mama.«

Ihr Kopf sank zurück auf das Kissen, sie schloss ihre Augen wieder. Wie friedlich ihr Gesicht aussah.

Ich brauchte eine Minute, um mein Schluchzen zu unterdrücken. Dann sagte ich: »Danke, dass du mir das gesagt hast, Ella Mae. Du weißt ja gar nicht, wie viel mir das bedeutet. Ich glaub', du hast Mama hundert Mal das Leben gerettet. Und Jimmy und mir auch. Ich bin froh, dass du diese Bilder hast. Du hast sie verdient.«

In diesem Augenblick wusste ich, dass ich ihr nie eine Silbe über das Rabenrätsel sagen würde. Und dass ich Rachel und Carl nie sagen würde, dass ich die verschwundenen Gemälde gefunden hatte. Das Rätsel war jetzt gelöst, aber das war nicht wichtig. Was wichtig war, war Ella Mae. Sie würde alle Hilfe brauchen, die sie kriegen konnte, um wieder gesund zu werden. Vielleicht hatte Gott es wirklich so eingerichtet, dass Ella Mae jetzt, wo sie es am meisten brauchte, von etwas Schönem umgeben war, von der Erinnerung an eine Frau, die sie wie ihr eigenes Kind geliebt hatte. Hier, in ihrem Haus, waren die Gemälde genau am richtigen Platz.

»Aber du musst jetzt nicht denken, Swannee, dass nur ich ihr geholfen hab'«, sagte Ella Mae plötzlich; ihre Geschichte schien noch nicht zu Ende zu sein. »Sie ist oft hier bei uns gewesen, um uns zu helfen. Jedes Mal, wenn Roy und ich in der Klemme waren, hat sie das irgendwie gewusst, ohne dass ich ein Wort sagte. Vielleicht hat der Herr ihr das gezeigt, ich weiß es nicht. Aber sie gab mir Geld und andere Sachen. Manchmal war es nicht für uns, sondern für jemand anders, dem's gerade nicht gut ging. Dann steckte sie mir das Geld zu, und ich musste ihr versprechen, niemand zu sagen, von wem es war. Sie hatte ein Herz für die Menschen in Not, deine Mama. Sie liebte uns Schwarze. Sie sagte immer: ›Ich kann nicht viel machen, aber ich kann einen Scheck schreiben und ich kann Lebensmittel einkaufen.‹

Einmal hat sie mir erzählt, was sie an *Resthaven* so gut fand: dass dort alle gleich waren. Es war egal, ob einer schwarz oder weiß oder jung oder alt oder reich oder arm war. Jeder brauchte Hilfe. Sie sagte, in *Resthaven* musste sie nicht so tun, als ob. Da konnte sie lachen und weinen und den schwarzen Hausmeister umarmen und der kleinen Teenagerin mit ihren Problemen helfen. Da war sie für keinen die reiche feine Dame aus Atlanta. Sie war einfach Sheila mit ihrem Haufen Probleme. Sie sagte, da hat sie gelernt, wie man die Wahrheit sagt und wie man sich von anderen Menschen helfen lässt. Und von Gott. Da, in *Resthaven,* konnte sie zugeben, dass ihr Leben kaputt war. Da musste sie keine Abendkleider anziehen, und sonntags zog sie einfach ihren Malerkittel aus und ging in die Kapelle, so, wie sie war, und fiel auf die Knie und weinte ihr Herz hinaus und bat um Vergebung.« Eine Träne lief Ella Maes eine Wange hinunter.

»Und dann ging es ihr besser, jawohl. Und sie hat mir gesagt, dass eigentlich jede Kirche so sein müsste. Ein Ort, wo man hingehen kann, ohne sich hinter schönen Kleidern und Make-up zu verstecken. Wo man einfach seine Freunde umarmen und weinen kann und dem Herrn erzählen, wie man sein Leben verpfuscht hat, und ihn bitten, dass er einem vergibt und einen wieder neu anfangen lässt.

Und das ist genau die Kirche, an die Jesus gedacht hat, als er zu uns sprach, Mary Swan. Eine Kirche, wo wir so hingehen können, wie wir sind. Wo wir barmherzig zueinander sein können, gerade so, wie unser Heiland barmherzig ist.«

Dann bekam Ella Mae diesen ernsten Gesichtsausdruck und fuhr fort: »Sie wusste, dass du etwas von ihrer Gabe in dir hast. Sie weinte und lachte darüber. Und machte sich Sorgen. Vergiss das nie, Swannee, dass das Leben ein Geschenk ist, ein wunderbares Geschenk von unserem Herrn. Immer. Was auch kommt. Das Gute und das Böse und das Langweilige und das Traurige. Alles ist ein Geschenk, Swannee, und bitte, wirf es nicht weg. Wirf es nicht weg, Kind.«

»Das tu' ich nicht, Ella Mae, das versprech' ich dir«, murmelte ich. Sicher würde Ella Mae jetzt wieder einschlafen? Aber sie war noch nicht fertig.

»Der Herr, er hat genau gewusst, dass ich Miz Sheila und Mr. Middleton und dich und Jimmy brauchen würd' in meinem Leben. Er brachte deine Mama in mein Leben hinein, kurz bevor ich mein erstes Baby verlor, Kind.«

Mein Kopf ruckte hoch. »War das Gina? Ich hab' vorhin ihre Bilder gesehen.«

»Ja. Gina. Ich hab' immer noch meine Loretta, Dank dem Herrn, aber meine Gina hab' ich verloren. Sie war ein junges Mädchen, ungefähr in deinem Alter, klug und schön und mit einer Stimme wie ein Engel. Ist von einem Auto überfahren worden, drüben bei der Kirche. Sie war auf dem Heimweg von der Schule; es war im Winter und schon dunkel. Der Mann war so betrunken, dass er meine Gina überhaupt nicht gesehen hat ...«

Ich fiel auf das Bett und packte wieder ihre Hände. »Ella Mae, warum hab' ich das nie gewusst? Warum hab' ich das nicht gewusst? Das tut mir so Leid. Dass ich dich nie gefragt hab'. Dass mir alles so egal war. Ich war ja so egoistisch.« Ich schluchzte in ihre Bettdecke. »Ella Mae, vergib mir bitte, dass ich so egoistisch war.«

»Psst, Kind, jetzt weine nicht. Warum hätt' ich dir das sagen sollen? Aber deine Mama wusste es. Sie kam zu mir und weinte mit mir und hat Gina einen schönen Sarg gekauft. Das war das Erste, was sie für mich tat; ich hatte erst ein paar Monate bei ihr gearbeitet. Kaufte den Sarg und bezahlte eine schöne Beerdigung und ließ sie auf einem Friedhof hier in der Nähe begraben. Und dann schenkte der Herr mir dich und deinen Bruder, und ihr habt mir viel Freude gebracht.«

»Oh, Ella Mae. Ich wollte, ich könnte das alles ändern und dir das Leben schöner machen.«

»Ich brauch' kein schönes Leben, Mary Swan. Ich kann mich nicht erinnern, dass es jemand geholfen hätte, wenn ich es schön hatte, Kind. Kein einziges Mal. Wie ich dir im Krankenhaus schon gesagt hab', es waren die schweren Zeiten, wo ich anderen helfen konnte. Wenn ich glaubte, dass der Herr Jesus mich irgendwie durchbringen würde – dann wollten die anderen von ihm hören. Er hat nie schöne Worte gebraucht, um sie zu sich zu ziehen. Ich hab' nie was getan, womit ich prahlen könnte. Ich glaub', die einzigen Male, wo ich jemand helfen konnte, das war, wenn ich nichts selber machen konnte, aber wusste, was Gott für mich getan hatte.«

Du hast Recht, Ella Mae. Selbst jetzt, in deinem Leiden, hilfst du mir, erinnerst mich daran, was wichtig ist, zeigst mir, wie Mama war, und sagst mir laut und deutlich, dass diese drei Gemälde hier gebraucht werden, in dem Haus einer armen Hausangestellten im Süden der Stadt, und nicht in tollen Ausstellungen in einem Museum. Ich brauche nicht die Anerkennung vom Wellington, um ein erfolgreicher Rabe zu sein.

»Du hast harte Dinge in deinem Leben erlebt, Mary Swan. Du gehst durch eine schwere Schule. Aber grübel nicht über diesen Sachen. Gib sie Gott zurück und lass ihn etwas Schönes aus ihnen machen. Das tut er, bestimmt. Aber nicht so, dass du stolz auf dich selber bist. Sondern so, dass du ihn preist. Du hast ihm dein Leben gegeben und den Heiligen Geist bekommen. Jetzt musst du auf ihn hören, Kind.«

Ich nickte. Ich spürte all den Schmerz der vergangenen Monate. Ich staunte über Gottes Zeitplan. Und ich spürte noch etwas – etwas wie das, das ich auf meinen Knien in der Mount Carmel Kirche gespürt hatte. Etwas Reines, Schlichtes. Es war wohl das, was Miss Abigail den »Frieden, der höher ist als alle Vernunft« nannte. Konnte es sein, dass die furchtbare Tragödie von Mamas Tod und die Leere und der herzzerreißende Schmerz, den sie hinterließ, und meine Lust am Malen und mein Rabenrätsel und meine Freundschaft mit Carl und alles andere in dem vergangenen Jahr Teile in einem Puzzle waren, das Gott zusammensetzte, langsam und geduldig? Vielleicht hatte das Leben wirklich einen Sinn, und vielleicht – ja, vielleicht – war all dieser Schmerz bei Gott nicht umsonst.

»Ich versteh' nicht, warum du mich nicht hasst, Ella Mae«, sagte ich leise, mein Kopf auf ihrem Schoß, während sie mir langsam über das Haar strich. »Wo ich doch immer so egoistisch war. Selbstsüchtig und reich und verwöhnt. Ich versteh' das nicht. Bist du nie neidisch?«

»Ich bin neidisch gewesen auf das, was andere Leute haben,

doch. Aber nie neidisch auf sie selber. Ich hab' meine eigenen Lieben und die deinen und meine Probleme und eure, und das ist genug. Ich hab' mich nicht bei dem lieben Herrn zu beschweren, dass ich nicht das große Los gezogen hab'. Er hat mir so oft gezeigt, dass er genau weiß, was er tut, und da geb' ich ihm wohl besser Recht. Denn so oder so, er wird mir zeigen, dass er Recht hatte, und mich dahin bringen, wo er mich haben will.«

Und da wusste ich plötzlich, dass ich Ella Mae etwas sagen musste, das ich ihr noch nie gesagt hatte. »Danke, dass du mich nach Mount Carmel gebracht hast, Ella Mae. Das hat mein Leben verwandelt.«

»Ich freu' mich, dass dir das geholfen hat. Ich freu' mich echt.«

»Ich liebe dich, Ella Mae.«

»Ich weiß, Mary Swan, ich weiß. Und ich lieb' dich auch.«

Und wir saßen beisammen, meine Arme um meine zusammengefallene Ella Mae mit dem goldenen Herzen, und ich weiß nicht, ob sie weinte, aber ich schluchzte wie ein kleines Kind.

KAPITEL 28

Am Karnevalsabend kam Rachel früh zu mir, um mir bei meinem Make-up zu helfen. Sie bestand darauf, dass ich Wimperntusche, Lidstrich, Rouge und Lippenstift benutzte. »Du wirst im Rampenlicht sein, Swan. Du brauchst das. Du wirst nicht affig aussehen, ich versprech' dir's.«

Ich ließ sie also gewähren. Meine Zahnspange war ich seit zwei Wochen los, und vor einer Woche war ich mit Rachel zu ihrem Friseur gegangen und hatte mir das Haar knapp über der Schulter abschneiden lassen, obwohl Robbie wie Papa mir gesagt hatten, dass sie es lang mochten.

»Sie werden es kurz mögen, wenn sie's sehen«, hatte Rachel behauptet, und wie immer hatte sie Recht gehabt.

Sie war gerade dabei, es an den Enden zu Locken hochzudrehen. »Mensch, Swan, dein Haar hat jetzt gerade die richtige Länge, der Schnitt hat sich gelohnt. Und wie es glänzt.« Sie beugte sich näher. »Es hat sogar ein paar rote Strähnchen. Naturrot, wie bei deiner Mutter.« Sie leerte eine halbe Dose Haarspray über meinem Kopf. »So, jetzt hält das, selbst wenn sie dich mit 'nem Feuerwehrschlauch bearbeiten. Und jetzt das Kleid. Schnell, zieh's an!«

Rachel hatte mir geholfen, das Kleid auszusuchen. Es war schlicht, weiß und trägerlos. Es hatte einen eingenähten Büstenhalter, sodass ich auf einmal gar nicht mehr flachbrüstig aussah, und ich musste fast die Luft anhalten, damit Rachel den Reißverschluss zu bekam, sodass es keine Gefahr hatte, dass ich es verlor. Der Stoff war ein winterweiß schimmernder Satin, und über die Büste lief eine weite Falte. Das Kleid ging mir bis zu den Knöcheln, die in Goldsandalen steckten. Um die Schultern trug ich ein kurzes schwarzes Samtcape, das im Nacken zusammengebunden war.

Als Rachel das Kleid und Cape vor zehn Tagen im Kaufhaus Rich gesehen hatte, war sie begeistert gewesen: »Das ist es, Swan! Die perfekte Kombination des anmutigen Schwans mit dem schwarzen Raben.«

»Wellingtons erfolgloser Rabe«, hatte ich kommentiert.

»Nichts da, ›erfolglos‹, Swan. Du hast dich spitzenmäßig

geschlagen und alles herausgefunden, was du konntest. Die Richter haben das letzte Wort. Vielleicht kommen sie zu dem Schluss, dass du das Rätsel gelöst hast.«

Ich knabberte an einem Fingernagel. »Na ja, kann sein.«

Ich kriegte eine leichte Gänsehaut bei der Erinnerung an dieses Gespräch. Wenn Rachel wüsste, was ich seitdem bei Ella Mae entdeckt hatte ... Aber ich würde es niemandem verraten. Noch nicht einmal Rachel.

Sie drehte mich um und erklärte: »Du wirst deinen Begleiter bezaubern!«

Das war eine weitere Tradition bei dem Rabenrätsel. Zum Karnevalstag präsentierte man dem Raben seinen »geheimen« Begleiter, der aus einer der Privatschulen der Jungen gewählt worden war. Die Gerüchteküche wusste zu vermelden, dass mein Begleiter Christopher Allen war, ein Bild von einem jungen Mann, über 1,80 Meter groß, Kapitän des All-Star-Basketball-Teams und der Schwarm jedes Mädchens. Was mich nicht gerade weniger nervös machte.

»Du siehst hinreißend aus«, fuhr Rachel fort. »Dieses Kleid betont deine tolle Figur so richtig.«

Ich errötete etwas, kicherte, zuckte die Achseln und korrigierte sie: »*Du* bist die mit der tollen Figur.«

Und sie sah auch atemberaubend aus in ihrem roten Taftkleid, das oben eng anlag und sich um die Taille zu einem Krinolinenrock weitete, der ihre Beine hinabtanzte. Auf dem Kopf trug sie ein kleines Diadem. Ihr blondes Haar fiel dick und glänzend ihren Rücken hinab.

»Aber ich geh' auch, ja, doch.« Tatsache war, dass ich das Bild, das mich aus dem großen Spiegel in meinem Ankleideraum anblickte, mochte. Sehr sogar.

Wir fuhren in Rachels Auto zur Wellington-Turnhalle, die auf ihrem eigenen Gelände ein ganzes Stück hinter den übrigen Gebäuden lag. Für diesen einen Abend war das Basketballfeld in eine Bühne verwandelt, und die Tribünen wären bald voll von Wellington-Schülerinnen, ihren Eltern und Freunden. Ich schaute auf meine Armbanduhr. Noch eine Stunde, bis die Festlichkeiten begannen. Eine Stunde, und wo war Carl und der Rest seiner Band? Sie sollten eine Viertelstunde spielen, bevor die offizielle Zeremonie begann, und dann wieder am Ende des Abends. Dazwischen kämen noch einmal mehrere Songs, während das Publikum und die Mädchen darauf warteten, dass die Jury den besten Wagen und den besten Sketch wählte.

Die vier Wagen standen mit Planen verhüllt an den Ecken der Halle. Rachel und ich hoben die Plane vom Wagen unserer Klasse und inspizierten ihn. Es war eine Gondel, die auf einem wasserblau gemalten Stück Sperrholz angebracht war. Über der Gondel erhob sich in einem weiten Halbkreis eine Brücke. »Mensch, sieht das toll aus«, flüsterte ich Rachel zu. »Mittwoch war's erst halb fertig. Nicht mehr wieder zu erkennen.«

»Soll das ein Witz sein? Griff, Patty und Jane haben praktisch die ganze letzte Nacht an dem Ding geschuftet.«

»Bist du schon mal in der Gondel gesessen?«

»Ja. Heute Morgen. Ich glaub', das Ding hält mich aus.« Sie rollte ihre Augen. »Wär' der Skandal des Jahres, wenn es vor all den Leuten zusammenkrachen würde.«

»Sei nicht blöd, das sieht doch stabil aus.« Aber ich wusste, dass Rachel an das Fiasko vor drei Jahren dachte, als ein riesiges Papierhuhn auf das Mädchen gefallen war, das auf dem Wagen der Anfangsklasse fuhr. »Da passiert schon nichts.«

Mein eigenes Herz stolperte gleich mehrfach. Erstens gab es in unserem Sketch noch ein paar Stellen, die wir dringend glatt hobeln mussten, und es herrschte allgemein eine Stimmung froher Panik. Als Verfasser und Sprecher war ich mehr oder weniger verantwortlich für den Sketch und sauste hin und her, um das Lampenfieber abzukühlen. Und das Blatt mit der kleinen Rede, die ich wie jeder Rabe hatte vorbereiten müssen, wurde klamm in meinen Händen, geradeso wie der ominöse Zettel vor neun Monaten in der Lateinstunde, der den Lauf meines Lebens so verändert hatte. Und schließlich: Wo, um alles in der Welt, blieben Carl und Leo und Big Man und Larry und Nickie?

Ich faltete das Blatt, auf das ich meine Rabenrede gekritzelt hatte, auseinander. In meinem Magen tanzten lauter Schmetterlinge. Wie würde das ankommen, was ich da geschrieben hatte? Ich fühlte mich ängstlich und begeistert zugleich. Und irgendwie wie neu. Die Mary Swan nach dem Flugzeugabsturz, die Mary Swan, die Christ geworden war, die Mary Swan, die nicht mehr nur an sich selbst dachte. Und die Mary Swan, die bereit war, loszulassen, zu verzichten. Aber dann dachte ich daran, dass heute Abend ja Papa und Jimmy auf der Tribüne sitzen und hören würden, dass ich der Rabe gewesen war – war meine Entscheidung wirklich richtig gewesen? Ich hätte so gerne die drei Gemälde hier gehabt, um sie allen zeigen zu können. Für Papa. Für Mama.

Aber Ella Mae auf ihrem Krankenlager, sie konnte jederzeit die Augen öffnen und Mamas Werk sehen. Die Bilder ihrer Sheila. Und so war es richtig. Ella Mae und Sheila. Sie waren in Liebe und Vertrauen miteinander verbunden gewesen. Sie hatten einander getragen, durch einen Selbstmordversuch und den Tod eines Kindes hindurch. Sie hatten Leid getragen und überwunden. Und sie waren Verschwörer gewesen, die gemeinsam das Geheimnis von Mamas Gemälden bewahrt hatten. Wer war ich, dass ich dieses Geheimnis verraten durfte?

Ich schaute wieder auf meine Uhr. In dreißig Minuten würde das Programm beginnen. Erst die Sketche, von den »Kleinen« über die Zweitklässler und uns zu den Mädchen der Abschlussklasse. Danach, in der gleichen Reihenfolge, die Wagen. Und während die Jury sich beriet, würde das Rabenrätsel bekannt gegeben und der Rabe vorgestellt werden. Es würde eine lange Nacht werden.

Die Band kam. Endlich. So abgehetzt hatte Carl noch nie ausgesehen.

»Was ist? Bist du okay?«, fragte ich. Ich versuchte, nicht ärgerlich zu klingen über die Verspätung.

»Alles in Ordnung, Swannee, mach dir keine Sorgen.« Er lächelte, aber es sah nicht sehr überzeugend aus.

»Nachher muss ich da auftreten und was über das Rätsel sagen, Carl.«

»Das schaffst du schon. Sag ihnen einfach die Wahrheit. Die Wahrheit ist alles, denk daran.«

Ich nickte. Meine Gedanken fuhren Karussell. *Du ver-*

stehst das nicht, Carl. Du weißt ja nicht, dass ich die Gemälde doch noch gefunden hab'. Aber ich werde kein Wort verraten.

»Bete für mich, dass ich das Richtige sage, Carl. Ich hab' solche Angst.«

Er sah mich langsam an, während er das Saxophon aus seinem Kasten zog, lächelte breit und sagte: »Ja, das glaub' ich auch.« Dann legte er eine Hand auf meine Schulter und sah mir fest in die Augen. Patty und Jane sahen es bestimmt, denn sie waren gerade zu mir gekommen, um mich etwas zu fragen. Aber Carl zuckte nicht mit der Wimper. »Das wird ganz prima. Tu es zum Andenken an deine Mutter. Du schaffst das.«

Er ging zu seiner Band, die sich unter einem der Basketballkörbe häuslich einrichtete. Larry, Big Man und Nickie winkten mir zu. Leo zwinkerte und schlug einen Wirbel auf dem Schlagzeug.

»Psst!«, zischte ich. Mein Gesicht wurde mit jeder Sekunde roter.

Carl drehte sich kurz zu mir um und sagte, so laut, dass die Umstehenden es hören konnten: »Du siehst echt schön aus heut Abend, Mary Swan. Die perfekte Kombination des weißen Schwans mit dem schwarzen Raben.«

Das machte mein Gesicht knallrot, was vielleicht gar nicht so schlecht war, denn bisher war ich kreideblass gewesen. Ich fühlte mich plötzlich so benommen und warm, dass ich das schwarze Cape losband, von meinen Schultern nahm und um den einen Arm wickelte, während ich denken musste: *Ein Schwan und ein Rabe. Menschenskind, Rachel und Carl, spart euch eure klugen Reden und helft mir, dass ich diesen Abend überstehe.*

Dann wurden die Lichter dunkler in der großen Turnhalle, und Larry spielte ein Solo auf seiner Posaune. Ich saß mit meiner Klasse auf der Tribüne und drehte mich pausenlos nach hinten um. Wo blieben Papa und Jimmy? Dann sah ich Amanda Hunnicutt, und mein Herz setzte aus. Warum musste Papa ausgerechnet sie zum Karneval mitbringen? Jetzt würde die ganze Stadt es wissen, dass mein Vater und Amanda miteinander gingen!

Aber dann sah ich noch einmal hin, und es sah so aus, als ob

Amanda zwischen zwei anderen Frauen saß. Ich atmete erleichtert aus. Aber wo war Papa?

Der Sketch der Anfangsklässler wurde angekündigt und aufgeführt, dann der der zweiten Klasse. Carls Band spielte ein kurzes Zwischenspiel. Ich nestelte hektisch an dem Kostüm eines Mädchens aus unserer Klasse herum. Wieder ein Blick auf die Tribüne. Immer noch keine Spur von Papa und Jimmy. Oder von Robbie, der doch versprochen hatte, ganz bestimmt zu kommen. Aber ich hatte keine Zeit mehr, an diese Dinge zu denken.

»Zieh dein Cape an!«, flüsterte Patty, und ich warf rasch das schwarze Samttuch um meine Schultern, band es fest, trat vor das Mikrofon und wurde von den Strahlern geblendet, dass ich auf einmal nichts mehr sehen konnte. Meine Hände, die das Blatt mit dem Sketch hielten, zitterten, und ich räusperte mich, den Mund von dem Mikrofon weghaltend. Dies war der einfachere Teil, aber ich wusste nicht, ob ich einen Laut aus meinem Mund herausbringen würde.

Ich beugte mich zu dem Mikrofon hin und begann:

Es war warm in Venedig, die Straßen waren voll,
die Kanäle, sie glänzten, der Himmel war toll,
die Tauben pickten gar emsig ihr Brot,
ein jeder war beschäftigt, es hatte keine Not.
Doch eine schöne Maid, das Haar lang und fein,
ging hin durch die Gassen, verlassen und allein.
Ihr Antlitz war dünn und hungrig ihr Blick,
und sie sank in Ohnmacht auf der Seufzerbrück'.

Während ich den Sketch vorlas, führten meine Klassenkameradinnen ihn auf. Julie Jacobs spielte die schöne Maid; sie war die geborene Schauspielerin. Der Scheinwerfer verließ mich und ging zu den Akteuren auf der Bühne. Millie Garrett hielt eine Taschenlampe an mein Manuskript, sodass ich weiterlesen konnte.

Doch als sie so hilflos ins Reich der Träume sank,
kam auf dem Kanal eine Gondel entlang.

Antonio, der tapfere Gondelkapitän,
tat nach oben schauen und die arme Maid seh'n.
Er hielt hastig an und vertäute sein Boot
und lief auf die Brücke, wo die Dame in Not
gerade seufzend erwachte. Er nahm ihre Hand.
»Kann ich helfen euch?«, fragt' er. Sie flüsterte:
»Sand.«
»Hier gibt's keinen Sand«, sprach er, »und
überhaupt ...«
– »Ich brauche ein Sandwich.« Sie senkte ihr Haupt.

Das Publikum begann zu kichern, während Antonio, der von Jane gespielt wurde, die sich zu diesem Zweck einen langen Schnurrbart auf ihre Oberlippe gemalt hatte, die Magd – Julie – nicht ohne Mühe aufhob und zu der Gondel trug. Ich hatte mich jetzt eingelesen. Meine Stimme ging wie von selber mit dem Rhythmus mit. Mal grinste ich über einen dummen Witz, mal spürte ich, wie meine Brust sich bei einer besonders gelungenen Zeile stolz hob. Wir hatten unsere Liebesgeschichte aus dem Mittelalter freigebig mit dem Humor der sechziger Jahre und vielen Wortspielen angereichert, und es schien allen zu gefallen.

Nach fünfzehn unterhaltsamen Minuten kam ich zu dem Ende des Sketches und verkündete:

Ihr Lieben hier alle, ihr habt nun vernommen,
wie ein Gondelmann seine Prinzessin bekommen.
Die schöne Geschichte, sie hat 'ne Moral:
Tut von Herzen was Gutes, und ihr krieget all
gar reichen Lohn in eure Hände.
Und das ist der Geschichte Ende.

Begeisterter Applaus, während die Strahler ausgeschaltet wurden und die allgemeine Beleuchtung anging. Alle, die an dem Sketch teilgenommen hatten, also fast die ganze Klasse, nahmen sich an den Händen und verneigten sich vor dem Publikum. Wenigstens das war vorbei. Ich schaute zur Tribüne hoch, und da sah ich endlich Papa und Jimmy, wie sie klatschten und lachten. Dann drehte er sich zu der Frau neben ihm hin, legte seinen Arm um sie und drückte sie. Mein Mund stand offen. Trixie! Papa saß neben Trixie und lachte mit ihr und gab Jimmy einen Rippenstoß, und dann winkten sie mir alle zu, Papa und Jimmy und Trixie und Lucy. Und Mamie und Papy und Oma und Opa waren auch da, und sie sahen aus, als wollten sie gleich vor Stolz platzen.

Ich winkte zurück, mit einem Strahlen, das wohl wie ein albernes Grinsen ausgesehen haben muss.

Meine Augen brannten nass, als Jamie und Jessica, unsere beiden »Wagenzieher«, in langsamem Gleichschritt unsere Gondel in die Mitte der Halle zogen und der Scheinwerfer Rachel erfasste. Sie war eine Prinzessin, ein Filmstar, eine Perserkatze. Ihre Augen leuchteten, ihre Lippen waren zu einem Lächeln gebogen. Überall zuckten Blitzlichter, und alles pfiff und rief: »Super, die Mädchen!«, während Carl und seine Band eine aufgepeppte Version von »Karneval in Venedig« spielten. Alle Mädchen in unserer Klasse fielen sich in die Arme und quietschten vor Erleichterung und Vergnügen. Und Rachel – die schöne, jüdische Rachel – schien glücklich zu sein, die schöne Maid der Juniorenklasse des Wellington-Mädchengymnasiums zu sein.

»Das hätten wir«, sagte Patty, als wir uns endlich beruhigt hatten und die Lichter wieder verdunkelt wurden. »Der Sketch war perfekt, und unser Wagen ist zehnmal besser als die anderen.«

Aber alles, was ich denken konnte, war, dass jetzt nur noch der Wagen der Abschlussklasse kam, und dann – dann würde der Rabe vorgestellt werden.

Mrs. Alexander kam ans Mikrofon. »Wie die meisten von Ihnen sicher wissen, ist es seit 1929, dem ersten Jahr unserer Schule, eine Tradition, dass am Ende des Schuljahres ein Mädchen aus der Juniorenklasse zum Wellington-Raben gewählt wird. Sie hat neun Monate, um ein Rätsel zu lösen – das so genannte Rabenrätsel –, das sich die Schülerinnen der Abschlussklasse ausgedacht haben. Wie Sie sich sicher erinnern, hat nur selten ein Rabe sein Rätsel lösen können. Der Rabe, sein Rätsel und das Ergebnis werden traditionell am Ende des Karnevalsabends vorgestellt.

Das diesjährige Rabenrätsel wurde Ende Mai letzten Jahres

von den Abschlussmädchen mit mir besprochen und am 1. Juni heimlich dem erwählten Raben übergeben. Ich erwähne dies extra, denn dieses Rabenrätsel war nicht alltäglich, und die Entwicklungen, die ihm folgten, auch nicht. Ich werde jetzt das Rätsel vorlesen und bitte dazu unseren Raben, jetzt zu mir zu treten. Der Rabe für das Jahr 1962/63 ist – Mary Swan Middleton.«

Höflicher Applaus, während ich mir meinen Weg zu Mrs. Alexander bahnte. Ich hörte, wie meine Klassenkameradinnen flüsterten: »Mensch, das hätt' ich im Leben nicht gedacht!« »Die hat echt dichtgehalten!« Aus dem Augenwinkel heraus sah ich, wie Papa mit Trixie flüsterte.

Als ich neben Mrs. Alexander stand, wieder geblendet von dem Scheinwerfer, sagte sie: »Ich möchte jetzt das Rabenrätsel verlesen, das Mary Swan am 1. Juni des letzten Jahres erhielt. ›Du, Mary Swan Middleton, Wellington-Rabe für das Schuljahr 1962/63, bist dazu auserwählt, vor Ende des jährlichen Karnevalsfestes am Freitag, den 8. Februar 1963, drei verloren gegangene Kunstwerke aufzuspüren. Diese Gemälde wurden von einem anonymen Gönner dem Kunstmuseum von Atlanta geschenkt und sollten am 29. April des vergangenen Jahres, 1961, geliefert werden. Doch sie kamen nie an. Es gab Diebstahlsgerüchte, doch der Stifter hat nie einen Diebstahl angezeigt. Der Stifter ließ nie mehr von sich hören, und niemand weiß, wer diese mysteriöse Person ist. Finde die Gemälde und werde so einer der wenigen erfolgreichen Raben in der Geschichte von Wellington.‹

Die Titel der Gemälde und die Namen der Künstler waren wie folgt: *Frühlingsstrauß* – Henry Becker, 1958. *Ruhendes Kind* – Sheila Middleton, 1952. *Freut euch des Lebens* – Leslie Leschamps, 1956.«

Es ging ein Raunen durch die Zuhörer, als sie Mamas Namen nannte. Ich schaute kurz zu Papa hoch, der gerade ein Foto geschossen hatte und jetzt aufmerksam nach vorne gebeugt dasaß, die Ellbogen auf den Knien.

Mrs. Alexander legte ihren Arm um meine Schulter. »Mary Swan ist immer eine meiner« – sie warf mir einen verschlagenen Blick zu – »sagen wir, *kreativsten* Schülerinnen gewesen. Ich liebe ihre Literaturbegeisterung und ihr dichterisches Talent. Sie hat den Sketch der Juniorenklasse geschrieben. Aber Mary Swan hatte eine größere Last zu tragen als ihre bloße Wahl zum Raben dieses Jahres. Sie musste ein Geheimnis aufklären, an dem ihre Mutter beteiligt war – und ihre Mutter wurde durch den tragischen Absturz in Orly von ihr gerissen.

Ich habe im Sommer mit Mary Swan gesprochen und ihr angeboten, die Rabenrolle abzugeben. Aber Mary Swan ist nicht jemand, der so leicht aufgibt. Es hat mich tief beeindruckt, wie sie sich in diesem für sie und ihre Familie so schweren Jahr geschlagen hat. Und jetzt wird Mary Swan Ihnen und euch selber berichten, was sie entdeckt hat.

Doch zuvor möchte ich Mary Swan noch ihren Begleiter vorstellen, der zufällig ein guter Freund von ihr ist. Robbie Bartholomew hat darum gebeten, neben dir zu stehen, während du sprichst.« Hinter der Tribüne trat Robbie hervor. Meine Knie wurden weich, als er seine Brauen hob und mir zuzwinkerte, dass man seine Grübchen sehen konnte. Dann nahm er mich in seine Arme und flüsterte mir ins Ohr: »Überraschung, Mädchen!«, während das Publikum klatschte und pfiff.

Wie war ich dankbar, dass Robbie da war. Ich klammerte mich förmlich an seinen Arm, während meine andere Hand das Blatt mit meiner Rede hielt. »Äh, danke, Mrs. Alexander. Sie haben mir sehr geholfen, obwohl ich so viele Gedichte in Ihrem Unterricht verhunzt habe.« Mehrere der Junioren-Mädchen nickten kichernd. Ich holte tief Luft. »Also, wie Mrs. Alexander schon gesagt hat, dieser Schicksalsschlag hat das Rabenrätsel auf einmal sehr persönlich für mich gemacht. Ich war entschlossen, Mamas verschwundenes Gemälde und die beiden anderen zu finden, damit sie ihren Platz im High Museum finden konnten. Ich fand, dass das das Mindeste war, was ich tun konnte für meine Mutter … und meinen Vater.« Ich schielte zu Papa hoch.

»Aber bald merkte ich, dass es schwerer war als alles, was ich je zuvor in meinem Leben gemacht hatte. Ich möchte meinen beiden Helfern danken, Carl Matthews und Rachel

Abrams, dass sie sich solche Mühe gemacht haben. Jedes Mal, wenn ich aufgeben wollte, haben sie mir Mut gemacht. Rachel ist die auf dem Wagen. Wink mal, Rach!« Sie sah mich von ihrem Gondelhochsitz aus an, dann begann sie zu lächeln und winkte.

»Und Carl ist der mit dem Saxophon.« Carl stand kurz auf; man hörte ein Raunen auf der Tribüne. »Ich kann gar nicht sagen, was für wunderbare Freunde sie mir gewesen sind. Und Robbie ... Robbie kam dazu, als ich meine beiden Helfer schon gewählt hatte, aber er hat mir in vielen schmerzlichen Stunden geholfen, viel mehr, als er weiß.«

Ich leckte meine Lippen. Ich merkte, dass ich zur Sache kommen musste. Ich faltete das Blatt in meinen Händen auseinander und schaute auf den Text. »Was ich sagen will – was ich sagen muss, ist, dass meine Mutter eine sehr begabte Frau war. Aber wie wir alle hatte sie manchmal mit Schwerem zu kämpfen.« Herbert Thomas starrte in meine Richtung. »Mama hatte saisonale Depressionen, und mein Vater und mehrere andere liebe Menschen, darunter auch ein wirklich guter Arzt, haben ihr geholfen. Ich habe bei meinen Nachforschungen herausgefunden, dass Mama drei verschiedene Malstile hatte und dass die verschwundenen Gemälde gar nicht von drei Künstlern stammen, sondern von einem einzigen – von meiner Mutter, Sheila McKenzie Middleton.«

Erneutes Raunen. Robbie merkte, wie ich zitterte, und legte seine Hand auf die meine.

»Ich entdeckte, dass meine Mutter das Leben liebte und leidenschaftlich und ganz verschieden malte, je nach ihren Stimmungen. Viele in Atlanta kennen ihre Porträts, aber sie malte auch viel draußen, mit einer Technik, die von den großen impressionistischen Meistern benutzt wurde. Für viele ihrer Gemälde benutzte Mama Pseudonyme, als Reverenz für zwei sehr liebe Menschen, die ihr in ihrer Krankheit geholfen hatten. Ich habe das Vorrecht gehabt, diese beiden Menschen kennen zu lernen – Henry Becker und Leslie Leschamps.«

Wieder Geflüstere, als meine Zuhörer die Namen der beiden anderen Künstler erkannten.

»Ich konnte auch mit Mamas Arzt, Dr. Clark, sprechen. Er

zeigte mir zahlreiche andere Bilder, die sie in ihrer Therapie gemalt hatte.« Ich hielt inne. »Sie wollte so gerne ihre verschiedenen Malstile einem größeren Publikum vorstellen, aber gleichzeitig hatte sie offenbar große Angst davor. Dr. Clark glaubt, dass sie die drei verschwundenen Gemälde zerstört hat. Wie dem auch sei, ich habe sie nicht finden können und kann sie also heute Abend nicht zeigen.

Aber auch wenn ich also kein erfolgreicher Rabe bin – was ich über Mama und die Menschen, die ich liebe, gelernt habe, ist viel, viel wichtiger. Es war das schwerste Jahr meines Lebens, aber ich bin dankbar für das Rabenrätsel, weil es mich zu der Wahrheit über meine Mutter geführt hat. Sie war eine feine, komplizierte und äußerst begabte Frau.

Ich möchte allen, die mir in den vergangenen Monaten geholfen haben, ganz herzlich danken. Und jetzt will ich mit einem Zitat von einem berühmten Mann schließen, das meine Lieblingslektion des vergangenen Jahres geworden ist: ›Ihr werdet die Wahrheit erkennen, und die Wahrheit wird euch frei machen.‹ Das hat Jesus gesagt, und ich habe herausgefunden, dass es wahr ist.«

Ich sah die Worte auf meinem Blatt nur noch verschwommen durch meine Tränen. Robbie legte seinen Arm um meine Taille und flüsterte: »Gut gemacht«, und wir drehten uns um, um zu gehen.

Mrs. Alexander hielt uns an. »Ich glaube, es will noch jemand etwas sagen.« Unsere Blicke trafen sich. In ihren Augen leuchtete der Schalk, als habe sie gerade eines *meiner* Gedichte parodiert.

Dann stand plötzlich Carl neben uns, und Leo und Big Man waren dabei, drei große Staffeleien in der Mitte des Basketballfeldes aufzustellen. Dann kam Nickie, ein Bild unter dem Arm, und Larry, der gleich zwei Bilder trug. Wie angewurzelt schaute ich zu, wie sie die drei schön gerahmten Gemälde auf die Staffeleien stellten. Mamas Gemälde!

Dann trat Carl an das Mikrofon und schielte in den Scheinwerfer. »Hallo«, sagte er, seine Stimme etwas unsicher. Dann flüsterte er mir zu: »Mary Swan, wie hast du das geschafft?« Meine Augen waren groß, und ich flüsterte zurück: »Was machst du da?« Er antwortete nicht, sondern drehte sich zu dem Mikrofon zurück.

»Hallo. Wie Mary Swan schon sagte, ich bin Carl Matthews. Ihr seid vielleicht etwas überrascht, mich hier zu sehen, aber Mary Swan ist eine liebe Freundin von mir. Ich hab' viel von ihr gelernt, als ich ihr bei dem Rätsel geholfen hab'. Erst hab' ich ja gedacht, dass das nur Zeitverschwendung sei – bis ich begriffen hab, was es bedeutet. Und bis ich Mary Swan kennen gelernt hab. Sie hat mich nämlich nicht wie einen Neger behandelt, sondern wie einen Menschen, und die guten Dinge in mir gesehen.

Aber das wollte ich jetzt gar nicht sagen. Sondern ich möchte euch das Ende der Geschichte erzählen. Denn was ihr hier seht, sind die drei verschwundenen Gemälde.«

Aufgeregtes Flüstern auf der Tribüne. »Die Bilder ihrer Mutter. Mary Swan hat sie nämlich doch gefunden. An der Wand des Schlafzimmers in der Wohnung ihrer Hausangestellten, Ella Mae Maddux. Sie sah sie, als sie Ella Mae vor kurzem besuchte. Aber sie sagte Ella Mae nichts von dem Rabenrätsel, weil sie wusste, dass es viel wichtiger war, dass Ella Mae sich an diesen Bildern freute, als dass Mary Swan ein Rätsel löste. Ella Mae ist ziemlich krank, sie hat eine Gehirntumoroperation hinter sich.

Und das wäre das Ende der Geschichte gewesen, wenn ich nicht heute Nachmittag Ella Mae besucht hätte. Ich wollte sie zu der Karnevalsfeier hierher holen, denn für Ella Mae gehört Mary Swan zur Familie, und ich wusste, dass Ella Mae gerne hier sein und ihre Mary Swan sehen würde. Und da hab' ich also diese Gemälde hier gesehen. Ich hab' mir gleich meinen Reim gemacht, wo die her waren, und mit ein bisschen Nachhilfe hat Ella Mae mir erzählt, wie sie zu ihr gekommen sind. Ich hab' jetzt keine Zeit, die ganze Geschichte zu erzählen, aber es ist eine gute Geschichte. Als ich Ella Mae das mit dem Rabenrätsel erklärte ...« Er unterbrach sich und sah mich an. »Entschuldige, Mary Swan, aber ich musste ihr das sagen. – Als ich ihr also das mit dem Rätsel erklärte, bestand sie darauf, dass ich sie hierher brachte, und sie ist gleich selber mitgekommen. Da hinten ist sie, in dem Rollstuhl.«

Ich sah sie wie in einem Traum, ganz oben, über der Tribüne, eingerahmt von Miss Abigail und Roy und ihren Verband um den Kopf. Sie hob schwach ihren Arm und winkte mir zu.

»Es war ihr das Wichtigste von der Welt, dass diese Gemälde heute Abend hier gezeigt werden. Mary Swan hat sie gefunden. Sie hat das Rätsel gelöst.« Er trat von dem Mikrofon zurück.

Einen Augenblick lang sagte niemand etwas. Ich glaube, etliche der Zuschauer wischten sich die Augen. Dann rief jemand: »Hoch, Mary Swan!«, und meine ganze Klasse begann vor Freude zu kreischen. Im Nu waren Hunderte Arme und Hände um mich. Alle gratulierten sie mir und sagten: »Gut gemacht, Mary Swan!« und: »Du bist unsere Heldin!« und mehr dergleichen.

Mrs. Alexander war zurück an das Mikrofon getreten und versuchte, die Mädchen zu beruhigen. »Mary Swan Middleton, Wellington-Rabe für das Jahr 1963, für die erfolgreiche Lösung deiner Aufgabe überreiche ich dir hiermit einen großen Scheck und Aktiengutscheine zur Weitergabe an eine gemeinnützige Organisation deiner Wahl.« Dann überreichte sie mir eine glänzende Silberplakette, auf die mein Name und das Jahr eingraviert waren. Ich weiß nicht mehr, was sie als Nächstes sagte, aber das ist auch egal, denn auf einmal spürte ich Papas Arme um mich. Er drückte mich fest und sagte: »Ich bin ja so stolz auf dich, Swannee, so sehr stolz. Du bist ein Schatz!« Seine Stimme wollte brechen. Wir gingen zusammen zu den drei Gemälden und betrachteten sie schweigend. Papa konnte vor Rührung kaum sprechen.

»Da hat Ella Mae sie also gehabt. Ja, das überrascht mich nicht.« Er schaute auf das Bild, das Ella Mae mit mir in ihren Armen zeigte, und die Tränen liefen ihm über das Gesicht. Wir standen da, wir zwei alleine, und alle anderen blieben auf ihren Plätzen, als merkten sie genau, dass wir diesen Augenblick für uns brauchten. Schließlich flüsterte Papa: »Deine Mutter würde auch stolz auf dich sein. Du hast es richtig gemacht.«

Es waren die schönsten Worte, die Papa mir hätte sagen können. Das war der Höhepunkt des Abends – das und der Anblick von Ella Mae auf dem obersten Tribünenrang. Dass unsere Klasse den ersten Platz im Sketch-Wettbewerb errungen hatte und zweiter bei den Wagen wurde, was uns mit ganzen drei Punkten Vorsprung den ersten Platz vor den Abschlussmädchen sicherte, ich nahm es nur noch halb wahr. Auf das Urteil der Jury folgte eine Einladung an alle Anwesenden zum Tanz. Die drei Gemälde wurden vorsichtig aus der Halle in das Foyer getragen, wo sie, bewacht von zwei Polizisten, den Rest des Abends über von den Anwesenden bewundert wurden. Ihre Gesichter waren feierlich, so, als ob etwas sie ganz tief berührt hatte. Was ja laut Mama genau die Aufgabe der Kunst war. Mamie und Papy standen lange vor den Bildern. Mamies Hand ging zu ihnen hin, als wollte sie sie betasten und so Mama wieder fühlen. Und sie weinte, und als ich sie so dastehen sah, die harte und doch so zerbrechliche Mamie, schmolz die Wut, die ich auf sie gehabt hatte. Ich sah eine Frau, die das Leben verletzt hatte. Wie viele andere Geheimnisse über Mama und ihre Eltern mochte es noch geben, die ich besser nicht enthüllen wollte?

Bevor sie die Turnhalle verließen, kam Mamie zu mir auf den Tanzboden und küsste mich fest auf beide Wangen, hellrote Lippenstiftspuren hinterlassend. *»Magnifique, Marie des Cygnes. Absolument magnifique.* Deine Mutter wäre stolz auf dich gewesen.«

Ja, Mama wäre sehr stolz auf mich gewesen.

»Ich habe das für sie getan. Zu ihrem Gedächtnis.« Ein plötzliches Mitleid kam in mir hoch, und ich sagte: »Ich komme euch bald besuchen, Mamie und Papy. Bestimmt.«

»Tu das, Mädchen«, sagte Papy in seinem breiten schottischen Akzent.

Später wusste ich nicht so recht, ob ich Ella Mae wirklich gesehen hatte oder ob es eine Fata Morgana gewesen war, denn als ich sie und Roy und Miss Abigail suchte, waren sie nicht mehr zu sehen. Ich konnte auch nicht Carl bitten, mir die Ereignisse des Nachmittags genauer zu erklären. Er und seine Band waren mit ihrer Musik beschäftigt. Robbie tanzte mit mir; es erinnerte mich an unseren ersten Tanz auf dem Schulanfangsball. Und direkt neben uns schwangen Papa und Trixie das Tanzbein, und sie sahen sich an wie zwei verliebte Teenager.

KAPITEL 29

Es war gegen 11 Uhr abends, und die letzten Gäste verließen die Turnhalle. »Bis gleich zu Hause!«, rief ich Papa, Trixie und Jimmy zu, als sie zu dem Parkplatz gingen. Carl und die Band winkten mir zu, als sie mit ihren Instrumenten nach draußen gingen. Robbie und ich blieben in dem Foyer und packten die Gemälde sorgfältig wieder ein. Wir hatten beschlossen, sie erst einmal in unser Haus zu bringen, bis Ella Mae uns sagen würde, was mit ihnen geschehen sollte. Rachel, das Diadem auf dem Kopf, hatte ihre Arme um Will gelegt.

»Ich hol' eben das Auto«, sagte Robbie.

»Ich auch«, echote Will.

»Was für Kavaliere!«, kicherte Rachel.

»Wollen doch nicht, dass die beiden Stars des Abends sich 'ne Erkältung holen in der kühlen Nachtluft«, witzelte Robbie. »Und die Bilder wiegen einiges.« Sie gingen.

»Das ist der eigentliche Grund!«, sagte ich. »Sie wollen die Bilder nur nicht so weit tragen müssen.«

»Was soll's? Es war ein herrlicher Abend, nicht wahr, Swan?«

Ich nickte. »Ich glaub', heute kann ich nicht schlafen, sondern werd' die ganze Nacht daran denken, wie das alles gelaufen ist.«

»Hat dich das überrascht, mit Robbie und Carl und den Bildern?«

»Es hat mich alles überrascht. Wusstest *du* das?«

»Nur, dass Robbie dein Begleiter sein würde. Sonst nichts. Warum hast du mir nichts davon gesagt, dass du die Gemälde bei Ella Mae gefunden hast?«

»Das konnte ich nicht, Rach. Keiner Seele konnte ich was sagen. Ich hatte Angst, dass ich es mir dann anders überlegen und versuchen würde, die Bilder für den Karnevalsabend loszueisen. Und ich wusste, dass das irgendwie nicht richtig gewesen wäre.«

»Und jetzt sind sie doch hier.«

»Schon, aber nicht, weil ich das gedeichselt hab'.« Ich hob

das größte der Gemälde an und setzte es keuchend wieder zurück. »Weißt du, was ich glaube?«

»Null Ahnung.«

»Ich glaub', dass Gott selber Carl heute Nachmittag zu Ella Mae geschickt und sie heute Abend hierher gebracht hat.«

»Dummes Mädchen! Hab' ich dir nicht gesagt, du sollst mir nicht mit der frommen Masche kommen?« Aber sie lachte.

Ich schielte nach draußen und sagte: »Wozu brauchen die so lange? Komm, wir sagen ihnen, dass sie sich beeilen sollen!«

Ich ging in die frische Nachtluft hinaus, meinen Mantel über mein Kleid und das Cape ziehend, Rachels Arm in meinen gehakt. Wir lachten beide, unsere Augen waren hell, unsere Wangen rot von der Kühle und der Aufregung. Als wir zu dem Parkplatz kamen, sah ich, freudig überrascht, dass sie alle beieinander standen und sich unterhielten – Papa, Trixie, Jimmy, Robbie, Will, Mrs. Alexander, Carl und der Rest der Band.

»Kannst du das glauben?«, sagte ich zu Rachel. »Schwarz und Weiß zusammen!«

Erst als wir näher kamen, sah ich, dass keiner von ihnen lächelte, ja dass Jimmy in Trixies Armen weinte und dass Papa, Robbie und Carl gestikulierten und nickten, die Gesichter entschieden zu ernst für das Ende solch eines wunderbaren Abends.

Jimmy sah mich als Erster und rannte zu mir. »Ella Mae! Sie liegt im Sterben! Jetzt, im Krankenhaus. Miss Abigail hat angerufen und es Mrs. Alexander gesagt.«

Papa trat zu mir und sagte: »Ich wollte, du müsstest das heute Abend nicht hören, Swan.«

Ich schluckte heftig. Ich fühlte, wie meine Knie weich wurden, und hielt mich an Rachel fest. »Lebt sie noch?«

»Ich glaube schon. Der Anruf kam vor einer Viertelstunde.« Die Auskunft kam von Mrs. Alexander.

»Dann müssen wir da hin, sofort!«, rief ich.

Die Nachricht so plötzlich, so unerwartet, betäubte mich wie damals bei dem Flugzeugabsturz bei Paris. Ich hielt noch die Plakette mit der Inschrift für den erfolgreichen Raben des Jahres 1963 in meinen Händen und sah die verschwommenen

Gesichter von Ella Mae, Roy und Miss Abigail, wie sie mir vom Balkon herab zuwinkten.

»Warum musste sie hierher kommen, wenn sie so krank war? Sie hatte doch nicht die Kraft! Wenn sie nur nicht gekommen wäre!«, jammerte ich.

Carl nahm mich, so, als ob die anderen nicht da wären, sanft bei den Schultern und sagte: »Das tut mir Leid, Mary Swan, das tut mir so Leid.« Er drückte mich an sich, während er erzählte: »Ich weiß selber nicht, warum ich heute zu ihr gefahren bin. Ich musste einfach. Ich bin mit Miss Abigail gefahren. Als wir in ihr Zimmer rein sind und diese Bilder sahen, wusste ich sofort, von wem sie waren. Und ich weiß nicht, warum ich ihr dann das mit dem Rabenrätsel erzählt hab', aber ich dachte, dass das richtig war so, und ich denk' das noch immer, denn als sie das hörte, strahlte sie auf einmal und sagte: ›Preis den Herrn! Wenn ich meiner Swannee was helfen kann, dann tu' ich das. Das liebe Kind hat ja kein Wort darüber gesagt, als sie letzte Woche hier war.‹ Und dann wollte sie unbedingt hierher kommen. Darum bin ich heute so spät gekommen, Mary Swan. War ein Stück Arbeit, die Gemälde und Ella Mae in das Auto zu kriegen. Roy und Miss Abigail und ich, wir haben ihr gesagt, dass sie zu krank wäre, um mitzufahren, aber da hat sie geschrien und gesagt, dass sie zu ihrer Mary Swan muss, und wenn das das Letzte wär', das sie macht. Sie wusste das, Mary Swan. Sie wusste, dass sie nicht mehr lange hier sein würde. Sie wollte dich heute Abend noch mal sehen.«

»Sie haben ja nicht den ganzen Tumor rausgeholt«, fügte Papa leise hinzu. Beim Klang seiner Stimme ließ Carl mich abrupt los und schaute verlegen zu Boden. »Er war um den Hirnstamm gewickelt. Der Arzt hat gesagt, dass sie nur noch ein paar Monate zu leben hatte, vielleicht sogar nur ein paar Wochen.«

»Warum hast du mir das nicht gesagt? Warum? Ich hab' gedacht, du hast aufgehört, mir die Wahrheit vorzuenthalten.«

»Spatz, wir wussten nicht, wie lange sie noch zu leben hätte. Sie war so schwach. Sie brauchte jedes Gramm Kraft, um durchzukommen. Darum durfte sie nicht so viel Besuch haben. Ella Mae ist nicht dumm. Der Arzt hat ihr gesagt, dass er nicht den ganzen Tumor rausholen konnte. Sie wusste, dass sie nicht mehr viel Zeit hatte. Aber sie wollte nicht im Krankenhaus sterben. Sie wollte nach Hause – sagte, dass sie dort alles hatte, was sie brauchte. Mehr als jeder Arzt ihr geben konnte. Ich wusste nicht, was es bringen sollte, dir zu sagen, dass es keine Hoffnung gab. Du warst doch ... so voller Hoffnung die letzten paar Wochen.«

Hoffnung. Wie platt das Wort plötzlich klang.

Papa legte seine Hand auf meine Schulter. »Sie wusste Bescheid. Sie war bereit. Das hat sie mir selber gesagt.«

Und mir auch, dachte ich. Mir hatte sie es auch gesagt; ich hatte es nur nicht hören wollen. Sie hatte mir gesagt, dass sie an einen besseren Ort ging und dass so oder so alles gut werden würde.

Robbie drückte mich fest. »Mary Swan, fahr du mit deinem Vater ins Krankenhaus. Wir kümmern uns um die Gemälde.«

Und so setzte ich mich auf die Rücksitzbank von Papas Jaguar und vergrub mein Gesicht in meinen Händen. Jimmy saß vorne neben Papa, und Trixie saß neben mir, die Arme um mich gelegt, und sagte kein Wort.

Im Flur vor Ella Maes Zimmer trafen wir eine Krankenschwester. »Ich sage Mr. Maddux, dass Sie hier sind«, sagte sie.

Gleich darauf kam Roy aus dem Zimmer, gefolgt von einem jungen schwarzen Paar. Roy sah noch dünner aus als sonst, wie ein Kind, das sich verlaufen hat. »Sie wird sich freuen, dass Sie da sind, Mr. Middleton. Und Mary Swan und Jimmy«, murmelte er.

Papa nickte, sein Gesicht ernst.

Wir traten in das Zimmer. Da lag Ella Mae, schwarz gegen die weißen Decken, ihre Augen glasig, ihr Atem schwer. Miss Abigail saß still am Fenster; sie sah aus, als habe sie jede Träne geweint, die sie zu vergießen hatte. Ich fing selber an zu weinen.

Papa flüsterte einen Moment mit Ella Mae, dann trat Jimmy zu ihr, schluchzend. »Ella Mae, das tut mir so Leid mit dir, und es tut mir so Leid, dass ich so ein Ekel war!«

»Ich hab' jede Minute genossen, die ich bei dir war, Junge.« Sie flüsterte es kratzig.

Dann beugte ich mich zu ihr. Erst brachte ich nur ein herzzerreißendes Stöhnen heraus, dann schluchzte ich. »Das tut mir so Leid.« Ich nahm ihre Hand. Ich spürte, wie ihre Finger sich um die meinen krampften.

»Ich bin stolz auf dich, Mary Swan. Hab' mich so gefreut, dich heute Abend da zu sehen.« Ihr Atem ging schwer. »Das wird alles gut, Mary Swan«, flüsterte sie. »Mach dir keine Sorgen, mein Mädchen. Es wird gut.« Ihre Augen flatterten zu.

»Nein!«, presste ich durch den Schmerz in meiner Brust. »Nein, Ella Mae!« Wieder pressten ihre Finger sich um meine, noch lebenswarm. »Du darfst nicht sterben, Ella Mae! Gott kann doch nicht Mama und dich in einem Jahr holen!«

»Ich bin bereit, und du auch. Das wird schon, Spatz.«

Ich küsste sie aufwimmernd auf die Wange.

Miss Abigail nahm mich sanft bei den Schultern und sagte: »Ihre Lieben wollen sich jetzt von ihr verabschieden.« Ich stand auf. Als ich aus dem Zimmer ging, kamen Roy, die schöne junge Frau, die Loretta sein musste, und der junge Mann, der wohl ihr Mann war, wieder hinein. Pastor James war auch bei ihnen; er musste wohl gerade angekommen sein.

Ich drückte Roy die Hand und umarmte ihn impulsiv. Er tätschelte mir den Rücken und sagte: »Ja, ja.«

Loretta fiel Miss Abigail in die Arme – es schien nicht das erste Mal zu sein –, und dann stellten sie sich alle um Ella Maes Bett und Pastor James begann zu beten. Am liebsten wäre ich mit dageblieben, aber ich wusste, ich musste sie allein lassen. Ich ging hinaus in den Flur. Vielleicht zehn Minuten später kam Miss Abigail heraus und nickte gemessen, auf jene Art, die bedeutete: Es ist vorbei.

Dann kamen die anderen in den Flur. Keiner sagte ein Wort. Was für eine bittersüße Ironie, dass Ella Maes beide Familien zum ersten Mal zusammen waren – durch ihren Tod. Papa legte seinen Arm um Roy, der wie ein Kind weinte. Lorettas Mann hielt die Taille seiner Frau umfasst; ihr Kopf war in ihren Händen vergraben. Pastor James trat zu Jimmy und mir. »Das tut mir so Leid, Kinder.«

Wir müssen wohl eine Stunde so gestanden haben. Papa, Trixie, Jimmy, Roy, Loretta und ihr Mann, Miss Abigail und

Pastor James. Einmal kam Loretta zu mir und sagte: »Hallo, Mary Swan. Ich glaub', du erinnerst dich nicht mehr an mich, aber ich bin Loretta.«

Ich sah ihr tief in die Augen, in das Gesicht, das ich vor zehn Tagen in Ella Maes Fotoalbum gesehen hatte. Ihre Stimme war weich und melodisch. »Als du noch ein Baby warst, bin ich oft mit Mama in euer Haus gekommen. Manchmal, wenn Mama kochte oder so, hab' ich auf dich aufgepasst. Ich war damals zehn, und Mama dachte, das würde mir vielleicht helfen, weil ich ja meine große Schwester verloren hatte.«

»Gina, nicht wahr?«

»Ja. Gina ist ungefähr zu der Zeit gestorben, als Mama in eurem Haus angefangen hat.«

»Das tut mir so Leid, Loretta, dass ich dich gar nicht wieder erkannt hab'.«

»Da kannst du nichts dafür. Kurz nachdem Jimmy geboren wurde, bin ich nicht mehr gekommen, weil ich alt genug war, um alleine zu Hause zu bleiben.« Sie nahm die Hand des jungen Mannes und sagte: »Dies ist mein Mann, Reggie.«

»Freut mich, dich zu sehen, Reggie.«

Er nickte ernst und sagte: »Schade, dass der Anlass so traurig ist.«

Ich nickte. »Wohnt ihr hier in der Gegend?«

»Reggie ist in seinem letzten Jahr als Assistenzarzt. Wir wohnen in Monroe.«

»Und Loretta ist Krankenschwester«, fügte Reggie stolz hinzu.

»Und ihr habt ein Kind. Roy hat mir ein Bild gezeigt. Ein süßes kleines Mädchen.«

Zum ersten Mal lächelte Loretta. »Ja. Mattie Mae. Sie ist jetzt neunzehn Monate. Wir haben sie nach unseren beiden Müttern genannt.«

»Deine Mutter war eine wunderbare Frau.« Ich schniefte. »Wir werden sie alle so vermissen.« Die Tränen kamen wieder.

»Ich weiß, das muss schwer gewesen sein für euch, seit dem Flugzeugunglück.«

Es war Zeit, zu gehen. Wir murmelten unser Auf Wiedersehen.

»Wir besprechen dann morgen die Beerdigung, Roy«, sagte Papa.

Als ich Miss Abigail zum Abschied umarmte, flüsterte ich: »Ich mag nicht dran denken, dass sie nicht mehr ist. Erst Mama und jetzt sie.«

Sie drückte mich einen Augenblick ganz fest, dann packte sie meine Schultern und sah mir in die Augen. »Lass dich von Jesus tragen, Kind. So wie nur er das kann. Lass dich in deine Trauer fallen und lass ihn dich und deinen Vater und deinen Bruder tragen. Er wird es tun; er hat es uns verheißen.«

Und so konnte ich tatsächlich die ganze Nacht nicht schlafen, aber nicht aus den Gründen, die ich erwartet hatte. Als wir zu Hause waren, legte ich mein Satinkleid und mein Cape auf mein Bett, zog eine alte Jeans und einen Pullover an und ging auf Zehenspitzen die Treppe hinunter. Vor Jimmys Zimmer lauschte ich einen Moment, aber es kam kein Laut. Ich ging in das Atelier. Auf der Staffelei stand, hell und hoffnungsvoll, das Bild, das ich vor einem Monat begonnen und *Swan House im Schnee* betitelt hatte. Aber ich brachte es nicht fertig, es mit dem Pinsel zu berühren, solange die Trauer so schwer auf meinem Herzen lag.

Stattdessen nahm ich das Bild zur Hand, das ich als Erstes gemalt hatte, voller Wut, nachdem Trixie mir bestätigt hatte, dass Mama oft in *Resthaven* gewesen war. Das Bild, das Rachel kurz gesehen und mir dann erklärt hatte, dass ich Mamas Talent hätte. Das Bild, das ich vor Carl versteckt hatte, als er mit mir in das Atelier gegangen war.

Ich stellte es auf die Staffelei vor den großen Fenstern und starrte lange in die Dunkelheit hinaus, in den sternengesprenkelten Himmel, der sich über den Silhouetten der Bäume erhob. Dann knipste ich das Licht an, nahm einen Pinsel und eine Palette und begann mit der einzigen Beschäftigung, die ich kannte, die den Strudel meiner Gefühle stillte. Ich malte.

Es war ein Gemälde des Friedhofes, und es war fast fertig. Die alten Grabsteine von Oakland hatten mich inspiriert – Steine aus dem 19. Jahrhundert, von schlichten Platten bis zu richtigen kleinen Mausoleen und reich verzierten hohen Obelisken.

Ganz vorne hatte ich einen großen steinernen Engel gemalt, fast lebensgroß, nach einem der Grabmonumente, die ich auf dem Friedhof gesehen hatte. Der Gottesbote hielt in der einen Hand ein Buch und zeigte mit der anderen zum Himmel hoch, wie eine Bestätigung der Auferstehung. Neben diesem dramatischen Grabmal kniete eine junge Frau, den Kopf zum Gebet gebeugt, in ihrem Schoß ein Blumenstrauß. Ihr Gesicht war von ihrem langen Haar verschleiert.

Ganz rechts erinnerten etliche weiße Punkte an die schlichten Steine der Soldaten der Konföderation, und noch weiter hinten breitete sich eine grüne Wiese aus, das »Töpferfeld«, auf der die winzige Gestalt eines Schwarzen kniete, ebenfalls mit gebeugtem Kopf; neben ihm auf dem Boden lagen sein Hut und eine lange Rose. Mit der Freiheit des Künstlers hatte ich hinter dem Töpferfeld die Mount Carmel-Kirche gemalt, deren rote Ziegelmauern wie der Engel im Vordergrund himmelwärts zeigten. Der Rest der Leinwand war mit anderen Mausoleen, Grabsteinen und Obelisken übersät, die mich besonders gepackt hatten.

Aber eines fehlte jetzt noch, und ich arbeitete fast fieberhaft daran. Ich muss wohl die halbe Nacht gebraucht haben dazu. Als ich endlich Palette und Pinsel absetzte und mein Werk betrachtete, lief mir ein Schauer über den Rücken. Hinter dem Engel und zwischen dem weißen Mädchen, das im Vordergrund kniete, und dem Schwarzen im Hintergrund hatte ich eine junge schwarze Frau gemalt, die neben einem wesentlich kleineren Grabmal kniete. Auch ihr Kopf ging nach unten, auch sie hielt einen Blumenstrauß in der Hand.

Meine Augen waren fast so schwer wie mein Herz, als ich den Pinsel in das Terpentinglas stellte und das Licht ausschaltete. Der Gang die Treppe hinauf zu meinem Zimmer schien eine Ewigkeit zu dauern. Ich ließ mich auf mein Bett fallen.

»Lass dich von Jesus tragen«, hatte Miss Abigail gesagt. Und als ich dort auf meinem Bett lag und langsam in den Schlaf sank, hob sich das schwarze Gewicht von meiner Seele, und etwas anderes kam. Etwas Leichtes. Das Gefühl, von etwas oder jemand umgeben zu sein. Freiheit.

Der Samstag dämmerte grau und nieselig, und wir drei

saßen in unserer frischen Trauer um den Frühstückstisch herum. Papa versuchte, die *Atlanta Constitution* zu lesen, Jimmy faltete Flugzeuge aus dem Anzeigenteil, und ich hatte den Kopf auf meine Arme gelegt und die Augen geschlossen. Gegen zehn brachte Trixie uns frisch gebackene Zimtbrötchen, aber wir hatten keinen Appetit. Ich fragte mich, wie dieses große alte Haus, das seit Mamas Tod so verlassen zu sein schien, jetzt, wo auch Ella Mae nicht mehr war, mehr als eine leere Hülle sein konnte. Das einzige Geräusch war das Klappern unserer Messer und Gabeln, als wir die ofenheißen Brötchen aufschnitten und die Bissen langsam zum Mund führten.

Später gingen wir ins Wohnzimmer und Papa zündete ein Feuer im Kamin an.

»Kann ich Muffin reinlassen, Papa?«, fragte Jimmy.

»Ja, sicher.« Papa sagte es fast erleichtert.

Muffin kam durch die Hintertür hereingesprungen, sauste durch die Küche, in den Flur und ins Wohnzimmer, Jimmy hinterher. Der Schwanz des Hundes wedelte so heftig, dass er fast eine kleine Porzellanfigur vom Couchtisch fegte, doch Papa schien es nicht zu merken. Normalerweise durfte Muffin nicht ins Haus; an diesem Morgen brachte er uns Leben herein. Er unterhielt uns mühelos, und als Jimmy sich auf den Fußboden legte und sich mit ihm zu balgen begann, kam sogar ein verhaltenes Lächeln auf Papas Gesicht.

»Mary Swan, soll ich dich heute zur Carmel-Kirche fahren?«, fragte Papa etwas später.

»Ich weiß nicht, ob ich das heute pack'.« Dann setzte ich mich neben ihn auf das Sofa, streckte die Füße auf den Polsterhocker und lehnte meinen Kopf an seine Schulter. »Aber danke, dass du mich gefragt hast. Vielen Dank.«

Und dann hatten Papa und ich genau die gleiche Idee. Wir würden die drei Gemälde in das Wohnzimmer holen, sie auf Staffeleien aufstellen und beim Schein des Kaminfeuers betrachten.

»Darf ich nach draußen und mit Muffin spielen?« Das war Jimmys Art, seine Trauer zu verarbeiten; so viel wussten wir beide inzwischen.

»Natürlich, Junge. Ich komm' bald nach und spiel' Baseball mit dir.«

»Da bist du also kurz vor dem Unglück zum Raben gewählt worden und hast das Rätsel bekommen.« Papa stand vor den Gemälden, mit dem Rücken zu mir. »Und du hast nie ein Wort gesagt. Darum hast du mich also so gelöchert über die Ausstellung und die verschwundenen Gemälde und *Resthaven.*«

»Ich hab' immer mehr über Mama herausgefunden. Schlimme Sachen. Und da du kein Wort sagen wolltest, hab' ich halt Trixie gefragt. Sie sagte mir das sehr ungern, aber sie sah, wie zerrissen ich war. Und ich konnte dir ja nicht sagen, dass alle meine Fragen für einen guten Zweck waren, sonst hätten sie mich disqualifiziert.«

»Ich glaube, unter diesen Umständen hätte Mrs. Alexander das verstanden. Sie hat mich letzte Woche angerufen und gefragt, ob ich auch ganz bestimmt zu dem Karnevalsabend komme. Sie sagte, am besten sollte ich auch deine Großeltern mitbringen.«

»Hat sie dir gesagt, dass ich der Rabe war?«, fragte ich ungläubig.

»Nein, nein. Sie hat dicht gehalten, ich hatte keinen Schimmer. Sie sagte nur, dass es ihr sehr wichtig sei, dass ich komme, weil du ja der Autor und Sprecher von eurem Sketch warst. Ich hatte natürlich sowieso vorgehabt zu kommen.«

Mrs. Alexander. Sie hatte sich als eine Freundin in diesem ganzen Drama erwiesen. Dann sagte ich unvermittelt: »Ich hab die Gemälde in *Resthaven* gesehen, Papa.«

»Ich weiß. Dr. Clark hat erwähnt, dass du ihn besucht hast.«

»Dr. Clark?«

»Ich hab' mich mit ihm öfter mal unterhalten seit dem Flugzeugabsturz. Ich bin auch in *Resthaven* gewesen und habe die Bilder gesehen.«

»Ja, das hat er mir erzählt. Warum hast du mir nichts darüber gesagt?«

»Spatz, das verstehst du nicht. Es fällt mir immer noch schwer, über Mama zu reden und über die Vergangenheit nachzudenken. Es hat alles so wehgetan. Wenn sie nach *Rest-*

haven fuhr, das war jedes Mal wie ein Tod. Der Tod unserer Familie.«

Sein Gesicht sah so grau aus wie damals, als er aus Paris zurückgekehrt war. Ich spürte, vielleicht zum ersten Mal, etwas von Papas Elend in all den Jahren. Ich wollte ihn trösten, aber mir kamen keine Worte.

Er räusperte sich. »Ich habe mich entschieden, was mit dem Geld für den Gedächtnisfonds deiner Mutter geschehen soll. Sie hatte ja schon in *Resthaven* einen Raum als Atelier für die Kunsttherapie eingerichtet.«

»Ja, den hab' ich gesehen!«

»Was würdest du davon halten, wenn wir den Raum, in dem ihre Gemälde lagern, in eine kleine Galerie für Werke von Patienten in *Resthaven* umwandeln und vielleicht ein Stipendium für angehende Maler anbieten?«

»Mensch, Papa, das ist eine tolle Idee!«

»Ich hoffe, Dr. Clark macht mit. Ich habe auch vor, mit dem *High Museum* über eine Ausstellung zu reden – mit den drei Gemälden, die du bei Ella Mae gefunden hast, und einigen Leihgaben aus *Resthaven.*«

»Meinst du, das geht, Papa? Meinst du, die Leute gehen in eine Ausstellung, in der nur Mamas Gemälde hängen?«

»Das muss das Museum entscheiden.« Er nickte zu den Gemälden vor uns hin. »Was sollen wir mit den drei Bildern hier machen?«

»Gehören die nicht dem Museum?«

»Rein technisch schon, aber jetzt, wo die Wahrheit heraus ist, wird das Museum die Wünsche der Familie respektieren.«

»Meinst du nicht, dass Roy das entscheiden sollte, Papa? Mama hat die Bilder ja Ella Mae geschenkt.«

»Roy?« Er zuckte die Achseln, dann sagte er rasch: »Ja, doch, das ist eine gute Idee. Ich werde mit ihm reden.« Er bekam seinen abwesenden Gesichtsausdruck und sagte: »Ich geh' jetzt raus zu Jimmy.«

In der Hintertür drehte er sich um und sagte: »Du hast so viel um die Ohren gehabt, Swan, dass du es vielleicht nicht gehört hast, aber letzte Woche sind zwei Gemälde aus Paris angekommen, eine Leihgabe des Louvre. Eine Geste der Franzosen, die ihre Betroffenheit über den Absturz zum Ausdruck bringen soll.«

»Was für Gemälde?«

»*Whistlers Mutter* und *Die Büßerin Maria Magdalena.* Der Kunstverein hat einen großen Willkommensempfang für den französischen Botschafter und seine Frau gegeben. Angeblich haben sie den Eiffelturm in Blumen nachgebildet und in ihrer Hotelsuite aufgestellt! Wenn du willst, können wir beide mal nächste Woche ins Kunstmuseum gehen.«

»Das ist eine gute Idee, Papa. Das wär' mal was Schönes, nach …« Meine Stimme brach.

»Etwas Schönes, Spatz, ja.« Er ging nach draußen.

Der Trauergottesdienst für Ella Mae fand am Montagnachmittag in der Mount Carmel-Kirche statt. Der Kirchenraum, der vor einem Monat, als ich vor dem Altar gekniet hatte, leer gewesen war, war voller Menschen. Als wir den Mittelgang entlanggingen und einen freien Platz suchten, kam Loretta zu mir und sagte: »Willst du mit deinen Lieben vorne bei uns sitzen? Das wär' bestimmt in Mamas Sinn.«

Und so setzten wir fünf – Papa, Jimmy, Trixie, Robbie und ich – uns neben Roy und Loretta in die erste Bank. Der Pianist spielte langsam das Lied »Welch ein Freund ist unser Jesus« und ich hörte überall um mich herum leises Schluchzen. Ella Maes Sarg, aus schönem Mahagoniholz und mit einem großen Blumenstrauß geschmückt, stand direkt vor uns. Um ihn herum waren Dutzende andere Blumengestecke verteilt.

Pastor James trat auf die Kanzel und begann zu sprechen. »Liebe Geschwister in Christus, wir sind heute hier versammelt, um einer unserer treuesten Schwestern im Herrn zu gedenken, Ella Mae Maddux. Ella Mae ist fast vierzig Jahre lang ein Glied der Mount Carmel-Gemeinde gewesen, seit sie und ihr Mann, Roy, von Monroe in Georgia hierher nach Atlanta umzogen. Die meisten dieser Jahre hat sie aktiv mitgearbeitet in unserer Gemeinde, still, aber treu. Sie hat bei den Kindern geholfen und in der Küche, hat oft nach einer Mahlzeit aufgeräumt und abgewaschen und Miss Abigail bei den Samstagsspeisungen zur Seite gestanden. Ich glaube, wir erinnern uns alle gerne an ihre Brathähnchen und köstlichen Kuchen und Plätzchen, für die sie so berühmt war.«

Ich hörte, wie es hinter mir murmelte: »Ja, das stimmt.« Ich schaute kurz über meine Schulter. Viele der Männer und Frauen nickten.

»Ella Mae hat das getan, weil sie eine Dienerin Jesu war. Sie hat nie viel Aufhebens darum gemacht, aber sie war bekannt für ihre Liebe zu ihren Verwandten und Nachbarn, wenn sie Probleme hatten, und für ihre immer fröhliche Art.

Nicht, dass sie nicht gewusst hätte, was Leiden war. Ella Mae und Roy haben zwei feine Mädchen aufgezogen, Gina und Loretta. Gina kam vor über fünfzehn Jahren bei einem Autounfall, fast hier vor unserer Kirche, ums Leben. Ella Mae hat ihren Teil Leiden mitbekommen im Leben, und sie hat das Leiden anderer mit ihrem weichen Herzen mitgetragen.

Wie viele von euch wissen, arbeitete Ella Mae auch am anderen Ende der Stadt, in Buckhead, für eine weiße Familie, die heute unter uns ist. Für John Jason Middleton und seine Kinder, Mary Swan und Jimmy. Eine der schwersten Stunden in Ella Maes Leben war, als sie von dem Tod von Miz Middleton bei dem Flugzeugunglück in Paris im letzten Juni erfuhr.« Seine Stimme begann zu zittern, er unterbrach sich einen Augenblick. »Sie arbeitete über sechzehn Jahre für diese Familie, und Roy hat mich gebeten, hier zu sagen, wie sehr sie sie liebte und wie dankbar sie war für all die Hilfe, die sie ihr und Roy haben zukommen lassen.« Er schaute kurz in unsere Richtung, feierlich nickend.

»Wir werden Ella Mae vermissen. Sie ist plötzlich und unerwartet von uns gegangen, wir waren nicht darauf vorbereitet.« Er beugte sich nach vorne und sah die Gemeinde fest an. »Aber wisst ihr was, meine Brüder und Schwestern? Sie war vorbereitet. Ella Mae war bereit, ihrem Heiland zu begegnen. Sie liebte ihren Jesus von ganzem Herzen. Es war ihr Glaube an ihn, der es ihr möglich machte, so viel Leid mit einem Lied im Herzen und einem Lächeln auf den Lippen zu ertragen. Und ich weiß, was sie heute von mir erwartet – dass ich euch allen eine Frage stelle, die Frage, die ihr die wichtigste im Leben war: Bist du bereit? Bist du bereit, deinem Heiland zu begegnen? Das ist die wichtigste Entscheidung, die du in deinem ganzen Leben treffen wirst. Jesus wartet auf dich, mit ausgebreiteten Armen, dein Erlöser und dein Freund.«

Pastor James sprach noch zehn Minuten weiter über Jesus, und dann sang die ganze Gemeinde drei Lieder. Dann sprach Pastor James wieder.

»Bevor wir heute auseinander gehen, möchte ich euch noch sagen, dass unsere Gemeinde zwei sehr schöne Gemälde zur Erinnerung an Ella Mae bekommen hat. Das erste hat Miz Sheila Middleton gemalt. Miz Sheila selber hat es Ella Mae geschenkt, und die Familie Middleton hat es freundlicherweise unserer Gemeinde vermacht.« Pastor James hielt das Bild hoch, das Ella Mae mit mir in den Armen zeigte. Ich sah, wie die Hälse nach oben gingen, um das Bild besser sehen zu können. Viele der Frauen wischten sich die Augen. »Ich glaube, dieses Gemälde ist eine ergreifende Erinnerung daran, in was für einer Zeit wir leben – einer Zeit der Unruhe und der Veränderung. Aber auch der Hoffnung.«

Er zeigte auf mich, und ich stand auf. »Das zweite Bild wurde uns von Miss Mary Swan Middleton geschenkt, und ich glaube, sie möchte jetzt ein paar Worte an uns richten. Mary Swan?«

Ich trat neben Pastor James und schaute auf das kleine Meer schwarzer Gesichter. Plötzlich kam mir das, was ich jetzt tun musste, hundert Mal schwerer vor als meine Rede am Karnevalsabend. Der Kloß in meiner Kehle war dick, und meine Beine zitterten.

»Ich möchte nur sagen, wie sehr ich Ella Mae geliebt habe. Wie sehr sie mir wie eine zweite Mutter war. Wie Pastor James schon gesagt hat, ist meine eigene Mutter bei dem Unglück in Orly umgekommen, und jetzt, wo auch Ella Mae nicht mehr ist, werde ich sie beide sehr vermissen. Aber ich möchte eurer Gemeinde auch ein Geschenk machen. Irgendwie ist es ja auch meine Gemeinde, weil ich samstags hierher komme, um bei dem Spaghetti-Essen zu helfen. Ella Mae hat mich hierher gebracht, als ich um meine Mutter trauerte, und das war genau das Richtige für mich und hat mir sehr geholfen. So war Ella Mae. Sie verstand es, den Menschen aus ihrem Schneckenhaus herauszuhelfen.

Und daher möchte ich euch das erste Bild schenken, das ich je gemalt habe.« Ich drehte mich um und holte mein Gemälde vom Oakland-Friedhof aus der Altarnische. »Ich bin nicht so berühmt oder begabt wie Mama, aber den ganzen Herbst habe ich an diesem Gemälde gearbeitet. Es hat mir geholfen bei meinem Trauern, und ich glaube, wir werden alle noch mehr trauern. Aber in diesem Gemälde geht es um Hoffnung. Vor ungefähr einem Monat habe ich hier in dieser Kirche Hoffnung gefunden. Und ich weiß selber nicht, warum, aber ich finde, dieses Gemälde sollte euch allen gehören.«

Pastor James hielt mein ungerahmtes Bild von dem Oakland-Friedhof hoch – meine Darstellung des Jahres des Todes. Carl und Loretta und ich, zusammengeführt an denselben Ort durch die Gräber unserer Lieben. Im Angesicht des Todes waren wir alle gleich – nach vorne gebeugt in Gebet und Trauer. Die Hautfarbe der Verstorbenen war unsichtbar unter den schweren Grabsteinen.

»Danke, Mary Swan. Vielen herzlichen Dank. Das ist ein wunderbares Geschenk«, sagte Pastor James. Dann, wieder zu der Gemeinde: »Wer will, kann nach dem Gottesdienst gerne nach vorne kommen und sich die Bilder anschauen.«

Ich sah, wie weiter hinten Carl in meine Richtung strahlte und anerkennend mit dem Kopf nickte, und als ich mich wieder setzte, musste ich daran denken, was er mir gesagt hatte – dass ich eines Tages etwas schaffen würde, das aus meinem Herzen kam und nicht aus meinem Kopf; etwas, das die Seelen der Menschen anrühren würde. Und richtig: Fast jedes der Gesichter in den Bänken war nass. Die schwarzen Gesichter und die weißen. Sogar Papas.

Carl hatte Recht gehabt. Im Malen offenbarte sich mein Herz. Wenn ich etwas richtig stark fühlte und es auf die Leinwand zu bringen wagte, dann – ja, dann kam vielleicht wirklich die echte Mary Swan zum Vorschein.

KAPITEL 30

Der Frühling kam in diesem Jahr gnädig früh nach Atlanta. Als der Februar sich dem Ende seiner 28 Tage zuneigte, wurde es wärmer, und die Natur begann ihre Wiedergeburt zu verkünden. Die Stiefmütterchen und Primeln hatten noch ihre Winterblüten, als die Tulpen kamen, und dann kamen die ersten Triebe am Hartriegel, und die Azaleen kamen heraus und bedeckten die Rasenflächen der Häuser in Buckhead mit ihrem bunten Teppich. Der Weg zur Schule war ein Augenschmaus. Die Bäume und Sträucher spielten ihre Farbensinfonie in Rosa, Rot, Weiß und Gelb. Für mich war es ein Zeichen, dass das schreckliche Jahr des Todes vielleicht doch ein Ende hatte und das Leben weiterging.

An einem windigen Samstag Anfang März fuhr ich zum ersten Mal seit Ella Maes Beerdigung vor zweieinhalb Wochen zur Mount Carmel-Kirche. Das Herz war mir schwer ohne Ella Mae am Lenkrad, und auf der ganzen Fahrt musste ich mit den Tränen kämpfen.

Ich trat in den Gemeindesaal. »Schön, dass du wieder da bist!«, schallte es mir entgegen. Dann begannen Carl und ich unser Servierritual mit Spaghetti und Knoblauchbrot.

Als wir das Geschirr spülten, sagte Carl: »Möchtest du heute mal mit Pudding und den Jungen und mir auf den Friedhof?«

»Ich weiß nicht, Carl. Ich bin auf zu vielen Friedhöfen gewesen dieses Jahr.«

»Es ist gerade so richtig schön draußen. Es wird dir bestimmt gefallen.«

Und so gingen wir wieder von Mount Carmel zum Oakland-Friedhof. Wir gingen unter den Ziegelbögen hindurch auf den holprigen Hauptweg, und ich musste unwillkürlich lächeln. Um uns herum grünte und blühte alles. Wir blieben neben einem Hartriegelstrauch stehen und betrachteten die rosa Blüten.

»Wisst ihr, dass die Hartriegelblüten uns eine Geschichte erzählen?«, fragte ich die Kinder. Sie schüttelten ihre Köpfe.

»Schaut sie euch an. Sie sehen wie ein Kreuz aus, und die

Enden der Blütenblätter sehen aus, als ob jemand einen Nagel hineingedrückt hat. In der Mitte ist sogar etwas, das wie eine winzige Dornenkrone aussieht. Es ist gerade so, als ob Gott uns durch seine Schöpfung an Christi Tod und Auferstehung erinnern will.« Die Kinder betrachteten ernst die Hartriegelblüte, und ich musste denken, wie diese Dinge mir bisher so egal gewesen waren. Aber jetzt nicht mehr. Wie wichtig war es mir, dass es endlich Hoffnung gab.

Carl half seinen Geschwistern, sich je eine Blüte von dem Strauch zu pflücken, und dann gingen wir zu dem Grab meiner Mutter. Ich kniete mich vor dem schlichten Grabstein hin. Pudding kniete sich neben mich, schielte auf die Inschrift auf dem Stein und las: »Sheila McKenzie Middleton, 1924–1962. Geliebte Ehefrau, Mutter, Künstlerin und Freundin.« Dann sah sie mich perplex an und sagte: »Das andere, was da steht, versteh' ich nicht.«

Ich lachte. »Das kannst du auch nicht! Das ist nämlich Französisch. Meine Mama war halb französisch, und einer ihrer Lieblingsmaler war ein Franzose namens Claude Monet.« Ich las die Worte langsam vor: *»Je sais seulement que je fais ce que je peux pour exprimer ce que j'éprouve devant la nature.«*

»Das klingt hübsch, Mary Swan! Was bedeutet das?«

»Das ist ein Zitat von Mr. Monet und bedeutet: Ich weiß nur, dass ich tue, was ich kann, um das auszudrücken, was ich vor der Natur fühle. So etwa. Wir haben es ausgewählt, weil es eines von Mamas Lieblingszitaten war und weil genau das das war, was auch sie als Künstlerin versucht hat.«

»Ich wollt', ich hätte ein Grab, wo meine Mama liegt«, sagte Mike leise.

Ich stand auf. »Weißt du nicht, wo sie begraben liegt?«

»Nein«, sagte er traurig.

»Wir hatten kein Geld für 'ne Beerdigung«, erklärte Carl. »Miss Abigail hat versucht, rauszufinden, wo unsere Mutter liegt. Sie glaubt, es ist ein Friedhof, der ziemlich weit weg von hier ist, und da gehen ich und die Kinder halt hier auf den Oakland-Friedhof und zum Töpferfeld und legen unsere Blumen zwischen den namenlosen Gräbern hin. Die Kinder pflücken sich die Blumen, die gerade da sind.« Er nickte zu ihnen hin. »Ihr könnt gehen.« Sie zogen los, den sanften Abhang zum hinteren Teil des Friedhofs hinab.

»Ich hab' immer schon gedacht, dass du jedes Mal, wenn du mit mir hier warst, im Töpferfeld gebetet hast«, sagte ich.

»Ja. Das hast du richtig gesehen in deinem Bild, Mary Swan. Jedes Mal, wenn du das Grab deiner Mutter besuchst, geh' ich dorthin und knie mich in dem Gras hin und dank' dem lieben Herrn für meine Mutter. Denn egal, wie kaputt ihr Leben war, sie hat mir und meinen Geschwistern das Leben gegeben, und dafür bin ich dankbar.«

Wir gingen langsam zum Töpferfeld hin, als Carl anhielt und sich neben der Bronzestatue eines Löwen, in dem Abschnitt des Friedhofs, wo die Soldaten der Konföderation begraben lagen, hinsetzte. Ich setzte mich neben ihn.

»Ich muss dir noch was sagen, Mary Swan. In der nächsten Zeit werd' ich samstags nicht mehr so oft nach Mount Carmel kommen.«

Ich sah ihn überrascht an.

»Ich hab' für nächstes Jahr 'nen Studienplatz am Morehouse College gekriegt.« Er lächelte zufrieden.

»Das ist ja toll, Carl! Hier in Atlanta. Dann kannst du zu Hause wohnen bleiben?«

»Ja. Aber ich muss demnächst 'nen Kurs anfangen, um einiges aufzuholen. Die Stunden sind freitagabends und samstagmorgens. Und am Samstagnachmittag muss ich an der Tankstelle arbeiten; brauch' Extrageld für die Studiengebühren.«

Ich merkte, wie meine Brust sich zusammenpresste.

»Ich werd' also nicht viel Zeit übrig haben. Aber ich hoffe, dass du weiter kommst, um Miss Abigail zu helfen. Sie weiß das echt zu schätzen.« Er sah etwas verlegen aus. »Ich mein', ich hoffe, dass du jetzt, wo Ella Mae nicht mehr hier ist und wo ich nicht mehr so oft komme, nicht denkst, dass du nicht mehr gebraucht wirst.«

»Nein, Carl, ich komm' weiter«, sagte ich zu schnell. Ich dachte nach und fügte hinzu: »Ich weiß nicht, ob sie mich brauchen, aber ich brauch' sie. Sie sind meine Freunde.«

Er sah mir in die Augen und sagte: »Das ist echt lieb.«

Er schien mir ganz nah zu sein. Und gleichzeitig unerklärlich weit weg.

»Schau mich nicht so an mit deinen grünen Augen, Mädchen.«

»Entschuldige, aber das kommt mir hier wie ein Abschied vor.«

»Das ist kein Abschied, Mary Swan. Das ist mit das Schöne bei unserem Herrn. Im Herrn können wir sagen: ›Bis irgendwann dann.‹«

Ich warf meine Arme um ihn, und er drückte mich fest an sich in dieser ruhigen, leeren Ecke des Friedhofs, und ich weinte mich an seiner Brust aus. Dann ließ er mich los und stand auf und schlenderte den Hang hinab, zu der Wiese, wo Mike, James und Pudding spielten.

Jean-Pierre Rampal spielte auf der Stereo-Anlage in meinem Zimmer, und Rachel lag neben mir auf dem Bett. »Glaubst du, dass Carl sich für immer von dir verabschieden wollte?«, fragte sie.

»Ich weiß nicht. Aber ich glaub', er wollte sichergehen, dass ich nach wie vor in Grant Park helfe. Und das will ich auch. Ich frag' mich nur, ob ich mich überhaupt verändert hab'. Oder ob ich nur wegen Carl dahin gegangen bin.«

»Du hast dich schon verändert«, versicherte Rachel mir, aber sie lächelte so komisch dabei. Dann merkte ich, dass sie meine Brust ansah.

»Mensch, Rachel, ich red' nicht von meinem Körper, sondern davon, was drinnen ist. Von meiner Seele!« Ich sagte es in meiner melodramatischsten Stimme.

»Natürlich, Swan! Und genau daran merk' ich, dass du anders geworden bist. Letztes Jahr hast du dauernd nur an deinen Körper gedacht, und jetzt denkst du an das, was wirklich wichtig ist. Du hast dich echt verändert.«

»Meinst du das ernst?«

»Absolut. Du hast ein Ziel oder so was. Du glaubst an etwas, das größer ist als du selbst oder deine Erziehung. Du bist fromm, offener, nicht mehr so überbehütet, künstlerisch …« Ich seufzte.

Rachel fuhr fort: »Du hast dich gut geschlagen, Swannee.

Ich hatte nicht gewusst, ob du es schaffen würdest, aber du hast es geschafft. Weißt du, wie toll du bist?«

»Danke, Rach. Das bedeutet mir ganz viel, was du da sagst.«Wir hörten die Schallplatte zu Ende an. Als ich den Tonabnehmer von der Platte nahm und den Plattenspieler ausschaltete, sagte ich: »Da wir gerade vom Verändern reden, Rach, bist du bereit für das Atelier?«

»Na klar!«

Wir rannten die Treppe hinab in Mamas Atelier. Ich hatte beschlossen, es aufzuräumen und in Besitz zu nehmen, und Rachel hatte sich angeboten, mir dabei zu helfen.

Als Erstes wollte sie alles Mögliche wegwerfen. »Mein Herz hängt nicht so daran wie deines.«

»Aber ich kann doch nicht Mamas Sachen einfach wegschmeißen.«

»Du nicht, ich schon.«

»Du musst mich erst fragen«, beharrte ich.

»Gut. Nimm dies hier zum Beispiel. Eine halb leere Farbtube, die eingetrocknet ist. Mach mir nicht weis, dass da dein Herz dran hängt.« Zum Beweis drückte sie fest auf die Mitte der kleinen Tube mit der roten Farbkruste. Plötzlich spritzte mir eine lange Ladung Ölfarbe entgegen, und der Blick auf Rachels Gesicht war köstlich.

Ich fing an zu kichern, sie fiel ein, und dann bogen wir uns vor Lachen. Das dauerte ein paar Minuten, aber Rachel gewann bald ihre Fassung wieder, und wir arbeiteten zügig weiter.

Als ich die verschiedenen Skizzenblöcke stapelte, kam ich auch an den, den Mama auf ihrer Europareise benutzt und den Papa in seinem Koffer mitgebracht hatte. Andächtig blätterte ich durch die Seiten. Mama hatte in Paris, London, Edinburgh, Amsterdam, Wien, Madrid, Florenz und Rom gezeichnet.

»Ich fahr' nach Europa«, verkündete ich.

»Gut – das wird dir gefallen«, kommentierte Rachel, ohne auch nur hochzuschauen. Sie war schon drei Mal in Europa gewesen.

»Nein, ich meine, ich werde alle die Museen besuchen, in

denen Mama gewesen ist, und dort nach Herzenslust zeichnen und malen.«

Das ließ sie aufhorchen. »Mensch, Swan.«

»Ich muss das machen, zu ihrem Gedächtnis. Du kannst gerne mitkommen, wenn du willst.«

»Wann fährst du?«

»Ich weiß nicht. Muss mal sehen. Das wird mir schon jemand zeigen.«

»Jemand?«

»Ja.« Ich nickte zum Himmel hoch. »Jemand.«

Rachel rollte ihre Augen und sagte: »Und ob du dich verändert hast!«

Als der Mai kam, fuhren Papa, Jimmy und ich eines Sonntagnachmittags nach *Resthaven.* Diesmal sahen die alleeartige Auffahrt und das prächtige Ziegelgebäude schon wie alte Bekannte aus. Dr. Clark begrüßte uns am Eingang.

»Ich hoffe, es ist Ihnen nicht ungeschickt, Dr. Clark, dass wir am Sonntag kommen.«

»Überhaupt nicht. Gern geschehen. Bitte setzen Sie sich doch.«

Nach ein paar Minuten höflicher Konversation in seinem Büro führte Dr. Clark uns nach draußen und durch den Park, der ganz ähnlich aussah wie in Mamas *Frühlingsstrauß.* Diese Farben!

Ich erkannte den Weg zu dem alten Geräteschuppen sofort wieder. Aber nicht den Schuppen selber, als Dr. Clark die Tür öffnete und wir eintraten. Die Decke war angehoben, die Wände neu gestrichen, und bequeme Ledersessel luden zum Verweilen ein. Zwei Räume waren angebaut worden, sodass das Gebäude jetzt wie eine kleine, intime Kunstgalerie aussah. Und Mamas Gemälde waren alle gerahmt und hingen an den Wänden.

Papa nickte zufrieden. »Das ist toll, wie schnell Sie das geschafft haben. Und wie schön es geworden ist. Genau so, wie ich es mir vorgestellt hatte.«

»Ja! Es ist nicht mehr wieder zu erkennen!«, warf ich ein.

»Sie werden sicher die Tafel an der Wand lesen wollen«, sagte Dr. Clark. Jimmy und ich traten zu ihm und inspizierten die

Bronzetafel, die neben dem Eingang hing und auf der diese Worte standen: *Sheila McKenzie Middleton Galerie. Diese Galerie wurde in liebendem Gedenken an Sheila Middleton (1924–1962) gestiftet, eine Künstlerin, die in* Resthaven *große Impulse für ihre Arbeit bekam. Es ist der Wunsch ihrer Familie, dass noch viele andere, die nach Resthaven kommen, Hoffnung und Zuflucht in der Kunst finden werden.*

»Bleiben ihre Gemälde jetzt für immer hier?« fragte ich.

»Das *High Museum,* Swan«, sagte Papa, »ist sehr an einer Ausstellung der Werke deiner Mutter interessiert. Sie haben sie bereits fest eingeplant, für den kommenden Herbst. Viele dieser Bilder werden dabei sein, dazu natürlich die drei, die verschwunden waren. Das *Metropolitan Museum* in New York hat dem High eine Leihgabe von drei impressionistischen Bildern zugesagt – eines von Monet, zwei von Cézanne. Nach der Ausstellung werden wir entscheiden, was mit Mamas Bildern weiter geschehen soll. Das Bild von dir und Ella Mae geht zurück nach Mount Carmel. Ein paar werden natürlich hierher zurückkommen, aber diese Galerie soll ja nicht nur die Werke *eines* Künstlers ausstellen, sondern eine möglichst große Vielfalt bieten. Der Gedächtnisfonds, der diese Galerie finanziert hat, wird auch Mittel für das Patientenatelier und für Kunstunterricht für Patienten bereitstellen.«

»Genau so hätte Mama das auch gewollt.«

»Ja, das glaube ich auch. Und Mrs. MacIlvain vom Kunstmuseum hat mir erzählt, dass du beschlossen hast, das Geld von dem Rabenrätsel der Gedächtnis-Kunstakademie zu stiften. Das ist eine gute Idee, Swan.«

»Das war nicht nur meine Idee, Papa, das hat unsere ganze Klasse beschlossen.«

Jimmy war dabei, die Gemälde zu inspizieren. »Hey, Swan, schau dir das mal an! Das sind du und ich und Muffin!« Auf dem Bild versuchte ein vielleicht zehnjähriger Jimmy verzweifelt, einen Fußball aus Muffins Maul zu ziehen, während ich schallend lachend zusah. »Das ist echt gut«, sagte er. Es war das erste Mal, dass ich erlebte, dass er sich für Mamas Kunst interessierte. »Und schau dir das hier an, Papa, wo du drauf bist! Genau so hast du immer ausgesehen, wenn wir in dein Büro gekommen sind.« Er zeigte auf das Gemälde, wo Papa sich mit diesem Lächeln auf dem Gesicht von seinem Schreibtisch erhob.

»Ich hoffe, dass ich bald wieder so aussehe, Junge«, sagte Papa. Er trat zu Jimmy und legte den Arm um seine Schulter.

»Na klar, Papa, das wird wieder.«

Den ganzen Rest des Nachmittags verbrachten Papa, Jimmy und ich in der kleinen Galerie und erlebten die Szenen wieder, die Mama für uns auf die Leinwand gebannt hatte.

»Das hat dein Vater gesagt?«, fragte Robbie, als wir in seinem roten Kabrio saßen und zu den Sternen hochschauten.

»Jawohl. Wenn du wieder mal einen Tag in Grant Park organisierst, kommt er gerne auch und macht mit. Ich finde, du solltest das machen – vielleicht wieder so ein Arbeitseinsatz, und anschließend 'ne Grillparty im Park. Er hat gesagt, die Burger für die Kinder und was wir sonst noch brauchen, bezahlt er.«

»Und wie kommt er auf einmal dazu?«

»Er sagt, dass Mama immer wollte, dass er mal mit ihr ging und die Leute hier kennen lernte, aber dass er das keine gute Idee fand. Und jetzt sieht er, wie wichtig das für Mama war, den Armen zu helfen – für sie und für die Kinder, die sie dort unterrichtet hat –, und er hat mir gesagt, dass er echt froh ist, dass ich auch geholfen hab'. ›Ella Mae war ein Schatz‹, hat er kürzlich gesagt. ›So eine große Seele wie sie hat keiner sonst gehabt.‹ Ich glaube, er will das zum Gedächtnis an Mama und Ella Mae machen.«

»Also, zu tun gibt's sicher mehr als genug. Und was hat Miss Abigail gesagt?«

»Sie hat gesagt: ›Gut. Macht das mal.‹« Ich lächelte ihn an. »Und genau wie Papa findet auch sie, dass *du* der Mann bist, der das organisieren könnte.«

»So, so. Gut, mach' ich. Es muss halt vor Mitte Juni über die Bühne gehen; dann fährt mein Vater mit mir los, diverse Colleges anschauen.«

»Und?«

»Was – und?«

»Wirst du ihm sagen, dass du nicht im Norden studieren willst?«

Robbies Blick wurde unbehaglich. »Noch nicht. Ansehen kann ich sie mir ja erst mal.«

»Ich hoffe echt, du kannst selber entscheiden, was du mit deinem Leben machst.«

Er grinste plötzlich. »Das hoff' ich auch. Was ich will, weiß ich ja schon.«

»Und was ist das?«

»Hab' ich dir schon gesagt. Na ja, ist schon einige Zeit her.«

»Stadtplaner werden?«

»Na ja, vielleicht. Aber das ist nicht das, was ich jetzt meine.«

»Dann raus damit, Robbie!«

»Ich würde einfach gerne 'ne Weile mit dir gehen und sehen, was passiert.«

»Einverstanden.« Ich hoffte, dass Robbie Bartholomew sehr lange mit mir gehen würde.

Eines späten Abends, kurz vor dem ersten Jahrestag des Unglücks in Orly, ging ich in Papas Arbeitszimmer und holte die Mappe heraus, in der er die Zeitungsartikel über den Absturz gesammelt hatte. Irgendwie hatte ich das Gefühl, dass ich sie wieder lesen musste. Die dicke Mappe an meine Brust gedrückt, schlich ich mich die Treppe zum Atelier hinauf, ging hinein und schloss die Tür hinter mir. Mindestens zwei Stunden lang las und weinte ich mich durch sämtliche Artikel hindurch. Der erste, den ich las, war ein Kommentar von Doris Lockerman in der *Atlanta Constitution,* den sie zwei Tage nach dem Absturz, am Dienstag, den 5. Juni, geschrieben hatte. *»Der Sonntag der Fassungslosigkeit ist vorüber. Die Nacht der Wunden, der Ruhelosigkeit, der Qual ist vorbei. Ein angeschlagenes Atlanta beginnt das lange Elend der Verarbeitung des Dramas.«*

Lange. Die Erwachsenen, sie hatten gewusst, dass es lange dauern würde. Sehr lange. Der abgrundtiefe Schmerz in den Augen meiner Mitschülerin Lanie Bradshaw, die Vollwaise geworden war, verfolgte mich. Ich musste sie anrufen. Ich durfte sie nicht in der Bitterkeit untergehen lassen. Vielleicht brauchte sie einfach einen Freund, jemanden, der sie verstand. Oder eine Beschäftigung, so wie ich.

Dann las ich erneut Ralph McGills Leitartikel in der *Constitution*, den er am Montag nach dem Absturz verfasst hatte. Ralph McGill, der Chefredakteur der Zeitung, war ein umstrittener Mann, der sehr für die Bürgerrechte eintrat. *»Ihr wisst ja, was es über Ralph McGill heißt«*, erinnerte Papa uns gerne. *»Die Hälfte der Leute in Atlanta kann nicht frühstücken, bevor sie seine Leitartikel gelesen haben, und die anderen kriegen keinen Bissen mehr runter, wenn sie sie gelesen haben.«* Ich musste lächeln, als ich an Papas Worte dachte.

Aber bei dem, was er am Tag nach dem Unglück geschrieben hatte, konnte niemand anderer Meinung sein:

> *Es ist schrecklich, mit der alten Wahrheit konfrontiert zu werden, dass wir mitten im Leben vom Tod umgeben sind. Diese Tatsache ist schon schwer genug zu akzeptieren, wenn sie einzeln und persönlich ist. Doch wo sie massenhaft auftritt, wie im Krieg, beim Untergang einer Titanic, dem krachenden Zusammenstoß zweier Züge oder dem Flammeninferno eines Flugzeugabsturzes, bringt sie die Menschen abrupt zum Schweigen und schleudert sie hinein in die quälende Frage, wie das zugeht, dass über hundert Männer, Frauen und Kinder plötzlich nicht mehr sind. Ein Pfarrer, der eine schluchzende Frau in seinen Armen hielt, sagte leise: »In dem unergründlichen Geheimnis von Leben und Tod gibt es keine einfachen Antworten. Entweder wir haben Glauben oder wir haben keinen. Glaube bedeutet Linderung des Leidens, wenn auch nicht des Schmerzes. Der Glaube lässt uns die schmerzliche Realität des Verlustes annehmen. Er lässt uns die Endgültigkeit des Todes annehmen. Wir sind erschaffen, wir leben, wir sterben, wir leben wieder. ›In meines Vaters Haus sind viele Wohnungen. Wäre es nicht so, hätte ich es euch nicht gesagt.‹«*

Entweder wir haben Glauben oder wir haben keinen. Ja, das hatte ich gewonnen aus dieser Tragödie. Glauben. Einen Glauben, der mich das alles annehmen ließ. Es tat deswegen nicht weniger weh, ja es tat vielleicht noch mehr weh. Aber jetzt hatte ich Glauben. Und noch etwas anderes. Eine Narbe. Eine Narbe, die ich für immer an meinem Herzen tragen würde, als Erinnerung daran, wie ich meinen Heiland gefunden hatte.

An einem stickigen Samstagmorgen im Juni stand Robbie in dem Gemeindesaal von Mount Carmel, um ihn herum, an den langen Tischen sitzend, eine bunte Gruppe von Männern, Frauen und Teenagern. Viele Gesichter waren bekannt: Mendon- und Wellington-Teens, die schon beim ersten »Tag in Grant Park« dabei gewesen waren. Rachel, Julie, Millie und Patty waren wieder da und bewunderten gebührend die ersten Schritte der kleinen Jessie. Cassandra strahlte. Larry und Big Man erzählten Robbie von einer Einladung ihrer Jazz-Band in einen anderen »Weißen Club«.

»Carl wünscht sich bestimmt, er könnte auch hier sein«, sagte Leo. »Armer Kerl. Wird noch verrückt von dem vielen Lernen.«

Es gab einige neue Gesichter. Lanie Bradshaw, die Vollwaise, hatte angebissen, als ich sie anrief. Mehrere der Väter, die beim ersten Tag in Grant Park mitgemacht hatten, waren wieder gekommen. Papa saß bei ihnen und sprach über die Börsenkurse. Trixie und Lucy unterhielten sich mit Cassandras Mutter. Und Jimmy bewunderte fachmännisch Mr. Murphys Taschenmesser. Fast hätte ich laut gelacht, als ich das sah. Der alte Wüterich war lammfromm geworden und ein großer Freiwilliger, wenn es etwas für Mount Carmel zu tun gab. *Rachel sagt, dass ich anders geworden bin – aber er erst recht,* musste ich denken.

»Was die Arbeit betrifft«, sagte Robbie gerade, »hat Miss Abigail mir eine Liste von Häusern gegeben, die dringend reparaturbedürftig sind. Ich habe euch in fünf Teams eingeteilt. Jedes Team hat einen Leiter, der hoffentlich weiß, was er zu tun hat.« Robbie nickte den Männern zu. Verhaltenes Lachen.

»Und ein sechstes Team wird dies und das in der Kirche anstreichen. Später, wenn wir fertig sind, werden wir mit den Kindern in den Park gehen, für ein paar Spiele und eine Grillparty.«

Und so begann der zweite »Tag in Grant Park«. Miss Abigail stieg in ihren Ford, der Rest von uns folgte in diversen anderen Autos. Sie hielt nacheinander an den Häusern an, und Robbie stieg aus, lud das Material aus und gab dem Teamchef eine lange Liste mit Instruktionen.

Robbie hatte heimlich auch Miss Abigails Haus auf die Liste gesetzt. Der Leiter dieses Teams war Mr. Murphy. Als ich nach dem Mittagessen dort vorbeifuhr, auf dem Weg zur Kirche, um Material abzuliefern, sah ich, wie Jimmy und Mr. Murphy Miss Abigails Haustür reparierten. Jimmy winkte mir breit grinsend zu, und Mr. Murphy nickte in meine Richtung.

»Dein Bruder ist ein richtiger Handwerker, Mary Swan!« , rief er.

Gegen vier Uhr waren wir wieder alle in der Kirche. Fast dreißig Kinder erwarteten uns. Wir gingen alle zu dem großen Park, nach dem dieses Viertel von Atlanta benannt war. Rachel und Cassandra spielten mit den jüngeren Kindern Fangen und Räuber und Gendarm. Die Männer und Teenager spielten mit den Älteren Softball, und Trixie und Lucy holten die gekühlte Limonade aus Papas Auto und begannen, sie in Pappbecher zu füllen.

Robbie achtete darauf, dass es niemandem langweilig wurde. Er zog die Kinder wie ein Magnet an und war nie zu beschäftigt, um eine Frage zu beantworten oder ein Kind bei einem Spiel anzufeuern.

Kurz vor dem Abendessen sah er, wie Mike und James sein Kabrio bewunderten. »Wie wär's nachher mit 'ner kleinen Tour um den Block, Leute?«, fragte er.

»Super!«, rief James. »Können wir ein paar Freunde mitbringen? Die wollen unbedingt auch mal in deinem roten Auto fahren!«

»Aber klar!«, kicherte Robbie.

Man setzte sich zum Essen, und Papa und mehrere andere Väter bedienten den alten Grill für die Hamburger und Hot Dogs. Die Erwachsenen saßen an Picknicktischen, die Kinder auf Decken. Wir ließen Kartoffelchipstüten herumgehen und servierten Krautsalat und Plätzchen. Während wir aßen, erzählte Miss Abigail den Kindern eine Geschichte aus der Bibel.

Als wir fertig gegessen hatten, fragte Robbie: »Will jemand mal Touch-Football spielen?«

Bald war er dabei, einem Dutzend ernst zuhörender Jungen die Regeln zu erklären. Sogar Papa und Jimmy machten mit. Ich glaube, der Höhepunkt dieses Tages für mich war, als der kleine James Robbie zu hart anging und sie beide auf den Rasen kugelten. Sie prusteten beide los, und dann rappelte Robbie sich hoch, half James keuchend hoch und umarmte ihn kräftig.

»Das war ein wunderbarer Tag«, sagte Miss Abigail, als wir zurück zu der Kirche gingen. »Weil ihr so gut gearbeitet habt, haben es mehrere Familien jetzt zu Hause schöner.« Sie sah Robbie an und fügte hinzu: »Und ich auch. Danke, Robbie. Das war wirklich nett.«

Robbie grinste. »Danken Sie nicht mir. Ihr Haus haben Mr. Murphy und sein Team unter sich gehabt.«

Mr. Murphys Gesicht wurde noch eine Spur dunkler, und er murmelte: »Ach, das war doch nichts.«

Papa ging neben Miss Abigail; ich schätze, sie unterhielten sich über die verschiedenen Projekte, die sie angehen wollte. »Wir sprechen uns bald wieder mal«, sagte Papa ihr aufgeräumt, bevor er mit Jimmy und Trixie in sein Auto stieg. »Das war ein wunderbarer Tag für uns alle.« Und er fügte hinzu, die Stimme bewegt: »Und danke – danke für alles, was Sie für Mary Swan getan haben.«

»Das habe ich gerne getan, Mr. Middleton.«

Ich folgte Miss Abigail in den Gemeindesaal und sagte: »Ich glaube, jetzt versteh' ich es.«

»Was verstehst du?«

»Ich glaube, ich sehe, was Sie mir die ganze Zeit sagen wollten. Dass ich das, was ich habe, mit anderen teilen soll. Dass ich dankbar sein soll für alles, was Gott mir gegeben hat, und darauf vertrauen, dass er mir den nächsten Schritt zeigt. So etwa.«

Miss Abigails Augen leuchteten, als sie antwortete: »Genau. Und mach dir keine Sorgen darum, was die anderen tun oder nicht tun. Das ist nicht dein Problem. Denke daran: Gott hat einen Plan für jeden Einzelnen von uns. Die Bibel sagt: ›Alles, was dir vor die Hände kommt, es zu tun mit deiner Kraft, das tu.‹«

»Mir ist das Malen vor die Hände gekommen.«

»Ja, und das ist eine wunderbare Gabe.«

»Und Spaghetti servieren!«

»Das auch.«

»Und wissen Sie, was noch, Miss Abigail?«

»Was?«

»Ich liebe Buckhead!«

Sie lachte schallend. »Auf Wiedersehen, Mary Swan. Bis bald. Der Herr segne dich.«

Wir gingen zum Kabrio, Robbies Arm um meine linke Schulter und Rachels Arm rechts untergehakt. Wir stiegen ein. Als wir fortfuhren, schaute ich zurück und sah, wie Pudding mitten auf der Straße stand und uns hinterherwinkte, über beide Ohren grinsend.

Zu Hause angekommen, standen wir im Carport.

»Wie bin ich müde!«, sagte Trixie. Und so sah sie auch aus. Aber selbst mit Ketchup auf ihrem Hemd und nicht mehr ganz formstabilem Haar sah sie noch fantastisch aus.

»Das war ein schöner Tag!« Papa klang erschöpft, aber glücklich. Wirklich glücklich. »Robbie, das hast du toll organisiert.« Er schüttelte Robbie kräftig die Hand.

»So viel Fangen gespielt hab' ich in meinem Leben noch nicht!«, verkündete Rachel. »Gleich geh' ich als Erstes in die Badewanne!«

»Kannst du gut gebrauchen!« Ich rümpfte neckisch meine Nase.

»Pack dich an deine eigene Nase, du Trottel!« Und sie begann, mich durch den Garten zu jagen.

»Wer braucht ein Bad, wenn ihr 'nen Swimming-Pool habt?«, sagte Robbie. Und er packte mich, hob mich hoch, marschierte mit mir, die anderen hinterher, an dem Walnussbaum vorbei zum Becken und warf mich ohne Umstände hinein.

Die Sonne war schon fast untergegangen, als ich in meinen nassen Kleidern mit Robbie zu seinem Auto ging. »Danke für diesen Tag, Robbie. Er war richtig toll! Er war … ich weiß nicht …«

»Er war meine Belohnung dafür, dass ich mit dir gehe!«

Und er küsste mich vor Papa und Trixie und Jimmy und Lucy und Rachel auf den Mund. Dann sprang er in sein Auto und fuhr fort.

»Netter junger Mann, dieser Robbie Bartholomew«, sagte Papa, sein Arm um Trixies Schulter. Jimmy kommentierte den Kuss mit einem missbilligenden Blick. Lucy umarmte ihre Mutter und schien es zufrieden zu sein, sie mit Papa zu teilen.

»Den hat's voll erwischt!«, flüsterte Rachel, als ich sie die Auffahrt hinab begleitete. »Halt ihn dir warm, Swan.«

»Das hab' ich vor, Rach. Und jetzt nimm dein Bad!«

Sie rollte die Augen und antwortete: »Und du brauchst trockene Kleider! Bis morgen dann.«

Jeder Muskel in meinem Körper tat mir weh, aber anstatt ins Haus zu gehen und mich auf mein Bett fallen zu lassen, ging ich durch den Wald, setzte mich da, wo der Hang begann, hin und sah zu *Swan House* hoch. Ein Dutzend Erinnerungen zuckten mir durch den Kopf: wie ich durch die alte Villa streunte und meine Schwäne zählte; wie ich mich an Mamas Rock festhielt, während sie malte; wie ich nach den Mücken schlug, als ich etwas größer war; wie ich mit zwölf Jahren meinen neuen Skizzenblock hielt und versuchte, die Villa zu zeichnen; wie ich an dem Tag nach dem Absturz weinte und weinte; wie ich herausfand, dass ich auch mit einem blauen Auge zeichnen konnte; und schließlich, wie ich genau an dieser Stelle meine Staffelei in den Schnee stellte und zu malen begann.

Mrs. Inman hatte gesagt, dass ich versuchte, mich selber zu finden in *Swan House.* Und ich hatte mich gefunden. Ich hatte meine Inspiration gefunden in *Swan House.* Aber mein wirkliches *Swan House* war etwas viel Größeres. *In meines Vaters Haus sind viele Wohnungen.* Das war es, was ich in diesem Jahr gefunden hatte – eine Antwort auf das tiefste Sehnen meiner Seele. Ein Schwan und ein Rabe, ein bisschen von beidem. Und in diesem Jahr der Kontraste, des harten, herzzerbrechenden Gegensatzes zwischen Leben und Tod, hatte Gott auch Farbe in mein Leben geschenkt. Eine ganze Farbpalette hatte er mir gegeben – genug für mein ganzes Leben.

EPILOG

Atlanta, Georgia
Oktober 2000

Wir stehen in der Mount Carmel-Kirche, Abbie und ich. Wir haben geweint wie zwei Kinder, und wir betrachten das Bild vom Oakland-Friedhof. Ich muss lächeln. Inzwischen hat der Friedhof einen richtigen Vorstand und ist eine sehr beliebte historische Stätte in Atlanta.

»Ich mag das Bild wahnsinnig, Mutti. Fast genauso wie das mit *Swan House* im Schnee.«

»Ich war damals noch so jung und unerfahren. Ich staune, dass sie es immer noch hier hängen haben.«

»Sie fühlen sich wohl geehrt, das erste Werk einer so großen Künstlerin zu besitzen.«

»Jetzt mach's halblang.«

»Also, auch wenn ich nur Wände anstreichen kann, ich bin stolz darauf, eine so berühmte Mutter und Großmutter zu haben.«

»Also gut. Komm mit nach unten, wo das andere Bild ist.« Ich muss schnell machen, damit ich nicht wieder losheule.

Wir gehen die Treppe zum Gemeindesaal hinunter. Abbie trägt ihren vier Monate alten Bobby.

»Danke, dass du mir die ganze Geschichte erzählt hast, Mutti. Das ist das absolut Traurigste, was ich je gehört hab'. Ich kann gar nicht glauben, dass das alles wirklich passiert ist.«

»Doch, alles, Kind.« Ich mag nicht, dass sie es sieht, was das Erzählen mich gekostet hat, wie frisch die Erinnerungen wieder geworden sind. Ich sehe es förmlich vor mir, das Leuchten in Miss Abigails Augen, und höre wieder, wie Rachel mich »Dummes Mädchen« nennt. Ich spüre fast, wie Pudding an meinem Haar zieht und es zu Zöpfen flechtet. Und ich stehe wieder an Ella Maes Bett im Krankenhaus und küsse sie auf die Wange.

»Jetzt kenne ich meine Namensvetterin endlich. Miss Abigail war eine bemerkenswerte Frau.«

»Miss Abigail hat den Glauben in mein Leben gebracht ...«

»… als ewiges Familienerbe«, fällt Abbie ein, mit den Worten, die sie so oft von mir gehört hat. »Ich habe die Menschen in deiner Geschichte richtig kennen und lieben gelernt. Erzähl' mir weiter von ihnen, Mutti, bis ich es auswendig kann.«

»Ein andermal, Abbie. Vielleicht, wenn das nächste Kind unterwegs ist.« Wir lächeln beide.

Ich schließe meine Augen und denke an Robbie und Jimmy und Carl und Papa und Trixie und die Gemälde. Die Gemälde – sie sind mehr als alles andere mein Leben gewesen, und irgendwie ist es genau das Richtige, dass ich meinen Arm um Abbies Taille lege und wir schweigend vor Mamas Porträt der schönen Ella Mae stehen, die ein kleines weißes Mädchen in den Armen hält.

»Ich erzähl' dir die Geschichte bald«, verspreche ich. »Jetzt schauen wir uns einfach das Bild an.«

Und das tun wir, während Bobby auf Abbies Schulter einschläft.

ANMERKUNG DER AUTORIN

Der Flugzeugabsturz in Orly im Juni 1962 hat tatsächlich stattgefunden und das Leben von vielen Bürgern von Atlanta erschüttert.

Das *High Museum of Art* (Kunstmuseum) gehört heute zum *Woodruff Center*, das lange Jahre als das *Atlanta Memorial Arts Building* (zum Gedenken an die Opfer von Orly) bekannt war. Neben dem *High Museum* beherbergt das *Woodruff Center* auch das *Atlanta Symphony Orchestra*, das *Alliance Theatre* und das *Atlanta College of Art.*

Auch *Swan House* gibt es wirklich. Es ist ein bekanntes historisches Gebäude in Buckhead und heute im Besitz der *Atlanta Historical Society;* es ist das ganze Jahr für Besucher geöffnet.

Auch der Oakland-Friedhof kann von jedermann besucht werden; die *Historic Oakland Foundation* hat sich die Restaurierung und Pflege dieses historischen Friedhofs zur Aufgabe gemacht.

Das ungemein beliebte *Varsity* liegt nach wie vor gegenüber dem *Georgia Institute of Technology*, auf der anderen Seite der Schnellstraße; seine Speisekarte ist praktisch unverändert.

Im Grant Park-Viertel von Atlanta setzt eine kleine Kirche die Jahrzehnte alte Tradition kostenloser Spaghettimahlzeiten für Bedürftige fort. Viele der Wohnhäuser in dem Viertel sind in den letzten Jahren renoviert worden, und die Bevölkerung des Viertels ist bunt gemischt.

Die Familie Middleton sowie alle anderen Personen in dem Roman (bis auf bekannte historische Figuren) sind frei erfunden, und jegliche Ähnlichkeiten mit derzeit lebenden oder verstorbenen tatsächlichen Personen sind rein zufällig.

DANKSAGUNGEN

Ich erinnere mich, wie ich als junges Mädchen in der Lobby des *Atlanta Memorial Arts Building* stand und zu der Steintafel hochschaute, die die Namen der Bürger von Atlanta auflistete, die bei dem Flugzeugunglück umgekommen waren. Diese lange Namensliste, sie brach mein Herz, denn sie war ein Dokument großen Leidens. Im Laufe der Jahre hat die Tragödie von Orly mich nicht losgelassen. Diese Geschichte beginnt mit ihr, aber es geht in ihr auch um meine Jugendjahre und um viele Dinge, die mich zu dem Menschen gemacht haben, der ich heute bin – Dinge, die ich geliebt, und Dinge, die ich gelernt habe. Wie dankbar bin ich meinem himmlischen Vater, dass er all das, was ich erlebt habe, benutzt hat, um mich zu prägen und zu verändern, und dass er mich Geschichten aus dem Herzen schreiben lässt. *»Habe deine Lust am HERRN; der wird dir geben, was dein Herz wünscht.«* (Psalm 37,4).

Ich möchte auch den folgenden Menschen herzlich danken:

Menschen aus Atlanta:

Meiner Großmutter, Allene Massey Goldsmith, einer der in meinen bescheidenen Augen *premières dames* von Atlanta, die mir nach wie vor eine große Inspiration und Ermutigung ist. Danke, dass du mir die Zeitungen aus jenen schicksalhaften Tagen im Juni 1962 ausgeliehen hast.

Meinen Eltern, Jere und Barbara Goldsmith, die mich in der gleichen Liebe zu Atlanta aufgezogen haben, die sie selber haben, und mir Großzügigkeit und Liebe zu den Reichsten und Ärmsten der Stadt vorgelebt haben. Danke für all eure Hilfe bei meinen Recherchen.

Meinen Brüdern und Schwägerinnen, Jere und Mary Goldsmith und Glenn und Kim Goldsmith, die mich von der anderen Seite des Großen Teichs aus ermutigt haben, für all die Hilfe im Umgang mit dem Computer.

Louise Adamson, deren wahre Geschichten und aufopfernde Liebe in den Problemvierteln der Stadt Teile dieses Romans inspirierten. Du bist eine wahre Frau Gottes.

Laura McDaniel, Kim Huhman, Margaret DeBorde, Valerie Andrews und Heather Myers, für eure Hilfe bei der Erinnerung an die Vergangenheit. Wir sind zusammen aufgewachsen, wir haben zusammen gelacht und geweint und geträumt und wir tun das immer noch. Freundinnen fürs Leben – ich bin reich gesegnet!

Jill Steenhuis, der ebenfalls in Südfrankreich lebenden Mit-Atlanterin und begabten Künstlerin: Danke für deinen wertvollen Rat in künstlerischen Dingen.

Der 1978er-Mädchenklasse von *The Westminster Schools,* für so viele verrückte, wunderbare und bleibende Erinnerungen …

Anderen Atlantern, die mir bei meinen Recherchen halfen: meiner Tante, Jay Goldsmith; Coobie DeBorde; Bill Crawford; Doris Lockerman; Thom Shelton; Pam Meister; Rebecca Moore; Molly Lawson; Frances Francis; Mary Rose Taylor; Ivan Allen Jr.; Michael Rose; Camille McDuffie; Julia Shivers; nebst vielen anderen, die mir auf dem Weg aufbauende Worte zugeflüstert haben.

Dem *High Museum of Art;* dem *Atlanta History Center; Swan House;* dem *Martin Luther King, Jr. Center;* der *Historic Oakland Foundation.*

Anderen aus aller Welt:

Dr. Michel Cannat und Dr. Daniel Shoultz, für hilfreichen Rat in psychiatrischen Dingen.

Marcia Smartt, meiner lieben Freundin, Mentorin, Künstlerin und Beraterin. Durch deine weisen Worte hat Gott im Laufe der Jahre Hunderte von Malen zu mir gesprochen. Danke für dein künstlerisches und psychiatrisches Verständnis.

Todd Burkes, Mitmissionar und Freund, der mir half, mich in Carl hineinzuversetzen. *Merci beaucoup.*

Trudy Owens, Seelenfreundin, Kameradin, Ermutigerin, Lektorin, Mitmutter und Missionarin, mit der ich die vergangenen zwölf Jahre geteilt habe. Meine Liebe und Gebete begleiten dich, wenn deine Familie in ein neues Abenteuer hineingeht.

Odette Beauregard, meiner Kameradin und lieben Freundin seit zwanzig Jahren. Du gehörst zur Familie. *Merci pour tout!*

Cathy Carmeni, Gebetspartnerin, begabter Lektorin und unbezahlbarer Freundin, die keine Angst hat, mir die Wahrheit über mein Schreiben und über das Leben zu sagen.

Allen meinen Freunden in Montpellier, die mir Mut machen, wenn ich auf Englisch schreibe, und geduldig auf die Übersetzung warten.

Dave Horton, der mich ans Romanschreiben gebracht hat und der mir nach wie vor als Ermutiger, Lektor und wunderbarer Freund zur Seite steht. *Merci!*

Allen meinen neuen Freunden bei Bethany House Publishers. Danke für eure harte Arbeit.

Lora Beth Norton, der versierten Lektorin, die meine Gedanken lesen kann und das richtige Wort findet und deren Mitternachts-E-Mails mich eher kichern als stöhnen ließen! Wie schön, dass wir wieder zusammenarbeiten konnten!

Meinem Ehemann, Paul, der mein bester Freund und Kritiker ist und weiß, wie er mich zum Lächeln bringt. Ohne dich hätte alles, was ich mache, keinen Wert.

Meinen Söhnen, Andrew und Christopher. Nie ist eine Mutter stolzer auf ihre Jungen gewesen. Es ist ein Vergnügen, euch aufwachsen zu sehen. Danke für eure echte Hilfe bei meinem Schreiben.

Und schließlich:

All denen, die vor 40 Jahren bei der Katastrophe von Orly liebe Menschen verloren, und zum Andenken an die, die damals umkamen.

Und zum Gedenken an Mary Maddux, der Frau, die über 25 Jahre für meine Familie arbeitete. Dass ich auf ihrem Schoß saß, während sie mir Schlaflieder sang, hat die Art, wie ich die Welt betrachte, für immer verändert.